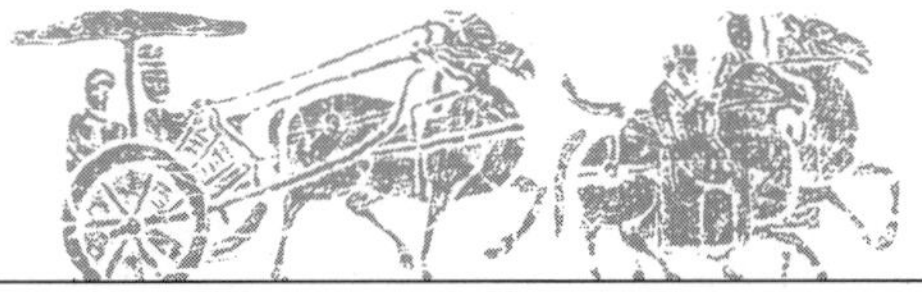

중국역대우언선독
中國歷代寓言選讀

최봉원 역주

明文堂

서문

우언(寓言)이란 줄거리를 갖춘 간략한 고사에 우의(寓意)를 기탁하는 방법으로 모종의 도리를 표현하여 권계(勸誡)·풍유(諷喩)·교훈(敎訓) 작용을 하는 일종의 문학 형식이다. 우리나라에서는 우화(寓話)라는 말로 더 익숙하다.

중국의 우언은 선진(先秦)시대의 역사 산문과 제자 산문에 등장한 이래, 끊이지 않고 후세의 역사·철학·정치·문학 등 모든 분야의 문장에 널리 활용되면서 많은 전고(典故)와 고사성어(故事成語)를 탄생시키는 등 중국인의 언어생활에 지대한 영향을 주었다. 우언은 또 그 나름의 일정한 형식과 체제를 갖추고 오랜 전통을 이어가며 문학형식으로 발전하여 오늘날에는 「우언문학」으로서 부동의 지위를 확보하고 있다. 그리하여 중국과 대만을 비롯한 중화문화권의 학계에서는 이미 오래전부터 우언문학에 대한 연구가 활발히 진행되어 왔고, 출간된 우언선집도 이미 수십 종에 이르고 있다.

우리나라는 중국과 지리적으로 이웃해 있고 한자문화권 하에서 항상 중국 문화의 영향을 받아왔기 때문에 중국의 우언은 자연히 우리나라에 전래되어 우리의 언어생활과 문학작품에 많은 영향을 주었다. 따라서 우언은 학문적으로 중요한 연구 대상이기도 하지만, 또한 짤막한 내용이 매우 흥미롭고 우리에게 교훈을 줄 수 있다는 점에서도 일반 독자들의 읽을거리로 충분한 가치를 지니고 있다.

그러나 우리 국내에서는 학계의 연구 영역에서 다루어졌을 뿐 일반 독자들이 직접 우언을

접하기가 쉽지 않았다. 그래서 필자는 우언 연구가들에게 번역된 자료를 제공하는 동시에 일반 독자들에게 중국 우언을 소개한다는 취지에서 역주를 계획하고 중국·대만·홍콩 등지에서 출간된 여러 우언선집(寓言選集) 자료를 수집하여 이들 작품을 선진(先秦)으로부터 명청(明淸)에 이르기까지 시대별로 나누어 《중국선진우언》·《중국양한우언》·《중국위진남북조우언》·《중국당송우언》·《중국명청우언》 등 5종의 우언 역주 시리즈를 출간하였다.

본서는 이상의 중국 역대 우언 작품 가운데 150편을 정선(精選)하여 교재용으로 편찬한 것이다.

역주 방법에 있어서는 한문(漢文) 학습과 우언의 이해에 도움을 주도록 매 작품마다 '원문 및 주석' '번역' '해설'의 세 부분으로 나누어 정리하였고, 우리말 번역은 기본적으로 직역을 원칙으로 하되 원문의 구조상 직역이 매끄럽지 못할 경우 약간의 의역과 동시에 의미 보충을 하여 읽기에 편하도록 하였으며, 특히 주석(注釋)은 인명·지명이나 전고(典故) 등에 대한 풀이 외에도 한문 학습에 필요한 일반 단어에 이르기까지 상세하게 설명하였다. 우언을 공부하는 독자들에게 유용한 참고서가 되길 바란다.

2020년 3월

최봉원

일러두기

●본서에 수록된 우언 작품은 필자가 역주(譯注)한 《중국선진우언(中國先秦寓言)》·《중국양한우언(中國兩漢寓言)》·《중국위진남북조우언(中國魏晉南北朝寓言)》·《중국당송우언(中國唐宋寓言)》·《중국명청우언(中國明淸寓言)》(이상 본서 참고문헌 참조)에서 임의로 150편을 선정하였다.

●본서의 작품 배열은 선진·양한·위진남북조·당송·명청의 시대순으로 하고, 매 작품을 '작자' '원문 및 주석' '해설'의 세 부분으로 나누어 다음과 같은 원칙을 적용하였다.

1. 공통부분

1) 본서의 우리말 부분에 한자 표기가 필요할 경우 우리말 뒤의 ( ) 속에 한자를 표기하였다.

예 소석도인(小石道人 : ?-?)은 청대(淸代)의 문학가로 생애사적(生涯事蹟)은 물론 본명이 무엇인지 조차 알 수 없다.

2) 인용문 또는 드러낼 필요가 있는 문구에 대해서는「 」『 』를 사용하여 표시하였다.

예 1) 측근들이 대답했다 :「안자가 올 때, 저희들이 한 사람을 포박하여, 임금님 앞을 지나가면, 임금님께서 :『뭐하는 사람인가?』라고 물으십시오.」

예 2)「아침에 세 개, 저녁에 네 개」를 주는 것이나「아침에 네 개, 저녁에 세 개」를 주는 것은 말에 약간의 변화를 주었을 뿐 본질은 완전히 똑같다.

3) 서명과 작품명은《 》로 표시하였다.

예《열자(列子)》는《한서(漢書)·예문지(藝文志)》에 8편이라 했는데, 후에 망실되어 현재 전하는 것은 진(晋)나라 사람 장담(張湛)이 전설을 모아 편찬한 것이다.

4) 옛 지명 또는 용어 등에 간단한 해석이 필요할 경우 [ ] 안에 처리하였다.

예 관자(管子 : ?-B.C. 645)는 이름이 이오(夷吾), 자는 중(仲)이며, 영상(潁上)[지금의 안휘성] 사람으로 춘추시대 초기의 정치가이다.

5) 본서에 나오는 인명 · 지명 · 작품명 등은 모두 우리말 발음으로 표기하고 ( ) 속에 한자를 넣되, 같은 단어가 자주 나올 경우 처음에만 한자를 표기하고 나머지는 주로 우리말 발음으로 표기하였다.

예 안영(晏嬰 : ?-B.C. 500)은 자가 평중(平仲)이며, 제(齊)나라 이유(夷維) 사람으로, 안자(晏子)는 존칭이다. 《안자춘추(晏子春秋)》는 본래 안자가 지은 것으로 알려졌으나, …

6) 중국의 현행 성(省) 이름은 모두 우리말 발음으로 표기하였다.

甘肅省 → 감숙성　江西省 → 강서성　江蘇省 → 강소성　廣東省 → 광동성
廣西省 → 광서성　貴州省 → 귀주성　吉林省 → 길림성　福建省 → 복건성
四川省 → 사천성　山東省 → 산동성　山西省 → 산서성　陝西省 → 섬서성
新疆省 → 신강성　安徽省 → 안휘성　寧夏省 → 영하성　遼寧省 → 요녕성
雲南省 → 운남성　浙江省 → 절강성　青海省 → 청해성　河南省 → 하남성
河北省 → 하북성　湖南省 → 호남성　湖北省 → 호북성　黑龍江省 → 흑룡강성

2. '원문 및 주석' 부분

1) 원문에 한하여 인명 · 지명 등 고유명사는 밑줄 '___'로 표시하였다.

예 晏子將使楚, 楚王聞之, 謂左右曰 :「晏嬰, 齊之習辭者也, 今方來, 吾欲辱之, 何以也?」

2) 주석은 각주 형식을 채택하고, 먼저 원문에서 한 문구를 따다가 번역을 한 후, 주석이 필요한 부분을【 】와〖 〗로 묶어 설명하였으며, 한자(漢字)는 ( )속에 한글 독음을 달았다.

예 3) 其鄰家之父, 擧木而擊之曰 :「吾擊之也, 順於其父之志。」則豈不悖哉? → 그러자 이웃집 노인이 막대기를 들고 나와 그 아이를 때리고 말했다 :「내가 그 아이를 때린 것은, 아이 아버지의 뜻에 따른 것이다.」 어찌 황당하지 않는가?

【鄰家之父(인가지부)】: 이웃집 노인. 〖父〗: 노인에 대한 존칭.

【順於(순어)…】: …에 순응하다, …에 따르다. 〖於〗: [개사] …에.

3) 인명이나 관직 명칭, 주(州)·군(郡)·현(縣) 등의 행정단위 및 일반 지명, 산이나 강 등의 자연 지명은 명칭 앞에 식별이 용이하지 않을 경우에 한해 [국명] [인명] [지명] 등을 별도로 표기하였다.

예【齊(제)】: [국명] 지금의 산동성 북부와 하북성 남부 일대에 걸쳐 있던 주대(周代)의 제후국.

【張儀(장의)】: [인명] 진(秦) 혜문왕(惠文王) 때의 재상.

【隱土(은토)】: [지명] 고대 전설에 나오는 중원(中原) 동북쪽.

4) 보충설명이 필요하다고 여겨지는 경우에는 '※' 표를 사용하여 설명을 추가하였다.

예【朱泙漫(주평만)】: [인명] 성은 주평(朱泙), 이름은 만(漫). ※ 혹자는 성이 주(朱), 이름이 평만(泙漫)이라 했다.

3. '해설' 부분

'해설' 부분에서는 먼저 작품의 요지를 개괄하고 나서 말미에 우의(寓意)를 설명하였다. 말미의 우의를 설명하는 부분에서는 기본적으로 기존 여러 우언선집의 해설 부분을 참고한 후 필자의 관점에 따라 첨삭하여 기술하였다.

차례

선진(先秦)우언

양한(兩漢)우언

위진남북조(魏晉南北朝)우언

당송(唐宋)우언

명청(明淸)우언

부록

001 부마잔최난(傅馬棧最難)
《管子 · 小問》

작자

관자(管子 : ?-B.C. 645)는 이름이 이오(夷吾), 자는 중(仲)이며, 영상(潁上)[지금의 안휘성] 사람으로, 춘추시대 초기의 정치가이다. 제(齊)나라의 재상으로 제환공(齊桓公)을 보필하여 제환공으로 하여금 제후들을 규합하고 천하를 바로잡아 제후의 맹주가 되게 했다.

《관자(管子)》는 관중이 지었다고 전해졌으나 실제로는 후인들이 관중의 언행을 모아 편찬한 것이다. 《한서(漢書) · 예문지(藝文志)》에 86편이라 했는데 지금 전하는 것은 76편이다.

원문 및 주석

傅馬棧最難[1]

<u>桓公</u>觀於廐, 問廐吏曰 :「廐何事最難?」[2] 廐吏未對, <u>管仲</u>對曰 :「<u>夷吾</u>

---

1 傅馬棧最難 → 마구간의 울타리를 엮어 짜는 일이 가장 어렵다
【傅(부)】: 엮다, 짜다, 만들다.
【馬棧(마잔)】: 마구간의 울타리.

2 桓公觀於廐, 問廐吏曰 :「廐何事最難?」→ 제환공(齊桓公)이 마구간을 살펴보면서, 마구간지기에게 물었다 :「마구간은 어떤 일이 가장 어려운가?」
【桓公(환공)】: 제환공(齊桓公). 춘추시대 제(齊)나라의 군주. 제희공(齊僖公)의 아들로 이름은 소백(小白)이며, 진문공(晉文公) · 진목공(秦穆公) · 송양공(宋襄公) · 초장왕(楚莊王)과 더불어 춘추오패(春秋五霸)의 하나. 43년간(B.C. 685-B.C. 643) 재위했다.
【廐(구)】: 마구간.
【廐吏(구리)】: 마구간을 돌보는 낮은 벼슬. 마구간지기.

嘗爲圉人矣, 傅馬棧最難。[3] 先傅曲木, 曲木又求曲木; 曲木已傅, 直木無所施矣。[4] 先傅直木, 直木又求直木; 直木已傅, 曲木亦無所施矣。」[5]

해설

울타리를 엮을 때 한 번 굽은 나무를 쓰게 되면 계속 굽은 나무를 쓰게 되고 한 번 곧은 나무를 쓰게 되면 계속 곧은 나무를 쓰게 되듯이, 사람을 기용하는 데 있어서도 한 번 사악한 사람을 기용하게 되면 사악한 사람이 계속 사악한 사람을 끌어들여 정치가 문란해지고, 한 번 어진 사람을 기용하게 되면 어진 사람이 계속 어진 사람을 끌어들여 정치가 안정된다.

이 우언은 관중(管仲)이 마구간 울타리를 엮는 일을 가지고 인재를 기용하는 일에 비유하여 제환공(齊桓公)으로 하여금 인재의 기용에 신중하도록 주의를 당부한 것이다.

---

3 廐吏未對, 管仲對曰 : 「夷吾嘗爲圉人矣, 傅馬棧最難。→ 마구간지기가 미처 대답을 하기 전에, 관중(管仲)이 대답했다 : 「제가 일찍이 말 사육사 노릇을 해보니, 마구간의 울타리를 엮어 짜는 일이 가장 어렵습니다.

【管仲(관중)】 : [인명] 이름은 이오(夷吾), 자는 중(仲)이며, 제(齊)나라 사람으로 춘추시대의 저명한 정치가. 본래 빈한했던 제나라는 제환공 때 관중을 재상으로 삼아 제후들을 규합하고 천하의 맹주가 되었다.

【夷吾(이오)】 : [인명] 관중의 이름.

【嘗(상)】 : 일찍이.

【圉人(어인)】 : 말 사육사.

4 先傅曲木, 曲木又求曲木; 曲木已傅, 直木無所施矣。→ 먼저 굽은 나무를 가지고 엮으면, 굽은 나무는 또 굽은 나무를 요구하게 되고; 굽은 나무로 이미 엮은 후에는, 곧은 나무는 쓰지 못합니다.

5 先傅直木, 直木又求直木; 直木已傅, 曲木亦無所施矣。」→ 먼저 곧은 나무를 가지고 엮으면, 곧은 나무는 또 곧은 나무를 요구하게 되고; 곧은 나무로 이미 엮은 후에는, 굽은 나무는 쓰지 못합니다.

002 사서(社鼠)
《晏子春秋 · 內篇問上》

작자

안영(晏嬰 : ?-B.C. 500)은 자가 평중(平仲)이며, 제(齊)나라 이유(夷維) [지금의 산동성 고밀현(高密縣)] 사람으로, 안자(晏子)는 존칭이다. 제영공(齊靈公) 26년(B.C. 556) 아버지 안약(晏弱)이 죽자 뒤를 이어 제나라의 경(卿)이 되었는데, 영공(靈公) · 장공(莊公) · 경공(景公) 삼대에 걸쳐 재상을 지내면서 근검절약으로 제후들에게 이름이 널리 알려졌다. 《사기(史記)》에 그의 열전이 있다.

《안자춘추(晏子春秋)》는 본래 안자가 지은 것으로 알려졌으나, 내용 전체가 안자의 언행을 기술한 것으로 보아 후인들이 편찬한 것으로 여겨진다. 《한서(漢書) · 예문지(藝文志)》에 8편이라 했는데, 오늘날 전하는 판본 역시 8편이다. 8편 중 내편(內篇) 6편은 주로 절검을 숭상하는 내용이 많고, 외편 2편은 유가(儒家)의 뜻이 아닌 내용이 많다. 그래서 당(唐) 유종원(柳宗元)은 일찍이 이를 묵자(墨子)의 제자들이 지은 것으로 의심하기도 했다.

원문 및 주석

社鼠[1]

夫社, 束木而塗之, 鼠因往託焉, 熏之則恐燒其木; 灌之則恐敗其塗, 此鼠所以不可得殺者, 以社故也。[2] 夫國亦有焉, 人主左右是也。[3]

---

1 社鼠 → 지신(地神) 사당의 쥐
【社(사)】: 지신(地神) 사당. 토지신을 모시는 사당.

2 夫社, 束木而塗之, 鼠因往託焉, 熏之則恐燒其木; 灌之則恐敗其塗, 此鼠所以不可得殺者, 以社故也。

해설

옛날의 지신(地神) 사당은 나무와 진흙을 가지고 지어 쥐들이 그 외벽을 파고 들어가 산다. 그 쥐들을 퇴치하기 위해 불을 놓아 연기를 쏘이자니 나무를 태울까 염려되고, 물을 붓자니 흙벽을 망가뜨릴까 염려된다.

임금 주변에도 마치 쥐와 같은 사악한 간신배들이 임금의 비호 하에 백성들에게 해를 끼치고 있다. 이처럼 쥐나 간신배들이 생존하고 번식할 수 있는 것은 그들에게 비호처가 있기 때문이다. 그래서 이러한 화근을 제거하려면 반드시 그들의 비호처를 제거해야 하는데, 이 또한 상당한 희생을 감수하지 않으면 안 된다.

이 우언은 지신 사당과 쥐의 관계를 빌려 국가와 간신배의 관계를 풍자한 것이다.

※참고 : 이 고사는 《한비자 · 외저설우상(韓非子 · 外儲說右上)》에도 보이는데, 고사 내용은 같으나 《한비자》의 경우 고사 구조가 제환공(齊桓公)과 관중(管仲) 두 사람의 문답 형식으로 이루어져 있다.

→ 지신(地神) 사당은, 먼저 나무를 가지고 엮은 다음 여기에다 진흙을 바르는데, 이로 인해 쥐가 (구멍을 파고) 들어가 몸을 의탁한다. (불을 놓아) 연기를 쏘이자니 나무를 태울까 두렵고; 물을 주입하자니 진흙을 망가뜨릴까 두렵다. 이 쥐를 죽일 수 없는 까닭은, 바로 지신 사당 때문이다.

【夫(부)】 : [발어사] 대저, 무릇.
【束木(속목)】 : 나무를 엮다. 〖束〗 : 묶다, 결박하다. 여기서는 「엮다, 얽어매다.」의 뜻.
【塗(도)】 : 바르다, 칠하다.
【因(인)】 : 이로 인해, 그리하여.
【託(탁)】 : 몸을 의탁하다.
【熏(훈)】 : 연기를 쏘이다.
【恐(공)】 : 두렵다.
【燒(소)】 : 불태우다.
【灌(관)】 : 물을 주입하다.
【所以(소이)】 : 까닭, 이유, 원인.
【以(이)…故(고)】 : …때문.

3 夫國亦有焉, 人主左右是也。→ 무릇 나라에도 역시 (이러한 쥐가) 있는데, 임금의 측근들이 바로 그렇다.

【人主(인주)】 : 임금, 군주.
【左右(좌우)】 : 측근, 주변 사람.
【是(시)】 : 바로 그렇다.

003 남귤북지(南橘北枳)

《晏子春秋·內篇雜下》

작자

002 사서(社鼠) 참조

원문 및 주석

南橘北枳[1]

晏子將使楚, 楚王聞之, 謂左右曰:「晏嬰, 齊之習辭者也, 今方來, 吾欲辱之, 何以也?」[2] 左右對曰:「爲其來也, 臣請縛一人, 過王而行, 王曰:

1 南橘北枳 → 남쪽 지방의 감귤과 북쪽 지방의 탱자
【橘(귤)】: 감귤.
【枳(지)】: 탱자.

2 晏子將使楚, 楚王聞之, 謂左右曰:「晏嬰, 齊之習辭者也, 今方來, 吾欲辱之, 何以也?」→ 안자(晏子)가 장차 초(楚)나라에 사신으로 나가려 하자, 초왕이 이 소문을 듣고, 자기 주변의 측근들에게 일러 말했다:「안영(晏嬰)은, 제(齊)나라의 능변가로서, 지금 마침 우리나라에 오려고 한다. 내가 그에게 모욕을 주려고 하는데, 어찌하면 되겠는가?」
【晏子(안자)】: [인명] 안영(晏嬰). 시호는 평(平), 자는 중(仲)이며, 역사에서는 안평중(晏平仲)이라 칭한다. 제(齊)나라의 대부로 영공(靈公)·장공(莊公)·경공(景公) 삼대에 걸쳐 재상을 지냈으며, 유능하고 근면 검소한 인품으로 세상에 널리 알려졌는데, 후인들이 그의 행적과 간언(諫言)을 모아《안자춘추(晏子春秋)》를 펴냈다.
【將(장)】: 장차 …하려 하다.
【使(사)】: 출사하다, 사신으로 나아가다.
【楚(초)】: [국명] 지금의 장강(長江) 중류 지역에 있던 주대(周代)의 제후국.
【左右(좌우)】: 측근, 주변 사람.

『何爲者也?』 對曰 : 『齊人也。』 王曰 : 『何坐?』 曰 : 『坐盜。』」[3] 晏子至, 楚王賜晏子酒, 酒酣, 吏二縛一人詣王, 王曰 : 「縛者曷爲者也?」[4] 對曰 : 「齊人也, 坐盜。」 王視晏子曰 : 「齊人固善盜乎?」[5] 晏子避席對曰 : 「嬰聞之, 橘生淮南則爲橘, 生于淮北則爲枳, 葉徒相似, 其實味不同。[6] 所以然

【晏嬰(안영)】 : [인명] 앞의 주) 2 【안자(晏子)】 참조.
【齊(제)】 : [국명] 지금의 산동성 북부와 하북성 남부 일대에 걸쳐 있던 주대(周代)의 제후국.
【習辭者(습사자)】 : 능변가, 말솜씨가 뛰어난 사람.
【方(방)】 : 마침.
【欲(욕)】 : …하려고 하다, …하고자 하다.
【辱(욕)】 : 욕보이다, 모욕을 주다.
【何以(하이)】 : 어찌하면 되겠는가?

3 左右對曰 : 「爲其來也, 臣請縛一人, 過王而行, 王曰 : 『何爲者也?』 對曰 : 『齊人也。』 王曰 : 『何坐?』 曰 : 『坐盜。』」 → 측근들이 대답했다 : 「안자가 올 때, 저희들이 한 사람을 포박하여, 임금님 앞을 지나가면, 임금님께서 : 『뭐하는 사람인가?』라고 물으십시오. 저희들이 : 『제나라 사람입니다.』라고 대답하면, 임금님께서 : 『무슨 죄를 지었는가?』라고 물으십시오. 그러면 저희들이 : 『절도죄를 지었습니다.』라고 대답할 것입니다.」
【爲(위)】 : [개사] 於(어). …에.
【縛(박)】 : 묶다, 포박하다.
【過(과)】 : 지나가다.
【何爲者(하위자)】 : 뭐하는 사람, 어떤 사람.
【何坐(하좌)】 : 무슨 죄를 지었는가? 〖坐〗 : 죄를 짓다, 죄에 연루되다.
【坐盜(좌도)】 : 절도죄를 짓다.

4 晏子至, 楚王賜晏子酒, 酒酣, 吏二縛一人詣王, 王曰 : 「縛者曷爲者也?」 → 안자가 도착하자, 초왕이 안자에게 술을 접대하고, 술이 거나하게 취했을 때, 두 명의 관리가 한 사람을 포박하여 왕 앞에 당도했다. 왕이 말했다 : 「포박된 자가 무엇 하는 사람인가?」
【賜(사)】 : 주다, 하사하다. 여기서는 「접대하다.」의 뜻.
【酣(감)】 : 얼근하게 취하다, 거나하게 취하다.
【詣(예)】 : 이르다, 당도하다.
【縛(박)】 : [피동 용법] 묶이다.
【曷爲者(갈위자)】 : 무엇하는 사람.

5 對曰 : 「齊人也, 坐盜。」 王視晏子曰 : 「齊人固善盜乎?」 → 관리가 대답했다 : 「제나라 사람인데, 절도죄를 지었습니다.」 왕이 안자를 보고 말했다 : 「제나라 사람은 본래 도둑질을 잘합니까?」
【固(고)】 : 본래.
【善盜(선도)】 : 도둑질을 잘하다.

6 晏子避席對曰 : 「嬰聞之, 橘生淮南則爲橘, 生于淮北則爲枳, 葉徒相似, 其實味不同。 → 안자가 자리

者何? 水土異也。今民生長于齊不盜, 入楚則盜, 得無楚之水土使民善盜耶?」[7] 王笑曰 :「聖人非所與熙也, 寡人反取病焉。」[8]

해설

초왕(楚王)은 본래 자작극을 연출하여 제(齊)나라 사람을 도둑으로 몰아 안자(晏子)와 제나라에 대해 인격(人格)과 국격(國格)을 모독하려 했다. 그러나 안자는 귤나무가 회남(淮南)에서 자라면 귤이 달리고 회북(淮北)에서 자라면 탱자가 달리듯이, 사람도 나라의

에서 한 발짝 옆으로 물러나 대답했다 :「제가 듣건대, 귤나무는 회남(淮南)에서 나면 귤이 되고, 회북(淮北)에서 나면 탱자가 되는데, 잎은 비록 흡사하지만, 그 열매는 맛이 다릅니다.

【避席(피석)】: 자리를 피하여 한 발짝 옆으로 물러나다, 피석하다. ※ 옛날에는 자리를 깔고 앉는데, 자기가 말을 하고자 할 때, 웃어른이나 상대방에 대한 공경의 표시로 좌중에서 일어나 한 발짝 옆으로 물러나는 것을 말한다.

【淮(회)】: [강 이름] 지금의 안휘성과 강소성을 흐르는 강.

【于(우)】: [개사] 於(어). …에서.

【徒(도)】: 다만. 여기서는「비록」의 뜻이 강하다.

【相似(상사)】: 서로 비슷하다, 흡사하다.

7 所以然者何? 水土異也。今民生長于齊不盜, 入楚則盜, 得無楚之水土使民善盜耶?」→ 그렇게 되는 까닭은 무엇이겠습니까? 물과 토양이 다르기 때문입니다. 지금 백성이 제나라에서 생장하면 도둑질을 안 하지만, 초나라로 들어오면 곧 도둑질을 합니다. 그것은 초나라의 물과 토양이 백성들로 하여금 도둑질을 잘하게 만드는 것이 아니겠습니까?」

【所以然者(소이연자)】: 그렇게 되는 까닭. 〖所以…〗: …한 까닭.

【何(하)】: 무엇.

【得無(득무)】: 莫非(막비). …아님이 없다.

【使(사)】: …로 하여금 …하게 하다.

8 王笑曰 :「聖人非所與熙也, 寡人反取病焉。」→ 왕이 웃으며 말했다 :「성인(聖人)을 희롱하면 안 되는 것인데, 과인이 오히려 모욕을 자초했습니다.」

【非所(비소)】: …해서는 안 되다.

【熙(희)】: 희롱하다.

【寡人(과인)】: 과덕지인(寡德之人)이란 뜻으로, 임금이 자신을 낮추어 부르는 말.

【反(반)】: 오히려, 반대로.

【取病(취병)】: 욕을 먹다, 모욕을 자초하다. 〖病〗: 辱(욕). 모욕.

【焉(언)】: [어조사].

물과 토양에 따라 달라진다는 논리를 전개하여, 본래 다른 나라에서 선량했던 사람이 초(楚)나라로 들어오면 도둑질을 잘하게 된다고 반박했다. 이에 초왕이 안자의 능변에 더 이상 대응을 하지 못하고, 욕을 보이려다 오히려 욕을 자초했음을 스스로 인정했다.

이 우언은 남에게 해코지를 가하면 자신에게 좋은 결말이 돌아오지 않고, 남을 욕보이려 하면 오히려 그 욕을 자초하게 된다는 이치를 설명한 것이다.

004 동주공제(同舟共濟)
《孫子 · 九地》

작자

손자(孫子 : B.C. ?-?)는 이름이 무(武)이며, 춘추시대 말기의 걸출한 군사 전략가이다. 그는 본래 제(齊)나라 사람이었으나 병법을 가지고 오왕(吳王) 합려(闔閭)를 접견한 후 중용되어 오(吳)나라 장수로 활약했다. B.C. 506년에는 오원(伍員)과 함께 군사를 이끌고 강대국인 초(楚)나라의 도읍을 공략하여 중원의 제후들에 대해 오나라의 위세를 떨치게 했다.

그의 저서 《손자(孫子)》는 중국 최초의 병법서로서 일명 《손자병법(孫子兵法)》이라고도 하는데, 춘추말기와 그 이전의 작전 경험을 토대로 전쟁의 중요한 규율을 게시함으로써 후세에 군사 전략에 지대한 영향을 끼쳤다. 본래 《한서(漢書) · 예문지(藝文志)》에는 82편이라 했으나 지금은 13편이 전하며, 조조(曹操) · 두우(杜佑) · 매요신(梅堯臣) 등의 주석서가 있다.

원문 및 주석

同舟共濟[1]

夫吳人與越人相惡也, 當其同舟而濟, 遇風, 其相救也, 如左右手。[2]

---

1 同舟共濟 → 한배를 타고 함께 강을 건너다
【濟(제)】: (물을) 건너다.

2 夫吳人與越人相惡也, 當其同舟而濟, 遇風, 其相救也, 如左右手。→ 대저 오(吳)나라와 월(越)나라는 서로 앙숙지간이지만, 그들이 같은 배를 타고 함께 강을 건널 때, 바람을 만나자, 서로 구조하는 모습이, 마치 왼손과 오른손 같았다.
【夫(부)】: [발어사] 대저, 무릇.

해설

중국 역사에서 오(吳)나라와 월(越)나라는 서로 양립할 수 없는 원수지간이다. 그러나 큰 재난을 만나 서로의 생명에 위험이 닥치자, 일단 원한을 접어두고 서로 구조하기 위해 온 힘을 쏟았다. 만일 이러한 상황에서 여전히 서로 적대할 경우 모두가 공멸한다는 것은 자명한 이치이다.

이 우언은 비록 원수지간이라 해도 함께 불리한 상황에 처하게 되면 서로 적대시하여 공멸하는 것보다는 협조하여 난관을 극복하는 것이 피차 유리하다는 이치를 설명한 것이다.

【吳(오)】: [국명] 지금의 강소성 남부와 절강성 북부 일대에 있던 춘추시대의 제후국. 후에 회하(淮河) 유역까지 영토를 확장했으나, B.C. 473년 월(越)나라에 멸망했다.

【越(월)】: [국명] 지금의 절강성 동쪽에 있던 춘추시대의 제후국. 후에 강소성과 산동성 일대까지 영토를 확장했다.

【相惡(상오)】: 서로 앙숙이다, 서로 증오하다,

【當(당)】: …할 때.

【遇(우)】: 만나다.

【相救(상구)】: 서로 구조하다.

【如(여)】: 마치 …같다.

005 염사(染絲)

《墨子 · 所染》

작자

묵자(墨子 : 약 B.C. 468-B.C. 376)는 성이 묵(墨), 이름이 적(翟)이며, 행적은 잘 알려져 있지 않다. 《사기(史記)》에는 그에 관한 열전(列傳)이 없고 《사기(史記) · 맹자순경열전(孟子荀卿列傳)》의 말미에 「묵적은 송(宋)나라의 대부로, 성을 지키고 적을 방어하는데 능하며 절검(節儉)을 제창했는데, 어떤 사람은 그가 공자(孔子)와 같은 시대라 하고, 어떤 사람은 그가 공자 이후라고 한다.」라는 간략한 기록이 있으며, 이밖에 《신서(新序)》 · 《시자(尸子)》 · 《안자춘추(晏子春秋)》 · 《한비자(韓非子)》 · 《여씨춘추(呂氏春秋)》 · 《회남자(淮南子)》 · 《열자(列子)》 · 《전국책(戰國策)》 · 《저궁구사(渚宮舊事)》 및 갈홍(葛洪)의 《신선전(神仙傳)》 등에 묵자에 관한 기록이 일부 전해지고 있다.

묵자는 본래 유가(儒家)의 교육을 받았다. 그러나 귀족통치를 대변하는 유가의 예치(禮治)에 불만을 품고 유가를 떠나 묵가학파(墨家學派)를 창립하여 유가학설의 반대자가 되었다.

묵자의 사상은 그의 후학들이 편찬한 《묵자(墨子)》에 담겨 있다. 《묵자》는 《한서(漢書) · 예문지(藝文志)》에 71편이라 기재되어 있으나 현재 전해지고 있는 것은 53편뿐이다. 《묵자》의 내용은 묵자의 언행과 묵자 이후 묵가(墨家)의 저술을 포함하여 다방면에 걸쳐 있는데, 그 가운데 중심이 되는 것은 상현(尚賢) · 상동(尚同) · 겸애(兼愛) · 비공(非攻) · 절용(節用) · 절장(節葬) · 천지(天志) · 명귀(明鬼) · 비락(非樂) · 비명(非命) 등 십론(十論)을 풀이한 23편이다.

원문 및 주석

染絲[1]

子墨子言見染絲者而歎曰 :「染於蒼則蒼, 染於黃則黃。所入者變, 其色亦變。[2] 五入必, 而已則爲五色矣。故染不可不愼也。非獨染絲然也, 國亦有染。」[3]

해설

염색은 염료를 쓰는 대로 색깔이 변한다. 묵자(墨子)는 이러한 현상을 「국역유염(國亦有染 : 나라에도 역시 염색과 같은 문제가 있다)」이란 말로 정치에 비유하고 있다. 즉 「근주자적, 근묵자흑〔近朱者赤, 近墨者黑 : 주사(朱砂)를 가까이하면 붉게 되고, 먹을 가까이하면 검

---

1 染絲 → 실을 염색하다
【染(염)】: 물들이다, 염색하다.

2 子墨子言見染絲者而歎曰 :「染於蒼則蒼, 染於黃則黃。所入者變, 其色亦變。→ 묵자(墨子)가 실을 염색하는 사람을 보고 탄식하며 말했다 :「푸른 물감에 염색을 하면 푸르게 되고, 누런 물감에 염색을 하면 누렇게 된다. 염료가 변하면, 실의 색깔 역시 변한다.
【子墨子(자묵자)】:「子」는 본래 남자에 대한 존칭이나, 옛날에는 스승에게도 「子」자를 붙였다. 따라서 「자묵자」는 제자의 스승에 대한 호칭으로 「스승 묵자」라는 뜻이다.
【蒼(창)】: 앞의 「蒼」은 명사로 「푸른 염료, 물감」이란 뜻이고, 뒤의 「蒼」은 형용사로 「푸르게 변하다.」의 뜻.
【所入者(소입자)】: 들어가는 것, 즉 사용하는 염료.
【其(기)】: [대명사] 그것, 즉 「실」.

3 五入必, 而已則爲五色矣。故染不可不愼也。非獨染絲然也, 國亦有染。→ 다섯 번 염색을 하면, 색깔도 다섯 번 변한다. 그래서 염색은 신중하지 않으면 안 된다. 비단 실을 염색하는 경우만 그런 것이 아니고, 나라에도 역시 염색과 같은 문제가 있다.
【必(필)】: 畢(필). 마치다, 끝내다.
【爲五色(위오색)】: 다섯 색깔이 되다, 즉 색깔이 다섯 번을 변하다.
【不可不(불가불)】: …하지 않을 수 없다.
【愼(신)】: 신중하다, 신중히 하다.
【非獨(비독)】: 비단 …뿐만 아니라.
【然(연)】: 그렇다.

게 물든다)」라는 말처럼 군주가 현인을 가까이하면 나라가 잘 다스려지고 백성이 편안하지만, 소인을 가까이하면 나라가 위태로워지고 민생이 불안해진다.

이 우언은 객관적인 외부 환경이 인간에게 심각한 영향을 주기 때문에 각별히 유의해야 한다는 점을 비유한 것이다.

006 격인가지자(擊鄰家之子)

《墨子 · 魯問》

작자

005 염사(染絲) 참조

원문 및 주석

擊鄰家之子[1]

有人於此, 其子强梁不材, 故其父笞之。[2] 其鄰家之父, 擧木而擊之曰 : 「吾擊之也, 順於其父之志。」 則豈不悖哉?[3]

---

1 擊鄰家之子 → 이웃집 아들을 매로 때리다
【擊(격)】: 치다, 때리다.

2 有人於此, 其子强梁不材, 故其父笞之。→ 여기에 어떤 사람이 있는데, 자기의 아들이 난폭하고 무능했다. 그래서 아버지가 아들의 볼기를 때렸다.
【强梁(강량)】: 난폭하다.
【不材(부재)】: 재능이 없다, 무능하다.
【笞(태)】: 볼기를 치다.

3 其鄰家之父, 擧木而擊之曰 : 「吾擊之也, 順於其父之志。」 則豈不悖哉? → 그러자 이웃집 노인이, 막대기를 들고 나와 그 아이를 때리고 말했다 : 「내가 그 아이를 때린 것은, 아이 아버지의 뜻에 따른 것이다.」 어찌 황당하지 않는가?
【鄰家之父(인가지부)】: 이웃집 노인. 〖父〗: 노인에 대한 존칭.
【擧(거)】: 들다.
【順於(순어)…】: …에 순응하다, …에 따르다. 〖於〗: [개사] …에.
【悖(패)】: 황당하다, 터무니없다, 이치에 맞지 않다.

해설

옛날에 부모가 자식을 훈계하는 방법으로 매를 드는 것은 흔한 일이었다. 이는 자식에 대해 행할 수 있는 부모의 권리이자 책무로 타인이 간여할 수 있는 일이 아니다. 그럼에도 불구하고 이웃집 노인은 매를 들어 남의 자식을 때리고 나서 그 부모의 뜻에 따른 것이라고 얼토당토않은 말을 했다. 사회규범은 이웃에게 남의 자식을 매질하여 가르치라는 권리를 부여하지 않는다. 따라서 이는 분명 월권이며 쓸데없이 남의 일에 참견하는 불필요한 행위이다.

이 우언은 남을 돕는다는 명분으로 분수에 맞지 않게 사단을 일으키는 몰지각한 행위를 꾸짖고 풍자한 것이다.

007 다언무익(多言無益)

《墨子 · 佚文》(見於《太平御覽》)

작자

005 염사(染絲) 참조

원문 및 주석

多言無益[1]

子禽問曰 :「多言有益乎?」[2] 墨子曰 :「蝦蟆、蛙、蠅, 日夜恒鳴, 口乾舌擗, 然而不聽。[3] 今觀晨鷄, 時夜而鳴, 天下振動。多言何益? 唯其言之時也。」[4]

---

1 多言無益 → 말이 많으면 이로울 것이 없다

2 子禽問曰 :「多言有益乎?」→ 자금(子禽)이 물었다 :「말을 많이 하면 이로움이 있습니까?」
【子禽(자금)】: [인명] 묵자(墨子)의 제자.

3 墨子曰 :「蝦蟆、蛙、蠅, 日夜恒鳴, 口乾舌擗, 然而不聽。→ 묵자(墨子)가 말했다 :「두꺼비 · 개구리 · 파리는, 밤낮으로 항상 울어, 입이 마르고 혀가 해지지만, 그러나 (아무도) 듣지 않는다.
【蝦蟆(하마)】: 두꺼비.
【蛙(와)】: 개구리.
【蠅(승)】: 파리.
【恒(항)】: 항상.
【鳴(명)】: 울다.
【乾(건)】: 마르다.
【擗(벽)】: 해지다.
【然而(연이)】: 그러나.

4 今觀晨鷄, 時夜而鳴, 天下振動。多言何益? 唯其言之時也。」→ 지금 아침에 우는 수탁을 보면, 새벽

해설

두꺼비나 개구리나 파리는 밤낮으로 울어도 관심을 가지고 듣는 사람이 없지만, 수탉이 때에 맞춰 새벽에 울면 천하를 진동시켜 모든 사람들이 일어나 활동을 시작한다. 즉 하루 종일 많이 운다고 효과가 있는 것이 아니라 한 번이라도 필요할 때 우는 것이 효과적이다.

이 우언은 동물의 울음소리가 사람에게 미치는 효과를 사람의 언행에 비유하여, 말이란 많이 한다고 해서 이로운 것이 아니라 적절하고 필요한 시기를 선택해야 효과가 있음을 강조한 것이다.

에 맞춰 우는데, 천하가 진동한다. 말이 많으면 무슨 이로움이 있겠는가? 다만 말을 해야 할 때가 있는 것이다.」

【晨鷄(신계)】: 아침에 우는 수탉.

【時夜(시야)】: 밤에 시간 알리는 일을 맡다. 여기서는「닭이 새벽에 때를 맞추어 우는 것」을 가리킨다.

【唯(유)】: 다만.

【時(시)】: 때, 시기. 여기서는「적절한 때」를 가리킨다.

008 장의여의생(張儀與醫生)

《尸子·佚文》

작자

시교(尸佼 : 약 B.C. 390-B.C. 330)는 진(晉)나라 사람이라는 설과 노(魯)나라 사람이라는 설이 있다. 그는 진(秦)나라 재상인 상앙(商鞅)의 정책에 깊이 참여하여 상앙의 책사 역할을 했으나, 상앙이 사형을 당하자 자신도 이에 연루되어 처형당할까 두려워 촉(蜀)으로 도망했다.

《시자(尸子)》는 시교가 지은 책으로, 원서는 남송(南宋)에 이르기까지 잔존하다가 그 후에 점차 일실되었는데, 청(淸) 건륭(乾隆) 연간에 임조린(任兆麟)의 《시자》 교본(校本)이 나오고, 가경(嘉慶) 연간에 손성연(孫星衍)의 《시자집본(尸子集本)》과 왕계배(汪繼培)의 호해루본(湖海樓本)이 나왔다. 현재 대만삼민서국(臺灣三民書局)의 《신역시자독본(新譯尸子讀本)》은 이들 임본(任本)·손본(孫本)·왕본(王本)을 근거로 정리하여 새로 편찬한 것이다.

원문 및 주석

張儀與醫生[1]

有醫竘者, 秦之良醫也, 爲宣王割痤, 爲惠王療痔, 皆愈。[2] 張子之背腫,

---

1 張儀與醫生 → 장의(張儀)와 의사
【張儀(장의)】: [인명] 진(秦) 혜문왕(惠文王) 때의 재상.
【醫生(의생)】: 의사.

2 有醫竘者, 秦之良醫也, 爲宣王割痤, 爲惠王療痔, 皆愈。→ 구(竘)라는 의사는, 진(秦)나라의 명의로, 선왕(宣王)을 위해 뾰루지를 제거하고, 혜왕(惠王)을 위해 치질을 치료하여, 모두 다 나았다.
【醫竘(의구)】: 구(竘)라는 이름의 의사.

命竘治之, 謂竘曰 :「背, 非吾背也, 任子制焉。」治之, 遂愈。[3] 竘誠善治疾也, 張子委制焉。夫身與國亦猶此也, 必有所委制, 然後治矣。[4]

해설

구(竘)는 진(秦)나라 선왕(宣王)과 혜왕(惠王)의 질병을 완치시킨 검증된 명의이다. 이에 장의(張儀)는 등에 종기가 나자 구를 청해 치료하면서 추호의 간섭 없이 구에게 몸

【秦(진)】: [국명] 지금의 섬서성과 감숙성 일대에 있던 주대(周代)의 제후국이었으나, B.C. 221년 진시황(秦始皇)이 전국을 통일하고 진왕조를 건설했다.
【宣王(선왕)】: 진(秦)나라의 군주. ※ 진나라에 「선왕(宣王)」이 없는 것으로 보아 오류인 듯하다.
【割(할)】: 잘라내다, 제거하다.
【痤(좌)】: 뾰루지.
【惠王(혜왕)】: 진(秦) 혜문왕(惠文王). 진효공(秦孝公)의 아들로 27년간(B.C. 337-B.C. 311) 재위했다.
【療(료)】: 고치다, 치료하다.
【痔(치)】: 치질.
【愈(유)】: (병이) 낫다, 치유되다.

3 張子之背腫, 命竘治之, 謂竘曰 :「背, 非吾背也, 任子制焉。」治之, 遂愈。→ 장의(張儀)가 등창이 나서, 구를 청해 치료하도록 하고, 구에게 일렀다 :「등은, 나의 등이 아니니, 그대가 처리하는 대로 맡기겠소.」 구가 이를 치료하여, 마침내 다 나았다.
【張子(장자)】: 장의(張儀). 【子】: 남자에 대한 미칭.
【背腫(배종)】: 등에 나는 종기, 등창.
【命(명)】: 명하다. 여기서는 「청하다.」의 뜻.
【任(임)】: 맡기다, 내맡기다.
【子(자)】: 그대, 당신.
【制(제)】: 제지하다, 제어하다. 즉 「치료하다, 처리하다.」의 뜻.

4 竘誠善治疾也, 張子委制焉。夫身與國亦猶此也, 必有所委制, 然後治矣。→ 구는 확실히 질병을 잘 다스리기 때문에, 장의가 믿고 맡겨 치료한 것이다. 무릇 몸과 나라 역시 이와 같은 것이니, 반드시 (유능한 사람에게) 믿고 맡겨 처리해야, 그런 연후에 잘 다스려지는 것이다.
【誠(성)】: 실로, 확실히.
【善治(선치)】: 잘 치료하다.
【委制(위제)】: 믿고 맡겨 처리하다.
【夫(부)】: [발어사] 대저, 무릇.
【猶(유)】: 마치 …와 같다.

을 맡겨 마침내 완치되었다. 만일 장의가 재상의 신분을 내세워 구에게 부담감을 주었다면 소신껏 치료를 하지 못했을 것이다.

이 우언은 신병의 치료를 치국(治國)의 원리와 동일시하여 「사람을 의심하면 채용하지 말고, 채용하면 의심을 하지 않는다.」라는 치국의 기본 원칙을 설명한 것이다.

009 기인우천(杞人憂天)

《列子 · 天瑞》

작자

열자(列子 : B.C. ?-?)는 이름이 구(寇) 또는 어구(御寇)라고 하며 전국시대 정(鄭)나라 사람이다. 그가 언제 살았었는지 확실히 알 수 없으나 장자(莊子) 이전이라고도 하고 장자와 같은 시기라고도 하며, 일설에는 존재하지 않았던 인물로 장자의 우언(寓言)일 뿐 고증할 길이 없다고 말하는 사람도 있다. 어쨌든 「청정무위(淸靜無爲)」를 주장한 열자의 사상이 황제(黃帝)·노자(老子)로부터 나와 장자와 함께 도가(道家) 학파의 대표적인 인물로서 세상에 널리 전해진 것을 보면, 비록 열어구(列御寇)라는 사람이 실존하지 않았다 해도 《열자》가 중국의 사상과 문학에 끼친 영향은 결코 무시할 수 없는 사실이다.

《열자(列子)》는 《한서(漢書)·예문지(藝文志)》에 8편이라 했는데, 후에 망실되어 현재 전하는 것은 진(晋)나라 사람 장담(張湛)이 전설을 모아 편찬한 것이다. 내용이 비록 도가의 허무주의와 자연순응(自然順應) 등 소극적 사상을 선양하고 있지만, 많은 민간고사나 우언(寓言) 및 신화전설을 보존하고 있어 높은 문학적·사상적 가치를 지니고 있다.

원문 및 주석

杞人憂天[1]

杞國有人憂天地崩墜, 身亡所寄, 廢寢食者。[2] 又有憂彼之所憂者, 因往

1 杞人憂天 → 기(杞)나라 사람이 하늘을 걱정하다
【杞(기)】: [국명] 지금의 하남성 기현(杞縣) 일대에 있던 주대(周代)의 제후국.

曉之, 曰 :「天, 積氣耳, 亡處亡氣。若屈伸呼吸, 終日在天中行止, 奈何憂崩墜乎?」[3] 其人曰 :「天果積氣, 日月星宿, 不當墜耶?」[4] 曉之者曰 :「日月星宿, 亦積氣中之有光耀者, 只使墜, 亦不能有所中傷。」[5] 其人曰 :「奈地壞何?」[6] 曉者曰 :「地, 積塊耳, 充塞四虛, 亡處亡塊。若躇步跐蹈,

---

2 杞國有人憂天地崩墜, 身亡所寄, 廢寢食者。→ 기(杞)나라에 하늘이 무너져 몸을 기탁할 곳이 없을까 걱정하여, 침식을 전폐하는 사람이 있었다.
【崩墜(붕추)】: 무너지고 꺼지다.
【亡(무)】: 無(무).
【所寄(소기)】: 기탁할 곳, 의탁할 곳.

3 又有憂彼之所憂者, 因往曉之, 曰 :「天, 積氣耳, 亡處亡氣。若屈伸呼吸, 終日在天中行止, 奈何憂崩墜乎?」→ 그런데 또 그가 걱정하는 것을 걱정하는 사람이 있어, 곧 그를 찾아가 깨우쳐주며, 말했다 :「하늘은, 다만 쌓인 기체일 뿐으로, 기체가 없는 곳이 없습니다. 당신이 (몸을) 구부렸다 폈다 하고 숨을 내쉬고 들이쉬며, 온종일 하늘 속에서 활동하는데, 어찌 무너지고 꺼질까봐 걱정합니까?」
【因(인)】: 곧, 바로.
【曉(효)】: 깨우쳐주다, 알려주다.
【積氣(적기)】: 쌓인 기체.
【耳(이)】: 다만 … 뿐.
【亡處亡氣(무처무기)】: 無處無氣(무처무기). 기(氣)가 없는 곳이 없다. 〖亡〗: 無(무).
【若(약)】: 너, 당신.
【天中(천중)】: 하늘 속, 하늘 가운데.
【行止(행지)】: 활동하다.
【奈何(내하)】: 어찌, 어째서.

4 其人曰 :「天果積氣, 日月星宿, 不當墜耶?」→ 그 사람이 말했다 :「하늘이 과연 쌓여있는 기체라면, 해와 달과 별들은, 당연히 떨어지지 않겠지요?」
【果(과)】: 과연.
【星宿(성수)】: 별, 별자리.
【不當(부당)…耶(야)?】: 당연히 …하지 않겠는가?

5 曉之者曰 :「日月星宿, 亦積氣中之有光耀者, 只使墜, 亦不能有所中傷。」→ 그를 깨우쳐주려는 사람이 말했다 :「해와 달과 별들도, 쌓여있는 기체 안에서 광채가 나는 것이라, 설사 떨어진다 해도, 맞아 다치는 일이 있을 수 없습니다.」
【光耀(광요)】: 빛, 광채.
【只使(지사)】: [가정법] 설사 …라 해도.
【墜(추)】: 떨어지다.
【有所中傷(유소중상)】: 맞아 다치다.

6 其人曰 :「奈地壞何?」→ 그 사람이 말했다 :「땅이 무너지면 어떻게 하지요?」

終日在地上行止, 奈何憂其壞?」[7] 其人舍然大喜, 曉之者亦舍然大喜。[8]

해설

하늘이 무너지고 땅이 꺼질까 걱정하여 침식을 전폐하는 것은 실로 무지의 소치이다.

이 우언은 무지로 인해 쓸 데 없이 걱정하는 우매한 사람을 풍자한 것이다.

【奈(내)…何(하)】: 奈何(내하). 어찌, 어떻게.

7 曉者曰:「地, 積塊耳, 充塞四虛, 亡處亡塊。若躇步跐蹈, 終日在地上行止, 奈何憂其壞?」→ 깨우쳐주려는 사람이 말했다:「땅은, 쌓여 있는 흙덩어리일 뿐이며, 사면팔방을 가득 채워서, 흙이 없는 곳이 없습니다. 당신이 밟고 걷고 뛰며, 온종일 땅 위에서 활동하는데, 어찌 그것이 무너질까봐 걱정합니까?」

【塊(괴)】: 흙덩이.

【充塞(충새)】: 가득 채우다.

【四虛(사허)】: 사방, 사면팔방.

【亡處亡塊(무처무괴)】: 흙이 없는 곳이 없다. 〖亡〗: 無(무).

【若(약)】: 너, 당신.

【躇步跐蹈(저보차도)】: 밟고 걷고 뛰다.

8 其人舍然大喜, 曉之者亦舍然大喜。→ 그는 비로소 안심하며 매우 기뻐했고, 그를 깨우쳐준 사람 또한 안심하며 매우 기뻐했다.

【舍然(사연)】: 근심을 버리고 안심하는 모양. 〖舍〗: 捨(사), 버리다.

010 해상구조(海上漚鳥)

《列子·黃帝》

작자

009 기인우천(杞人憂天) 참조

원문 및 주석

海上漚鳥[1]

海上之人有好漚鳥者, 每旦之海上, 從漚鳥游。[2] 漚鳥之至者百住而不止。[3] 其父曰:「吾聞漚鳥皆從汝游, 汝取來, 吾玩之。」[4] 明日之海上, 漚鳥

---

1 海上漚鳥 → 바다 위의 갈매기
【漚鳥(구조)】: 갈매기.

2 海上之人有好漚鳥者, 每旦之海上, 從漚鳥游。→ 바닷가에 사는 사람으로 갈매기를 좋아하는 자가 있었다. 그는 매일 아침 바다로 나가, 갈매기와 함께 놀았다.
【好(호)】: [동사] 좋아하다.
【之海上(지해상)】: 바다로 나가다. 〖之〗: 가다.
【從(종)】: [개사] …과(와) 함께.
【游(유)】: 노닐다.

3 漚鳥之至者百住而不止。→ 그에게 날아오는 갈매기의 수가 백 마리도 넘었다.
【漚鳥之至者(구조지지자)】: 날아오는 갈매기.
【百住而不止(백주이부지)】: 백 마리가 넘다. 〖住〗:「數(수)」의 오류로 보는 견해가 많다.

4 其父曰:「吾聞漚鳥皆從汝游, 汝取來, 吾玩之。」→ 그의 아버지가 말했다:「나는 갈매기가 모두 너와 함께 노닌다고 들었다. 네가 잡아 와, 내가 그것을 가지고 놀게 해다오.」
【取來(취래)】: 잡아오다.
【玩(완)】: 가지고 놀다.

舞而不下也。[5]

해설

갈매기를 좋아하는 그 사람의 마음이 순수했기 때문에 그가 바다에 나가면 수많은 갈매기가 그의 주변으로 날아든다. 그러나 그의 아버지가 아들에게 갈매기를 잡아와 놀게 해달라고 요구하자, 갈매기들이 공중에서 놀며 아래로 내려오지 않았다.

이 우언은 자연의 동물인 갈매기를 통해, 누구든 나쁜 생각을 품으면 모두가 멀리 떠나게 된다는 것을 경계한 것이다.

【之(지)】: [대명사] 그것, 즉 갈매기.

5 明日之海上, 漚鳥舞而不下也。→ 그 다음날 바다에 나가보니, 갈매기가 (공중에서) 춤을 추며 아래로 내려오지 않았다.

【之(지)】: 至(지), 나가다, 이르다.

【不下(불하)】: 아래로 내려오지 않다.

011 조삼모사(朝三暮四)

《列子 · 黃帝》

작자

009 기인우천(杞人憂天) 참조

원문 및 주석

朝三暮四[1]

宋有狙公者, 愛狙, 養之成群, 能解狙之意, 狙亦得公之心。[2] 損其家口, 充狙之欲。[3] 俄而匱焉, 將限其食。[4] 恐衆狙之不馴於己也, 先誑之曰 :「與

1 朝三暮四 → 아침에 세 개를 주고 저녁에 네 개를 주다

2 宋有狙公者, 愛狙, 養之成群, 能解狙之意, 狙亦得公之心。→ 송(宋)나라에 저공(狙公)이라는 사람이 있었는데, 원숭이를 좋아하여, 여러 마리의 원숭이를 길렀다. 능히 원숭이의 마음을 간파할 수 있었고, 원숭이 또한 저공의 환심을 얻었다.
【狙公(저공)】: [인명] 원숭이를 기르는 사람이라는 뜻에서 붙여진 이름. 〖狙〗: 원숭이.
【成群(성군)】: 무리를 이루다. 즉, 여러 마리.
【解(해)】: 이해하다, 간파하다.
【得公之心(득공지심)】: 저공의 환심을 얻다.

3 損其家口, 充狙之欲。→ 저공은 자기 집의 양식을 덜어, 원숭이의 욕구를 채워주었다.
【損(손)】: 덜다, 감하다, 줄이다.
【家口(가구)】: 집안의 양식.

4 俄而匱焉, 將限其食。→ 얼마 후 양식이 모자라게 되자, 앞으로 원숭이의 양식을 제한하려 했다.
【俄而(아이)】: 곧, 얼마 후, 머지않아.
【匱(궤)】: (양식이) 모자라다.

若芧, 朝三而暮四, 足乎?」[5] 衆狙皆起而怒。[6] 俄而曰:「與若芧, 朝四而暮三, 足乎?」[7] 衆狙皆伏而喜。[8]

해설

저공(狙公)이 원숭이들에게 주는 상수리를 절약하기 위해 「아침에 세 개, 저녁에 네 개」를 주겠다고 하자 원숭이들이 펄펄 뛰며 반대하여 다시 말을 바꾸어 「아침에 네 개, 저녁에 세 개」를 주겠다고 하자, 원숭이들이 매우 좋아했다. 「아침에 세 개, 저녁에 네 개」를 주는 것이나 「아침에 네 개, 저녁에 세 개」를 주는 것은 말에 약간의 변화를 주었을 뿐 본질은 완전히 똑같다. 그러나 원숭이들은 저공의 술수에 말려들어 달라진 게 없다는 것을 알지 못했다.

이 우언은 간사한 꾀로 남을 속여 희롱하는 행위를 꼬집어 풍자한 것이다.

【將(장)】: (장차) …하려고 하다.
【限(한)】: 제한하다.

5 恐衆狙之不馴於己也, 先誑之曰:「與若芧, 朝三而暮四, 足乎?」→ (저공은) 원숭이들이 자기에게 순종하지 않을까 두려워, 먼저 원숭이들을 속여서 말했다:「너희들에게 상수리를 주는데, 아침에 세 개를 주고 저녁에 네 개를 주면, 만족하겠느냐?」
【恐(공)】: 두려워하다.
【馴(순)】: 순종하다, 따르다.
【誑(광)】: 속이다, 기만하다.
【與(여)】: 주다.
【若(약)】: 너, 너희들.
【芧(서)】: 상수리.

6 衆狙皆起而怒。→ 원숭이들이 모두 일어나 화를 냈다.

7 俄而曰:「與若芧, 朝四而暮三, 足乎?」→ 잠시 후 저공이 또 말했다:「너희들에게 상수리를 주는데, 아침에 네 개를 주고 저녁에 세 개를 주면, 만족하겠느냐?」

8 衆狙皆伏而喜。→ 원숭이들이 모두 땅에 엎드리며 매우 좋아했다.
【伏(복)】: 엎드리다.

012 우공이산(愚公移山)

《列子·湯問》

작자

009 기인우천(杞人憂天) 참조

원문 및 주석

愚公移山[1]

太行、王屋二山, 方七百里, 高萬仞, 本在冀州之南, 河陽之北。[2] 北山

1 愚公移山 → 우공(愚公)이 산을 옮기다
【移(이)】: 옮기다, 이동하다.

2 太行、王屋二山, 方七百里, 高萬仞, 本在冀州之南, 河陽之北。→ 태행(太行)과 왕옥(王屋) 두 산은, 사방이 칠백 리에, 높이가 만 인(仞)으로, 본래 기주(冀州)의 남쪽과 하양(河陽)의 북쪽에 있었다.
【太行(태행)】: [산 이름] 태행산. 산서성의 고원과 하북성의 평원지대 사이에 있는 산. 일명 오행산(五行山)이라고도 한다. ※ 판본에 따라서는 「行」을 「形(형)」이라 한 경우도 있으나, 여기서는 대부분의 역주본들에 따라 「行」이라 했다.
【王屋(왕옥)】: [산 이름] 산서성 양성현(陽城縣)과 원곡현(垣曲縣) 사이에 있는 산.
【方(방)】: 사방. ※ 사방의 길이로써 면적을 표시하는 단위. 옛날에 면적을 계산할 경우, 통상 긴 쪽을 잘라 짧은 쪽을 채워주는 방법으로, 불규칙한 변의 길이를 먼저 정방형(正方形)으로 고친 다음, 다시 그 길이를 계산했다.
【仞(인)】: [길이 단위] 7-8척(尺)을 1인(仞)이라 했다.
【冀州(기주)】: [지명] 지금의 하북성·산서성·하남성의 황하(黃河) 북쪽과 요녕성 요하(遼河) 서쪽 일대.
【河陽(하양)】: 황하(黃河)의 북안. ※ 산의 남쪽 면과 강의 북쪽 면을 「양(陽)」이라 하고, 산의 북쪽 면과 강의 남쪽 면을 「음(陰)」이라 한다.

愚公者, 年且九十, 面山而居。[3] 懲山北之塞, 出入之迂也, 聚室而謀, 曰 : 「吾與汝畢力平險, 指通豫南, 達于漢陰, 可乎?」 雜然相許。[4] 其妻獻疑曰 : 「以君之力, 曾不能損魁父之丘, 如太行、王屋何? 且焉置土石?」[5] 雜曰 :

---

3 北山愚公者, 年且九十, 面山而居。→ 북산(北山)의 우공(愚公)은, 나이가 곧 아흔이 되어 가는데, 산을 마주하여 살고 있었다.

【且(차)】: 곧 …하려고 하다.

【面(면)】: [동사] 마주하다, 대하다, 향하다.

4 懲山北之塞, 出入之迂也, 聚室而謀, 曰 : 「吾與汝畢力平險, 指通豫南, 達于漢陰, 可乎?」 雜然相許。→ 산의 북쪽이 막혀 왕래할 때 돌아가는 것이 고생스러워, 가족을 모아놓고 상의했다 : 「나와 너희들이 힘을 다해 험준한 산을 평탄하게 고르면, 곧장 예주(豫州)의 남쪽과 통하고, 한수(漢水)의 남쪽에 도달하는데, 할 수 있겠느냐?」 그러자 분분히 찬성을 표했다.

【懲(징)】: …하기에 고생스럽다.

【塞(새)】: 막히다.

【迂(우)】: 멀리 돌다, 우회하다.

【聚(취)】: 모으다.

【室(실)】: 가족.

【謀(모)】: 상의하다, 방법을 꾀하다.

【汝(여)】: 너, 너희들.

【畢力(필력)】: 힘을 다하다.

【平(평)】: 평탄하게 고르다.

【險(험)】: 험준하다. 여기서는 「험준한 산」을 뜻한다.

【指通(지통)】: 직통, 곧장 통하다.

【豫(예)】: [지명] 예주(豫州). 지금의 하남성 황하(黃河) 남쪽 지방.

【達于(달우)】: …에 이르다. 〖于〗: [개사] …에.

【漢陰(한음)】: 한수(漢水)의 남쪽. 〖漢〗: 한수(漢水) 또는 한강(漢江)이라고도 하며, 섬서성의 서남쪽에서 발원하여 무한(武漢)에서 장강(長江)으로 흘러 들어간다.

【可乎(가호)】: 되겠느냐?, 할 수 있겠느냐?

【雜然(잡연)】: 어지러운 모양, 분분한 모양.

【相許(상허)】: 찬성을 표하다, 동의하다.

5 其妻獻疑曰 : 「以君之力, 曾不能損魁父之丘, 如太行、王屋何? 且焉置土石?」 → (다만) 그의 아내가 의문을 제기하며 말했다 : 「당신의 힘으로는 이미 괴부(魁父)의 작은 언덕조차도 평탄하게 고를 수 없는데, 태행 · 왕옥과 같은 큰 산을 어찌하겠으며, 또 흙과 돌은 어디에다 처치할 것이요?」

【獻疑(헌의)】: 의문을 제기하다.

【以(이)】: …을 가지고, …로써.

【君(군)】: [상대방에 대한 존칭] 그대, 당신.

【曾不能(증불능)】: 이미 …조차도 할 수 없다.

「投諸渤海之尾, 隱土之北。」[6] 遂率子孫荷擔者三夫, 叩石墾壤, 箕畚運於渤海之尾。[7] 鄰人京城氏之孀妻有遺男, 始齔, 跳往助之。[8] 寒暑易節, 始一反焉。[9] 河曲智叟笑而止之, 曰 :「甚矣! 汝之不惠。以殘年餘力, 曾

【損(손)】: 줄이다, 감소하다. 여기서는「평탄하게 고르다.」의 뜻.
【魁父(괴부)】: 하남성 진류현(陳留縣)에 있는 작은 언덕 이름.
【如(여)…何(하)?】: …을 어찌 하겠는가?
【且(차)】: 또한, 그리고.
【焉(언)】: [의문대명사] 어디, 어찌, 어떻게.
【置(치)】: 놓다, 두다, 처치하다.

6 雜曰 :「投諸渤海之尾, 隱土之北。」→ 여러 사람이 이구동성으로 말했다 :「그것을 발해(渤海)의 변방과 은토(隱土)의 북쪽에 내다 버리면 되지요.」
【雜曰(잡왈)】: 여럿이 함께 말하다, 이구동성으로 말하다.
【諸(제)】: 之於(지어)의 합음.
【渤海之尾(발해지미)】: 발해(渤海)의 변방.
【隱土(은토)】: [지명] 고대 전설에 나오는 중원(中原) 동북쪽.

7 遂率子孫荷擔者三夫, 叩石墾壤, 箕畚運于渤海之尾。→ 그리하여 아들과 손자 중에 짐을 멜 수 있는 세 사람을 데리고, 돌을 깨고 흙을 파내서, 삼태기에 담아 발해의 변방으로 운반했다.
【遂(수)】: 그리하여.
【率(솔)】: 거느리다, 데리다, 인솔하다.
【荷擔者(하담자)】: 짐을 멜 수 있는 자. 〖荷〗: 매다, 짊어지다.
【三夫(삼부)】: 장정 세 사람.
【叩(고)】: 치다, 깨다, 두들기다.
【墾(간)】: (흙을) 파다.
【壤(양)】: 흙.
【箕畚(기분)】: 본래「삼태기」라는 명사이나, 여기서는「삼태기에 담다.」라는 상황어로 사용되었다.

8 鄰人京城氏之孀妻有遺男, 始齔, 跳往助之。→ 이웃사람 경성씨(京城氏)의 과부에게 아들이 있었는데, 갓 이를 갈기 시작한 어린아이가, 달려와 그들을 도왔다.
【京城(경성)】: 성씨(姓氏).
【孀妻(상처)】: 과부.
【遺男(유남)】: 아버지가 죽은 남자 아이.
【始齔(시츤)】: 이를 갈기 시작하다. 즉, 7-8살의 어린 나이. 〖齔〗: 이를 갈다, 젖니가 빠지고 영구치가 나다.
【跳往(도왕)】: 달려가다, 뛰어가다.

9 寒暑易節, 始一反焉。→ 겨울과 여름의 계절이 바뀌는 동안, 겨우 한 번을 왕복했다.
【寒暑(한서)】: 추위와 더위, 겨울과 여름.

不能毁山之一毛, 其如土石何?」[10] 北山愚公長息曰 : 「汝心之固, 固不可徹, 曾不若孀妻弱子。雖我之死, 有子存焉。[11] 子又生孫, 孫又生子, 子又有子, 子又有孫, 子子孫孫, 無窮匱也。而山不加增, 何苦而不平?」[12] 河曲智叟亡以應。[13] 操蛇之神聞之, 懼其不已也, 告之於帝。[14] 帝感其誠, 命

【易節(역절)】계절이 바뀌다.
【始(시)】: 비로소, 겨우.
【反(반)】: 返(반). 왕복하다.
【焉(언)】: [어조사].

10 河曲智叟笑而止之, 曰 : 「甚矣! 汝之不惠。以殘年餘力, 曾不能毁山之一毛, 其如土石何?」→ 하곡(河曲)의 지수(智叟)가 그를 비웃고 제지하며 말했다 : 「심하도다! 당신의 지혜롭지 못함이여. 여생의 남은 힘으로는, 이미 산의 초목 하나 조차 제거할 수 없는데, 흙이나 돌 같은 것은 어찌할 것이오?」
【河曲(하곡)】: [지명] 지금의 산서성 예성현(芮城縣) 풍릉도(風陵渡) 일대.
【叟(수)】: 늙은이.
【止(지)】: 말리다, 제지하다.
【之(지)】: [대명사] 그, 즉 「우공」.
【甚矣! 汝之不惠(심의! 여지불혜)】: 「汝之不惠, 甚矣!」의 도치 형태.
【惠(혜)】: 慧(혜). 총명하다, 지혜롭다.
【殘年(잔년)】: 여생(餘生).
【毁(훼)】: 훼손하다. 여기서는 「제거하다.」의 뜻.
【毛(모)】: 산의 초목.

11 北山愚公長息曰 : 「汝心之固, 固不可徹, 曾不若孀妻弱子。雖我之死, 有子存焉。→ 북산의 우공이 길게 탄식하며 말했다 : 「당신의 생각은 (너무) 고루하여, 통할 수가 없으니, 실로 과부의 어린 자식만도 못하오. 비록 내가 죽는다 해도, 아들이 있소.
【長息(장식)】: 길게 탄식하다.
【固(고)】: 고루하다, 완고하다.
【徹(철)】: 통하다.
【曾不若(증불약)…】: 실로 …만도 못하다.
【弱子(약자)】: 어린아이.

12 子又生孫, 孫又生子, 子又有子, 子又有孫, 子子孫孫, 無窮匱也。而山不加增, 何苦而不平?」: 아들이 또 손자를 낳고, 손자가 또 아들을 낳고, 아들이 또 아들을 낳고, 아들이 또 손자를 낳으면, 자자손손, 다함이 없소. 그런데 산은 불어나지 않으니, 어찌 평탄하게 고르지 못할 것을 걱정하겠소?」
【窮匱(궁궤)】: 무궁하다, 다함이 없다.
【而(이)】: [연사] 그러나.
【苦(고)】: 걱정하다, 근심하다.

13 河曲智叟亡以應。→ 하곡의 지수는 응대할 말이 없었다.

夸蛾氏二子負二山，一厝朔東，一厝雍南。[15] 自此，冀之南、漢之陰無隴斷焉。[16]

해설

우공(寓公)은 태행(太行)·왕옥(王屋) 두 산이 길을 막아 우회해야 하는 불편을 해소하기 위해 아흔의 나이에 두 산을 파서 평탄하게 만들겠다고 결심을 한 후, 아들 손자 세

【亡(무)】: 無(무).
【以(이)】: …로써, …을 가지고.

14 操蛇之神聞之, 懼其不已也, 告之於帝。→ 조사지신(操蛇之神)은 이 말을 듣고, 우공이 멈추지 않을 것을 두려워하여, 이를 천제(天帝)에게 알렸다.
【操蛇之神(조사지신)】: 신화 전설 속의 산신(山神) 이름. 손에 뱀을 잡고 있기 때문에 붙여진 이름이다.
【懼(구)】: 두려워하다, 걱정하다.
【其(기)】: [대명사] 그 사람, 즉「우공」.
【已(이)】: 멈추다, 그만두다.
【告(고)】: 알리다, 고하다.
【之(지)】: 그것, 즉「우공이 산을 옮기려는 일」.
【於(어)】: [개사] …에게.
【帝(제)】: 여기서는 천제(天帝)를 가리킨다.

15 帝感其誠, 命夸蛾氏二子負二山, 一厝朔東, 一厝雍南。→ 천제가 우공의 정성에 감동되어, 과아씨(夸蛾氏)의 두 아들에게 명하여 두 산을 짊어지고, 하나는 삭동(朔東)에 옮겨놓고, 하나는 옹남(雍南)에 옮겨놓도록 했다.
【夸蛾氏(과아씨)】: 신화에 나오는 힘이 매우 센 신(神)의 이름.
【負(부)】: 짊어지다.
【厝(조)】: 措(조). 처분하다, 갖다 버리다, 안치하다.
【朔東(삭동)】: [지명] 삭방(朔方). 지금의 산서성 영하(寧夏).
【雍南(옹남)】: 옹주(雍州)의 남쪽. 지금의 산서성·감숙성 일대로 태행산(太行山)·왕옥산(王屋山)의 소재지.

16 自此, 冀之南、漢之陰無隴斷焉。→ 이때부터, 기주(冀州)의 남쪽과 한수(漢水)의 남쪽에 (앞을) 가로막는 높은 산이 없어졌다.
【冀(기)】: 冀州(기주). ※ 주 2) 【冀州(기주)】 참조.
【隴(롱)】: 壟(롱). 산이나 언덕 등의 고지.
【斷(단)】: 가로막다.

사람을 데리고 삼태기에 돌과 흙을 담아 발해(渤海)의 변방과 은토(隱土)의 북쪽에 내다 버리는데, 겨울과 여름의 계절이 바뀌는 동안 겨우 한 번을 왕복했을 뿐이다. 작업 환경을 볼 때 태행·왕옥의 웅장함과 멀고 먼 운토(運土)의 여정, 그리고 열악한 운송 수단 등 용이한 것이 하나도 없다. 그럼에도 불구하고 우공은 자신을 비난하며 만류하는 하곡(河曲)의 지수(智叟)에 대해 오히려 고루한 사람이라고 비난하며 「고정된 산과 대대손손 이어지는 자손」의 논리로 지수의 말문을 막아버렸다.

우공의 결심은 마침내 산신(山神)으로 하여금 두려운 마음을 갖게 하고 천제(天帝)를 감동시켜 산을 옮기는 데 성공했다.

이 우언은 우공이 산을 옮기는 과정을 통해, 사람이 확고한 결심과 두려움 없는 용기를 가지고 부단히 노력하면 언젠가는 반드시 성공할 수 있다는 교훈을 제시한 것이다.

013 설담학구(薛譚學謳)

《列子 · 湯問》

작자

009 기인우천(杞人憂天) 참조

원문 및 주석

薛譚學謳[1]

薛譚學謳於秦青, 未窮青之技, 自謂盡之, 遂辭歸。[2] 秦青弗止, 餞於郊衢, 撫節悲歌, 聲振林木, 響遏行雲。薛譚乃謝求反, 終身不敢言歸。[3]

1 薛譚學謳 → 설담(薛譚)이 노래를 배우다
【薛譚(설담)】: [인명] 진(秦)나라에서 노래를 잘 부르기로 이름난 가수.
【謳(구)】: 노래, 노래를 부르다.

2 薛譚學謳於秦青, 未窮青之技, 自謂盡之, 遂辭歸。→ 설담(薛譚)이 진청(秦青)에게 노래를 배우는데, 아직 진청의 기교를 다 배우기도 전에, 스스로 그것을 다 배웠다고 말하더니, 바로 작별을 고하고 돌아가고자 했다.
【秦青(진청)】: [인명] 진(秦)나라에서 노래를 잘 부르기로 이름난 가수.
【窮(궁)】: 모두 다 배우다.
【盡(진)】: 모두 다 배우다.
【遂(수)】: 바로, 즉시.
【辭歸(사귀)】: 작별을 고하고 돌아가다.

3 秦青弗止, 餞於郊衢, 撫節悲歌, 聲振林木, 響遏行雲。薛譚乃謝求反, 終身不敢言歸。→ 진청은 만류하지 않고, 교외의 큰 길에서 그를 전송했다. (진청이) 죽절(竹節)을 치며 슬프게 노래를 부르자, 그 소리가 숲과 나무를 진동하고, 그 울림이 떠다니는 구름을 멈추게 했다. 이에 설담은 자신의 잘못을 사죄하고 다시 돌아와 배우기를 간청한 후, 종신토록 감히 돌아가겠다는 말을 하지 못했다.

해설

설담(薛譚)이 진청(秦青)에게 노래를 배우는데 기교를 익히기도 전에 다 배웠다고 자만하며 돌아갈 것을 청하자, 진청이 만류하지 않고 교외의 큰 길에서 그를 전송했다. 이때 진청이 죽절(竹節)을 치며 슬프게 노래를 부르니, 그 소리가 숲과 나무를 진동하고 그 울림이 떠다니는 구름을 멈추게 했다. 이에 놀란 설담은 즉시 자신의 잘못을 사죄하고 다시 돌아와 배우기를 간청한 후 종신토록 감히 돌아가겠다는 말을 하지 못했다.

이 우언은 입문하여 초보단계를 벗어나지 못한 상황에서 일천한 지식을 가지고 자만하며 배움을 멈추려는 사람의 경망한 학습 태도를 질책하고 경계한 것이다.

【弗(불)】: 不(불).
【止(지)】: 제지하다, 만류하다.
【餞(전)】: 전송하다, 전별하다.
【於(어)】: [개사] …에서.
【郊衢(교구)】: 교외의 큰 길.
【撫(무)】: 치다, 두드리다.
【節(절)】: 죽절(竹節). ※ 옛날 대나무를 쪼개 엮어 만든 악기의 일종으로 마치 쓰레받기나 키처럼 생겼는데, 이를 두드려 노래의 반주로 사용했다. 혹자는 「節」을 「절주, 리듬, 박자, 장단」이라 풀이하기도 한다.
【悲歌(비가)】: 슬프게 노래를 부르다.
【振(진)】: 뒤흔들다, 진동하다.
【遏(알)】: 저지하다, 막다. 여기서는 「멈추게 하다.」의 뜻.
【行雲(행운)】: 떠다니는 구름.
【乃(내)】: 이에, 그리하여.
【謝(사)】: 사과하다, 사죄하다.
【求(구)】: 요구하다, 청하다.
【反(반)】: 返(반). 돌아오다.

014 실부의린(失鈇疑鄰)

《列子·說符》

작자

009 기인우천(杞人憂天) 참조

원문 및 주석

失鈇疑鄰[1]

人有亡鈇者, 意其鄰之子。[2] 視其行步, 竊鈇也; 顏色, 竊鈇也; 言語, 竊鈇也; 動作態度, 無爲而不竊鈇也。[3] 俄而扣其谷而得其鈇, 他日復見其鄰人之子, 動作態度無似竊鈇者。[4]

---

1 失鈇疑鄰 → 도끼를 잃어버리고 이웃을 의심하다
【鈇(부)】: 斧(부). 도끼.

2 人有亡鈇者, 意其鄰之子。→ 어떤 사람이 도끼를 잃어버리고, 이웃의 아들을 의심했다.
【亡(망)】: 잃다, 잃어버리다.
【意(의)】: 추측하다. 여기서는 「의심하다.」의 뜻.

3 視其行步, 竊鈇也; 顏色, 竊鈇也; 言語, 竊鈇也; 動作態度, 無爲而不竊鈇也。→ 그는 이웃집 아들의 걷는 모습을 보아도, 도끼를 훔친 듯하고; 얼굴 표정을 보아도, 도끼를 훔친 듯하고; 말하는 것을 보아도, 도끼를 훔친 듯하고; 동작이나 태도를 보아도, 어느 하나 도끼를 훔치지 않은 듯한 모습이 없었다.
【行步(행보)】: 걸음걸이, 걷는 모습.
【竊(절)】: 훔치다.
【顏色(안색)】: 얼굴 표정, 낯빛.
【無爲而不(무위이불)】: 닮지 않은 것이 하나도 없다.

해설

도끼를 잃어버리고 이웃집 아들을 의심하니, 이웃집 아들의 걸음걸이나 얼굴 표정, 말하는 모습이나 동작과 태도 등이 모두 자기 도끼를 훔쳐간 사람으로 보였다. 그러나 얼마 후 도끼를 찾고 나서 다시 이웃집 아들을 보니 그의 동작이나 태도 어디서도 도끼를 훔쳐간 사람으로 보이지 않았다.

이 우언은 사람들이 자기만의 선입견을 가지고 사물을 관찰할 경우 흔히 착오가 발생할 수 있다는 것을 비유한 것이다.

---

4 俄而扫其谷而得其鈇, 他日復見其鄰人之子, 動作態度無似竊鈇者。→ 얼마 후 산골짜기를 파다가 그 도끼를 찾고 나서, 며칠 뒤에 그 이웃집 아들을 다시 보니, 동작이나 태도가 도끼를 훔친 듯한 모습이 전혀 없었다.

【俄而(아이)】: 얼마 후.

【扫(골)】: 파다, 굴착하다.

【他日(타일)】: 훗날, 며칠 뒤.

【無似(무사)】: 닮은 것이 하나도 없다.

015 오십보소백보(五十步笑百步)
《孟子·梁惠王上》

작자

맹자(孟子 : B.C. 372-B.C. 289)는 전국시대 유가(儒家)학파의 대표적 인물로 이름은 가(軻), 자는 자여(子輿) 또는 자거(子車)이며 노(魯)나라 사람이다. 맹자는 어머니가 아들의 좋은 교육환경을 위해 이사를 세 번 했다는 이야기가 전해오듯이 어려서부터 어머니의 세심하고 철저한 교화를 받아 학문적 기초를 다지고, 후에 공자(孔子)의 손자인 자사(子思)의 문하생에게 학문을 전수받아 증자(曾子)·자사(子思)의 계승자가 되었다. 그는 유가의 정통임을 자처하며 양(梁)·제(齊)·송(宋)·노(魯) 등 여러 나라의 제후들에게 왕도(王道)를 시행하도록 설득했으나 끝내 뜻을 이루지 못하고 고향에 돌아와 제자들을 가르치며 학문에 전념했다.

맹자의 사상은 완전히 공자를 계승했는데, 공자가 「인(仁)」을 강조한 반면 맹자는 「의(義)」를 강조했다. 그러나 실제로는 공자의 「인(仁)」을 더욱 구체적으로 천명한데 불과하다. 그래서 후세 사람들은 공자를 지성(至聖), 맹자를 아성(亞聖)이라 불렀다.

맹자의 사상을 집대성한 《맹자(孟子)》는 제자인 만장(萬章)과 공손추(公孫丑)가 기록하여 정리했다고 전한다. 본래 《한서(漢書)·예문지(藝文志)》에 11편이라 했으나 지금 전하는 것은 7편뿐이다.

《맹자》는 남송(南宋)의 성리학자 주희(朱熹)가 《논어(論語)》·《대학(大學)》·《중용(中庸)》과 함께 「사서(四書)」로 명명한 후, 송(宋)·원(元)·명(明)·청(清)을 거쳐 오늘에 이르기까지 유가의 경전으로 존중되고 있으며 지식인들의 필독서로 읽혀지고 있다.

원문 및 주석

五十步笑百步[1]

梁惠王曰:「寡人之於國也, 盡心焉耳矣。[2] 河內凶, 則移其民於河東, 移其粟於河內; 河東凶亦然。[3] 察鄰國之政, 無如寡人之用心者。[4] 鄰國之民不加少, 寡人之民不加多, 何也?」[5] 孟子對曰:「王好戰, 請以戰喩。塡

---

1 五十步笑百步 → 오십 보 달아난 자가 백 보 달아난 자를 비웃다

2 梁惠王曰:「寡人之於國也, 盡心焉耳矣。→ 양혜왕(梁惠王)이 말했다:「과인은 나라를 다스리는 일에, 마음을 다했을 뿐입니다.

【梁惠王(양혜왕)】: 위혜왕(魏惠王). 전국시대 위(魏)나라의 군주로 52년간(B.C. 370-B.C. 319) 재위했다. 〖梁〗: 위(魏)나라. 위나라는 지금의 하남성 북부와 섬서성 동부·산서성 서남부·하북성 남부에 걸쳐 있던 주대(周代)의 제후국으로, 본래 진(晉)나라에 속했으나 B.C. 375년 조씨(趙氏)·한씨(韓氏)·위씨(魏氏)가 진(晉)의 영토를 삼분하여 각기 조(趙)·한(韓)·위(魏) 세 나라로 독립했다. 위나라는 개국 초기 안읍(安邑)에 도읍을 정했다가 혜왕(惠王) 때 대량(大梁)으로 천도하고 국호를 양(梁)이라 했다.

【寡人(과인)】: 과덕지인(寡德之人)이란 의미로, 임금이 자신을 낮추어 부르는 말.

【於國(어국)】: 나라를 다스리는 일에. 〖於〗: [개사] …에.

【焉耳矣(언이의)】: [어조사] 焉·耳·矣 모두 어조사로서, 어기를 강화하기 위해 중첩 사용한 경우이다.

3 河內凶, 則移其民於河東, 移其粟於河內; 河東凶亦然。→ 하내(河內) 지방에 흉년이 들면, 그 백성들을 하동(河東)지방에 이주시킨 다음, 그 곡식을 하내 지방으로 옮기고; 하동 지방에 흉년이 들어도 역시 그렇게 합니다.

【河內(하내)】: 지금의 하남성 황하(黃河) 북쪽 지역.

【凶(흉)】: 흉년이 들다.

【河東(하동)】: 지금의 산서성 황하(黃河) 동쪽 지역.

【粟(속)】: 곡식, 양곡.

4 察鄰國之政, 無如寡人之用心者。→ 이웃 나라의 정치를 살펴보면, 과인처럼 마음을 쓰는 사람이 없습니다.

【察(찰)】: 살피다, 관찰하다.

【用心(용심)】: 마음을 쓰다, 관심을 보이다.

5 鄰國之民不加少, 寡人之民不加多, 何也? → (그러나) 이웃 나라의 백성이 더 줄어들지 않고, 과인의 백성들도 늘어나지 않는데, 왜 그렇습니까?」

【加(가)】: 더.

【少(소)】: 감소하다, 줄어들다.

然鼓之, 兵刃既接, 棄甲曳兵而走。[6] 或百步而後止, 或五十步而後止。以五十步笑百步, 則何如?」[7] 曰:「不可, 直不百步耳, 是亦走也。」[8] 曰:「王如知此, 則無望民之多於鄰國也。」[9]

【多(다)】: 증가하다, 늘어나다.

6 孟子對曰:「王好戰, 請以戰喩。塡然鼓之, 兵刃既接, 棄甲曳兵而走。→ 맹자(孟子)가 대답했다:「왕께서 전쟁을 좋아하시니, 전쟁을 가지고 비유하겠습니다. 둥 둥 둥 북을 울리고, 교전이 벌어지면, 갑옷을 버리고 병기를 끌며 달아납니다.

【好(호)】: [동사] 좋아하다.

【請(청)】: [겸어] 청컨대…하게 해 주십시오. ※ 실제로는 자신의 뜻대로 행하면서 겉으로는 마치 상대방의 동의를 구하는 듯한 형식의 표현법이다.

【以(이)】: …으로써, …을 가지고.

【喩(유)】: 비유하다.

【塡然(전연)】: [의성어] 둥 둥 북소리가 나는 모양.

【鼓(고)】: [동사] 북을 치다, 북을 울리다.

【之(지)】: [어말조사].

【兵刃既接(병인기접)】: 무기가 이미 맞부딪치다. 즉「교전이 벌어지다, 전투가 시작되다.」의 뜻. 〖兵刃〗: 병기, 무기. 〖既接〗: 이미 맞부딪치다.

【曳(예)】: 끌다.

【走(주)】: 달아나다, 도주하다.

7 或百步而後止, 或五十步而後止。以五十步笑百步, 則何如?」→ 어떤 사람은 백 보를 달아난 후에 멈추고, 어떤 사람은 오십 보를 달아난 후에 멈춥니다. 오십 보를 가지고 백 보를 비웃는다면, 어떻겠습니까?」

【或(혹)】: 어떤 사람.

【而後(이후)】: 이후.

【以(이)】: …로써, …을 가지고.

【笑(소)】: 비웃다.

【何如(하여)】: 如何(여하). 어떠한가?

8 曰:「不可, 直不百步耳, 是亦走也。」→ 왕이 말했다:「안 됩니다, (오십 보를 달아난 사람도) 다만 백 보를 달아나지 않았을 뿐, 이 역시 달아난 것입니다.」

【直(직)】: 다만, 오직.

【耳(이)】: …뿐.

【是亦(시역)】: 이 역시, 이 또한.

9 曰:「王如知此, 則無望民之多於鄰國也。」→ 맹자가 말했다:「왕께서 만일 이러한 이치를 아셨다면, 백성이 이웃나라보다 많아지기를 바라지 마십시오.」

【如(여)】: 만일, 만약.

해설

양혜왕(梁惠王)은 맹자(孟子)를 접견한 자리에서, 자신이 다른 나라의 제후들과 달리 지극한 마음으로 백성을 다스리는데도 불구하고 다른 나라의 인구가 감소하지 않을 뿐만 아니라 자기 나라의 인구가 증가하지 않는다고 안타까워하며 맹자에게 그 까닭을 물었다.

그러나 맹자의 관점에서 볼 때, 인구를 늘려 부국강병의 패도(覇道)를 추구하는 양혜왕의 정책은 본질적으로 다른 제후들과 차이가 없다. 이에 맹자는 「오십보백보(五十步百步)」를 가지고 양혜왕을 다른 제후들과 비유하며 인정(仁政)을 베풀도록 권했다.

이 우언은 수량이나 정도의 차이가 약간 있다 해도 실질적으로 거기서 거기라는 의미로 사물이나 현상을 비유하여 풍자한 것이다.

【此(차)】: [대명사] 이것, 즉 오십 보든 백보든 달아나긴 마찬가지라는 이치.
【無望(무망)】: 바라지 말라. 〖無〗: 勿(물). …하지 말라, …해서는 안 된다.

016 알묘조장(揠苗助長)

《孟子 · 公孫丑上》

작자

015 오십보소백보(五十步笑百步) 참조

원문 및 주석

揠苗助長[1]

宋人有閔其苗之不長而揠之者, 芒芒然歸, 謂其人曰 :「今日病矣! 予助苗長矣!」 其子趨而往視之, 苗則槁矣。[2] 天下之不助苗長者寡矣。以爲

1 揠苗助長 → 싹을 뽑아 올려 자라도록 돕다
【揠(알)】: 뽑다.
【長(장)】: 자라다, 성장하다.

2 宋人有閔其苗之不長而揠之者, 芒芒然歸, 謂其人曰 :「今日病矣! 予助苗長矣!」 其子趨而往視之, 苗則槁矣。→ 송(宋)나라 사람으로 벼의 싹이 잘 자라지 않는 것을 안타깝게 여겨 싹을 뽑아 올려놓은 사람이 있었는데, 피곤한 모습으로 집에 돌아와, 집안사람들에게 말했다 :「오늘은 피곤하다! 내가 벼의 싹을 도와 잘 자라게 했다!」 그 아들이 달려가 보니, 싹이 모두 말라 버렸다.
【宋(송)】: [국명] 지금의 하남성 상구현(商邱縣) 일대에 있던 주대(周代)의 제후국.
【閔(민)】: 憫(민). 불쌍히 여기다, 가엾게 여기다, 안타깝게 여기다.
【芒芒然(망망연)】: 피곤해하는 모습.
【病(병)】: 피곤하다, 지치다.
【趨而往(추이왕)】: 달려서 가다.
【槁(고)】: 마르다.

無益而舍之者, 不耘苗者也; 助之長者, 揠苗者也。[3] 非徒無益, 而又害之。[4]

해설

사물이 발전하는 데는 일정한 규율이 있어 이를 거스를 경우 실패를 면치 못한다. 송(宋)나라 사람이 벼의 싹을 잘 자라게 할 생각으로 싹을 뽑아 올려 말라 죽게 한 것은 객관적인 생장규칙을 어긴 것이다.

이 우언은 비록 좋은 발상에서 출발하였다 해도 객관적인 기본원칙을 준수해야 하며, 이를 거스르면 반드시 실패한다는 이치를 설명한 것이다.

---

3 天下之不助苗長者寡矣。以爲無益而舍之者, 不耘苗者也; 助之長者, 揠苗者也。→ 세상에는 싹이 자라도록 돕지 않는 자가 적다. (배양하는 일을) 무익하다고 여겨 방치하는 사람은, (작물을 심고) 김을 매지 않는 사람이고; (원칙을 어기고) 싹이 자라도록 돕는 사람은, 싹을 뽑아 올리는 사람이다.
【寡(과)】: 적다.
【以爲(이위)】: …라고 여기다, …라고 생각하다.
【舍(사)】: 捨(사). 버리다, 내버려 두다, 방치하다.
【耘苗(운묘)】: 김매다, (논밭의) 잡풀을 뽑아내다.

4 非徒無益, 而又害之。→ (그러한 행위는) 비단 이로움이 없을 뿐만 아니라, 오히려 싹을 해치는 것이다.
【徒(도)】: 다만, 비단.
【而又(이우)】: 또한, 오히려.

017 번간걸식(墦間乞食)

《孟子·離樓下》

작자

015 오십보소백보(五十步笑百步) 참조

원문 및 주석

墦間乞食[1]

齊人有一妻一妾而處室者。其良人出，則必饜酒肉而後反。[2] 其妻問所與飮食者，則盡富貴也。[3] 其妻告其妾曰：「良人出，則必饜酒肉而後反，

1 墦間乞食 → 무덤에서 걸식하다
【墦(번)】: 묘지, 무덤.

2 齊人有一妻一妾而處室者。其良人出，則必饜酒肉而後反。→ 제(齊)나라 사람으로 한 명의 아내와 한 명의 첩을 거느리고 한 집에서 함께 사는 자가 있었다. 남편은 외출하는 날이면, 반드시 술과 고기를 배불리 먹고 돌아왔다.
【齊(제)】: [국명] 지금의 산동성 북부와 하북성 남부 일대에 걸쳐 있던 주대(周代)의 제후국.
【處室(처실)】: 한 집에 살다.
【良人(양인)】: 남편.
【饜(염)】: 실컷 먹다, 배불리 먹다, 포식하다.
【反(반)】: 返(반). 돌아오다.

3 其妻問所與飮食者，則盡富貴也。→ 아내가 (남편에게) 함께 마시고 먹는 사람을 물어보니, 모두가 부귀한 사람들이었다.
【所與飮食者(소여음식자)】: 함께 마시고 먹는 사람. 〖與〗: 함께.
【盡(진)】: 모두, 다.

問其與飮食者, 盡富貴也, 而未嘗有顯者來, 吾將瞯良人之所之也。」[4] 蚤起, 施從良人之所之, 徧國中無與立談者。[5] 卒之東郭墦閒, 之祭者, 乞其餘, 不足, 又顧而之他。此其爲饜足之道也。[6] 其妻歸, 告其妾曰 :「良人者, 所仰望而終身也, 今若此!」[7] 與其妾訕其良人, 而相泣於中庭, 而良

4 其妻告其妾曰 :「良人出, 則必饜酒肉而後反, 問其與飮食者, 盡富貴也, 而未嘗有顯者來, 吾將瞯良人之所之也。」→ 그 아내가 첩에게 말했다 :「남편이 외출하면, 반드시 술과 고기를 실컷 먹고 돌아오기에, 함께 먹는 사람들을 물어보니, 모두가 부귀한 사람들이었네. 그러나 일찍이 귀한 사람이 찾아온 적이 없으니, 내가 남편이 가는 곳을 염탐해 보려 하네.」
【未嘗(미상)】: …한 적이 없다.
【顯者(현자)】: 현달한 사람, 지위가 높은 사람.
【將(장)】: 장차 …하려고 한다, 곧 …할 것이다.
【瞯(간)】: 엿보다, 염탐하다, 훔쳐보다.
【所之(소지)】: 가는 곳.

5 蚤起, 施從良人之所之, 徧國中無與立談者。→ (아내가) 일찍 일어나, 남편이 가는 곳을 미행하여 따라가 보니, 성내(城內)를 두루 돌아다니며 함께 서서 이야기하는 사람이 없었다.
【蚤(조)】: 早(조). 일찍.
【施從(이종)】: 미행하다.
【徧(편)】: 두루 돌아다니다.
【國中(국중)】: 도성(都城)의 성내.
【與立談者(여립담자)】: 함께 서서 이야기하는 사람.

6 卒之東郭墦閒, 之祭者, 乞其餘, 不足, 又顧而之他。此其爲饜足之道也。→ 최후에 동쪽 성곽 밖으로 가더니, 제사 지내는 사람에게 다가가, 남은 음식을 빌어먹고, 부족하면, 또 여기저기 두리번거리다가 다른 곳으로 갔다. 이것이 그가 실컷 배불리 먹는 방법이었다.
【卒(졸)】: 마침내, 최후에.
【之(지)】: 가다.
【東郭(동곽)】: 동쪽 성곽.
【閒(간)】: 間(간).
【乞(걸)】: 빌다, 구하다. 즉「빌어먹다, 걸식하다.」의 뜻.
【餘(여)】: 나머지, 즉「제사 지내고 남은 음식」.
【顧(고)】: 사방을 둘러보다, 여기저기 두리번거리다.
【之他(지타)】: 다른 곳으로 가다. 〖之〗: 가다.
【爲(위)】: …이다.
【饜足之道(염족지도)】: 실컷 배불리 먹는 방법. 〖道〗: 방법, 수단.

7 其妻歸, 告其妾曰 :「良人者, 所仰望而終身也, 今若此!」→ 그의 아내가 돌아와, 첩에게 말했다 :「남편이란, 우러러 바라보며 평생을 의지하는 사람인데, 지금 이와 같은 꼴이라네!」

人未之知也, 施施從外來, 驕其妻妾。[8] 由君子觀之, 則人之所以求富貴利達者, 其妻妾不羞也, 而不相泣者, 幾希矣。[9]

해설

아내와 첩을 거느리고 한 집에 살면서 자신이 하는 일을 감추고 외출할 때마다 배불리 먹고 돌아와 마치 부귀한 사람들과 교유하는 것처럼 행세한 남편에 대해, 평소 남편 주변에 부귀한 자가 없는 것을 아는 아내가 남편의 뒤를 미행하여 마침내 남편의 마각이 들어났다. 남편의 됨됨이를 한심스럽게 생각하며 울고 있는 아내와 첩 앞에 나타난 남편은 그런 줄도 모르고 여전히 의기양양하게 교만을 떠는 작태를 보였다.

이 우언은 남이 보지 않는 캄캄한 곳에서는 구걸을 하면서, 남이 보는 밝은 대낮에는 잘난 척 허세를 부리는 졸장부의 표리부동한 형상을 풍자한 것이다.

【仰望(앙망)】: 우러러 바라보다.
【終身(종신)】: 종신, 평생. 여기서는「평생을 의지하다.」의 뜻.
【若此(약차)】: 이와 같다.

8 與其妾訕其良人, 而相泣於中庭, 而良人未之知也, 施施從外來, 驕其妻妾。→ (아내가) 첩과 더불어 남편을 헐뜯으며, 뜰에서 함께 울고 있는데, 남편은 그것도 모르고, 의기양양하게 밖에서 돌아와, 자기 아내와 첩에게 교만을 떨었다.
【訕(산)】: 헐뜯다.
【中庭(중정)】: 정중(庭中). 뜰 안.
【相泣(상읍)】: 함께 울다.
【未之(미지)】: (아직) …하지 못하다.
【施施(이이)】: 의기양양한 모습.
【從(종)】: …로부터, …에서.
【驕(교)】: 교만을 떨다, 잘난 체하다.

9 由君子觀之, 則人之所以求富貴利達者, 其妻妾不羞也, 而不相泣者, 幾希矣。→ 군자의 입장에서 볼 때, 사람들이 부귀현달을 추구하는 방법은, 아내와 첩이 부끄러워하지 않고, 함께 울지 않을 일이, 거의 드물다.
【由(유)】: [동작의 주체] …가, …이.
【所以(소이)…者(자)】: …하는 방법.
【求富貴利達(구부귀이달)】: 부귀현달을 추구하다.
【幾(기)】: 거의.
【希(희)】: 稀(희). 드물다.

018 중주지와(中州之蝸)

《於陵子·人間》

작자

진중자(陳仲子 : B.C. ?-?)는 전국시대 제(齊)나라 사람으로, 사서(史書)에는 그에 관한 기록이 없고 다만 《맹자(孟子)·등문공하(滕文公下)》·《순자(荀子)·불구(不苟)》·《회남자(淮南子)·범론훈(氾論訓)》 등에 산견될 뿐이다. 《맹자》의 기록에 의하면, 진중자의 형이 제(齊)나라의 경상(卿相)을 지냈는데 형의 봉록을 불의라 여겨 의지하던 형의 집을 떠나 오릉(於陵)[지금의 산동성 추평현(鄒平縣)]으로 이주해 살았다고 한다.

《오릉자(於陵子)》는 진중자가 지은 책으로 원서는 일찍이 망실되었고, 현재 청(淸) 마국한(馬國翰)의 《옥함산방집일서(玉函山房輯佚書)》에 12편의 일문(佚文)이 전하는데, 《한서(漢書)·예문지(藝文志)》와 《수서(隋書)·경적지(經籍志)》에 보이지 않아 학자들은 이를 후인의 위작으로 의심하고 있다.

원문 및 주석

中州之蝸[1]

昔者泰山與江、漢爭王, 兩京不下, 太山矢曰:「弗讓, 吾飄塵以實彼溝澮, 且不爲齊主!」[2] 江、漢亦矢曰:「弗氾, 吾餘瀝以蕩彼培塿, 且不爲楚

1 中州之蝸 → 중주(中州)의 달팽이
【中州(중주)】: 중원(中原) 지역. 지금의 하남성 일대.
【蝸(와)】: 달팽이.

雄。」[3] 於是有中州之蝸, 將起而責其是非。[4] 欲東之太山, 會程三千餘歲;

2 昔者泰山與江、漢爭王, 兩京不下, 太山矢曰 : 「弗讓, 吾飄塵以實彼溝澮, 且不爲齊主!」→ 옛날에 태산(太山)과 장강(長江)·한수(漢水)가 왕의 자리를 다투어, 이경 년 동안을 서로 버티며 양보하지 않더니, 태산이 맹세하여 말했다 : 「너희들이 양보하지 않으면, 내가 흙먼지를 날려 너희 그 봇도랑을 메워 버릴 것이다. 그렇지 않으면 (앞으로) 제(齊) 지방의 주인 노릇을 하지 않겠다.」

【昔者(석자)】: 옛날, 과거, 이전.

【泰山(태산)】: [산 이름] 지금의 산동성에 있는 산으로, 중국 오악(五嶽) 중의 동악(東嶽). ※ 오악은 동악(東嶽)·서악(西嶽)·남악(南嶽)·북악(北嶽)·중악(中嶽)으로 산동성의 태산(泰山 : 동악), 섬서성의 화산(華山 : 서악), 호남성의 형산(衡山 : 남악), 산서성의 항산(恒山 : 북악), 하남성의 숭산(嵩山 : 중악).

【江(강)、漢(한)】: [강 이름] 장강(長江)과 한수(漢水). ※ 한수는 지금의 호북성 무한시(武漢市) 경내에서 장강과 합류한다.

【爭王(쟁왕)】: 왕이 되고자 다투다.

【京(경)】: [만(萬)·억(億)·조(兆)·경(京) 등 수를 세는 단위].

【不下(불하)】: 서로 버티며 양보하지 않다.

【太山(태산)】: 泰山(태산). ※ 주 **2**) 참조.

【矢(시)】: 誓(서). 맹세하다.

【弗(불)】: 不(불).

【飄塵(표진)】: 흙먼지를 날리다.

【實(실)】: 채우다, 메우다.

【溝澮(구회)】: 봇도랑. ※ 장강과 한수를 낮추어 부른 말.

【且(차)】: 아니면, 그렇지 않으면.

【不爲(불위)…】: 不謂(불위)…. …라 호칭하지 않다, …라고 부르지 않다.

【齊主(제주)】: 제(齊)지방의 주인.

3 江、漢亦矢曰 : 「弗汜, 吾餘瀝以蕩彼培塿, 且不爲楚雄。」→ 장강·한수도 역시 맹세하여 말했다 : 「네가 멈추지 않으면, 내가 물방울로 너의 그 작은 언덕을 완전히 없애버리겠다. 그렇지 않으면 (앞으로) 초(楚) 지방의 영웅 노릇을 하지 않겠다.」

【汜(사)】: 멈추다.

【餘瀝(여력)】: 남은 물방울. 여기서는 장강·한수가 자신들의 무한한 역량을 과시하는 뜻으로 한 말이다.

【蕩(탕)】: 쓸어버리다, 없애버리다.

【彼(피)】: 그, 저.

【培塿(배루)】: 작은 언덕. ※ 태산을 낮추어 부른 말.

【楚雄(초웅)】: 초(楚) 지방의 영웅.

4 於是有中州之蝸, 將起而責其是非。→ 이때 중주(中州)의 달팽이가 있었는데, 장차 자신이 나서 그들의 시비를 문책하려고 생각했다.

【於是(어시)】: 이때.

【將(장)】: 장차 …하려 하다, 장차 …할 생각이다.

【起(기)】: 나서다.

欲南之江、漢, 亦會程三千餘歲。[5] 因量其齒, 則不過旦暮之間。[6] 於是悲憤莫勝, 而枯於蓬蒿之上, 爲螻蟻所笑也。[7]

해설

태산(泰山)과 장강(長江)·한수(漢水)가 장장 2경 년 동안 패권을 다투며 서로 양보하지 않자, 중주(中州)의 달팽이가 가서 그들의 시비를 가려 문책하려고 노정을 계산해 보니 태산(泰山)이나 장강(長江)·한수(漢水)가 각기 삼천여 년이 걸리는데 반해, 자신의

【責(책)】: 꾸짖다, 문책하다.

5 欲東之泰山, 會程三千餘歲; 欲南之江、漢, 亦會程三千餘歲。→ 동쪽 태산으로 가려고, 노정(路程)을 계산해 보니 삼천여 년이 걸리고; 남쪽 장강·한수로 가려고, 노정을 계산해 보니 역시 삼천여 년이 걸렸다.

【欲(욕)】: …하고자 하다, …하기를 바라다.
【東(동)】: [상황어] 동쪽으로, 동쪽을 향해.
【之泰山(지태산)】: 태산으로 가다. 〖之〗: 가다.
【會程(회정)】: 노정(路程)을 계산하다.
【歲(세)】: 년, 해.
【南(남)】: [상황어] 남쪽으로, 남쪽을 향해.

6 因量其齒, 則不過旦暮之間。→ 그리하여 (자신의) 수명을 헤아려 보니, (겨우) 아침과 저녁 사이에 불과했다.

【因(인)】: 이로 인해, 그리하여.
【量(량)】: 헤아려 보다.
【齒(치)】: 나이, 연령. 여기서는 「수명」을 가리킨다.
【不過(불과)…】: …에 지나지 않다, …에 불과하다.
【旦暮之間(단모지간)】: 조석지간(朝夕之間). 아침과 저녁 사이.

7 於是悲憤莫勝, 而枯於蓬蒿之上, 爲螻蟻所笑也。→ 이에 (달팽이는) 비분한 마음을 견디지 못하고, 쑥갓 위에서 말라 죽어, 땅강아지와 개미 같은 미물들의 웃음거리가 되었다.

【於是(어시)】: 이에, 그리하여.
【悲憤莫勝(비분막승)】: 비분을 참지 못하다. 〖莫勝〗: …을 참지 못하다, …을 견디지 못하다.
【枯(고)】: 마르다. 여기서는 「말라 죽다.」의 뜻.
【蓬蒿(봉호)】: 쑥갓.
【爲(위)…所(소)…】: [피동형] …에게 …되다.
【螻蟻(누의)】: 땅강아지와 개미.
【笑(소)】: 비웃다.

수명은 겨우 아침과 저녁 사이에 불과했다. 그리하여 비분을 참지 못해 쑥대 위에서 말라 죽었다.

이 우언은 자신의 역량을 헤아리지 않고 무모한 행동을 하려다가 스스로 절망하여 파멸하는 어리석은 행위를 풍자한 것이다.

019 포정해우(庖丁解牛)
《莊子·養生主》

작자

장자(莊子 : B.C. 360-B.C. 280)는 이름이 주(周)이며, 송(宋)나라 몽(蒙)[지금의 하남성 상구현(商邱縣), 또는 안휘성 몽성현(蒙城縣)] 사람이다. 노자(老子) 이후 도가(道家) 학파의 대표적 인물로 노자와 더불어 「노장(老莊)」이라 병칭한다. 그는 성인(聖人)의 덕으로 인해 아무 일을 하지 않아도 유능한 인재를 얻어 천하가 저절로 다스려진다고 하는 이른바 「무위이치(無爲而治)」를 주장했다.

《장자(莊子)》는 《한서(漢書)·예문지(藝文志)》에 53편이라 했으나 현재 33편이 전한다. 전서(全書)는 내편(內篇) 7편·외편(外篇) 15편·잡편(雜篇) 11편의 세 부분으로 짜여 있는데, 학자들의 견해에 따르면 내편은 장자가 지었고, 외편과 잡편은 대부분 도가의 후학들이 지은 것이라 한다.

《장자》에는 우언이 매우 많고, 내용이나 형식 모두 기이한 특징을 지니고 있다. 신화 고사나 역사 인물 및 동·식물 등 다양한 소재에다 풍부한 상상력과 기발한 묘사 기법으로 각양각색의 허구적 스토리를 엮어 자신의 철리를 유감없이 펼치고 있으며, 또한 필치가 유머러스하고 신랄하여 막강한 풍자의 힘을 지니고 있다.

원문 및 주석

庖丁解牛[1]

庖丁爲文惠君解牛。[2] 手之所觸, 肩之所倚, 足之所履, 膝之所踦, 砉然

1 庖丁解牛 → 포정(庖丁)이 소를 잡아 해체하다

嚮然。[3] 奏刀騞然, 莫不中音, 合於《桑林》之舞, 乃中《經首》之會。[4] 文惠君曰:「譆, 善哉! 技蓋至此乎?」[5] 庖丁釋刀對曰:「臣之所好者道也, 進乎技矣。始臣之解牛之時, 所見无非全牛者, 三年之後, 未嘗見全牛也。[6] 方

【庖丁(포정)】: 포정에 대해서는 몇 가지 설이 있다. ①「庖」는 요리사, 丁은 이름. ② 요리사. ③ 백정. ※ 여기서는 ①을 따랐다.

【解牛(해우)】: 소를 잡아 해체하다.

2 庖丁爲文惠君解牛。→ 포정(庖丁)이 문혜군(文惠君)을 위해 소를 잡아 해체했다.

【文惠君(문혜군)】: ① 전국시대 양(梁)나라의 혜왕(惠王)이라는 설. ② 미상의 허구적 인물이라는 설.

3 手之所觸, 肩之所倚, 足之所履, 膝之所踦, 砉然嚮然。→ (그의) 손이 닿는 곳이나, 어깨로 기대는 곳이나, 발로 밟는 곳이나, 무릎으로 누르는 곳에서, 혹혹 하는 소리가 났다.

【觸(촉)】: 접촉하다, 닿다.

【倚(의)】: 기대다.

【履(리)】: (발로) 밟다.

【膝(슬)】: 무릎.

【踦(기)】: 지탱하다, 떠받치다. 여기서는 소를 잡을 때, 한쪽 다리를 들어 무릎으로 누르는 것을 가리킨다.

【砉然嚮然(획연향연)】: 혹혹 하는 소리가 나다. 〖砉〗: [의성어] 혹혹. 뼈와 살을 바를 때 나는 소리. 〖嚮〗: 響(향). 소리가 나다.

4 奏刀騞然, 莫不中音, 合於《桑林》之舞, 乃中《經首》之會。→ 칼이 들어갈 때는 쿡쿡 하는 소리가 나는데, 음률에 맞지 않음이 없었다. 《상림(桑林)》의 춤에도 부합하고, 의외로 《경수(經首)》의 음률에도 들어맞았다.

【奏刀(주도)】: 칼이 들어가다. 〖奏〗: 進(진). 들어가다.

【莫不(막불)】: …하지 않음이 없다.

【中音(중음)】: 음률에 들어맞다.

【合(합)】: 부합하다, 합치하다.

【《桑林(상림)》】: 상(商)나라 탕왕(湯王) 때의 무악(舞樂).

【乃(내)】: 뜻밖에도, 의외로.

【《經首(경수)》】: 상고시대 당(唐) 요(堯)임금 시대의 악곡 이름.

【會(회)】: 음률, 리듬.

5 文惠君曰:「譆, 善哉! 技蓋至此乎?」→ 문혜군이 말했다:「아, 훌륭하도다! 기술이 어쩌면 이러한 경지에까지 이를 수 있는가?」

【譆(희)】: [감탄사] 嘻(희). 아!

【善哉(선재)】: 훌륭하도다!

【技(기)】: 솜씨, 기술.

【蓋(합)】: 盍(합). 어찌, 어떻게.

今之時, 臣以神遇而不以目視, 官知止而神欲行。[7] 依乎天理, 批大郤, 導大窾, 因其固然, 枝經肯綮之未嘗微礙, 而況大軱乎![8] 良庖歲更刀, 割也;

6 庖丁釋刀對曰:「臣之所好者道也, 進乎技矣。始臣之解牛之時, 所見无非全牛者, 三年之後, 未嘗見全牛也。→ 포정이 칼을 놓고 대답했다:「제가 좋아하는 것은 도(道)로서, 이미 보통의 기술을 초월했습니다. 처음에 제가 소를 잡아 해체할 당시에는, 보이는 것이 소의 전체 모습이었으나, 삼 년이 지나고 부터는, 소의 전체 모습을 본 적이 없습니다.
【釋(석)】: 놓다.
【臣(신)】: 신, 저. ※ 군주에 대한 신하나 백성의 자칭.
【好(호)】: [동사] 좋아하다.
【道(도)】: 자연의 섭리, 즉 규율.
【進乎(진호)…】: …을 초월하다, …을 넘어서다. 〖乎〗: [개사] 於(어). …을.
【始(시)】: 처음에.
【无非(무비)】: …가 아님이 없다. …이다. 〖无〗: 無(무).
【全牛(전우)】: 소의 전체 모습.
【未嘗(미상)】: …한 적이 없다.

7 方今之時, 臣以神遇而不以目視, 官知止而神欲行。→ 지금, 저는 심신(心神)으로 (소를) 접촉하지 눈으로 보지 않습니다. 감각기관의 역할은 자동적으로 멈추고 대신 심신이 역할을 합니다.
【方今(방금)】: 현재, 지금.
【神遇(신우)】: 심신(心神)으로 접촉하다.
【目視(목시)】: 눈으로 보다.
【官知止(관지지)】: 감각기관이 멈출 줄을 알다. 즉「감각기관의 역할이 자동적으로 멈추다.」의 뜻. 〖官〗: 오관(五官: 눈·코·귀·혀·피부), 즉「감각기관」.
【神欲行(신욕행)】: 마음이 행동을 하려고 하다. 즉「심신이 역할을 하다.」의 뜻.

8 依乎天理, 批大郤, 導大窾, 因其固然, 枝經肯綮之未嘗微礙, 而況大軱乎! → 근육의 타고난 구조에 따라, 큰 틈새를 헤집고 들어가, 뼈마디 사이의 빈곳에 (칼을) 집어넣고, 소의 본래의 신체 구조에 따라 칼을 사용하니, 경락이 서로 접한 곳이나 근육과 뼈가 붙어 있는 미세한 곳까지도 전혀 장애가 된 적이 없습니다. 하물며 큰 뼈야 무슨 장애가 되겠습니까!
【依乎(의호)…】: …에 따라서. 〖乎〗: [개사] 於(어). …에.
【天理(천리)】: 자연의 이치, 자연의 섭리. 여기서는「소의 타고난 생리 구조」를 말한다.
【批(비)】: 공략하다, 헤집고 들어가다.
【郤(극)】: 隙(극). 틈새, 사이. 여기서는「근육과 뼈의 틈새」를 말한다.
【導(도)】: (칼을) 집어넣다.
【窾(관)】: 뼈마디의 빈곳.
【因其固然(인기고연)】: 그 본래의 신체 구조에 따르다, 즉「소의 본래 구조에 따라 칼을 사용하다.」의 뜻. 〖因〗: …에 따라. 〖固然〗: 본래의 모습. 여기서는 소의「본래의 신체 구조」를 말한다.
【枝經(지경)】: 지맥(枝脈)과 경맥(經脈), 즉「경락(經絡)」. 여기서는「경락이 서로 연접한 곳」을 가리킨다.

族庖月更刀, 折也。[9] 今臣之刀十九年矣, 所解數千牛矣, 而刀刃若新發於硎。[10] 彼節者有閒, 而刀刃者無厚; 以無厚入有閒, 恢恢乎其於遊刃必有餘地矣。[11] 是以十九年而刀刃若新發於硎。[12] 雖然, 每至於族, 吾見其

【肯綮(긍계)】: 근육과 뼈가 붙어있는 곳.
【未嘗微礙(미상미애)】: 미미한 장애가 된 적이 없다. 즉 「전혀 장애가 되지 않다.」의 뜻. 〖未嘗〗: …한 적이 없다. 〖微礙〗: 미미한 장애. ※「微礙」 두 글자는 본래 없는 글자이나 여기서는 엄령봉(嚴靈峯)의 설을 근거로 보충했다.
【而況(이황)】: 하물며.
【軱(고)】: 뼈.

9 良庖歲更刀, 割也; 族庖月更刀, 折也。→ 훌륭한 포정은 일 년에 한 번 칼을 바꾸는데, (그것은) 살을 자르기 때문이고; 보통 포정은 한 달에 한 번 칼을 바꾸는데, (그것은) 뼈를 자르기 때문입니다.
【良庖(양포)】: 훌륭한 포정.
【歲(세)】: 한 해, 일 년.
【更(경)】: 바꾸다.
【割(할)】: (살을) 베다, 자르다.
【族庖(족포)】: 보통 포정.
【折(절)】: (뼈를) 부러뜨리다, 꺾다, 자르다.

10 今臣之刀十九年矣, 所解數千牛矣, 而刀刃若新發於硎。→ 지금 저의 칼은 십구 년이 되었고, 수천 마리의 소를 해체했지만, 칼날은 마치 새로 숫돌에 갈아 놓은 듯합니다.
【刀刃(도인)】: 칼날.
【發於(발어)…】: …에 갈다. 〖於〗: [개사] …에.
【硎(형)】: 숫돌.

11 彼節者有閒, 而刀刃者無厚; 以無厚入有閒, 恢恢乎其於遊刃必有餘地矣。→ 소의 뼈마디는 틈이 벌어져 있지만, 칼날은 두께가 없고; 두께가 없는 것을 틈이 있는 곳으로 집어넣으니, 널찍하여 칼날을 놀리기에 반드시 여유가 있습니다.
【彼(피)】: [대명사] 그. 즉 「소」를 가리킨다.
【閒(간)】: 間(간). 사이, 틈.
【無厚(무후)】: 두께가 없다.
【以(이)】: …을.
【恢恢乎(회회호)】: 널찍한 모양, 여유 있는 모양.
【遊刃(유인)】: 칼날을 놀리다.
【餘地(여지)】: 여유, 여지.

12 是以十九年而刀刃若新發於硎。→ 그래서 십구 년이 되었어도 칼날이 마치 새로 숫돌에 갈아 놓은 것과 같습니다.
【是以(시이)】: 그래서, 그러므로.

難爲, 怵然爲戒, 視爲止, 行爲遲。[13] 動刀甚微, 謋然已解, 如土委地。[14] 提刀而立, 爲之四顧, 爲之躊躇滿志, 善刀而藏之。」[15] 文惠君曰 :「善哉! 吾聞庖丁之言, 得養生焉。」[16]

---

13 雖然, 每至於族, 吾見其難爲, 怵然爲戒, 視爲止, 行爲遲。→ 비록 그렇다 해도, 매번 근육과 뼈가 뒤엉킨 곳에 이르게 되면, 저도 (칼질하기가) 어렵다는 것을 알고, 조심조심 경계하면서, 시선을 집중하고, 손발의 놀림을 천천히 합니다.
【族(족)】: 서로 뒤엉켜 있는 곳. 여기서는 「근육과 뼈가 서로 뒤엉켜 있는 곳」을 가리킨다.
【見(견)】: 알다, 느끼다.
【難爲(난위)】: 하기 어렵다.
【怵然(출연)】: 조심하는 모양, 신중히 하는 모양.
【爲戒(위계)】: 경계하다.
【視爲止(시위지)】: 시선을 집중하다. 〖止〗: 멈추다. 여기서는 「집중하다.」의 뜻.
【行爲遲(행위지)】: 동작을 천천히 하다. 〖行〗: 행동. 여기서는 「손발의 움직임」을 말한다.

14 動刀甚微, 謋然已解, 如土委地。→ (그러면) 칼을 살짝 움직이기만 해도, (뼈와 살이) 후드득 하고 이미 해체되어, 마치 흙덩이가 바닥에 떨어져 쌓이듯 합니다.
【微(미)】: 조금, 약간, 살짝.
【謋然(획연)】: [의성어] 후드득. 뼈와 살이 떨어져 나가는 소리.
【已(이)】: 이미, 벌써.
【委地(위지)】: 바닥에 떨어져 쌓이다.

15 提刀而立, 爲之四顧, 爲之躊躇滿志, 善刀而藏之。→ (이때) 나는 칼을 들고 서서, 사방을 둘러보고, 만족을 느끼며, 칼을 잘 손질하여 간직해 둡니다.
【提(제)】: 들다.
【爲之(위지)】: 因此(인차). 이로 인해. 즉 「소를 성공적으로 잡은 것으로 인해」.
【躊躇(주저)】: 득의한 모양.
【滿志(만지)】: 흡족하다, 만족하다.
【善(선)】: 繕(선). 손질하다.
【藏(장)】: 간직하다.

16 文惠君曰 :「善哉! 吾聞庖丁之言, 得養生焉。」→ 문혜군이 말했다 :「훌륭하오! 나는 포정의 말을 듣고, 양생(養生)의 방법을 터득하였소.」
【得(득)】: 얻다, 터득하다.
【養生(양생)】: [명사 용법] 양생하는 방법, 몸을 보양하는 방법.

해설

포정(庖丁)이 소를 잡아 해체하는 기술은 보통의 기술이 아니고 도(道)가 트인 것이어서 소를 눈으로 보지 않고 심신(心神)으로 접촉한다. 그리하여 감각기관의 역할은 멈추고 심신이 그 역할을 대신한다. 심신의 역할은 자연의 섭리에 순응하기 때문에, 칼질을 할 때 근육의 타고난 구조에 따라 큰 틈새를 헤집고 들어가서 뼈마디 사이의 빈곳에 칼을 집어넣는다. 본래의 신체 구조에 따라 칼을 사용하기 때문에 경락(經絡)이 서로 접한 곳이나 근육과 뼈가 붙어 있는 미세한 곳까지도 전혀 장애가 되지 않는다. 그럼에도 불구하고 매번 근육과 뼈가 뒤엉킨 곳에 이르러서는 어려움을 알기 때문에 시선을 집중하고 손발의 놀림을 천천히 하는 등 신중에 신중을 기한다. 그리하여 문혜군(文惠君)은 포정의 말을 듣고 비로소 양생(養生)의 방법을 터득했다.

이 우언은 장자가 포정해우(庖丁解牛) 고사를 통해, 일체의 사물은 나름대로 규율을 지니고 있기 때문에 자연의 섭리에 따라야 사태를 장악할 수 있으며, 자연의 섭리에 따르는 것도 결코 용이한 일이 아니기 때문에 신중히 대처해야 한다는 것을 지적하면서, 최종적으로 양생의 방법 역시 자연의 섭리에 순응해야 한다는 결론을 제시한 것이다.

020 혼돈지사(渾沌之死)
《莊子 · 應帝王》

작자

019 포정해우(庖丁解牛) 참조

원문 및 주석

渾沌之死[1]

南海之帝爲儵, 北海之帝爲忽, 中央之帝爲渾沌。[2] 儵與忽時相與遇於渾沌之地, 渾沌待之甚善。[3] 儵與忽謀報渾沌之德, 曰 :「人皆有七竅, 以視聽食息, 此獨無有, 嘗試鑿之。」[4] 日鑿一竅, 七日而渾沌死。[5]

---

1 渾沌之死 → 혼돈(渾沌)의 죽음
【渾沌(혼돈)】: 주 2) 참조.

2 南海之帝爲儵, 北海之帝爲忽, 中央之帝爲渾沌。→ 남해의 제왕을 숙(儵)이라 하고, 북해의 제왕을 홀(忽)이라 하고, 중앙의 제왕을 혼돈(渾沌)이라 한다.
【儵(숙)、忽(홀)、渾沌(혼돈)】: [허구적 형상]. 〖儵〗:「유(有)」를 의미한다. 〖忽〗:「무(無)」를 의미한다. 〖混沌〗: 혼연일체. 만물이 나뉘지 않은 원초의 형태. 즉「비무비유(非無非有)」의「자연(自然)」을 의미한다.

3 儵與忽時相與遇於渾沌之地, 渾沌待之甚善。→ 숙과 홀이 때때로 혼돈의 지역에서 함께 만났는데, 혼돈이 그들에게 매우 잘 대해 주었다.
【時(시)】: 때때로.
【相與(상여)】: 함께.
【待之甚善(대지심선)】: 그들에게 매우 잘 대해주다.

4 儵與忽謀報渾沌之德, 曰 :「人皆有七竅, 以視聽食息, 此獨無有, 嘗試鑿之。」→ 숙과 홀은 혼돈의 은

해설

숙(儵)과 홀(忽)은 「유위(有爲)」이고, 자연을 뜻하는 혼돈(混沌)은 「무위(無爲)」이다. 「무위」의 혼돈은 본래 아무 탈 없이 잘 살고 있었으나 「유위」의 숙과 홀이 임의로 구멍을 파서 혼돈을 죽음에 이르게 했다.

이 우언은 장자가 도가(道家)의 「무위이치(無爲而治)」를 설명한 것으로, 일을 처리함에 있어서 비록 선의(善意)에서 출발한다 해도 객관적인 규율을 무시하고 주관에만 의존한다면 실패를 면치 못할 뿐만 아니라 심지어 나쁜 결과가 초래될 수 있음을 경계한 것이다.

덕을 갚고자 상의하여, 말했다 : 「사람은 모두 일곱 개의 구멍이 있어, 이를 가지고 보고 듣고 먹고 숨을 쉬는데, 혼돈만 유독 지니고 있지 않으니, 시험 삼아 그것을 뚫어보자.」
【謀(모)】: 상의하다.
【報(보)】: 갚다, 보답하다.
【七竅(칠규)】: 일곱 개의 구멍. 「눈 · 귀 · 입 · 코」를 가리킨다.
【此(차)】: [대명사] 이것, 즉 혼돈.
【獨(독)】: 홀로, 유독.
【無有(무유)】: 없다, 지니고 있지 않다, 가지고 있지 않다.
【嘗試(상시)】: 시험해 보다.
【鑿(착)】: 뚫다.

5 日鑿一竅, 七日而渾沌死。→ 매일 한 구멍씩 뚫어, 이레가 되자 혼돈이 죽어버렸다.

021 감정지와(埳井之鼃)

《莊子 · 秋水》

작자

019 포정해우(庖丁解牛) 참조

원문 및 주석

埳井之鼃[1]

埳井之鼃…謂東海之鱉曰：「吾樂與! 吾跳梁乎井幹之上, 入休乎缺甃之崖。[2] 赴水則接腋持頤, 蹶泥則沒足滅跗。還視虷蟹與科斗, 莫吾能若

1 埳井之鼃 → 얕은 우물 안의 개구리
【埳井(감정)】: 坎井(감정). 얕은 우물. 〖埳〗: 구덩이. 여기서는 깊이가 얕은 것을 의미한다.
【鼃(와)】: 개구리. ※ 판본에 따라서는 「鼃」를 「蛙(와)」라 했다.

2 埳井之鼃…謂東海之鱉曰：「吾樂與! 吾跳梁乎井幹之上, 入休乎缺甃之崖。→ 얕은 우물 안의 개구리가…동해(東海)의 자라에게 말했다 : 「나는 정말 즐겁습니다! 나는 우물의 난간에 뛰어오르기도 하고, 벽돌이 빠진 우물 벽의 가장자리에 들어가 쉬기도 합니다.
【鱉(별)】: 자라.
【與(여)】: [어조사].
【跳梁(도량)】: 도약하다, 뛰어오르다.
【乎(호)】: [개사] 於(어). …에.
【井幹(정간)】: 井欄(정란). 우물의 난간. ※ 사마표(司馬彪)는 幹(간)의 독음을 「幹(한, hán)」이라 했다.
【入休(입휴)】: 들어가서 쉬다.
【缺甃之崖(결추지애)】: 벽돌이 빠진 우물 벽의 가장자리. 〖缺〗: 이지러지다, 결손되다, 빠지다. 〖甃〗: 벽돌로 쌓은 우물의 벽. 〖崖〗: 변두리, 가장자리.

也。[3] 且夫擅一壑之水，而跨跱埳井之樂，此亦至矣。夫子奚不時來入觀乎?」[4] 東海之鱉左足未入，而右膝已縶矣。[5] 於是逡巡而卻，告之海曰：「夫千里之遠，不足以擧其大；千仞之高，不足以極其深。[6] 禹之時十年九

---

3 赴水則接腋持頤，蹶泥則沒足滅跗。還視虷蟹與科斗，莫吾能若也。→물에 들어가면 물이 겨드랑이와 턱에 겨우 찰 정도로 얕고, 진흙을 밟으면 발등만 잠길 정도로 깊지 않습니다. 장구벌레나 게와 올챙이를 둘러봐도, 능히 나와 견줄만한 자가 없습니다.

【赴水(부수)】: 물에 들어가다.

【接腋持頤(접액지이)】: (수면이) 겨드랑이에 닿고 턱을 떠받치다. 즉「물이 겨우 겨드랑이와 턱에 찰 정도로 깊지 않다.」의 뜻. 〖接〗: 닿다, 접하다. 〖腋〗: 겨드랑이. 〖持〗: 지탱하다, 떠받치다. 〖頤〗: 턱.

【蹶(궐)】: 밟다, 디디다.

【泥(니)】: 진흙.

【沒足滅跗(몰족멸부)】: 발등이 잠기다. 즉「발등만 잠길 정도로 깊지 않다.」의 뜻. 〖跗〗: 발등.

【還視(환시)】: 둘러보다. ※ 원문에는 본래「視」자가 없으나 여기서는 마서륜(馬叙倫)의 설에 따라 첨가했다.

【虷(간)】: 장구벌레.

【蟹(해)】: 게.

【科斗(과두)】: 蝌蚪(과두). 올챙이.

【莫吾能若(막오능약)】: [莫能若吾의 도치 형태] 능히 나와 같을 수 있는 자가 없다. 즉「능히 나와 견줄만한 자가 없다.」의 뜻. 〖莫〗: 없다.

4 且夫擅一壑之水，而跨跱埳井之樂，此亦至矣。夫子奚不時來入觀乎?」→그리고 한 웅덩이의 물을 독차지하여, 얕은 우물에서 뛰고 멈추고 하며 유유자적하는 즐거움이 있는데, 이 또한 기분 만점입니다. 선생께서는 어찌 때때로 들어와 구경하지 않으십니까?」

【且夫(차부)】: [복합 허사] 그리고, 또한, 하물며.

【擅(천)】: 독점하다.

【壑(학)】: 개울, 골짜기. 여기서는「웅덩이」를 가리킨다.

【跨跱(과치)】: 뛰고 멈추고 하다. 즉「유유자적하다.」의 뜻. ※「두 다리를 벌리고 서다, 즉 점거하다.」라고 풀이한 경우도 있다. 그러나 바로 앞에서「독점」이란 말이 나오기 때문에, 여기서「점거」라는 말이 나오면 문맥상 중복의 모순이 있다.

【至(지)】: 최고의 기분, 기분 만점.

5 東海之鱉左足未入，而右膝已縶矣。→동해의 자라는 왼쪽 발이 아직 들어가기도 전에, 오른쪽 무릎이 이미 걸려버렸다.

【膝(슬)】: 무릎.

【縶(집)】: 걸리다.

6 於是逡巡而卻，告之海曰：「夫千里之遠，不足以擧其大；千仞之高，不足以極其深。→그리하여 멈칫멈칫 뒷걸음쳐서 물러나와, 개구리에게 바다 이야기를 해주었다：「대저 천 리의 먼 거리도, 그 광대

潦, 而水弗爲加益; 湯之時八年七旱, 而崖不爲加損。[7] 夫不爲頃久推移, 不以多少進退者, 此亦東海之大樂也。」[8] 於是埳井之鼃聞之, 適適然驚, 規規然自失也。[9]

한 넓이를 설명하기에 충분하지 않고; 천 길의 높이도, 그 깊이를 다 재기에 충분하지 않다네.
【於是(어시)】: 이에, 그리하여.
【逡巡(준순)】: 멈칫멈칫 뒷걸음치다.
【卻(각)】: 후퇴하다, 물러나다.
【夫(부)】: [발어사] 대저, 무릇.
【擧(거)】: 게시하다, 제시하다. 여기서는 「설명하다.」의 뜻.
【仞(인)】: [길이의 단위] 길. 1인(仞)은 7~8척(尺 : 자)에 해당한다.
【極(극)】: 다하다. 여기서는 「다 측량하다.」의 뜻.

7 禹之時十年九潦, 而水弗爲加益; 湯之時八年七旱, 而崖不爲加損。→ 우(禹)임금 시절에 십 년 동안 아홉 번이나 물난리가 났지만, 그로 인해 물이 불어나지 않았고; 탕왕(湯王) 시절에 팔 년 동안 일곱 번이나 가뭄이 들었지만, 그로 인해 수위가 더 줄어들지 않았다네.
【禹(우)】: 상고시대 하(夏)의 우임금.
【潦(료)】: 물난리가 나다, 홍수가 나다.
【弗(불)】: 不(불).
【爲(위)】: 因(인). …로 인해.
【加益(가익)】: 더 많아지다, 더 불어나다. 〖加〗: 더, 더욱. 〖益〗: 많아지다, 불어나다, 보태지다.
【湯(탕)】: 탕왕(湯王). 상(商)나라의 건립자.
【旱(한)】: 가뭄이 들다.
【崖(애)】: 물가. 여기서는 「물가의 수위(水位)」를 가리킨다.
【加損(가손)】: 더 줄어들다. 〖損〗: 줄다, 줄어들다, 감소하다.

8 夫不爲頃久推移, 不以多少進退者, 此亦東海之大樂也。」→ 무릇 시간의 길고 짧음으로 인해 변화하지 않고, 빗물의 많고 적음으로 인해 불어나거나 줄어들지 않으니, 이것 또한 동해의 큰 즐거움이라네.」
【夫(부)】: [발어사] 대저, 무릇.
【爲(위)】: 因(인). …로 인해.
【頃久(경구)】: 시간의 길고 짧음. 〖頃〗: 짧은 시간. 〖久〗: 긴 시간.
【推移(추이)】: 변화하다, 변천하다.
【多少(다소)】: 많고 적음. 여기서는 「빗물의 많고 적음」을 가리킨다.
【進退(진퇴)】: 나아가고 물러나다. 여기서는 「바닷물이 불어나고 줄어드는 것」을 가리킨다.

9 於是埳井之鼃聞之, 適適然驚, 規規然自失也。→ 그리하여 얕은 우물 안의 개구리는 이 말을 듣고, 깜짝 놀라, 망연자실했다.
【於是(어시)】: 이에, 그리하여.
【適適然(적적연)】: 놀라서 넋을 잃는 모양.

해설

개구리는 고작 자신의 겨드랑이와 턱밑 밖에 차지 않는 얕은 물에 살면서 마치 천상천하유아독존(天上天下唯我獨尊)인 듯이 기고만장하며 자라에게 자기 우물에 들어와 구경할 것을 청했다. 자라가 우물에 들어가려고 왼쪽 발을 들여놓는 순간 오른쪽 무릎이 걸려 들어갈 수가 없었다. 자라가 개구리에게 한없이 넓은 바다 이야기를 해 주자 개구리는 그만 놀라서 망연자실(茫然自失)했다.

이 우언은 학문이 천박하고 견문이 좁아 세상물정에 어두운 사람이 세상 넓은 줄 모르고 혼자 잘난 척하는 무지몽매(無知蒙昧)한 행위를 풍자한 것이다.

【規規然自失(규규연자실)】: 망연자실하다. 〖規規然〗: 멍한 모양, 얼빠진 모양. 〖自失〗: 자신을 잃은 듯 얼이 빠지다.

022 노후양조(魯侯養鳥)

《莊子·至樂》

작자

019 포정해우(庖丁解牛) 참조

원문 및 주석

魯侯養鳥[1]

昔者海鳥止於魯郊, 魯侯御而觴之于廟, 奏《九韶》以爲樂, 具太牢以爲膳。[2] 鳥乃眩視憂悲, 不敢食一臠, 不敢飮一杯, 三日而死。[3] 此以己養養

---

1 魯侯養鳥 → 노(魯)나라 군주가 새를 기르다
【魯侯(노후)】: 노(魯)나라의 군주. 【魯】: [국명] 지금의 산동성 일대에 있던 주대(周代)의 제후국.

2 昔者海鳥止於魯郊, 魯侯御而觴之于廟, 奏《九韶》以爲樂, 具太牢以爲膳。→ 옛날에 바닷새가 노(魯)나라 도성(都城)의 교외에 내려와 둥지를 틀자, 노나라 군주가 그 새를 종묘에 맞아들여 술을 따라주고,《구소(九韶)》를 연주하여 즐기도록 해주는가 하면, 소와 양과 돼지를 잡아 먹이로 제공했다.
【止(지)】: 멈추다, 머물다. 여기서는 「둥지를 틀다.」의 뜻.
【魯郊(노교)】: 노나라 도성(都城)의 교외.
【御(어)】: 맞이하다.
【觴(상)】: 술잔. 여기서는 동사 용법으로 「술을 따라주다.」의 뜻.
【廟(묘)】: 종묘.
【奏(주)】: 연주하다.
【《九韶(구소)》】: 우(虞)나라 순(舜)임금 시대의 악곡 이름.
【以爲(이위)…】: 以之爲(이지위)…. 이를 …으로 삼다.
【具(구)】: 갖추다.
【太牢(태뢰)】: 옛날 제사 때 소·양·돼지를 갖추어 제물로 바치는 것.

鳥也, 非以鳥養養鳥也。[4] 夫以鳥養養鳥者, 宜栖之深林, 遊之壇陸, 浮之江湖, 食之鰌鯈, 隨行列而止, 委虵而處。[5]

해설

노(魯)나라 군주가 도성(都城)의 교외에 둥지를 튼 새를 종묘(宗廟)에 맞아들여 술과 최상의 음식을 제공하고 음악까지 연주하며 극진히 모셨다. 그러나 새는 아무것도 먹지 못하고 사흘 만에 죽어 버렸다. 노나라 군주의 새에 대한 극진한 예우는 본래 호의

【以爲膳(이위선)】: 이를 식사로 삼다. 즉「이를 식사로 제공하다.」의 뜻. 【膳】: 식사.

3 鳥乃眩視憂悲, 不敢食一臠, 不敢飮一杯, 三日而死。→ 이에 새는 눈이 어지럽고 근심과 슬픈 마음에, 고기 한 조각을 먹지 못하고, 술 한 잔을 마시지 못하더니, 사흘 만에 죽어버렸다.
【乃(내)】: 이에, 그리하여.
【眩視(현시)】: 눈이 어지럽다.
【憂悲(우비)】: 걱정하고 슬퍼하다.
【臠(련)】: 작은 조각으로 썬 고기.

4 此以己養養鳥也, 非以鳥養養鳥也。→ 이는 (노나라 군주가) 자기를 보양(保養)하는 방법으로 새를 양육한 것이지, 새를 양육하는 방법으로 새를 양육한 것이 아니다.
【己養(기양)】: 자신을 양육하는 방법.
【鳥養(조양)】: 새를 양육하는 방법.

5 夫以鳥養養鳥者, 宜栖之深林, 遊之壇陸, 浮之江湖, 食之鰌鯈, 隨行列而止, 委虵而處。→ 대저 새를 양육하는 방법으로 새를 양육하는 것이란, 마땅히 그 새를 깊은 숲속에 서식하게 하고, 광활한 대지에서 노닐게 하고, 강이나 호수에 떠다니게 하고, 미꾸라지나 피라미 같은 작은 물고기를 잡아먹게 하고, (새무리의) 행렬을 따라 머물게 하며, 조용히 자기 멋대로 살게 하는 것이다.
【夫(부)】: [발어사] 대저, 무릇.
【宜(의)】: 마땅히.
【栖(서)】: [사동 용법] 깃들게 하다, 서식하게 하다.
【之(지)】: [대명사] 그것, 즉「새」.
【壇陸(단륙)】: 광활한 대지.
【浮(부)】: [사동 용법] 떠다니게 하다.
【食(식)】: [사동 용법] 먹게 하다.
【鰌(추)】: 미꾸라지.
【鯈(조)】: 피라미.
【止(지)】: 멈추다, 머물다.
【委虵而處(위이이처)】: 조용히 자기 멋대로 살다.

에서 출발한 것이나, 결과적으로는 무지한 소치로 인해 옳지 않은 방법을 사용함으로써 엄청난 역효과를 초래한 것이다.

이 우언은 노나라 군주가 새의 서식환경을 고려하지 않고 자신을 돌보는 방법으로 새를 돌보다가 죽음에 이르게 한 어리석은 행위를 통해, 군주가 나라를 다스리면서 백성을 위한다는 명분으로 막강한 권한을 잘못 행사할 경우 왕왕 예기치 못한 큰 재난이 야기될 수 있음을 지적한 것이다.

023 대수여안아(大樹與雁鵝)

《莊子·山木》

작자

019 포정해우(庖丁解牛) 참조

원문 및 주석

大樹與雁鵝[1]

莊子行於山中，見大木，枝葉盛茂，伐木者止其旁而不取也。問其故，曰：「无所可用。」[2] 莊子曰：「此木以不材得終其天年夫!」[3] 夫子出於山，

1 大樹與雁鵝 → 큰 나무와 거위
【雁鵝(안아)】: 거위.

2 莊子行於山中，見大木，枝葉盛茂，伐木者止其旁而不取也。問其故，曰：「无所可用。」→ 장자(莊子)가 산속에서 거닐다가, 큰 나무를 보니, 가지와 잎이 무성했다. 그러나 벌목하는 사람이 그 곁에 머물면서도 그 나무를 베지 않았다. 그 까닭을 묻자, 벌목하는 사람이 대답했다:「쓸만한 곳이 없습니다.」
【盛茂(성무)】: 무성하다.
【止(지)】: 머물다.

3 莊子曰：「此木以不材得終其天年夫!」→ 장자가 말했다:「이 나무는 재목이 되지 못함으로 말미암아 그 수명을 다 누릴 수 있구나!」
【以(이)】: 因(인). …로 인해, …로 말미암아.
【不材(부재)】: 재목이 못되다.
【得終(득종)】: 다 누릴 수 있다, 끝까지 누릴 수 있다.
【天年(천년)】: 수명, 천수.

舍於故人之家。故人喜，命豎子殺雁而烹之。[4] 豎子請曰：「其一能鳴，其一不能鳴，請奚殺?」[5] 主人曰：「殺不能鳴者。」[6] 明日，弟子問於莊子曰：「昨日山中之木，以不材得終其天年；今主人之雁，以不材死，先生將何處?」[7] 莊子笑曰：「周將處乎材與不材之間。」[8]

해설

큰 나무는 재목이 되지 못함으로 인해 천수를 다했고, 거위는 재목이 되지 못함으로 인해 죽음을 당했다. 장자(莊子)의 관점에서 「유용(有用)」과 「무용(無用)」은 고정 불변하

4 夫子出於山，舍於故人之家。故人喜，命豎子殺雁而烹之。→ 장자는 산에서 나와, 친구의 집에 투숙했다. 친구가 기뻐하며, 동복(童僕)에게 명하여 거위를 잡아 삶도록 했다.

【夫子(부자)】: [존칭] 선생님. 여기서는 「장자」를 가리킨다.

【舍(사)】: 투숙하다, 유숙하다.

【故人(고인)】: 오랜 친구, 옛 친구.

【豎子(수자)】: 사내아이 종, 동복.

【烹(팽)】: 삶다.

5 豎子請曰：「其一能鳴，其一不能鳴，請奚殺?」→ 동복이 여쭈었다：「그중 한 마리는 울 줄을 알고, 한 마리는 울 줄을 모르는데, 어떤 놈을 잡을까요?」

【請(청)】: 윗사람에게 분부 또는 지시를 청하는 뜻으로 사용하는 말.

【奚(해)】: 어떤 것.

6 主人曰：「殺不能鳴者。」→ 주인이 말했다：「울지 못하는 놈을 잡아라.」

7 明日，弟子問於莊子曰：「昨日山中之木，以不材得終其天年；今主人之雁，以不材死，先生將何處?」→ 다음날, 제자가 장자에게 물었다：「어제 산속의 나무는, 재목이 되지 못함으로 인해 그 수명을 다할 수 있었고; 오늘 주인의 거위는, 재목이 되지 못함으로 인해 죽었는데, 선생님께서는 장차 어느 쪽에 계시겠습니까?」

【明日(명일)】: 다음날.

【將何處(장하처)?】: 장차 어느 쪽에 계시겠습니까? 〖將〗: 장차 …하려 하다. 〖處〗: 처하다, 거처하다. 여기서는 「있다, 계시다.」의 뜻.

8 莊子笑曰：「周將處乎材與不材之間。」→ 장자가 웃으며 말했다：「나는 재목이 되는 쪽과 재목이 못 되는 쪽의 중간에 있겠다.」

【周(주)】: 장주가 자기의 이름을 「나」라는 의미로 사용한 것.

【乎(호)】: [개사] 於(어). …에.

는 것이 아니라 시간과 장소와 조건에 따라 변하는 것이다.

이 우언은 문제를 도(道)에 따라 적절히 융통성 있게 대처해야 어려운 상황에서 벗어나 자유로울 수 있다는 이치를 설명한 것이다.

024 학철지부(涸轍之鮒)

《莊子 · 外物》

작자

019 포정해우(庖丁解牛) 참조

원문 및 주석

涸轍之鮒[1]

莊周家貧, 故往貸粟於監河侯。[2] 監河侯曰 :「諾。我將得邑金, 將貸子三百金, 可乎?」[3] 莊周忿然作色曰 :「周昨來, 有中道而呼者。周顧視, 車

1 涸轍之鮒 → 물이 마른 수레바퀴 자국 속의 붕어
【涸轍(학철)】: 물 마른 수레바퀴 자국.
【鮒(부)】: 붕어.

2 莊周家貧, 故往貸粟於監河侯。→ 장주(莊周)는 집이 가난했다. 그래서 감하후(監河侯)에게 곡식을 꾸러 갔다.
【莊周(장주)】: [인명] 장자(莊子). ※ 본문 작자 참조.
【貸(대)】: 꾸다, 빌리다.
【粟(속)】: 좁쌀, 여기서는「곡식」을 가리킨다.
【監河侯(감하후)】: ① 위문후(魏文侯)라는 설[《설원(說苑)》]. ② 하천 감독관이라는 설[임희일(林希逸)].

3 監河侯曰 :「諾。我將得邑金, 將貸子三百金, 可乎?」→ 감하후가 말했다 :「그러지요. 내가 장차 봉지(封地)의 부세(賦稅)를 받아, 그대에게 삼백 금을 빌려주려고 하는데, 괜찮겠소?」
【諾(락)】: [동의 표시] 예, 그러지요, 좋아요.
【邑金(읍금)】: 제후가 자기의 영지(領地)에서 거두어드리는 부세 수입.
【子(자)】: 그대, 당신.

轍中有鮒魚焉。[4] 周問之曰：『鮒魚來，子何爲者邪?』對曰：『我，東海之波臣也。君豈有斗升之水而活我哉?』[5] 周曰：『諾。我且南遊吳、越之王，激西江之水而迎子，可乎?』[6] 鮒魚忿然作色曰：『吾失我常與，我无所處。吾得斗升之水然活耳，君乃言此，曾不如早索我於枯魚之肆!』」[7]

---

4 莊周忿然作色曰：「周昨來，有中道而呼者。周顧視，車轍中有鮒魚焉。→ 장주가 화가 나서 얼굴을 붉히며 말했다 : 「내가 어제 오는데, 길 가운데서 (나를) 부르는 자가 있었습니다. 내가 돌아다보니, 수레바퀴 자국 속에 붕어가 있었습니다.

【忿然(분연)】: 화내는 모양.

【作色(작색)】: 안색이 변하다, 얼굴을 붉히다.

【周(주)】: 장주가 자기의 이름을 「나, 저」라는 의미로 사용한 것.

【中道(중도)】: 길 가운데.

【顧視(고시)】: 돌아보다.

5 周問之曰：『鮒魚來，子何爲者邪?』對曰：『我，東海之波臣也。君豈有斗升之水而活我哉?』→ 내가 붕어에게 : 『붕어야, 너는 무엇 하는 놈이냐?』라고 물으니, 붕어가 대답하길 : 『저는, 동해(東海)의 파도를 관리하는 신하입니다. 선생께서 물을 가지고 계시면 저를 좀 살려주시겠습니까?』라고 했습니다.

【之(지)】: [대명사] 그것, 즉 붕어.

【來(래)】: [어조사].

【何爲者(하위자)】: 무엇 하는 자(놈).

【波臣(파신)】: 파도를 관리하는 신하.

【君(군)】: [타인에 대한 경칭] 당신, 선생.

【豈(기)】: [어조사].

【斗升之水(두승지수)】: 소량의 물, 약간의 물. 【升】: [용량 단위] 되. 【斗】: [용량 단위] 말.

6 周曰：『諾。我且南遊吳、越之王，激西江之水而迎子，可乎?』→ 내가 : 『그래. 내가 곧 남쪽으로 가서 오왕(吳王)과 월왕(越王)을 설득하여, 서강(西江)의 물을 끌어다가 너를 맞이하면, 되겠느냐?』라고 말했습니다.

【且(차)】: 장차 …하려 하다.

【遊(유)】: 유세하다, 권하다.

【吳(오)】: [국명] 지금의 강소성 일대에 있던 춘추시대의 제후국.

【越(월)】: [국명] 지금의 절강성 일대에 있던 춘추시대의 제후국.

【激(격)】: 끌어오다, 흘러들게 하다.

7 鮒魚忿然作色曰：『吾失我常與，我无所處。吾得斗升之水然活耳，君乃言此，曾不如早索我於枯魚之肆!』」→ 붕어는 화가 나서 얼굴을 붉히며 말하길 : 『나는 내가 항상 의지하는 물을 잃어서, 거처할 곳이 없습니다. 나는 약간의 물만 얻으면 살 수 있는데, 선생은 오히려 이런 말을 하니, 차라리 일찌감치 건어물전에 가서 나를 찾는 편이 나을 것입니다.』라고 했습니다.」

해설

멀리 있는 물은 가까운 목마름을 해결하지 못한다. 현실적으로 급한 처지에 있는 사람에게 요원한 기약(期約)은 그것이 비록 찬란하다 해도 아무 쓸모가 없다. 봉건사회에서는 왕왕 통치 계층이 백성들을 기아로 몰아넣어 굶주려 죽는다 해도 구제할 생각보다는 허황되고 그럴싸한 말로 얼버무려 잔인한 본성을 은폐하려는 경우가 많았다.

이 우언은 본래 급한 처지를 외면하고 권력을 이용해 사리사욕을 채우는 통치 계층의 부도덕한 행위를 폭로하고 풍자한 것이나, 후에는 곤궁한 처지나 다급한 위기를 비유하는 말로 사용했다.

【常與(상여)】: 항상 함께하는 물건. 여기서는 「물」을 가리킨다.
【然(연)】: [연사] 而(이).
【乃(내)】: 오히려, 반대로.
【曾不如(증불여)…】: 차라리 …하는 게 낫다.
【索(색)】: 찾다.
【枯魚之肆(고어지사)】: 건어물상, 건어물전. 【枯魚】: 마른 생선, 건어물. 【肆】: 시장, 점포.

025 학도룡지기(學屠龍之技)

《莊子 · 列御寇》

작자

019 포정해우(庖丁解牛) 참조

원문 및 주석

學屠龍之技[1]

朱泙漫學屠龍於支離益, 單千金之家, 三年技成而无所用其巧。[2]

해설

세상에는 용(龍)이 없기 때문에 용을 잡는 기술이 필요 없다. 기술의 가치란 실용에 있는 것이다. 그러므로 현실에 맞지 않게 이상만 높아봐야 아무런 쓸모가 없다.

---

1 學屠龍之技 → 용 잡는 기술을 배우다
【屠(도)】: 도살하다, 잡다.

2 朱泙漫學屠龍於支離益, 單千金之家, 三年技成而无所用其巧。→ 주평만(朱泙漫)은 지리익(支離益)한테서 용을 잡는 기술을 배우느라, 천금이 나가는 집을 탕진하고, 삼 년 만에 기술을 습득했으나 그 기교를 쓸 곳이 없었다.
【朱泙漫(주평만)】: [인명] 성은 주평(朱泙), 이름은 만(漫). ※ 혹자는 성이 주(朱), 이름이 평만(泙漫)이라 했다.
【支離益(지리익)】: [인명] 성은 지리(支離), 이름은 익(益).
【單(단)】: 殫(단). 다 쓰다, 탕진하다.
【技成(기성)】: 기술을 터득하다, 기술을 습득하다.

이 우언은 필요 없는 일에 재물과 정력과 시간을 낭비하는 어리석은 행위를 경계한 것이다.

026 선왕호사(宣王好射)

《尹文子·大道上》

작자

윤문(尹文 : 약 B.C. 360–B.C. 280)은 제(齊)나라 사람으로 전국시대의 제자백가(諸子百家) 중 명가(名家) 학파의 대표적 인물이다. 그는 세상의 모든 사물은 명목(名目)과 실제(實際)가 서로 합치해야 한다고 주장하며, 겉만 번지르르하고 실속이 없는 것을 반대했다. 그의 학설은 내용이나 성격이 각기 다른 유가(儒家)·묵가(墨家)·도가(道家)·법가(法家)를 모두 수용하여 방대하고 설득력 있는 풍격을 형성했다.

《윤문자(尹文子)》는 윤문의 일부 언론을 기록한 것으로 현재 「대도상(大道上)」과 「대도하(大道下)」 2권이 남아 있다.

원문 및 주석

宣王好射[1]

齊宣王好射, 說人之謂己能用强也。其實所用不過三石。[2] 以示左右,

1 宣王好射 → 선왕(宣王)이 활쏘기를 좋아하다
【宣王(선왕)】: 제(齊)나라의 군주로 19년간(B.C. 332–B.C. 314) 재위했다.
【好(호)】: [동사] 좋아하다.

2 齊宣王好射, 說人之謂己能用强也。其實所用不過三石。→ 제(齊)나라의 선왕(齊宣王)이 활쏘기를 좋아했는데, 다른 사람이 자기에게 강한 활을 잘 사용한다고 말하는 것을 매우 좋아했다. 실제로 그가 사용하는 활은 당기는 힘이 삼백여 근(斤)에 불과했다.
【齊(제)】: [국명] 지금의 산동성 북부와 하북성 남부에 걸쳐 있던 주대(周代)의 제후국.
【說(열)】: 悅(열). 즐겨하다, 좋아하다.

左右皆引試之, 中關而止, 皆曰 :「此不下九石, 非大王孰能用是?」 宣王悅之。[3] 然則宣王用不過三石, 而終身自以爲九石。[4] 三石, 實也; 九石, 名也。宣王悅其名而喪其實。[5]

해설

제선왕(齊宣王)은 사실이야 어찌되었든 남이 자기를 칭찬하면 좋아했고, 주변의 신하들은 선왕의 이러한 성격을 알고 왕에게 아첨하며 환심을 사고자 했다.

이 우언은 명목(名目)을 중시하여 실제(實際)를 잃은 군주와 이에 장단을 맞추며 아첨하는 신하들의 비행을 싸잡아 풍자한 것이다.

【用强(용강)】: 강한 활을 사용하다.
【石(석)】: [중량 단위] 석, 섬. 1석(石)은 120근(斤).

3 以示左右, 左右皆引試之, 中關而止, 皆曰 :「此不下九石, 非大王孰能用是?」 宣王悅之。→ (왕이) 이 활을 주변의 신하들에게 보여주면, 주변의 신하들은 모두 그것을 끌어당겨 시험하며, 일부러 절반 정도 당겼다가 멈추고 나서, 모두 말하길 :「이 활은 족히 천여 근이 넘는데, 대왕이 아니면 누가 이것을 사용할 수 있겠습니까?」라고 했다. 선왕은 이 말을 듣고 매우 기뻐했다.
【引試(인시)】: 끌어당겨 시험하다.
【中關(중관)】: 절반 정도 당기다.
【不下(불하)…】: …이하가 아니다. 즉「…이상이다, …이 넘다.」의 뜻.
【九石(구석)】: 1,080근(斤). 1석(石)은 120근.

4 然則宣王用不過三石, 而終身自以爲九石。→ 그렇다면 선왕이 쓰는 힘은 삼백육십 근에 불과하지만, 자신은 종신토록 천여 근이라 여긴 것이다.
【然則(연즉)】: 그렇다면.
【以爲(이위)】: …라고 여기다, …라고 생각하다.

5 三石, 實也; 九石, 名也。宣王悅其名而喪其實。→ 삼백육십 근은, 실제(實際)이고; 천여 근은, 명목(名目)이다. 선왕은 명목을 좋아하여 실제를 잃었다.
【悅(열)】: 좋아하다.
【名(명)】: 명목.
【實(실)】: 실제.

027 몽구위소(蒙鳩爲巢)

《荀子·勸學》

작자

순자(荀子 : B.C. 313-B.C. 238)는 전국시대 말기 조(趙)나라 사람으로 이름은 황(況), 자는 경(卿)이며 저명한 사상가이다. 그는 두 차례에 걸쳐 당시 제(齊)나라의 문화중심지인 직하(稷下)에 유학하고 후에 초(楚)나라에 들어가 난릉령(蘭陵令)을 지냈다. 일생동안 많은 제자를 배출했는데 저명한 제자로 한비(韓非)와 이사(李斯)가 있다. 순자는 선진(先秦) 유가(儒家) 중 최후의 대표적 인물로 맹자(孟子)와 대립적인 양대 파벌이다. 그는 자연계의 존재는 인간의 주관적 의지에 따라 전이(轉移)되는 것이 아니지만, 인류는 주관적인 노력으로 자연을 인식하고 자연에 순응하면서 자연을 운용하여 길조를 지향하고 흉조를 피해야 한다고 주장했다. 인식론에 있어서는 사람이 객관적 사물을 인식하자면 먼저 감각기관을 통해서 외계의 사물과 접촉해야 한다고 보아, 행(行)과 지(知)의 필요성 및 후천적 학습의 중요성을 강조했고, 정치에 있어서는 예(禮)·법(法)·술(術)을 겸용하여 통치해야 한다고 주장했으며, 인성(人性) 문제에 있어서는 맹자의 성선설(性善說)과 대비되는 성악설(性惡說)을 주장하면서 후천적인 환경이 악한 본성을 개선할 수 있다고 주장했다. 순자가 저술한 《순자(荀子)》는 20권으로 문장 32편을 수록하고 있는데, 내용은 철학사상·정치·치학(治學)·입신 처세의 도리 및 학술 논변 등 여러 분야를 고루 섭렵하고 있다.

원문 및 주석

蒙鳩爲巢[1]

南方有鳥焉, 名曰「蒙鳩」, 以羽爲巢, 而編之以髮, 繫之葦苕。[2] 風至苕折, 卵破子死。巢非不完也, 所繫者然也。[3]

해설

몽구(蒙鳩)는 둥지를 만들 때 먼저 깃으로 틀을 만들고 나서 다시 머리카락과 같은 가느다란 물건으로 단단히 엮은 다음, 그것을 약한 갈대 이삭에 매단다. 그리하여 바람이 세게 불면 이삭이 부러져 둥지에 있던 알이나 새끼가 아래로 떨어져 죽고 만다. 둥지는 그 자체뿐만 아니라 그것을 매달아 놓는 외부 여건 모두가 완벽해야 하는데, 그중 하나라도 부실하게 되면 곧바로 사고와 연결된다.

이 우언은 몽구의 고사를 빌려, 매사를 처리함에 있어서 실패하지 않으려면 내부조건과 외부조건이 고루 완벽해야 한다는 이치를 설명한 것이다.

---

1 蒙鳩爲巢 → 굴뚝새가 둥지를 만들다
【蒙鳩(몽구)】: 굴뚝새.
【爲巢(위소)】: 둥지를 만들다. 〖巢〗: 둥지.

2 南方有鳥焉, 名曰「蒙鳩」, 以羽爲巢, 而編之以髮, 繫之葦苕。→ 남쪽 지방에 「몽구(蒙鳩)」라는 새가 있는데, 깃으로 둥지를 만들어, 머리카락 같은 것으로 엮은 다음, 그것을 갈대의 이삭에 매단다.
【編(편)】: 엮다.
【髮(발)】: 머리카락. 여기서는 「머리카락 같은 가느다란 물건」을 가리킨다.
【繫(계)】: 매다, 매달다.
【葦苕(위초)】: 갈대의 이삭. 〖苕〗: 이삭.

3 風至苕折, 卵破子死。巢非不完也, 所繫者然也。→ 바람이 불어 닥쳐 이삭이 부러지면, 알이 깨지고 새끼가 죽는다. 둥지가 불완전한 것이 아니라, 매단 곳이 (부실하여) 그런 것이다.
【風至(풍지)】: 바람이 불어 닥치다.
【折(절)】: 부러지다, 꺾이다.
【子(자)】: 새끼.
【所繫者(소계자)】: 매달은 곳.
【然(연)】: 그렇게 되다.

028 기만즉복(器滿則覆)

《荀子·宥坐》

작자

027 몽구위소(蒙鳩爲巢) 참조

원문 및 주석

器滿則覆[1]

孔子觀於魯桓公之廟，有欹器焉。孔子問於守廟者曰：「此爲何器?」[2] 守廟者曰：「此蓋爲宥坐之器。」[3] 孔子曰：「吾聞宥坐之器者，虛則欹，中

1 器滿則覆 → 그릇이 가득차면 엎어진다
【覆(복)】: 넘어지다, 뒤집히다, 전복되다, 엎어지다.

2 孔子觀於魯桓公之廟，有欹器焉。孔子問於守廟者曰：「此爲何器?」→ 공자(孔子)가 노환공(魯桓公)의 사당(祠堂)에서 구경을 하는데, 기울어져 엎어지기 쉬운 그릇이 있었다. 공자가 사당지기에게 물었다 :「이것은 무슨 그릇인가요?」
【魯桓公(노환공)】: 노(魯)나라의 군주로 18년간(B.C. 711-B.C. 694) 재위했다. 〖魯〗: 지금의 산동성에 있던 주대(周代)의 제후국.
【廟(묘)】: 사당.
【欹器(의기)】: 기울어 엎어지기 쉬운 그릇. 〖欹〗: 기울다.
【守廟者(수묘자)】: 사당지기, 사당을 지키는 사람.

3 守廟者曰：「此蓋爲宥坐之器。」→ 사당지기가 말했다 :「이것은 자리의 오른쪽에 두고 경계하는 마음을 환기시키는 그릇입니다.」
【蓋(개)】: [어조사]. ※ 해석할 필요가 없다.
【宥坐之器(유좌지기)】: 자리의 오른쪽에 두고 경계하는 마음을 환기시키는 그릇. ※ 임금이 자리 오른쪽에 두고 경계하는 마음을 환기시켰다. 〖宥〗: 右(우). 오른쪽.

則正, 滿則覆。」[4] 孔子顧謂弟子曰 : 「注水焉。」 弟子挹水而注之, 中而正, 滿而覆, 虛而欹。[5] 孔子喟然而歎曰 : 「吁! 惡有滿而不覆者哉!」[6]

해설

공자(孔子)는 자리의 오른쪽에 두고 경계하는 마음을 환기시키는 그릇을 보고 자신이 들은 바를 시험하기 위해 제자들로 하여금 물을 퍼다 붓게 하자, 과연 적당히 차면 바로서고 가득 차면 엎어지고 속이 비면 기울었다. 이에 공자는 차서 엎어지지 않는 것이 어디 있겠느냐는 말로 제자들을 훈계했다.

이 우언은 어떤 경우라도 자기 분수를 모르고 자만하면 항상 넘어지고 엎어질 위험이 있다는 것을 경계한 것이다.

---

4 孔子曰 : 「吾聞宥坐之器者, 虛則欹, 中則正, 滿則覆。」 → 공자가 말했다 : 「나는 자리의 오른쪽에 두고 경계하는 마음을 환기시키는 그릇은, 속이 비어 있으면 기울고, 적당히 차면 바로 서고, 가득 차면 엎어진다고 들었소.」
【虛(허)】 : 속이 텅 비다.
【中(중)】 : 적당히 차다.

5 孔子顧謂弟子曰 : 「注水焉。」 弟子挹水而注之, 中而正, 滿而覆, 虛而欹。 → 공자가 고개를 돌려 제자에게 말했다 : 「물을 부어라.」 제자가 물을 떠다가 그릇에 부으니, 적당히 차면 바로 서고, 가득 차면 엎어지고, 속이 비면 기울었다.
【顧(고)】 : 돌아보다, 고개를 돌리다.
【注(주)】 : (물을) 붓다, 주입하다.
【挹水(읍수)】 : 물을 푸다, 물을 뜨다.

6 孔子喟然而歎曰 : 「吁! 惡有滿而不覆者哉!」 → 공자가 길게 탄식하며 말했다 : 「아! 어찌 가득 차서 엎어지지 않는 것이 있으랴!」
【喟然(위연)】 : 한숨짓는 모양.
【吁(우)!】 : [감탄사] 아!
【惡(오)】 : 어찌.

029 기황양거현(祁黃羊擧賢)

《呂氏春秋 · 去私》

작자

여불위(呂不韋 : ?-B.C. 235)는 전국시대 위(衛)나라 복양(濮陽)[지금의 하남성 복양현(濮陽縣)] 사람이다. 《사기(史記) · 여불위열전(呂不韋列傳)》에 의하면, 그는 한(韓)나라의 도읍인 양책(陽翟)[지금의 하남성 우현(禹縣)]의 거상(巨商) 출신으로 진(秦) 장양왕(莊襄王) 때 재상이 되어 문신후(文信侯)에 봉해진 후 낙양(洛陽)의 10만 호를 식읍으로 받았다. 장양왕이 즉위 3년 만에 죽고 어린 태자 영정(嬴政)이 진왕(秦王 : 이후의 진시황)이 되어, 여불위를 그대로 재상으로 삼고 또 부모처럼 존경한다는 뜻에서 「중부(仲父)」라 불렀다. 여불위는 식객(食客) 삼천 명을 두고 있었는데 식객들 가운데 문장에 능한 자들로 하여금 자기의 견문을 책으로 엮도록 하여 《여씨춘추(呂氏春秋)》를 완성했다. 후에 여불위는 진시황의 미움을 사서 서촉(西蜀)으로 유배되어 가던 도중 스스로 독주(毒酒)를 마시고 자살했다.

《여씨춘추》는 《여람(呂覽)》이라고도 하며, 전서를 12기(紀) 8람(覽) 6론(論)으로 구분하여 26권 160편으로 엮었다. 유가(儒家)와 도가(道家)의 사상을 비롯하여 명가(名家) · 법가(法家) · 묵가(墨家) · 농가(農家) · 음양가(陰陽家) 등 여러 학파의 학설을 모은 잡가(雜家)의 대표작으로 알려져 있는데, 많은 고사(古史)와 더불어 천문(天文) · 역수(曆數) · 음률(音律) 등의 지식과 선진(先秦) 학자들의 사상 자료를 보존하고 있어 문헌으로서의 높은 가치를 지니고 있다.

원문 및 주석

祁黃羊擧賢[1]

晉平公問於祁黃羊曰:「南陽無令, 其誰可而爲之?」祁黃羊對曰:「解狐可。」[2] 平公曰:「解狐非子之讎邪?」對曰:「君問可, 非問臣之讎也。」[3] 平公曰:「善。」遂用之, 國人稱善焉。[4] 居有閒, 平公又問祁黃羊曰:「國無尉, 其誰可而爲之?」對曰:「午可。」[5] 平公曰:「午非子之子邪?」對曰:「君問可,

---

1 祁黃羊擧賢 → 기황양(祁黃羊)이 현인(賢人)을 천거하다

【祁黃羊(기황양)】: [인명] 성은 기(祁), 이름은 해(奚), 자는 황양(黃羊). 진(晉)나라의 대부. 《좌전(左傳)》에서는「기해(祁奚)」라 했다.

【擧(거)】: 추천하다, 천거하다.

2 晉平公問於祁黃羊曰:「南陽無令, 其誰可而爲之?」祁黃羊對曰:「解狐可。」→ 진평공(晉平公)이 기황양(祁黃羊)에게 물었다:「남양(南陽)에 현령이 없는데, 누가 그 직책을 맡을 수 있겠소?」기황양이 대답했다:「해호(解狐)가 맡을 수 있습니다.」

【晉平公(진평공)】: 진(晉)나라의 군주로 26년간(B.C. 557-B.C. 532) 재위했다. 〖晉〗: 지금의 산서성 일대에 있던 주대(周代)의 제후국.

【南陽(남양)】: [지명] 지금의 하남성 제원현(濟源縣) 일대.

【令(령)】: [관직] 현령.

【其(기)】: 대명사 앞이나 뒤에 놓여「기수(其誰)·기숙(其孰)·수기(誰其) …」등을 구성한다. 번역할 필요가 없다.

【可而(가이)】: …할 수 있다.

【爲之(위지)】: 그 직책을 맡다. 〖之〗: [대명사] 그것, 즉「현령」.

【解狐(해호)】: [인명].

3 平公曰:「解狐非子之讎邪?」對曰:「君問可, 非問臣之讎也。」→ 평공이 말했다:「해호는 그대의 원수가 아니오?」(기황양이) 대답했다:「임금님께서는 누가 맡을 수 있는가를 물으셨지, 저의 원수를 묻지 않으셨습니다.」

【子(자)】: 그대, 당신.

4 平公曰:「善。」遂用之, 國人稱善焉。→ 평공이 말했다:「좋소.」그리하여 그를 채용하니, 나라 사람들이 잘했다고 칭찬했다.

【遂(수)】: 그리하여.

【稱善(칭선)】: 잘한다고 칭찬하다.

5 居有閒, 平公又問祁黃羊曰:「國無尉, 其誰可而爲之?」對曰:「午可。」→ 얼마 후, 평공이 또 기황양에게 물었다:「나라에 군위(軍尉)가 없는데, 누가 그 직책을 맡을 수 있겠소?」(기황양이) 대답했다:「기오(祁午)가 맡을 수 있습니다.」

【居有閒(거유간)】: 얼마 지나서, 얼마 후. 〖閒〗: 間(간).

非問臣之子也。」[6] 平公曰：「善。」又遂用之，國人稱善焉。[7] 孔子聞之曰：「善哉! 祁黃羊之論也, 外擧不避讎, 內擧不避子。」祁黃羊可謂公矣。[8]

해설

고대 중국의 전통적인 관리 임명은 왕의 친인척이나 현능(賢能)한 사람을 천거하는 방식이 주류를 이루었는데, 백성들로부터 신망을 받는 어진 군주는 모두 현능한 인재를 추천받아 적재적소에 임명했다. 진평공(晉平公)이 기황양(祁黃羊)에게 현령(縣令)을 추천하도록 하자 기황양은 자기의 원수를 천거했고, 또 군위(軍尉)를 추천하도록 하자 자기의 아들을 천거했다.

이 우언은 기황양이 적임자를 천거하기 위해 자기의 원수와 자기의 아들을 피하지 않은 사례를 통해, 기황양의 공평무사한 인품과 아울러 이를 신뢰하여 수용한 진평공의 도량을 찬양한 것이다.

※ 참고 : 이 고사는《좌전(左傳)·양공삼년(襄公三年)》에 보이는데, 기황양이 자기 원수와 자기 아들을 천거한 사실은 일치하나, 인물의 직위·시간·고사의 종말 등은 모두 역사 사실과 다르다.

【尉(위)】: [관직명] 군위(軍尉). 군정(軍政)을 관리하는 직책.
【午(오)】: [인명] 기오(祁午). 기황양의 아들 이름.

6 平公曰：「午非子之子邪?」對曰：「君問可, 非問臣之子也。」→ 평공이 말했다 : 「기오는 그대의 아들이 아니오?」(기황양이) 대답했다 : 「임금님께서는 누가 맡을 수 있는가를 물으셨지, 저의 아들을 묻지 않으셨습니다.」
【子之子(자지자)】: 그대의 아들. 앞의 「자」는 「그대, 당신」, 뒤의 「子」는 「아들」의 뜻.

7 平公曰：「善。」又遂用之, 國人稱善焉。→ 평공이 말했다 : 「좋소.」 그리하여 또 그를 채용하니, 나라 사람들이 잘했다고 칭찬했다.

8 孔子聞之曰：「善哉! 祁黃羊之論也, 外擧不避讎, 內擧不避子。」祁黃羊可謂公矣。→ 공자(孔子)가 이 이야기를 듣고 말했다 : 「훌륭하도다! 기황양의 논리는, 밖에서 천거할 때 원수를 피하지 않았고, 안에서 천거할 때 자기 아들을 피하지 않았다.」 기황양은 가히 공정하다고 말할 수 있다.
【外擧(외거)】: 밖에서 천거하다.
【內擧(내거)】: 안에서 천거하다.
【可謂(가위)】: 가히 …라고 말할 수 있다.
【公(공)】: 공평하다, 공정하다.

030 백아파금(伯牙破琴)

《呂氏春秋 · 本味》

작자

029 기황양거현(祁黃羊擧賢) 참조

원문 및 주석

伯牙破琴[1]

伯牙鼓琴, 鍾子期聽之。方鼓琴而志在太山, 鍾子期曰 : 「善哉乎鼓琴! 巍巍乎若太山。」[2] 少選之間, 而志在流水, 鍾子期又曰 : 「善哉乎鼓琴! 湯

---

1 伯牙破琴 → 백아(伯牙)가 거문고를 부수다
【伯牙(백아)】 : [인명] 춘추시대 초(楚)나라 사람. 거문고를 잘 타기로 이름이 났다.
【破(파)】 : 부수다.

2 伯牙鼓琴, 鍾子期聽之。方鼓琴而志在太山, 鍾子期曰 : 「善哉乎鼓琴! 巍巍乎若太山。」 → 백아(伯牙)가 거문고를 타면, 종자기(鍾子期)가 그것을 듣는다. (백아가) 막 거문고를 타기 시작하여 뜻이 태산(太山)에 있으면, 종자기가 말하길 : 「거문고를 정말 잘 타는구나! 마치 높고 웅장한 태산과 같다.」라고 했고,
【鼓(고)】 : (거문고를) 타다.
【鍾子期(종자기)】 : [인명] 춘추시대 초(楚)나라 사람.
【方(방)】 : 막, 방금.
【太山(태산)】 : 높고 웅장한 산.
【善哉乎(선재호)】 : 훌륭하다, 능숙하다. 여기서는 「(거문고를) 잘 타다.」의 뜻.
【巍巍乎(외외호)】 : 높고 웅장한 모양.
【若(약)】 : 마치 …같다.

湯乎若流水。」[3] 鍾子期死, 伯牙破琴絶弦, 終身不復鼓琴, 以爲世無足復爲鼓琴者。[4]

해설

백아(伯牙)와 종자기(鍾子期)는 완전히 의기투합(意氣投合)하는 지기(知己) 사이이다. 그래서 백아가 거문고의 소리로 속뜻을 전달해도, 종자기는 이를 정확하게 풀어내어 화답한다. 이러한 우의(友誼)는 오직 서로 사상이 일치하고 심령이 통해야 비로소 이루어질 수 있고, 고귀한 만큼 얻기도 어렵다.

종자기가 죽자 백아는 종자기와 같은 지음(知音)을 다시 얻을 수 없다고 생각했고, 종자기가 없는 세상에서 거문고는 다만 무용지물(無用之物)일 뿐이었다. 그리하여 거문고 줄을 끊어버리고 다시는 거문고를 타지 않았다.

이 우언은 백아와 종자기의 관계를 통해 인간의 진지한 우의가 무엇인지를 보여준 것이다.

※ 참고 : 이 우언은 《열자(列子)·탕문(湯問)》에도 보이는데, 《열자》와 《여씨춘추》를 비교할 때, 백아가 거문고를 타서 종자기가 태산과 유수를 말하는 부분까지는 양자가 일치하고, 그 뒤 부분에서 《열자》에는 백아가 종자기의 청음력을 극찬하는 내용이 있는 반면, 종자기가 죽은 뒤 백아가 거문고 줄을 끊고 평생 거문고를 타지 않았다는 내용이 없다.

---

3 少選之間, 而志在流水, 鍾子期又曰 : 「善哉乎鼓琴! 湯湯乎若流水。」→ 잠시 후, 뜻이 흐르는 물에 있으면, 종자기가 또 말하길 : 「거문고를 정말 잘 타는구나! 마치 세차게 흐르는 물과 같다.」라고 했다.
【少選(소선)】: 잠시 후, 조금 있다가.
【湯湯(상상)】: 물결이 세찬 모습.

4 鍾子期死, 伯牙破琴絶弦, 終身不復鼓琴, 以爲世無足復爲鼓琴者。→ 종자기가 죽자, 백아는 거문고를 부수고 줄을 끊어버린 후, 종신토록 다시 거문고를 타지 않았다. 세상에 다시 누구를 위해 거문고를 타서 들려줄 만한 사람이 없다고 생각했기 때문이다.
【絶弦(절현)】: 거문고 줄을 끊다.
【以爲(이위)】: …라고 여기다, …라고 생각하다.

031 순망치한(脣亡齒寒)

《呂氏春秋 · 權勳》

작자

029 기황양거현(祁黃羊擧賢) 참조

원문 및 주석

脣亡齒寒[1]

昔者晉獻公使荀息假道於虞以伐虢, 荀息曰 :「請以垂棘之璧與屈產之乘, 以賂虞公, 而求假道焉, 必可得也。」[2] 獻公曰 :「夫垂棘之璧, 吾先

1 脣亡齒寒 → 입술이 없으면 이가 시리다
【亡(망)】: 잃다, 없어지다.

2 昔者晉獻公使荀息假道於虞以伐虢, 荀息曰 :「請以垂棘之璧與屈產之乘, 以賂虞公, 而求假道焉, 必可得也。」→ 옛날에 진(晉)나라 헌공(獻公)이 순식(荀息)을 파견하여 우(虞)나라로부터 길을 빌려 괵(虢)나라를 정벌하려 하자, 순식이 말했다 :「청컨대 수극(垂棘)에서 나는 벽옥(璧玉)과 굴(屈)에서 나는 준마(駿馬)를, 우공(虞公)에게 뇌물로 주고, 길을 빌려달라고 요구하면, 반드시 허락을 받을 수 있을 것입니다.」
【晉獻公(진헌공)】: 진(晉)나라의 제후. 〖晉〗: 지금의 산서성 일대에 있던 주대(周代)의 제후국. B.C. 375년 조씨(趙氏) · 한씨(韓氏) · 위씨(魏氏)가 진(晉)의 영토를 삼분하여 각기 조(趙) · 한(韓) · 위(魏) 세 나라로 독립했다.
【使(사)】: 보내다, 파견하다.
【荀息(순식)】: [인명] 진나라의 대부.
【假道(가도)】: 길을 빌리다.
【伐(벌)】: 공격하다, 정벌하다.
【虢(괵)】: [국명] 주대(周代)의 제후국으로 서괵 · 동괵 · 북괵 등이 있는데, 여기서는 북괵을 가리킨

君之寶也; 屈産之乘, 寡人之駿也。若受吾幣而不吾假道, 將奈何?」[3] 荀息曰:「不然。彼若不吾假道, 必不吾受也。[4] 若受我而假我道, 是猶取之內府而藏之外府也, 猶取之內皁而著之外皁也, 君奚患焉?」[5] 獻公許之,

---

다. 북괵은 무왕(武王)의 아우인 괵중(虢仲)의 봉지 중 하나로, 섬서성 평륙현(平陸縣) 경내에 있었다.
【垂棘(수극)】: [지명] 아름다운 옥의 산지로 알려져 있다.
【屈(굴)】: [지명] 춘추시대 진(晉)나라의 읍(邑). 명마(名馬)의 산지로 알려져 있다.
【乘(승)】: 본래 네 마리의 말을 「乘」이라 하나, 여기서는 「말」을 가리킨다.
【賂(뢰)】: 뇌물을 주다.
【虞公(우공)】: 우(虞)나라의 군주. 【虞】: 지금의 산서성 평륙현(平陸縣) 북쪽에 있던 주대(周代)의 제후국.

3 獻公曰:「夫垂棘之璧, 吾先君之寶也; 屈産之乘, 寡人之駿也。若受吾幣而不吾假道, 將奈何?」→ 헌공이 말했다:「대저 수극의 벽옥은, 우리 선왕의 보물이고; 굴에서 나는 말은, 과인의 준마요. 만일 나의 예물을 받고 나에게 길을 빌려주지 않으면, 장차 어찌하겠소?」
【夫(부)】: [발어사] 무릇, 대저.
【先君(선군)】: 선왕.
【寡人(과인)】: 과덕지인(寡德之人)이란 의미로, 임금이 자신을 낮추어 부르는 말.
【駿(준)】: 준마.
【若(약)】: 만일, 만약.
【幣(폐)】: 예물.
【不吾假道(불오가도)】: [不假吾道의 도치 형태] 우리에게 길을 빌려주지 않다.
【奈何(내하)】: 어찌하겠는가?

4 荀息曰:「不然。彼若不吾假道, 必不吾受也。→ 순식이 말했다:「그렇지 않습니다. 우나라가 우리에게 길을 빌려주지 않으면, 반드시 우리의 예물을 받지 않습니다.
【彼(피)】: [대명사] 그, 저. 즉 우(虞)나라.

5 若受我而假我道, 是猶取之內府而藏之外府也, 猶取之內皁而著之外皁也, 君奚患焉?」→ 만일 우리를 받아들여 우리에게 길을 빌려주면, 이는 마치 벽옥을 궁 안의 창고에서 취해다가 궁 밖의 창고에 보관하는 것과 같고, 준마를 궁 안의 마구간에서 취해다가 궁 밖의 마구간에 매어두는 것과 같습니다. 임금님께서는 어찌 걱정을 하십니까?」
【猶(유)】: 마치 …과 같다.
【內府(내부)】: 궁 안의 재물 창고.
【藏(장)】: 저장하다, 보관하다.
【外府(외부)】: 궁 밖의 창고.
【皁(조)】: 마구간.
【奚(해)】: 어찌, 무엇.
【患(환)】: 걱정하다, 우려하다.

乃使荀息以屈産之乘爲庭實, 而加以垂棘之璧, 以假道於虞而伐虢。[6] 虞公濫於寶與馬而欲許之, 宮之奇諫曰 :「不可許也。虞之與虢也, 若車之有輔也。[7] 車依輔, 輔亦依車, 虞、虢之勢是也。先人有言曰 :『脣竭而齒寒。』夫虢之不亡也, 恃虞, 虞之不亡也, 亦恃虢也。[8] 若假之道, 則虢朝亡, 而虞夕從之矣, 奈何其假之道也?」[9] 虞公弗聽而假之道。荀息伐虢, 克之; 還反伐虞, 又克之。[10] 荀息操璧牽馬而報, 獻公喜曰 :「璧則猶是也,

---

6 獻公許之, 乃使荀息以屈産之乘爲庭實, 而加以垂棘之璧, 以假道於虞而伐虢。→ 헌공이 이를 허락하고, 바로 순식을 파견하여 굴에서 나는 말을 정실(庭實) 예물로 삼고, 여기에 수극의 벽옥을 추가하여, 우나라로부터 길을 빌려 괵나라 정벌에 나섰다.
【乃(내)】: 곧, 바로.
【庭實(정실)】: 제후가 서로 방문할 때 궁중의 예물을 뜰 앞에 늘어놓는 것.
【加以(가이)】: 추가하다, 보태다.

7 虞公濫於寶與馬而欲許之, 宮之奇諫曰 :「不可許也。虞之與虢也, 若車之有輔也。→ 우공이 보석과 말에 욕심을 내서 허락하려 하자, 궁지기가 간했다 :「허락해서는 안 됩니다. 우나라와 괵나라는, 마치 수레에 덧방나무가 있는 것과 같습니다.
【濫(람)】: 탐내다, 욕심을 내다.
【欲(욕)】: …하려고 하다, …하고자 하다.
【宮之奇(궁지기)】: [인명] 우(虞)나라의 대부.
【諫(간)】: 간하다.
【若(약)】: 마치 …과 같다.
【輔(보)】: 수레의 덧방나무.

8 車依輔, 輔亦依車, 虞、虢之勢是也。先人有言曰 :『脣竭而齒寒。』夫虢之不亡也, 恃虞, 虞之不亡也, 亦恃虢也。→ 수레가 덧방나무를 의지하고, 덧방나무가 수레를 의지하는데, 우나라와 괵나라의 형세가 바로 이러합니다. 옛사람이 말하길 :『입술이 없으면 이가 시리다.』라고 했습니다. 대저 괵나라가 망하지 않는 것은, 우나라를 의지하기 때문이고, 우나라가 망하지 않는 것 또한 괵나라를 의지하기 때문입니다.
【依(의)】: 의지하다.
【竭(갈)】: 亡(망). 없다, 없어지다.
【恃(시)】: 믿다, 의지하다.

9 若假之道, 則虢朝亡, 而虞夕從之矣, 奈何其假之道也?」→ 만일 그들에게 길을 빌려준다면, 괵나라는 아침에 망하고, 우나라는 저녁에 괵나라를 좇아 망하는데, 어찌 진나라에게 길을 빌려줄 수 있겠습니까?」

10 虞公弗聽而假之道。荀息伐虢, 克之; 還反伐虞, 又克之。→ 우공이 듣지 않고 진나라에 길을 빌려

馬齒亦薄長矣!」[11] 故曰:「小利, 大利之殘也。」[12]

해설

진(晉)나라 헌공(獻公)이 우공(虞公)으로부터 길을 빌려 괵(虢)나라를 정벌한 역사적 사실은《좌전(左傳)·희공오년(僖公五年)》에 기록되어 있다. 본문은 작자가 이러한 역사 사실을 근거로 고사를 개편하여 우언으로 만든 것이다.

고사를 통해 볼 때 진(晉)나라의 순식(荀息)과 우(虞)나라의 궁지기(宮之奇)는 모두 국제정세를 꿰뚫고 있는 지모가 뛰어난 신하들인 반면, 진헌공과 우공은 매우 대조적이다. 진헌공은 순식을 신뢰하여 자기가 애지중지하는 벽옥과 준마를 과감히 버림으로써 크나큰 성공을 거두었고, 우공은 궁지기를 불신함으로써 그의 치밀한 분석과 간곡한 권유를 듣지 않아 나라가 망하는 비운을 자초했다.

매사에 있어서 득과 실은 상호 반대급부의 관계로서, 얻기 위해서는 반드시 먼저 대가를 지불해야 하고, 잃지 않기 위해서는 탐하지 말아야 한다.

이 우언은 나라를 잃은 우공의 사례를 통해 소탐대실(小貪大失)의 이치를 설명한 것

주었다. 순식은 괵나라를 공격하여, 괵나라를 함락하고; 돌아오는 길에 우나라를 공격하여, 또 우나라를 함락했다.
【弗(불)】: 不(불).
【克(극)】: 물리치다, 정벌하다, 함락하다.

11 荀息操璧牽馬而報, 獻公喜曰:「璧則猶是也, 馬齒亦薄長矣!」→ 순식이 벽옥을 손에 쥐고 말을 끌고 와서 보고하니, 헌공이 기뻐하며 말했다:「벽옥은 이전 그대로인데, 다만 말의 이빨이 약간 자랐을 뿐이로군!」
【操(조)】: 잡다, 쥐다, 가지다.
【牽(견)】: 끌다.
【猶是(유시)】: 여전히 그러하다. 즉「이전 그대로이다.」의 뜻.
【亦(역)】: 다만 …뿐.
【薄長(박장)】: 약간 자라다. 〖薄〗: 약간, 조금.

12 故曰:「小利, 大利之殘也。」→ 그래서 말하길:「작은 이익은, 큰 이익의 재앙이다.」라고 한 것이다.
【殘(잔)】: 피해, 재해, 재앙.

이다.

※ 참고 : 이 고사는 《한비자(韓非子)·유로(喩老)》에도 보인다. 모두 진나라가 괵나라를 점령하려는 상황에서 궁지기가 군주에게 건의한 내용을 중심으로 스토리가 전개되고 있는데 《여씨춘추》의 고사성이 더욱 풍부하다.

032 순표야섭(循表夜涉)

《呂氏春秋·察今》

작자

029 기황양거현(祁黃羊擧賢) 참조

원문 및 주석

循表夜涉[1]

荊人欲襲宋, 使人先表澭水。[2] 澭水暴益, 荊人弗知, 循表而夜涉, 溺死者千有餘人, 軍驚而壞都舍。[3] 嚮其先表之時可導也, 今水已變而益多矣,

---

1 循表夜涉 → 표시를 따라 야밤에 강을 건너다
【循(순)】: 따르다, 좇다.
【表(표)】: [명사] 표시, 표지.
【涉(섭)】: (강을) 건너다.

2 荊人欲襲宋, 使人先表澭水。→ 초(楚)나라가 송(宋)나라를 습격하려고, 사람을 파견하여 먼저 옹수(澭水)에 (걸어서 건널 수 있는 길목을 찾아) 표시를 해놓았다.
【荊(형)】: 초(楚)나라의 별칭. 초(楚)는 지금의 호남성·호북성과 강서성·절강성 및 하남성 남부에 걸쳐 있던 주대(周代)의 제후국.
【欲(욕)】: …하고자 하다, …하려고 하다.
【使(사)】: 보내다, 파견하다.
【表(표)】: [동사] 표시하다, 표기하다.
【澭水(옹수)】: [강 이름] 지금의 산동성 서남쪽에 있는 강. 일명 「조왕하(趙王河)」라고도 부른다.

3 澭水暴益, 荊人弗知, 循表而夜涉, 溺死者千有餘人, 軍驚而壞都舍。→ 옹수가 갑자기 불어났으나, 초나라 사람들은 이를 모르고, 표시해 놓은 것을 따라 밤중에 건너다가, 익사자가 천여 명에 달했고, 군대들이 놀라 당황하는 모습은 마치 도시의 가옥이 무너지는 듯했다.

荊人尙猶循表而導之, 此其所以敗也。[4]

해설

초(楚)나라가 송(宋)나라를 습격하려면 옹수(澭水)를 건너야 하기 때문에 초나라는 미리 사람을 파견하여 걸어서 건널 수 있는 길목을 찾아 표시를 해 두었다. 그 후 갑자기 물이 불어나 건널 수 없는 상황으로 돌변했다. 그러나 초나라는 이를 모르고 밤중에 그 표시를 따라 건너다가 무려 천여 명이 물에 빠져 죽었다.

전쟁이라는 시간을 다투는 상황에서 시시각각 변하는 정세를 장악하지 못하고 낡은 것에 얽매여 변화의 흐름을 따라잡지 못하면 실패는 당연한 귀결이다.

이 우언은 본래 시대의 변화에 순응하지 않고 선왕(先王)의 법도만을 고수하려는 당시의 군주를 비판한 것이나, 현실 생활에서도 변화에 적절히 대응하지 않으면 성공할 수 없다는 교훈을 제시한 것이기도 하다.

【暴益(폭익)】: 갑자기 불어나다.
【弗(불)】: 不(불).
【驚(경)】: 놀라 당황하다.
【而(이)】: 如(여). 마치 …같다, 마치 …듯하다.
【壞(괴)】: 파괴되다, 무너지다.
【都舍(도사)】: 도시의 가옥.

4 嚮其先表之時可導也, 今水已變而益多矣, 荊人尙猶循表而導之, 此其所以敗也。→ 이전에 먼저 표시해 놓을 때는 건너갈 수 있었지만, 지금은 이미 변해서 물이 많이 불어났는데도, 초나라 사람은 여전히 표시해 놓은 것을 따라 건넜으니, 이것이 바로 그들이 실패한 원인이다.
【嚮(향)】: 지난번, 접때, 이전, 종전.
【導(도)】: 인도하다, 건너가다.
【益多(익다)】: 많이 불어나다.
【尙猶(상유)】: 여전히.
【所以(소이)】: 원인, 까닭, 이유.

033 각주구검(刻舟求劍)

《呂氏春秋 · 察今》

작자

029 기황양거현(祁黃羊擧賢) 참조

원문 및 주석

刻舟求劍[1]

楚人有涉江者, 其劍自舟中墜於水, 遽契其舟, 曰 :「是吾劍之所從墜。」[2] 舟止, 從其所契者入水求之。[3] 舟已行矣, 而劍不行, 求劍若此, 不

1 刻舟求劍 → 뱃전에 표시해 두고 칼을 찾으려 하다

2 楚人有涉江者, 其劍自舟中墜於水, 遽契其舟, 曰 :「是吾劍之所從墜。」→ 초(楚)나라 사람으로 강을 건너는 자가 있었는데, 그의 칼이 배에서 물속으로 떨어지자, 재빨리 그 뱃전에 표시를 해놓고, 말했다 :「여기가 내 칼이 떨어진 곳이다.」

【楚(초)】: [국명] 지금의 호남성 · 호북성과 강서성 · 절강성 및 하남성 남부에 걸쳐 있던 주대(周代)의 제후국.

【涉(섭)】: (물을) 건너다.

【墜(추)】: 떨어지다.

【遽(거)】: 재빨리, 즉시.

【契(계)】: 칼로 새기다, 표시하다.

【是(시)】: 이곳, 여기.

3 舟止, 從其所契者入水求之。→ 배가 멈추고 나서, (그는) 자기가 표시해 놓은 곳으로부터 물속으로 들어가 칼을 찾으려 했다.

【求(구)】: 찾다, 구하다.

【之(지)】: [대명사] 그것, 즉「칼」.

亦惑乎?[4]

해설

배는 분명히 멀리 나갔는데 초(楚)나라 사람은 그러한 사실은 미처 생각하지 못하고 배에 표시해 놓은 흔적만을 가지고 물속에 빠진 칼을 찾으려 했다.

이 우언은 배가 앞으로 나가는 것을 시대 발전에 비유하여 주관적이고 구태의연한 사고방식을 고수하며 변화에 적절히 대응하지 못하는 어리석은 사람을 풍자한 것이다.

---

4 舟已行矣, 而劍不行, 求劍若此, 不亦惑乎? → 배는 이미 떠나가고, 칼은 움직이지 않았는데, 이와 같이 칼을 찾고 있으니, 매우 어리석은 일이 아니겠는가?
【若此(약차)】: 如此(여차). 이와 같다.
【不亦(불역)…乎(호)?】: 매우 …하지 않겠는가?, 어찌 …하지 않겠는가?
【惑(혹)】: 어리석다, 멍청하다.

034 유왕격고(幽王擊鼓)
《呂氏春秋·疑似》

작자

029 기황양거현(祁黃羊擧賢) 참조

원문 및 주석

幽王擊鼓[1]

周宅酆鎬, 近戎人。與諸侯約, 爲高葆禱於王路, 置鼓其上, 遠近相聞。[2]

---

1 幽王擊鼓 → 유왕(幽王)이 북을 치다
【幽王(유왕)】: 서주(西周)의 마지막 임금. 성은 희(姬), 이름은 궁열(宮涅)이며, 주선왕(周宣王)의 아들이다. 재위하는 동안 국정을 보살피지 않고 주색에 빠져, 포사(褒姒)를 총애하며 신후(申后)와 태자 의구(宜臼)를 폐위하는 등 나라를 혼란에 빠뜨렸다. 이에 신후(申侯)가 B.C. 771년에 견융(犬戎)과 연합하여 경성(京城)을 함락하자, 유왕은 여산(驪山) 아래로 도망했다가 피살되고, 서주는 멸망했다.
【擊鼓(격고)】: 북을 치다.

2 周宅酆鎬, 近戎人。與諸侯約, 爲高葆禱於王路, 置鼓其上, 遠近相聞。→ 주(周)나라의 주거지인 풍(酆)지방과 호(鎬)지방은, 견융(犬戎)의 주거지와 가깝다. (주왕이) 제후들과 약정(約定)하여, 왕성으로 통하는 대로에 높은 보루를 쌓고, 그 위에 북을 설치하여, 먼 곳 가까운 곳 모두 북소리가 잘 들리도록 했다.
【宅(택)】: 주거지. 여기서는 「경성(京城)」을 가리킨다.
【酆鎬(풍호)】: [지명] 주문왕(周文王) 때의 도읍은 풍(酆)이었으나, 주무왕(周武王)때 호(鎬)로 옮겼다. 풍(酆)은 지금의 섬서성 장안현(長安縣) 서북쪽에 있고, 호(鎬)는 섬서성 장안현 서쪽에 있는데, 두 곳의 거리가 매우 가깝기 때문에 합쳐서 주나라의 도읍 「酆鎬」라 칭했다.
【戎(융)】: 견융(犬戎), 또는 서융(西戎). 주(周)나라 서쪽의 오랑캐.
【爲高葆禱(위고보도)】: 높은 보류를 쌓다. 〖爲〗: 쌓다, 축조하다. 〖葆禱〗: 보루.

卽戎寇至, 傳鼓相告, 諸侯之兵皆至救天子。[3] 戎寇當至, 幽王擊鼓, 諸侯之兵皆至, 褒姒大說喜之。[4] 幽王欲褒姒之笑也, 因數擊鼓, 諸侯之兵數至而無寇。[5] 至於後, 戎寇眞至, 幽王擊鼓, 諸侯兵不至。[6] 幽王之身乃死於麗山之下, 爲天下笑。[7]

해설

주(周)의 유왕(幽王)은 서쪽 오랑캐인 견융(犬戎)이 주나라의 도성(都城)과 너무 가까

【王路(왕로)】: 여러 제후국으로부터 왕성으로 통하는 대로.
【置(치)】: 설치하다.

3 卽戎寇至, 傳鼓相告, 諸侯之兵皆至救天子。→ 만일 견융이 침입해 들어오면, 북을 쳐서 알려, 제후의 군사가 모두 달려와 천자를 구하도록 한 것이다.
【卽(즉)】: [연사] 만일, 만약.
【寇(구)】: 도둑, 도적. ※ 여기서는 견융(犬戎)을 멸시하는 뜻으로 사용한 말.
【傳鼓相告(전고상고)】: 북을 쳐서 알리다.

4 戎寇當至, 幽王擊鼓, 諸侯之兵皆至, 褒姒大說喜之。→ 일찍이 견융이 쳐들어 온 적이 있었다. 유왕이 북을 쳐서, 제후들의 군대가 모두 달려오자, (유왕의 총희) 포사(褒姒)가 매우 기뻐하며 즐거워했다.
【當(당)】: 嘗(상). 일찍이. ※「當」을「嘗(상)」과 통한다고 보는 견해와 當을 嘗의 오류라고 보는 견해가 있으나,「일찍이」라고 풀이한 점은 일치한다.
【褒姒(포사)】: [인명] 유왕(幽王)의 총희.
【大說喜之(대열희지)】: 매우 기뻐하며 즐거워하다.

5 幽王欲褒姒之笑也, 因數擊鼓, 諸侯之兵數至而無寇。→ 유왕은 포사의 웃는 모습을 원했다. 그리하여 자주 북을 쳐서, 제후들의 군대가 매번 달려왔다. 그러나 (그때마다) 견융은 없었다.
【欲(욕)】: …을 바라다, …을 원하다, …하고자 하다.
【因(인)】: 그리하여, 이로 인해.
【數(삭)】: 여러 번, 자주, 빈번히.

6 至於後, 戎寇眞至, 幽王擊鼓, 諸侯兵不至。→ 후에, 견융이 정말로 쳐들어와, 유왕이 북을 쳤으나, 제후의 군대가 오지 않았다.

7 幽王之身乃死於麗山之下, 爲天下笑。→ 유왕의 몸은 결국 여산(麗山) 아래에서 죽어, 천하의 웃음거리가 되었다.
【乃(내)】: 마침내, 결국.
【麗山(여산)】: [산 이름] 驪山(여산). 지금의 섬서성 임동현(臨潼縣) 동남쪽에 있다.

이 있어 불안을 느낀 나머지, 제후국에서 왕실로 통하는 대로(大路)에 보루를 쌓고 그 위에 북을 설치하여, 견융이 침입할 경우 북을 울려 제후들에게 알림으로써 제후의 군대가 와서 천자를 구하도록 했다. 그 후 견융이 한 차례 침입하여 유왕이 북을 울리자 제후의 군대가 모두 달려왔다. 유왕의 총희 포사(褒姒)가 이를 보고 매우 좋아하며 즐거워하자, 유왕은 포사의 웃는 모습을 보려고 견융의 침입이 없는데도 불구하고 여러 차례 북을 울려 제후의 군대를 희롱했다. 그리하여 유왕은 제후들로부터 신뢰를 잃었고, 후에 견융이 실제로 쳐들어왔을 때 제후들이 군대를 보내지 않아 유왕은 여산(麗山)의 아래에서 견융에게 피살되어 백성들의 웃음거리가 되고 말았다.

이 우언은 본래 백성을 다스리는 나라의 임금이 총희가 좋아한다는 이유만으로 제후의 군사를 동원하는 국가 대사를 사사로이 장난거리로 삼았다가 천하의 신뢰를 잃고 자멸한 군주의 무지몽매한 행위를 질책한 동시에, 또한 서양 이솝(Aesop) 우화의 「양치기 소년」처럼 여러 번 거짓말을 계속하면 나중에 진실을 말해도 믿을 수 없게 된다는 교훈을 제시한 것이다.

035 엄이도종(掩耳盜鐘)
《呂氏春秋 · 自知》

작자

029 기황양거현(祁黃羊擧賢) 참조

원문 및 주석

掩耳盜鐘[1]

范氏之亡也，百姓有得鐘者。欲負而走，則鐘大不可負。以椎毁之，鐘況然有音。恐人聞之而奪己也，遽揜其耳。[2] 惡人聞之可也，惡己自聞之，

1 掩耳盜鐘 → 귀를 막고 종을 훔치다
【掩(엄)】: 막다, 닫다.
【盜(도)】: 훔치다.

2 范氏之亡也，百姓有得鐘者。欲負而走，則鐘大不可負。以椎毁之，鐘況然有音。恐人聞之而奪己也，遽揜其耳。→ 범씨(范氏)가 도망갈 때, 어느 한 백성이 그의 종을 훔쳤다. 등에 짊어지고 달아나려다가, 종이 너무 커서 짊어질 수가 없었다. 망치로 종을 부수자, 종이 와장창 부서지는 소리가 났다. 그는 다른 사람이 이 소리를 듣고 자기 것을 빼앗아갈까 두려워서, 재빨리 자기의 귀를 막았다.
【范氏(범씨)】: 범소자(范昭子). 춘추시대 말기 진(晉)나라의 귀족으로, 조씨(趙氏) · 한씨(韓氏) · 위씨(魏氏) · 지씨(智氏)와의 투쟁에서 패망했다.
【欲(욕)】: …하고자 하다, …하려고 생각하다.
【負(부)】: (등에) 지다, 짊어지다.
【椎(추)】: 錐(추). 망치.
【毁(훼)】: 부수다.
【況然(황연)】: 종소리가 우렁찬 모양.
【恐(공)】: 두려워하다.

悖矣。[3]

해설

진(晉)나라의 귀족인 범씨(范氏)가 달아나면서 가지고 가지 못한 종(鐘)을 어느 백성이 점유하여 짊어지고 가려다, 너무 커서 그것을 부수어 작게 만들어 가려고 망치로 내리쳤다. 와장창하고 큰 소리가 나자 다른 사람이 소리를 듣고 와서 종을 빼앗아갈까 봐 두려워 자기의 귀를 막고 종을 부쉈다. 종을 부수면 종이 아니라는 사실을 모르는 것도 황당하지만, 자기의 귀를 막으면 남들이 듣지 못한다고 생각하는 것도 어처구니없는 일이다.

이 우언은 스스로 총명한 척하면서 일을 망치는 어리석은 사람을 풍자하는 동시에, 객관적 사실을 존중하지 않으면 자기가 자기 꾀에 넘어갈 수 있다는 것을 경계한 것이다.

【奪己(탈기)】: 자기 것을 빼앗다.
【遽(거)】: 황급히, 재빨리.
【揜(엄)】: 掩(엄). 막다.

3 惡人聞之可也, 惡己自聞之, 悖矣。→ 다른 사람이 그 소리를 들을까봐 우려하는 것은 이해할 수 있지만, 자기가 들을까봐 우려하는 것은, 실로 황당한 일이다.
【惡(오)】: 싫어하다. 여기서는 「겁내다, 우려하다.」의 뜻.
【己自(기자)】: 자기 스스로.
【悖(패)】: 황당하다, 어이없다.

036 지자의린(智子疑鄰)

《韓非子·說難》

작자

한비(韓非 : 약 B.C. 280-B.C. 233)는 전국시대 말엽의 사상가로 법가사상(法家思想)을 집대성한 사람이다. 《사기(史記)·노자한비열전(老子韓非列傳)》의 기록에 의하면, 한비는 말을 더듬었기 때문에 말하기를 싫어하였으나 저술에 매우 능했다. 이사(李斯)와 더불어 순자(荀子)에게 배웠는데 이사 스스로도 자기가 한비보다 못했음을 인정했다고 한다.

한(韓)나라 제후의 아들인 한비는 한나라가 점점 쇠퇴하는 것을 보고 한왕(韓王)에게 여러 차례 글을 올려 예치(禮治)를 폐지하고 형법(刑法)으로 다스려 부국강병을 꾀할 것을 주장했다. 왕이 이를 채택하지 않자, 한비는 물러나와 오직 저술에만 전념하였다.

《한비자(韓非子)》는 한비가 지은 법가(法家)의 대표작으로 내용 대부분이 논변문(論辨文)에 속하는데, 선명한 관점과 예리한 언어에 정밀한 분석과 강력한 논리성이 돋보이고, 많은 우언(寓言)을 논증의 소재로 운용함으로써 보다 흥미롭고 생동감을 더해준다.

《한비자》의 주석서로는 청(淸) 왕선신(王先愼)의 《한비자집해(韓非子集解)》를 비롯하여 근인(近人) 진기유(陳奇猷)의 《한비자집석(韓非子集釋)》, 양계웅(梁啓雄)의 《한비자천해(韓非子淺解)》, 주훈초(周勛初)의 《한비자교주(韓非子校注)》 등이 있다.

원문 및 주석

智子疑鄰[1]

宋有富人, 天雨牆壞。其子曰:「不築, 必將有盜。」[2] 其鄰人之父亦云。暮而果大亡其財, 其家甚智其子, 而疑鄰人之父。[3]

해설

송(宋)나라 부잣집의 담장이 비로 인해 무너져 그 집 아들과 이웃집 영감이 이구동성으로 담장을 쌓지 않으면 도둑이 들 것이라고 같은 말을 했는데도 자기 아들에 대해서는 지혜롭다고 칭찬한 반면, 이웃집 영감에 대해서는 오히려 의심을 품었다.

이 우언은 남의 진의(眞意)를 이해하거나 사실 그 자체를 존중하지 않고, 오로지 친소(親疎) 관계를 시비 판단의 기준으로 삼아 남을 의심하고 경계하는 선입견을 비난한 것이다.

---

1 智子疑鄰 → 자식을 지혜롭다 하고 이웃을 의심하다
【智(지)】: [동사 용법] 지혜롭다고 여기다.

2 宋有富人, 天雨牆壞。其子曰:「不築, 必將有盜。」→ 송(宋)나라에 한 부자가 있었는데, 비가 와서 집의 담장이 무너졌다. 그의 아들이 말했다:「쌓지 않으면, 반드시 도둑이 들 것입니다.」
【宋(송)】: [국명] 지금의 하남성 상구현(商邱縣) 일대에 있던 주대(周代)의 제후국.
【天雨(천우)】: 비가 내리다.
【壞(괴)】: 무너지다.
【將(장)】: (장차) …할 것이다.
【有盜(유도)】: 도둑이 들다.

3 其鄰人之父亦云。暮而果大亡其財, 其家甚智其子, 而疑鄰人之父。→ 그 이웃집 노인 영감도 역시 같은 말을 했다. 그날 밤에 과연 재물을 많이 잃었다. 그 집안사람들은 아들을 매우 지혜롭다고 칭찬했다. 그러나 이웃집 영감에 대해서는 (오히려) 의심을 품었다.
【父(부)】: [노인에 대한 존칭] 翁(옹). 노인 영감.
【云(운)】: 말하다.
【果(과)】: 과연.
【大亡(대망)】: 많이 잃다.
【甚智(심지)】: 매우 지혜롭다고 칭찬하다.

037 휘질기의(諱疾忌醫)

《韓非子 · 喩老》

작자

036 지자의린(智子疑鄰) 참조

원문 및 주석

諱疾忌醫[1]

扁鵲見蔡桓公, 立有間, 扁鵲曰 :「君有疾在腠理, 不治將恐深。」[2] 桓公

1 諱疾忌醫 → 병을 숨기고 의사를 기피하다
【諱(휘)】: 숨기다, 감추다.
【忌(기)】: 꺼리다, 기피하다.

2 扁鵲見蔡桓公, 立有間, 扁鵲曰 :「君有疾在腠理, 不治將恐深。」→ 편작(扁鵲)이 채환공(蔡桓公)을 알현하고, 서서 잠시 보더니, 말했다 :「임금님은 병이 살결에 있는데, 치료하지 않으면 아마도 심해질 것입니다.」
【扁鵲(편작)】: [인명] 전국시대(戰國時代)의 명의(名醫). 성은 진(秦), 이름은 월인(越人)으로 발해군(渤海郡) 막읍(鄚邑)[지금의 하북성 임구현(任丘縣) 북막주진(北鄚州鎭)] 사람이다. 그는 중국 의술에서의 전통적 진단법인 사진법(四診法)[망(望 : 보다) · 문(聞 : 듣다) · 문(問 : 묻다) · 절(切 : 맥을 짚다)]의 기초를 닦았다. 그의 의술이 매우 고명했기 때문에 당시 사람들은 그를 황제(黃帝)시대의 명의인「편작(扁鵲)」에 비유하여 그 이름을 그대로 따서 불렀다.
【蔡桓公(채환공)】: 춘추시대 채(蔡)나라에는 환공(桓公)이 없고 환후(桓侯)가 있으며, 20년간(B.C. 714-B.C. 695) 재위했다. 【蔡】: 지금의 하남성 상제현(上蔡縣) 일대에 있던 주대(周代)의 제후국.
【有間(유간)】: 잠시, 잠깐.
【腠理(주리)】: 살결.
【將(장)】: (장차) …할 것이다.
【恐(공)】: 걱정이다, 염려되다.

曰：「寡人無疾。」[3] 扁鵲出，桓公曰：「醫之好治不病以爲功。」[4] 居十日，扁鵲復見曰：「君之病在肌膚，不治將益深。」桓公不應。[5] 扁鵲出，桓公又不悅。[6] 居十日，扁鵲復見曰：「君之病在腸胃，不治將益深。」桓公又不應。扁鵲出，桓公又不悅。[7] 居十日，扁鵲望桓公而還走。桓公故使人問之。[8] 扁鵲曰：「病在腠理，湯熨之所及也；[9] 在肌膚，鍼石之所及也；[10] 在腸胃，

【深(심)】: 깊다, 심하다.

3 桓公曰 : 「寡人無疾。」: 환공이 말했다 : 「과인은 병이 없소.」
【寡人(과인)】: 과덕지인(寡德之人)이란 뜻으로, 임금이 자신을 낮추어 부르는 말.

4 扁鵲出, 桓公曰 : 「醫之好治不病以爲功。」→ 편작이 나가자, 환공이 말했다 : 「의사는 병이 없는 사람을 치료하여 자기 공으로 삼기를 좋아한다.」
【好(호)】: [동사] 좋아하다.
【不病(불병)】: 병이 없는 사람.
【以爲(이위)…】: 이로써 …을 삼다.

5 居十日, 扁鵲復見曰 : 「君之病在肌膚, 不治將益深。」桓公不應。→ 열흘이 지나, 편작이 다시 (환공을) 알현하고 말했다 : 「임금님의 병은 근육과 피부 사이에 있는데, 치료하지 않으면 더욱 깊어질 것입니다.」 환공은 대꾸하지 않았다.
【居(거)】: 머물다, 경과하다.
【復(부)】: 다시, 또.
【肌膚(기부)】: 근육과 피부 사이.
【益(익)】: 더욱.
【應(응)】: 대꾸하다, 대응하다.

6 扁鵲出, 桓公又不悅。→ 편작이 나가자, 환공은 또 불쾌하게 생각했다.
【不悅(불열)】: 불쾌하게 생각하다. 〖悅〗: 기뻐하다, 즐거워하다.

7 居十日, 扁鵲復見曰 : 「君之病在腸胃, 不治將益深。」桓公又不應。扁鵲出, 桓公又不悅。→ 열흘이 지나, 편작이 다시 (채환공을) 배알하고 말했다 : 「임금님의 병은 장과 위에 있는데, 치료하지 않으면 더욱 깊어질 것입니다.」 환공은 또 대꾸하지 않았다. 편작이 나가자, 환공은 또 불쾌하게 생각했다.

8 居十日, 扁鵲望桓公而還走。桓公故使人問之。→ 열흘이 지나, 편작이 멀리서 환공을 바라보더니 몸을 돌려 나가 버렸다. 환공이 일부러 사람을 시켜 편작에게 물어보았다.
【還走(환주)】: 몸을 돌려 나가 버리다.
【故(고)】: 일부러.
【之(지)】: [대명사] 그, 즉 「편작」.

9 扁鵲曰 : 「病在腠理, 湯熨之所及也; → 편작이 말했다 : 「병이 살결에 있을 때는, 뜨거운 물로 덥게 하거나 약물로 찜질하여 완치에 이를 수 있고;

火齊之所及也; 在骨髓, 司命之所屬, 無奈何也。[11] 今在骨髓, 臣是以無請也。」[12] 居五日, 桓公體痛, 使人索扁鵲, 已逃秦矣, 桓公遂死。[13]

해설

편작(扁鵲)은 이름난 명의로 환자를 보기만 해도 병의 상태를 소상히 안다. 채환공(蔡桓公)은 그러한 편작의 말을 믿지 않고 자기의 주장을 고집하며 치료를 거부하다가 결국 편작의 예상대로 죽음을 피하지 못했다.

일상생활에서 일어나는 모든 문제는 반드시 발생과 발전의 과정이 있다. 이를 해결

【湯(탕)】: 燙(탕). 뜨거운 물로 데우다.
【熨(위)】: 약물로 찜질하다.
【及(급)】: (완치에) 이르다, 도달하다.

10 在肌膚, 鍼石之所及也; → 근육과 피부 사이에 있을 때는, 침으로 완치할 수 있고;
【鍼石(침석)】: 침으로 치료하다. ※「鍼石」은 본래 「금속 침과 돌 침」이나, 여기서는 동사 용법으로 쓰였다.

11 在腸胃, 火齊之所及也; 在骨髓, 司命之所屬, 無奈何也。→ 장이나 위에 있을 때는, 화제(火劑)로 완치할 수 있지만; 골수에 있으면, 이는 (생사를 주재하는) 사명(司命)의 소관이라, 어찌할 방법이 없습니다.
【火齊(화제)】: 화기(火氣)를 치료하는 약제(藥劑). 〖齊〗: 劑(제). 약제, 조제한 약.
【司命(사명)】: 사람의 생사를 주재한다는 전설 속의 신(神) 이름.
【所屬(소속)】: 소관, 관장하는 바.
【無奈何(무내하)】: 어찌 할 방법이 없다.

12 今在骨髓, 臣是以無請也。」→ 지금은 이미 골수에 있기 때문에, 그래서 제가 (치료하도록) 청하지 않았습니다.」
【臣(신)】: 신, 저. ※ 군주에 대한 신하나 백성의 자칭.
【是以(시이)】: 그래서.
【無請(무청)】: 요청하지 않다.

13 居五日, 桓公體痛, 使人索扁鵲, 已逃秦矣, 桓公遂死。→ 닷새가 지난 후, 환공의 몸이 아파, 사람을 보내 편작을 찾았으나, 이미 진나라로 달아났고, 환공은 결국 죽고 말았다.
【使(사)】: 보내다, 파견하다.
【索(색)】: 찾다.
【逃(도)】: 도망하다, 달아나다.
【遂(수)】: 마침내, 결국.

하자면 초기 단계에서 해결하는 것이 가장 쉽고 문제가 확대될수록 해결하기가 어려워진다.

이 우언은 채환공이 명의(名醫)의 말을 불신하다가 목숨을 잃은 고사를 통해, 모든 중요한 일은 자기의 주관적인 편견을 고집하지 말고 전문가의 충고를 들어 적절히 대처해야 재난을 미연에 방지할 수 있다는 이치를 설명한 것이다.

038 소장무용(所長無用)

《韓非子·說林上》

작자

036 지자의린(智子疑鄰) 참조

원문 및 주석

所長無用[1]

魯人身善織屨, 妻善織縞, 而欲徙於越。或謂之曰:「子必窮矣。」魯人曰:「何也?」[2] 曰:「屨爲履之也, 而越人跣行; 縞爲冠之也, 而越人翦髮。以子之所長, 游於不用之國, 欲使無窮, 其可得乎!」[3]

1 所長無用 → 뛰어난 기술이 쓸모가 없어지다
【所長(소장)】: 장기, 특기, 우수한 기술.

2 魯人身善織屨, 妻善織縞, 而欲徙於越。或謂之曰:「子必窮矣。」魯人曰:「何也?」→ 어느 노(魯)나라 사람이 자기는 신발을 짜는 데 능하고, 자기 아내는 명주를 짜는 데 능하여, 월(越)나라로 이사를 가려고 생각했다. (이에) 어떤 사람이 그에게 말했다:「당신은 반드시 곤궁해질 것입니다.」노나라 사람이 물었다:「어째서요?」
【魯(노)】: [국명] 지금의 산동성 일대에 있던 주대(周代)의 제후국.
【身(신)】: 자기, 자신.
【善織屨(선직구)】: 신발을 잘 짜다. 〖善〗: 능하다, 잘하다. 〖織〗: 짜다. 〖屨〗: 신발. ※ 주로 마(麻)나 칡으로 짜는 짚신과 비슷한 신발을 말한다.
【縞(호)】: 명주.
【欲(욕)】: …하고자 하다, …하려고 생각하다.
【徙(사)】: 이사하다.

해설

아무리 뛰어난 기술이라도 그것을 필요로 하는 환경에서 부(富)를 쌓을 수 있는 수단이 되는 것이지, 그것을 필요로 하지 않는 환경에서는 다만 쓸모없는 무용지물(無用之物)일 뿐이다.

이 우언은 자신의 특기를 활용하기 위해서는 그것을 필요로 하는 생활환경의 선택이 중요하다는 것을 강조한 것이다.

【越(월)】: [국명] 지금의 절강성 일대에 있던 주대(周代)의 제후국.
【或(혹)】: 어떤 사람.
【子(자)】: 그대, 당신.

3 曰:「屨爲履之也, 而越人跣行; 縞爲冠之也, 而越人翦髮。以子之所長, 游於不用之國, 欲使無窮, 其可得乎!」→ 그 사람이 말했다:「신발은 발에 신는 것인데, 월나라 사람들은 맨발로 걸어 다니고; 명주는 모자를 만들어 쓰는 것인데, 월나라 사람들은 머리를 깎고 모자를 쓰지 않습니다. 당신의 뛰어난 기술을 가지고, 사용하지 않는 나라에 가서 떠돌아다니면, 곤궁하지 않게 하려 해도, 어찌 가능하겠습니까?」
【爲(위)】: [개사] …이다.
【履(리)】: [동사 용법] (발에) 신다.
【跣行(선행)】: 맨발로 다니다. 〖跣〗: 맨발.
【冠(관)】: [동사 용법] 모자를 쓰다.
【翦髮(전발)】: 머리를 깎다. ※ 판본에 따라서는 「翦」을 「被(피)」라 했다.
【使無窮(사무궁)】: 곤궁함이 없도록 하다. 〖使〗: …하게 하다, …하도록 하다.
【其(기)】: 豈(기). 어찌.
【可得(가득)】: 가능하다, 할 수 있다.

039 삼인성호(三人成虎)

《韓非子 · 內儲說上》

작자

036 지자의린(智子疑鄰) 참조

원문 및 주석

三人成虎[1]

龐恭與太子質於邯鄲, 謂魏王曰 :「今一人言市有虎, 王信之乎?」曰 :「不。」[2]「二人言市有虎, 王信之乎?」曰 :「不。」「三人言市有虎, 王信之乎?」王曰 :「寡人信之。」[3] 龐恭曰 :「夫市之無虎也明矣, 然而三人言而

---

1 三人成虎 → 세 사람이 없는 호랑이를 만들어내다

2 龐恭與太子質於邯鄲, 謂魏王曰 :「今一人言市有虎, 王信之乎?」曰 :「不。」→ 위(魏)나라의 대신 방공(龐恭)이 태자와 함께 조(趙)나라의 한단(邯鄲)에 인질로 가면서, 위왕(魏王)에게 물었다 :「지금 한 사람이 저자에 호랑이가 있다고 말하면, 임금님께서는 그것을 믿으시겠습니까?」(왕이) 말했다 :「아니오.」

【龐恭(방공)】: [인명] 전국시대 위(魏)나라의 대신.

【質(질)】: 인질로 잡혀가다.

【邯鄲(한단)】: [지명] 전국시대 조(趙)나라의 도읍. 지금의 하북성 한단시(邯鄲市).

3 「二人言市有虎, 王信之乎?」曰 :「不。」「三人言市有虎, 王信之乎?」王曰 :「寡人信之。」→ (방공이 물었다) :「두 사람이 저자에 호랑이가 있다고 말하면, 임금님께서는 그것을 믿으시겠습니까?」(왕이) 말했다 :「아니오.」(방공이 물었다) :「세 사람이 저자에 호랑이가 있다고 말하면, 임금님께서는 그것을 믿으시겠습니까?」왕이 말했다 :「과인은 그것을 믿을 것이오.」

【寡人(과인)】: 과덕지인(寡德之人)이란 의미로, 임금이 자신을 낮추어 부르는 말.

成虎。[4] 今邯鄲之去魏也遠於市, 議臣者過於三人, 願王察之。」龐恭從邯鄲反, 竟不得見。[5]

해설

저자에 호랑이가 있다고 말하는 것은 분명한 거짓이다. 그러나 위왕(魏王)은 이러한 거짓을 한 사람이 전하고 두 사람이 전할 때는 믿지 않다가 세 사람이 전하면 믿는다고 했다. 그리하여 방공(龐恭)은 자신이 태자와 함께 조(趙)나라에 인질로 가면서 자기가 위나라에 없는 동안 자기를 비방하는 자가 틀림없이 세 사람을 넘을 것이라며 위왕에게 각별히 살펴달라고 당부했다. 그럼에도 불구하고 태자의 인질이 풀려 위나라로 돌아온 후, 방공은 끝내 위왕을 알현하지 못했다.

이 우언은 다수의 의견이라 하여 반드시 옳은 것은 아니며, 중요한 것은 자세히 조사하고 확인해야 한다는 실사구시(實事求是)의 중요성을 강조한 것이다.

---

4 龐恭曰:「夫市之無虎也明矣, 然而三人言而成虎。→ 방공이 말했다:「무릇 저자에 호랑이가 없다는 것이 분명해도, 그러나 세 사람이 있다고 말하면 마치 호랑이가 있는 것처럼 믿게 됩니다.
【夫(부)】: [발어사] 대저, 무릇.
【然而(연이)】: 그러나.
【成虎(성호)】: 호랑이가 되다.

5 今邯鄲之去魏也遠於市, 議臣者過於三人, 願王察之。」龐恭從邯鄲反, 竟不得見。→ 지금 한단이 위나라로부터 떨어진 거리는 저자보다 멀지만, 저를 비방하는 자는 세 사람이 넘을 것이니, 임금님께서 그것을 잘 살펴주시기 바랍니다.」 방공은 (태자의 인질이 끝나) 한단으로부터 돌아온 후, 끝내 (위왕을) 알현하지 못했다.
【去(거)】: 떨어지다.
【議(의)】: 비방하다, 비난하다.
【過(과)】: 넘다, 초과하다.
【願(원)】: 바라다, 희망하다.
【反(반)】: 返(반). 돌아오다.
【竟(경)】: 끝내.

040 남우충수(濫竽充數)

《韓非子·內儲說上》

작자

036 지자의린(智子疑鄰) 참조

원문 및 주석

濫竽充數[1]

齊宣王使人吹竽, 必三百人。南郭處士請爲王吹竽, 宣王說之。廩食以數百人。[2] 宣王死, 湣王立, 好一一聽之, 處士逃。[3]

---

1 濫竽充數 → 피리를 불 줄 모르면서 머리 숫자만 채우다

【濫竽(남우)】: 피리를 불 줄도 모르면서 자리에 함께 섞여 거짓으로 부는 척하다. 즉, 무능한 사람이 재능이 있는 척하다. 〖竽〗: [악기] 생황 비슷한 피리의 일종.

【充數(충수)】: 수를 채우다.

2 齊宣王使人吹竽, 必三百人。南郭處士請爲王吹竽, 宣王說之。廩食以數百人。→ 제(齊)나라 선왕(宣王)은 사람들에게 피리를 불게 하면서, 반드시 삼백 명이 합주(合奏)하도록 했다. 남곽처사(南郭處士)가 왕을 위해 피리를 불겠다고 청하자, 선왕이 매우 기뻐했다. 관청에서 지급하는 양식도 다른 수백 사람과 똑같이 주었다.

【齊宣王(제선왕)】: 제나라의 군주. 19년간(B.C. 319–B.C. 301) 재위했다. 〖齊〗: 지금의 산동성 북부와 하북성 남부에 걸쳐 있던 주대(周代)의 제후국.

【使(사)】: …로 하여금 …하도록 하다.

【吹竽(취우)】: 피리를 불다.

【南郭處士(남곽처사)】: 성씨가 남곽(南郭)인 처사. 〖處士〗: 벼슬하지 않고 은거하는 사람.

【說(열)】: 悅(열). 기뻐하다, 좋아하다.

【廩食(늠식)】: 관청에서 지급하는 양식.

해설

제(齊)나라 선왕(宣王)은 사람들로 하여금 피리를 불게 하면서 반드시 삼백 명이 합주(合奏)하도록 했다. 남곽처사(南郭處士)가 이를 악용하여 선왕을 위해 피리 불겠다고 청하자, 선왕이 허락하고 사람들의 대열에 끼어 불도록 했다. 그 후 선왕이 죽고 민왕(湣王)이 즉위하여 합주를 폐지하고 한 사람씩 연주하도록 하자, 남곽처사는 마각(馬脚)이 들어날 것을 두려워하여 그만 줄행랑을 치고 말았다.

이 우언은 재능도 없는 사람이 여러 사람 속에 끼어 수를 채우고 함께 이득을 보는 몰염치한 행위를 풍자한 것이다.

【以(이)】: 如同(여동). …와 똑같이 주다.

3 宣王死, 湣王立, 好一一聽之, 處士逃。→ 선왕이 죽고, 민왕(湣王)이 즉위하여, (합주를 폐지하고) 한 사람씩 독주하는 것을 듣기 좋아하자, 남곽처사가 그만 줄행랑을 쳐버렸다.

【湣王(민왕)】: 제(齊)나라의 군주로 16년간(B.C. 300-B.C. 285) 재위했다.

【立(립)】: 즉위하다.

【好一一聽之(호일일청지)】: 한 사람 한 사람씩 독주하는 것을 듣기 좋아하다. 〖好〗: [동사] 좋아하다.

【逃(도)】: 달아나다, 줄행랑치다.

041 매독환주(買櫝還珠)

《韓非子·外儲說左上》

작자

036 지자의린(智子疑鄰) 참조

원문 및 주석

買櫝還珠[1]

楚人有賣其珠於鄭者, 爲木蘭之櫝, 薰以桂椒, 綴以珠玉, 飾以玫瑰, 輯以翡翠。[2] 鄭人買其櫝, 而還其珠。此可謂善賣櫝矣, 未可謂善鬻珠也。[3]

---

1 買櫝還珠 → 상자를 사고 구슬을 돌려주다
【櫝(독)】: 함, 상자.
【還(환)】: 돌려주다.

2 楚人有賣其珠於鄭者, 爲木蘭之櫝, 薰以桂椒, 綴以珠玉, 飾以玫瑰, 輯以翡翠。→ 초(楚)나라 사람으로 자기의 구슬을 정(鄭)나라에 팔려는 자가 있었는데, 목란나무로 상자를 만들어, (상자에) 계수나무와 산초나무로 향기를 스며들게 하고, 주옥(珠玉)으로 상감을 하는가 하면, 매괴(玫瑰)로 장식을 하고, 비취로 테를 둘렀다.
【楚(초)】: [국명] 지금의 호남성·호북성과 강서성·절강성 및 하남성 남부에 걸쳐 있던 주대(周代)의 제후국.
【鄭(정)】: [국명] 지금의 하남성 신정현(新鄭縣) 일대에 있던 주대(周代)의 제후국.
【木蘭之櫝(목란지독)】: 목란나무 상자.
【薰以桂椒(훈이계초)】: 계수나무와 산초나무로 향기를 스며들게 하다. 〖薰〗: 향기를 스며들게 하다. 〖以〗: …로, …을 가지고. 〖桂〗: 계수나무. 〖椒〗: 산초나무.
【綴以珠玉(철이주옥)】: 주옥으로 상감하다. 〖綴〗: 상감하다, 장식하다.
【飾以玫瑰(식이매괴)】: 매괴로 장식하다. 〖飾〗: 장식하다. 〖玫瑰〗: 중국 남방에서 나는 붉은 옥돌.

해설

초(楚)나라 사람은 구슬을 팔기 위해 목란나무로 상자를 만든 다음 상자에 온갖 장식을 화려하게 꾸며 구슬을 더욱 귀중하게 보이려다가 오히려 구슬을 팔지 못했고, 정나라 사람은 화려한 상자에 눈이 팔려 구슬을 사지 않고 상자를 샀다. 결국 쌍방 모두 내용보다는 겉을 중시하여 본래의 의도와 정반대의 결과를 초래했다.

이 우언은 한비(韓非)가 각국의 제후들로 하여금 유세객(遊說客)의 화려한 언사에 현혹되어 피해를 입지 않도록 본질을 확실히 파악하여 본말이 전도되지 않도록 유의해야 한다는 이치를 설명한 것이다.

【輯以翡翠(집이비취)】: 비취로 테를 두르다. 〖輯〗: 緝(집). 테를 두르다.

3 鄭人買其櫝, 而還其珠。此可謂善賣櫝矣, 未可謂善鬻珠也。→ 정나라 사람은 그 상자만 사고, 구슬을 돌려주었다. 이 사람은 상자를 파는 데 능하다고 말할 수는 있어도, 구슬을 파는 데 능하다고 말할 수는 없다.

【此(차)】: [대명사] 이, 즉「초나라 사람」.

【可謂(가위)】: …라고 말할 수 있다.

【善賣(선매)】: 잘 팔다, 팔기를 잘하다.

【鬻(육)】: 賣(매). 팔다.

042 화귀최이(畫鬼最易)
《韓非子·外儲說左上》

작자

036 지자의린(智子疑鄰) 참조

원문 및 주석

畫鬼最易[1]

客有爲齊王畫者, 齊王問曰:「畫孰最難者?」曰:「犬馬最難。」[2]「孰最易者?」曰:「鬼魅最易。夫犬馬, 人所知也, 旦暮罄於前, 不可不類之, 故難; 鬼魅, 無形者, 不罄於前, 故易之也。」[3]

---

1 畫鬼最易 → 귀신을 그리기가 가장 쉽다
【易(이)】: 쉽다, 용이하다.

2 客有爲齊王畫者, 齊王問曰:「畫孰最難者?」曰:「犬馬最難。」→ 손님으로 제왕(齊王)을 위해 그림을 그리려는 자가 있어, 제왕(齊王)이 물었다:「무엇을 그리는 것이 가장 어렵소?」손님이 대답했다:「개와 말이 가장 어렵습니다.」
【齊(제)】: [국명] 지금의 산동성 북부와 하북성 남부 일대에 있던 주대(周代)의 제후국.
【孰(숙)】: 무엇.

3「孰最易者?」曰:「鬼魅最易。夫犬馬, 人所知也, 旦暮罄於前, 不可不類之, 故難; 鬼魅, 無形者, 不罄於前, 故易之也。」→ 제왕이 물었다:「무엇이 가장 쉽소?」손님이 대답했다:「귀신과 도깨비가 가장 쉽습니다. 무릇 개와 말은, 사람이 잘 알고, 아침저녁으로 눈앞에 있어, 실물과 닮지 않을 수 없습니다. 그래서 어렵습니다. (그러나) 귀신과 도깨비는, 형체가 없고, 모두 눈앞에 있지 않습니다. 그래서 그것을 그리기가 쉽습니다.」
【鬼魅(귀매)】: 귀신과 도깨비.

해설

화가의 입장에서 개나 말 같은 동물은 사람들이 너무 잘 알아 실물과 비교되기 때문에 그리기가 매우 어렵고, 귀신과 도깨비는 사람들이 잘 몰라 잘못 그렸다고 흠 잡힐 일이 없어 그리기가 쉽다는 것이다.

이 우언은 본래 한비(韓非)가 당시 성행한 도가(道家)의 학설을 너무 의미가 깊어 이해할 수 없고 현실에 대해 역할을 하기보다는 오히려 해를 끼친다고 여겨 이를 귀신·도깨비에 비유한 것인데, 즉 실천의 경험을 수반하는 실제의 일은 어려운 반면, 실제를 벗어난 허튼소리는 객관적인 검증이 필요 없기 때문에 비교적 용이하다는 것을 비유한 것이다.

【旦暮(단모)】: 아침저녁.
【罄(경)】: 모두, 다.
【不類(불류)】: 같지 않다, 닮지 않다. ※ 원문에는 본래 「不」자가 없으나, 「不」자가 없을 경우 뜻이 어색하여 주석서에 따라서는 「不」자를 첨가했다.

043 복처위고(卜妻爲袴)

《韓非子·外儲說左上》

작자

036 지자의린(智子疑鄰) 참조

원문 및 주석

卜妻爲袴[1]

鄭縣人卜子, 使其妻爲袴, 其妻問曰:「今袴何如?」夫曰:「象吾故袴。」妻因毁新, 令如故袴。[2]

---

1 卜妻爲袴 → 복씨(卜氏)의 아내가 바지를 만들다
【卜(복)】: 복씨(卜氏).
【爲袴(위고)】: 바지를 만들다. ※〖袴〗: 褲(고). 바지.

2 鄭縣人卜子, 使其妻爲袴, 其妻問曰:「今袴何如?」夫曰:「象吾故袴。」妻因毁新, 令如故袴。→ 정현(鄭縣)에 사는 복자(卜子)라는 사람이, 자기 아내에게 바지를 만들라고 하자, 그 아내가 물었다:「지금 새로 만드는 바지는 어떤 모양으로 할까요?」남편이 말했다:「내가 입던 바지와 같은 모양이요.」그리하여 아내는 새 바지를 훼손하여, 헌 바지와 똑같이 만들어 놓았다.
【鄭縣(정현)】: [지명] 한애후(韓哀侯)가 정(鄭)나라를 멸한 후 정나라를 정현(鄭縣)으로 부른 듯하다.
【卜子(복자)】: [인명] 성은 복(卜),「子」는 존칭.
【使(사)】: …로 하여금 …하도록 하다, …하게 하다, …하도록 시키다.
【何如(하여)】: 어떻게, 어떤 모양으로.
【象(상)】: 像(상). …와 같이, …와 같은 모양으로.
【故袴(고고)】: 원래 입던 바지, 헌 바지. 〖故〗: 원래의, 종래의, 헌, 낡은.
【因(인)】: 이로 인해, 그리하여.
【毁新(훼신)】: 새 바지를 훼손하다. 〖新〗: 새것, 즉「새 바지」.

해설

복자(卜子)가 자기 아내에게 바지를 만들어 달라고 부탁하면서 자기가 입던 바지와 같은 모양이라고 말한 것은 바지의 디자인(design)을 가리킨 것인데, 그의 아내는 새것과 헌것이라는 개념으로 이해하고 새 바지를 훼손하여 헌 바지를 만들어 놓았다.

이 우언은 한비(韓非)가 선왕지도(先王之道)의 낡은 사상이 현재의 변화한 사회 상황에 맞지 않아 채택할 수 없다는 것을 들어, 부단히 발전 변화하는 상황에 적응하지 않고 구태의연(舊態依然)한 것을 고집하며, 새로운 것이 수립된 후에도 굳이 그것을 훼손하여 과거로 되돌리려 하는 교조주의적(教條主義的) 사고방식을 꼬집어 풍자한 것이다.

【令如(영여)】: …을 …와 같게 하다.

044 영서연설(郢書燕說)

《韓非子 · 外儲說左上》

작자

036 지자의린(智子疑鄰) 참조

원문 및 주석

郢書燕說[1]

郢人有遺燕相國書者, 夜書, 火不明, 因謂持燭者曰 :「擧燭!」云而過書「擧燭」。[2]「擧燭」, 非書意也, 燕相受書而說之, 曰 :「擧燭者, 尙明也;

1 郢書燕說 → 영(郢) 사람이 쓴 글을 연(燕)나라 사람이 해석하다
【郢(영)】: [지명] 楚(楚)나라의 도읍. 지금의 호북성 강릉현(江陵縣). 초(楚)나라는 지금의 호남성·호북성과 강서성·절강성 및 하남성 남부에 걸쳐 있던 주대(周代)의 제후국.
【書(서)】: 서신, 편지.
【燕(연)】: [국명] 지금의 하북성 북부와 요녕성 남부 일대에 있던 주대(周代)의 제후국.
【說(설)】: 해석하다.

2 郢人有遺燕相國書者, 夜書, 火不明, 因謂持燭者曰 :「擧燭!」云而過書「擧燭」。→ 영(郢) 사람으로 연(燕)나라 재상에게 편지를 보내는 자가 있었다. 밤에 편지를 쓰다 보니, 불빛이 밝지 않았다. 그리하여 촛불을 들고 있는 사람에게 :「거촉(擧燭)!」이라 말했다. 말하고 나서 실수로「거촉(擧燭)」이란 말을 편지에 썼다.
【遺(유)】: 보내다.
【相國(상국)】: 재상.
【書(서)】: 본 구절에「書」자가 세 번 나오는데, 첫 번째「書」는 명사로「편지」라는 뜻이고, 나머지는 동사로「쓰다.」의 뜻.
【因(인)】: 그리하여, 이로 인해.

尙明也者, 擧賢而任之。」[3] 燕相白王, 王大悅, 國以治。治則治矣, 非書意也。今世學者, 多似此類。[4]

해설

영(郢) 사람이 밤중에 연(燕)나라 재상에게 보내는 편지를 쓰다가 불빛이 어두워 촛불을 들고 있는 사람에게 「거촉(擧燭 : 촛불을 추켜들라)」이라 말한 후, 무의식중에 「거촉」이란 두 글자를 편지에 썼다. 연나라 재상은 편지를 받고 나서, 실수로 잘못 들어간 「거촉」을 「밝은 것을 숭상한다는 뜻이고, 밝은 것을 숭상한다는 것은, 현인을 천거하여 임용한다는 뜻이다.」라고 해석했다. 그리고 이를 연왕에게 보고하여 실행한 결과

【持燭者(지촉자)】: 촛불을 들고 있는 사람.
【擧燭(거촉)!】: 촛불을 추켜들라!
【過書(과서)】: 실수로 쓰다. 〖過〗: 실수로, 잘못하여.

3 「擧燭」, 非書意也, 燕相受書而說之, 曰 : 「擧燭者, 尙明也; 尙明也者, 擧賢而任之。」→「거촉(擧燭)」은, 본래 편지와 무관한 뜻이다. 그런데 연나라 재상은 편지를 받고 이를 해석하여 말하길 : 「거촉(擧燭)이란, 밝은 것을 숭상한다는 뜻이고; 밝은 것을 숭상한다는 것은, 현인을 천거하여 임용한다는 뜻이다.」라고 했다.
【非書意(비서의)】: 편지의 뜻이 아님. 즉 「편지와 무관한 뜻」을 말한다.
【說之(설지)】: 그것을 해석하다. 〖說〗: 해석하다. ※ 「說」을 「悅(열)」로 보아 「기뻐하다, 좋아하다.」라고 풀이한 경우도 있다. 〖之〗: [대명사] 그것, 즉 「擧燭(거촉)」.
【尙明(상명)】: 밝은 것을 숭상하다.
【擧賢(거현)】: 현인을 천거하다.
【任(임)】: 임용하다.

4 燕相白王, 王大悅, 國以治。治則治矣, 非書意也。今世學者, 多似此類。→ 연나라 재상이 왕에게 설명하자, 왕이 매우 기뻐하며 그대로 이행하니, 나라가 잘 다스려졌다. 나라가 잘 다스려지기는 했지만, 본래 편지의 뜻은 아니다. 오늘날의 학자들도, 대부분 이러한 부류들과 같다.
【白(백)】: 해석하여 고하다, 설명하다.
【悅(열)】: 기뻐하다, 좋아하다. ※ 판본에 따라서는 「悅」을 「說(열)」이라 했다.
【以(이)】: 因(인). 이로 인해.
【治(치)】: 잘 다스려지다.
【多(다)】: 대부분.
【似(사)】: 같다, 흡사하다.

나라가 잘 다스려졌다.

설사 연나라의 재상이 「거촉」을 임의로 해석하여 결과적으로 국익에 도움을 주었다 해도, 그 결과와 관계없이 편지에 언급한 「거촉」의 본의는 분명히 해석을 잘못한 것이다.

이 우언은 한비(韓非)가 연나라 재상의 행위를 통해, 옛날의 전적(典籍)을 이치에 맞지 않게 멋대로 해석하는 당시 유학자들의 견강부회(牽强附會)한 태도를 비난하면서, 학문하는 사람은 마땅히 전적의 원의(原義)를 그대로 답습하지 말고 창조정신을 가지고 실제와의 결합을 통해 새로운 의미를 부여해야 소득이 있다는 것을 지적한 것이다.

045 정인매리(鄭人買履)

《韓非子·外儲說左上》

작자

036 지자의린(智子疑鄰) 참조

원문 및 주석

鄭人買履[1]

鄭人有欲買履者, 先自度其足, 而置之其坐。[2] 至之市, 而忘操之。[3] 已得履, 乃曰 :「吾忘持度。」[4] 反歸取之, 及反, 市罷, 遂不得履。[5] 人曰 :「何不

---

1 鄭人買履 → 정(鄭)나라 사람이 신발을 사러 가다
【鄭(정)】: [국명] 지금의 하남성 신정현(新鄭縣) 일대에 있던 주대(周代)의 제후국.
【履(리)】: 신발.

2 鄭人有欲買履者, 先自度其足, 而置之其坐。→ 정(鄭)나라 사람으로 신발을 사려는 자가 있었는데, 먼저 자기가 자기 발의 치수를 재고 나서, 그것을 그 자리에 놓았다.
【欲(욕)】: …하려고 하다, …하고자 하다.
【度(탁)】: [동사] 치수를 재다.
【置之其坐(치지기좌)】: 발을 잰 치수를 그 자리에 놓다. 〖置〗: 놓다, 두다. 〖之〗: [대명사] 그것, 즉 발을 잰 치수.
【坐(좌)】: 座(좌). 자리.

3 至之市, 而忘操之。→ 시장에 도착해서 보니, 발 치수 잰 것을 잊고 가져오지 않았다.
【至之市(지지시)】: 시장에 도착하고 나서. 〖至〗: …에 이르다. 즉 「…하고 나서」의 뜻. 〖之〗: 가다. 여기서는 「도착하다.」의 뜻.
【操之(조지)】: 발을 잰 치수를 휴대하다. 〖之〗: [대명사] 그것, 즉 발을 잰 치수.

4 已得履, 乃曰 :「吾忘持度。」→ 이미 신발을 골라 놓고 나서, 비로소 말했다 :「내가 치수 재놓은 것을

試之以足?」[6] 曰:「寧信度, 無自信也。」[7]

해설

정(鄭)나라 사람이 신발을 사러 시장에 갔다가 발 치수 잰 것을 가지고 오지 않아, 다시 집으로 돌아가 그것을 가지고 시장에 오니 이미 장이 끝나버렸다. 이에 어떤 사람이 왜 직접 그 자리에서 신발을 신어보지 않았느냐고 묻자, 그의 대답은 차라리 치수를 믿을지언정 자기 발을 믿지 않는다고 했다.

이 우언은 한비(韓非)의 관점에서 창의적이지 못하고 맹목적으로 옛것을 맹신하는 유가(儒家)와 묵가(墨家)를 정나라 사람에 비유하여, 무조건 과거의 규범만을 믿고 고집하며 객관적인 현실을 부정하는 어리석은 폐단을 풍자한 것이다.

잊고 안 가져 왔소.」
【乃(내)】: 비로소.
【忘持(망지)】: 잊고 가져오지 않다.
【度(도)】: [명사] 발을 잰 치수.

5 反歸取之, 及反, 市罷, 遂不得履。→ 집으로 돌아가 그것을 가지고, 다시 시장에 왔을 때는, 이미 시장이 끝나, 결국 신발을 사지 못했다.
【反歸(반귀)】: 되돌아가다.
【及反(급반)】: (시장에) 다시 왔을 때.
【罷(파)】: 파하다, 끝나다.
【遂(수)】: 그리하여, 결국.

6 人曰:「何不試之以足?」→ 어떤 사람이 물었다:「어째서 당신의 발로 직접 신어 보지 않았소?」
【以(이)】: …로써, …을 가지고.
【試(시)】: 시험하다. 여기서는「직접 신어보다.」의 뜻.

7 曰:「寧信度, 無自信也。」→ 그가 대답했다:「차라리 발을 잰 치수를 믿을지언정, 나의 발을 믿지 않기 때문이요.」
【寧(녕)】: 차라리.
【度(도)】: [명사] 발을 잰 치수.
【無自信(무자신)】: 자기의 발을 믿지 않다.

046 모순(矛盾)

《韓非子 · 難一》

작자

036 지자의린(智子疑鄰) 참조

원문 및 주석

矛盾[1]

楚人有鬻楯與矛者, 譽之曰 : 「吾楯之堅, 物莫能陷也。」 又譽其矛曰 : 「吾矛之利, 於物無不陷也。」[2] 或曰 : 「以子之矛, 陷子之楯, 何如?」[3] 其人

---

1 矛盾 → 창과 방패
【矛(모)】: 창.
【盾(순)】: 방패.

2 楚人有鬻楯與矛者, 譽之曰 : 「吾楯之堅, 物莫能陷也。」 又譽其矛曰 「吾矛之利, 於物無不陷也。」 → 초(楚)나라 사람으로 방패와 창을 파는 자가 있었는데, 그것을 자랑하여 말하길 : 「나의 방패는 견고해서, 어떤 물건으로도 뚫을 수가 없습니다.」라고 하더니, 바로 또 창을 자랑하여 말하길 : 「나의 창은 예리하여, 어떤 물건도 뚫지 못하는 것이 없습니다.」라고 했다.
【楚(초)】: [국명] 지금의 호남성 · 호북성과 강서성 · 절강성 및 하남성 남부에 걸쳐 있던 주대(周代)의 제후국.
【鬻(육)】: 매(賣). 팔다.
【楯(순)】: 盾(순). 방패. ※ 판본에 따라서는 「楯」을 「盾」이라 했다.
【譽(예)】: 칭찬하다, 자랑하다.
【莫能(막능)】: …할 수가 없다, …하지 못하다.
【陷(함)】: 공격하여 파괴하다, 즉 「찔러서 뚫다.」의 뜻.

3 或曰 : 「以子之矛, 陷子之楯, 何如?」 → 어떤 사람이 물었다 : 「당신의 창을 가지고, 당신의 방패를 뚫

弗能應也。[4] 夫不可陷之楯, 與無不陷之矛, 不可同世而立。[5]

해설

초(楚)나라 상인이 자기의 방패를 자랑하여 어떤 창으로도 뚫지 못한다 하고, 창을 자랑하여 어떤 물건도 뚫지 못하는 것이 없다고 했다가, 당신의 창으로 당신의 방패를 뚫으면 어떠냐는 질문을 받고 대답을 하지 못해 사람들의 웃음거리가 되었다.

이 우언은 본래 한비(韓非)가 서로 저촉되는 유가(儒家)의 논점을 풍자한 것인데, 후세 사람들은 이 말을 가지고 언행이 일치하지 않거나 어떤 사실의 앞뒤가 맞지 않음을 비유하는 말로 사용했다.

는다면, 어떨까요?」
【或(혹)】: 어떤 사람.

4 其人弗能應也。→ 창과 방패를 파는 사람은 대답을 할 수가 없었다.
【其人(기인)】: 그 사람, 즉 「창과 방패를 파는 사람」.
【弗(불)】: 不(불).
【應(응)】: 대답하다.

5 夫不可陷之楯, 與無不陷之矛, 不可同世而立。→ 대저 찔러서 뚫리지 않는 방패와 찔러서 뚫지 못하는 창은, 동시에 양립할 수가 없는 것이다.
【夫(부)】: [발어사] 대저, 무릇.
【同世而立(동세이립)】: 동시에 양립하다.

047 수주대토(守株待兔)

《韓非子 · 五蠹》

작자

036 지자의린(智子疑鄰) 참조

원문 및 주석

守株待兎[1]

宋人有耕田者, 田中有株, 兎走觸株, 折頸而死。[2] 因釋其耒而守株, 冀復得兎。兎不可復得, 而身爲宋國笑。[3]

---

1 守株待兎 → 나무 그루터기를 지키며 토끼를 기다리다
【株(주)】: 나무 그루터기.
【待(대)】: 기다리다.

2 宋人有耕田者, 田中有株, 兎走觸株, 折頸而死。→ 송(宋)나라 사람으로 밭을 갈던 자가 있었다. 그의 밭 가운데에 나무 그루터기가 있었는데, 토끼가 달려가다가 나무 그루터기에 부딪쳐, 목이 부러져 죽었다.
【宋(송)】: [국명] 지금의 하남성 상구현(商邱縣) 일대에 있던 주대(周代)의 제후국.
【耕田(경전)】: 농사를 짓다.
【觸(촉)】: 부딪치다.
【折頸(절경)】: 목을 부러뜨리다. 즉 「목이 부러지다.」의 뜻.

3 因釋其耒而守株, 冀復得兎。兎不可復得, 而身爲宋國笑。→ 그리하여 그는 자기의 쟁기를 버리고 나무 그루터기를 지키며, 다시 토끼를 얻기만 바라고 있었다. 토끼는 다시 얻을 수 없었고, 자신은 송나라 사람들의 웃음거리가 되었다.
【因(인)】: 이로 인해, 그리하여.
【釋(석)】: 버리다, 포기하다.

해설

밭을 갈다가 나무 그루터기에 부딪쳐 죽은 토끼를 얻은 것은 그야말로 천재일우(千載一遇)의 우연한 일이다. 그런데 송(宋)나라 사람은 그러한 우연을 필연으로 여겨 자기 본연의 업무를 포기하고 나무 그루터기를 지키다가 끝내 원하는 바를 이루지 못하고 사람들의 웃음거리가 되고 말았다.

이 우언은 한비(韓非)의 관점에서 선왕(先王)의 인의지도(仁義之道)를 고수하며, 부단히 발전하고 변화하는 사물의 추세에 따라 새로운 인식을 갖지 못하고 오직 구습에 얽매여 헤어나지 못하는 유가(儒家)의 보수적인 행위를 풍자한 것이다.

【耒(뢰)】: [농기구] 쟁기.

【冀(기)】: 바라다, 희망하다.

【爲(위)…笑(소)】: [피동 용법] …의 웃음거리가 되다.

048 금구계이(金鉤桂餌)
《闕子》

작자

궐자(闕子 : B.C. ?-?)는 생애 사적을 알 수 없으나, 전국시대 종횡가(縱橫家)에 속하는 인물이라 여겨진다. 《한서(漢書)·예문지(藝文志)》에는 그의 저술로 《궐자(闕子)》 1편을 수록하고 있으나 이미 망실되어 전하지 않고, 청(淸) 마국한(馬國翰)의 《옥함산방집일서(玉函山房輯佚書)》에 일문 일부가 수록되어 있다.

원문 및 주석

金鉤桂餌[1]

魯人有好釣者, 以桂爲餌, 黃金之鉤, 錯以銀碧, 垂翡翠之綸。[2] 其持竿

---

1 金鉤桂餌 → 황금 낚싯바늘과 육계(肉桂) 미끼
【鉤(구)】: 낚싯바늘.
【桂(계)】: [향료] 육계(肉桂). ※ 오래 자란 계수나무의 두꺼운 껍질. 중국인들은 이를 값진 향료로 여겼다.
【餌(이)】: 미끼, 낚싯밥.

2 魯人有好釣者, 以桂爲餌, 黃金之鉤, 錯以銀碧, 垂翡翠之綸。→ 노(魯)나라 사람으로 낚시를 좋아하는 자가 있었는데, (고급 향료인) 육계(肉桂)로 미끼를 삼고, 황금으로 낚싯바늘을 만들고, (낚싯대에) 은과 푸른 옥으로 상감을 하고, 비취로 장식한 낚싯줄을 드리웠다.
【魯(노)】: [국명] 지금의 산동성 일대에 있던 주대(周代)의 제후국.
【好釣(호조)】: 낚시를 좋아하다. 〖好〗: [동사] 좋아하다. 〖釣〗: 낚시, 낚시하다.
【以爲(이위)】: …로 …을 삼다.
【錯(착)】: 상감(象嵌)하다, 박아 넣다.

處位卽是, 然其得魚不幾矣。[3] 故曰 :「釣之務不在芳餌, 事之急不在辯言。」[4]

해설

물고기가 낚시에 걸리는 것은 물고기의 입맛에 알맞은 미끼가 물고기를 유인하기 때문이지 낚시 도구가 화려하고 값진 향료를 미끼로 사용하기 때문이 아니다. 그러나 노(魯)나라 사람은 물고기가 좋아하는 미끼를 개발하는 일에 공을 들이지 않고 엉뚱한 일에 공을 들여 많은 대가를 지불하고도 수확이 너무 적었다.

이 우언은 무슨 일이든 지나치게 표면적인 형식에 치중하지 말고 실제 상황에서 실질적인 효과를 추구해야 한다는「실사구시(實事求是)」의 원칙을 강조한 것이다.

【垂(수)】: 드리우다.

【翡翠之綸(비취지륜)】: 비취로 장식한 낚싯줄. 〖綸〗: 낚싯줄. ※ 혹자는「翡翠」를「물총새」로 보아「翡翠之綸」을「물총새의 깃털로 장식한 낚싯줄」이라 풀이했다.

3 其持竿處位卽是, 然其得魚不幾矣。→ 그가 낚싯대를 잡은 자세와 서 있는 위치는 옳았지만, 그러나 그가 잡은 물고기는 얼마 되지 않았다.

【持竿(지간)】: 낚싯대를 잡다. 〖持〗: 잡다. 〖竿〗: 낚싯대.

【處位(처위)】: 자세와 위치.

【是(시)】: 옳다, 바르다, 정확하다.

【然(연)】: 그러나.

【不幾(불기)】: 얼마 되지 않다. 〖幾〗: 몇, 얼마.

4 故曰 :「釣之務不在芳餌, 事之急不在辯言。」→ 그래서 말하길 :「낚시의 관건은 향기로운 미끼에 있지 않고, 일의 관건은 말재간에 있지 않다.」라고 한 것이다.

【務(무)】: 급무, 즉「관건」.

【芳餌(방이)】: 향기로운 미끼.

【急(급)】: 급무, 즉「관건」.

【辯言(변언)】: 언변, 말재간.

049 증모투저(曾母投杼)

《戰國策 · 秦策二》

작자

《전국책(戰國策)》은 전국시대의 역사 사실을 기록한 책으로 작자가 누구인지 알 수 없다. 서한(西漢) 유향(劉向)의 《전국책(戰國策) · 서(序)》에 의하면, 이 책은 본래 《국책(國策)》《국사(國事)》《단장(短長)》《사어(事語)》 등 여러 이름으로 불리었으나, 책의 내용이 대체로 전국시대 여러 나라의 제후들에 대해 유세객들이 계책을 도모한 언론이란 점을 감안하여 유향이 정리한 후 「책(策)」 자를 붙여 《전국책》이란 이름으로 불리게 된 것이다. 《전국책》의 체재는 동주책(東周策) · 서주책(西周策) · 진책(秦策) · 제책(齊策) · 초책(楚策) · 조책(趙策) · 위책(魏策) · 한책(韓策) · 연책(燕策) · 송책(宋策) · 위책(衛策) · 중산책(中山策) 등 12책 33권으로 구성되어 있다.

현재 통행되고 있는 《전국책》 외에 1973년 호남성(湖南省) 장사(長沙) 마왕퇴(馬王堆)의 삼호(三號) 한묘(漢墓)에서 출토된 《전국책》과 비슷한 백서(帛書)는 서명이 없이 총 27장(章)으로 구성되어 있는데, 그중 10장은 《전국책》에 보이고, 8장은 《사기(史記)》에 보인다. 따라서 두 책에서 중복된 것을 빼고 나면 11장만 수록되어 있는 셈이며, 그 나머지 16장은 모두 일서(佚書)들로서 상당한 사료적 가치를 지니고 있다.

원문 및 주석

曾母投杼[1]

昔者曾子處費，費人有與曾子同名族者而殺人。[2] 人告曾子母曰：「曾

1 曾母投杼 → 증자(曾子)의 어머니가 베틀의 북을 내던지다

參殺人。」曾子之母曰：「吾子不殺人。」織自若。[3] 有頃焉, 人又曰：「曾參殺人。」其母尙織自若也。[4] 頃之, 一人又告之曰：「曾參殺人。」其母懼, 投杼踰牆而走。[5] 夫以曾參之賢與母之信也, 而三人疑之, 則慈母不能信也。[6]

【曾母(증모)】: 증자의 어머니. 〖曾〗: 증자(曾子). 성은 증(曾), 이름은 삼(參), 자는 자여(子輿)이며, 증자는 존칭이다. 춘추시대 노(魯)나라 사람으로 공자(孔子)의 제자이며, 효행이 지극하기로 이름이 났다.

【投杼(투저)】: 베틀의 북을 내던지다. 〖杼〗: 베틀의 북.

2 昔者曾子處費, 費人有與曾子同名族者而殺人。→ 옛날 증자(曾子)가 비읍(費邑)에 살 때, 비읍 사람으로 증자와 동성동명인 자가 사람을 죽인 일이 있었다.

【處(처)】: 살다, 거주하다.

【費(비)】: [지명] 費邑(비읍). 지금의 산동성 비현(費縣).

【同名族(동명족)】: 동성동명. 〖名〗: 이름. 〖族〗: 성씨.

3 人告曾子母曰：「曾參殺人。」曾子之母曰：「吾子不殺人。」織自若。→ 어떤 사람이 증자의 어머니에게 말했다：「증삼(曾參)이 사람을 죽였어요.」 증자의 어머니가 말했다：「내 아들은 사람을 죽이지 않아요.」 그리고 태연하게 베 짜는 일을 계속했다.

【織(직)】: 베를 짜다.

【自若(자약)】: 태연하다, 놀라지 않고 침착하다.

4 有頃焉, 人又曰：「曾參殺人。」其母尙織自若也。→ 조금 있다가, 또 어떤 사람이 말했다：「증삼이 사람을 죽였어요.」 증자의 어머니는 그래도 태연하게 베 짜는 일을 계속했다.

【有頃(유경)】: 잠시 후, 조금 있다가.

【尙(상)】: 아직도, 여전히, 그래도.

5 頃之, 一人又告之曰：「曾參殺人。」其母懼, 投杼踰牆而走。→ 잠시 후, 또 한 사람이 와서 증자의 어머니에게 말했다：「증삼이 사람을 죽였어요.」 증자의 어머니는 두려워하며, 베틀의 북을 내던지고 담장을 넘어 달아났다.

【頃之(경지)】: 잠시 후, 조금 있다가.

【懼(구)】: 두려워하다.

【踰(유)】: 넘다. ※ 판본에 따라서는 「踰」를 「窬(유) 또는 逾(유)」라 했다.

【牆(장)】: 담, 담장.

6 夫以曾參之賢與母之信也, 而三人疑之, 則慈母不能信也。→ 대저 증자의 현명함과 (증자에 대한) 어머니의 확고한 신뢰로써도, 세 사람이 증자를 의심하니, 자애로운 어머니가 (아들을) 믿을 수 없었다.

【夫(부)】: [발어사] 대저, 무릇.

해설

증삼(曾參)은 효행이 지극하고 어진 사람이기 때문에 그의 어머니는 누구보다도 아들을 믿었다. 그래서 증삼의 어머니는 첫 번째 사람이 와서 증삼이 사람을 죽였다고 하자 믿지 않았고, 두 번째 사람이 와서 같은 말을 했어도 역시 믿지 않았다. 그러나 세 번째 사람이 와서 증삼이 사람을 죽였다고 말하자, 두려워하며 즉시 베틀의 북을 내던지고 담장을 넘어 달아났다.

이 우언은 본래 감무(甘茂)가 진무왕(秦武王)에게 요언(謠言)에 미혹되지 말고 자기를 믿고 중용(重用)해 줄 것을 권고하기 위해 인용한 고사로, 비록 요언이라 해도 여러 차례 반복되다 보면 거짓이 진실로 둔갑하여 요언으로 인한 위해가 매우 심각하기 때문에, 매사를 처리할 때 친히 보고 듣지 않은 소문에 대해서는 절대로 가볍게 믿지 말아야 한다는 것을 경계한 것이다. 후에는 이를 「뜬소문의 두려움」을 비유하는 말로 사용했다.

050 화사첨족(畫蛇添足)

《戰國策 · 齊策二》

작자

049 증모투저(曾母投杼) 참조

원문 및 주석

畫蛇添足[1]

楚有祠者, 賜其舍人巵酒。[2] 舍人相謂曰 :「數人飮之, 不足; 一人飮之, 有餘, 請畫地爲蛇, 先成者飮酒。」[3] 一人蛇先成, 引酒且飮之, 乃左手持

---

1 畫蛇添足 → 뱀을 그리고 나서 발을 덧붙이다
【添(첨)】: 첨가하다, 추가하다.

2 楚有祠者, 賜其舍人巵酒。→ 초(楚)나라에 제사를 지내는 사람이 있었는데, (제사를 지내고 나서) 문객들에게 술 한 그릇을 하사했다.
【楚(초)】: [국명] 지금의 호남성 · 호북성과 강서성 · 절강성 및 하남성 남부에 걸쳐 있던 주대(周代)의 제후국.
【祠者(사자)】: 제사 지내는 사람.
【賜(사)】: 하사하다, 주다.
【舍人(사인)】: 귀족 수하의 「문객, 식객」.
【巵(치)】: [巵(치)의 본자] (항아리, 주전자 등) 술 담는 그릇.

3 舍人相謂曰 :「數人飮之, 不足; 一人飮之, 有餘, 請畫地爲蛇, 先成者飮酒。」→ 그러자 문객들이 서로 상의하여 말했다 :「여러 사람이 마시기에는, 부족하고; 한 사람이 마시기에는, 넉넉하니, 청컨대 땅에 뱀을 그리게 하고, 먼저 완성하는 사람이 술을 마시기로 합시다.」
【先成者(선성자)】: 먼저 완성하는 사람, 먼저 그리는 사람.

巵, 右手畫蛇, 曰 :「吾能爲之足。」[4] 未成, 一人之蛇成, 奪其巵曰 :「蛇固無足, 子安能爲之足?」 遂飮其酒。[5] 爲蛇足者, 終亡其酒。[6]

해설

뱀은 본래 다리가 없다. 그런데 먼저 뱀을 그린 사람이 총명한 척하며 뱀에 다리를 그려 넣고 술을 마시려 하자, 나중에 그린 사람이 뱀에 다리가 없음을 지적하고 술잔을 빼앗아 마셔버렸다. 뱀에 다리를 그려 넣는 것은 실제를 벗어난 불필요한 행동이다.

이 우언은 스스로 총명한 척하며 하지 않아도 되는 일을 했다가 도리어 일을 그르친 어리석은 사람을 풍자한 것이다.

---

4 一人蛇先成, 引酒且飮之, 乃左手持巵, 右手畫蛇, 曰 :「吾能爲之足。」→ 한 사람이 뱀을 먼저 다 그리고 나서, 술을 들고 마시려 하면서, 오히려 왼손으로는 그릇을 잡고, 오른손으로는 계속 뱀을 그리며 말했다 :「나는 뱀에 다리를 그려 넣을 수 있소.」
【引(인)】: 들다.
【且(차)】: 장차 …하려 하다.
【乃(내)】: 오히려.
【爲(위)】: …에게, …를 위해.
【足(족)】: [동사 용법] 다리를 그리다.

5 未成, 一人之蛇成, 奪其巵曰 :「蛇固無足, 子安能爲之足?」 遂飮其酒。→ 다리를 아직 다 그리기 전에, 다른 한 사람이 뱀을 다 그리고 나서, 술그릇을 빼앗으며 말했다 :「뱀은 본래 다리가 없는데, 당신은 어째서 뱀에 다리를 그려 넣었소?」 그리하여 그 술을 마셔버렸다.
【未成(미성)】: 아직 완성하지 못하다. 즉 「다리를 아직 다 그리기 전에」의 뜻.
【奪(탈)】: 빼앗다.
【固(고)】: 본래, 원래.
【安(안)】: 어찌, 어째서.
【遂(수)】: 이에, 그리하여.

6 爲蛇足者, 終亡其酒。→ 뱀에 다리를 그려 넣은 사람은, 결국 그 술을 잃고 말았다.
【終(종)】: 결국, 끝내, 마침내.
【亡(망)】: 잃다.

051 호가호위(狐假虎威)
《戰國策·楚策一》

작자

049 증모투저(曾母投杼) 참조

원문 및 주석

狐假虎威[1]

虎求百獸而食之, 得狐。[2] 狐曰 : 「子無敢食我也。天帝使我長百獸, 今子食我, 是逆天帝命也。[3] 子以我爲不信, 吾爲子先行, 子隨我後, 觀百獸

---

1 狐假虎威 → 여우가 호랑이의 위세를 빌리다
【假(가)】: 빌리다.
【威(위)】: 위세, 위엄.

2 虎求百獸而食之, 得狐。→ 호랑이는 여러 짐승들을 잡아먹고 사는데, (마침) 여우를 잡았다.
【求(구)】: 찾다, 구하다, 즉 「잡다.」의 뜻.
【百獸(백수)】: 여러 짐승들.
【食(식)】: [동사] 먹다.
【之(지)】: [대명사] 그것, 즉 「여러 짐승들」.

3 狐曰 : 「子無敢食我也。天帝使我長百獸, 今子食我, 是逆天帝命也。→ 여우가 말했다 : 「그대는 감히 나를 잡아먹지 못한다. 천제께서 나를 보내 백수의 어른으로 삼았으므로, 지금 그대가 나를 잡아먹는다면, 이는 천제의 명을 거역하는 것이다.
【子(자)】: 당신, 그대.
【無敢(무감)】: 不敢(불감). 감히…하지 못하다.
【使(사)】: 보내다, 파견하다.
【長(장)】: 우두머리가 되다, 어른 노릇을 하다.

之見我而敢不走乎!」[4] 虎以爲然, 故遂與之行。獸見之皆走。[5] 虎不知獸畏己而走也, 以爲畏狐也。[6]

해설

초(楚)나라 선왕(宣王) 때의 장수 소해휼(昭奚恤)은 전쟁에 능하여 중원(中原)의 여러 나라들이 그를 매우 두려워했다. 이때 강을(江乙)이 소해휼에 대해 불만을 품고 선왕에게 고하길, 여러 나라들이 소해휼을 두려워하는 것은 실제로 선왕을 두려워하는 것인데, 소해휼이 이를 이용하여 자신을 과시하는 것이라며 「호가호위(狐假虎威)」를 인용하여 소해휼에 비유했다.

이 우언은 본래 군대의 지휘관이 자기나라의 국력을 믿고 우쭐대는 것을 비난한 것이지만, 후에는 남의 권세를 이용하여 위세를 부리는 소인배를 풍자하는 말로 사용했다.

【是(시)】: [대명사] 이것, 즉 「호랑이가 여우를 잡아먹는 것」.

4 子以我爲不信, 吾爲子先行, 子隨我後, 觀百獸之見我而敢不走乎!」→ 그대가 나의 말을 믿을 수 없다고 생각하면, 내가 그대보다 앞에서 걸어갈 테니, 그대는 나의 뒤를 따라오며, 여러 짐승들이 나를 보고 감히 달아나지 않는지 살펴보라!」
【以(이)…爲(위)…】: …을 …라고 여기다(생각하다).
【不信(불신)】: 믿음이 안 가다, 정직하지 않다.
【先行(선행)】: 앞에서 걷다.
【敢不走(감불주)】: 감히 달아나지 못하다.

5 虎以爲然, 故遂與之行。獸見之皆走。→ 호랑이는 그렇다고 생각했다. 그래서 곧 여우를 따라 걸었다. 짐승들이 여우를 보자 모두 달아났다.
【以爲(이위)】: …라 생각하다, …라 여기다.
【然(연)】: 그렇다, 맞다.
【遂(수)】: 곧, 바로, 즉시.
【之(지)】: [대명사] 그, 즉 「여우」.

6 虎不知獸畏己而走也, 以爲畏狐也。→ 호랑이는 짐승들이 자기를 보고 달아나는 것을 모르고, 여우를 두려워한다고 생각했다.
【畏(외)】: 두려워하다, 겁내다.

052 남원북철(南轅北轍)
《戰國策·魏策四》

작자

049 증모투저(曾母投杼) 참조

원문 및 주석

南轅北轍[1]

魏王欲攻邯鄲, 季梁聞之, 中道而反, 衣焦不申, 頭塵不去, 往見王。[2]

---

1 南轅北轍 → 수레의 끌채는 남쪽을 향하고 수레바퀴는 북쪽으로 굴러가다
【轅(원)】: 끌채.
【轍(철)】: 바큇자국. 여기서는 「수레바퀴」를 가리킨다.

2 魏王欲攻邯鄲, 季梁聞之, 中道而反, 衣焦不申, 頭塵不去, 往見王。→ 위왕(魏王)이 조(趙)나라의 한단(邯鄲)을 공략하려 하자, 계량(季梁)이 그 소문을 듣고, 도중에 되돌아와, (급한 나머지) 옷의 구김살도 펴지 않고, 머리에 묻은 먼지도 떨어내지 않은 채, 가서 위왕을 알현했다.
【魏王(위왕)】: 위나라의 군주. 여기서는 「안희왕(安厲王)」을 가리킨다. 〖魏〗: 지금의 하남성 북부·섬서성 동부·산서성 서남부 및 하북성 남부에 걸쳐있던 주대(周代)의 제후국. 본래 진(晉)나라에 속했으나 B.C. 375년 조씨(趙氏)·한씨(韓氏)·위씨(魏氏)가 진(晉)의 영토를 삼분하여 조(趙)·한(韓)·위(魏) 세 나라로 독립했다.
【欲(욕)】: …하고자 하다, …하려고 하다, …하기를 바라다.
【邯鄲(한단)】: [지명] 조(趙)나라의 도읍. 지금의 하북성 한단시(邯鄲市). ※ 조나라는 지금의 산서성 북부와 중부 및 하북성 서남부 지역에 있던 주대(周代)의 제후국. 주 2) 【魏王(위왕)】 참조.
【季梁(계량)】: [인명] 위(魏)나라의 신하.
【中道而反(중도이반)】: 중도에 되돌아오다. 〖反〗: 返(반). 되돌아오다.
【衣焦不申(의초불신)】: 옷의 구김살이 펴지지 않다.
【頭塵不去(두진불거)】: 머리에 묻은 먼지가 제거되지 않다.

曰:「今者臣來, 見人於大行, 方北面而持其駕, 告臣曰:『我欲之楚。』[3] 臣曰:『君之楚, 將奚爲北面?』曰:『吾馬良。』[4] 臣曰:『馬雖良, 此非楚之路也。』曰:『吾用多。』[5] 臣曰:『用雖多, 此非楚之路也。』曰:『吾御者善。』[6]『此數者愈善, 而離楚愈遠耳。』[7] 今王動欲成霸王, 擧欲信於天下, 恃王國之大, 兵之精銳, 而攻邯鄲, 以廣地尊名, 王之動愈數, 而離王愈

---

3 曰:「今者臣來, 見人於大行, 方北面而持其駕, 告臣曰:『我欲之楚。』→(계량이) 말했다:「지금 제가 돌아올 때, 큰길에서 어떤 사람을 만났는데, 마침 북쪽을 향해 수레를 몰며, 저에게 말하길:『나는 초(楚)나라로 가려고 합니다.』라고 했습니다.

【大行(대행)】: 대로, 큰 길.

【方(방)】: 마침.

【北面(북면)】: 북쪽을 향하다.

【持(지)】: 잡다. 여기서는「수레를 몰다.」의 뜻.

【駕(가)】: 거마, 말이 끄는 수레.

【之楚(지초)】: 초나라에 가다. 〖之〗: 가다. 〖楚〗: [국명] 지금의 호남성·호북성과 강서성·절강성 및 하남성 남부에 걸쳐 있던 주대(周代)의 제후국.

4 臣曰:『君之楚, 將奚爲北面?』曰:『吾馬良。』→ 제가:『당신은 초나라에 가는데, 어째서 북쪽을 향해 가고 있습니까?』라고 묻자, 그는 대답하길:『나의 말은 좋은 말입니다.』라고 했습니다.

【君(군)】: 그대, 당신, 귀하.

【將(장)】: [발어사].

【奚爲(해위)】: 왜, 어째서.

5 臣曰:『馬雖良, 此非楚之路也。』曰:『吾用多。』→ 제가:『말이 비록 좋다 해도, 이는 초나라로 가는 길이 아닙니다.』라고 말하자, 그가 말하길:『나는 노자가 많습니다.』라고 했습니다.

【用(용)】: 노자, 여비.

6 臣曰:『用雖多, 此非楚之路也。』曰:『吾御者善。』→ 제가:『노자가 비록 많다 해도, 이는 초나라로 가는 길이 아닙니다.』라고 말하자, 그가 말하길:『나의 마부는 (수레를 모는 기술이) 뛰어납니다.』라고 했습니다.

【御者(어자)】: 마부. 거마를 모는 사람.

【善(선)】: 뛰어나다, 능숙하다.

7『此數者愈善, 而離楚愈遠耳。』→(제가):『이 몇 가지 조건이 좋으면 좋을수록, 초나라로부터 더욱 멀어질 뿐입니다.』라고 말했습니다.

【數者(수자)】: 몇 가지. 여기서는「몇 가지 조건」을 의미한다.

【愈(유)…愈(유)…】: …할수록 더욱 …하다.

【離(리)】: …로부터 떨어지다.

遠耳, 猶至楚而北行也。」[8]

해설

위왕(魏王)이 조(趙)나라의 한단(邯鄲)을 공략하려 하자, 계량(季梁)이 위왕의 행위를 마치 남쪽 초(楚)나라에 가려는 사람이 남의 충고를 듣지 않고 계속 북쪽으로 수레를 몰고 가 점점 초나라와 멀어지는 것에 비유하면서, 항상 제후의 맹주가 되기를 바라는 위왕이 자기의 강대한 국력과 정예로운 군사에 의지해 한단을 공략하여 자신의 영토를 넓히고 명성을 날리려 한다면, 이는 분명 여러 제후들의 경계심을 유발하여 맹주가 되려는 꿈이 요원해질 것이라고 충간했다.

이 우언은 행동과 목적이 서로 맞지 않거나 일의 결과가 의도와 반대로 진행되는 현상을 비유한 것이다.

【耳(이)】: …뿐이다.

8 今王動欲成霸王, 擧欲信於天下, 恃王國之大, 兵之精銳, 而攻邯鄲, 以廣地尊名, 王之動愈數, 而離王愈遠耳, 猶至楚而北行也。」→ 지금 임금님께서는 걸핏하면 제후의 맹주가 되기를 바라고, 일거에 천하로부터 신뢰를 얻고자 하시면서, 왕의 강대한 국력과 정예로운 군사에 의지해, 한단을 공략하여, 영토를 넓히고 명성을 날리려 하십니다. 임금님의 이러한 행동이 빈번하면 빈번할수록, 맹주를 향한 길에서 더욱 멀어질 뿐이니, (이는) 마치 초나라에 가는 사람이 북쪽으로 가는 것과 같습니다.」

【動(동)】: 걸핏하면.

【成霸王(성패왕)】: 패자가 되다, 제후의 맹주가 되다. 〖霸王〗: 패자, 맹주.

【擧(거)】: 일거에.

【信(신)】: 신뢰를 얻다.

【恃(시)】: 믿다, 의지하다.

【廣地尊名(광지존명)】: 영토를 넓히고 명성을 날리다.

【數(삭)】: 빈번하다, 많다.

【離王(이왕)】: 맹주로부터. 〖離〗: …로부터. 〖王〗: [동사] 왕 노릇하다, 맹주가 되다.

【猶(유)】: 마치 …같다.

053 오백금매천리마수(五百金買千里馬首)

《戰國策·燕策一》

작자

049 증모투저(曾母投杼) 참조

원문 및 주석

五百金買千里馬首[1]

古之君人有以千金求千里馬者, 三年不能得。涓人言於君曰:「請求之。」[2] 君遣之, 三月得千里馬, 馬已死, 買其首五百金, 反以報君。[3] 君大怒曰:「所求者生馬, 安事死馬而捐五百金?」[4] 涓人對曰:「死馬且買之

---

1 五百金買千里馬首 → 오백 금을 주고 죽은 천리마의 머리를 사다

2 古之君人有以千金求千里馬者, 三年不能得。涓人言於君曰:「請求之。」→ 옛날에 어느 임금이 천금을 주고 천리마를 구하려 했으나, 삼 년 동안 찾을 수가 없었다. (이에) 시종이 임금에게 말했다: 「제가 가서 구해오도록 허락해 주십시오.」
【君人(군인)】: 군주, 임금.
【涓人(연인)】: 임금의 신변 가까이 있는 시종(侍從).
【請求之(청구지)】: 제가 그것을 구해오도록 허락해 주십시오. 〖請〗: 청컨대 …하도록 저에게 허락해 주십시오.

3 君遣之, 三月得千里馬, 馬已死, 買其首五百金, 反以報君。→ 임금이 그를 파견하여, 석 달 만에 천리마를 찾았으나, 말이 이미 죽어서, 그 머리를 오백 금에 사가지고, 돌아와 임금에게 보고했다.
【遣(견)】: 파견하다, 보내다.
【反(반)】: 返(반). 돌아오다.
【報(보)】: 보고하다.

五百金，況生馬乎？天下必以王爲能市馬，馬今至矣。」[5] 於是不能期年，千里之馬至者三。[6]

해설

임금이 겨우 일천 금의 싼 값에 천리마를 사려고 하니 삼 년이 지나도 팔려고 나서는 사람이 없어 도무지 천리마를 구할 방법이 없었다. 이에 시종 하나가 자청하여 천리마를 구해오겠다고 나서더니 석 달 만에 오백 금을 주고 죽은 천리마의 머리를 사가지고 돌아왔다. 시종의 생각은 임금께서 죽은 천리마의 머리를 오백 금에 샀다는 소문을 내면, 사람들이 분명 임금이 비싼 값으로 천리마를 살 것이라 여겨 반드시 천리마를 끌고 찾아온다는 것이었다. 과연 시종의 생각이 적중하여 일 년이 되기도 전에 사람들이 세 차례나 천리마를 끌고 찾아왔다.

이 우언은 통치자가 진심으로 인재를 아낀다면 마땅히 성의를 표해야 하고, 또한 응분의 대가를 지불해야 비로소 진정한 인재가 모여든다는 이치를 설명한 것이다.

---

4 君大怒曰：「所求者生馬，安事死馬而捐五百金?」→ 임금이 매우 화를 내며 말했다：「구하려는 것은 살아있는 말인데, 죽은 말을 무엇에 쓰려고 오백 금을 낭비했느냐?」
【生馬(생마)】: 살아 있는 말.
【安事(안사)】: 무엇에 쓰려고, 어디에 쓰려고. 〖安〗: 何(하). 어디, 무엇. 〖事〗: 用(용). 쓰다, 사용하다.
【捐(연)】: 버리다, 없애다. 즉 「낭비하다.」의 뜻.

5 涓人對曰：「死馬且買之五百金，況生馬乎？天下必以王爲能市馬，馬今至矣。」→ 시종이 대답했다：「죽은 말조차 오백 금에 사는데, 하물며 살아있는 말이야 어떻겠습니까? 천하 사람들은 반드시 임금님께서 말을 사실 것으로 생각하여, 천리마가 이제 곧 당도할 것입니다.」
【…且(차)…，況(황)…】: …조차도 …한데 하물며….
【天下(천하)】: 천하. 여기서는 「천하의 사람들」을 가리킨다.
【以(이)…爲(위)…】: …을 …으로 여기다.
【市(시)】: 買(매). 사다.

6 於是不能期年，千里之馬至者三。→ 그리하여 일 년이 되기도 전에, 천리마가 세 차례나 당도했다.
【於是(어시)】: 그리하여.
【不能期年(불능기년)】: 일 년이 되지 않아. 〖不能…〗: 不到(부도)…. …에 이르지 않다. 〖期年〗: 일 년, 일주년.

054 휼방상지(鷸蚌相持)

《戰國策 · 燕策二》

작자

049 증모투저(曾母投杼) 참조

원문 및 주석

鷸蚌相持[1]

蚌方出曝, 而鷸啄其肉, 蚌合而拑其喙。[2] 鷸曰:「今日不雨, 明日不雨, 卽有死蚌。」[3] 蚌亦謂鷸曰:「今日不出, 明日不出, 卽有死鷸。」[4] 兩者不肯

---

1 鷸蚌相持 → 도요새와 조개가 서로 버티다
【鷸(휼)】: 도요새.
【蚌(방)】: 민물조개.
【相持(상지)】: 서로 버티다.

2 蚌方出曝, 而鷸啄其肉, 蚌合而拑其喙。→ 조개가 마침 나와서 (입을 벌리고) 햇볕을 쬐는데, 도요새가 날아와 조개의 속살을 쪼았다. 조개가 재빨리 입을 다물어 도요새의 부리를 조여 버렸다.
【方(방)】: 마침.
【曝(폭)】: 햇볕을 쬐다.
【啄(탁)】: (부리로) 쪼다.
【合(합)】: (입을) 다물다.
【拑(겸)】: (물어서) 조이다.
【喙(훼)】: (새의) 부리.

3 鷸曰:「今日不雨, 明日不雨, 卽有死蚌。」→ 도요새가 말했다:「오늘 비가 안 오고, 내일도 비가 안 오면, 곧 죽은 조개가 있을 것이다.」
【雨(우)】: [동사] 비가 오다, 비가 내리다.

相舍, 漁者得而並禽之。[5]

해설

조개가 입을 벌리고 햇볕을 쬐고 있는데, 도요새가 조개의 속살을 쪼아 먹으려다 조개가 재빨리 입을 다물어 도요새의 부리를 조여 버렸다. 양쪽이 서로 버티며 양보하지 않다가 마침내 이를 발견한 어부에게 함께 잡히고 말았다.

이 우언은 본래 조(趙)나라가 연(燕)나라를 공격하려 하자, 진(秦)나라가 앉아서 어부지리(漁父之利)를 얻을 것을 우려한 소대(蘇代)가 조왕(趙王)을 설득하기 위해 인용한 고사로, 싸움을 벌이는 쌍방으로 하여금 제삼자가 앉아서 어부지리를 얻지 않도록 서로가 신중히 대처해야 한다는 것을 비유한 것이다.

---

4 蚌亦謂鷸曰:「今日不出, 明日不出, 卽有死鷸。」→ 조개도 도요새에게 말했다:「오늘 (부리를) 빼내지 못하고, 내일도 빼내지 못하면, 곧 죽은 도요새가 있을 것이다.」
【不出(불출)】: 물려 있는 부리를 빼내지 못하다.

5 兩者不肯相舍, 漁者得而並禽之。→ 양쪽이 서로 버티며 놓아주지 않으려고 하는데, 마침 어부가 그것을 발견하고 모두 함께 잡아가 버렸다.
【不肯(불긍)】: …하려들지 않다.
【舍(사)】: 捨(사). 버리다, 포기하다. 여기서는「놓아주다.」의 뜻.
【得(득)】: 얻다. 여기서는「발견하다.」의 뜻.
【並禽(병금)】: 함께 잡아가다. 〖並〗: 함께, 같이. 〖禽〗: 擒(금). 잡다.

055 지록위마(指鹿爲馬)

《新語 · 辨惑》

작자

육가(陸賈 : ?-?)는 서한(西漢) 초기의 저명한 정치가로 한고조(漢高祖) 유방(劉邦)의 책사를 지냈다. 구변이 좋고 변론에 능하여 항상 사신의 임무를 띠고 여러 나라를 방문했다. 일찍이 남월왕(南越王) 조타(趙佗)를 설득하여 한(漢)의 봉호를 받도록 함으로써 그 공으로 태중대부(太中大夫)를 배수 받았으나, 후에 한고조 황후 여씨(呂氏) 일당을 제거하고 문제(文帝)를 옹립했다.

《신어(新語)》는 육가가 유방의 요구에 따라 지은 책으로 모두 12편이며, 내용은 한(漢) 이전 여러 왕조의 흥망에 관한 역사 경험과 교훈을 모아 한왕조(漢王朝) 통치자가 인정을 시행하여 오래도록 안정을 도모할 수 있는 방법을 찾도록 건의한 것이다. 주석서로 왕리기(王利器)의 《신어교주(新語校注)》가 있다.

원문 및 주석

指鹿爲馬[1]

秦二世之時, 趙高駕鹿而從行, 王曰 : 「丞相何爲駕鹿?」 高曰 : 「馬也。」[2]

1 指鹿爲馬 → 사슴을 가리켜 말이라 하다
【指(지)】: 가리키다.

2 秦二世之時, 趙高駕鹿而從行, 王曰 : 「丞相何爲駕鹿?」 高曰 : 「馬也。」 → 진이세(秦二世) 때, 조고(趙高)가 사슴을 타고 왕을 따라 출행하자, 왕이 말했다 : 「승상은 어째서 사슴을 타고 있소?」 조고가 말했다 : 「말입니다.」

王曰:「丞相誤也, 以鹿爲馬。」高曰:「陛下以臣言不然, 願問群臣。」[3] 於是乃問群臣, 群臣半言鹿半言馬。[4] 當此之時, 秦王不能自信其目, 而從邪臣之說。[5] 夫馬鹿之異形, 衆人所知也, 然不能分別是非也, 況於闇昧之事乎?[6]

해설

나라를 통치하는 군주는 스스로 사리를 판단할 줄 아는 능력을 갖추어야 한다. 그러나 진이세(秦二世)는 자기 눈으로 직접 사슴을 보고도 사슴을 말이라고 하는 사악한 신

【秦二世(진이세)】: 진(秦)나라 2대 황제로 이름은 호해(胡亥)이며, 4년간(B.C. 210 – B.C. 207) 재위했다.
【趙高(조고)】: [인명] 본래 환관이었으나 진이세(秦二世)의 신임을 받아 승상(丞相)이 되었다.
【駕(가)】: 몰다, 타다.
【從行(종행)】: 따라서 출행하다.
【何爲(하위)】: 왜, 어째서.

3 王曰:「丞相誤也, 以鹿爲馬。」高曰:「陛下以臣言不然, 願問群臣。」→ 왕이 말했다:「승상이 틀렸소. 사슴을 말로 여긴 것이오.」조고가 말했다:「폐하께서 저의 말씀을 그렇지 않다고 여기신다면, 원컨대 여러 신하들에게 물어보십시오.」
【以臣言不然(이신언불연)】: 저의 말을 그렇지 않다고 여기다. 【以】: 以爲(이위), …라고 여기다.

4 於是乃問群臣, 群臣半言鹿半言馬。→ 그리하여 곧 여러 신하들에게 물으니, 여러 신하들 가운데 절반은 사슴이라 하고 절반은 말이라 했다.
【於是(어시)】: 그리하여.
【乃(내)】: 곧, 바로.

5 當此之時, 秦王不能自信其目, 而從邪臣之說。→ 이때, 진왕은 스스로 자신의 눈을 믿지 않고, (사슴을 말이라고 한) 간사한 신하의 말을 따랐다.

6 夫馬鹿之異形, 衆人所知也, 然不能分別是非也, 況於闇昧之事乎? → 대저 말과 사슴의 형상이 서로 다르다는 것은, 일반 사람들 누구나 다 안다. 그러나 이러한 시시비비조차 분별할 줄 모르는데, 하물며 모호한 일에 대해서야 말해 무엇 하겠는가?
【夫(부)】: [발어사] 대저, 무릇.
【異形(이형)】: 형상이 다르다.
【況(황)】: 하물며.
【於(어)】: [개사] …에 대해.
【闇昧之事(암매지사)】: 모호한 일, 분명하지 않은 일.

하들의 말을 따를 정도로 어리석다.

이 우언은 어리석은 군주가 간신의 농간에 넘어가 정권을 농락당하여 흑백의 논리가 전도되는 정치 현상을 풍자한 것이다.

※ 참고 : 《신어(新語)》의 「지록위마(指鹿爲馬)」는 《사기(史記) · 진시황본기(秦始皇本紀)》에도 보이는데, 내용에 다소 차이가 있는 것으로 미루어 《신어》의 작자가 역사 사실을 개작한 것으로 보인다. 《사기 · 진시황본기》에는 조고(趙高)가 제왕의 자리를 탈취할 생각으로 미리 자기를 지지하지 않는 자들을 가려내 제거하기 위해 사슴을 말이라고 하는 억지 논리로서 신하들의 의중을 떠보는 상황을 서술했다. 《신어》의 작자인 육가는 고조(高祖) 때 사람이고, 《사기》의 작자인 사마천(司馬遷)은 경제(景帝) 때 사람으로 《신어》가 시대적으로 앞서기 때문에 여기서는 《신어》를 택했다.

056 당랑포선(螳螂捕蟬)
《韓詩外傳 · 卷十》

작자

한영(韓嬰 : ?-?)은 연(燕) 사람으로, 서한(西漢)의 문제(文帝) 때 박사가 되었고 경제(景帝) 때 상산왕태부(常山王太傅)를 지냈다. 그는 《시경(詩經)》에 정통하여 하나의 종파를 이루었으며 제(齊)의 원고(轅固), 노(魯)의 신배소(申培所)와 더불어 삼가시(三家詩)라 불리었다. 그의 저서로는 《한시내전(韓詩內傳)》과 《한시외전(韓詩外傳)》이 있는데 《한시내전》은 이미 실전되었고, 현재 《한시외전》 10권이 전한다.

《한시외전》은 고금의 역사고사를 원용하여 《시경》의 본의를 해석한 책으로, 내용이 광범하고 많은 고사를 보존하고 있어 《시경》 연구의 중요한 참고 자료로 평가받고 있다.

원문 및 주석

螳螂捕蟬[1]

園中有榆, 其上有蟬。[2] 蟬方奮翼悲鳴, 欲飮淸露, 不知螳螂之在後, 曲其頸, 欲攫而食之也;[3] 螳螂方欲食蟬, 而不知黃雀在後, 擧其頸, 欲啄而

1 螳螂捕蟬 → 사마귀가 매미를 잡으려 하다
【螳螂(당랑)】: [곤충] 사마귀.
【捕(포)】: 잡다, 포획하다.
【蟬(선)】: [곤충] 매미.

2 園中有榆, 其上有蟬。→ 정원에 느릅나무가 있는데, 그 나무 위에 매미가 앉아 있었다.
【榆(유)】: 느릅나무.

3 蟬方奮翼悲鳴, 欲飮淸露, 不知螳螂之在後, 曲其頸, 欲攫而食之也; → 매미는 마침 날개를 진동하여

食之也;[4] 黃雀方欲食螳螂, 不知童挾彈丸在下, 迎而欲彈之;[5] 童子方欲彈黃雀, 不知前有深坑, 後有窟也。[6] 此皆言前之利, 而不顧後害者也。[7]

해설

자연계에서 생물들은 서로 먹고 먹히는 관계이다. 사마귀가 매미를 잡으려 할 때 사

큰소리로 맴맴 거리며, 맑은 이슬을 마시려는 생각에, 사마귀가 뒤에서, 목을 구부려, 자기를 잡아먹으려 한다는 것을 알지 못했고;

【方(방)】: 마침.

【奮翼(분익)】: 날개를 진동하다.

【悲鳴(비명)】: 큰소리로 울다.

【欲(욕)】: …하고자 하다, …하려고 하다.

【曲(곡)】: 구부리다.

【頸(경)】: 목.

【攫(확)】: 잡다, 낚아채다.

【食(식)】: [동사] 먹다.

4 螳螂方欲食蟬, 而不知黃雀在後, 擧其頸, 欲啄而食之也; → 사마귀는 마침 매미를 잡아먹으려는 생각에, 참새가 뒤에서 목을 치켜들고, 자기를 쪼아 먹으려 한다는 것을 알지 못했고;

【黃雀(황작)】: 참새.

【擧(거)】: 치켜들다.

【啄(탁)】: (부리로) 쪼다.

5 黃雀方欲食螳螂, 不知童挾彈丸在下, 迎而欲彈之; → 참새는 마침 사마귀를 잡아먹으려는 생각에, 동자가 나무 아래에서 탄궁과 탄환을 가지고, 머리를 들어 자기를 쏘려고 한다는 것을 알지 못했고;

【挾(협)】: 가지다, 지참하다.

【迎(영)】: 仰(앙). 머리를 들다. ※《태평어람(太平御覽)》 권 350에 「仰」이라 했다.

【彈(탄)】: [동사] 쏘다.

6 童子方欲彈黃雀, 不知前有深坑, 後有窟也。→ 동자는 마침 참새를 쏘려는 생각에, 앞에 깊은 구덩이가 있고, 뒤에 굴이 있다는 것을 알지 못했다.

【深坑(심갱)】: 깊은 구덩이.

7 此皆言前之利, 而不顧後害者也。→ 이는 모두 눈앞의 이익을 탐하여, 뒤의 재해를 고려하지 않은 것이다.

【言(언)】: 《태평어람(太平御覽)》에는 「言」을 「貪(탐)」이라 했고, 판본에 따라서는 「見(견)」이라고도 했다.

【顧(고)】: 돌아보다, 고려하다.

마귀는 참새에게 잡아먹히는 위험에 직면해 있다. 따라서 생존을 위해서는 먹이를 추구하는 것과 위험으로부터 자신을 보호하는 것이 동시에 중요하다.

이 우언은 자연계의 현상을 인류사회에 적용시켜, 눈앞의 이익에 미혹되어 자신의 위기를 보지 못하는 어리석은 행위를 경계한 것이다.

※ 참고 : 매미와 사마귀에 관한 고사는 최초로 선진 《장자(莊子)·산목(山木)》에 보이고, 한(漢) 유향(劉向)의 《설원(說苑)·정간(正諫)》에도 수록되어 있다. 매미와 사마귀를 등장시켰다는 공통점은 있으나 서로 문자 상의 출입이 매우 많아, 마치 매미와 사마귀를 가지고 각기 다른 고사를 연출한 듯하다. 한대(漢代)에서는 《한시외전(韓詩外傳)》의 연대가 《설원》에 비해 앞서기 때문에 본서에서는 《한시외전》을 채택했다.

057 서파석예(西巴釋麛)

《淮南子 · 人間訓》

작자

유안(劉安 : B.C. 179-B.C. 122)은 한고조(漢高祖) 유방(劉邦)의 서손(庶孫)이며 회남(淮南) 여왕(厲王)의 장자(長子)로 서한(西漢)의 사상가이자 문학가이다. 여왕이 역모를 꾀하다가 서촉(西蜀)으로 유배되어 객사한 후, 한문제(漢文帝)가 그 유족을 거두고 유안을 회남왕(淮南王)에 봉했다.

유안은 독서를 좋아하고 문장에 뛰어났을 뿐만 아니라 창작 구상이 민첩하여 한무제(漢武帝)의 명을 받아 《이소전(離騷傳)》을 지었고, 또 빈객과 도사(道士) 수천 명을 초치하여 《홍렬(鴻烈)》을 지었는데, 후세에 이를 일러 《회남홍렬(淮南鴻烈)》 또는 《회남자(淮南子)》라 칭했다.

《회남자》의 내용은 도가의 자연무도관(自然無道觀)을 중심으로 하고 있는데, 선진(先秦)의 도(道)·법(法)·음양(陰陽) 등 제가(諸家)의 사상을 근거로 도(道)를 해석하여, 도는 천지를 뒤덮고 높이가 끝이 없으며 깊이를 헤아릴 수 없는 존재로서 우주만물이 도로부터 파생되었다고 여겼으며, 정치적으로는 「무위이치(無爲而治)」를 주장하여 인위적인 통치행위가 없어야 나라가 잘 다스려진다고 주장하였다. 유안(劉安)은 후에 모반사건으로 자살했는데, 이에 연루된 자가 수천 명에 달했다.

원문 및 주석

西巴釋麛[1]

孟孫獵而得麛, 使秦西巴持歸烹之, 麛母隨之而啼, 秦西巴弗忍, 縱而

1 西巴釋麛 → 서파(西巴)가 어린 사슴을 놓아주다

予之。[2] 孟孫歸, 求麑安在, 秦西巴對曰 :「其母隨而嗁, 臣誠弗忍, 竊縱而予之。」[3] 孟孫怒, 逐秦西巴。居一年, 取以爲子傅。[4] 左右曰 :「秦西巴有罪於君, 今以爲子傅, 何也?」[5] 孟孫曰 :「夫一麑而不忍, 又何況於人乎?」[6]

【西巴(서파)】: 주 2) 참조.
【釋(석)】: 풀어주다.
【麑(예)】: 어린 사슴.

2 孟孫獵而得麑, 使秦西巴持歸烹之, 麑母隨之而嗁, 秦西巴弗忍, 縱而予之。→ 맹손(孟孫)이 사냥을 나가 어린 사슴을 잡아, 진서파(秦西巴)로 하여금 가지고 돌아가 삶도록 했는데, 어린 사슴의 어미가 따라오며 울자, 진서파가 차마 뿌리치지 못하고, 풀어 놓아 어미에게 돌려주었다.
【孟孫(맹손)】: [인명] 노(魯)나라 환공(桓公)의 손자. ※ 맹손의 아버지 경보(慶父)는 일찍이 사람을 파견하여 두 임금을 살해하고 후에 자살했는데, 노희공(魯僖公)이 공손오(公孫敖)로 하여금 경보의 지위를 계승하도록 하고 맹손씨(孟孫氏)라 불렀다.
【獵(렵)】: 사냥하다, 수렵하다.
【使(사)】: …로 하여금 …하게 하다.
【秦西巴(진서파)】: [인명] 맹손의 문객.
【烹(팽)】: 삶다, 끓이다.
【麑母(예모)】: 어린 사슴의 어미.
【隨(수)】: (…의 뒤를) 따르다, 좇다.
【嗁(제)】: 啼(제). 울다.
【弗忍(불인)】: 차마 뿌리치지 못하다. 〖弗〗: 不(불).
【縱(종)】: 풀어 주다, 놓아주다.
【予(여)】: 주다.

3 孟孫歸, 求麑安在, 秦西巴對曰 :「其母隨而嗁, 臣誠弗忍, 竊縱而予之。」→ 맹손이 돌아와, 어린 사슴이 어디에 있는지 찾자, 진서파가 대답했다 :「어린 사슴의 어미가 따라오며 울어서, 제가 정말 차마 뿌리치지 못해, 제 맘대로 풀어 어미에게 돌려주었습니다.」
【安(안)】: 어디.
【誠(성)】: 실로, 정말.
【竊(절)】: 제멋대로, 제 맘대로.

4 孟孫怒, 逐秦西巴。居一年, 取以爲子傅。→ 맹손이 화가 나서, 진서파를 (궁에서) 내쫓아 버렸다. 그 후 일 년이 지나, 다시 진서파를 불러들여 태자의 사부로 삼았다.
【逐(축)】: 내쫓다.
【居一年(거일년)】: 일 년이 지나서.
【取(취)】: 취하다. 여기서는 「청해오다, 불러오다.」의 뜻.
【以爲(이위)…】: 以之爲(이지위…). 그를 …로 삼다.
【傅(부)】: 사부, 스승.

5 左右曰 :「秦西巴有罪於君, 今以爲子傅, 何也?」→ 주변 사람들이 물었다 :「진서파는 임금님께 죄를

해설

진서파(秦西巴)는 맹손(孟孫)의 분부를 어기고 어린 사슴을 풀어주어 어미 사슴에게 돌려보냈다. 그리하여 맹손의 노여움을 사서 궁에서 쫓겨났다. 그런데 맹손은 자기의 아들이 자라서 아들을 가르칠 스승이 필요하자 자기가 쫓아냈던 진서파를 다시 불러들여 아들의 스승으로 삼았다.

진서파의 사람됨은 동정심이 많다는 한 가지 특징뿐인데, 그것이 동물에 적용될 때는 윗사람을 거역한 행동으로 간주되었고, 맹손의 아들에게 적용될 때는 사랑으로 간주되었다.

이 우언은 하나의 특징이 어디에 적용되느냐에 따라 가치가 확연히 달라질 수 있다는 이치를 설명한 것이다.

지었는데, 지금 그를 태자의 사부로 삼는 것은, 무슨 까닭입니까?」

6 孟孫曰 : 「夫一麑而不忍, 又何況於人乎?」 → 맹손이 말했다 : 「무릇 한 마리의 어린 사슴조차 차마 뿌리치지 못하는데, 또 하물며 사람에 대해서는 어찌 하겠는가?」
【夫(부)】 : [발어사] 대저, 무릇.
【何況(하황)】 : 하물며.

058 새옹실마(塞翁失馬)

《淮南子・人間訓》

작자

057 서파석예(西巴釋麑) 참조

원문 및 주석

塞翁失馬[1]

近塞上之人有善術者, 馬無故亡而入胡。[2] 人皆弔之, 其父曰 :「此何遽不能爲福乎?」[3] 居數月, 其馬將胡駿馬而歸。[4] 人皆賀之, 其父曰 :「此何

---

1 塞翁失馬 → 새옹(塞翁)이 말을 잃다
【塞翁(새옹)】: 변방에 사는 노인. 〖塞〗: 변방, 변경 지방. 〖翁〗: 노인, 늙은이.

2 近塞上之人有善術者, 馬無故亡而入胡。→ 변방 가까이 사는 사람으로 술수에 정통한 자가 있었는데, (그 집의) 말이 아무런 까닭 없이 달아나 오랑캐 지역으로 들어갔다.
【塞上(새상)】: 변방, 국경지대.
【善術者(선술자)】: 술수에 정통한 사람. 여기서는 「새옹」을 가리킨다. 〖術〗: 관상・점복 등 길흉화복을 헤아려 아는 술법.
【無故(무고)】: 까닭 없이, 이유 없이.
【亡(망)】: 달아나다, 도망하다.
【胡(호)】: 오랑캐. ※ 옛날 중국 북방과 서방의 소수민족에 대한 호칭.

3 人皆弔之, 其父曰 :「此何遽不能爲福乎?」→ 사람들이 모두 그를 위로하자, 새옹이 말했다 :「이 어찌 머지않아 복으로 변하지 않을 수 있겠는가?」
【弔(조)】: 위로하다.
【之(지)】: [대명사] 그 사람, 즉 「새옹」.
【其父(기부)】: 그 아버지. 즉 술수에 정통한 「새옹」을 가리킨다. 신분이 그 집의 가장(家長)인 아버지

遽不能爲禍乎?」[5] 家富良馬, 其子好騎, 墮而折其髀。[6] 人皆弔之, 其父曰 :「此何遽不爲福乎?」 居一年, 胡人大入塞, 丁壯者控弦而戰。[7] 塞上之人, 死者十九, 此獨以跛之故, 父子相保。[8]

이기 때문에 「其父」라 한 것이다.

【何(하)】: 어찌.

【遽(거)】: 곧, 바로, 머지않아.

【能(능)】: 원문에는 본래 이 글자가 없으나 여기서는 왕염손(王念孫)의 설을 근거로 보충하였다.

【爲(위)】: …가 되다, …으로 변하다.

4 居數月, 其馬將胡駿馬而歸。→ 몇 달이 지나, 그 말이 오랑캐의 준마를 데리고 돌아왔다.

【居(거)】: 경과하다, 지나다.

【將(장)】: 데려오다, 인솔하다.

5 人皆賀之, 其父曰 :「此何遽不能爲禍乎?」→ 사람들이 모두 그에게 축하를 보내자, 새옹이 말했다 : 「이 어찌 머지않아 화로 변하지 않을 수 있겠는가?」

6 家富良馬, 其子好騎, 墮而折其髀。→ 집에 좋은 말이 많고, 새옹의 아들이 말 타기를 좋아했는데, (어느 날) 말에서 떨어져 넓적다리뼈가 부러졌다.

【富(부)】: 많다, 풍부하다.

【其子(기자)】: 그 아들. 즉 「새옹의 아들」을 가리킨다. 신분이 그 집의 아들이기 때문에 「其子」라 한 것이다.

【好(호)】: [동사] 좋아하다.

【墮(타)】: 떨어지다.

【折(절)】: 부러지다.

【髀(비)】: 대퇴골, 넓적다리뼈.

7 人皆弔之, 其父曰 :「此何遽不爲福乎?」 居一年, 胡人大入塞, 丁壯者控弦而戰。→ 사람들이 모두 그를 위로하자, 새옹이 말했다 : 「이 어찌 머지않아 복으로 변하지 않겠는가?」 일 년이 지나, 오랑캐가 대거 변방을 침입하여, 장정들이 모두 활시위를 당겨 적과 싸웠다.

【丁壯(정장)】: 장정, 청년 남자.

【控弦而戰(공현이전)】: 활시위를 당겨 적과 싸우다. 〖控〗: (활을) 당기다. 〖弦〗: 활 줄. ※ 원문에는 본래 「引弦而戰(인현이전)」이라 했으나, 여기서는 왕염손(王念孫)의 설을 근거로 고쳤다.

8 塞上之人, 死者十九, 此獨以跛之故, 父子相保。→ 변방의 사람들은, 죽은 자가 십중팔구였으나, 이들만 유독 (아들이) 다리를 저는 까닭에, 부자가 서로 목숨을 보전할 수 있었다.

【塞上(새상)】: ※ 원문에는 본래 「近塞(근새)」라 했으나, 여기서는 왕염손(王念孫)과 유월(兪樾)의 설을 근거로 고쳤다.

【十九(십구)】: 9할, 열중의 아홉. ※ 옛날 「九」는 대체로 절대다수의 많은 수를 가리킨다.

【此(차)】: 이 사람, 즉 「새옹의 아들」.

【獨(독)】: 유독, 홀로.

해설

새옹(塞翁)은 자기 집의 말이 도망했다 하여 이를 재앙으로 여기지 않고, 도망했던 말이 다른 말을 데리고 들어왔다 하여 축복이라 여기지 않았으며, 아들이 낙마하여 다리가 부러졌어도 재앙이라 여기지 않는 등, 모든 실(失)과 득(得)을 수시로 변화할 수 있는 일시적인 현상으로 인식하여, 재앙으로 인해 근심하지 않고 축복으로 인해 기뻐하지 않는 일사불란(一絲不亂)한 태도를 견지했다.

이 우언은 새옹의 인식세계를 통해 세상만사란 환경이나 조건에 따라 화(禍)가 복(福)이 되기도 하고, 복이 화가 되기도 한다는 이른바 대립적인 사물이 상호 전화(轉化)하는 이치를 설명한 것이다.

【以(이)】: …로 인하여, …로 말미암아.
【跛(파)】: 다리를 절다.
【故(고)】: 연고, 까닭, 이유.
【相保(상보)】: 서로 생명을 보전하다.

059 작소부지(鵲巢扶枝)
《淮南子 · 人間訓》

작자

057 서파석예(西巴釋麑) 참조

원문 및 주석

鵲巢扶枝[1]

夫鵲先識歲之多風也，去高木而巢扶枝。[2] 大人過之則探鷇，嬰兒過之則挑其卵。[3] 知備遠難而忘近患。[4]

---

1 鵲巢扶枝 → 까치가 낮은 나뭇가지에 둥지를 틀다
【鵲(작)】: 까치.
【巢(소)】: [동사] 둥지를 틀다.
【扶枝(부지)】: 곁가지, 옆에서 뻗어 나온 낮은 나뭇가지.

2 夫鵲先識歲之多風也，去高木而巢扶枝。→ 무릇 까치는 연중 바람이 많은 시기를 미리 알고, 높은 나뭇가지를 벗어나 낮은 곁가지에 둥지를 튼다.
【夫(부)】: [발어사] 대저, 무릇.
【識(식)】: 알다.
【歲之多風(세지다풍)】: 연중 바람이 많은 시기. 〖歲〗: 연중, 한 해 동안.
【去(거)】: 떠나다, 벗어나다, 떨어지다.

3 大人過之則探鷇，嬰兒過之則挑其卵。→ 어른들은 이곳을 지나가면 어린 새끼를 잡아가고, 아이들은 이곳을 지나가면 알을 꺼내간다.
【過(과)】: 지나가다.
【探(탐)】: 잡아가다.
【鷇(구)】: 어린 새끼.

해설

까치가 둥지를 틀 때 바람을 피하기 위해서는 높은 나뭇가지보다는 낮은 나뭇가지가 유리하다. 그러나 낮은 나뭇가지는 사람의 손이 닿을 수 있어 더 큰 피해를 볼 수 있다.

이 우언은 여러 방면을 두루 살피지 않고 오직 한쪽의 위험을 피하려는 생각에 다른 쪽의 위험한 상황을 소홀히 한다면 더욱 큰 위험이 초래될 수 있다는 치우침을 경계한 것이다.

【嬰兒(영아)】: 여기서는 「아이」를 가리킨다.

【挑(도)】: 끄집어내다, 꺼내다.

4 知備遠難而忘近患。→ 멀리 떨어진 재난에 대해서는 대비할 줄 알면서 가까이 있는 재난을 소홀히 한다.

【備(비)】: 대비하다, 방비하다.

【忘(망)】: 소홀히 하다, 경시하다.

060 핵여취(翮與毳)

《新序·雜事第一》

작자

유향(劉向 : B.C. 77-B.C. 6)은 본명이 경생(更生), 자가 자정(子政)이며 패(沛)[지금의 강소성 패현(沛縣)] 사람으로, 한고조(漢高祖) 유방(劉邦)의 배다른 아우인 초원왕(楚元王) 유교(劉交)의 4세손이자 서한(西漢) 후기의 저명한 경학가·문학가이다.

유향은 성제(成帝) 때 광록대부(光祿大夫)에 임명되어 고적(古籍)을 교열하는 책임을 맡아 중국 최초의 도서 분류 목록인 《별록(別錄)》을 지었고, 이밖에도 《상서홍범오행전론(尙書洪範五行傳論)》《신서(新序)》《설원(說苑)》《열녀전(列女傳)》 등 많은 저술을 남겼다.

현재 전하는 《신서》 10권은 순(舜)·우(禹)로부터 주(周)·진(秦)이래 옛사람들의 가언(嘉言)과 선행(善行)에 관한 170여 개의 고사를 수록한 설화집으로 체제가 《설원》과 비슷하며 내용이 심오한 교훈적 의미를 지니고 있다.

원문 및 주석

翮與毳[1]

晉平公浮西河, 中流而歎曰 :「嗟乎! 安得賢士與共此樂乎?」[2] 船人固

1 翮與毳 → 깃털과 솜털
【翮(핵)】: 깃, 깃털.
【毳(취)】: 솜털. 새나 짐승의 배 밑에 나는 가늘고 보드라운 털.

2 晉平公浮西河, 中流而歎曰 :「嗟乎! 安得賢士與共此樂乎?」 → 진(晉)나라 평공(平公)이 배를 타고 황

桑進對曰:「君言過矣。夫劍産于越, 珠産于江漢, 玉産于昆山, 此三寶者, 皆無足而至。今君苟好士, 則賢士至矣。」[3] 平公曰:「固桑, 來! 吾門下食客三千餘人, 朝食不足, 暮收市租; 暮食不足, 朝收市租, 吾尙可謂不好士乎?」[4] 固桑對曰:「今夫鴻鵠高飛冲天, 然其所恃者六翮耳。[5] 夫腹

하(黃河)에서 노닐다가, 강의 한복판에 이르자 감탄하며 말했다:「아! 어찌해야 어진 선비를 얻어 이 즐거움을 함께 할 수 있는가?」

【晉平公(진평공)】: 춘추시대 진(晉)나라의 군주로 이름은 彪(표)이며, 26년간(B.C. 557-B.C. 532) 재위했다. 【晉】: [국명] 지금의 산서성 일대에 있던 주대(周代)의 제후국. B.C. 375년 조씨(趙氏)·한씨(韓氏)·위씨(魏氏)가 진(晉)의 영토를 삼분하여 각기 조(趙)·한(韓)·위(魏) 세 나라로 독립했다.

【浮(부)】: 떠돌다, 둥둥 뜨다. 여기서는 강에서 배를 타고 떠돌아다니며 노니는 것을 말한다.

【西河(서하)】: 황하(黃河). 산서성과 섬서성 일대 북쪽에서 남쪽으로 향하는 일단으로, 진(晉)나라의 서쪽에 있기 때문에「서하」라 불렀다.

【中流(중류)】: 강의 중간.

【嗟乎(차호)!】: [감탄사] 아!

【安(안)】: 어찌, 어떻게.

【與共(여공)】: 함께하다.

3 船人固桑進對曰:「君言過矣。夫劍産于越, 珠産于江漢, 玉産于昆山, 此三寶者, 皆無足而至。今君苟好士, 則賢士至矣。」→ 뱃사람 고상(固桑)이 (이 말을 듣고) 앞으로 나아가 평공에게 말했다:「임금님의 말씀은 틀렸습니다. 대저 검(劍)은 월(越)나라에서 나고, 진주는 장강(長江)과 한수(漢水)에서 나고, 옥은 곤륜산(崑崙山)에서 나는데, 이 세 가지 보물은, 모두 다리가 없어도 임금님의 신변에 이르렀습니다. 지금 임금님께서 만일 선비를 좋아하신다면, 어진 선비가 임금님을 찾아올 것입니다.」

【固桑(고상)】: [인명].

【過(과)】: 틀리다, 잘못이다.

【夫(부)】: [발어사] 대저, 무릇.

【越(월)】: [국명] 지금의 절강성 항현(杭縣) 남쪽에 있던 춘추시대의 제후국.

【江漢(강한)】: [강 이름] 장강(長江)과 한수(漢水). ※ 두 강 일대의 수역에서 방주(蚌珠)가 많이 난다.

【昆山(곤산)】: [산 이름] 곤륜산(崑崙山). 중국 서쪽에 있는 영산(靈山). ※ 아름다운 옥이 많이 나고 서왕모(西王母)가 살았다는 전설이 있다.

【苟(구)】: 만일, 만약.

【好(호)】: [동사] 좋아하다.

4 平公曰:「固桑, 來! 吾門下食客三千餘人, 朝食不足, 暮收市租; 暮食不足, 朝收市租, 吾尙可謂不好士乎?」→ 평공이 말했다:「고상, 너 이리 와! 나의 문하에 식객 삼천 명이 있다. 아침에 양식이 부족하면, 저녁에 시장세를 거두어오고; 저녁에 식량이 부족하면, (이튿날) 아침에 시장세를 거두어오는데, 그래도 내가 선비를 좋아하지 않는다고 말할 수 있느냐?」

【市租(시조)】: 시장세. 시장에서 거래할 때 내는 세금.

下之毳，背上之毛，增去一把，飛不爲高下。[6] 不知君之食客六翮耶？ 將腹背之毳也？」 平公默默而不應焉。[7]

해설

진평공은 어진 선비를 얻어 함께 정사를 도모하고자 갈망하는데, 자기 문하에 삼천 명의 식객이 있지만 어진 선비가 없는 것을 한탄했다. 이에 뱃사람 고상(固桑)이 고니의 깃털과 솜털을 비유하여 그 원인을 밝혔다. 즉, 진평공 문하의 식객 삼천 명은 마치 고니의 배 밑에 자란 솜털이 고니가 날면서 높낮이를 조절하는 데 전혀 영향을 주지 않듯이, 진평공이 정사를 도모하는 데 도움이 되지 않는다는 것이다.

이 우언은 선비를 좋아한다는 것이 어려운 일이 아니라, 진정한 선비를 발굴하여 적재적소에 기용하기가 쉽지 않다는 이치를 설명한 것이다.

【尙(상)】: 그래도.
【可謂(가위)】: …라 말할 수 있다.

5 固桑對曰 :「今夫鴻鵠高飛冲天，然其所恃者六翮耳。→ 고상이 대답했다 :「고니는 높이 날아 하늘로 치솟지만, 그러나 고니가 의지하는 것은 여섯 개의 깃털뿐입니다.
【今夫(금부)】: [연사] 구의 첫머리에 쓰여 사실을 전술한 기초 위에서 바로 다음 문구를 이어주는 역할을 한다. 번역할 필요가 없다.
【鴻鵠(홍곡)】: [새 이름] 고니, 백조. ※ 홍(鴻)은 본래 큰기러기를 가리키고, 곡(鵠)은 고니를 가리키는데 형상이 비슷하다. 그래서 주준성(朱駿聲)의 《설문통훈정성(說文通訓定聲)》은 홍(鴻)과 곡(鵠)이 이어져 있을 경우 곡(鵠)을 가리키는 것이라 했다.
【冲天(충천)】: 하늘 높이 치솟다.
【恃(시)】: 믿다, 의지하다.

6 夫腹下之毳，背上之毛，增去一把，飛不爲高下。→ 대저 배 밑의 솜털이나, 등 위의 가느다란 털은, 한 움큼을 늘이거나 없애버려도, 날면서 높낮이를 조절하는 데 영향을 주지 않습니다.
【增去(증거)】: 증감하다, 늘이거나 제거하다. 〖去〗: 제거하다, 없애다.
【一把(일파)】: 한 줌, 한 움큼.
【不爲高下(불위고하)】: 높낮이를 조절하는 데 영향을 주지 않다.

7 不知君之食客六翮耶？ 將腹背之毳也？」 平公默默而不應焉。→ 임금님의 식객이 여섯 개의 깃털인지, 아니면 배 밑의 솜털인지 모르겠습니다.」 평공은 묵묵히 대답을 하지 않았다.
【將(장)】: 아니면, 그렇지 않으면.

061 반구부추(反裘負芻)

《新序·雜事二》

작자

060 핵여취(翮與毳) 참조

원문 및 주석

反裘負芻[1]

魏文侯出遊, 見路人反裘而負芻。[2] 文侯曰:「胡爲反裘而負芻?」 對曰:「臣愛其毛。」[3] 文侯曰:「若不知其裡盡而毛無所恃耶?」[4]

---

1 反裘負芻 → 가죽옷을 뒤집어 입고 꼴을 메다
【反裘(반구)】: 가죽옷을 뒤집어 입다. 〖裘〗: 가죽옷.
【負(부)】: 짊어지다, 메다.
【芻(추)】: 꼴. 말이나 소에게 먹이는 풀.

2 魏文侯出遊, 見路人反裘而負芻。→ 위문후(魏文侯)가 외출하여 유람하다가, 길에서 가죽옷을 뒤집어 입고 꼴을 짊어지고 있는 사람을 보았다.
【魏文侯(위문후)】: 전국시대 위(魏)나라의 건립자. 38년간(B.C. 445-B.C. 396) 재위했다.

3 文侯曰:「胡爲反裘而負芻?」 對曰:「臣愛其毛。」 → 위문후가 물었다:「어째서 가죽옷을 뒤집어 입고 꼴을 짊어지고 있는가?」 그 사람이 대답했다:「저는 가죽옷의 털을 아낍니다.」
【胡爲(호위)】: 왜, 어째서.
【臣(신)】: 저, 신. ※ 군주에 대한 신하나 백성의 자칭.

4 文侯曰:「若不知其裡盡而毛無所恃耶?」 → 위문후가 물었다:「만일 가죽옷의 안쪽 바닥이 다 닳아 버리면 털이 의지할 곳이 없다는 것을 모르는가?」
【若(약)】: 만일, 만약.

해설

가죽옷을 털이 손상되는 것을 우려하여 옷을 뒤집어 입고 꼴을 짊어지고 간다. 가죽의 바닥이 없으면 털이 어디에 의지하겠는가?

이 우언은 가죽옷을 뒤집어 입고 꼴을 짊어진 사람과 위문후의 대화를 통해, 근본이 부분보다 더욱 중요하다는 이치를 설명한 것이다.

【裡(리)】: 안, 안쪽. 즉「안쪽 바닥」을 가리킨다.
【盡(진)】: 다 닳다.
【恃(시)】: 기대다, 의지하다.

062 치망설존(齒亡舌存)

《說苑·敬愼》

작자

유향(劉向 : B.C. 77－B.C. 6)은 본명이 경생(更生), 자가 자정(子政)이며 패(沛)[지금의 강소성 패현(沛縣)] 사람으로, 한고조(漢高祖) 유방(劉邦)의 배다른 아우인 초원왕(楚元王) 유교(劉交)의 4세손이자 서한(西漢) 후기의 저명한 경학가·문학가이다.

유향은 성제(成帝) 때 광록대부(光祿大夫)에 임명되어 고적(古籍)을 교열하는 책임을 맡아 중국 최초의 도서 분류 목록인 《별록(別錄)》을 지었고, 이밖에도 《상서홍범오행전론(尙書洪範五行傳論)》《신서(新序)》《설원(說苑)》《열녀전(列女傳)》 등 많은 저술을 남겼다.

현재 전하는 《설원》 20권은 고대의 제후·현인들의 행적이나 일화·우언 등 400여 개의 고사를 수록한 설화집으로 체제가 《신서》와 비슷하며, 전서(全書)의 내용이 심오한 교훈적 의미를 지니고 있다.

원문 및 주석

齒亡舌存[1]

常摐有疾, 老子往問焉, 曰 :「先生疾甚矣, 無遺教可以語諸弟子者乎?」[2] 常摐曰 :「子雖不問, 吾將語子。」[3] 常摐曰 :「過故鄉而下車, 子知之

1 齒亡舌存 → 이는 없어져도 혀는 남는다

2 常摐有疾, 老子往問焉, 曰 :「先生疾甚矣, 無遺教可以語諸弟子者乎?」 → 상창(常摐)이 병을 앓자, 노자(老子)가 병문안을 가서, 여쭈었다 :「선생님의 병환이 심하신데, 여러 제자들에게 일러주실 수 있

乎?」[4] 老子曰:「過故鄕而下車, 非謂其不忘故耶?」常摐曰:「嘻! 是已。」[5] 常摐曰:「過喬木而趨, 子知之乎?」[6] 老子曰:「過喬木而趨, 非謂敬老耶?」常摐曰:「嘻! 是已。」[7] 張其口而示老子曰:「吾舌存乎?」老子曰:「然。」[8]「吾齒存乎?」老子曰:「亡。」[9] 常摐曰:「子知之乎?」老子曰:「夫

는 유훈(遺訓)은 없으신지요?」
【常摐(상창)】: [인명] 노자(老子)의 스승.
【遺教(유교)】: 임종 시에 남긴 교훈. 유훈.

3 常摐曰:「子雖不問, 吾將語子。」→ 상창이 말했다:「그대가 설사 묻지 않더라도, 내가 그대에게 일러주려고 했었네.」
【將(장)】: (장차) …할 것이다.
【語(어)】: (다른 사람에게) 말하다, 이르다.

4 常摐曰:「過故鄕而下車, 子知之乎?」→ 상창이 물었다:「고향을 지나갈 때 수레에서 내리는데, 그대는 그 까닭을 아는가?」
【過(과)】: 지나가다.

5 老子曰:「過故鄕而下車, 非謂其不忘故耶?」常摐曰:「嘻! 是已。」→ 노자가 말했다:「고향을 지나갈 때 수레에서 내리는 것은, 지난날을 잊지 않겠다는 뜻을 말하는 것이 아닙니까?」상창이 말했다:「오! 그렇지.」
【非謂(비위)…耶(야)?】: …을 이르는 것이 아닌가?
【忘故(망고)】: 지난날을 잊어버리다.
【嘻(희)】: [감탄사] 아! 오!
【是已(시이)】: 그렇다. 〖已〗: [긍정을 나타내는 어기사].

6 常摐曰:「過喬木而趨, 子知之乎?」→ 상창이 물었다:「교목(喬木)을 지나갈 때 빠른 걸음으로 가는데, 그대는 그 까닭을 아는가?」
【喬木(교목)】: [식물] 줄기가 높고 위가 굽은 나무.
【趨(추)】: 빨리 가다.

7 老子曰:「過喬木而趨, 非謂敬老耶?」常摐曰:「嘻! 是已。」→ 노자가 말했다:「교목을 지나갈 때 빠른 걸음으로 가는 것은, 노인을 공경한다는 뜻을 말하는 것이 아닙니까?」상창이 말했다:「오! 그렇지.」

8 張其口而示老子曰:「吾舌存乎?」老子曰:「然。」→ (상창이) 자기 입을 벌리고 노자에게 보여주며 물었다:「나의 혀가 있는가?」노자가 대답했다:「있습니다.」
【張(장)】: (입을) 벌리다.
【然(연)】: 그렇다. 즉「있다.」의 뜻.

9「吾齒存乎?」老子曰:「亡。」→ (상창이) 물었다:「나의 이가 있는가?」노자가 대답했다:「없습니다.」

舌之存也, 豈非以其柔耶? 齒之亡也, 豈非以其剛耶?」[10] 常摐曰 :「嘻! 是已。天下之事已盡矣, 無以復語子哉!」[11]

해설

상창(常摐)은 임종에 즈음하여 유훈(遺訓)을 청하는 노자(老子)에게 자기의 입을 벌려 보여주며, 남아 있는 혀와 빠져 없어진 이를 가지고 그렇게 된 까닭을 물어, 노자로 하여금 「유자이존, 강자이절(柔者易存, 剛者易折 : 부드러운 것은 살아남기 쉬우나, 강한 것은 꺾이기 쉽다.)」의 답변을 끌어냈다. 유약(柔弱)은 바로 노자의 처세 철학이자 적을 제압하고 자신을 보전하는 책략이다.

이 우언은 상창과 노자의 대화를 통해 「수유왈강(守柔曰强 : 부드러움을 지키는 것이 강한 것이다.)」의 이치를 설명한 것이다.

【亡(무)】: 無(무). 없다.

10 常摐曰 :「子知之乎?」 老子曰 :「夫舌之存也, 豈非以其柔耶? 齒之亡也, 豈非以其剛耶?」→ 상창이 물었다 :「그대는 그 까닭을 아는가?」 노자가 대답했다 :「혀가 남아 있는 것은, 어찌 혀가 부드럽기 때문이 아니겠습니까? 그리고 이가 빠져 없어진 것은, 어찌 이가 너무 강하기 때문이 아니겠습니까?」

【夫(부)】: [발어사].

【豈非(기비)…耶(야)?】: 어찌 …때문이 아니겠는가?

【以其柔(이기유)】: 혀가 부드럽기 때문. 〖以〗: 因(인), …때문. 〖其〗: [대명사] 그것, 즉 「혀」.

【剛(강)】: 강하다.

11 常摐曰 :「嘻! 是已。天下之事已盡矣, 無以復語子哉!」→ 상창이 말했다 :「오! 그렇지. 천하의 일이 모두 이 속에 들어 있으니, 다시 그대에게 말해줄 것이 없네.」

【已盡(이진)】: 이미 다하다. 즉 「모두 이 속에 들어 있다.」의 뜻.

063 효장동사(梟將東徙)

《說苑·談叢》

작자

062 치망설존(齒亡舌存) 참조

원문 및 주석

梟將東徙[1]

梟逢鳩, 鳩曰 :「子將安之?」梟曰 :「我將東徙。」[2] 鳩曰 :「何故?」梟曰 :「鄉人皆惡我鳴, 以故東徙。」[3] 鳩曰 :「子能更鳴可矣; 不能更鳴, 東徙猶

---

1 梟將東徙 → 올빼미가 서식지를 동쪽으로 옮기려 하다
【梟(효)】: 올빼미.
【將(장)】: (장차) …하려 하다.
【東徙(동사)】: 동쪽으로 옮겨가다.

2 梟逢鳩, 鳩曰 :「子將安之?」梟曰 :「我將東徙。」→ 올빼미가 비둘기를 만나자, 비둘기가 물었다 :「너 어디를 가려고 그래?」올빼미가 대답했다 :「나 동쪽으로 옮겨가려구.」
【子(자)】: 너, 그대, 당신.
【安(안)】: 어디.
【之(지)】: 가다.

3 鳩曰 :「何故?」梟曰 :「鄉人皆惡我鳴, 以故東徙。」→ 비둘기가 물었다 :「왜?」올빼미가 말했다 :「마을 사람들 모두 나의 울음소리를 싫어해. 그래서 동쪽으로 옮겨 가려는 거야.」
【何故(하고)】: 왜, 어째서, 무슨 까닭, 무엇 때문.
【惡(오)】: 싫어하다, 증오하다.
【以故(이고)】: 因此(인차). 이로 인해, 이 때문에, 그래서.

惡子之聲。」[4]

해설

올빼미가 자신의 울음소리를 바꾸려 하지 않고 서식처를 다른 곳으로 옮기려 하자, 총명한 비둘기가 올빼미에게 울음소리를 고치지 않으면 어디를 가나 마찬가지라고 충고했다. 사람들도 왕왕 자기의 결점을 바로 보지 못하고 감출 방법을 강구하는 경우가 많다.

이 우언은 자신의 중대한 결점을 근본으로부터 해결하려 들지 않고 오직 모순을 회피할 생각으로 일관한다면 영원히 문제를 해결할 수 없다는 이치를 설명한 것이다.

※ 참고 : 이 고사는 《한서(漢書)·곽광금일제전(霍光金日磾傳)》에도 보이는데, 《설원(說苑)》과 비교할 때 문자상에서 약간의 출입이 있으나 기본 내용이 같다. 《설원》이 시대적으로 앞서기 때문에 본서에서는 《설원》을 채택하였다.

4 鳩曰 : 「子能更鳴可矣; 不能更鳴, 東徙猶惡子之聲。」 → 비둘기가 말했다 : 「네가 울음소리를 바꿀 수 있다면 옮겨가지 않아도 되는데; 울음소리를 바꿀 수 없다면, 동쪽으로 옮겨가더라도 (사람들은) 여전히 너의 소리를 싫어할 거야.」
【更鳴(경명)】 : 울음소리를 바꾸다.
【可(가)】 : 되다, 가하다. 즉 「옮겨가지 않아도 되다.」
【猶(유)】 : 여전히.

064 가정맹어호(苛政猛於虎)
《禮記 · 檀弓下》

작자

《예기(禮記)》는 전국시대(戰國時代)로부터 양한(兩漢)간의 예제(禮制)를 기록한 책으로, 내용은 공자(孔子)와 제자들의 언론과 잡사(雜事)가 대부분을 차지하고 있다. 《예기》는 본래 오래 전부터 전해왔으나 한대(漢代)에 이르러 편수가 너무 문란하여 당시 유학자들이 정리한 후 이를 후세에 전했는데, 대덕(戴德)이 전한 것을 《대대예기(大戴禮記)》라 했고, 그의 조카 대성(戴聖)이 전한 것을 《소대예기(小戴禮記)》라 했다. 《대대예기》는 이미 없어졌고 《소대예기》는 오늘날 《예기》라 불리어 전하고 있다.

원문 및 주석

苛政猛於虎[1]

孔子過泰山側, 有婦人哭於墓者而哀。[2] 夫子式而聽之, 使子路問之, 曰

---

1 苛政猛於虎 → 가혹한 정치가 호랑이보다 사납다
【苛政(가정)】: 가혹한 정치.
【猛(맹)】: 사납다.
【於(어)】: [개사] …보다, …에 비해.

2 孔子過泰山側, 有婦人哭於墓者而哀。→ 공자(孔子)가 태산(泰山) 옆을 지나가는데, 한 부인이 묘에서 울며 슬퍼하고 있었다.
【孔子(공자)】: [인명] 성은 공(孔), 이름은 구(丘), 자는 중니(仲尼). 춘추시대 사로국(斯魯國) 추읍(陬邑)[지금의 산동성 곡부(曲阜) 남쪽] 사람으로 유가(儒家) 학파의 창시자.
【過(과)】: 지나가다.

:「子之哭也, 壹似重有憂者。」[3] 而曰:「然, 昔者吾舅死於虎, 吾夫又死焉, 今吾子又死焉。」[4] 夫子曰:「何爲不去也?」曰:「無苛政。」[5] 夫子曰:「小子識之, 苛政猛於虎。」[6]

해설

부인이 시아버지로부터 남편과 아들에 이르기까지 모두 호랑이에게 물려죽은 재앙

【泰山(태산)】: [산 이름] 산동성 태안현(泰安縣) 북쪽에 위치한 중국 오악(五嶽)의 하나. ※ 오악은 동악인 태산(泰山), 서악인 섬서성의 화산(華山), 남악인 호남성의 형산(衡山), 북악인 산서성의 항산(恒山), 중악인 하남성의 숭산(嵩山)을 말한다.

3 夫子式而聽之, 使子路問之, 曰:「子之哭也, 壹似重有憂者。」→ 공자가 수레 앞의 가로막이 나무에 의지하여 듣고 있다가, 자로(子路)를 시켜 그 까닭을 물어보게 하자, 자로가 물었다:「당신이 우는 것을 보니, 틀림없이 깊은 근심이 있는 것 같군요.」

【夫子(부자)】: [옛날 스승에 대한 호칭] 선생님. 여기서는「공자」를 가리킨다.

【式(식)】: 軾(식). 옛날 수레의 앞쪽에 기댈 수 있게 만든 횡목(橫木). 수레 앞 가로막이 나무.

【使(사)】: …하여금 …하도록 하다. …를 시켜 …하게 하다.

【子路(자로)】: [인명] 공자의 제자. 성은 중(仲), 이름은 유(由), 자는 자로(子路)이다.

【子(자)】: 너, 그대, 당신.

【壹(일)】: 틀림없이, 반드시, 확실히.

【似(사)】: 마치 …같다.

【重有憂者(중유우자)】: 깊은 근심이 있다.

4 而曰:「然, 昔者吾舅死於虎, 吾夫又死焉, 今吾子又死焉。」→ 부인이 곧 말했다:「그렇습니다. 전에 저의 시아버지가 호랑이에게 물려 죽고, 저의 남편도 물려 죽고, 지금 저의 아들도 또 물려 죽었습니다.」

【而(이)】: 乃(내). 곧.

【然(연)】: [대답하는 말] 예, 맞습니다, 그렇습니다.

【舅(구)】: 시아버지. ※ 옛날에는 아내가 남편의 아버지를 부르는 호칭이었으나, 오늘날은「외삼촌」을 말한다.

5 夫子曰:「何爲不去也?」曰:「無苛政。」→ 공자가 물었다:「어째서 이곳을 떠나지 않는가요?」부인이 대답했다:「가혹한 정치가 없으니까요.」

【何爲(하위)】: 왜, 어째서.

【去(거)】: 떠나다.

6 夫子曰:「小子識之, 苛政猛於虎。」→ 공자가 말했다:「너희들은 잘 기억해 두어라, 가혹한 정치가 호랑이보다 더욱 사납다는 것을.」

을 당하면서도 이 위험한 곳을 떠나지 못하는 까닭은, 도처에 호랑이에게 물려죽는 것보다 더 무서운 가혹한 정치가 있기 때문이다.

이 우언은 봉건통치자가 백성들을 가혹하게 탄압하고 박탈하는 죄행을 신랄하게 폭로한 것이다.

【小子(소자)】: 옛날 스승이 제자들을 부르던 호칭.
【識(지)】: 기억하다.

065 동가식서가숙(東家食西家宿)

《風俗通義·佚文》

작자

응소(應劭 : ?-?)는 여남(汝南) 남돈(南頓)[지금의 하남성 항성(項城) 서남쪽] 사람으로, 자는 중원(仲遠)이며 동한 말기의 학자이다. 헌제(獻帝) 때 태산태수(泰山太守)를 지냈으며, 저서로 《한궁의(漢宮儀)》《풍속통의(風俗通義)》《한서집해음의(漢書集解音義)》 등이 있다. 《풍속통의》는 일명 《풍속통(風俗通)》이라고도 하는데, 원본은 30권이나 지금 전하는 것은 10권뿐이며, 내용은 주로 풍속·명물에 관해 고증·해석과 아울러 평론을 가한 것이다.

원문 및 주석

東家食西家宿[1]

齊人有女, 二人求之。東家子醜而富, 西家子好而貧。[2] 父母疑不能決,

---

1 東家食西家宿 → 동쪽 집에서 밥을 먹고 서쪽 집에서 잠을 자다
【食(식)】: [동사] 먹다.

2 齊人有女, 二人求之。東家子醜而富, 西家子好而貧。→ 제(齊)나라 사람에게 딸이 있는데, 두 사람이 청혼을 해왔다. 동쪽 집 남자는 못생겼으나 집안이 부유했고, 서쪽 집 남자는 잘생겼으나 집안이 가난했다.
【齊(제)】: [국명] 지금의 산동성 북부와 하북성 남부 일대에 걸쳐 있던 주대(周代)의 제후국.
【求(구)】: 요구하다, 청하다. 여기서는 「청혼하다.」의 뜻.
【醜(추)】: 추하다. 여기서는 「못생기다.」의 뜻.
【好(호)】: 좋다. 여기서는 「용모가 잘생기다.」의 뜻.

問其女定所欲適：「難指斥言者，偏袒令我知之。」[3] 女便兩袒。怪問其故，云：「欲東家食，西家宿。」[4]

해설

제(齊)나라 사람의 딸은 못생긴 부자 집 아들과 잘생긴 가난한 집 아들중 하나를 선택해야 하는 관행을 무시하고 두 남자를 모두 차지하겠다는 뜻을 드러내 부모를 당황하게 만들었다.

이 우언은 탐욕에 눈이 어두워 도덕이나 체면을 따지지 않고 오로지 자기 잇속만을 위해 모든 편의를 몽땅 차지하려는 파렴치한 행위를 풍자한 것이다.

---

3 父母疑不能決，問其女定所欲適：「難指斥言者，偏袒令我知之。」→(딸의) 부모가 주저하며 결정을 못해, 딸에게 가고 싶은 쪽을 정하도록 하고 물었다：「직접 지적하여 말하기 곤란하면, 어느 한쪽 소매를 걷어 올려 부모로 하여금 (너의 생각을) 알게 해다오.」

【疑(의)】：의심하다. 여기서는 「주저하다.」의 뜻.

【所欲適(소욕적)】：가고자 하는 바. 〖欲〗：…하고자 하다. 〖適〗：往(왕). 가다.

【指斥(지척)】：지적하다.

【偏袒(편단)】：한쪽 소매를 걷어 올려 팔을 드러내 보이다.

【令(령)】：…로 하여금 …하게 하다.

4 女便兩袒。怪問其故，云：「欲東家食，西家宿。」→그러자 딸은 즉시 양 소매를 모두 걷어 올렸다. 이상히 여겨 그 까닭을 물으니, 딸이 대답했다：「동쪽 집에서는 밥을 먹고, 서쪽 집에서는 잠을 자려고 해요.」

【便(편)】：곧, 바로, 즉시.

【兩袒(양단)】：양 소매를 걷어 올리다.

【怪(괴)】：이상히 여기다.

【欲(욕)】：…하고자 하다.

066 절간입성(截竿入城)
《笑林》

작자

한단순(邯鄲淳 : 130-221)은 영천(潁川)[지금의 하남성 등봉현(登封縣) 동쪽] 사람으로, 한말(漢末) 삼국시대 위(魏)나라의 산문작가이다. 일명 축(竺)이라고도 하며, 자는 자숙(子叔)·우숙(于叔)·자숙(子俶)·자숙(子淑) 등 여러 가지로 전한다. 지행(志行)이 청결하고 재학(才學)이 뛰어나 널리 이름이 알려졌는데 조비(曹丕)가 즉위하자 한단순을 박사로 삼고 급사중(給事中)에 임명했다. 《수서(隋書)·경적지(經籍志)》에 《한단순집(邯鄲淳集)》 2권이 기록되어 있으나 원서는 이미 실전되었고, 오늘날 엄가균(嚴可均)이 수집 정리한 《전상고삼대진한삼국육조문(全上古三代秦漢三國六朝文)》에 5편이 수록되어 있다.

《소림(笑林)》은 한단순이 지은 소화류(笑話類)의 지인소설집(志人小說集)으로 본래 3권이라 했으나 원서는 이미 실전되었고, 청(淸) 마국한(馬國翰)의 《옥함산방집일서(玉函山房輯佚書)》에 1권, 노신(魯迅)이 《태평광기(太平廣記)》《태평어람(太平御覽)》《예문류취(藝文類聚)》《순보하감주집(荀譜下紺珠集)》《북당서초(北堂書草)》 등으로부터 일부 일문을 수집하여 정리한 《고소설구침(古小說鉤沉)》에 29편이 수록되어 있다.

원문 및 주석

截竿入城[1]

魯有執長竿入城門者, 初竪執之, 不可入; 橫執之, 亦不可入, 計無所

1 截竿入城 → 장대를 잘라 성(城)에 들어가다

出。[2] 俄有老父至曰：「吾非聖人，但見事多矣。何不以鋸中截而入?」遂依而截之。[3]

해설

긴 장대를 똑바로 세워 잡거나 옆으로 뉘어 잡고 성문에 들어가려면 당연히 들어가지 못한다. 그러나 노인의 말대로 장대의 중간을 잘라 버리면 들어갈 수는 있지만, 이 순간부터 긴 장대는 실용가치를 상실한다.

이 우언은 융통성 없는 노(魯)나라 사람의 우둔함을 풍자한 동시에 총명한 척 남의 스승이 되기를 좋아하면서 일을 그르치는 노인의 교활함을 풍자한 것이다.

【截(절)】: 자르다.
【竿(간)】: 장대.

2 魯有執長竿入城門者, 初豎執之, 不可入; 橫執之, 亦不可入, 計無所出。→ 노(魯)나라에 긴 장대를 가지고 성문에 들어가려는 사람이 있었는데, 처음에 똑바로 세워 잡으니, 들어갈 수가 없고; 옆으로 뉘어 잡으니, 역시 들어갈 수가 없어, 계책이 떠오르지 않았다.
【魯(노)】: [국명] 지금의 산동성 일대에 있던 주대(周代)의 제후국.
【豎執(수집)】: 똑바로 세워 잡다.
【之(지)】: [대명사] 그것, 즉 「긴 장대」.
【橫執(횡집)】: 옆으로 뉘어 잡다.
【計無所出(계무소출)】: 계책이 떠오르지 않다, 방법을 생각해내지 못하다,

3 俄有老父至曰:「吾非聖人, 但見事多矣。何不以鋸中截而入?」遂依而截之。→ 잠시 후에 어떤 노인이 와서 말했다:「나는 성인은 아니오. 그러나 보아온 일이 많소. 왜 톱으로 중간을 잘라가지고 들어가지 않소?」그리하여 그의 말대로 장대를 잘라버렸다.
【俄(아)】: 잠시 후.
【老父(노부)】: 남자 노인.
【但(단)】: 다만.
【何(하)】: 왜, 어째서.
【以(이)】: …으로, …을 가지고, …을 사용하여.
【鋸(거)】: 톱.
【中截(중절)】: 중간을 자르다.
【遂(수)】: 그리하여.
【依(의)】: …에 따라, …대로.

067 수엽은신(樹葉隱身)

《笑林》

작자

066 절간입성(截竿入城) 참조

원문 및 주석

樹葉隱身[1]

楚人居貧, 讀《淮南方》「得螳螂伺蟬自鄣葉可以隱形」, 遂於樹下仰取葉。[2] 螳蜋執葉伺蟬, 以摘之, 葉落樹下。[3] 樹下先有落葉, 不能復分別, 埽

1 樹葉隱身 → 나뭇잎으로 몸을 숨기다
【隱(은)】: 숨기다.

2 楚人居貧, 讀《淮南方》「得螳螂伺蟬自鄣葉可以隱形」, 遂於樹下仰取葉。→ 초(楚)나라의 어느 가난한 사람이, 《회남방(淮南方)》에서 「사마귀가 매미를 엿볼 때 자신을 가리는 잎을 얻으면 몸을 은폐할 수 있다.」라고 한 말을 읽었다. 그리하여 그는 나무 밑에서 위를 쳐다보며 그런 잎을 찾고 있었다.
【楚(초)】: [국명] 지금의 호남성 · 호북성과 강서성 · 절강성 및 하남성 남부에 걸쳐 있던 주대(周代)의 제후국.
【居貧(거빈)】: 집이 가난하다, 가난하게 살다. ※ 판본에 따라서는 「居貧」을 「貧居」라 했다.
【《淮南方(회남방)》】: [책 이름] 방술에 관한 책으로 보이며, 서한(西漢) 회남왕(淮南王) 유안(劉安)이 신선술을 좋아했던 것으로 미루어 이 책이 혹시 그와 관련이 있을지도 모르나, 현재 일실되어 전하지 않는다.
【螳螂(당랑)】: [곤충] 사마귀.
【伺(사)】: 엿보다, 노리다.
【自鄣葉(자장엽)】: 자신을 가리는 잎. 【鄣】: 障(장). 가리다, 막다.
【隱形(은형)】: 몸을 은폐하다, 몸을 숨기다.

取數斗歸。[4] 一一以葉自鄣，問其妻曰：「汝見我不?」[5] 妻始時恆答言：「見。」經日乃厭倦不堪，紿云：「不見。」嘿然大喜。[6] 齎葉入市，對面取人物，吏遂縛詣縣。[7] 縣受辭，自說本末。官大笑，放而不治。[8]

【遂(수)】: 이에, 그리하여, 그래서.
【仰(앙)】: 위를 올려보다.

3 螳螂執葉伺蟬，以摘之，葉落樹下。→(마침) 사마귀가 잎을 잡고 매미를 엿보는 것을 발견하고, 곧 그 잎을 따버렸으나, 잎이 나무 아래 바닥으로 떨어졌다.
【執(집)】: 잡다, 가지다.
【之(지)】: [대명사] 그것, 즉 「사마귀가 잡고 있는 잎」.
【摘(적)】: 따다, 채취하다.

4 樹下先有落葉，不能復分別，埽取數斗歸。→나무 아래에 먼저 떨어진 낙엽이 있어, 다시 분별을 할 수 없자, 여러 말[斗]의 잎을 함께 쓸어 담아 가지고 집으로 돌아왔다.
【復(부)】: 재차, 다시.
【埽取(소취)】: 쓸어 담다. 【埽】: 掃(소). 쓸다. ※ 판본에 따라서는 「埽」를 「掃」라 했다.

5 一一以葉自鄣，問其妻曰：「汝見我不?」→그리고 이파리를 하나씩 들어 자기 몸을 가리며, 아내에게 물었다: 「나 보여 안 보여?」
【汝(여)】: 너, 당신.

6 妻始時恆答言：「見。」經日乃厭倦不堪，紿云：「不見。」嘿然大喜。→아내가 처음 얼마 동안은 항상 「보여요.」라고 대답했으나, 하루 종일 그렇게 하다 보니 마침내 싫증이 나서 견딜 수가 없었다. 그리하여 거짓으로 「안 보여요.」라고 말하니, 그는 아무 말 없이 속으로 매우 좋아했다.
【始時(시시)】: 처음 얼마동안.
【恆(항)】: 항상.
【經日(경일)】: 하루 종일, 온종일.
【乃(내)】: 마침내.
【厭倦(염권)】: 싫증나다, 짜증나다.
【不堪(불감)】: 견딜 수 없다, 참을 수 없다.
【紿(태)】: 속이다, 기만하다, 거짓말하다.
【嘿然(묵연)】: 묵묵히 말이 없는 모양.

7 齎葉入市，對面取人物，吏遂縛詣縣。→(그는) 그 잎을 가지고 시장에 들어가, 사람들이 보는 앞에서 남의 물건을 훔쳤다. 관리가 바로 그를 포박하여 현(縣)으로 압송해 갔다.
【齎(재)】: 가지다, 지참하다.
【對面(대면)】: 면전에서, 사람이 보는 앞에서.
【遂(수)】: 그리하여, 바로, 곧.
【縛(박)】: 묶다, 결박하다, 포박하다.
【詣(예)】: 가다, 이르다.

해설

작은 사마귀가 나뭇잎으로 몸을 숨기는 것을 사람에게 적용할 수 있다고 여긴 어느 초(楚)나라 사람의 어처구니없는 행동에 대해, 관리조차도 박장대소(拍掌大笑)하며 처벌할 생각을 그만두고 방면했다.

이 우언은 어떤 문제를 객관적인 관점에 따라 파악하지 못하고 맹목적으로 방술(方術)을 신봉하는 어리석은 사람의 허황된 행동을 풍자한 것이다.

---

8 縣受辭, 自說本末。官大笑, 放而不治。→ 현에서 송사(訟事)를 수리하자, 그가 스스로 자초지종을 이야기했다. 현의 관리가 박장대소하며, 그를 풀어주고 처벌하지 않았다.

【受辭(수사)】: 송사(訟事)를 수리하다, 소송을 받아들이다.

【本末(본말)】: 자초지종.

【放(방)】: 놓아주다, 풀어주다.

【不治(불치)】: 다스리지 않다, 즉「처벌하지 않다.」의 뜻.

068 여호모피(與狐謀皮)

《苻子》

작자

부랑(苻朗 : ?-389)은 약양(略陽) 임위(臨渭)[지금의 감숙성 진안(秦安) 동남쪽] 사람으로, 자는 원달(元達)이며, 진대(晉代) 오호십육국(五胡十六國) 중의 하나인 전진(前秦)의 작가이자, 전진의 군주인 부견(苻堅)의 조카이기도 하다. 그는 영리(榮利)를 탐하지 않고 독서를 좋아하여 손에서 책을 놓지 않았다. 부견의 휘하에서 진동장군(鎭東將軍) 청주자사(靑州刺史)를 지내다가 동진(東晉) 효무제(孝武帝) 태원(太元) 9년(384) 동진에 투항하여 원외산기시랑(員外散騎侍郎)을 지냈다.

저서로 《부자(苻子)》가 있는데, 원문은 이미 망실되어 전하지 않고 일부 잔문이 송(宋) 이방(李昉)의 《태평어람(太平御覽)》과 청(淸) 마국한(馬國翰)의 《옥함산방집일서(玉函山房輯佚書)》에 전한다.

원문 및 주석

與狐謀皮[1]

周人有愛裘而好珍羞, 欲爲千金之裘而與狐謀其皮, 欲具少牢之珍而與羊謀其羞。[2] 言未卒, 狐相率逃於重邱之下, 羊相呼藏於深林之中。[3] 故

1 與狐謀皮 → 여우의 가죽을 벗기려고 여우와 상의하다
【與(여)】: …과(와).
【謀(모)】: 상의하다.

2 周人有愛裘而好珍羞, 欲爲千金之裘而與狐謀其皮, 欲具少牢之珍而與羊謀其羞。→ 주(周)나라 사람

周人十年不制一裘, 五年不具一牢。何者? 周人之謀失之矣。[4]

해설

여우의 가죽이 필요하다 하여 여우를 찾아가 요구하고, 양의 고기가 필요하다 하여 양을 찾아가 요구한다면, 세상 천지에 성공할 일이 어디 있겠는가? 이 고사는 자라가

으로 가죽옷을 즐겨 입고 진귀한 음식을 좋아하는 사람이 있었는데, 아주 값진 가죽옷을 만들고자 여우와 더불어 여우의 가죽을 벗기는 일에 대해 상의하고, 제사에 소뢰(小牢)의 진미를 갖추고자 양과 더불어 양을 잡아 음식 만드는 일에 대해 상의를 했다.

【周(주)】: [국명] 기원전 11세기 은(殷)나라를 이어 무왕(武王)이 세운 나라. 무왕의 성은 희(姬), 이름은 발(發).

【裘(구)】: 가죽옷, 갖옷.

【好(호)】: [동사] 좋아하다.

【珍羞(진수)】: 진귀한 음식. 〖羞〗: 饈(수). 음식, 식품.

【欲(욕)】: …하고자 하다, …하려고 하다.

【爲(위)】: 만들다.

【千金之裘(천금지구)】: 매우 값진 가죽옷.

【具(구)】: 구비하다, 갖추다.

【牢(뢰)】: 제물. 제사에 올리는 음식물. 돼지와 양 두 가지를 「소뢰(小牢)」라 하고, 소와 양과 돼지 세 가지를 「대뢰(大牢)」라고 한다.

3 言未卒, 狐相率逃於重邱之下, 羊相呼藏於深林之中。→ 말을 끝내기도 전에, 여우들은 줄줄이 첩첩 산중으로 달아나고, 양들은 서로 부르며 깊은 산림 속으로 숨어 버렸다.

【卒(졸)】: 끝나다, 마치다.

【相率(상솔)】: 줄줄이, 잇따라, 연이어.

【逃於(도어)…】: …으로 달아나다. 〖於〗: [개사] …으로.

【重邱(중구)】: 겹겹의 산. 첩첩산중.

【相呼(상호)】: 서로 부르다.

【藏(장)】: 숨다. 몸을 감추다.

4 故周人十年不制一裘, 五年不具一牢。何者? 周人之謀失之矣。→ 그래서 주나라 사람은 십 년이 되도록 가죽옷 한 벌을 만들지 못하고, 오 년이 되도록 제사에 한 번도 소뢰(小牢)를 갖추지 못했다. 어째서 그런가? 주나라 사람의 계략이 잘못된 것이다.

【故(고)】: 그래서.

【制(제)】: 제작하다, 만들다.

【謀(모)】: 계략, 계책.

【失(실)】: 잘못되다.

용왕의 병을 치료하기 위해 토끼의 간을 구하러 육지에 나가 토끼를 꾀어 용궁에 데려왔다가, 이 사실을 알게 된 토끼가 평상시 간을 빼놓고 다닌다는 말로 잔꾀를 부려 간신히 위기에서 탈출했다는《별주부전(鼈主簿傳)》의 한 대목을 연상하게 한다.

이 우언은 상대방과 이해관계가 상충되는 문제를 가지고 상의할 경우 근본적으로 일이 성사될 수 없다는 것을 빗대어 풍자한 것이다.

069 정인도서(鄭人逃暑)

《荀子》

작자

068 여호모피(與狐謀皮) 참조

원문 및 주석

鄭人逃暑[1]

鄭人有逃暑於孤林之下者, 日流影移, 而徙衽以從陰。[2] 及至暮, 反席於樹下。及月流影移, 復徙衽以從陰, 而患露之濡於身。[3] 其陰逾去, 而其身

1 鄭人逃暑 → 정(鄭)나라 사람이 더위를 피하다
【鄭(정)】: [국명] 지금의 하남성 신정현(新鄭縣) 일대에 있던 주대(周代)의 제후국.
【逃暑(도서)】: 더위를 피하다.

2 鄭人有逃暑於孤林之下者, 日流影移, 而徙衽以從陰。→ 어느 정(鄭)나라 사람이 한 그루뿐인 나무 아래에서 더위를 피하고 있었다. 해가 운행하는 대로 나무 그림자가 따라 이동하자, (그 사람도) 자리를 옮겨가며 그늘을 좇아갔다.
【孤林(고림)】: 주변에 다른 나무가 없이 한 그루만 있는 나무.
【日流影移(일류영이)】: 해가 운행하는 대로 그림자가 따라 이동하다. ※ 원문에는 「其儀自移(기의자이)」라 했으나, 여기서는《태평어람(太平御覽) 499 · 인사부(人事部)》를 근거로 고쳤다.
【徙衽(사임)】: 자리를 옮기다. 〖徙〗: 옮기다. 〖衽〗: 누운 자리.
【從陰(종음)】: 그늘을 좇다.

3 及至暮, 反席於樹下。及月流影移, 復徙衽以從陰, 而患露之濡於身。→ 저녁때가 되자, 자리를 나무 아래로 도로 옮겨왔다. 달이 운행하는 대로 나무 그림자가 따라 이동하자, 다시 자리를 옮겨 그늘을 좇아가며, 몸에 이슬이 젖을까 걱정했다.
【及至(급지)】: …에 이르다.

逾溼。是巧於用晝而拙於用夕矣。[4]

해설

정(鄭)나라 사람은 한낮 태양이 작열할 때 태양의 위치에 따라 나무 그늘의 위치가 바뀌어 그늘을 쫓아 자리를 옮기던 방식을, 밤의 달빛 아래에서도 그대로 적용하며 밤이슬을 피하고자 했다. 낮에 나무 그늘에서 더위를 피하는 것과 저녁에 나무 아래에서 밤이슬을 피하는 것을 같은 원리로 생각한 것이다.

이 우언은 하나만 알고 둘을 몰라 상황의 변화를 인식하지 못함으로써 새로운 환경에 대응할 줄 모르는 융통성 없는 사람을 풍자한 것이다.

【反(반)】: 返(반). 돌아오다. 즉 「도로 옮겨오다.」의 뜻.
【復(부)】: 또, 다시.
【患(환)】: 걱정하다, 근심하다.
【濡(유)】: 젖다, 적시다.

4 其陰逾去, 而其身逾溼。是巧於用晝而拙於用夕矣。→ (그러나) 나무 그늘이 멀어지면 멀어질수록, 자기의 몸은 더욱 축축해졌다. 이는 낮을 이용하는 데는 능숙하지만 저녁을 이용하는 데는 서툰 것이다.
【逾(유)…逾(유)…】: [고정 격식] …하면 할수록 더욱 …하다.
【去(거)】: 떨어지다. 즉 「멀어지다.」의 뜻.
【溼(습)】: 濕(습). 축축하다.
【是(시)】: [대명사] 이, 이것.
【巧(교)】: 교묘하다, 능숙하다.
【於(어)】: [개사] …에, …에 대해.
【拙(졸)】: 졸렬하다, 서투르다.

070 광천(狂泉)

《宋書 · 列傳第49 袁粲傳》

작자

심약(沈約 : 441-513)은 남조(南朝) 양(梁)의 시문(詩文) 작가로, 자는 휴문(休文)이며 오흥(吳興) 무강(武康)[지금의 절강성 오흥(吳興)] 사람이다. 아버지가 회남태수(淮南太守)를 지내다가 남조 송(宋) 문제(文帝) 원가(元嘉) 말년에 황족의 권력쟁탈 와중에 피살되어 집안이 매우 어려웠으나, 배우기를 좋아하여 밤낮을 가리지 않고 독서에 열중했다.

송(宋)에서 상서탁지랑(尙書度支郎) 등을 지내고, 제(齊)로 들어와 정로기실(征虜記室)을 지냈으며, 문혜태자(文惠太子)가 동궁(東宮)에 들어온 후 보병교위(步兵校尉)가 되어 사부도서(四部圖書)를 교열했다. 당시 경릉왕(竟陵王) 소자량(蕭子良)이 문사들을 초빙했는데, 심약이 그 대열에 참여하여 「경릉팔우(竟陵八友)」의 하나가 되었다. 그 후 제(齊) 명제(明帝) 때 보국장군(輔國將軍)·국자제주(國子祭酒) 등을 지내고, 소연(蕭衍)이 양(梁)을 건립하면서 이부상서(吏部尙書) 상서복야(尙書僕射)를 거쳐 건창현후(建昌縣侯)에 봉해진 후, 광록대부(光祿大夫) 상서령(尙書令) 중서령(中書令) 태자소부(太子少傅) 등을 지냈다. 시호를 은(隱)이라 하여 사람들은 그를 심은후(沈隱侯)라 불렀다.

저서로 《진서(晉書)》 100권·《송서(宋書)》 100권·《제기(齊紀)》 20권·《고조기(高祖紀)》 14권·《이언(邇言)》 10권·《시례(諡例)》 10권·《송문장지(宋文章志)》 30권 등이 있으나, 모두 망실되고 다만 《송서》가 지금까지 전한다.

《송서》는 송(宋)의 무제(武帝)로부터 순제(順帝)까지의 역사를 기술한 기전체의 정사(正史)로, 중국 이십오사(二十五史)의 하나이다.

원문 및 주석

狂泉[1]

昔有一國, 國中一水, 號曰「狂泉」。國人飮此水, 無不狂。[2] 唯國君穿井而汲, 獨得無恙。國人旣並狂, 反謂國主之不狂爲狂。[3] 於是聚謀, 共執國主, 療其狂疾, 火艾針藥, 莫不畢具。[4] 國主不任其苦, 於是到泉所酌水飮

---

1 狂泉 → 마시면 미치는 샘물
【狂(광)】: 미치다.

2 昔有一國, 國中一水, 號曰「狂泉」。國人飮此水, 無不狂。→ 옛날 어느 나라에 우물 하나가 있었는데, 이름을 「광천(狂泉)」이라 했다. 사람들이 이 물을 마시면, 미치지 않는 사람이 없었다.
【號曰(호왈)】: 이름을 …라 하다. 〖號〗: 이름, 명칭.

3 唯國君穿井而汲, 獨得無恙。國人旣並狂, 反謂國主之不狂爲狂。→ 오직 임금만 (따로) 우물을 파서 길어 먹었기 때문에, 혼자서 미치지 않을 수 있었다. 나라 사람들이 이미 모두 미쳐버리자, 오히려 임금이 미치지 않은 것을 미친 것으로 여겼다.
【唯(유)】: 오직, 다만.
【穿井而汲(천정이급)】: 우물을 파서 길어 먹다. 〖穿井〗: 우물을 파다. 〖汲〗: 물을 긷다.
【得(득)】: 能(능). …할 수 있다.
【無恙(무양)】: 병에 걸리지 않다. 즉 「미치지 않다.」의 뜻.
【旣(기)】: 이미.
【並(병)】: 모두, 함께.
【反(반)】: 오히려, 반대로.
【謂(위)】: …라고 여기다, …라고 간주하다.
【國主(국주)】: 나라의 군주(君主). 임금.

4 於是聚謀, 共執國主, 療其狂疾, 火艾針藥, 莫不畢具。→ 그리하여 모두 모여 상의한 후, 함께 임금을 붙잡아, 미친병을 치료하는데, 부항이며 쑥뜸이며 침이며 약이며, 모든 치료 방법을 다 썼다.
【於是(어시)】: 이에, 그리하여.
【聚謀(취모)】: 모여서 상의하다.
【共(공)】: 함께.
【執(집)】: 붙잡다.
【療(료)】: 치료하다.
【狂疾(광질)】: 미친 병.
【火艾針藥(화애침약)】: 부항을 붙이고 쑥으로 뜸을 뜨고 침을 맞고 약을 복용하다.
【莫不畢具(막불필구)】: 여러 가지 방법을 쓰지 않은 것이 없다, 모든 방법을 다 쓰다. 〖莫不〗: …하지 않은 것이 없다, 모두 …하다. 〖畢具〗: 모두 갖추다. 즉 「여러 가지 방법을 다 쓰다.」의 뜻.

之, 飮畢便狂。[5] 君臣大小, 其狂若一, 衆乃歡然。[6]

해설

온 나라가 모두 미쳤다는 것은 보기에 황당하고 우스운 일 같지만 실로 매우 심각한 일이다. 사회에 잘못된 풍조가 붐(boom)을 일으켜 밀려들면, 마치 「광천(狂泉)」처럼 많은 사람들에게 해를 끼쳐 온 나라가 미치광이가 되는 처참한 국면을 조성한다. 그리하여 진리는 짓밟히고 시비가 왜곡되어 진리를 견지하는 정상적인 사람들이 오히려 미치광이로 몰려 갖은 고통을 당한다.

이러한 상황에서 분명히 잘못된 일임을 깨달은 임금이 고통을 견디지 못해 나라 사람들에게 굴종(屈從)하여 함께 물을 마시고 미쳐버렸다는 것은, 나라를 다스리는 통치자로서 난국을 극복하겠다는 의지를 포기하고 자신의 안일을 추구하여 속세를 따라 영합한 무능한 통치자의 형상을 보여준 것이다.

이 우언은 악화(惡貨)가 양화(良貨)를 구축하듯이 비정상적인 사고가 정상적인 사고를 망가뜨리는 그릇된 사조를 경계하고, 아울러 난국을 타개할 수 있는 통치자의 자질과 능력의 중요성을 지적한 것이다.

---

5 國主不任其苦, 於是到泉所酌水飮之, 飮畢便狂。→ 임금은 그 고통을 감당하지 못했다. 그리하여 광천에 가서 물을 퍼 마셨고, 물을 다 마시자 바로 미쳐버렸다.
【任(임)】: 감내하다, 견디다, 감당하다.
【於是(어시)】: 이에, 그리하여.
【泉所(천소)】: 우물이 있는 곳, 즉 「광천」.
【酌水(작수)】: 물을 따라 마시다.
【飮畢(음필)】: 다 마시다.
【便(편)】: 곧, 바로.

6 君臣大小, 其狂若一, 衆乃歡然。→ 임금과 신하들이, 하나같이 미쳐버리자, 모든 사람들이 비로소 환호했다.
【若一(약일)】: 한결같다, 하나같다, 똑같다.
【乃(내)】: 비로소.
【歡然(환연)】: 환호하는 모양, 기뻐하는 모양.

071 대우탄금(對牛彈琴)

《弘明集 · 卷第七 · 牟子理惑論》

작자

승우(僧佑 : 445-518)는 남조(南朝) 제(齊) · 양(梁) 시기의 승려로, 성은 유씨(俞氏)이며, 팽성(彭城) 하비(下邳)[지금의 강소성 휴녕현(睢寧縣) 서북쪽] 사람이다. 그의 저서로 《홍명집(弘明集)》 14권이 있는데, 이 책은 동한(東漢)에서 양(梁)까지 불교를 선양한 논저(論著)를 모아 엮은 것이다.

《홍명집》의 제1편인 《이혹론(理惑論)》은 동한(東漢) 영제(靈帝) 때 사람인 모융(牟融)이 지었다 하여 일명 《모자(牟子)》 라고도 하는데, 우언 2편은 모두 《이혹론》에 수록되어 있다.

원문 및 주석

對牛彈琴[1]

公明儀爲牛彈《淸角》之操, 伏食如故。非牛不聞, 不合其耳矣。[2] 轉

---

1 對牛彈琴 → 소를 마주 대하고 거문고를 타다
【對(대)】: 마주 대하다.
【彈(탄)】: 타다.
【琴(금)】: 거문고.

2 公明儀爲牛彈《淸角》之操, 伏食如故。非牛不聞, 不合其耳矣。→ 공명의(公明儀)가 소에게 《청각(淸角)》이라는 거문고의 곡조를 타서 들려주자, (소는) 여전히 엎드린 채로 (꼴을) 먹고 있었다. 소가 듣지 못한 것이 아니라, 소의 귀에 적합하지 않았기 때문이다.
【公明儀(공명의)】: [인명] 생애사적 미상.
【爲(위)】: …에게, …을 향해.

爲蚉宜之聲, 孤犢之鳴, 卽掉尾奮耳, 蹀躞而聽。[3]

해설

거문고로 《청각(淸角)》이라는 고상한 곡조를 타서 소에게 들려주자 아무런 반응이 없다가, 모기·등에 소리와 어린 송아지 소리로 바꾸어 들려주자 즉시 반응이 왔다.

이 우언은 본래 우이독경(牛耳讀經 : 소귀에 경 읽기)이라는 말처럼, 알아듣지 못하는 사람에게 도리를 말해봤자 아무 소용이 없음을 비유한 것이다. 그러나 공명의(公明儀)의 경우처럼 소가 《청각(淸角)》에는 관심이 없었지만 모기·등에나 어린 송아지 소리에 귀를 기울였던 점을 감안하면, 「대우탄금(對牛彈琴)」의 우의(寓意)는 대상의 능력이나 수준을 고려하지 않은 사람의 무책임한 행위를 풍자한 것이기도 하다.

【《淸角(청각)》】: 고아(古雅)한 곡조 이름.
【操(조)】: 거문고의 곡조.
【伏食如故(복식여고)】: 여전히 엎드린 채로 (꼴을) 먹다. 〖伏食〗: 엎드린 채로 먹다. 〖如故〗: 여전히.
【不合(불합)】: 부합하지 않다, 적합하지 않다.

3 轉爲蚉宜之聲, 孤犢之鳴, 卽掉尾奮耳, 蹀躞而聽。→ (공명의가 거문고 소리를) 모기·등에의 (윙윙거리는) 소리와, 어미를 잃은 어린 송아지의 울음소리로 전환하자, 즉시 꼬리를 흔들고 귀를 쫑긋이 세우더니, 잰걸음으로 이리저리 움직이며 (귀를 기울여) 들었다.
【轉爲(전위)…】: …로 전환하다, …로 돌리다.
【蚉(문)】: [곤충] 모기.
【宜(맹)】: [곤충] 등에.
【孤犢(고독)】: 어미를 잃은 어린 송아지.
【掉尾(도미)】: 꼬리를 흔들다.
【奮耳(분이)】: 귀를 쫑긋이 세우다.
【蹀躞(접섭)】: 잰걸음으로 걷는 모양.

072 자형수(紫荊樹)

《續齊諧記》

작자

오균(吳均 : 469-520)은 남조(南朝) 양(梁)의 문인이자 사학가(史學家)로, 자는 숙상(叔庠)이며, 오흥(吳興) 고장(故鄣)[지금의 절강성 안길(安吉)] 사람이다. 집안이 가난했으나 배우기를 좋아하고 재주가 뛰어나, 양무제(梁武帝) 천감(天監) 초기 유운(柳惲)이 오흥자사(吳興刺史)를 지낼 때 오균을 주부(主簿)로 임명하고 매일 불러 함께 시를 지었다. 그 후 천감 6년(507)에는 건안왕(建安王) 소위(蕭偉)가 양주군(揚州郡) 자사로 부임하면서 그를 기실(記室)로 임명하여 문서를 관리했다. 그는 사학(史學)에도 정통하여 양무제가 《통사(通史)》를 저술하도록 명했으나 완성을 보지 못하고 중도에 세상을 떠났다.

오균의 저술로는 《후한서주(後漢書注)》 90권·《묘기(廟記)》 10권·《십이주기(十二州記)》 16권·《전당선현전(錢塘先賢傳)》 5권·《속문석(續文釋)》 5권과 《속제해기(續齊諧記)》 등이 있다.

《속제해기》는 남조(南朝) 양(梁)의 지괴소설집(志怪小說集)으로 남조 송(宋) 동양무의(東陽无疑)의 《제해기(齊諧記)》를 이어 지은 것인데, 내용은 다른 지괴소설과 마찬가지로 기괴하고 황당한 이야기들로 엮어져 있다.

원문 및 주석

紫荊樹[1]

京兆田眞兄弟三人，共議分財。[2] 生貲皆平均，惟堂前一株紫荊樹，花葉

1 紫荊樹 → 박태기나무

美茂, 共議欲破三片, 明日就截之, 其樹卽枯死, 狀如火然。[3] 眞往見之, 大驚, 謂諸弟曰 :「樹本同株, 聞將分斫, 所以顦悴, 是人不如木也。」[4] 因悲不自勝, 不復解樹, 樹應聲榮茂。兄弟相感, 合財寶, 遂爲孝門。[5]

2 京兆田眞兄弟三人, 共議分財。→ 경조(京兆)의 전진(田眞) 삼 형제가, 함께 재산을 나누기로 상의했다.
【京兆(경조)】: [지명] 지금의 섬서성 장안(長安) 서북쪽.
【田眞兄弟三人(전진형제삼인)】: 전진(田眞)・전경(田慶)・전광(田廣) 삼 형제.
【共(공)】: 함께.
【議(의)】: 상의하다.

3 生貲皆平均, 惟堂前一株紫荊樹, 花葉美茂, 共議欲破三片, 明日就截之, 其樹卽枯死, 狀如火然。→ 재물은 모두 고르게 나누고, 다만 뜰 앞에 있는 한 그루의 박태기나무는, 꽃과 잎이 아름답고 무성했는데, 함께 상의하여 세 토막으로 가르기로 했다. 다음날 가서 그것을 자르려 하니, 그 나무는 즉시 말라 죽어, 모양이 마치 불로 태운 것 같았다.
【生貲(생자)】: 재물. 〖貲〗: 資(자).
【惟(유)】: 다만.
【欲(욕)】: …하고자 하다, …하려고 하다.
【破(파)】: 쪼개다, 가르다.
【明日(명일)】: 다음날, 이튿날.
【截(절)】: 자르다, 절단하다.
【火然(화연)】: 불로 태운 듯한 모양.

4 眞往見之, 大驚, 謂諸弟曰 :「樹本同株, 聞將分斫, 所以顦悴, 是人不如木也。」→ 전진이 가서 그것을 보고, 크게 놀라, 아우들에게 말했다 :「나무는 본래 한 그루인데, 잘라서 갈라놓으려 한다는 말을 듣고, 이로 인해 초췌하게 말라죽었다. 이는 사람이 나무보다도 못한 것이다.」
【同株(동주)】: 같은 그루, 한 그루.
【分斫(분작)】: 베어서 나누다. 〖斫〗: 베다, 자르다.
【所以(소이)】: 그래서, 이로 인해.
【顦悴(초췌)】: 초췌하다.
【是(시)】: 이, 이것.
【不如(불여)…】: …보다 못하다.

5 因悲不自勝, 不復解樹, 樹應聲榮茂。兄弟相感, 合財寶, 遂爲孝門。→ 그리하여 모두가 매우 슬퍼하며, 다시 나무를 자르지 않기로 하자, 나무는 이 말과 동시에 다시 무성해졌다. 형제들은 이에 감동되어, 나누었던 재산을 다시 합치고, 마침내 효(孝)를 중시하는 가문(家門)이 되었다.
【因(인)】: 이로 인해, 그리하여.
【悲不自勝(비부자승)】: 슬픔을 스스로 이기지 못하다. 즉「매우 슬퍼하다.」의 뜻.
【解樹(해수)】: 나무를 해체하다. 즉「나무를 자르다.」의 뜻.

해설

박태기나무가 형제들의 재산 분할을 위해 잘린다는 말을 듣고 상심한 끝에 불에 타 죽은 나무처럼 변해버렸다가, 잘릴 운명에서 벗어나게 되었다는 말을 듣고 다시 활짝 되살아났다. 한 그루의 나무도 분할되는 아픔을 아는데, 하물며 사람이 모른다면 어찌 만물의 영장이라 할 수 있겠는가?

이 우언은 박태기나무 고사를 통해, 인륜의 도리로서 혈연관계인 형제의 우애를 강조한 것이다.

【應聲(응성)】: 소리와 동시에, 소리가 나자마자. 즉 「자르지 않기로 했다는 말과 동시에」의 뜻.
【榮茂(영무)】: 무성해지다.
【遂(수)】: 마침내.
【孝門(효문)】: 효(孝)를 중시하는 가문.

073 욕겸삼자(欲兼三者)
《殷芸小說》

작자

은운(殷芸 : 471-529)은 남조(南朝) 양(梁)의 문학가로, 자는 관소(灌蔬)이며 진군(陳郡) 장평(長平)[지금의 하남성 서화(西華)] 사람이다. 제(齊) 영명(永明) 연간에 의도왕행참군(宜都王行參軍)을 지냈고, 양(梁) 천감(天監) 연간에 서중랑주부(西中郎主簿)·임천왕기실(臨川王記室)·통직산기시랑(通直散騎侍郎)을 지내다가, 후에 국자학박사(國子學博士)·소명태자시독(昭明太子侍讀)·사도좌장사(司徒左長史) 등을 지냈다. 당시 소명태자는 문학을 좋아하여 은운(殷芸)·육수(陸倕)·왕균(王筠)·도흡(到洽)·유효작(劉孝綽) 등과 자주 어울렸다.

《은운소설(殷芸小說)》은 일사(軼事)를 기록한 지인소설집(志人小說集)으로, 약칭 《소설(小說)》이라고도 한다. 《수서(隋書)·경적지(經籍志)》에 10권이라 했으나, 원서는 이미 망실되었고, 여가석(余嘉錫)의 《은운소설집증(殷芸小說輯證)》에 154조(條)를 모아 수록한 외에, 주릉가(周楞伽)의 《은운소설집주(輯注)》[상해고적출판사(上海古籍出版社), 1984]에 163조(條)를 모아 상세한 교감과 주석을 달았다.

원문 및 주석

欲兼三者[1]

有客相從，各言所志：或願爲揚州刺史，或願多貲財，或願騎鶴上升。[2]

1 欲兼三者 → 세 가지를 모두 겸하려 하다
【欲(욕)】: …하려고 하다, …하고자 하다.

其一人曰：「腰纏十萬貫，騎鶴上揚州。」欲兼三者。[3]

해설

높은 관직에 오르는 것, 재물을 많이 모으는 것, 득도(得道)하여 신선이 되는 것 중 어느 한 가지를 탐해도 이미 지나친 욕망이라고 한다면, 세 가지를 모두 겸하겠다고 하는 것은 그야말로 탐욕의 극치가 아닐 수 없다.

사람은 누구나 소망을 가지고 있으며 소망을 이루기 위해 분투노력한다. 그러나 그러한 노력에도 불구하고 소망이 마음먹은 대로 쉽게 이루어지는 것은 아니다. 우리는 흔히 「원대한 이상과 포부를 지녀야 한다.」고 말한다. 원대한 포부를 지니는 것과 자기의 소망을 말하는 것은 개인의 권리이다. 그러나 이에는 상응하는 노력이 전재되어야 하며, 그렇지 않으면 다만 망상에 불과할 뿐이다.

이 우언은 소망을 말한다는 명분 아래 전혀 실현 가능성이 없는 몽상(夢想)을 마치 현실처럼 간주하여 탐욕을 드러내는 어리석은 행위를 풍자한 것이다.

---

2 有客相從，各言所志：或願爲揚州刺史，或願多貲財，或願騎鶴上升。→ 손님들이 함께 모여, 각자 자기의 소원을 말했다 : 어떤 사람은 양주자사(揚州刺史)가 되기를 원하고, 어떤 사람은 많은 재물을 원하고, 어떤 사람은 학을 타고 하늘로 올라가기를 원했다.
【相從(상종)】 : 함께 모이다.
【所志(소지)】 : 뜻하는 바, 즉 「소망, 소원」.
【或(혹)】 : 어떤 사람.
【願爲(원위)…】 : …이(가) 되기를 원하다.
【揚州(양주)】 : [옛 행정 단위] 옛 13주의 하나로, 지금의 강소성·안휘성·강서성·절강성·복건성 지역.
【刺史(자사)】 : [관직] 주(州)의 장관.
【貲財(자재)】 : 재물.
【騎鶴上升(기학상승)】 : 학을 타고 하늘로 올라가다. 【騎】 : 타다, 올라타다.

3 其一人曰：「腰纏十萬貫，騎鶴上揚州。」欲兼三者。→ 그들 중 남은 한 사람이 말하길 : 「(나는) 허리에 10만 관(貫)을 둘둘 감고, 학을 타고 양주에 가서 자사가 되길 원한다.」라고 하며, 세 가지를 모두 겸하고자 했다.
【腰(요)】 : 허리.
【纏(전)】 : 차다, 두르다, 둘둘 감다.
【貫(관)】 : 화폐 꾸러미. ※ 옛날 엽전 1천 개를 꿴 꾸러미를 1관(貫)이라 했다.
【上揚州(상양주)】 : 양주에 가다. 즉 「양주에 가서 자사가 되다.」의 뜻.

074 부자걸양(富者乞羊)

《金樓子 · 雜記下》

작자

소역(蕭繹 : 508-555)은 남난릉(南蘭陵)[지금의 강소성 상주(常州) 서북쪽] 사람으로, 자는 세성(世誠), 자호(自號)를 금루자(金樓子)라 했다. 남조(南朝) 양무제(梁武帝) 소연(蕭衍)의 일곱째 아들로, 양무제 초기 상동왕(湘東王)에 봉해진 후, 회계태수(會稽太守) · 시중(侍中) · 형주자사(荊州刺史) · 강주자사(江州刺史) 등을 지냈는데, 후경(侯景)이 난을 일으키자 서위(西魏) · 북위(北魏)의 힘을 빌려 후경을 제압하고 강릉(江陵)에서 황제에 즉위하여 양원제(梁元帝)라 했다. 그러나 얼마 안가서 소찰(蕭詧)이 서위와 결탁하여 양(梁)을 공격했고, 소역은 재위 삼 년 만에 서위의 군사에게 잡혀 피살되었다.

소역의 저서로는 《효덕전(孝德傳)》《내전박요(內典博要)》 등 20여 종이 있었으나 명대(明代)에 대부분 없어지고, 현재 《양원제집(梁元帝集)》과 《금루자(金樓子)》가 전한다.

《금루자》는 의리(義理)를 천명한 잡저(雜著)로, 본래 10권이었으나 지금 전하는 것은 6권뿐이다.

원문 및 주석

富者乞羊[1]

楚之富者, 牧羊九十九而願百。[2] 嘗訪邑里故人, 其隣人貧有一羊者, 富

1 富者乞羊 → 부자가 양을 구걸하다
【乞(걸)】: 구걸하다, 빌다, 애걸하다.

拜之曰 :「吾羊九十九, 今君之一, 盈成我百, 則牧數足矣。」[3]

해설

아흔아홉 마리의 양을 가지고 있는 사람과 한 마리의 양을 가지고 있는 사람을 비교할 수 없을 만큼 엄청난 차이가 있다. 그럼에도 불구하고 가난한 사람에게 한 마리를 얻어 백 마리를 채우려고 한다. 이러한 사람은 세상을 다 갖는다 해도 결코 만족을 느끼지 못한다.

이 우언은 탐욕이 끝이 없고 부자가 되기 위해 인정을 포기한 사람의 몰염치한 행위를 풍자한 것이다.

---

2 楚之富者, 牧羊九十九而願百。→ 초(楚)나라의 부자가, 양 아흔아홉 마리를 방목하면서 백 마리를 채우고 싶어 했다.

【楚(초)】: [국명] 지금의 호남성 · 호북성과 강서성 · 절강성 및 하남성 남부에 걸쳐 있던 주대(周代)의 제후국.

【牧(목)】: 방목하다.

【願百(원백)】: 백 마리를 채우고 싶어 하다.

3 嘗訪邑里故人, 其鄰人貧有一羊者, 富拜之曰 :「吾羊九十九, 今君之一, 盈成我百, 則牧數足矣。」→ (그가) 일찍이 마을의 친한 친구를 찾아간 적이 있는데, 그의 이웃집 사람이 가난하여 양 한 마리를 기르고 있었다. 부자가 그 이웃집 사람을 찾아가 말했다 :「나의 양 아흔아홉 마리에다, 지금 당신의 양 한 마리를, 나에게 주어 백 마리를 채운다면, 내가 기르는 양의 수가 충족될 것이오.」

【嘗(상)】: 일찍이.

【訪(방)】: 찾아가다, 방문하다.

【邑里(읍리)】: 마을.

【故人(고인)】: 친한 친구.

【拜(배)】: 방문하다.

【盈成(영성)】: 채워 만들다, 채워 이루다.

【牧數足(목수족)】: 기르는 양의 수가 충족되다.

075 절전교자(折箭教子)

《魏書 · 列傳第89 吐谷渾傳》

작자

위수(魏收 : 505-572)는 북조(北朝) 북제(北齊)의 문학가이자 사학가로, 자는 백기(伯起)이며 거록(鉅鹿)[지금의 하북성 평향(平鄉) 일대] 사람이다. 그는 어려서부터 문재(文才)가 뛰어나 15세에 능히 문장을 지어 재능을 드러냈으며, 26세 때는 《봉선서(封禪書)》를 기초한 것을 계기로 북위(北魏) 절민제(節閔帝)의 눈에 들어 산기시랑(散騎侍郎)을 제수 받아 기거주(起居注)를 주관하고 국사(國史)를 편찬하기도 했다.

위수는 동위(東魏)에서 비서감(秘書監)과 정주대중정(定州大中正)을 지낸 후, 북제(北齊)로 들어와 중서령(中書令) 겸 저작랑(著作郎)에 임명되었는데, 이때 나라의 조서(詔書)는 대부분 위수가 작성했다. 그 후 그는 북제(北齊) 문선제(文宣帝) 천보(天保) 연간에 등언해(鄧彦海)와 최호(崔浩)가 편찬한 「위사(魏史)」를 기초로 《위서(魏書)》 130권을 완성했는데, 《위서》는 북위(北魏) 성제(成帝)로부터 동위(東魏) 효정제(孝靜帝)까지의 역사를 기록한 기전체의 사서로 중국의 정사(正史)인 이십오사(二十五史) 중의 하나이다.

원문 및 주석

折箭教子[1]

阿豺有子二十人。…謂曰 :「汝等各奉吾一隻箭, 折之地下。」[2] 俄而命

1 折箭教子 → 화살을 꺾어 자식을 가르치다
【折(절)】: 꺾다, 부러뜨리다.

母弟慕利延曰：「汝取一隻箭折之。」慕利延折之。[3] 又曰：「汝取十九隻箭折之。」延不能折。[4] 阿豺曰：「汝曹知否? 單者易折, 衆則難摧。戮力一心, 然後社稷可固。」言終而死。[5]

【箭(전)】: 화살.

2 阿豺有子二十人。…謂曰 : 「汝等各奉吾一隻箭, 折之地下。」→ 아시(阿豺)는 스무 명의 아들이 있다. …아시가 이들에게 말했다 : 「너희들 각자 나에게 화살 한 개씩 가져와, 그것을 꺾어 땅에 내려놓아라.」

【阿豺(아시)】: [인명] 위진남북조 남조(南朝) 송(宋)나라 때 서북방의 소수 민족 토곡혼(吐谷渾)의 우두머리.

【汝等(여등)】: 너희들. 〖汝〗: 너. 〖等〗: [복수형] …들.

【奉(봉)】: 捧(봉). 바치다, 들이다, 받들어 올리다. 여기서는 「가져오다.」의 뜻.

【隻(척)】: [양사] 개(個).

3 俄而命母弟慕利延曰 : 「汝取一隻箭折之。」慕利延折之。→ 잠시 후 동생 모리연(慕利延)에게 명했다 : 「너 화살 하나를 가져와 그것을 꺾어보아라.」 모리연이 화살을 꺾었다.

【俄而(아이)】: 잠시 후, 조금 있다가.

【母弟(모제)】: 동복동생, 친동생.

【慕利延(모리연)】: [인명].

【取(취)】: 취하다. 즉 「가지다.」의 뜻.

【之(지)】: [대명사] 그것, 즉 「화살」.

4 又曰 : 「汝取十九隻箭折之。」延不能折。→ 아시가 또 (모리연에게) 말했다 : 「네가 화살 열아홉 개를 가져와 그것을 꺾어보아라.」 모리연이 꺾을 수가 없었다.

5 阿豺曰 : 「汝曹知否? 單者易折, 衆則難摧。戮力一心, 然後社稷可固。」言終而死。→ 아시가 (모두에게) 말했다 : 「너희들은 알았느냐? 하나의 화살은 꺾기가 쉽지만, 많은 화살은 꺾기가 어렵다. 힘을 합치고 한마음이 되어야, 연후에 나라가 튼튼해질 수 있다.」 (아시는) 말을 마치고 숨을 거두었다.

【汝曹(여조)】: 너희들. 〖曹〗: [복수형] …들.

【單者(단자)】: 홑, 하나. 여기서는 「한 개의 화살」을 가리킨다.

【易折(이절)】: 꺾기가 쉽다.

【衆(중)】: 많다. 여기서는 「많은 화살」을 가리킨다.

【難摧(난최)】: 꺾기가 어렵다. 〖摧〗: 꺾다, 부러뜨리다.

【戮力一心(육력일심)】: 힘을 합치고 한마음이 되다. 〖戮力〗: 힘을 합치다, 협력하다.

【社稷(사직)】: 국가. ※ 본래 「社」는 토지신이고, 「稷」은 곡신(穀神)을 가리키는데, 옛날에는 임금이 나라를 세우면 동시에 사직신묘(社稷神廟)를 세워 제사를 지냈기 때문에, 사직은 곧 국가를 지칭하게 되었다.

【固(고)】: 공고하다, 튼튼하다.

【終(종)】: [동사] 마치다, 끝내다.

해설

아시(阿豺)는 한 개의 화살은 쉽게 꺾여도 열아홉 개를 합치면 꺾이지 않는다는 실험을 통해, 자기 자식들로 하여금 모두가 단결하여 힘을 합쳐야 나라의 기반이 공고해질 수 있다는 도리를 깨닫게 했다.

이 우언은 단결해야 힘이 생기고 힘이 있어야 승리할 수 있다는 이치를 설명한 것이다.

076 천만매린(千萬買鄰)
《南史 · 列傳第四十六 · 呂僧珍傳》

작자

이연수(李延壽 : ?-?)는 상주(相州)[지금의 하남성 안양(安陽)] 사람으로, 자가 하령(遐齡)이며 당대(唐代) 초기의 저명한 사학가(史學家)이다. 태자전선승(太子典膳丞)·숭현관학사(崇賢館學士)·어사태주부(御史台主簿)를 거쳐 부새랑(符璽郎)을 지내면서 《오대사지(五代史志)》《진서(晉書)》의 편찬에 참여했고, 《태종정전(太宗政典)》을 저술했다. 그는 또 부친의 유지를 이어받아 16년 동안 혼자의 힘으로 《남사(南史)》 80권과 《북사(北史)》 100권을 완성했는데, 서술이 간결하고 조리가 분명하여 상당한 사료적(史料的) 가치를 지니고 있다.

《남사》는 송무제(宋武帝) 영초(永初) 원년(420)으로부터 진후주(陳後主) 정명(禎明) 3년(589)까지 남조(南朝)의 송(宋)·제(齊)·양(梁)·진(陳)에 이르는 170년 동안의 역사를 기록한 기전체(紀傳體)의 역사책으로 중국 정사(正史) 중의 하나이다. 내용은 본기(本紀) 10권·열전(列傳) 70권 등 모두 80권으로 구성되어 있다.

원문 및 주석

千萬買鄰[1]

宋季雅罷南康郡, 市宅居僧珍宅側。[2] 僧珍問宅價, 曰:「一千一百萬。」[3]

---

1 千萬買鄰 → 천만금으로 이웃을 사다

2 宋季雅罷南康郡, 市宅居僧珍宅側。→ 송계아(宋季雅)는 남강군(南康郡)에서 파직되자, 여승진(呂僧珍)의 집 옆에 집을 사서 살았다.

怪其貴, 季雅曰 :「一百萬買宅, 千萬買鄰。」[4]

해설

좋은 이웃은 거주 환경의 중요한 요건의 하나이다. 그래서 집을 살 때는 살기에 편안한 주택의 구조 외에 주위 환경과 이웃을 고려하게 된다. 이웃은 비상사태에 서로 협력하여 대처할 수도 있고, 평소에 친하게 지내 생활의 즐거움을 더해준다. 송계아의 말이 다소 과장된 감은 있지만 이웃의 중요성을 잘 표현한 것이다.

이 우언은 이른바 「먼 친척보다 가까운 이웃이 낫다.」는 것을 통해, 주거환경의 중요성을 강조한 것이다.

【宋季雅(송계아)】: [인명] 《남사(南史) · 여승진전(呂僧珍傳)》에 의하면, 여승진이 송계아를 양무제(梁武帝)에게 천거했는데, 양무제가 그를 장무장군(將武將軍) · 형주자사(荊州刺史)에 임명하여 탁월한 정치 업적을 남겼다.

【罷(파)】: 파직되다, 면직되다.

【南康郡(남강군)】: 진(晉)나라의 군 이름. 지금의 강서성 공주(贛州).

【市(시)】: 買(매). 사다.

【僧珍(승진)】: [인명] 呂僧珍(여승진). 동평범(東平范)[지금의 산동성 범현(范縣)] 사람으로, 양무제(梁武帝) 때 관군장군(冠軍將軍)을 지냈다.

3 僧珍問宅價, 曰 :「一千一百萬。」→ 여승진이 집값을 물으니 (송계아가) 대답했다 :「천 백만금입니다.」

4 怪其貴, 季雅曰 :「一百萬買宅, 千萬買鄰。」→ (여승진이) 그 집값이 비싼 것을 이상히 여기자, 송계아가 말했다 :「백만금으로 집을 사고, 천만금으로 이웃을 샀습니다.」

【怪(괴)】: 이상히 여기다.

077 집마경이구마(執馬經以求馬)
《朝野僉載 · 卷六》

작자

장작(張鷟 : 660-740)은 자가 문성(文成), 자호는 부휴자(浮休子)이며, 심주(深州) 육택(陸澤)[지금의 하북성 심주시(深州市)] 사람이다. 당(唐) 고종(高宗) 연간에 진사에 급제하여 기왕부참군(岐王府參軍)과 장안위(長安尉)를 지냈고, 현종(玄宗) 연간에 어사 이전교(李全交)의 탄핵을 받아 영남(嶺南)으로 폄적되었다가 얼마 후 다시 돌아와 내사(內徙) · 사문원외랑(司門員外郎)을 지냈다. 저서로 《유선굴(游仙窟)》과 《조야첨재(朝野僉載)》가 있다.

《조야첨재》는 《신당서(新唐書) · 예문지(藝文志)》에 30권이라 했으나 원서는 이미 망실되어 전하지 않고, 오늘날 전하는 《조야첨재》 6권은 후인들이 일문(佚文)을 모아 작자 미상의 《조야첨재보유(朝野僉載補遺)》와 합쳐 엮은 것이다. 내용은 주로 당초(唐初)의 유문일사(遺聞軼事)를 기록했는데, 문필이 매우 날카롭고 흥미롭다는 평가를 받고 있다.

원문 및 주석

執馬經以求馬[1]

尹神童每說, 伯樂令其子執《馬經》畵様以求馬, 經年, 無有似者, 歸以

1 執馬經以求馬 → 《마경(馬經)》을 가지고 말을 구하다
【執(집)】 : 잡다, 가지다, 들다.
【馬經(마경)】 : [책 이름] 말에 관련된 자료를 엮은 책으로, 《사고전서(四庫全書) · 의가류존목(醫家類存目)》 부록에 서명이 보이기는 하나 자세한 상황을 알 수 없다.

告父，乃更令求之。[2] 出見大蝦蟆，謂父曰：「得一馬，略與相同，而不能具。」[3] 伯樂曰：「何也?」 對曰：「其隆顱、跌目、脊郁縮，但蹄不如累趨爾。」[4] 伯樂曰：「此馬好跳躑，不堪也。」 子笑乃止。[5]

---

2 尹神童每說，伯樂令其子執《馬經》畫様以求馬，經年，無有似者，歸以告父，乃更令求之。→ 윤신동(尹神童)은 종종 백락(伯樂)이 자기 아들에게 《마경(馬經)》의 표본을 가지고 말을 구해오도록 했다고 말했다. 일 년이 지나도, 비슷한 말이 없어, 집에 돌아와 아버지에게 고하면, (백락은) 곧 다시 가서 구해오라고 시켰다.

【尹神童(윤신동)】: [인명].

【每(매)】: 늘, 항상, 종종, 자주.

【伯樂(백락)】: [인명] 성은 손(孫), 이름은 양(陽)이며, 자는 백락(伯樂)이다. 진목공(秦穆公) 때 사람으로 말의 우열을 가리는 능력이 뛰어나기로 이름이 났다.

【令(령)】: …에게 …하게 하다, …로 하여금 …하도록 시키다.

【畫様(화양)】: 준마의 형상 특징을 그림으로 그려 놓은 표본.

【經年(경년)】: 일 년이 지나서.

【乃(내)】: 곧, 바로.

【更(갱)】: 다시.

3 出見大蝦蟆，謂父曰：「得一馬，略與相同，而不能具。」→ (어느 날 아들이) 나가서 큰 두꺼비를 보고 돌아와, 아버지에게 말했다：「말 한 필을 찾았는데, 대체로 《마경》의 표본과 같으나, (모든 조건을) 두루 다 갖추지는 못했습니다.」

【蝦蟆(하마)】: 두꺼비.

【得(득)】: 찾다.

【略(략)】: 대략, 대체로.

【與相同(여상동)】: …와 서로 같다. 여기서는 「《마경》의 표본과 같다.」의 뜻.

【不能具(불능구)】: 두루 다 갖추지는 못하다. 〖具〗: 구비하다, 갖추다.

4 伯樂曰：「何也?」 對曰：「其隆顱、跌目、脊郁縮，但蹄不如累趨爾。」→ 백락이 물었다：「어떻게 생겼느냐?」 아들이 대답했다：「머리는 돌출하고 두 눈은 처지고, 등은 오그렸으나, 다만 발굽이 지속적으로 달리는 보통 말보다 못할 뿐입니다.」

【隆顱(융로)】: 머리가 돌출하다.

【跌目(질목)】: 눈이 아래로 처지다.

【脊(척)】: 척추, 등뼈. 여기서는 「등」을 가리킨다.

【郁縮(욱축)】: 수축되다, 오그라들다.

【但(단)】: 다만.

【蹄(제)】: 발굽.

【不如累趨(불여누추)】: 지속적으로 달리는 것만 못하다. 즉 「지속적으로 달리는 보통 말보다 못하다.」의 뜻. 〖不如〗: …만 못하다, …보다 못하다. 〖累〗: 지속적으로, 연속하여. 〖趨〗: 달리다.

【爾(이)】: 耳(이). …뿐.

해설

《마경(馬經)》에 열거한 준마의 요건은 이전 사람들의 무수한 탐방 과정을 거쳐 귀납해낸 것이고, 《마경》에 수록된 말 그림의 표본은 다만 후인들이 말을 찾을 때 참고하도록 제공한 것에 불과할 뿐으로, 제대로 좋은 말을 찾으려면 여전히 실제의 상황을 보고 결정해야 하는 것이다. 이는 말을 찾는 데 국한되지 않고 인재(人才)를 찾는 데 있어서도 마찬가지다. 「길이 멀어야 말의 힘을 알고, 세월이 오래 흘러야 사람의 마음을 안다.」고 했듯이, 오직 실제의 시험을 거쳐야 비로소 진정한 재목을 알 수 있는 것이다. 그런데 백락(伯樂)의 아들은 이를 망각하고 오직 《마경》에 수록된 말 그림과 똑같은 것을 찾으려 하니 성공할 까닭이 없다.

이 우언은 백락(伯樂)의 아들이 《마경》의 표본을 보고 준마를 찾는 행위를 통해, 구태의연(舊態依然)하게 낡은 틀에 얽매여 전혀 변통성이 없는 사람을 풍자한 것이다.

---

5 伯樂曰 :「此馬好跳躑, 不堪也。」子笑乃止。→ 백락이 말했다 :「이 말은 뛰고 나서 머뭇거리기를 좋아하니, 부리기가 쉽지 않다.」 아들은 웃으며 (말 구하는 일을) 즉시 그만두었다.
【好(호)】: [동사] 좋아하다.
【跳躑(도척)】: 뛰고 나서 머뭇거리다.
【不堪(불감)】: 난감하다. 즉「부리기가 쉽지 않다.」의 뜻.
【乃(내)】: 곧, 바로, 즉시.
【止(지)】: 중지하다, 멈추다, 그만두다.

078 왕적신문기(王積薪聞棊)
《唐國史補·卷之上》

작자

이조(李肇 : ?-?)는 당(唐) 헌종(憲宗) 원화(元和 : 806-821) 연간에 중서사인(中書舍人)을 지냈고, 저서로 《당국사보(唐國史補)》 3권이 있다는 것 외에는 그의 생애사적에 관해 알려진 바가 없다.

《당국사보》는 현종(玄宗) 개원(開元)으로부터 목종(穆宗) 장경(長慶)에 이르기까지의 일문(逸聞)·전고(典故)·풍속 등을 기록했는데, 그중에는 일부 민간 전설과 고사를 채취하여 수록했다.

원문 및 주석

王積薪聞棊[1]

王積薪棊術功成, 自謂天下無敵。將遊京師, 宿于逆旅。[2] 旣滅燭, 聞主

1 王積薪聞棊 → 왕적신(王積薪)이 바둑 두는 소리를 듣다
【王積薪(왕적신)】: [인명] 당대(唐代)에 바둑을 가장 잘 두던 사람. 개원(開元) 초기 한림원기대조(翰林院棊待詔)에 선출되었고, 천보(天寶) 말기까지 생존했다. 어려서부터 바둑을 배워 당시의 국수(國手)인 풍왕(馮汪)과 아홉 번을 대국하여 전승을 거두었다. 후에 한림(翰林)에 임명되었으며, 저서로 《금곡원구국보(金谷園九局譜)》《봉지도(鳳池圖)》《기세도(棊勢圖)》 등이 있다.
【棊(기)】: 棋(기), 碁(기). 바둑.

2 王積薪棊術功成, 自謂天下無敵。將遊京師, 宿于逆旅。→ 왕적신(王積薪)은 바둑 두는 기술이 탁월하여, 스스로 천하무적(天下無敵)이라고 말했다. (그가 어느 날) 장차 경성(京城)을 유람하려고, 여관에 투숙했다.
【功成(공성)】: 공을 이루다, 성공을 거두다. 여기서는 「탁월하다.」의 뜻.
【自謂(자위)】: 스스로 …라고 말하다.

人媪隔壁呼其婦曰 : 「良宵難遣, 可棊一局乎?」 婦曰 : 「諾。」[3] 媪曰 : 「第幾道下子矣。」 婦曰 : 「第幾道下子矣。」 各言數十。[4] 媪曰 : 「爾敗矣!」 婦曰 : 「伏局。」[5] 積薪暗記, 明日覆其勢, 意思皆所不及也。[6]

【京師(경사)】 : 경성(京城).
【宿于(숙우)…】 : …에 투숙하다. 〖于(우)〗 : [개사] 於(어). …에.
【逆旅(역려)】 : 여관, 여인숙.

3 旣滅燭, 聞主人媪隔壁呼其婦曰 : 「良宵難遣, 可棊一局乎?」 婦曰 : 「諾。」 → 촛불을 끄고 나서, 주인 노파가 벽을 사이에 두고 며느리에게 하는 말을 들었다 : 「좋은 밤을 보내기가 어려운데, 바둑 한판 둘 수 있을까?」 며느리가 대답했다 : 「예, 좋아요.」
【旣(기)】 : …이후, …하고 나서.
【滅燭(멸촉)】 : 촛불을 끄다.
【媪(온)】 : 노파.
【隔壁(격벽)】 : 벽을 사이에 두다.
【婦(부)】 : 부인. 여기서는 「며느리」를 가리킨다.
【良宵(양소)】 : 좋은 밤.
【難遣(난견)】 : 보내기 어렵다.
【諾(락)】 : [대답하는 말] 예, 좋아요.

4 媪曰 : 「第幾道下子矣。」 婦曰 : 「第幾道下子矣。」 各言數十。 → 노파가 말했다 : 「(나는) 몇 째줄 어디에 놓겠다.」 며느리가 말했다 : 「(저는) 몇 째줄 어디에 놓겠어요.」 각기 수십 번의 말이 오고갔다.
【道(도)】 : 바둑판 가로 19줄과 세로 19줄의 총칭.
【下子(하자)】 : 바둑돌을 놓다. 〖子〗 : 바둑돌.

5 媪曰 : 「爾敗矣!」 婦曰 : 「伏局。」 → 노파가 말했다 : 「네가 패했다.」 며느리가 말했다 : 「제가 졌어요.」
【爾(이)】 : 너, 당신.
【敗(패)】 : 패하다, 지다.
【伏局(복국)】 : (바둑에서 실패한 한 쪽이) 패배를 인정하다.

6 積薪暗記, 明日覆其勢, 意思皆所不及也。 → 왕적신이 이를 암기했다가, 다음날 복기(復棊)를 해보니, 바둑의 단수(段數)가 모두 자신이 미치지 못하는 높은 수준이었다.
【明日(명일)】 : 다음날, 이튿날.
【覆其勢(복기세)】 : 복기(復棋)하다.
【意思(의사)】 : 생각, 의도. 여기서는 「바둑의 단수(段數)」를 가리킨다.
【所不及(소불급)】 : 미치지 못하다.

해설

왕적신(王積薪)은 당대(唐代) 제일의 국수(國手)라 불리고 스스로도 천하무적(天下無敵)이라 생각했다. 그런데 예상치 않게 자신이 투숙한 여관의 주인 노파와 며느리가 벽을 사이에 두고 말로서 대국하는 소리를 들었다. 이튿날 복기(復棋)를 통해 분석해 보니, 그들의 단수(段數)가 모두 자신이 미치지 못하는 높은 수준이었다.

이 우언은 세상에 절대적인 강자는 없으며, 어떤 성공한 사람도 스스로 자만해서는 안 된다는 도리를 설명한 것이다.

079 모영전(毛穎傳)

《韓昌黎集 · 第八卷》

작자

한유(韓愈 : 768-824)는 자가 퇴지(退之)이며, 등주(鄧州) 남양(南陽)[지금의 하남성 맹현(孟縣)] 사람이다. 후에 조상이 창려군(昌黎郡)[지금의 하북성 서수현(徐水縣) 서쪽]으로 이주하여 스스로 창려한유(昌黎韓愈)라 했고, 사람들은 그를 한창려(韓昌黎)라고 불렀다.

한유는 세 살 때 아버지를 여의고 맏형 한회(韓會)에게 의지했으나, 형이 중년의 나이로 세상을 떠나는 바람에 형수 정씨(鄭氏)의 보살핌을 받았다. 집안이 가난하여 어렵게 독학한 한유는 25세 때인 덕종(德宗) 정원(貞元) 8년(792)에 비로소 진사에 급제하여 선무절도사(宣武節度使)라는 하급관리로 벼슬살이를 시작했다. 그 후 국자감제주(國子監祭酒) · 이부시랑(吏部侍郎)을 지냈으나 여러 차례 폄적을 당하기도 했다.

한유는 평생 유학(儒學)을 숭상하고 불교와 도교를 배척했다. 문학에 있어서는 유종원(柳宗元)과 더불어 고문운동(古文運動)을 적극 제창하고 「문이재도(文以載道)」를 주장하며, 형식만을 추구하고 내용이 없는 육조(六朝) 이래의 변문(駢文)을 반대했다. 한유와 유종원은 자신들의 걸출한 산문으로 문단에 영향을 주는 한편 후진들에게 문장 쓰는 법을 열정적으로 지도하고 격려했다. 이들의 노력에 의해 당송(唐宋)시대의 산문은 마침내 변문의 그늘에서 벗어나 확고한 자리를 확립했고, 한유는 유종원과 더불어 후인들에 의해 「당송팔대가(唐宋八大家)」의 반열에 올라 문단의 추앙을 받았다. 저서로 《한창려집(韓昌黎集)》이 있다.

원문 및 주석

毛穎傳[1]

毛穎者, 中山人也。[2] 其先明眎, 佐禹治東方土, 養萬物有功, 因封於卯地, 死爲十二神。[3] 嘗曰 : 「吾子孫神明之後, 不可與物同, 當吐而生。」 已而果然。[4] 明眎八世孫𧰼, 世傳當殷時居中山, 得神仙之術, 能匿光使物,

1 毛穎傳 → 모영(毛穎)의 전기(傳記)

【毛穎(모영)】 : 「붓, 모필」을 의인화 한 허구 인물. 〖毛〗 : 토끼의 털. 〖穎〗 : 가늘고 긴 물건의 뾰족한 끝을 가리키며, 「남보다 뛰어나다, 걸출하다.」라는 의미를 지니고 있다.

※ 옛날의 붓은 토끼의 털로 만들었는데, 토끼의 털 가운데 목 부위의 긴 털이 붓의 재료로 뛰어나기 때문에 「모영」이라 했다.

2 毛穎者, 中山人也。→ 모영(毛穎)은, 중산(中山) 사람이다.

【中山(중산)】 : [국명] 지금의 하북성 정현(定縣)에 있던 전국시대의 나라로 후에 조(趙)나라에 합병되었다. 이곳의 토끼털로 만든 붓이 가장 뛰어났기 때문에 작자가 본문의 주인공 모영의 원적을 중산으로 정한 것이다.

3 其先明眎, 佐禹治東方土, 養萬物有功, 因封於卯地, 死爲十二神。→ 그의 조상인 명시(明眎)는, 우왕(禹王)을 도와 동방의 땅을 다스렸는데, 만물을 기르는 데 공이 있었다. 이로 인해 묘지에 봉해지고, 죽어서 십이신(十二神)의 하나가 되었다.

【明眎(명시)】 : 토끼의 별칭. 〖眎〗 : 「視」의 옛 글자. ※《예기(禮記) · 곡례(曲禮)》에 「兎曰明眎。(토끼를 명시라 한다.)」라고 했다.

【佐(좌)】 : 돕다, 보필하다, 보좌하다.

【禹(우)】 : 상고시대 하(夏)의 군주.

【東方(동방)】 : 동쪽 방향. ※ 고대에는 십이지(十二支)로서 방위를 나누었는데, 그중 「묘(卯)」는 동쪽에 위치하며, 사계절 중 봄의 위치 또한 동쪽 방향이다.

【因(인)】 : 이로 인해, 이로 말미암아.

【十二神(십이신)】 : 세모(歲暮)에 역귀를 쫓는 의식인 구나(驅儺) 때 십이지(十二支)를 나타내는 짐승 [자(子, 쥐) · 축(丑, 소) · 인(寅, 범) · 묘(卯, 토끼) · 진(辰, 용) · 사(巳, 뱀) · 오(午, 말) · 미(未, 양) · 신(申, 잔나비) · 유(酉, 닭) · 술(戌, 개) · 해(亥, 돼지)]의 탈을 쓴 열두 나자(儺者).

4 嘗曰 : 「吾子孫神明之後, 不可與物同, 當吐而生。」 已而果然。→ (명시가) 일찍이 말하길 : 「나의 자손은 천지신명의 후예로서, 다른 동물들과 같을 수 없으니, 마땅히 입으로 토해서 낳아야 한다.」라고 했는데, 그 뒤로 과연 그러했다.

【神明(신명)】 : 천지신명.

【物(물)】 : 다른 동물들.

【當(당)】 : 마땅히, 당연히.

【吐而生(토이생)】 : 입으로 토해서 낳다. ※ 토끼가 입으로 새끼를 난다고 하는 설은《논형(論衡) · 기

竊姮娥, 騎蟾蜍入月, 其後代遂隱不仕云。[5] 居東郭者曰㕙, 狡而善走, 與韓盧爭能, 盧不及。[6] 盧怒, 與宋鵲謀而殺之, 醢其家。[7]

괴편(奇怪篇)》에 「암토끼가 수토끼의 털을 핥으면 새끼를 배고, 그 새끼가 태어날 때가 되면, 입으로부터 나온다.(兎吮毫而懷子, 及其子生, 從口而出。)」라고 한 기록에서 비롯된다.

【已而(이이)】: 그 뒤.

5 明眎八世孫䨲, 世傳當殷時居中山, 得神仙之術, 能匿光使物, 竊姮娥, 騎蟾蜍入月, 其後代遂隱不仕云。→ 명시의 8대손인 누(䨲)는, 세상에 전하는 바에 의하면 은(殷)나라 때 중산(中山)에 살면서, 신선술을 터득하여, 밝은 곳에서 몸을 숨겨 눈에 보이지 않게 하고 만물(萬物)을 부릴 줄 알았는데, (후에) 항아(姮娥)를 훔쳐, 두꺼비를 타고 달나라로 도망쳤다. 그리하여 그 후손들이 (이때부터) 숨어살며 벼슬길에 나가지 않았다.

【䨲(누)】: 토끼 이름.

【世傳(세전)】: 세상에 전해 내려오다.

【當(당)…時(시)】: …때, …시절.

【殷(은)】: [국명] 중국의 고대 국가로 탕왕(湯王)이 하(夏)의 걸왕(桀王)을 물리치고 세운 나라. 본래 국호를 상(商)이라 했으나, 17대 왕인 반경(盤庚)이 도읍을 박(亳)으로 옮기고 국호를 은(殷)이라 고쳤다.

【匿光(닉광)】: 밝은 곳에서 몸을 숨기다. 즉 「밝은 곳에서 몸을 숨겨 보이지 않게 하다.」의 뜻.

【使物(사물)】: 만물(萬物)을 부리다.

【竊(절)】: 훔치다, 도둑질하다.

【姮娥(항아)】: 전설에 나오는 하(夏)의 제후 후예(后羿)의 아내. ※《회남자(淮南子)·남명훈(覽冥訓)》에 「하(夏)나라의 제후인 후예(后羿)가 서왕모(西王母)로부터 불사약(不死藥)을 얻었는데, 후예의 아내 항아(姮娥)가 이를 훔쳐 먹고 달나라로 달아났다.(羿請不死之藥於西王母, 姮娥竊之奔月宮。)」라고 했다.

【騎(기)】: 타다.

【蟾蜍(섬여)】: 두꺼비.

【遂(수)】: 그리하여, 그래서.

【隱(은)】: 숨어살다.

【不仕(불사)】: 벼슬하지 않다.

6 居東郭者曰㕙, 狡而善走, 與韓盧爭能, 盧不及。→ (후예들 중에) 동곽(東郭)에 사는 준(㕙)이라는 자는, 건장하고 달리기를 잘하여, 한로(韓盧)와 재능을 겨루었는데, 한로가 그를 따르지 못했다.

【東郭(동곽)】: 동쪽의 성곽.

【㕙(준)】: 토끼 이름. ※《신서(新序)》의 기록에 의하면, 제(齊)나라에 「동곽준(東郭㕙)」이라는 토끼가 있는데 하루에 능히 500리를 달릴 수 있다고 했다.

【狡(교)】: 건장하다.

【韓盧(한로)】: 고대 전설에 나오는 한(韓)나라의 개 이름. 한국로(韓國盧), 또는 한자로(韓子盧)라고도 한다.

【爭能(쟁능)】: 재능을 겨루다, 능력을 겨루다.

秦始皇時, 蒙將軍恬南伐楚, 次中山, 將大獵以懼楚。[8] 召左右庶長與軍尉, 以《連山》筮之, 得天與人文之兆。[9] 筮者賀曰 :「今日之獲, 不角不牙, 衣褐之徒, 缺口而長鬚, 八竅而趺居, 獨取其髦, 簡牘是資。天下其同書, 秦其遂兼諸侯乎!」[10] 遂獵, 圍毛氏之族, 拔其豪, 載穎而歸, 獻俘於章臺

【不及(불급)】: 미치지 못하다, 따르지 못하다, 이기지 못하다.

7 盧怒, 與宋鵲謀而殺之, 醢其家。→ (이에) 한로가 화가 나서, 송작(宋鵲)과 음모하여 준을 죽이고, 준의 가족을 잘게 썰어 젓갈을 담았다.

【宋鵲(송작)】: 전설에 나오는 송나라의 개 이름.

【之(지)】: [대명사] 그, 그것. 즉「준(㕙)」.

【醢(해)】: 육장(肉醬), 젓갈, 장조림. 여기서는 동사 용법으로「잘게 썰어 젓갈을 담다.」의 뜻.

8 秦始皇時, 蒙將軍恬南伐楚, 次中山, 將大獵以懼楚。→ 진시황(秦始皇) 때, 몽염(蒙恬) 장군이 남쪽으로 초(楚)나라 정벌에 나서, 중산(中山)에 군대를 주둔하고, 장차 크게 사냥을 벌여 초나라를 위협하려 했다.

【秦始皇(진시황)】: 전국시대(戰國時代) 진(秦)나라의 군주로, 이름은 정(政). B.C. 221 전국을 통일하고 스스로 시황제(始皇帝)라 칭했다.

【蒙將軍恬(몽장군염)】: [인명] 몽염(蒙恬). ※ 진시황 때의 장군으로 흉노를 정벌하고 만리장성을 쌓았으며, 최초로 붓을 만들었다고 전한다.

【楚(국명)】: [국명] 지금의 호남성·호북성과 강서성·절강성 및 하남성 남부에 걸쳐 있던 주대(周代)의 제후국.

【次(차)】: 군대를 주둔하다.

【獵(렵)】: 사냥하다.

【懼(구)】: 겁을 주다, 위협하다.

9 召左右庶長與軍尉, 以《連山》筮之, 得天與人文之兆。→ (몽염이) 좌서장(左庶長)·우서장(右庶長)과 군위(軍尉)를 불러,《주역(周易)》으로 점을 쳐서, 천문(天文)과 인문(人文)의 징조를 얻었다.

※《주역(周易)·분(賁)》에「천문을 관찰하여 사시(四時)의 변화를 살피고, 인문을 관찰하여 천하를 화육(化育)한다.(觀乎天文以察時變, 觀乎人文以化成天下。)」라고 했다.

【左右庶長(좌우서장)】: [관직명] 진(秦)나라의 작위 명칭으로, 좌서장(左庶長)과 우서장(右庶長)을 말한다.

【軍尉(군위)】: [관직명].

【《連山(연산)》】:《주역(周易)》의 별칭. ※《주역》을 하(夏)나라 때는《연산(連山)》, 은(殷)나라 때는《귀장(歸藏)》이라 불렀다.

【筮(서)】: 점을 치다.

【天與人文之兆(천여인문지조)】: 천문(天文)과 인문(人文)의 징조. 〖天〗: 천문(天文). 천체 현상. 〖人文〗: 인정세태. 인간 세상이 되어 가는 형편. 〖兆〗: 징조.

10 筮者賀曰 :「今日之獲, 不角不牙, 衣褐之徒, 缺口而長鬚, 八竅而趺居, 獨取其髦, 簡牘是資。天下其

宮, 聚其族而加束縛焉。[11] 秦皇帝使恬賜之湯沐, 而封諸管城, 號曰管城

同書, 秦其遂兼諸侯乎!」→ 복관(卜官)이 (몽염에게) 축하하며 말했다 : 「오늘 포획하는 것은, 뿔도 이빨도 나지 않고, 털옷을 입은 무리들로, 언청이에다 긴 수염이 있고, 몸에 구멍이 여덟 개이며 책상다리를 하고 앉습니다. 다만 그 목 부위에 자란 긴 털을 취하면, 저술에 관한 일을 이에 의존할 수 있습니다. (그러면) 천하는 장차 문자를 통일하고, 진(秦)나라는 마침내 제후들을 합병하게 될 것입니다!」

【筮者(서자)】: [관직명] 복관(卜官). ※ 주대(周代)에 점치는 일을 관장했다.

【獲(획)】: 수확.

【衣褐之徒(의갈지도)】: 털옷을 입은 무리. ※ 온몸이 털로 덮인 토끼를 가리킨다. 〖衣〗: [동사] 입다, 착용하다. 〖褐〗: 털옷.

【缺口(결구)】: 언청이.

【鬚(수)】: 수염.

【八竅(팔규)】: 여덟 구멍. ※ 태생하는 동물은 귀·눈·입·코 일곱 구멍과 항문 및 음부를 합쳐 모두 아홉 구멍이나, 토끼는 입으로 토해 출생하기 때문에 음부를 제외하여 여덟 구멍이다.

【趺居(부거)】: 책상다리를 하고 앉다.

【獨(독)】: 다만, 오직.

【取其髦(취기모)】: 그 짐승의 목 부위에 자란 긴 털을 취하다. 〖髦〗: 몸의 털 가운데 목 부위에 자란 긴 털. ※ 이는 붓의 제작에 가장 좋은 재료이다.

【簡牘是資(간독시자)】: 저술에 관한 일을 이에 의존하다. ※ 붓으로 글을 쓰기 때문에 저술에 사용할 수 있음을 비유한 말이다. 〖簡牘〗: 서책. 여기서는 「모든 저술에 관한 일」을 가리킨다. ※ 옛날 종이를 사용하기 이전에 대나무 또는 나무를 얇게 깎아 엮어서 글을 쓰도록 만들었는데, 대나무를 깎아 만든 것을 「簡」이라 하고, 나무를 깎아 만든 것을 「牘」이라 했다. 〖是資〗: [資是의 도치 형태] 이에 의존하다. 〖資〗: 의존하다, 기대다. 〖是〗: 이, 이것.

【其(기)】: 장차 …할 것이다.

【同書(동서)】: 같은 문자를 사용하여 글을 쓰다. 즉 「문자를 통일하다.」의 뜻.

【遂(수)】: 드디어, 마침내.

【兼(겸)】: 합병하다, 통일하다.

11 遂獵, 圍毛氏之族, 拔其豪, 載穎而歸, 獻俘於章臺宮, 聚其族而加束縛焉。→ 그리하여 사냥을 벌여, 모씨(毛氏)의 족속들을 포위하고, 그중 걸출한 자를 뽑아, 모영(毛穎)을 수레에 싣고 돌아와, 장대궁(章臺宮)에서 (황제에게) 포획물을 바친 다음, 그 족속들을 함께 모아 결박하였다.

【遂(수)】: 그리하여.

【拔其豪(발기호)】: 그중 걸출한 자를 선발하다. 즉 「토끼의 몸의 털 가운데 긴 것을 가려 뽑는 것」을 비유한 말. 〖拔〗: 선발하다, 뽑다. 〖豪〗: 준재, 걸출한 자. 즉 「몸의 털 가운데 긴 것」.

【載(재)】: (수레에) 싣다.

【穎(영)】: 모영(毛穎).

【獻(헌)】: 바치다.

【俘(부)】: 포로, 포획물.

【章臺宮(장대궁)】: 진(秦)나라의 궁 이름.

子, 日見親寵任事。[12]

穎爲人, 强記而便敏, 自結繩之代以及秦事, 無不纂錄;[13] 陰陽、卜筮、占相、醫方、族氏、山經、地志、字書、圖畵、九流百家、天人之書, 及至浮圖、老子、外國之說, 皆所詳悉;[14] 又通於當代之務, 官府簿書, 市井貨錢

【聚其族而加束縛(취기족이가속박)】: 모씨의 족속들을 모아 결박하다. 즉「붓을 만들 때 털을 모아 묶는 것」을 가리킨다.」〖聚〗: 모으다. 〖束縛〗: 묶다, 결박하다.

12 秦皇帝使恬賜之湯沐, 而封諸管城, 號曰管城子, 日見親寵任事。→ 진시황(秦始皇)은 몽염을 파견하여 모영에게 봉지(封地)를 하사하고, 관성(管城)에 봉한 후, 호를 관성자(管城子)라 했다. 그는 날마다 황제의 총애를 받으며 중요한 일을 맡았다.

【秦皇帝(진황제)】: 진나라 황제. 여기서는「진시황(秦始皇)」을 가리킨다.

【使(사)】: 보내다, 파견하다.

【賜之湯沐(사지탕목)】: 모영에게 봉지(封地)를 하사하다. 〖賜〗: (베풀어) 주다, 하사하다. 〖之〗: [대명사] 그, 즉 모영. 〖湯沐〗: ① 옛날 천자가 제후에게 하사한 토지. ② 목욕하다. ※ 모영에게 봉지[탕목]를 하사했다는 것은 곧 붓을 만들 때 털을 세척하는 과정을 비유한 것이다.

【封諸管城(봉제관성)】: 그를 관성에 봉하다. ※ 붓의 모(毛) 부분인 필두(筆頭)를 만든 후, 이를 모관(毛管) 즉 붓대인 대나무 관에 끼우기 때문에, 모영(毛穎)을 관성(管城)에 봉한 것으로 비유했다. 〖諸〗: 之於(지어)의 합음. 〖管城〗: [지명] 본래는 주(周)나라 문왕(文王)의 아들인 관숙(管叔)의 봉지로, 지금의 하남성 정현(鄭縣)이란 곳이나, 여기서는「대나무 관」을 가리킨다.

【管城子(관성자)】: 붓의 별칭.

【見親寵(견친총)】: 황제의 총애를 받다. ※ 見+동사=피동형.

【任事(임사)】: 일을 맡기다.

13 穎爲人, 强記而便敏, 自結繩之代以及秦事, 無不纂錄; → 모영의 사람됨은, 기억력이 뛰어나고 행동이 민첩하여, 결성(結繩) 시대로부터 진(秦)나라의 사적에 이르기까지, 편찬하여 기록하지 않은 것이 없고;

【爲人(위인)】: 사람됨. 사람의 됨됨이.

【强記(강기)】: 기억력이 뛰어나다.

【便敏(편민)】: 민첩하다.

【結繩(결승)】: 매듭. ※ 옛날 문자가 생겨나기 전에 새끼로 매듭을 묶어 일을 기록했다.

【纂錄(찬록)】: 편찬하여 기록하다.

14 陰陽、卜筮、占相、醫方、族氏、山經、地志、字書、圖畵、九流百家、天人之書, 及至浮圖、老子、外國之說, 皆所詳悉; → 음양(陰陽) · 점복(占卜) · 관상술 · 의술 · 족보와 성씨 · 《산해경(山海經)》 · 지리지(地理志) · 서예 · 그림 · 제자백가(諸子百家) · 자연과 인간에 관한 서적 및 불교 · 노자(老子) · 외국의 학설에 이르기까지, 모두 상세히 알고 있다.

【占相(점상)】: 관상술.

【族氏(족씨)】: 족보와 성씨.

注記, 惟上所使。[15] 自秦皇帝及太子扶蘇、胡亥、丞相斯、中車府令高, 下及國人, 無不愛重。[16] 又善隨人意, 正直邪曲巧拙, 一隨其人, 雖見廢棄, 終默不泄。[17] 惟不喜武士, 然見請, 亦時往。[18]

【山經(산경)】: [서명] 《산해경(山海經)》.

【地志(지지)】: 지리지(地理志). 지리의 연혁을 기록한 사적.

【字書(자서)】: 서예.

【九流百家(구류백가)】: 제자백가(諸子百家). ※《漢書(한서)·藝文志(예문지)·諸子略(제자략)》에 유가(儒家)·도가(道家)·음양가(陰陽家)·법가(法家)·명가(名家)·묵가(墨家)·종횡가(縱橫家)·잡가(雜家)·농가(農家)·소설가(小說家) 등 십가(十家)를 들고, 「諸子十家, 其可觀者九家而已。(제자 십가 중 볼만한 것은 구가뿐이다.)」라 했는데, 이는 소설을 천시한데서 비롯된 말일뿐이며, 본문의 「구류백가」는 실제로 「제자백가」를 의미한다.

【天人之書(천인지서)】: 자연과 인간사회에 관한 서적.

【浮圖(부도)】: 「불타(佛陀)」라는 범문(梵文)의 음역. 여기서는 「불교」를 가리킨다.

【外國之說(외국지설)】: 외국의 학설.

【詳悉(상실)】: 상세히 알다.

15 又通於當代之務, 官府簿書, 市井貨錢注記, 惟上所使。→ (모영은) 또 당대(當代)의 제반 사무, 관청의 장부와 문서, 시정(市井)의 상품 금전 기록 등에 정통했는데, 오직 황제가 시키는 대로 했다.

【通於(통어)…】: …에 정통하다. 〖於〗: [개사] …에, …에 대해.

【簿書(부서)】: (인구나 세금·부역 등에 관한) 관청의 장부와 문서.

【市井(시정)】: 평민이 사는 지역.

【貨錢注記(화전주기)】: 상품 금전 기록.

【惟上所使(유상소사)】: 오직 황제가 시키는 대로 하다. 〖惟〗: 다만, 오직. 〖上〗: 황제. 〖使〗: 시키다, 부리다.

16 自秦皇帝及太子扶蘇、胡亥、丞相斯、中車府令高, 下及國人, 無不愛重。→ (그리하여) 진시황과 태자 부소(扶蘇)·왕자 호해(胡亥)·승상 이사(李斯)·중거부령(中車府令) 조고(趙高)로부터, 아래 평민에 이르기까지, (모영을) 아끼고 소중히 여기지 않는 사람이 없었다.

【扶蘇(부소)】: [인명] 진시황의 맏아들.

【胡亥(호해)】: [인명] 진시황의 막내아들. 진이세(秦二世).

【斯(사)】: [인명] 이사(李斯). 진시황 때의 재상(宰相).

【中車府令(중거부령)】: [관직명] 진(秦)나라 때 거마를 관장하던 관리.

【高(고)】: [인명] 조고(趙高).

【國人(국인)】: 평민, 백성.

【無不(무불)】: …하지 않음이 없다.

17 又善隨人意, 正直邪曲巧拙, 一隨其人, 雖見廢棄, 終默不泄。→ (모영은) 또 사람의 뜻에 잘 따르고, 바르거나 곧거나 사악하거나 비뚤어지거나 공교하거나 졸렬하거나 간에, 완전히 주인의 뜻에 따르며, 설사 버림을 받는다 해도, 끝까지 침묵하며 (비밀을) 누설하지 않았다.

累拜中書令, 與上益狎, 上嘗呼爲中書君。[19] 上親決事, 以衡石自程, 雖宮人不得立左右, 獨穎與執燭者常侍, 上休方罷。[20] 穎與絳人陳玄、弘農

【善隨(선수)】: 잘 따르다.
【邪曲(사곡)】: 사악하고 비뚤어지다.
【巧拙(교졸)】: 공교함과 졸렬함.
【一(일)】: 모두, 다, 완전히.
【見廢棄(견폐기)】: 폐기되다, 버림을 받다. ※ 見+동사=피동형.
【終(종)】: 끝내, 끝까지.
【默(묵)】: 침묵하다, 묵묵하다.
【泄(설)】: 발설하다, 누설하다.

18 惟不喜武士, 然見請, 亦時往。→ 오직 무사(武士)를 좋아하지 않지만, 그러나 초대를 받으면, 또한 항상 갔다.
【惟(유)】: 오직, 다만.
【然(연)】: 그러나.
【見請(견청)】: 초대받다. ※ 見+동사=피동형.
【時(시)】: 그때마다, 항상.

19 累拜中書令, 與上益狎, 上嘗呼爲中書君。→ (모영은) 여러 차례 승진을 거듭하여 중서령(中書令)에 임명되면서, 황제와 더욱 가까워져, 황제는 일찍이 그를 중서군(中書君)이라 부른 적이 있었다.
【累拜(누배)】: 여러 차례 관직을 배수 받다. 즉 「여러 차례 승진을 거듭하다.」의 뜻. 〖累〗: 여러 차례, 누차. 〖拜〗: 관직을 배수 받다, 관직에 임명되다.
【中書令(중서령)】: 중서성(中書省)의 우두머리. 주요 업무는 국가 기밀을 관리하고 황제의 조서를 기안하는 일. ※ 중서령은 본래 진대(秦代)의 제도에는 없으나, 여기서는 우언을 목적으로 하고 있기 때문에 사실 여부를 논하지 않는다.
【益(익)】: 더욱.
【狎(압)】: 사이가 가깝다, 친근하다.
【嘗(상)】: 일찍이.
【呼爲(호위)】: …이라 부르다.

20 上親決事, 以衡石自程, 雖宮人不得立左右, 獨穎與執燭者常侍, 上休方罷。→ 황제는 친히 모든 정사를 처리하는데, (하루에) 120근의 문서를 저울로 달아 스스로 한도(限度)를 정해 놓기 때문에, (이때는) 비록 궁내의 비첩(妃妾)이라 해도 (왕의) 옆에 서있지 못하고, 오직 모영과 등촉(燈燭)을 든 사람만이 항상 시중을 들다가, 황제가 쉬어야 비로소 그만두었다.
【上(상)】: 황제.
【親(친)】: 친히, 몸소, 직접.
【決事(결사)】: 일을 처리하다. 〖決〗: 처리하다. 결정하다.
【以衡石自程(이형석자정)】: 120근의 문서를 저울로 달아 스스로 한도를 정하다. 〖衡〗: [동사] 달다, 저울질하다. 〖石〗: [무게] 120근. 〖程〗: 정량(定量)으로 삼다, 한도로 정하다.
【宮人(궁인)】: 궁에 거처하는 사람. ※ 여기서는 비(妃)·첩(妾)을 가리킨다.

陶泓及會稽楮先生友善, 相推致, 其出處必偕。[21] 上召穎, 三人者不待詔, 輒俱往, 上未嘗怪焉。[22]

後因進見, 上將有任使, 拂拭之, 因免冠謝。[23] 上見其髮禿, 又所摹畵不

【不得(부득)】: …할 수가 없다, …하지 못하다.
【獨(독)】: 오직, 다만.
【執燭者(집촉자)】: 등촉을 든 사람. 〖執〗: 잡다, 들다.
【侍(시)】: 모시다, 시중들다.
【方(방)】: 비로소.
【罷(파)】: 그만두다, 중지하다.

21 穎與絳人陳玄、弘農陶泓及會稽楮先生友善, 相推致, 其出處必偕。→ 모영은 강주(絳州) 사람 진현(陳玄)·홍농(弘農)의 도홍(陶泓) 및 회계(會稽)의 저선생(楮先生)과 친하게 지내며, 서로 추천하고 끌어당겨, 자신들의 진퇴를 반드시 함께했다.
※ 붓이 먹·벼루·종이와 서로 호응하는 관계를 가리킨다.
【絳(강)】: [지명] 강주(降州). 지금의 산서성 강현(絳縣)으로, 「먹」의 명산지이다.
【陳玄(진현)】: 「오래된 먹」의 의인화. ※「陳」은 오래 묵은 것을 가리키고, 「玄」은 검은 「먹」을 가리킨다.
【弘農(홍농)】: [지명] 지금의 하남성 영보현(靈寶縣)으로, 「벼루」의 명산지이다.
【陶泓(도홍)】: 「벼루」의 의인화. ※「陶」는 질그릇, 「泓」은 물을 지칭하여, 벼루에 물을 담기 때문에 비유한 말.
【會稽(회계)】: [지명] 지금의 절강성 소흥현(紹興縣)으로, 종이의 명산지이다.
【楮先生(저선생)】: 「종이」의 의인화. ※ 종이는 저목(楮木), 즉 닥나무의 섬유로 만들기 때문에 「楮」의 해음(諧音)으로 「楮(저)」를 썼다.
【友善(우선)】: 친하게 지내다.
【相推致(상추치)】: 서로 추천하고 끌어당기다.
【出處(출처)】: 출사(出仕)와 은거(隱居), 진퇴.
【偕(해)】: 함께 하다, 같이 하다.

22 上召穎, 三人者不待詔, 輒俱往, 上未嘗怪焉。→ 황제가 모영을 부르면, 세 사람은 황제의 명령을 기다리지 않고, 항상 함께 가는데, 황제가 (한 번도) 꾸짖은 적이 없었다.
※ 붓으로 글씨를 쓸 때 반드시 먹·벼루·종이가 함께 있어야 하는 상황을 비유한 것이다.
【召(소)】: 부르다.
【詔(조)】: 황제의 명령.
【輒(첩)】: 늘, 항상.
【俱(구)】: 모두, 다, 함께.
【未嘗(미상)】: …한 적이 없다.
【怪(괴)】: 꾸짖다.

23 後因進見, 上將有任使, 拂拭之, 因免冠謝。→ 후에 (모영이) 알현한 기회를 이용하여, 황제가 장차

能稱上意。[24] 上嘻笑曰：「中書君老而禿，不任吾用。吾嘗謂君中書，君今不中書邪?」[25] 對曰：「臣所謂盡心者。」因不復召，歸封邑，終於管城。[26] 其子孫甚多，散處中國夷狄，皆冒管城，惟居中山者能繼父祖業。[27]

다른 임무를 맡기려고, 손으로 그를 가볍게 쓰다듬었다. 이에 (모영이) 즉시 관모를 벗고 감사의 뜻을 표했다.

【因(인)】: 앞의 「因」은 「(시간·기회 등을) 틈타다, 이용하다.」의 뜻이고, 뒤의 「因」은 「이에, 그리하여」의 뜻.

【進見(진현)】: 알현하다, 배알하다.

【將有任使(장유임사)】: 장차 다른 임무를 맡기려 하다. 〖任使〗: 임무를 맡기다.

【拂拭(불식)】: (먼지를) 털고 닦다. 여기서는 「가볍게 쓰다듬다.」의 뜻.

【之(지)】: [대명사] 그, 즉 「모영」.

【免冠(면관)】: 관모를 벗다. ※ 여기서는 「붓 뚜껑이 벗겨지다.」의 비유.

24 上見其髮禿，又所摹畫不能稱上意。→ 황제는 그의 머리가 빠져 대머리가 된 것을 보았다. 그리고 또 그가 (근자에) 쓴 글씨도 황제의 마음에 썩 들지 않았다.

【髮禿(발독)】: 머리가 벗어지다, 대머리가 되다. 〖禿〗: 털이 빠지다. ※ 붓의 털이 많이 빠져 있는 상태를 비유한 말.

【摹畫(모화)】: 묘사하다, 본떠 그리다. 여기서는 「글씨를 쓰다.」의 뜻.

【稱上意(칭상의)】: 황제의 마음에 들다. 〖稱〗: 부합하다, 마음에 들다.

25 上嘻笑曰：「中書君老而禿，不任吾用。吾嘗謂君中書，君今不中書邪?」→ (그리하여) 황제가 히히 웃으며 말했다：「중서군(中書君)은 이제 늙고 머리가 빠져, 나의 직무를 감당하지 못하겠군. 내가 일찍이 그대를 중서(中書)라 불렀는데, 지금 그대는 중서(中書)가 못 되겠는걸?」

【嘻笑(희소)】: 히히거리며 웃다.

【不任(불임)】: 감당하지 못하다.

【用(용)】: 일, 직무.

【君(군)】: 그대, 당신.

【不中書(부중서)】: 중서(中書)가 되지 못하다. 〖中書〗: [관직명] 궁중에서 문서를 관리하고 기초하는 일을 맡은 벼슬. ※ 여기서 「中」은 「적합하다.」, 「書」는 「글을 쓰다.」의 뜻으로, 「不中書」는 즉 「글을 쓰기에 적합하지 않다.」는 것을 비유한 말.

26 對曰：「臣所謂盡心者。」因不復召，歸封邑，終於管城。→ (모영이) 대답했다：「저는 이른바 마음을 다한 사람입니다.」 (모영은 이후 황제가) 다시 부르지 않았기 때문에, 봉지(封地)로 돌아가, 관성(管城)에서 생을 마쳤다.

【盡心(진심)】: 마음을 다하다. 즉 「황제를 위해 충심(忠心)을 다하다.」의 뜻. ※ 여기서 「盡」은 「다하다.」, 「心」은 「붓의 중심」으로, 즉 「붓끝이 무디어진 것」을 비유한 말이다.

【因(인)】: …로 인해, … 때문에.

【封邑(봉읍)】: 봉지(封地).

27 其子孫甚多，散處中國夷狄，皆冒管城，惟居中山者能繼父祖業。→ 모영은 자손이 매우 많아, 중원

太史公曰：毛氏有兩族，其一姬姓，文王之子封於毛，所謂魯、衛、毛、聃者也。[28] 戰國時有毛公、毛遂。獨中山之族，不知其本所出，子孫最爲蕃昌。[29]《春秋》之成，見絶於孔子，而非其罪。[30] 及蒙將軍拔中山之豪，始

(中原)과 변방 오랑캐 지역에 흩어져 살고 있는데, 모두 관성(管城)을 (본으로) 사칭(詐稱)하고 있지만, 오직 중산(中山)에 살고 있는 자들만이 능히 조상의 사업을 계승할 수 있을 뿐이다.

【散處(산처)】: 흩어져 살다.

【中國(중국)】: 중원(中原) 지역.

【夷狄(이적)】: 오랑캐. 여기서는 「변방의 오랑캐 지역」을 가리킨다.

【冒(모)】: 사칭(詐稱)하다, 가탁(假託)하다.

【惟(유)】: 오직, 다만.

【居(거)】: 근거지로 하여 살다.

【能繼父祖業(능계부조업)】: 능히 조상의 사업을 계승할 수 있다. ※ 그 지방 토끼의 털이 좋아 계속 붓의 재료로 쓰인다는 것을 비유한 말.

28 太史公曰：毛氏有兩族，其一姬姓，文王之子封於毛，所謂魯、衛、毛、聃者也。→ 태사공(太史公)이 말했다 : 모씨(毛氏)는 두 씨족이 있다. 그중 하나는 본래 희(姬)씨 성으로, 주(周)나라 문왕(文王)의 아들이 모(毛) 지방에 봉해진 것인데, 이른바 노(魯)·위(衛)·모(毛)·담(聃) 중의 모(毛)가 바로 그것이다.

※ 사마천(司馬遷)은 《사기(史記)》의 기술 방법에 있어서 매 편마다 말미에 「태사공왈(太史公曰)」을 붙여 역사 사실을 보충하거나 평론을 첨가하였다. 본문은 작자 한유(韓愈)가 《사기》의 체제를 그대로 따르고, 「태사공왈」이라 의탁한 것이다.

【文王(문왕)】: 여기서는 주문왕(周文王)을 가리킨다.

【魯(노)、衛(위)、毛(모)、聃(담)】: 주문왕(周文王) 네 아들의 봉지. ※ 주공(周公) 단(旦)은 노(魯)[지금의 산동성 곡부(曲阜)], 강숙(康叔) 봉(封)은 위(衛)[지금의 하남성 기현(淇縣)], 모백(毛伯) 정(鄭)은 모(毛)[지금의 하남성 의양현(宜陽縣)], 담계(聃季) 재(載)는 담(聃)[지금의 하남성 개봉시(開封市)]에 각각 봉해졌는데, 이들은 모두 희(姬)씨 성이다.

29 戰國時有毛公、毛遂。獨中山之族，不知其本所出，子孫最爲蕃昌。→ (그리고) 전국(戰國)시대에 모공(毛公)과 모수(毛遂)가 있다. 다만 중산(中山)의 씨족은, 그 본(本)이 어디서 나왔는지 알지 못하는데, 자손은 가장 번창했다.

【毛公(모공)】: [인명] 전국시대의 조(趙)나라 사람으로, 민간에 파묻혀 살던 어진 선비.

【毛遂(모수)】: [인명] 전국시대 조(趙)나라 평원군(平原君)의 식객. 《사기(史記)·평원군우경열전(平原君虞卿列傳)》의 기록에 의하면, 평원군이 초(楚)나라의 도움을 청하기 위해 사절로 나갈 사람을 물색하던 중, 모수가 자천(自薦)하여 평원군을 따라 초나라에 가서 초나라를 설득하는 데 성공했다.

【獨(독)】: 다만, 오직.

30 《春秋》之成，見絶於孔子，而非其罪。→《춘추(春秋)》의 저술이, 공자(孔子)에서 단절되었으나, 그것은 모영의 죄가 아니다.

皇封諸管城, 世遂有名, 而姬姓之毛無聞。[31] 穎始以俘見, 卒見任使, 秦之滅諸侯, 穎與有功, 賞不酬勞, 以老見疏, 秦眞少恩哉![32]

※《춘추》는 노(魯)나라의 사관이 은공(隱公) 원년(B.C. 722)에서 애공(哀公) 14년(B.C. 481)까지 모두 12대 242년간의 역사를 편년체로 서술한 역사책으로, 공자가 이를 윤리적 입장에서 정리했다고 한다. 《좌전(左傳)·애공(哀公)》 14년의 기록에 의하면, 「숙손씨(叔孫氏)의 시종 자서상(子鉏商)이 기린(麒麟)을 잡아, 이를 불길하다 여겨 우인(虞人)에게 주었는데, 공자(孔子)가 보더니 『기린이로다!』라 말하고 거두어 갔다.」라는 기록이 있다. 이에 대해 진(晉) 두예(杜預)를 비롯한 여러 학자들의 견해는, 공자가 기린의 죽음을 보고 마음이 상해서 자신의 도(道)가 세상에 행해지지 않는 것을 한탄하며, 이때부터 《춘추》에 대한 정리를 그만두고 더 이상 이어나가지 않았다 한다. 따라서 「《춘추》의 저술이 공자에서 단절된 것이 모영의 죄가 아니다.」라는 말은, 공자가 《춘추》의 정리를 중단한 것이 결코 모영[붓] 의 잘못 때문이 아니라는 뜻이다.

【成(성)】: 써서 이루는 일, 즉 「저술」을 가리킨다.

【見絶(견절)】: 단절되다, 끊어지다. ※ 見+동사=피동형.

【其(기)】: [대명사] 그, 그 사람. 여기서는 모영, 즉 「붓」을 가리킨다.

31 及蒙將軍拔中山之豪, 始皇封諸管城, 世遂有名, 而姬姓之毛無聞。→ (그후) 몽염 장군이 중산의 걸출한 자를 발탁하여, 진시황이 이를 관성에 봉하기에 이르러, (중산의 모씨가) 곧 세상에 이름이 알려졌다. 그러나 희씨(姬氏)에서 나온 모씨에 관해서는 듣지를 못했다.

【及(급)】: 至(지). …에 이르다.

【諸(제)】: 之於(지어)의 합음.

【遂(수)】: 곧, 바로.

【姬姓之毛(희성지모)】: 희(姬)씨 성에서 나온 모(毛)씨 일족.

32 穎始以俘見, 卒見任使, 秦之滅諸侯, 穎與有功, 賞不酬勞, 以老見疏, 秦眞少恩哉! → 모영이 처음 포로의 신분으로 황제를 알현하고, 마침내 기용되어, 진나라가 제후들을 멸할 때, 모영이 참여하여 공을 세웠는데, 포상이 노고(勞苦)를 보답하기에 미흡하고, 또 늙음으로 인해 소외당했으니, 진나라는 정말 은혜를 베푸는 일에 인색하도다!

【始(시)】: 비로소, 처음으로.

【以俘見(이부견)】: 포로의 신분으로 황제를 뵙다. 〖見〗: 뵙다, 알현하다.

【卒(졸)】: 마침내.

【見任使(견임사)】: 기용되다. 〖任使〗: 임용하다, 기용하다. ※ 見+동사=피동형.

【與(여)】: 참여하다.

【賞不酬勞(상불수로)】: 포상이 노고를 보답하기에 미흡하다. 〖酬勞〗: 노고(勞苦)에 보답하다.

【以(이)】: …로 인하여.

【見疏(견소)】: 소외당하다, 소홀히 대접받다. ※ 見+동사=피동형.

【少恩(소은)】: 은혜를 베푸는 일에 인색하다.

해설

《모영전(毛穎傳)》은 한유(韓愈)가 붓을 의인화(擬人化)하여 붓의 발명·응용 및 전파에 대해 전기(傳記) 형식으로 쓴 글이다. 옛날의 붓은 토끼의 털로 만들고, 붓끝이 뾰족했기 때문에 「모영(毛穎)」이라 불렀다.

작자는 먼저 모영의 가계(家系)를 서술하고, 이어서 모영이 포로가 되어 궁중에 들어와 봉사하며 황제의 두터운 신임을 받아 중서령(中書令)이란 직책에 올랐다가 몸이 늙어 쓸모없게 되자 버림을 받는 과정을 사사건건 붓과 관련을 지어 서술했다.

이 우언은 모영이 늙어 소홀히 취급당하는 결말을 붓끝이 점점 무디어져 못쓰게 되는 과정과 대비시켜, 벼슬길의 부침(浮沈)에 대한 허망함과 관료들의 우매함을 우회적으로 풍자한 것이다.

080 곽탁타종수(郭槖駝種樹)
《柳河東集·第十七卷·種樹郭槖駝傳》

작자

유종원(柳宗元 : 773-819)은 자가 자후(子厚)이며, 하동(河東)[지금의 산서성 영제현(永濟縣)] 사람으로, 당대(唐代)의 저명한 문학가인 동시에 철학자이다. 세간에서는 그가 하동(河東) 사람이라 하여 「유하동(柳河東)」이라 부르기도 한다.

유종원은 덕종(德宗) 정원(貞元) 9년(793) 21세 때 진사에 급제하고, 26세 때 박학굉사과(博學宏詞科)에 합격하여 집현전서원정자(集賢殿書院正字)에 임명되었으며, 31세 때 감찰어사(監察御史)로 승진했다. 순종(順宗)이 즉위한 후 유우석(劉禹錫) 등과 더불어 혁신을 주장하는 왕숙문(王叔文) 집단에 참여하여 예부원외랑(禮部員外郎)이 되었는데, 순종이 즉위한지 7개월 만에 퇴위하고 왕숙문 또한 집정(執政)한지 7개월여 만에 환관(宦官)과 구관료들의 반격을 받아 물러나자 순종 영정(永貞) 원년(805) 유종원도 소주자사(邵州刺史)[지금의 호남성 소양(邵陽)]로 폄적되었다가, 도중에 다시 영주사마(永州司馬)[지금의 호남성 영릉(零陵)]로 폄적되었다. 그로부터 10년이 지난 헌종(憲宗) 원화(元和) 10년(815) 유주자사(柳州刺史)로 옮겨왔으나 얼마 후인 원화 14년(819) 47세의 젊은 나이로 세상을 떠났다.

유종원은 한유(韓愈)와 더불어 고문운동(古文運動)을 제창하여 「한유(韓柳)」라 불리었다. 그는 내용이 충실하고 형식이 생동적인 문장을 주장하고, 형식만을 추구하는 화려한 문풍을 반대했다. 그는 당송팔대가(唐宋八大家)의 한 사람으로 저술이 매우 다양하고 풍부하다. 정론문(政論文)으로 《봉건론(封建論)》·《육역론(六逆論)》 등은 그의 진보적인 정치사상을 발휘하여 논증과 설리(說理)가 치밀하며, 우언(寓言)과 산수유기(山水遊記)는 창의성이 매우 돋보인다. 그는 선진제자(先秦諸子)의 우언(寓言)을 발전시켜 독립적인 우언(寓言)을 이루었으며, 사회를 소재로 한 내용을 풍부하게 담고 있다. 문집으로 《유하동집(柳河東集)》 45권과 외집(外集) 2권이 있다.

원문 및 주석

郭橐駝種樹[1]

郭橐駝, 不知始何名。[2] 病瘻, 隆然伏行, 有類橐駝者, 故鄕人號之駝。[3] 駝聞之曰 : 「甚善, 名我固當。」[4] 因捨其名, 亦自謂橐駝云。[5] 其鄕曰豐樂鄕, 在長安西。[6] 駝業種樹, 凡長安豪富人爲觀游及賣果者, 皆爭迎取養。[7]

---

1 郭橐駝種樹 → 곽탁타(郭橐駝)가 나무를 심다
【郭橐駝(곽탁타)】: 성은 곽(郭), 별명은 탁타(橐駝). 〖橐駝〗: 낙타(駱駝).
【種(종)】: (나무를) 심다.

2 郭橐駝, 不知始何名。→ 곽탁타(郭橐駝)는, 원래 이름이 무엇인지 모른다.
【始(시)】: 처음부터, 애당초, 원래.

3 病瘻, 隆然伏行, 有類橐駝者, 故鄕人號之駝。→ (그는) 곱사병을 앓아, 등이 불룩 솟아 허리를 구부리고 다녀, 낙타와 비슷했기 때문에, 그래서 마을 사람들은 그를 「탁타(橐駝)」라 불렀다.
【病瘻(병루)】: 곱사병을 앓다. 〖病〗: (병을) 앓다. 〖瘻〗: 곱사등이. ※ 판본에 따라서는 「瘻」를 「僂(루)」라 했다.
【隆然(융연)】: 불룩 솟은 모양.
【伏行(복행)】: 허리를 구부리고 다니다.
【類(류)】: 비슷하다, 닮다.
【號(호)】: 호칭하다, 부르다.

4 駝聞之曰 : 「甚善, 名我固當。」→ 곽탁타가 그 말을 듣고 말했다 : 「참 좋군요. 나에게 이러한 이름을 붙이니 정말 잘 어울려요.」
【名(명)】: [동사 용법] 이름을 붙이다.
【固(고)】: 확실히, 실로, 정말.
【當(당)】: 합당하다, 알맞다, 잘 어울리다.

5 因捨其名, 亦自謂橐駝云。→ 그리하여 자기 본래의 이름을 버리고, 또한 스스로 탁타라 불렀다.
【因(인)】: 그리하여, 그래서, 이로 인해.
【捨(사)】: 버리다.
【自謂(자위)】: 스스로 …라고 부르다.
【云(운)】: [어조사].

6 其鄕曰豐樂鄕, 在長安西。→ 그가 사는 풍락향(豐樂鄕)이란 마을은, 장안(長安)의 서쪽에 있다.

視駝所種樹, 或移徙, 無不活, 且碩茂, 蚤實以蕃。[8] 他植者雖窺伺傚慕, 莫能如也。[9] 有問之, 對曰 : 「橐駝非能使木壽且孳也, 能順木之天, 以致其性焉爾。[10] 凡植木之性, 其本欲舒, 其培欲平, 其土欲故, 其築欲密。[11]

【豐樂鄕(풍락향)】: [지명].
【長安(장안)】: [지명] 당(唐)의 도읍. 지금의 섬서성 서안시(西安市).

7 駝業種樹, 凡長安豪富人爲觀游及賣果者, 皆爭迎取養。→ 곽탁타는 나무 심는 일을 생업으로 살아가는데, 무릇 나무를 심어 감상하며 즐기려는 장안(長安)의 부호들과 과일을 파는 사람들이, 모두 서로 다투어 그를 데려가 고용하고자 했다.
【業(업)】: [동사] …을 생업으로 하다.
【凡(범)】: 무릇.
【豪富人(호부인)】: 호족, 지방의 권문세가.
【觀遊(관유)】: 감상하며 즐기다.
【爭迎取養(쟁영취양)】: 다투어 데려가 고용하려 하다. 〖養〗: 봉양하다. 여기서는 「고용하다.」의 뜻.

8 視駝所種樹, 或移徙, 無不活, 且碩茂, 蚤實以蕃。→ 곽탁타가 심은 나무를 보면, 간혹 옮겨다 심어도, 살지 않는 것이 없고, 또한 크고 무성하게 자라서, 일찍 열매를 맺고 열매도 풍성했다.
【移徙(이사)】: 옮기다.
【且(차)】: 또한.
【碩茂(석무)】: 크고 무성하게 자라다.
【蚤(조)】: 早(조). 일찍, 빨리.
【以(이)】: [연사] 而(이).
【蕃(번)】: 풍성하다.

9 他植者雖窺伺傚慕, 莫能如也。→ 또 다른 식목인(植木人)들이 설사 몰래 엿보고 모방을 한다 해도, 결코 그를 따를 수가 없었다.
【他植者(타식자)】: 다른 식목인.
【窺伺(규사)】: 몰래 엿보다.
【傚慕(효모)】: 모방하다, 본뜨다.
【莫能如(막능여)】: 따를 수 없다, 능가할 수 없다. 〖莫能〗: …할 수 없다. 〖如〗: 따라가다, 더 낫다, 능가하다.

10 有問之, 對曰 : 「橐駝非能使木壽且孳也, 能順木之天, 以致其性焉爾。→ 어떤 사람이 곽탁타에게 묻자, 곽탁타가 대답했다 : 「내가 능히 나무를 오래 살고 또한 잘 자라게 할 수 있는 것이 아니라, 나무의 타고난 성질에 따라, 그 습성대로 자라게 할 수 있을 뿐입니다.
【橐駝(탁타)】: 곽탁타가 자기 이름을 「나」라는 의미로 사용했다.
【能使(능사)】: 능히 …하게 할 수 있다, …로 하여금 …할 수 있게 하다.
【壽(수)】: 장수하다, 오래 살다.
【且(차)】: 또한.

既然已，勿動勿慮，去不復顧。[12] 其蒔也若子，其置也若棄，則其天者全，而其性得矣。[13] 故吾不害其長而已，非有能碩茂之也；不抑耗其實而已，非有能蚤而蕃之也。[14] 他植者則不然：根拳而土易；其培之也，若不過焉

【孳(자)】: 성장하다, 자라다.
【順(순)】: 따르다, 순응하다.
【天(천)】: 천성. 타고난 성질.
【致其性(치기성)】: 그 습성에 이르다. 즉「그 습성대로 자라게 하다.」의 뜻. 〖致〗: 이르다, 도달하다.
【性(성)】: 본성, 습성.
【焉爾(언이)】: …일(할) 뿐이다.

11 凡植木之性，其本欲舒，其培欲平，其土欲故，其築欲密。→ 무릇 식목(植木)의 본질은, 뿌리가 뻗어야 하고, 배토(培土)는 평탄해야 하며, 흙은 본래의 것을 많이 사용해야 하고, (심고 나서) 다지기를 잘해야 합니다.
【性(성)】: 성질, 본질.
【本(본)】: 뿌리.
【舒(서)】: 뻗다.
【培(배)】: 배토(培土). 뿌리를 흙으로 덮어 주는 일.
【故(고)】: 고토(故土). 나무가 처음 뿌리를 내렸던 흙.
【築欲密(축욕밀)】: 다지기를 잘 해야 하다. 〖築〗: 흙을 다지다. 〖欲〗: …해야 하다. 〖密〗: 촘촘하다. 여기서는「심고 나서 꼭꼭 잘 밟아 주는 것」을 말한다.

12 既然已，勿動勿慮，去不復顧。→ 이미 그러한 일을 끝냈다면, 건드리지도 말고 걱정하지도 말며, (나무 곁을) 떠나 다시 돌보지 말아야 합니다.
【既然已(기연이)】: 이미 그러한 일을 끝내고 난 후. 〖已〗: 마치다, 끝내다.
【勿(물)】: …하지 말다, …하면 안 된다.
【動(동)】: 건드리다.
【慮(려)】: 걱정하다, 우려하다.
【去(거)】: 떠나다.
【顧(고)】: 돌보다.

13 其蒔也若子，其置也若棄，則其天者全，而其性得矣。→ 나무를 옮겨 심을 때는 마치 자식을 돌보듯 해야 하지만, 심고 나서 놓아둘 때는 마치 그것을 버린 듯해야, 그 타고난 성질이 보전되고, 그 습성이 잘 발전할 수 있습니다.
【蒔(시)】: 심다.
【若子(약자)】: 마치 자식 같다. 즉「자식을 돌보듯 하다.」의 뜻.
【置(치)】: 놓아두다.
【全(전)】: 보전하다.
【得(득)】: 얻다. 여기서는「발전할 수 있다.」의 뜻.

14 故吾不害其長而已，非有能碩而茂之也；不抑耗其實而已，非有能蚤而蕃之也。→ 그래서 나는 나무

則不及。[15] 苟有能反是者, 則又愛之太恩, 憂之太勤, 旦視而暮撫, 已去而復顧。[16] 甚者爪其膚以驗其生枯, 搖其本以觀其疏密, 而木之性日以離矣。[17] 雖曰愛之, 其實害之; 雖曰憂之, 其實讎之。故不我若也。吾又何能

가 자라는 것을 방해하지 않을 뿐이지, 크고 무성하게 할 수 있는 것이 아니며; 나무의 열매를 손상하지 않을 뿐이지, 일찍 열매를 맺고 풍성하게 할 수 있는 것이 아닙니다.
【而已(이이)】: …뿐.
【碩而茂之(석이무지)】: [사동 용법] 크게 자라고 무성하게 하다.
【抑耗(억모)】: 손상하다.
【蚤(조)】: 早(조). 이르다. 여기서는 「일찍 열매를 맺다.」의 뜻.
【蕃(번)】: 무성하다, 우거지다, 풍성하다.

15 他植者則不然 : 根拳而土易; 其培之也, 若不過焉則不及。→ 다른 식목인들은 그렇지 않습니다. (나무를 심을 때) 뿌리는 구부러지고 흙은 새것으로 바꾸며; 흙을 돋울 때도, 지나치지 않으면 모자라게 합니다.
【拳(권)】: 굽다, 구불구불하다.
【土易(토이)】: 흙이 바뀌다.
【若不(약불)…則(즉)…】: 만일 …하지 않으면 …하다.
【焉(언)】: [어기사].
【不及(불급)】: 부족하다, 모자라다.

16 苟有能反是者, 則又愛之太恩, 憂之太勤, 旦視而暮撫, 已去而復顧。→ 설사 이렇게 하지 않는 사람이라 해도, 또 나무에 대한 사랑이 너무 도탑고, 나무에 대한 걱정이 너무 지나쳐서, 아침에 보고 저녁에 어루만지며, 이미 떠났다가도 다시 와서 돌봅니다.
【苟(구)】: 설사, 가령.
【反是者(반시자)】: 앞에서 말한 상황과 반대인 경우.
【之(지)】: [대명사] 그것, 즉 「나무」.
【太(태)】: 너무, 몹시.
【恩(은)】: 간절하다, 도탑다. ※ 판본에 따라서는 「恩」을 「殷(은)」이라 했다.
【勤(근)】: 많다, 지나치다.
【撫(무)】: 어루만지다.
【去(거)】: 떠나다.
【復(부)】: 다시.

17 甚者爪其膚以驗其生枯, 搖其本以觀其疏密, 而木之性日以離矣。→ 심지어 손톱으로 그 껍질을 긁어 생사여부를 검사하고, 그 뿌리를 흔들어서 그 다진 상태를 봅니다. 그래서 나무의 본성이 날로 부실해집니다.
【甚者(심자)】: 심지어, 심할 경우.
【爪(조)】: [동사 용법] 손톱으로 긁다.
【膚(부)】: 살갗, 피부. 여기서는 「나무의 껍질」을 가리킨다.

爲哉?」[18] 問者曰:「以子之道, 移之官理, 可乎?」[19] 駝曰:「我知種樹而已, 理, 非吾業也。[20] 然吾居鄕, 見長人者好煩其令, 若甚憐焉, 而卒以禍。[21] 旦暮, 吏來而呼曰:『官命促爾耕, 勗爾植, 督爾穫。早繅而緖, 早織而縷,

---

【驗(험)】: 검사하다, 검증하다.

【生枯(생고)】: 生死(생사). 〖枯〗: 말라 죽다.

【疏密(소밀)】: 엉성함과 견실함. 즉 나무를 심고 나서 흙으로 뿌리를 덮고 다진 정도가 엉성한지 견실한지의 여부.

【日以離(일이리)】: 날로 부실해지다.

18 雖曰愛之, 其實害之; 雖曰憂之, 其實讎之。故不我若也。吾又何能爲哉?」→ 비록 나무를 사랑한다고 말하지만, 실제로는 나무를 해치는 것이며; 비록 나무를 걱정한다고 말하지만, 실제로는 나무를 증오하는 것입니다. 그래서 (그들은) 나보다 못한 것입니다. 내가 또 무슨 특별한 능력이 있겠습니까?」

【之(지)】: [대명사] 그것, 즉 「나무」.

【讎(수)】: 증오하다, 적대시하다.

【不我若(불아약)】: [不若我의 도치 형태] 나보다 못하다. 〖不若〗: 不如(불여). …보다 못하다.

【爲(위)】: [어기사] ※ 구(句)의 말미에 놓여 감탄·의문을 표시한다.

19 問者曰:「以子之道, 移之官理, 可乎?」→ 질문한 사람이 물었다:「당신의 방법을 가지고, 관치(官治)에 적용한다면, 가능하겠습니까?」

【以(이)】: …으로, …을 가지고.

【子(자)】: 너, 당신, 그대.

【道(도)】: 이치, 방법.

【移(이)】: 옮기다. 여기서는 「적용하다.」의 뜻.

【官理(관리)】: 관치(官治). 관리의 정치. ※ 당(唐)의 관습에서 고종(高宗)의 이름이 이치(李治)이기 때문에 「治」를 기휘하여 「理(리)」를 썼다.

20 駝曰:「我知種樹而已, 理, 非吾業也。→ 곽탁타가 대답했다:「나는 나무 심는 것만 알뿐이지, 정치는, 나의 본업이 아닙니다.

【而已(이이)】: …뿐.

【理(리)】: 治(치). 다스리는 것, 즉 「정치」. ※ 판본에 따라서는 「理」를 「官理(관리)」라 했다.

21 然吾居鄕, 見長人者好煩其令, 若甚憐焉, 而卒以禍。→ 그러나 내가 마을에 살면서, 관리들이 정령(政令)을 번거롭게 많이 반포하기를 좋아하는 걸 보면, 마치 백성을 가엽게 여기는 것 같지만, 결국은 재앙을 가져다줍니다.

【然(연)】: 그러나.

【長人者(장인자)】: 백성을 관리하는 자, 즉 「관리(官吏)」를 가리킨다.

【好(호)】: [동사] 좋아하다.

【煩(번)】: [동사 용법] 번거롭다. 여기서는 「번거롭게 많이 반포하다.」의 뜻.

字而幼孩, 遂而雞豚。』[22] 鳴鼓而聚之, 擊木而召之。[23] 吾小人輟飧饔以勞吏者, 且不得暇, 又何以蕃吾生而安吾性耶? 故病且怠。[24] 若是, 則與吾

【若(약)】: 마치 …같다.
【憐(련)】: 가엽게 여기다.
【卒(졸)】: 결국, 끝내.
【禍(화)】: 재앙, 재난.

22 旦暮, 吏來而呼曰 :『官命促爾耕, 勗爾植, 督爾穫。早繅而緒, 早織而縷, 字而幼孩, 遂而雞豚。』→ 아침저녁으로, 관리가 와서 외쳐대길 :『관청에서는 당신들에게 밭을 갈도록 재촉하고, 당신들에게 나무를 심도록 독려하고, 당신들에게 수확을 하도록 독촉하라는 명을 내렸소. 속히 당신들의 실을 뽑고, 속히 당신들의 베를 짜고, 당신들의 어린 자식을 잘 키우고, 당신들의 닭 · 돼지를 기르시오.』라고 합니다.
【促(촉)】: 재촉하다.
【爾(이)】: 너, 당신.
【勗(욱)】: 독려하다.
【督(독)】: 독촉하다.
【穫(확)】: 수확하다.
【早(조)】: 일찍, 빨리. ※ 판본에 따라서는「早」를「蚤(조)」라 했다.
【繅(소)】: 누에고치에서 실을 뽑다. ※ 판본에 따라서는「繅」를「繰(소)」라 했다.
【而(이)】: 爾(이). 너, 당신.
【緖(서)】: 실.
【織(직)】: 짜다, 방직하다.
【縷(루)】: 실. 여기서는「포(布), 베」를 말한다.
【字(자)】: 기르다, 키우다, 양육하다.
【遂(수)】: 생장하다, 나서 자라다. 여기서는「기르다, 사육하다.」의 뜻.
【豚(돈)】: 돼지.

23 鳴鼓而聚之, 擊木而召之。→ 북을 울려 사람들을 모으고, 딱따기를 쳐서 사람들을 불러냅니다.
【鳴鼓(명고)】: 북을 울리다. 〖鳴〗: 울리다, 치다.
【聚(취)】: 모으다, 모이게 하다.
【之(지)】: [대명사] 그들, 즉「백성」.
【擊木(격목)】: 딱따기를 치다. 〖木〗: 딱따기. ※ 옛날 야경을 돌 때나 군중을 소집할 때 치던 나무로 만든 물건.
【召(소)】: 부르다, 소집하다.

24 吾小人輟飧饔以勞吏者, 且不得暇, 又何以蕃吾生而安吾性耶? 故病且怠。→ 우리 백성들은 아침저녁 식사까지 멈추고 관리들을 접대하는 일만으로도, 여전히 틈을 낼 수가 없는데, 또 무슨 방법으로 우리들의 생산을 늘리고 우리들의 마음을 편하게 하겠습니까? 그리하여 고통스럽고 또한 피곤합니다.

業者其亦有類乎?」[25] 問者曰 :「嘻, 不亦善夫! 吾問養樹, 得養人術。」[26] 傳其事以爲官戒也。[27]

해설

곽탁타(郭槖駝)가 나무를 심어 성공하는 비결은, 오로지 나무의 타고난 성질에 순응하여 뿌리가 잘 뻗도록 하고, 배토(培土)를 평탄하게 하고, 원래의 흙을 많이 사용하고,

---

【小人(소인)】: 백성.
【輟(철)】: 멈추다, 중단하다.
【飧饔(손옹)】: 저녁밥과 아침밥. 여기서는 동사용법으로 「식사하다.」의 뜻.
【勞(로)】: 위로하다, 접대하다.
【吏者(이자)】: 관리, 벼슬아치.
【且(차)】: 여전히, 아직.
【不得(부득)】: …할 수가 없다.
【暇(가)】: 틈, 겨를.
【何以(하이)】: 무슨 방법으로, 어떻게.
【蕃吾生(번오생)】: 우리의 생산을 늘리다. 〖蕃〗: 늘다, 번창하다.
【安吾性(안오성)】: 우리의 마음을 편안하게 하다. 〖性〗: 심성, 마음.
【病(병)】: 고통스럽다, 괴롭다.
【怠(태)】: 권태롭다, 피곤하다.

25 若是, 則與吾業者其亦有類乎?」→ 이와 같으니, 내가 하는 일과 대체로 비슷하지 않습니까?」
【若是(약시)】: 이와 같다, 이렇다.
【吾業者(오업자)】: 우리 업자. 우리와 같은 직업을 가진 사람들.
【其亦有類乎(기역유류호)】: 대체로 서로 비슷하지 않겠는가? 〖其〗: 대체로, 아마도. 〖類〗: 유사하다, 비슷하다.

26 問者曰 :「嘻, 不亦善夫! 吾問養樹, 得養人術。」→ 질문한 사람이 말했다 :「아, 매우 훌륭하지 않습니까! 나는 나무 기르는 것을 묻다가, 백성을 다스리는 방법을 터득하였습니다.」
【嘻(희)】: [감탄사] 아!
【不亦善夫(불역선부)】: 매우 좋지 않은가? 〖不亦…夫〗: 不亦…乎. …하지 않은가? 〖善〗: 좋다, 훌륭하다. 〖夫〗: [어조사].
【養人術(양인술)】: 백성을 다스리는 방법.

27 傳其事以爲官戒也。→ (이에) 그 일을 기록하여 관리의 계율(戒律)로 삼고자 한다.
【傳(전)】: 기록하다.
【以爲(이위)】: 以(之)爲…. 이로써 …를 삼다.
【官戒(관계)】: 관리의 계율(戒律).

다지기를 견실하게 해야 하며, 이러한 과정을 끝낸 후에는 절대로 건드리지도 말고 걱정하지도 말며 다시 돌보지 말아야 한다는 것이다.

그러한 나무의 생장 원리를 모르고 나무에 대한 관심이 너무 지나쳐, 아침저녁으로 어루만지고 심지어 손톱으로 껍질을 긁어 생사여부를 확인하는 것은, 얼핏 보기에 마치 나무를 매우 사랑하는 것 같지만 실제로는 나무의 본성을 거슬러 오히려 나무를 해치는 것이다.

따라서 관리들이 백성을 다스리는 것도 나무를 심는 것과 마찬가지로, 백성들을 가엽게 여긴다는 명분하에 정령(政令)을 많이 반포하여 오히려 백성들을 곤욕스럽게 하지 말고 백성들의 요구에 순응해야 하는 것이다.

이 우언은 곽탁타의 나무 심는 방법을 통해, 이른바 정치란 반드시 백성들의 요구에 순응하여야 올바른 관치(官治)가 시행되어 나라가 태평하고 백성이 편안할 수 있다는 국태민안(國泰民安)의 이치를 설명한 것이다.

081 재인전(梓人傳)
《柳河東集 · 第十七卷 · 梓人傳》

작자

080 곽탁타종수(郭橐駝種樹) 참조

원문 및 주석

梓人傳[1]

裴封叔之第, 在光德里。有梓人款其門, 願傭隟宇而處焉。[2] 所職, 尋引、

1 梓人傳 → 재인(梓人) 이야기

【梓人(재인)】: 대목(大木). 건축사. ※《주례(周禮) · 고공기(考工記)》의 기록에 의하면, 목공(木工)은 7종이 있는데 재인(梓人)이 그중 하나이다. 재인이 주로 하는 일은 가래나무를 가지고 악기 · 그릇 · 과녁 등을 만드는 일이다. 여기서는 「대목(大木). 건축사」를 가리킨다.

2 裴封叔之第, 在光德里。有梓人款其門, 願傭隟宇而處焉。→ 배봉숙(裴封叔)의 집은, 광덕리(光德里)에 있다. 어느 재인(梓人)이 그 집 문을 두드리며, 빈 방에 세 들어 살기를 원했다.

【裴封叔(배봉숙)】: [인명] 성은 배(裴), 이름은 근(瑾)이며, 자는 봉숙(封叔)이다. 하동(河東) 문희(聞喜)[지금의 산서성 문희현(聞喜縣)] 사람으로 장안현(長安縣) 현령을 지냈으며, 유종원의 자형(姊兄)이다.

【第(제)】: 집, 주택.

【光德里(광덕리)】: 당(唐) 장안(長安)의 동네 이름. 지금의 섬서성 서안시(西安市) 서남쪽.

【款(관)】: 두드리다.

【傭(용)】: 품을 팔다, 고용되다. 여기서는 「품값으로 방세를 대신하는 방식으로 세를 들다.」의 뜻.

【隟宇(극우)】: 빈 방. 【隟】: 隙(극). 빈 곳. ※ 판본에 따라서는 「隟」을 「隙」이라 했다.

【處(처)】: 살다, 거처하다.

【焉(언)】: [문미조사].

規矩、繩墨, 家不居礱斲之器。[3] 問其能, 曰:「吾善度材。視棟宇之制, 高深圓方短長之宜, 吾指使而群工役焉。[4] 捨我, 衆莫能就一宇。故食於官府, 吾受祿三倍; 作於私家, 吾收其直太半焉。」[5] 他日, 入其室, 其床闕足

3 所職, 尋引、規矩、繩墨, 家不居礱斲之器。→ 그가 소지하고 있는 도구는, 긴 자와 짧은 자·그림쇠와 곱자·먹줄과 먹통 뿐, 집에 (숫돌·칼·도끼와 같은) 갈고 베고 깎는 도구는 없었다.
【職(직)】: 관장하다, 맡아 다스리다. 여기서는 「소지하고 있는 도구」를 말한다.
【尋引(심인)】: 장척(長尺)과 단척(短尺). 〖尋〗: [길이 단위] 8척(尺) 을 심(尋)이라 하는데, 여기서는 길이를 재는 도구로 「장척(長尺 : 긴 자)」을 말한다. 〖引〗: 1장(丈)을 인(引)이라 하는데, 여기서는 길이를 재는 도구로 「단척(短尺 : 짧은 자)」을 말한다.
【規矩(규구)】: 그림쇠와 곱자. 〖規〗: 그림쇠. 원을 그리는 도구. 〖矩〗: 곱자. 네모를 그리는 도구.
【繩墨(승묵)】: 먹줄과 먹통. 직선을 그릴 때 사용하는 도구로 먹통에 먹줄이 말려 있다.
【不居(불거)】: 놓아두지 않다. 즉 「없다, 가지고 있지 않다.」의 뜻.
【礱斲之器(농착지기)】: (숫돌·칼·도끼 등) 갈고 베고 깎는 도구. 〖礱〗: 磨(마). 갈다. 〖斲〗: 斫(작). 베다, 깎다.

4 問其能, 曰:「吾善度材。視棟宇之制, 高深圓方短長之宜, 吾指使而群工役焉。→ 그의 특기를 물으니, 그가 대답했다 :「나는 목재를 측량하는 일에 능합니다. 집의 규모를 보아, 높고 깊고 둥글고 모나고 길고 짧은 모양에 알맞도록, 내가 지휘하고 여러 목공들이 일을 합니다.
【能(능)】: 특기, 재능.
【度材(탁재)】: 목재를 측량하다. 〖度〗: 재다, 측량하다. 〖材〗: 목재.
【棟宇(동우)】: 집, 건물.
【制(제)】: 규모, 규격.
【宜(의)】: 알맞은 정도.
【指使(지사)】: 지휘하다, 지시하다.
【役(역)】: 일하다.

5 捨我, 衆莫能就一宇。故食於官府, 吾受祿三倍; 作於私家, 吾收其直太半焉。」→ 내가 없으면, 그들은 한 채의 집도 지을 수가 없습니다. 그래서 관부에서 일을 하면, 내가 (다른 사람보다) 세 배의 임금을 받고, 개인의 집에서 일을 하면, 내가 전체 품삯의 절반을 거두어갑니다.」
【捨我(사아)】: 나를 버리다, 나를 포기하다. 즉 「내가 없으면」의 뜻.
【莫能(막능)】: …할 수 없다.
【就(취)】: 완성하다.
【食於官府(식어관부)】: 관부에서 녹을 먹다. 즉 「관부에서 일하다.」의 뜻.
【祿(록)】: 임금, 급료.
【直(치)】: 値(치). 품삯, 임금.
【太半(대반)】: 절반. ※ 판본에 따라서는 「太」를 「大(대)」라 했다.

而不能理, 曰 :「將求他工。」[6] 余甚笑之, 謂其無能而貪祿嗜貨者。[7] 其後, 京兆尹將飾官署, 余往過焉。委群材, 會衆工。[8] 或執斧斤, 或執刀鋸, 皆環立嚮之。梓人左持引, 右執杖, 而中處焉。[9] 量棟宇之任, 視木之能擧,

6 他日, 入其室, 其床闕足而不能理, 曰 :「將求他工。」→ 그 후 어느 날, 그의 침실에 들어가 보니, 그의 침대에 다리 하나가 없는데 수리를 하지 못하고, 나에게 말했다 :「다른 목공에게 부탁해서 고치려고 합니다.」

【他日(타일)】: 다른 날, 훗날, 어느 날.

【闕(궐)】: 缺(결). 부족하다, 모자라다.

【理(리)】: 수리하다.

【將(장)】: (장차) …하려 하다.

【求(구)】: 청하다, 부탁하다.

7 余甚笑之, 謂其無能而貪祿嗜貨者。→ 나는 그를 몹시 비웃으며, 능력도 없이 임금을 탐하고 재물을 좋아하는 사람이라고 여겼다.

【笑(소)】: 비웃다.

【謂(위)】: …라고 여기다, …라고 생각하다.

【貪祿嗜貨(탐록기화)】: 임금을 탐하고 재물을 좋아하다. 〖嗜〗: 즐기다, 좋아하다.

8 其後, 京兆尹將飾官署, 余往過焉。委群材, 會衆工。→ 그 후, 경조윤(京兆尹)이 관아(官衙)를 수리하려고 할 때, 내가 그곳을 지나갔다. 많은 목재가 쌓여 있고, 많은 공인들이 모여 있었다.

【京兆尹(경조윤)】: 경조부(京兆府)의 부윤(府尹). 오늘날의 서울시장. ※ 당대(唐代) 경조부의 소재지는 장안(長安)[지금의 섬서성 서안시(西安市)].

【將(장)】: (장차) …하려고 하다.

【飾(식)】: 보수하다, 수리하다.

【官署(관서)】: 관아, 관청.

【往過(왕과)】: 지나가다.

【委(위)】: 쌓이다.

【群材(군재)】: 많은 목재.

【會(회)】: 모이다.

9 或執斧斤, 或執刀鋸, 皆環立嚮之。梓人左持引, 右執杖, 而中處焉。→ 어떤 사람은 도끼를 들고, 어떤 사람은 칼과 톱을 들고, 모두 빙 둘러 서서 그를 향하고 있었다. 재인은 왼손에 짧은 자를 들고, 오른손에 지팡이를 잡고, 중앙에 서 있었다.

【或(혹)】: 어떤 사람.

【執(집)】: 잡다, 들다.

【斧斤(부근)】: 도끼.

【鋸(거)】: 톱.

【環立(환립)】: 빙 둘러 서다.

【嚮(향)】: 向(향). 향하다.

揮其杖曰：「斧!」 彼執斧者奔而右。顧而指曰：「鋸!」彼執鋸者趨而左。[10] 俄而, 斤者斲, 刀者削, 皆視其色, 俟其言, 莫敢自斷者。[11] 其不勝任者, 怒而退之, 亦莫敢慍焉。[12] 晝宮於堵, 盈尺而曲盡其制, 計其毫釐而構大

【杖(장)】: 지팡이.

【中處(중처)】: 중간에 처하다, 가운데에 서다.

10 量棟宇之任, 視木之能擧, 揮其杖曰：「斧!」 彼執斧者奔而右。顧而指曰：「鋸!」 彼執鋸者趨而左。→ 집의 하중(荷重)을 가늠하고, 목재가 능히 감당할 수 있는가를 보아, 지팡이를 휘두르며:「도끼!」라고 말하면, 그 도끼를 든 사람이 달려서 오른쪽으로 가고, 고개를 돌려 (다른 쪽을) 가리키며:「톱!」이라고 말하면, 톱을 든 사람이 달려서 왼쪽으로 갔다.

【量(량)】: 가늠하다, 헤아리다.

【任(임)】: 감내하다, 감당하다, 견디다. 여기서는「하중, 부하」를 가리킨다.

【擧(거)】: 들어 올리다, 쳐들다. 여기서는「감당하다, 견디다.」의 뜻.

【揮(휘)】: 휘두르다, 흔들다.

【右(우)】: [동사 용법] 오른쪽으로 가다.

【趨(추)】: 달리다, 빨리 가다.

【左(좌)】: [동사 용법] 왼쪽으로 가다.

11 俄而, 斤者斲, 刀者削, 皆視其色, 俟其言, 莫敢自斷者。→ 잠시 후, 도끼를 든 사람은 내리찍고, 칼을 든 사람은 깎는 일을 하는데, 모두 재인의 얼굴빛을 보며, 재인이 분부하는 말을 기다릴 뿐, 감히 자기주장을 하는 사람이 없었다.

【俄而(아이)】: 잠시 후, 조금 있다가.

【斤者(근자)】: 도끼를 든 사람.

【斲(착)】: 찍다, 패다.

【削(삭)】: 깎다.

【色(색)】: 낯빛, 안색, 얼굴빛.

【俟(사)】: 기다리다.

【其言(기언)】: 재인의 말. 즉「재인이 분부하는 말」을 가리킨다. 〖其〗: [대명사] 그, 즉「재인」.

【莫敢(막감)】: 감히 …하지 못하다.

【自斷(자단)】: 자기주장을 하다, 자기 의견을 내다.

12 其不勝任者, 怒而退之, 亦莫敢慍焉。→ (재인이) 일을 감당하지 못하는 사람에 대해, 화를 내며 그들을 해고해도, 또한 감히 화를 내지 못했다.

【勝任(승임)】: 감당하다, 잘해내다.

【退(퇴)】: [사동 용법] 물러나게 하다, 쫓아내다. 즉「해고하다.」의 뜻.

【莫敢(막감)】: 감히 …하지 못하다.

【慍(온)】: 화내다, 성내다.

廈, 無進退焉。[13] 旣成, 書于上棟曰 :「某年某月某日某建。」 則其姓字也, 凡執用之工不在列。[14] 余圜視大駭, 然後知其術之工大矣。[15]

해설

작자는 재인(梓人)이 자신의 능력을 장황하게 늘어놓으며 자기가 없으면 어느 누구도 집을 지을 수 없다고 과찬한 것에 반해, 막상 자기 침대의 한쪽 다리가 없는 것을 고치지 못해 다른 목공을 청해 고치려 한다는 말을 듣고 마음속으로 그를 비웃었다. 그러

---

13 畫宮於堵, 盈尺而曲盡其制, 計其毫釐而構大廈, 無進退焉。→ 담장에 집의 도면을 그렸는데, 한 자 정도의 크기에 불과했지만 그 규모와 구조를 남김없이 그려냈고, 그 (도면의) 치수를 계산하여 큰 건물을 짓는데, 전혀 오차가 없었다.

【宮(궁)】: 집, 건물. 여기서는 「집의 설계도면」을 말한다.

【堵(도)】: 담장, 벽.

【盈尺(영척)】: 한 자 정도의 크기.

【曲盡(곡진)】: 남김없이 그려내다, 상세히 묘사해내다.

【制(제)】: 규모와 구조.

【毫釐(호리)】: [길이 단위] 10毫는 1釐. 여기서는 「수치, 치수」를 말한다.

【構(구)】: (집을) 짓다.

【大廈(대하)】: 큰 건물.

【進退(진퇴)】: 오차, 차이.

14 旣成, 書于上棟曰 :「某年某月某日某建。」 則其姓字也, 凡執用之工不在列。→ 완공하고 나서, 마룻대에 :「모년 모월 모일 아무개가 짓다.」라고 썼다. 그것은 바로 재인 자기의 성과 이름이고, 무릇 도구를 들고 직접 일을 한 공인들은 아무도 이름을 열거하지 않았다.

【旣成(기성)】: 완성한 후, 완공하고 나서. 〖旣〗: …후, …하고 나서.

【上棟(상동)】: 마룻대, 용마루.

【姓字(성자)】: 성명, 성과 이름. ※ 판본에 따라서는 「姓字」를 「姓氏(성씨)」라 했다.

【凡(범)】: 대저, 무릇.

【執用之工(집용지공)】: 도구를 들고 직접 일을 한 공인.

【不在列(부재열)】: 열거하지 않다, 올리지 않다.

15 余圜視大駭, 然後知其術之工大矣。→ 나는 사방을 둘러보고 매우 놀랐다. 그리고 그의 기술이 정교하고 대단하다는 것을 알았다.

【圜視(원시)】: 사방을 둘러보다.

【大駭(대해)】: 매우 놀라다.

【工大(공대)】: 정교하고 대단하다.

나 어느 날 경조윤(京兆尹)의 관아를 수리하는 건축 현장을 목격하고 재인의 하는 일과 일반 목공의 하는 일이 엄연히 다르다는 것을 깊이 깨달았다.

재인은 건축물의 규모와 구조 및 자재의 선택 등 건축 전반에 관한 해박한 지식을 가지고, 나무를 깎고 톱질을 하는 등 직접 노역에 종사하는 목공들을 부리는 지휘자의 역할을 한다.

이 우언은 일반 목공을 능력에 따라 적재적소(適材適所)에 활용하여 추호의 오차 없이 건물을 짓는 재인의 역할을 찬양하고, 이를 정치와 결부시켜 재상의 역할도 마땅히 이와 같아야 한다는 치국지도(治國之道)의 기본 원칙을 제시한 것이다.

082 부판지사(蝜蝂之死)

《柳河東集 · 第十七卷 · 蝜蝂傳》

작자

080 곽탁타종수(郭橐駝種樹) 참조

원문 및 주석

蝜蝂之死[1]

蝜蝂者, 善負小蟲也。[2] 行遇物, 輒持取, 卬其首負之。[3] 背愈重, 雖困劇不止也。[4] 其背甚澀, 物積因不散, 卒躓仆不能起。[5] 人或憐之, 爲去其負。

1 蝜蝂之死 → 부판(蝜蝂)의 죽음
【蝜蝂(부판)】: [벌레 이름] 검은색의 작은 벌레.

2 蝜蝂者, 善負小蟲也。→ 부판(蝜蝂)은, 짐을 잘 짊어지는 작은 벌레이다.
【善負(선부)】: 짐을 잘 짊어지다. 〖負〗: (짐 따위를) 지다, 메다.

3 行遇物, 輒持取, 卬其首負之。→ 기어 가다가 물건을 만나면, 곧 그것을 잡아, 머리를 쳐들고 등에 짊어진다.
【輒(첩)】: 곧, 바로, 즉시.
【持取(지취)】: 잡다, 쥐다.
【卬(앙)】: 昂(앙). (머리를) 쳐들다.

4 背愈重, 雖困劇不止也。→ 등에 진 물건이 갈수록 점점 더 무거워져, 비록 몸이 몹시 지친다 해도 결코 멈추지 않는다.
【愈(유)】: 더욱.
【雖(수)】: 비록.
【困劇(곤극)】: 몹시 지치다, 매우 피곤하다. 〖劇〗: 심하다, 격렬하다.
【止(지)】: 멈추다, 그만두다.

苟能行, 又持取如故。[6] 又好上高, 極其力不已, 至墜地死。[7] 今世之嗜取者, 遇貨不避, 以厚其室, 不知爲己累也, 唯恐其不積。[8] 及其怠而躓也, 黜棄之, 遷徙之, 亦以病矣。苟能起, 又不艾。[9] 日思高其位, 大其祿, 而貪

---

5 其背甚澀, 物積因不散, 卒躓仆不能起。→ 부판의 등은 매우 껄끄러워, 물건이 쌓여도 흐트러지지 않기 때문에, 결국에는 (짐을 이기지 못하고) 넘어져 일어나지 못한다.
【澀(삽)】: 매끄럽지 않다, 껄끄럽다.
【積(적)】: 쌓이다.
【因(인)】: …로 인해, …때문에.
【卒(졸)】: 마침내, 드디어, 결국.
【躓仆(지부)】: 넘어지다, 쓰러지다.

6 人或憐之, 爲去其負。苟能行, 又持取如故。→ 어떤 사람이 이를 불쌍히 여겨, 부판을 위해 짐을 제거해 준다. 그러나 만일 걸을 수 있게 되면, 또 전과 같이 물건을 잡는다.
【憐(련)】: 불쌍히 여기다.
【之(지)】: [대명사] 그것, 즉 「부판」.
【去(거)】: 제거하다, 없애다.
【苟(구)】: 만약.
【如故(여고)】: 전과 같이, 이전처럼.

7 又好上高, 極其力不已, 至墜地死。→ 또 높이 오르기를 좋아하여, 힘이 다할 때까지 멈추지 않다가, 결국 땅으로 떨어져 죽기에 이른다.
【好(호)】: [동사] 좋아하다.
【極(극)】: 절정에 이르다, 다하다.
【不已(불이)】: 그치지 않다, 멈추지 않다.
【至(지)】: …에 이르다.
【墜(추)】: 떨어지다, 추락하다.

8 今世之嗜取者, 遇貨不避, 以厚其室, 不知爲己累也, 唯恐其不積。→ 오늘날 욕심이 많은 사람은, 재물을 만나면 피하지 않고, 이로써 자기 집을 부유하게 하는데, 그것이 자기에게 누가 된다는 사실을 모르고, 오직 재물이 더욱 쌓이지 않는 것을 두려워한다.
【嗜取者(기취자)】: 취하기를 좋아하는 사람. 즉 「욕심이 많은 사람」을 가리킨다. 〖嗜〗: 좋아하다, 즐기다.
【貨(화)】: 재물.
【厚(후)】: 부유하게 하다, 넉넉하게 하다.
【爲己累(위기루)】: 자기에게 누가 되다. 〖累〗: 누를 끼치다, 누가 되다.
【唯(유)】: 오직, 다만.
【恐(공)】: 두려워하다.

9 及其怠而躓也, 黜棄之, 遷徙之, 亦以病矣。苟能起, 又不艾。→ 그러다가 피로하여 쓰러지고, 파직당

取滋甚, 以近於危墜, 觀前之死亡不知戒。[10] 雖其形魁然大者也, 其名人也, 而智則小蟲也。亦足哀夫![11]

해설

부판(蝜蝂) 벌레는 기어 가다가 물건을 만나면 곧 그것을 붙잡아 등에 짊어진다. 등에 진 물건은 갈수록 점점 더 무거워지고, 또 등이 껄끄러워 물건이 땅에 잘 떨어지지

하고, 유배되기에 이르면, 또한 매우 고통스러워한다. 그러나 만일 다시 일어난다 해도, 또 (그 짓을) 멈추지 않는다.
【及(급)】: …에 이르러.
【怠(태)】: 피로하다, 지치다.
【躓(지)】: 쓰러지다, 넘어지다.
【黜棄(출기)】: 파면되다, 파직당하다.
【遷徙(천사)】: 유배되다.
【以(이)】: 已(이). 너무, 극히, 심히.
【病(병)】: 고달프다, 피곤하다, 고통스럽다.
【苟(구)】: 만약, 만일.
【艾(애)】: 멈추다, 그치다, 끝나다.

10 日思高其位, 大其祿, 而貪取滋甚, 以近於危墜, 觀前之死亡不知戒。→ 날마다 지위를 높이고, 봉록을 늘릴 생각을 하며, 재물을 탐하여 갈취하는 일이 더욱 심해져서, 위기의 나락으로 다가가고 있는데, 앞에서 (재물을 탐하다가) 죽은 사람을 보고도 여전히 경계할 줄을 모른다.
【大其祿(대기록)】: 봉록을 늘리다. 〖大〗: [동사] 늘리다.
【貪取(탐취)】: 탐하여 갈취하다.
【滋甚(자심)】: 더욱 심해지다. 〖滋〗: 늘어나다, 증가하다. 여기서는 「더욱」의 뜻.
【危墜(위추)】: 위기의 나락.
【戒(계)】: 경계하다.

11 雖其形魁然大者也, 其名人也, 而智則小蟲也。亦足哀夫! → 비록 몸집은 크고, 이름은 사람이라지만, 지혜는 부판과 다를 바 없다. 실로 매우 슬픈 일이다.
【形(형)】: 몸, 몸집, 체구.
【魁然(괴연)】: 매우 큰 모양. 〖魁〗: (몸집이) 크다. 〖然〗: 형용사나 부사의 뒤에 쓰여 상태나 모양을 나타낸다.
【智(지)】: 지혜.
【小蟲(소충)】: 작은 벌레. 여기서는 「부판」을 가리킨다.
【亦(역)】: 실로.

도 않는다. 짐을 너무 많이 짊어지다 보니 몸이 지칠 대로 지쳐 견디지 못하는데도 부판은 결코 그러한 행위를 멈추려하지 않고, 또 더욱 높이 오르기를 좋아하여 최후에는 결국 땅에 추락하여 죽고 만다.

이 우언은 중당(中唐) 시기 관리들의 부정부패로 인해 나라가 점차 쇠퇴 일로를 걷는 상황을 목격한 작자가 부판 벌레의 행태를 빌려, 높은 직위와 재물을 탐하다가 패가망신(敗家亡身)하는 사람들의 어리석은 행위를 폭로하고 풍자한 것이다.

083 애전망명(愛錢忘命)

《柳河東集·第十八卷·哀溺文》

작자

080 곽탁타종수(郭橐駝種樹) 참조

원문 및 주석

愛錢忘命[1]

永之氓咸善游。一日，水暴甚，有五六氓乘小船絶湘水。[2] 中濟，船破，

1 愛錢忘命 → 돈을 좋아하여 목숨을 잃다

2 永之氓咸善游。一日，水暴甚，有五六氓乘小船絶湘水。→ 영주(永州)의 백성들은 모두 헤엄을 잘 친다. 어느 날, 물이 크게 불어나자, 대여섯 명의 백성들이 작은 배를 타고 상수(湘水)를 횡단하고 있었다.

【永(영)】: [지명] 영주(永州). 지금의 호남성 영릉현(零陵縣). 소수(瀟水)와 상수(湘水)가 합류하는 지점이다. 유종원은 순종(順宗) 원년(805) 혁신을 주장하는 왕숙문(王叔文) 집단에 참여했다가, 그해 순종이 죽자 왕숙문이 물러나고, 유종원도 영주사마(永州司馬)[지금의 호남성 영릉(零陵)]로 폄적되어 영주에서 10년을 지냈다.

【氓(맹)】: 백성.

【咸(함)】: 모두, 다.

【善游(선유)】: 헤엄을 잘 치다.

【水暴甚(수폭심)】: 물이 크게 불어나다.

【乘(승)】: (차·말·배 등을) 타다.

【絶(절)】: (강·바다 등을) 가로 건너다, 횡단하다.

【湘水(상수)】: [강 이름] 상강(湘江). 지금의 광서성 흥안현(興安縣)의 양해산(陽海山)에서 발원하여 동북쪽으로 흘러 호남성 영릉현(零陵縣) 서쪽에서 이수(灕水)와 만난다.

皆游。其一氓盡力而不能尋常。[3] 其侶曰：「汝善游最也，今何後爲?」曰：「吾腰千錢，重，是以後。」[4] 曰：「何不去之?」不應，搖其首。有頃，益怠。[5] 已濟者立岸上，呼且號曰：「汝愚之甚！蔽之甚！身且死，何以貨爲?」又搖其首，遂溺死。[6]

---

3 中濟，船破，皆游。其一氓盡力而不能尋常。→ 중간쯤 건넜을 때, 배가 부서져, 모두 헤엄을 쳤다. 그 중 한 사람은 온 힘을 다했으나 얼마 헤엄쳐 나가지 못했다.
【中濟(중제)】: 중간쯤 건너가다. 〖濟〗: 건너다.
【不能尋常(불능심상)】: 얼마 헤엄쳐 나가지 못하다. 〖尋常〗: [길이 단위] 8척을 「尋」이라 하고, 2심을 「常」이라 했다. 여기서는 「짧은 거리, 가까운 거리」를 가리킨다.

4 其侶曰：「汝善游最也，今何後爲?」曰：「吾腰千錢，重，是以後。」→ 그의 옆에서 함께 헤엄치던 사람이 말했다 : 「당신은 (본래) 헤엄을 가장 잘 쳤는데, 지금은 어째서 뒤처지지요?」 (그 사람이) 대답했다 : 「내 허리에 동전 천 개를 차서, 너무 무겁소. 그래서 뒤처지는 것이오.」
【侶(려)】: 짝, 동반자, 동료. 여기서는 「옆에서 함께 헤엄치던 사람」을 가리킨다.
【汝(여)】: 너, 당신.
【善游最(선유최)】: [最善游의 도치 형태] 헤엄을 가장 잘 치다.
【何後爲(하후위)】: 어째서 뒤처지는가? 〖何〗: 어째서. 〖後〗: 뒤처지다. 〖爲〗: [의문 조사]. ※「何後爲」를 「爲何後」의 도치 형태로 풀이한 경우도 있다.
【腰(요)】: 허리.
【是以(시이)】: 그래서, 이로 인해.

5 曰：「何不去之?」不應，搖其首。有頃，益怠。→ (함께 헤엄치던 사람이) 말했다 : 「그러면 어째서 그것을 제거해 버리지 않소?」 그는 대답하지 않고, 고개를 내저었다. 그리고 잠시 후에는, 더욱 지쳐 버렸다.
【去(거)】: 없애다, 제거하다.
【之(지)】: [대명사] 그것, 즉 「천 개의 동전」.
【搖其首(요기수)】: 고개를 내젓다. 〖搖〗: 내젓다, 좌우로 흔들다.
【有頃(유경)】: 잠시 후, 조금 지나서.
【益(익)】: 더욱.
【怠(태)】: 피로하다, 지쳐버리다.

6 已濟者立岸上，呼且號曰：「汝愚之甚！蔽之甚！身且死，何以貨爲?」又搖其首，遂溺死。→ 이미 건너간 사람들이 강기슭에 서서, 계속 외쳐대며 말했다 : 「당신은 너무 어리석어! 너무 꽉 막혔어! 사람이 곧 죽으려 하는데, 돈이 무슨 소용이 있소?」 (그는) 또 고개를 내젓다가, 결국 익사하고 말았다.
【呼且號(호차호)】: 부르고 또한 외치다. 즉 「계속 외쳐대다.」의 뜻. 〖且〗: 그리고, 또한.
【愚之甚(우지심)】: 매우 어리석다. 〖甚〗: 심히, 매우.
【蔽之甚(폐지심)】: 꽉 막히다. 〖蔽〗: [피동 용법] 막히다, 가리다.
【身且死(신차사)】: 몸이 곧 죽어가다. 즉 「사람이 곧 죽게 되다.」의 뜻. 〖且〗: 곧 …하려 하다, 바야

해설

영주(永州)의 한 수전노는 평상시 수영을 매우 잘하던 사람이지만 허리에 맨 동전 천 개의 무게로 인해 앞으로 나아가지 못하고 기력이 소진되어 익사 위기에 처했다. 그와 함께 헤엄치던 사람들이 동전을 버리도록 외쳐대며 호소했지만 수전노는 돈을 포기하지 못하고 결국 목숨을 잃고 말았다. 살고 나서 돈이지 죽고 나면 돈이 무슨 소용이 있는가?

이 우언은 물에 빠져 죽을지언정 돈을 포기하지 못하는 수전노의 행위를 통해, 탐욕으로 인해 재물의 노예가 되어 죽어도 깨닫지 못하는 당시 관료 귀족들의 비행을 풍자한 것이다.

흐로 …하려 하다.

【何以貨爲(하이화위)?】: 돈을 가져 무엇 할 거야?, 돈이 무슨 소용이 있어? ※「何以貨爲」를「爲何以貨」의 도치 형태라고 풀이한 경우도 있다.

【遂(수)】: 마침내, 결국, 드디어.

084 삼계(三戒)

《柳河東集·第十九卷·三戒》

작자

080 곽탁타종수(郭橐駝種樹) 참조

원문 및 주석

三戒[1]

吾恒惡世之人, 不推己之本, 而乘物以逞。或依勢以干非其類, 出技以怒强, 竊時以肆暴, 然卒迨于禍。[2] 有客談麋、驢、鼠三物, 似其事, 作《三戒》。[3]

1 三戒 → 세 가지 경계해야 할 일
【戒(계)】: 경계하다, 삼가다.

2 吾恒惡世之人, 不推己之本, 而乘物以逞。或依勢以干非其類, 出技以怒强, 竊時以肆暴, 然卒迨于禍。
→ 나는 항상 세상 사람들이, 자기의 근본을 추구하지 않고, 다른 사물에 의지하여 자기를 과시하는 것을 증오한다. 어떤 사람은 세력에 의지하여 자기와 동류가 아닌 사람을 업신여기고, 어떤 사람은 자기의 (하찮은) 본령(本領)을 드러내 보여 강자(强者)를 격노(激怒)하게 하고, 어떤 사람은 기회를 이용하여 함부로 나쁜 짓을 한다. 그러나 (그들은) 결국 재앙을 당하고 만다.
【恒(항)】: 항상, 언제나, 늘.
【惡(오)】: 증오하다, 싫어하다, 미워하다.
【推己之本(추기지본)】: 자기의 근본을 추구하다. 〖推〗: 추구하다, 탐구하다.
【乘物以逞(승물이령)】: 다른 사물에 의지하여 우쭐대다. 〖乘〗: …을 이용하다, …에 의지하다. 〖物〗: 다른 사물, 외부 조건. 〖逞〗: 뽐내다, 과시하다, 우쭐대다.
【或(혹)】: 어떤 사람.
【依勢以干非其類(의세이간비기류)】: 세력에 의지하여 자기와 동류가 아닌 사람을 업신여기다. ※ 이는 「임강지미〔臨江之麋 : 임강(臨江)의 고라니〕」를 가리킨다. 〖依勢〗: 세력에 의지하다. 〖干〗: 깔보

다, 업신여기다, 괴롭히다. 【非其類】: 자기와 같은 부류가 아닌 사람. 즉 자기와 지위나 인품이 다른 사람.

【出技以怒强(출기이노강)】: 자기의 (하찮은) 본령을 드러내 보여 강자(强者)를 격노(激怒)하게 하다. ※ 이는 「검지려(黔之驢) : 검(黔) 지방의 당나귀」를 가리킨다. 【技】: 본령, 기능. 【怒】: [사동 용법] 격노(激怒)하게 하다, 분노를 야기하다.

【竊時以肆暴(절시이사폭)】: 기회를 이용하여 함부로 나쁜 짓을 하다. ※ 이는 「영모씨지서(永某氏之鼠) : 영주(永州) 모씨(某氏) 집의 쥐」를 가리킨다. 【竊】: 기회를 이용하다. 【肆暴】: 함부로 나쁜 짓을 하다.

【卒(졸)】: 마침내, 결국, 최후.

【迨于禍(태우화)】: 재앙에 이르다. 즉 「재앙을 당하다.」의 뜻. 【迨】: 及(급). …이르다. 【于】: [개사] 於(어). …에.

3 有客談麋、驢、鼠三物, 似其事, 作《三戒》。→ 어떤 손님이 고라니 · 당나귀 · 쥐 세 동물에 관해 이야기 했는데, 마치 그들의 일과 흡사하여, 《삼계(三戒)》를 지었다.

【談(담)】: 이야기하다. ※ 판본에 따라서는 「談」을 「譚(담)」이라 했다.

【麋(미)】: 고라니.

【驢(려)】: 당나귀.

【似(사)】: 마치 …같다, 흡사하다.

(1) 임강지미(臨江之麋)

원문 및 주석

臨江之麋[1]

臨江之人, 畋得麋麑, 畜之。入門, 群犬垂涎, 揚尾皆來。其人怒, 怛之。[2] 自是, 日抱就犬, 習示之, 使勿動, 稍使與之戲。[3] 積久, 犬皆如人意。麋麑

---

1 臨江之麋 → 임강(臨江)의 고라니
【臨江(임강)】: [지명] 지금의 강서성 청강현(淸江縣).
【麋(미)】: 고라니.

2 臨江之人, 畋得麋麑, 畜之。入門, 群犬垂涎, 揚尾皆來。其人怒, 怛之。→ 임강(臨江) 사람이, 사냥을 나가 고라니 새끼를 잡아와, 그것을 (집에서) 기르려 했다. 대문에 들어서자, 여러 마리의 개들이 군침을 흘리고, 꼬리를 흔들며 모두 (고라니 새끼에게) 다가왔다. 그가 화를 내며, 개들을 을렀다.
【畋(전)】: 사냥하다.
【麋麑(미예)】: 고라니 새끼. 〖麑〗: 사슴 새끼.
【畜(휵)】: 기르다.
【垂涎(수연)】: 침을 흘리다.
【揚尾(양미)】: 꼬리를 흔들다, 꼬리를 치다.
【怛(달)】: 으르다, 위협하다, 협박하다.

3 自是, 日抱就犬, 習示之, 使勿動, 稍使與之戲。→ 이때부터, 날마다 고라니 새끼를 끌어안고 개들에게 가까이 다가가, 항상 개들에게 보여주며, 함부로 건드리지 못하게 하고, 서서히 개들로 하여금 고라니 새끼와 함께 놀도록 했다.
【自是(자시)】: 이때부터.
【抱(포)】: 끌어안다.
【就(취)】: 접근하다, 가까이하다, 곁에 다가가다.
【習示之(습시지)】: 항상 고라니 새끼를 개들에게 보여주다. 〖習〗: 습관적으로, 항상. 〖之〗: [대명사] 그것, 즉 「개들」.
【使勿動(사물동)】: 함부로 건드리지 못하게 하다. 〖使勿〗: …하지 못하게 하다. 〖動〗: 건드리다, 집적대다.
【稍(초)】: 서서히, 점차.
【與之戲(여지희)】: 고라니 새끼와 함께 노닐도록 하다. 〖之〗: [대명사] 그, 그것, 즉 「고라니 새끼」. 〖戲〗: 놀다, 장난치다.

稍大，忘己之麋也，以爲犬良我友，抵觸偃仆，益狎。[4] 犬畏主人，與之俯仰甚善，然時啖其舌。[5] 三年，麋出門，見外犬在道甚衆，走欲與爲戲。[6] 外犬見而喜且怒，共殺食之，狼藉道上。麋至死不悟。[7]

---

4 積久，犬皆如人意。麋麑稍大，忘己之麋也，以爲犬良我友，抵觸偃仆，益狎。→ 오랜 시간이 지나자, 개들이 모두 주인의 뜻에 따랐다. 고라니 새끼도 점점 자라면서, 자기가 고라니라는 것을 잊고, 개들을 확실히 자기의 친구라고 여겨, 서로 치대고 부딪고 드러눕고 엎어지고 하며, 더욱 친하게 지냈다.

【積久(적구)】: 오랜 시간이 쌓이다. 즉「오랜 시간이 흐르다.」의 뜻.

【如人意(여인의)】: 주인의 뜻에 따르다.

【大(대)】: [동사] 자라다, 성장하다.

【以爲(이위)】: …라고 여기다, …라고 생각하다.

【良(량)】: 확실히, 실로.

【我友(아우)】: 나의 친구, 즉「자기의 친구」.

【抵觸偃仆(저촉언부)】: 서로 치대고 부딪고 드러눕고 엎어지고 하다. ※ 서로 친하게 장난하고 뒹굴며 노는 모습을 형용한 말.

【益(익)】: 더욱.

【狎(압)】: 친해지다.

5 犬畏主人，與之俯仰甚善，然時啖其舌。→ 개들이 주인을 두려워하여, 고라니 새끼와 매우 친하게 지내는 것처럼 보였지만, 그러나 때때로 (잡아먹고 싶은 생각에) 혀를 핥으며 입맛을 다셨다.

【畏(외)】: 두려워하다.

【俯仰(부앙)】: 서로 굽어보고 쳐다보다. 즉「함께 지내다.」의 뜻.

【啖其舌(담기설)】: 자기의 혀를 핥다. 즉「잡아먹고 싶은 생각에 자기의 혀를 핥으며 입맛을 다시다.」의 뜻. 【啖】: 먹다. 여기서는「핥다.」의 뜻.

6 三年，麋出門，見外犬在道甚衆，走欲與爲戲。→ 삼 년이 지난 후, 고라니가 (처음으로) 대문을 나섰다. 밖의 개들이 길에 매우 많은 것을 보고, 걸어가서 그 개들과 함께 어울려 놀고자 했다.

【甚衆(심중)】: 매우 많다.

【欲(욕)】: …하고자 하다, …하려고 하다.

7 外犬見而喜且怒，共殺食之，狼藉道上。麋至死不悟。→ 밖의 개들은 고라니를 보자 좋아하면서 또 화를 내더니, 함께 고라니를 죽여 나누어 먹었다. (고라니의 뼈와 피가) 길 위에 낭자했다. 고라니는 죽을 때까지 (자신이 죽는 이유를) 깨닫지 못했다.

【喜且怒(희차노)】: 좋아하며 또 화를 내다. 【且】: …하면서 또 …하다, 한편으로…하고 한편으로 …하다.

【共(공)】: 함께.

【狼藉(낭자)】: 낭자하다, 여기저기 흩어져 어지럽다.

【悟(오)】: 깨닫다.

해설

고라니는 주인의 비호 하에 집안의 개들과 친근하게 지내면서 개들이 자기의 친구라고 생각했지만, 개들은 주인을 두려워하여 마지못해 친근한 태도를 취했을 뿐, 속내는 여전히 고라니를 잡아먹고 싶은 생각에 왕왕 혀를 핥으며 입맛을 다셨다. 이처럼 순진한 고라니는 나중에 밖에 나가 여러 개들을 보자, 자신이 개가 아니라는 것을 모르고 집에서 하던 것처럼 밖의 개들에게 다가가 함께 어울리려다가 순식간에 잡혀먹고 말았다.

이 우언은 외부의 비호 세력에 의존하여 생존을 유지하던 사람이 자신의 본래 모습을 망각했다가 보호막을 잃고 재앙을 당한 어리석은 행위를 풍자한 것이다.

(2) 검지려(黔之驢)

원문 및 주석

黔之驢[1]

黔無驢, 有好事者船載以入。至則無可用, 放之山下。[2] 虎見之, 尨然大物也, 以爲神。蔽林間窺之, 稍出近之, 慭慭然莫相知。[3]

他日, 驢一鳴, 虎大駭, 遠遁, 以爲且噬己也, 甚恐。[4] 然往來視之, 覺無

---

1 黔之驢 → 검(黔) 지방의 당나귀
【黔(검)】: [지명] 지금의 사천성 남부와 귀주성 북부 지역.
【驢(려)】: 당나귀.

2 黔無驢, 有好事者船載以入。至則無可用, 放之山下。→ 검(黔) 지방에는 (본래) 당나귀가 없었는데, 호사자(好事者)가 배에 실어 들여왔다. 막상 와서 보니 쓸데가 없어, 그것을 산 아래에 풀어 놓았다.
【好事者(호사자)】: 일을 벌이기 좋아하는 사람.
【船載以入(선재이입)】: 배에 싫어 들여오다. 〖載〗: 싣다, 적재하다. 〖以〗: 而(이).
【至(지)】: 이르다, 오다.
【則(즉)】: 오히려.
【無可用(무가용)】: 쓸데가 없다.
【放(방)】: 풀어 놓다.
【之(지)】: [대명사] 그것, 즉 「당나귀」.

3 虎見之, 尨然大物也, 以爲神。蔽林間窺之, 稍出近之, 慭慭然莫相知。→ 호랑이는 당나귀를 보자, 몸집이 매우 커서, 신(神)이라 생각했다. (그리하여) 숲속에 숨어 그것을 엿보다가, 서서히 나와 당나귀에 가까이 다가가, 조심조심 신중하게 살펴보았지만 (여전히 그 정체를) 알 수가 없었다.
【尨然(방연)】: 몸집이 큰 모양. ※ 판본에 따라서는 「尨」을 「龐(방)」이라 했다.
【以爲(이위)】: …라 여기다, …라고 생각하다.
【蔽(폐)】: 숨다, 숨기다, 피하다.
【窺(규)】: 엿보다.
【稍(초)】: 서서히, 점점.
【慭慭然(은은연)】: 조심스럽고 신중한 모양. 즉 「조심조심 신중하게 살펴보다.」의 뜻.
【莫相知(막상지)】: 알지 못하다, 알 수가 없다.

4 他日, 驢一鳴, 虎大駭, 遠遁, 以爲且噬己也, 甚恐。→ 어느 날, 당나귀가 한 번 소리를 지르자, 호랑이가 크게 놀라, 멀리 달아나며, (당나귀가) 장차 자기를 물어버릴 것이라 여겨, 매우 두려워했다.
【他日(타일)】: 다른 날, 훗날, 어느 날.

異能者, 益習其聲。又近出前後, 終不敢搏。[5] 稍近, 益狎, 蕩倚衝冒。驢不勝怒, 蹄之。[6] 虎因喜, 計之曰 :「技止此耳!」因跳踉大㘎, 斷其喉, 盡其肉, 乃去。[7]

【大駭(대해)】: 크게 놀라다, 매우 놀라다. 〖駭〗: 놀라다.
【遠遁(원둔)】: 멀리 달아나다. 〖遁〗: 달아나다.
【且(차)】: 장차 …할 것이다.
【噬(서)】: 물다.
【恐(공)】: 두려워하다.

5 然往來視之, 覺無異能者, 益習其聲。又近出前後, 終不敢搏。→ 그러나 왔다 갔다 하면서 당나귀를 관찰한 결과, 특이한 본령(本領)이 없다는 것을 깨달았고, 당나귀의 소리도 점점 더 익숙해졌다. 그리하여 또 당나귀에 가까이 다가가 앞뒤에서 서성대기도 했지만, 끝내 감히 당나귀를 공격하지는 못했다.
【覺(각)】: 깨닫다.
【異能(이능)】: 남다른 재능, 특이한 본령.
【益習(익습)】: 점점 더 익숙해지다. 〖益〗: 점점 더, 더욱. 〖習〗: 익숙해지다.
【近出前後(근출전후)】: 가까이 다가가 앞뒤에서 서성대다.
【終(종)】: 시종, 끝내.
【搏(박)】: 치다, 공격하다, 덮치다.

6 稍近, 益狎, 蕩倚衝冒。驢不勝怒, 蹄之。→ (그러다가) 점차 더 가까이 가서, (의도적으로) 더욱 함부로 대하고, 무례한 짓을 하여 당나귀의 인내심을 시험했다. 당나귀는 분노를 참지 못하고, 발굽으로 호랑이를 걷어찼다.
【稍近(초근)】: 점차 가까이 다가가다. 〖稍〗: 점차, 점점, 서서히.
【狎(압)】: 희롱하다. 여기서는 「함부로 대하다.」의 뜻.
【蕩倚衝冒(탕의충모)】: 흔들고 기대고 부딪고 무례한 짓을 하여 인내심을 시험하다. 〖蕩〗: 흔들다. 〖倚〗: 기대다. 〖衝〗: 충돌하다, 부딪치다. 〖冒〗: 무례한 짓을 하다.
【不勝(불승)】: …을 이기지 못하다, …을 참지 못하다, …을 견디지 못하다.
【蹄之(제지)】: 호랑이를 발굽으로 차다. 〖蹄〗: [동사 용법] 발굽으로 차다. 〖之〗: [대명사] 그것, 즉 「호랑이」.

7 虎因喜, 計之曰 :「技止此耳!」因跳踉大㘎, 斷其喉, 盡其肉, 乃去。→ 호랑이는 이로 인해 매우 기뻐하며, (마음속으로) 당나귀의 발굽에 차인 것을 헤아리고 말했다 :「당나귀의 본령은 겨우 이 정도일 뿐이군!」 그리하여 펄쩍 뛰어오르며 으르렁하고 큰 소리를 내더니, 당나귀의 숨통을 물어 끊고, 고기를 다 먹은 후에, 비로소 그곳을 떠났다.
【因(인)】: 이로 인해, 그리하여, 그래서.
【計之(계지)】: (마음속으로) 당나귀의 발굽에 차인 것을 헤아리다. 〖計〗: 헤아리다, 타산하다, 주판을 놓다. 〖之〗: 그것, 즉 「당나귀의 발굽에 차인 것」.
【技(기)】: 기예, 기능, 본령.

해설

호랑이가 당나귀를 처음 보았을 때는 몸집이 매우 커서 신(神)이라 여기며 함부로 대할 생각을 못했으나, 차츰 당나귀에 접근하여 귀찮게 굴며 능력을 시험해 보니 발길질 외에는 이렇다 할 본령(本領)이 없었다. 이를 간파한 호랑이는 즉시 당나귀의 숨통을 물어 끊어버렸다. 당나귀는 결국 호랑이의 먹이가 되고 말았다.

이 우언은 몸집만 크고 발길질이 유일한 무기인 당나귀가 호랑이에게 잡혀 먹힌 고사를 통해, 만일 적을 제압할 수 있는 본령을 갖추지 않고 허세를 부리다가는 반드시 치명적인 화를 부른다는 허장성세(虛張聲勢)의 위험성을 경계하고 풍자한 것이다.

【止(지)】: 只(지). 다만, 겨우.
【耳(이)】: …뿐.
【跳踉(도량)】: 펄쩍 뛰어오르다.
【㘅(함)】: 으르렁대다.
【斷其喉(단기후)】: 당나귀의 숨통을 물어 끊다. 〖其〗: 그, 즉 「당나귀」.
【盡(진)】: 다하다. 여기서는 「다 먹어치우다.」의 뜻.
【乃(내)】: 비로소.
【去(거)】: 떠나다.

(3) 영모씨지서(永某氏之鼠)

원문 및 주석

永某氏之鼠[1]

永有某氏者, 畏日, 拘忌異甚。以爲己生歲直子, 鼠, 子神也。[2] 因愛鼠, 不畜猫犬, 禁僮勿擊鼠, 倉廩庖廚, 悉以恣鼠不問。[3] 由是鼠相告, 皆來某

---

1 永某氏之鼠 → 영주(永州) 모씨(某氏) 집의 쥐

【永(영)】: [지명] 영주(永州). 지금의 호남성 영릉현(零陵縣). 소수(瀟水)와 상수(湘水)가 합류하는 지점이다. 유종원은 순종(順宗) 원년(805) 혁신을 주장하는 왕숙문(王叔文) 집단에 참여했다가, 그해 순종이 죽자 왕숙문이 물러나고, 유종원도 영주사마(永州司馬)[지금의 호남성 영릉(零陵)]로 폄적되어 영주에서 10년을 지냈다.

2 永有某氏者, 畏日, 拘忌異甚。以爲己生歲直子, 鼠, 子神也。→ 영주(永州)에 사는 모씨(某氏)가, 기일(忌日)을 위반할까 두려워, 기피하는 것이 유난히 심했다. 그는 자신이 태어난 해가 쥐의 해에 해당했기 때문에, 쥐를 곧 자신(子神)이라 여겼다.

【畏日(외일)】: 기일(忌日)을 위반할까 두려워하다. 〖畏〗: 두려워하다. 〖日〗: 기일(忌日). 불길하다 하여 꺼리는 날.

【拘忌(구기)】: 꺼리다, 기피하다, 금기(禁忌)하다.

【異甚(이심)】: 유난히 심하다, 특히 심하다.

【以爲(이위)】: …라고 여기다, …라고 생각하다.

【生歲直子(생세치자)】: 태어난 해가 쥐의 해에 해당하다. 〖生歲〗: 태어난 해, 출생한 해. 〖直〗: 値(치). 만나다, 즈음하다. 여기서는 「해당하다.」의 뜻. 〖子〗: 자년(子年). 쥐의 해. ※ 옛날 역법(曆法)은 열두 가지 동물을 가지고 십이지신(十二支神)을 삼았는데, 이는 방향과 시간을 맡아 지키고 보호하는 열두 가지 동물을 말한다. 즉, 자(子 : 쥐), 축(丑 : 소), 인(寅 : 범), 묘(卯 : 토끼), 진(辰 : 용), 사(巳 : 뱀), 오(午 : 말), 미(未 : 양), 신(申 : 원숭이), 유(酉 : 닭), 술(戌 : 개), 해(亥 : 돼지).

3 因愛鼠, 不畜猫犬, 禁僮勿擊鼠, 倉廩庖廚, 悉以恣鼠不問。→ 그리하여 쥐를 사랑하고, 고양이나 개를 기르지 않았으며, 하인이 쥐를 때리지 못하도록 금지하는가 하면, 곡식 창고와 주방을, 모두 쥐에게 개방하여 마음대로 드나들며 먹도록 하고 전혀 간섭하지 않았다.

【因(인)】: 그리하여, 이로 인해, 그래서.

【畜(휵)】: 기르다, 사육하다.

【僮(동)】: 하인.

【勿(물)】: …하지 말라, …해서는 안 된다.

【擊(격)】: 치다, 때리다.

氏，飽食而無禍。[4] 某氏室無完器，椸無完衣，飮食大率鼠之餘也。[5] 晝累累與人兼行，夜則竊齧鬭暴，其聲萬狀，不可以寢，終不厭。[6] 數歲，某氏徙居他州。後人來居，鼠爲態如故。[7] 其人曰：「是陰類惡物也，盜暴尤甚，

【倉廩(창름)】: 곡식 창고.
【庖廚(포주)】: 주방, 부엌.
【悉(실)】: 모두, 다.
【恣(자)】: 하고 싶은 대로 하다, 멋대로 하다. 여기서는 「멋대로 드나들며 먹게 하다, 마음대로 출입하며 먹게 하다.」의 뜻.
【不問(불문)】: 불문에 붙이다, 간섭하지 않다, 관심을 갖지 않다.

4 由是鼠相告，皆來某氏，飽食而無禍。→ 이로 말미암아 쥐들끼리 (이러한 사실을) 서로 알려주어, 모두 모씨 집으로 몰려와, 배불리 먹었으나 아무런 재앙이 없었다.
【由是(유시)】: 그래서, 그리하여, 이로 말미암아.
【相告(상고)】: 서로 알리다.
【禍(화)】: 재앙, 재난.

5 某氏室無完器，椸無完衣，飮食大率鼠之餘也。→ 모씨의 집에는 온전한 기구(器具)가 없고, 옷걸이에도 온전한 의복이 없었으며, (그가 먹는) 음식은 대체로 쥐가 먹고 남은 것들이었다.
【完器(완기)】: 온전한 기구(器具).
【椸(이)】: 옷걸이.
【大率(대솔)】: 대부분, 대체로, 대개.
【鼠之餘(서지여)】: 쥐가 먹고 남은 것.

6 晝累累與人兼行，夜則竊齧鬭暴，其聲萬狀，不可以寢，終不厭。→ (쥐가) 낮에는 떼를 지어 사람들과 함께 길을 걸어 다니고, 밤이 되면 몰래 (이빨로) 물건을 갉고 격렬하게 싸우기도 하여, 그 소리가 너무 시끄러워서, (사람들이) 잠을 잘 수가 없었다. 그러나 (모씨는) 시종 (쥐들을) 미워하지 않았다.
【累累(누누)】: 새끼로 잇달아 꿴 모양. 여기서는 「무리를 이루어, 떼를 지어」의 뜻.
【兼行(겸행)】: 함께 길을 걸어 다니다.
【竊齧(절설)】: 몰래 (이빨로) 물건을 갉아놓다.
【鬭暴(투폭)】: 격렬하게 싸우다.
【萬狀(만상)】: 온갖 모양. 여기서는 「매우 시끄러운 모양」을 뜻한다.
【寢(침)】: 잠자다.
【終(종)】: 시종, 끝내.
【厭(염)】: 싫어하다, 미워하다.

7 數歲，某氏徙居他州。後人來居，鼠爲態如故。→ 몇 해가 지나, 모씨가 다른 주(州)로 이사를 갔다. 후에 다른 사람이 와서 사는데, 쥐들의 행태는 전과 다름이 없었다.
【數歲(수세)】: 몇 해, 몇 년.

且何以至是乎哉?」[8] 假五六猫, 闔門撤瓦, 灌穴, 購僮羅捕之。[9] 殺鼠如丘, 棄之隱處, 臭數月乃已。[10]

【徙居(사거)】: 이사하다.
【爲態(위태)】: 행태, 행동, 하는 짓.
【如故(여고)】: 여전하다, 전과 다름이 없다.

8 其人曰 : 「是陰類惡物也, 盜暴尤甚, 且何以至是乎哉?」→ 새로 이사 온 사람이 말했다 : 「쥐는 음침한 곳에서 활동하는 몹쓸 동물로, 물건을 훔치고 소란을 피우는 일이 특히 심하다. 그런데 어째서 이러한 지경에 이르렀는가?」
【是(시)】: [대명사] 이, 이것, 즉 「쥐」.
【陰類惡物(음류악물)】: 음침한 곳에서 활동하는 몹쓸 동물.
【盜暴(도폭)】: 물건을 훔치고 소란을 피우다.
【尤甚(우심)】: 특히 심하다. 〖尤〗: 특히, 더욱.
【且(차)】: 그런데.
【何以(하이)】: 어째서, 왜.
【至是(지시)】: 이러한 지경에 이르다.

9 假五六猫, 闔門撤瓦, 灌穴, 購僮羅捕之。→ (그리하여) 대여섯 마리의 고양이를 빌려와, 대문을 닫고 지붕의 기와를 걷어낸 후, 쥐구멍에 물을 붓고, 사람을 사서 사방으로 쥐를 수색하여 잡았다.
【假(가)】: 빌리다.
【闔門(합문)】: 문을 닫다. 〖闔〗: 닫다.
【撤瓦(철와)】: (지붕의) 기와를 걷어내다. 〖撤〗: 걷어내다, 제거하다, 철거하다.
【灌穴(관혈)】: 쥐구멍에 물을 붓다. 〖灌〗: 물을 주입하다, 물을 붓다. 〖穴〗: 굴, 구멍. 여기서는 「쥐구멍」을 가리킨다.
【購僮(구동)】: 하인을 사다. 즉 「사람을 고용하다, 사람을 사다.」의 뜻.
【羅捕(나포)】: 사방으로 수색하여 잡다.
【之(지)】: [대명사] 그것, 즉 「쥐들」.

10 殺鼠如丘, 棄之隱處, 臭數月乃已。→ 잡아 죽인 쥐가 산더미처럼 쌓여, 그것을 외진 곳에 내다 버렸는데, 악취가 수개월이 지나 비로소 멈추었다.
【如丘(여구)】: 산더미 같다, 산더미처럼 쌓이다.
【棄(기)】: 버리다.
【隱處(은처)】: 외진 곳, 은폐된 곳.
【臭(취)】: 악취.
【乃(내)】: 비로소.
【已(이)】: 멈추다, 그치다.

해설

쥐띠 주인의 총애를 받아 방자하던 쥐들이, 집주인이 바뀐 후에도 여전히 이전 그대로 행동하다가 마침내 몰살을 당하고 말았다.

이 우언은 총애를 믿고 횡포를 부리며 잘못을 깨닫지 못하다가 멸망하기에 이른 세상물정 모르는 어리석은 사람을 풍자함과 동시에, 편안한 처지에 있을 때 위험할 때의 일을 생각하고 함부로 나대지 말도록 경계한 것이다.

085 전가통신(錢可通神)
《幽閑鼓吹》

작자

장고(張固 : ?-?)는 생애 사적을 알 수 없고, 다만 《전당시(全唐詩)》에 그의 시 두 수와 함께 당(唐) 선종(宣宗) 대중(大中 : 847-859) 연간에 계관관찰사(桂管觀察使)를 지냈다는 기록이 있을 뿐이다.

그의 저서로 《유한고취(幽閑鼓吹)》가 있는데 《신당서(新唐書)·예문지(藝文志)》에 「소설가류」로 분류했다. 내용은 중당(中唐)의 유사(遺事)를 기술한 것으로, 주로 권계(勸戒)에 관한 것들이 많다.

원문 및 주석

錢可通神[1]

唐張延賞將判度支, 知一大獄頗有冤屈, 每甚扼腕。[2] 及判, 使召獄吏,

---

1 錢可通神 → 돈만 있으면 귀신도 부릴 수 있다
【通神(통신)】: 신과 통하다.

2 唐張延賞將判度支, 知一大獄頗有冤屈, 每甚扼腕。→ 당(唐)나라 때 장연상(張延賞)이 장차 탁지(度支)를 겸직하여 부임하려는데, 한 대형 범죄 사건에서 매우 억울한 사연이 있다는 것을 알고, 몹시 화가 나서 손목을 불끈 쥐었다.
【張延賞(장연상)】: [인명] 당(唐) 현종(玄宗) 때의 재상 장가정(張嘉貞)의 아들로, 덕종(德宗) 때 재상을 지냈다. ※ 판본에 따라서는 「장연상」을 「상국장연상(相國張延賞)」이라 하여 장연상이 재상임을 말했다.
【將(장)】: …하려 하다.
【判度支(판탁지)】: 탁지를 겸임하다. 〖判〗: 겸직하여 부임하다, 겸임하다. ※ 당대(唐代)에는 높은 관직의 관리가 낮은 관직을 겸임하는 제도가 있어, 이를 「판(判)」이라 했다. 〖度支〗: 탁지사(度支

嚴誡之, 且曰 :「此獄已久, 旬日須了。」[3] 明旦視事, 案上有一小帖子, 曰 :「錢三萬貫, 乞不問此獄。」 公大怒, 更促之。[4] 明日, 復見一帖子來, 曰 :「錢五萬貫。」 公益怒, 令兩日須畢。[5] 明旦, 案上復見帖子, 曰 :「錢十萬

使). 나라의 재정(財政) 수지(受支)를 관장하는 관리로 권력이 막강했다. 당대 중기 이후에는 염철사(鹽鐵使) · 호부(戶部)와 함께 삼사(三司)라 불리었다.
【大獄(대옥)】: 대형 범죄사건. 〖獄〗: 범죄 사건, 소송 사건.
【頗(파)】: 자못, 꽤, 상당히, 몹시.
【冤屈(원굴)】: 억울하다, 원통하다. ※ 판본에 따라서는 「屈」을 「濫(람)」이라 했다.
【每甚(매심)】: 매우, 몹시. ※ 「每」는 연자(衍字)로 보인다.
【扼腕(액완)】: (화가 나서) 손목을 불끈 쥐다.

3 及判, 使召獄吏, 嚴誡之, 且曰 :「此獄已久, 旬日須了。」→ (그 후) 부임하기에 이르자, 곧 사람을 시켜 옥리를 불러와, 엄히 경고하며, 말했다 :「이 사건은 이미 오래 되어, 열흘 안에 반드시 결말을 내야 한다.」
【及(급)】: …에 이르다.
【使召(사소)…】: 사람을 시켜 …을 불러오다.
【嚴誡(엄계)】: 엄히 경고하다.
【之(지)】: [대명사] 그, 즉 「옥리」.
【且(차)】: 또한, 그리고.
【旬日(순일)】: 열흘.
【須了(수료)】: 반드시 끝내다. 〖須〗: 반드시 …해야 한다. 〖了〗: 끝내다, 완료하다, 결말을 내다.

4 明旦視事, 案上有一小帖子, 曰 :「錢三萬貫, 乞不問此獄。」 公大怒, 更促之。→ 이튿날 아침 사무를 보는데, 책상 위에 작은 쪽지가 하나가 놓여 있었다. 쪽지에는 :「동전 삼만 관을 올리니, 이 사건을 불문에 부쳐주기 바랍니다.」라고 적혀 있었다. 장연상이 매우 화가 나서, 더욱 (빨리 처리하도록) 재촉했다.
【明旦(명단)】: 이튿날 아침.
【視事(시사)】: 사무를 보다.
【案(안)】: 책상.
【帖子(첩자)】: 쪽지, 메모지.
【貫(관)】: [화폐 단위] 동전 천 개를 꿴 꾸러미.
【乞(걸)】: 빌다, 구걸하다. 여기서는 「…해 주길 청하다, …해 주길 바라다.」의 뜻.
【公(공)】: [남자에 대한 존칭] 여기서는 「장연상」을 가리킨다.
【更(경)】: 더욱.

5 明日, 復見一帖子來, 曰 :「錢五萬貫。」 公益怒, 令兩日須畢。→ 다음날, 또 쪽지가 와서 보니, 쪽지에 :「동전 오만 관을 올립니다.」라고 적혀 있었다. 장연상이 더욱 화가 나서, 이틀 안으로 반드시 끝내도록 명했다.
【復(부)】: 또, 다시.
【益(익)】: 더욱.

貫。」公遂止不問。[6] 子弟承間偵之, 公曰:「錢至十萬貫, 通神矣。無不可回之事, 吾恐及禍, 不得不受也。」[7]

해설

속담에 「돈만 있으면 귀신도 부릴 수 있다.」라는 말이 있다. 장연상(張延賞)은 재정에 관한 심리에 들어가기 전에 억울한 소송사건이 있다는 사실을 알고 매우 화를 내며 사건을 엄정하게 처리하리라 다짐했지만, 뇌물 공세가 삼만 관·오만 관을 넘어 십만 관에 이르자 결국 마음을 바꿔 이를 받아들이기로 결심했다.

이 우언은 나라의 재정을 심의하는 요직에 있는 관리가 돈에 눈이 어두워 법의 공정성을 외면하고 뇌물 공세에 굴복한 행위를 통해, 당시 관리 사회의 부패한 모습과 아울러 법이나 규율 따위를 안중에 두지 않는 뇌물 공여자의 불법 행위를 폭로하고 풍자한 것이다.

【令(령)】: 명령하다, 지시하다.
【畢(필)】: 마치다, 끝내다.

6 明旦, 案上復見帖子, 曰:「錢十萬貫。」公遂止不問。→ 그 다음날 아침, 책상 위에 또 쪽지가 보였고, 쪽지에:「동전 십만 관을 올립니다.」라고 적혀 있었다. 장연상은 즉시 사건의 심리를 멈추고 불문에 부쳤다.
【遂(수)】: 곧, 즉시.
【止(지)】: 멈추다. 여기서는 「사건의 심리를 멈추다.」의 뜻.

7 子弟承間偵之, 公曰:「錢至十萬貫, 通神矣。無不可回之事, 吾恐及禍, 不得不受也。」→ 그의 문인(門人)들이 기회를 틈타 심리를 멈춘 까닭을 묻자, 장연상이 말했다:「돈이 십만 관에 이르면, 귀신과도 통한다. (세상에) 바꿀 수 없는 일은 없다. 나는 화가 미칠까 두려워, 받지 않을 수가 없다.」
【子弟(자제)】: 문인(門人).
【承間(승간)】: 기회를 틈타다.
【偵之(정지)】: 심리를 멈춘 까닭을 묻다. 〖偵〗: 묻다. 〖之〗: [대명사] 그것, 즉 「사건의 심리를 멈춘 까닭」.
【不可回之事(불가회지사)】: 되돌릴 수 없는 일, 즉 「바꿀 수 없는 일」. 〖回〗: 돌이키다, 되돌리다. 여기서는 「바꾸다, 개변하다.」의 뜻.
【恐(공)】: 두려워하다.
【及禍(급화)】: 화가 미치다, 화를 당하다.
【不得不(부득불)】: …하지 않으면 안 된다, …하지 않을 수 없다.

086 화룡점정(畵龍點睛)
《歷代名畫記·卷七》

작자

장언원(張彦遠 : 815?-875?)은 자가 애빈(愛賓)이며, 포주(蒲州) 의씨(猗氏)[지금의 산서성 임의(臨猗)] 사람이라는 설과, 하동(河東)[지금의 산서성 영제(永濟) 서쪽] 사람이라는 설이 있다. 당(唐) 희종(僖宗) 때 대리사경(大理寺卿)을 지낸 것 외에는 그에 대해 알려진 바가 없다.

저서로 《역대명화기(歷代名畫記)》 10권과 《법서요록(法書要錄)》 10권이 있는데, 《역대명화기》는 중국 서화사(書畫史)에서 중요한 저술로 평가받고 있다.

원문 및 주석

畵龍點睛[1]

武帝崇飾佛寺, 多命僧繇畫之。[2] … 金陵安樂寺四白龍, 不點眼睛, 每

---

1 畵龍點睛 → 용을 그리고 나서 마지막에 눈동자를 그려 넣다
【點(점)】: 점을 찍다. 여기서는 「그려 넣다.」의 뜻.
【睛(정)】: 눈동자.

2 武帝崇飾佛寺, 多命僧繇畫之。→ 양무제(梁武帝)는 불사(佛寺)의 장식을 중시하여, 자주 장승요(張僧繇)에게 (불사에) 그림을 그리도록 명했다.
【武帝(무제)】: 양무제(梁武帝). 남조(南朝) 시대 양(梁)나라의 군주 소연(蕭衍). 47년간(502-548) 재위했다.
【崇(숭)】: 중시하다.
【飾(식)】: 장식하다, 꾸미다.
【多(다)】: 자주, 항상.
【僧繇(승요)】: [인명] 장승요(張僧繇). 남조(南朝) 시대 양(梁)나라의 이름난 화가. 오(吳)[지금의 강소성 소주(蘇州)] 사람으로 태수(太守)를 지냈으며, 인물화와 불교화에 능했는데, 특히 초상(肖像)과 용

云:「點睛卽飛去。」人以爲妄誕, 固請點之。[3] 須臾, 雷電破壁, 兩龍乘雲騰去上天, 二龍未點眼者見在。[4]

해설

장승요(張僧繇)가 금릉(金陵) 안락사(安樂寺)의 벽에 그려 놓은 네 마리의 용은 모든 부분을 다 그리고 오직 눈동자만 남겨둔 미완성의 그림이었다. 그 이유는 장승요 스스로 만일 눈을 그려 넣을 경우 그림의 용이 실제의 용으로 변해 날아갈 것이라는 확신이 있었기 때문이었다. 그런데 이를 믿지 못하는 사람들의 요청이 끊이지 않자, 장승요가 마지못해 그중 두 마리에 눈을 그려 넣었다. 순간 그 두 마리가 실제로 용이 되어 날아가고, 눈을 그리지 않은 나머지 두 마리는 그대로 남아 있었다.

이 우언은 본래 장승요의 탁월한 그림 솜씨를 형용한 것이나, 후세 사람들은 문장을 짓거나 말을 할 때 가장 중요한 관건이 되는 부분에서 간단한 몇 마디로 실질을 지적하여 밝힘으로써 내용을 생동적이고 두드러지게 하는 것을 비유하는 말로 사용했다.

(龍)을 잘 그렸다.

3 金陵安樂寺四白龍, 不點眼睛, 每云:「點睛卽飛去。」人以爲妄誕, 固請點之。→ (장승요가) 금릉(金陵)의 안락사(安樂寺)에 네 마리의 용을 그린 후, 눈동자를 남겨두고, 항상 사람들에게 말했다:「눈동자를 그려 넣으면 바로 날아가 버립니다.」사람들은 황당한 말이라 여겨, 억지로 눈동자를 그려 넣도록 청했다.

【金陵(금릉)】: [지명] 지금의 강소성 남경(南京).
【不點眼睛(부점안정)】: 눈동자를 그려 넣지 않다. 즉「눈동자를 남겨두다.」의 뜻.
【每(매)】: 늘, 항상.
【以爲(이위)】: …라고 여기다, …라고 생각하다.
【妄誕(망탄)】: 터무니없다, 황당하다.
【固請(고청)】: 억지로 청하다.

4 須臾, 雷電破壁, 兩龍乘雲騰去上天, 二龍未點眼者見在。→ (장승요가 두 마리의 용에 눈동자를 그려 넣자) 순간, 천둥과 번개가 벽을 허물며, 두 마리의 용이 구름을 타고 하늘로 올라가고, 눈동자를 그려 넣지 않은 두 마리의 용은 그대로 남아 있었다.

【須臾(수유)】: 잠시, 잠깐, 순간.
【雷電(뇌전)】: 천둥과 번개.
【乘雲騰去(승운등거)】: 구름을 타고 올라가다. 〖乘〗: 타다. 〖騰〗: 오르다, 올라가다.
【見在(현재)】: 상존하다, 아직 그대로 남아 있다.

087 형무(荊巫)

《羅昭諫集 · 讒書 · 卷三》

작자

나은(羅隱 : 833-910)의 본명은 나횡(羅橫), 자는 소간(昭諫), 자호는 강동생(江東生)이며 신성(新城)[지금의 절강성 부양(富陽)] 사람으로, 만당(晚唐) 시기의 문학가이다. 의종(懿宗) 함통(咸通) 원년(860)으로부터 함통 14년(873)까지 진사 시험에 열 번을 응시했으나 공경(公卿)들로부터 미움을 사서 계속 낙방하자 이름을 나은(羅隱)으로 바꾸었다. 광계(光啓) 3년 항주(杭州)자사 전류(錢鏐)에게 시를 바쳐 전류의 도움으로 벼슬길에 올라 전당령(錢塘令) · 저작랑(著作郎) · 사훈랑중(司勛郎中) · 진해절도판관(鎭海節度判官)을 지냈고, 당(唐)이 망한 후 후량(後梁)에 들어와 태조(太祖) 개평(開平 : 907-910) 연간에 오월왕(吳越王) 전류(錢鏐)의 추천으로 급사중(給事中) · 염전발운부사(鹽錢發運副使) 등을 지내다가 77세의 나이로 세상을 떠났다.

나은의 저서는 《나은집(羅隱集)》·《강동후집(江東後集)》·《갑을집(甲乙集)》·《나은부(羅隱賦)》·《나은계사(羅隱啓事)》·《참서(讒書)》 등 많은 작품을 남겼으나 대부분 일실되고, 현재는 다만 《갑을집》과 《참서》를 포함하여 후인들이 그의 시문을 모아 편찬한 《나소간집(羅昭諫集)》이 있을 뿐이다.

그중 《참서(讒書)》는 나은의 문학적 성취를 대표하는 소품집(小品集)으로, 내용은 주로 당말(唐末) 통치자들이 무덕무능(無德無能)하여 참다운 인재를 기용하지 못하는 현실에 대해 폭로하고 불만을 기술한 것이다.

원문 및 주석

荊巫[1]

楚荊人淫祀者舊矣。有巫頗聞於鄕閭。其初爲人祀也, 筵席尋常, 歌迎舞將, 祈疾者健起, 祈歲者豐穰。[2] 其後爲人祈也, 羊豬鮮肥, 淸酤滿卮, 祈疾者得死, 祈歲者得饑。里人忿焉, 而思之未得。[3] 適有言者曰:「吾昔

---

1 荊巫 → 초(楚)나라의 무속인
【荊(형)】: 초(楚)나라의 다른 이름. 초나라는 지금의 호남성·호북성과 강서성·절강성 및 하남성 남부에 걸쳐 있던 주대(周代)의 제후국.
【巫(무)】: 무속인. 통상 남자를 「박수」라 하고, 여자를 「무당」이라 한다.

2 楚荊人淫祀者舊矣。有巫頗聞於鄕閭。其初爲人祀也, 筵席尋常, 歌迎舞將, 祈疾者健起, 祈歲者豐穰。→ 초(楚)나라 사람들이 사신(邪神)에게 제사하는 풍조는 오래된 일이다. 어느 무속인은 향리에서 매우 이름이 났다. 그가 처음 사람들을 위해 제사를 지내던 때는, 제사상도 조촐하고, 가무(歌舞)만으로 귀신을 영접해도, 병을 낫게 해달라고 비는 사람은 건강을 회복하고, 작황이 잘되기를 비는 사람은 풍작을 이루었다.
【楚荊(초형)】: 초(楚)나라.
【淫祀(음사)】: 사신(邪神)에게 제사 지내다.
【頗聞(파문)】: 매우 유명하다. 〖頗〗: 매우, 꽤. 〖聞〗: 유명하다, 저명하다.
【鄕閭(향려)】: 향리, 마을.
【筵席(연석)】: 제사상.
【尋常(심상)】: 보통이다, 평범하다. 여기서는 「조촐하다.」의 뜻.
【歌迎舞將(가영무장)】: 가무(歌舞)로써 귀신을 영접하다.
【祈疾者(기질자)】: 병을 낫게 해달라고 비는 사람.
【健起(건기)】: 건강을 회복하다.
【祈歲(기세)】: 작황이 잘되기를 빌다.
【豐穰(풍양)】: 풍작을 이루다.

3 其後爲人祈也, 羊豬鮮肥, 淸酤滿卮, 祈疾者得死, 祈歲者得饑。里人忿焉, 而思之未得。→ 그런데 그가 후에 사람들을 위해 제사를 지낼 때는, 신선하고 살찐 양·돼지고기에, 맛좋은 술을 잔에 가득 따라 올려도, 병을 낫게 해달라고 비는 사람은 병에 걸려 죽고, 작황이 잘되기를 비는 사람은 굶주림에 시달렸다. (그리하여) 마을 사람들이 모두 분개했지만, 아무리 생각해도 그 까닭을 알 수가 없었다.
【羊豬鮮肥(양저선비)】: 신선하고 살찐 양·돼지고기. 〖豬〗: 돼지. 〖鮮肥〗: 신선하고 살찌다.
【淸酤(청고)】: 맛좋은 술.
【滿卮(만치)】: 잔에 가득 차다. 〖卮〗: 잔.
【饑(기)】: 굶주리다.

游其家也, 其家無甚累, 故爲人祀, 誠必罄乎中, 而福亦應乎外, 其胙必散之。[4] 其後男女蕃息焉, 衣食廣大焉, 故爲人祀, 誠不得罄於中, 而神亦不歆乎其外, 其胙且入其家。[5] 是人非前聖而後愚, 蓋牽於心, 不暇及人

【忿(분)】: 분노하다, 분개하다.
【思之未得(사지미득)】: 아무리 생각해도 그 까닭을 알지 못하다.

4 適有言者曰:「吾昔游其家也, 其家無甚累, 故爲人祀, 誠必罄乎中, 而福亦應乎外, 其胙必散之。→ 마침 어떤 사람이 이에 대해 말했다:「내가 이전에 그 무속인의 집에 놀러 갔는데, 그 집에는 어떤 재물도 없었습니다. 그래서 (그가) 사람들을 위해 제사를 지낼 때는, 반드시 마음속에서 정성을 다했고, (귀신의) 축복 또한 비는 사람에게 상응하여 내려졌으며, 제사에 올린 제물은 (제사를 마치고 나서) 반드시 여러 사람에게 나누어 주었습니다.
【適(적)】: 마침.
【甚(심)】: 무슨, 어떤.
【累(루)】: 재물.
【誠必罄乎中(성필경호중)】: 반드시 마음속에서 정성을 다하다. 〖誠〗: 정성 〖罄〗: 다하다. 〖乎〗: [개사] 於(어). …에서. 〖中〗: 마음, 마음속.
【應乎外(응호외)】: 비는 사람에게 상응하여 내려지다. 〖外〗: 겉, 외부. 여기서는「복을 비는 사람」을 가리킨다. 〖乎〗: [개사] …에게.
【胙(조)】: 본래 제사에 올리는 고기이나 여기서는「제물(祭物)」을 가리킨다.
【散(산)】: 나누어 주다.

5 其後男女蕃息焉, 衣食廣大焉, 故爲人祀, 誠不得罄於中, 而神亦不歆乎其外, 其胙且入其家。→ 그 후 (무속인의 집은) 자녀가 늘어나, 의복과 양식의 수요가 증가했습니다. 그래서 (무속인은) 사람들을 위해 제사를 지낼 때, 마음속에서 정성을 다하지 않았고, 귀신도 제사 음식에 대해 마음이 동하지 않았으며, 제사에 올린 제물 또한 (사람들에게 나누어 주지 않고) 모두 무속인의 집으로 들어갔습니다.
【男女(남녀)】: 자녀.
【蕃息(번식)】: 번식하다, 수가 늘어나다.
【廣大(광대)】: 증가하다.
【不歆乎其外(불흠호기외)】: 제물에 대해 감동을 느끼지 않다. 즉「제물에 대해 마음이 동하지 않다.」의 뜻. 〖歆〗: 감동하다, 흠모하다. 〖外〗: 겉, 외부. 여기서는「제물」을 가리킨다.
【且(차)】: 또한.

6 是人非前聖而後愚, 蓋牽於心, 不暇及人耳。」→ 이 무속인은 전에 현명했다가 후에 우둔해진 것이 아니라, 사심(私心)에 이끌려, 남들을 보살필 겨를이 없었을 뿐입니다.」
【是人(시인)】: 이 사람, 즉「무속인」.
【蓋(개)】: [어기사]. ※ 구의 첫머리에 놓여, 앞에서 한 말을 이어받아 이유나 원인을 표시한다. 번역할 필요가 없다.

耳。」[6] 以一巫用心尙爾, 況異於是者乎?[7]

해설

초(楚)나라 무속인(巫俗人)이 처음에 정성을 쏟아 신에게 제사지낼 때는 비록 제사상이 조촐하고 가무(歌舞)만으로 신을 영접해도 신이 소원을 들어주었다. 그러나 무속인의 마음에 사심(私心)이 발동하여 정성을 쏟지 않자, 살찐 양·돼지와 맛좋은 술을 올리고 빌어도 신은 그들의 소원을 들어주지 않았다.

이 우언은 초나라 무속인의 전후 표현을 통해, 당시의 관리들이 과거 지위가 낮고 집안 형편이 보잘 것 없던 시절에는 나라와 백성을 위해 심혈을 기울이다가, 출세하여 요직에 오르고 집안이 흥성한 후 개인의 사리사욕을 고려할 뿐 나라와 백성을 돌보지 않는 부도덕한 행위를 풍자한 것이다.

【牽於心(견어심)】: 사심(私心)에 이끌리다. 【於】: [개사] …에.
【不暇(불가)】: 틈이 없다, 여유가 없다, 겨를이 없다.
【及人(급인)】: 다른 사람에게까지 미치다. 즉 「다른 사람을 보살피다.」의 뜻.
【耳(이)】: …뿐.

7 以一巫用心尙爾, 況異於是者乎? → 무속인의 마음 씀씀이조차도 이러 할진데, 하물며 일반 사람들이야 어떠하겠는가?
【尙(상)】: …조차도, …또한.
【爾(이)】: 이러하다, 이와 같다.
【況(황)】: 하물며.
【異於是者(이어시자)】: 이와 다른 사람, 즉 「무속인과 다른 사람, 일반 사람」. 【於】: [개사] …과(와).

088 타초경사(打草驚蛇)
《南唐近事 · 類說》

작자

정문보(鄭文寶 : ?-?)는 자가 중현(仲賢)이며, 영화(寧化)[지금의 복건성 영화현(寧化縣)] 사람이다. 오대(五代) 십국(十國)의 하나인 남당(南唐 : 937-975)에서 교서랑(校書郎)을 지냈고, 남당이 멸망한 후 송(宋)에서 병부원외랑(兵部員外郎)을 지냈다. 시(詩)와 전서(篆書)에 능하고 거문고를 잘 탔으며, 문집으로 《강표지(江表志)》·《남당근사(南唐近事)》·《강남여제(江南餘載)》 등이 있다.

《남당근사》는 남당(南唐)의 일화(逸話)를 모아 필기(筆記) 형식으로 기록한 책으로, 남당의 많은 사료를 보존하고 있다.

원문 및 주석

打草驚蛇[1]

王魯爲當塗宰, 頗以資産爲務。會部民連狀訴主簿貪賄于縣尹。[2] 魯乃

1 打草驚蛇 → 풀을 베어 뱀을 놀라게 하다
【打草(타초)】: 풀을 베다.
【驚(경)】: 놀라게 하다.

2 王魯爲當塗宰, 頗以資産爲務。會部民連狀訴主簿貪賄于縣尹。→ 왕로(王魯)는 당도현(當塗縣)의 현령을 지내면서, 몹시 재물을 탐했다. 그때 마침 (자신의) 관할 구역 백성들이 연명으로 고소장을 내어 주부(主簿)가 뇌물을 탐했다고 현령(縣令)에게 고발했다.
※ 판본에 따라서는 「賄于縣尹」 네 글자가 없다.
【王魯(왕로)】: [인명].

判曰：「汝雖打草，吾已驚蛇。」[3]

해설

당도현(當塗縣)의 현령 왕로(王魯)는 자기 수하의 주부(主簿)가 비리를 저질러 관할 지역의 백성들로부터 고발을 당하자, 자신도 전전긍긍하며 매우 두려워했다.

이 우언은 본래 갑(甲)이라는 탐관오리가 고발을 당하자 을(乙)이라는 탐관오리가 스스로 오금이 저려 두려워하는 모습을 풍자한 것이다. 그러나 후세 사람들은 이를 은밀히 행동해야 할 때 신중하지 못하여 비밀이 누설됨으로써 오히려 상대방으로 하여금 경계심을 촉발하도록 하는 경솔한 행위를 비유하는 말로 사용했다.

【爲(위)】: 지내다.
【當塗宰(당도재)】: 당도현의 현령. 〖當塗〗: [지명] 지금의 안휘성 당도현(當塗縣). 〖宰〗: 현령(縣令).
【頗(파)】: 몹시, 매우.
【以資産爲務(이자산위무)】: 자산 모으는 일을 업무로 삼다. 즉「재물을 탐하다.」의 뜻. ※ 판본에 따라서는「頗以資産」을「瀆物(독물)」이라 했다. 〖以…爲…〗: …을 …으로 삼다. 〖務〗: 일, 업무.
【會(회)】: 마침.
【部(부)】: 관할 구역.
【連狀訴(연장소)】: 연명(聯名)으로 고소장을 올려 고발하다. 〖狀〗: 고소장. 〖訴〗: 고발하다.
【主簿(주부)】: [관직] 문서·장부와 인감을 관리하는 직책.
【貪賄(탐회)】: 뇌물을 탐하다.
【于(우)】: [개사] 於(어). …에게.
【縣尹(현윤)】: 현령. 여기서는「당도현 현령 왕로」를 가리킨다.

3 魯乃判曰：「汝雖打草，吾已驚蛇。」→ 그리하여 왕로가 소장(訴狀)에 서면으로 의견을 표시하길 :「당신들은 비록 풀을 베었지만, 나는 이미 풀숲에 있다가 놀란 뱀과 같았소.」라고 했다.
【乃(내)】: 이에, 그리하여.
【判(판)】: (상급기관이 하급기관에서 올린 공문서에) 서면으로 의견을 표시하다.
【汝(여)】: 너, 당신, 당신들. 여기서는「왕로의 관할 구역 백성들」을 가리킨다.

089 자래구례(自來舊例)
《湘山野錄》

작자

문영(文瑩 : ?-?)은 북송(北宋)의 승려로, 자는 도온(道溫), 호는 옥호(玉壺)이며, 전당(錢塘)[지금의 절강성 항주(杭州)] 사람이다. 명확한 생졸 연대를 알 수 없으나 대략 진종(眞宗)으로부터 신종(神宗) 연간(998-1078)에 활동한 기록이 보인다. 저서로 《옥호야사(玉壺野史)》 10권과 《상산야록(湘山野錄)》 3권 및 속록(續錄) 1권이 있다.

《상산야록》은 신종(神宗) 희녕(熙寧) 연간에 형주(荊州)의 금란사(金鑾寺)에서 집필하여 「상산(湘山)」을 제목으로 붙였으며, 내용은 모두 북송시대의 잡사(雜事)를 기록한 것이다.

원문 및 주석

自來舊例[1]

楊叔賢郎中, 眉州人。言頃有太守初視事, 大排樂。[2] 樂人口號云:「爲

---

1 自來舊例 → 예로부터 전해오는 관례
【自來(자래)】: 원래부터, 본래부터, 예로부터.
【舊例(구례)】: 선례, 전례, 관례.

2 楊叔賢郎中, 眉州人。言頃有太守初視事, 大排樂。→ 낭중(郎中) 양숙현(楊叔賢)은, 미주(眉州) 사람이다. 그는 곧 태수가 새로 부임한다고 말하고, (신임 태수를 환영하기 위해) 악대(樂隊)를 성대하게 배치했다.
【楊叔賢(양숙현)】: [인명].
【郎中(낭중)】: [벼슬 이름].
【眉州(미주)】: [지명] 지금의 사천성 미산현(眉山縣).

報吏民須慶賀, 災星移去福星來!」[3] 守大喜, 問 :「口號誰撰?」優人答曰 :「本州自來舊例, 止此一首。」[4]

해설

미주(眉州) 낭중(郎中) 양숙현(楊叔賢)이 신임 태수가 부임한다는 말을 듣고 악대를 성대하게 배치하여 환영하면서 악인들로 하여금 「액운의 별이 떠나가고 행운의 별이 왕림하다(災星移去福星來)」라는 구호를 외치도록 했다. 신임 태수는 이 말을 듣고 매우 기뻐하며 그 구호의 출처를 물었는데, 신임 태수가 부임할 때마다 예로부터 전해오는 관

【頃(경)】: 머지않아, 곧.
【初視事(초시사)】: 새로 부임하다. 〖視事〗: 부임하다.
【大排樂(대배악)】: 악대를 성대하게 배치하다.

3 樂人口號云 :「爲報吏民須慶賀, 災星移去福星來!」→ (태수가 도착하자) 악인(樂人)들이 구호(口號)를 외쳤다 :「(태수의 부임에) 보답하기 위해 백성들은 반드시 액운의 별이 떠나가고 행운의 별이 왕림한 것을 경축해야 합니다!」
【樂人(악인)】: 가무(歌舞)를 연주하는 예인(藝人).
【報(보)】: 보답하다.
【吏民(이민)】: 하급 관리와 백성. 여기서는 「백성들」을 가리킨다.
【須(수)】: 반드시 …해야 하다.
【災星(재성)】: 액운의 별. ※ 옛날 사람들은 천체 현상을 사람의 일에 관련지어, 어떤 별이 출현하면 사람에게 재난을 가져온다고 여겼다. 따라서 재성은 곧 「액운」을 가리키기도 한다.
【移去(이거)】: 다른 곳으로 옮겨 가다, 이동해 가다.
【福星(복성)】: 행운의 별. ※ 옛날 사람들은 천체 현상을 사람의 일에 관련지어, 어떤 별이 출현하면 사람에게 행운을 가져온다고 여겼다. 따라서 복성은 곧 「행운」을 가리키기도 한다.

4 守大喜, 問 :「口號誰撰?」優人答曰 :「本州自來舊例, 止此一首。」→ 태수가 (이 구호를 듣고) 매우 기뻐하며, 물었다 :「구호는 누가 지었는가?」 악인이 대답했다 :「우리 주(州)에서 예로부터 전해오는 관례(慣例)로, 오직 이 한 마디뿐입니다.」
【守(수)】: 태수.
【撰(찬)】: 짓다.
【優人(우인)】: 가무(歌舞)를 연주하는 예인(藝人). 여기서는 「악인」을 가리킨다.
【止(지)】: 只(지). 다만, 오직.
【一首(일수)】: 한 수. 여기서는 「한 마디」를 의미한다.

례라는 말을 들었다.

이 우언은 신임 태수의 부임을 환영하는 구호가 예로부터 전해오는 형식적인 관례라는 것을 들어, 백성들 위에 군림하며 변하지 않는 봉건사회의 통치 관행을 풍자한 것이다.

090 매유옹(賣油翁)

《歐陽修全集·卷五·歸田錄》

작자

구양수(歐陽修 : 1007-1072)는 자가 영숙(永叔), 호는 취옹(醉翁), 만년의 호를 육일거사(六一居士)라 했으며, 길수(吉水)[지금의 강서성 길안시(吉安市)] 사람으로, 북송(北宋) 시대의 저명한 정치가요 문인이자 사학자이다. 4살 때 아버지를 잃고, 홀어머니의 교육을 받고 자라 각고의 노력 끝에 24세에 진사에 급제한 후, 여러 차례의 지방 관리를 거쳐 노년에는 추밀부사(樞密副使)·참지정사(參知政事 : 재상)에까지 올랐다.

구양수는 학문에 뛰어났을 뿐 아니라 높은 지위에 있었으므로 소순(蘇洵)·소식(蘇軾)·소철(蘇轍) 등 소씨 삼부자를 비롯하여 왕안석(王安石)·증공(曾鞏)과 같은 당시의 수많은 인재를 문하에 끌어들일 수 있었다. 그는 북송(北宋) 시문(詩文) 혁신운동의 영도자로 문장의 명도(明道)·치용(致用)을 주장하며, 당대(唐代)의 한유(韓愈)·유종원(柳宗元)의 고문운동을 계승하여 송대의 고문운동을 성공적으로 이끌고, 북송의 문학발전에 지대한 영향을 주었다.

구양수는 당송팔대가(唐宋八大家)의 한 사람으로 문학에 가장 뛰어났지만, 역사와 고고학 분야에도 상당한 조예가 있었다. 그의 저술을 보면, 시문집으로 《구양문충집(歐陽文忠集)》·《육일사(六一詞)》·《육일시화(六一詩話)》·《모시본의(毛詩本義)》 등이 있고, 역사서로 《신당서(新唐書)》·《신오대사(新五代史)》가 있으며, 고고학서로 《집고록(集古錄)》과 같은 거작을 남겼다. 현대 판본으로 대만(臺灣) 하락도서출판사(河洛圖書出版社)가 간행한 《구양수전집(歐陽修全集)》이 있다.

원문 및 주석

賣油翁[1]

陳康肅公善射, 當世無雙, 公亦以此自矜。[2] 嘗射於家圃, 有賣油翁釋擔而立睨之, 久而不去。[3] 見其發矢十中八九, 但微頷之。[4] 康肅問曰 :「汝亦知射乎? 吾射不亦精乎?」 翁曰 :「無他, 但手熟爾。」[5] 康肅忿然曰 :「爾安

---

1 賣油翁 → 기름 파는 노인
【翁(옹)】: 남자 노인을 높여 부르는 말.

2 陳康肅公善射, 當世無雙, 公亦以此自矜。→ 진강숙(陳康肅)은 활쏘기에 능하여, 당시에 견줄 사람이 없었고, 강숙 역시 이를 가지고 스스로 자랑했다.
【陳康肅公(진강숙공)】: [인명] 북송(北宋) 사람으로, 성은 진(陳), 이름은 요자(堯咨), 자는 가모(嘉謨), 자호(自號)를 소유기(小由基)라 했으며, 시호는 강숙(康叔)이다. 예서(隸書)와 활쏘기에 능했다. 〖公〗: 남자에 대한 존칭.
【善射(선사)】: 활을 잘 쏘다, 활쏘기에 능하다.
【當世(당세)】: 당시.
【無雙(무쌍)】: 견줄 사람이 없다.
【自矜(자긍)】: 스스로 자랑하다.

3 嘗射於家圃, 有賣油翁釋擔而立睨之, 久而不去。→ (강숙이) 일찍이 집안의 정원에서 활을 쏘고 있는데, 어느 기름 파는 노인이 짐을 내려놓고 서서 강숙의 활 쏘는 모습을 흘겨보며, 한참동안 떠나지 않았다.
【嘗(상)】: 일찍이.
【家圃(가포)】: 집안의 정원. 〖圃〗: 정원, 화원.
【釋擔(석담)】: 짐을 내려놓다.
【立睨(입예)】: 서서 흘겨보다. 〖睨〗: 흘겨보다, 쏘아보다.
【之(지)】: [대명사] 그것, 즉 「진강숙의 활 쏘는 모습」.
【久而不去(구이불거)】: 한참동안 떠나지 않다. 〖去〗: 떠나다.

4 見其發矢十中八九, 但微頷之。→ 강숙이 화살 열 개를 쏘아 여덟아홉 개가 적중하는 것을 보고도, (노인은) 다만 고개를 약간 끄덕일 뿐이었다.
【發矢(발시)】: 화살을 쏘다.
【但(단)】: 단지, 다만.
【微(미)】: 약간, 조금, 살짝.
【頷(함)】: 고개를 끄덕이다.

5 康肅問曰 :「汝亦知射乎? 吾射不亦精乎?」 翁曰 :「無他, 但手熟爾。」→ 강숙이 물었다 :「당신도 활 쏘는 법을 아시오? 나의 활 쏘는 기술이 매우 뛰어나지 않소?」 노인이 대답했다 :「별것 아니고, 다만 손에 익었을 뿐이오.」

敢輕吾射!」翁曰:「以我酌油知之。」[6] 乃取一葫蘆置於地, 以錢覆其口, 徐以杓酌油瀝之, 自錢孔入, 而錢不濕。[7] 因曰:「我亦無他, 惟手熟爾。」康肅笑而遣之。[8]

【汝(여)】: 너, 당신.

【不亦精乎(불역정호)】: 매우 뛰어나지 않는가? 〖不亦…乎〗: 매우 …하지 않은가? 〖精〗: 뛰어나다, 훌륭하다.

【無他(무타)】: 별것 아니다, 대단할 것이 없다.

【手熟(수숙)】: 손에 익다.

【爾(이)】: 이(耳). …뿐이다.

6 康肅忿然曰:「爾安敢輕吾射!」翁曰:「以我酌油知之。」→강숙이 화를 내며 말했다:「당신이 어찌 감히 나의 활솜씨를 얕보시오!」노인이 말했다:「나는 기름 따르는 경험을 근거로 그 이치를 알고 있소.」

【忿然(분연)】: 분노한 모양, 성내는 모양.

【爾(이)】: 너, 당신.

【安(안)】: 어찌.

【輕(경)】: 경시하다, 깔보다, 얕보다.

【以(이)】: …을 근거로, …으로, …에 의거하여.

【酌油(작유)】: 기름을 따르다.

7 乃取一葫蘆置於地, 以錢覆其口, 徐以杓酌油瀝之, 自錢孔入, 而錢不濕。→(노인이) 곧 호롱박 하나를 꺼내 땅바닥에 놓고, 동전으로 그 입구를 덮은 다음, 국자를 가지고 천천히 기름을 따라 한 방울 한 방울 떨어뜨려, 동전 구멍으로 들어가게 하는데, 동전이 (전혀) 젖지 않았다.

【乃(내)】: 곧, 바로.

【取(취)】: 취하다, 꺼내다.

【葫蘆(호로)】: 조롱박, 표주박.

【置於(치어)…】: …에 놓다. 〖於〗: [개사] …에.

【覆(복)】: 덮다, 덮어 가리다.

【徐(서)】: 서서히, 천천히.

【杓(작)】: 勺(작). 국자.

【瀝(력)】: 한 방울 한 방울 떨어뜨리다.

【錢孔(전공)】: 동전 구멍.

【濕(습)】: 젖다, 적시다.

8 因曰:「我亦無他, 惟手熟爾。」康肅笑而遣之。→그리하여 노인이 말했다:「나 역시 별것 아니고, 다만 손에 익었을 뿐이오.」강숙이 웃으며 노인을 보내주었다.

【因(인)】: 그리하여.

【惟(유)】: 오직, 다만.

【遣(견)】: 보내다, 보내주다.

해설

진강숙(陳康肅)은 활쏘기에 능하여, 당시에 자기와 겨룰만한 사람이 없는 자신을 대수롭지 않게 보는 기름 장수 노인에게 화를 냈지만, 기름 장수 노인이 조롱박에 기름을 따르는 묘기를 보고 나서 비로소 노인이 한 말의 의미를 깨달았다.

이 우언은 어떤 일을 막론하고 오로지 많은 연습과 착실한 실천을 거쳐야 비로소 익숙해지고 교묘한 기능이 생겨 정통한 경지에 도달할 수 있다는 이치를 설명한 것이다.

091 습초쟁개(拾樵爭芥)

《傳家集 · 卷第七十四 · 迂書 · 拾樵》

작자

사마광(司馬光 : 1019-1086)은 북송(北宋)의 저명한 정치가이자 사학가이며 문학가로, 자는 군실(君實), 호는 우부(迂夫), 만년의 호는 천수(遷叟)이며, 섬주(陝州) 하현(夏縣) 속수향(涑水鄕)[지금의 산서성 경내] 사람이다. 세간에서는 그를 「속수선생(涑水先生)」이라 불렀다.

그는 인종(仁宗) 보원(寶元 : 1038-1040) 연간에 진사에 급제한 후, 인종 말년에 천장각대제겸시강지간원(天章閣待制兼侍講知諫院)에 임명되었다. 그 후 신종(神宗)이 희녕(熙寧) 2년(1069) 왕안석(王安石)을 재상에 임명하여 신법정치(新法政治)를 시행하자, 사마광이 이를 적극 반대하며 황제의 면전에서 왕안석과 논쟁을 벌이기도 했다. 그러나 신종이 사마광의 의견을 받아들이지 않고 오히려 사마광을 추밀부사(樞密副使)로 임명했다. 이에 불만을 품은 사마광이 그만 고사하고 물러나 오로지 《자치통감(資治通鑒)》의 편찬에 전념하여 신종(神宗) 원풍(元豊) 7년(1084) 마침내 《자치통감》을 완성했다.

그 이듬해 철종(哲宗)이 즉위하고 황태후가 섭정하면서 사마광을 불러 상서좌부사(尙書左仆射) 겸 문하시랑(門下侍郎 : 재상)에 임명했다. 그는 재상이 되자마자 즉시 신법(新法)을 폐지하고 새로운 개혁을 시도했으나 불행하게도 8개월 만에 그만 병으로 세상을 떠나고 말았다. 온국공(溫國公)에 봉해지고, 시호를 문정(文正)이라 했다.

저서로 《자치통감》을 비롯하여 《사마문정공전가집(司馬文正公傳家集)》〔약칭 : 《전가집(傳家集)》〕·《계고록(稽古錄)》·《절운지장도(切韻指掌圖)》 등이 있다. 《우서(迂書)》는 필기고사집(筆記故事集)으로 41편의 고사가 실려 있는데, 모두가 사마광의 자호(自號)인 우부(迂夫)를 주인공으로 삼아 고사를 전개하고 있다. 그래서 서명을 《우서(迂書)》라 했다.

원문 및 주석

拾樵爭芥[1]

迂夫見童子拾樵於道, 約曰 :「見樵, 先呼者得之, 後毋得爭也。」皆曰 :「諾!」[2] 旣而行, 相與笑語戲狎, 至驩也。[3] 瞲然見橫芥於道, 其一先呼, 而衆童子爭之。遂相撻擊有傷者。[4]

해설

1 拾樵爭芥 → 땔감을 줍다가 겨자 줄기 하나를 다투다
【拾樵(습초)】: 땔감을 줍다. 〖拾〗: 줍다. 〖樵〗: 땔감, 땔나무.
【芥(개)】: [식물] 겨자. 여기서는「겨자 줄기」를 가리킨다.

2 迂夫見童子拾樵於道, 約曰 :「見樵, 先呼者得之, 後毋得爭也。」皆曰 :「諾!」→ 우부(迂夫)는 아이들이 길에서 땔감을 주우며 서로 약속하는 것을 보았다 :「땔감을 발견하여, 먼저 소리치는 사람이 그것을 가져가고, 뒤 사람은 다투지 말기로 하자.」모두가 말했다 :「그래 좋아.」
【迂夫(우부)】: 사마광(司馬光)의 호.
【先呼者(선호자)】: 먼저 외치는 사람.
【毋(무)】: 勿(물). …하지 말라, …해서는 안 된다.
【諾(락)】: [동의를 표하여 대답하는 소리] 그래 좋아.

3 旣而行, 相與笑語戲狎, 至驩也。→ 잠시 후 걸어가면서, 함께 우스갯소리도 하고 장난도 치며, 매우 즐거워했다.
【旣而(기이)】: 잠시 후, 이윽고, 곧이어.
【相與(상여)】: 서로, 함께.
【笑語(소어)】: 우스갯소리하다.
【戲狎(희압)】: 장난치다.
【至驩(지환)】: 매우 즐거워하다. 〖至〗: 지극히, 매우. 〖驩〗: 즐거워하다. ※ 판본에 따라서는「驩」을「歡(환)」이라 했다.

4 瞲然見橫芥於道, 其一先呼, 而衆童子爭之。遂相撻擊有傷者。→ (그러다가) 갑자기 겨자 줄기 하나가 길에 가로 누워 있는 것을 발견하고, 그중 한 아이가 소리쳤다. 그러나 여러 아이들은 (약속을 아랑곳하지 않고) 서로 그것을 (차지하려고) 다투었다. 그리하여 치고 때리고 싸워 아이가 다치는 일이 일어났다.
【瞲然(휼연)】: 갑자기 놀라 바라보는 모양.
【橫(횡)】: 가로로 눕다.
【遂(수)】: 그리하여.
【撻擊(달격)】: 치고 때리다.

이해관계가 없는 상황에서는 서로 웃고 즐기며 그지없이 친하다가, 일단 작은 이해관계에 직면하면 선약(先約)은 아랑곳하지 않고 서로 반목하며, 심지어 치고받고 싸움을 벌려 급기야 원수지간으로 변한다.

이 우언은 아이들의 어리석은 행위를 빌려, 말에 신용이 없고 조그만 이익을 위해 아귀다툼하는 인정세태(人情世態)를 풍자한 것이다.

092 청군입옹(請君入甕)

《資治通鑑·唐紀二十·則天順聖皇后上之下·天授二年》

작자

작자 사마광(司馬光) : 091 습초쟁개(拾樵爭芥) 참조.

《자치통감(資治通鑑)》은 약칭 《통감(通鑑)》이라고도 한다. 사마광(司馬光)이 영종(英宗)의 명에 따라 편찬한 편년체의 통사(通史)로 총 294권이며, 영종(英宗) 치평(治平) 2년(1065)으로부터 신종(神宗) 원풍(元豐) 7년(1084)까지 19년에 걸쳐 완성했다.

주위왕(周威王) 23년(B.C. 403)부터 오대(五代)의 후주(後周) 세종(世宗) 현덕(顯德) 6년(A.D. 959)에 이르기까지, 전국(戰國)시대의 여러 제후국을 비롯하여 진(秦)·한(漢)·삼국(三國)·진(晉)·오호십육국(五胡十六國)·남북조(南北朝)·수(隋)·당(唐)·오대십국(五代十國) 등 1362년간 역대 군신(君臣)에 관한 사적(史跡)을 상세히 기록했는데, 정사(正史) 이외의 풍부한 자료를 보유하고 있어 중국의 사서(史書) 가운데 매우 중요한 자료로 평가받고 있다.

원문 및 주석

請君入甕[1]

或告文昌右丞周興與丘神勣通謀, 太后命來俊臣鞫之。[2] 俊臣與興方推

1 請君入甕 → 당신이 독 안에 들어가십시오

【請君入甕(청군입옹)】: 당신이 독 안에 들어가십시오. ※ 이는 자신이 정한 엄격한 규칙에 자신이 걸려드는 것을 비유하는 말로, 「제 도끼에 제 발등을 찍히다, 자기가 쳐 놓은 덫에 자기가 걸려들다.」라는 뜻이며, 어원은 이 고사에서 유래되었다. 【君】: 그대, 당신, 귀하. 【甕】: 독, 항아리.

2 或告文昌右丞周興與丘神勣通謀, 太后命來俊臣鞫之。→ 어떤 사람이 문창우승(文昌右丞) 주흥(周興)

事對食, 謂興曰 : 「囚多不承, 當爲何法?」[3] 興曰 : 「此甚易耳。取大甕, 以炭四周炙之, 令囚入中, 何事不承?」 俊臣乃索大甕, 火圜如興法。[4] 因起

과 구신적(丘神勣)이 결탁하여 모반했다고 밀고하자, 태후(太后)가 내준신(來俊臣)에게 명해 그들을 국문(鞫問)하도록 했다.

【或告(혹고)】 : 어떤 사람이 밀고하다. 〖或〗 : 어떤 사람.

【文昌右丞(문창우승)】 : [관직] 상서우승(尙書右丞)이라고도 한다. 승(丞)은 보좌역으로 당대(唐代)의 상서성복야(尙書省僕射) 밑에 좌승(左丞)과 우승(右丞)이 있었다.

【周興(주흥)】 : [인명] 측천무후(則天武后) 시절의 혹리(酷吏).

【丘神勣(구신적)】 : [인명] 당대(唐代)의 명장 구행공(丘行恭)의 아들로 좌금오대장군(左金吾大將軍)을 지냈으며, 측천무후의 심복(心腹)이다.

【通謀(통모)】 : 결탁하여 공모하다.

【太后(태후)】 : 태후. 여기서는 측천무후(624-705)를 가리킨다. 측천무후는 본래 당태종(唐太宗) 이세민(李世民)의 재인(才人)이었는데, 태종이 죽은 후 비구니가 되었다가, 고종(高宗)이 즉위한 후 불러들여 소의(昭儀)를 삼았고, 그 후 영휘(永徽) 6년(655) 황후(皇后)가 되어 조정(朝政)에 간여하며, 천후(天后)라 불리었다. 홍도(弘道) 원년(683) 고종이 죽고 중종(中宗)이 즉위하자 측천무후가 섭정을 했다. 그 이듬해 중종을 폐하고 예종(睿宗)을 세웠다가 재초(載初) 원년(690) 예종을 폐하고 스스로 성신황제(聖神皇帝)라 칭하며 국호를 주(周)로 고치고, 연호를 천수(天授)라 했다. 장손무기(長孫無忌)와 저수량(褚遂良) 등 원로대신들을 축출하고 혹리(酷吏)를 임용하여 여러 차례 옥사(獄事)를 일으키는 바람에 이씨 왕조 종실과 조정 대신들이 관련되어 억울하게 죽음을 당한 자들이 수천 명에 달했다. 신룡(神龍) 원년(705) 장간지(張柬之)·환언범(桓彦範)·원서기(袁恕己) 등은 측천무후가 병을 앓고 있는 틈을 타 정변을 일으켜 중종(中宗)을 복위시켰다. 측천무후는 이해 겨울 82세를 일기로 병사했다.

【來俊臣(내준신)】 : [인명] 측천무후 시절의 혹리(酷吏).

【鞫(국)】 : 국문하다, 심문하다, 취조하다.

3 俊臣與興方推事對食, 謂興曰 : 「囚多不承, 當爲何法?」 → (그때) 내준신과 주흥이 마침 소송 사건을 심의하고 함께 식사를 하면서, (내준신이) 주흥에게 물었다 : 「죄수들이 대부분 죄를 인정하지 않으니, 마땅히 어떤 방법을 취해야 되겠습니까?」

【方(방)】 : 마침.

【推事(추사)】 : 사건을 심의하다, 사건을 취조하다. 〖推〗 : 취조하다, 심문하다.

【對食(대식)】 : 함께 식사하다.

【囚(수)】 : 죄수.

【多(다)】 : 대부분, 대체로.

【承(승)】 : 승복하다, 죄를 인정하다.

4 興曰 : 「此甚易耳。取大甕, 以炭四周炙之, 令囚入中, 何事不承?」 俊臣乃索大甕, 火圜如興法。 → 주흥이 대답했다 : 「이것은 매우 쉽습니다. 큰 독을 가져와, 탄불로 그것을 사방에서 달구고, 죄수를 그 안에 들어가도록 명령하면, 무슨 일이든 자백하지 않겠습니까?」 내준신이 곧 (수하를 시켜) 큰 독을 구해다가, 주흥이 말한 방법대로 사방을 불로 달구었다.

謂興曰：「有內狀推兄，請兄入此甕!」興惶恐叩頭伏罪。[5]

해설

고사에 나오는 인물과 사건은 모두 역사의 사실을 기록한 것이다. 내준신(來俊臣)과 주흥(周興)이 죄인을 심문하면서 죄인들이 자백을 하지 않자 내준신이 주흥에게 방법을 물었고, 주흥이 독을 불로 달구어 죄인을 그 속에 가두어 심문하는 방법을 제시했다. 내준신은 주흥을 역모죄로 심문하라는 측천무후(則天武后)의 밀지를 미리 받고 숨겼다가 바로 이 순간 주흥에게 알리고, 주흥이 제시한 방법을 가지고 주흥을 심문하려 하니 주흥이 놀라 두려워하며 죄를 자백했다.

이 우언은 자신이 정한 엄격한 규칙에 자신이 걸려드는 것을 비유하는 말로, 어원은 바로 이 고사에서 유래되었다.

【甕(옹)】: 독, 단지.
【四周(사주)】: 사방.
【炙(적)】: 불에 굽다, 불을 때서 달구다.
【令(령)】: 명령하다.
【乃(내)】: 곧, 즉시.
【索(색)】: 찾다, 구해오다.
【火圍(화위)】: 주위를 불로 달구다.
【如興法(여흥법)】: 주흥이 제시한 방법대로. 〖如〗: …와 같이, …대로.

5 因起謂興曰：「有內狀推兄，請兄入此甕!」興惶恐叩頭伏罪。→ 그리고 일어나서 주흥에게 말했다: 「당신을 (역모 죄로) 심문하라는 황제(皇帝)의 밀지(密旨)가 있었소. 당신이 이 독 안에 들어가십시오!」 주흥은 당황하고 두려워하며 머리를 조아리고 죄를 인정했다.
【內狀(내장)】: 황제(皇帝)의 밀지(密旨). 여기서는 「측천무후(則天武后)가 처리하라고 명한 안건」을 가리킨다.
【惶恐(황공)】: 당황하고 두려워하다.
【叩頭(고두)】: 머리를 조아리다.
【伏罪(복죄)】: 복죄(服罪)하다, 죄를 인정하다.

093 남월수간(南越修簳)
《王安石全集(上)·卷三十九·論說·材論》

작자

왕안석(王安石 : 1021-1086)은 자가 개포(介甫), 호는 반산(半山)이며, 무주(撫州) 임천(臨川)[지금의 강서성 무주시(撫州市)] 사람으로, 북송(北宋)의 정치가·사상가인 동시에 당송팔대가의 한 사람이다. 인종(仁宗) 경력(慶歷) 2년(1042) 진사에 급제한 후, 회남판관(淮南判官)·은현지현(鄞縣知縣) 등 여러 지방관을 거쳐 가우(嘉祐) 3년(1058) 삼사탁지판관(三司度支判官)을 지낼 때 《상인종황제언사서(上仁宗皇帝言事書)》를 올려 신법(新法)을 제기했는데, 신종(神宗)이 즉위한 후 그의 주장을 받아들여 두 차례에 걸쳐 재상을 지내며 신법(新法)을 강력히 추진했다. 그러나 관료지주와 호상(豪商) 등 보수파의 격렬한 반대에 부딪쳐 성공을 거두지 못하고, 후에 사마광(司馬光)이 재상이 되어 신법을 폐기하자, 얼마 후 병이 들어 65세의 나이로 세상을 떠났다.

저서로 《임천선생문집(臨川先生文集)》 100권이 전하며, 현대 판본으로 대만(臺灣) 하락도서출판사(河洛圖書出版社)가 간행한 《왕안석전집(王安石全集)》이 있다.

원문 및 주석

南越修簳[1]

夫南越之修簳, 簇以百鍊之精金, 羽以秋鶚之勁翮, 加强弩之上而彍

1 南越修簳 → 남월(南越)의 가늘고 긴 조릿대
【南越(남월)】: [국명] 지금의 광동성과 광서성 일대에 있던 옛 국가.

之千步之外,[2] 雖有犀兕之捍, 無不立穿而死者, 此天下之利器, 而決勝覿武之所寶也。[3] 然用以敲扑, 則無以異於朽槁之梃。[4] 是知雖得天下之瑰材桀智, 而用之不得其方, 亦若此矣。[5]

【修簳(수간)】: 가늘고 긴 조릿대. ※ 판본에 따라서는 「簳」을 「竿(간)」이라 했다.

2 夫南越之修簳, 簇以百鍊之精金, 羽以秋鶚之勁翮, 加强弩之上而彍之千步之外, → 남월(南越) 지역의 가늘고 긴 조릿대는, 여러 번 정련(精鍊)을 거친 순수한 금속으로 화살촉을 만들고, 가을철 물수리의 실(實)한 깃촉으로 살깃을 만들어, 강한 활에 장착하여 활시위를 당기면 천 걸음 밖에까지 쏠 수 있으며,

【夫(부)】: [발어사].

【簇(족)】: 화살촉. ※ 판본에 따라서는 「簇」을 「鏃(족)」이라 했다.

【百鍊(백련)】: 여러 차례 정련(精鍊)하다. ※ 판본에 따라서는 「鍊」을 「煉(련)」이라 했다.

【精金(정금)】: 정련한 순수한 금속.

【羽(우)】: 깃. 여기서는 화살의 뒤 끝에 붙인 새의 깃, 즉 「궁깃, 살깃」을 가리킨다.

【秋鶚(추악)】: 가을철의 물수리.

【勁翮(경핵)】: 실(實)한 깃촉.

【加(가)】: 장착하다.

【强弩(강노)】: 강한 활.

【彍(확)】: 활시위를 당기다.

3 雖有犀兕之捍, 無不立穿而死者, 此天下之利器, 而決勝覿武之所寶也。→ 비록 무소 가죽으로 만든 보호막이 있다 해도, 즉시 관통하여 죽지 않는 사람이 없다. 이는 천하의 예리한 무기로서, 전쟁에서 승리를 거두는 소중한 보물이다.

【犀兕之捍(서시지한)】: 무소 가죽으로 만든 보호막. 〖犀兕〗: 무소. ※ 「兕」는 무소의 암컷. 〖捍〗: 막다, 보호하다. 여기서는 「보호막」을 가리킨다.

【立(립)】: 즉시.

【穿(천)】: 꿰뚫다, 관통하다.

【利器(이기)】: 예리한 무기, 날카로운 병기.

【決勝(결승)】: 승리를 거두다.

【覿武(적무)】: 무기를 만나다. 즉 「전쟁(하다)」의 뜻. 〖覿〗: 만나다, 대면하다.

4 然用以敲扑, 則無以異於朽槁之梃。→ 그러나 그것을 가지고 (다만) 물건을 두드리는 데 사용한다면, 그것은 썩고 마른 막대와 다를 바가 없다.

【然(연)】: 그러나. ※ 판본에 따라서는 「然」을 「然而(연이)」라 했다.

【用以敲扑(용이고복)】: 이것을 가지고 물건을 두드리는 데 사용하다. 〖敲扑〗: 치다, 두드리다.

【無以異於(무이이어)…】: …와 다를 바 없다.

【朽槁之梃(후고지정)】: 썩고 마른 막대. 〖朽槁〗: 썩고 마르다. 〖梃〗: 막대, 막대기.

5 是知雖得天下之瑰材桀智, 而用之不得其方, 亦若此矣。→ 이로 미루어 볼 때 비록 천하의 걸출한 재

해설

남월(南越) 지역에서 자라는 가늘고 긴 조릿대는 예리한 화살대를 만들 수도 있고 썩은 막대로 변할 수도 있다. 관건은 그것을 식별하고 활용할 줄 아는 혜안이 있어야 한다. 혜안을 가진 사람은 조릿대를 활용하여 양질의 화살을 만들 수 있지만, 혜안이 없는 사람은 이를 가지고 다만 물건을 두드리는 데 사용하여 썩은 막대와 다를 바 없는 무용지물(無用之物)이 되고 만다.

이 우언은 남월의 조릿대를 인재(人才)에 비유하여, 통치자가 인재를 식별할 줄 알고 아울러 인재를 활용할 줄 아는 혜안을 가져야 비로소 인재가 인재로서의 역할을 할 수 있다는 이치를 설명한 것이다.

능을 지닌 인재를 얻었다 해도, 기용하는 방법을 찾지 못한다면, 다만 남월의 조릿대를 가지고 물건을 두드리는 데 사용하는 것과 다를 바 없다는 것을 알 수 있다.

【是(시)】: 이로 미루어 볼 때.

【瑰材桀智(괴재걸지)】: 걸출한 재능을 지닌 인재.

【亦(역)】: 다만 …뿐.

【若此(약차)】: 如此(여차). 이와 같다. 즉「남월의 조릿대로 물건을 두드리는 데 사용하는 것과 다를 바 없다.」의 뜻. 〖此〗: 이것, 즉「남월의 조릿대로 물건을 두드리는 것」.

094 구반문촉(扣盤捫燭)

《蘇植文集·卷六十四·雜著·日喩》

작자

소식(蘇軾 : 1037-1101)은 자가 자첨(子瞻), 호는 동파거사(東坡居士)이며 미주(眉州) 미산(眉山)[지금의 사천성 미산현(眉山縣)] 사람으로, 북송(北宋)의 저명한 사상가이자 문학가이다. 인종(仁宗) 가우(嘉祐) 2년(1057) 21세의 나이로 진사에 급제하여 주부(主簿)·판관(判官)·중승(中丞) 등을 지냈으나, 왕안석(王安石)의 신법(新法)을 반대했다가 항주통판(杭州通判)으로 폄적되었고, 지방 관리 생활을 하던 중 또 신법(新法)을 풍자하는 시를 썼다가 간관(諫官)으로부터 탄핵을 받아 옥살이를 했다. 이른바 「오태시안(烏台詩案)」 사건이다.

그 후 소식은 사마광(司馬光)을 우두머리로 하는 구당파(舊黨派)가 득세하자 다시 부름을 받아 중서사인(中書舍人)·한림학사겸시독(翰林學士兼侍讀)을 지냈는데, 이때는 왕안석의 신법을 반대하던 과거의 입장을 바꿔 부분적인 장점은 채택해야 한다는 주장을 폈다가 오히려 구당파의 배척을 받아 다시 항주(杭州)·영주(潁州) 등지의 지주(知州)로 좌천되었다. 줄곧 이러한 생활을 거듭하다가 휘종(徽宗)이 즉위하여 대사면을 베풀어 경사(京師)로 귀환하던 중 강소(江蘇) 상주(常州)에서 세상을 떠났다.

그는 부친 소순(蘇洵), 동생 소철(蘇轍)과 더불어 당송팔대가(唐宋八大家)의 한 사람으로 많은 저술을 남겼는데, 현재 《소동파전집(蘇東坡全集)》 115권이 전한다.

원문 및 주석

扣盤捫燭[1]

生而眇者不識日, 問之有目者。[2] 或告之曰 : 「日之狀如銅盤。」 扣盤而得其聲。他日聞鍾, 以爲日也。[3] 或告之曰 : 「日之光如燭。」 捫燭而得其形。他日揣籥, 以爲日也。[4] 日之與鍾、籥亦遠矣, 而眇者不知其異, 以其未嘗見而求之人也。[5]

---

1 扣盤捫燭 → 쟁반을 두드리고 초를 어루만지다
【扣(구)】: 치다, 두드리다.
【捫(문)】: 어루만지다.
【燭(촉)】: 촛불. 여기서는 「초」를 가리킨다.

2 生而眇者不識日, 問之有目者。→ 태어날 때부터 눈이 먼 사람이 해를 알지 못해, 그것을 정상적인 눈을 가진 사람에게 물었다.
【生而眇者(생이묘자)】: 태어날 때부터 눈이 먼 사람. 선천적 맹인. 〖眇者〗: 눈 먼 사람. 맹인, 봉사.
【不識(불식)】: 알지 못하다, 모르다.
【之(지)】: [대명사] 그것, 즉 「해, 태양」.
【有目者(유목자)】: 정상적인 눈을 가진 사람.

3 或告之曰 : 「日之狀如銅盤。」 扣盤而得其聲。他日聞鍾, 以爲日也。→ 어떤 사람이 그에게 알려 주었다 : 「해의 모양은 마치 구리 쟁반과 같습니다.」 (눈 먼 사람은) 쟁반을 두드려 그 소리를 기억했다. 그 후 어느 날 종소리를 듣고, 그것을 해라고 여겼다.
【或(혹)】: 어떤 사람.
【告(고)】: 말하다, 알리다.
【狀(상)】: 모양, 형상.
【如(여)】: 마치 …과 같다.
【盤(반)】: 쟁반.
【得其聲(득기성)】: 그 소리를 기억하다. 〖得〗: 알다, 기억하다.
【以爲(이위)】: …라고 여기다, …라고 생각하다.

4 或告之曰 : 「日之光如燭。」 捫燭而得其形。他日揣籥, 以爲日也。→ 또 어떤 사람이 그에게 알려 주었다 : 「해의 광채는 마치 촛불과 같습니다.」 그는 초를 어루만져보고 그 모양을 기억했다. 그 후 어느 날 피리를 만지더니, 그것을 해라고 여겼다.
【他日(타일)】: 훗날, 그 후 어느 날.
【揣(췌)】: 만지다, 어루만지다.
【籥(약)】: [악기] 피리와 비슷하지만 길이가 약간 짧다.

5 日之與鍾、籥亦遠矣, 而眇者不知其異, 以其未嘗見而求之人也。→ 해와 종 · 피리는 실로 거리가 멀

해설

선천적으로 눈이 먼 사람은 자기가 직접 물건을 보고 느낄 수가 없기 때문에, 부득이 남의 말을 듣고 나서 임의로 판단하는 경우가 많다. 그래서 해의 모양이 쟁반 같다는 말을 듣고 쟁반을 두드려 나는 소리를 해라고 여기는가 하면, 해의 광채가 촛불과 같다는 말을 듣고 피리를 더듬어 그것을 해라고 여겼다.

이 우언은 사물에 대한 인식에 있어서, 타인의 전달을 거치지 않고 자신의 직접적인 관찰과 분석을 통해 사물의 기본 특징을 파악할 수 있어야, 부분을 가지고 전체를 개괄하거나 단편적으로 이해하는 오류를 방지하고 정확한 해답을 얻을 수 있다는 실천의 중요성을 강조한 것이다.

다. 그런데 눈 먼 사람이 그 다름을 알지 못하는 것은, (자기가 직접) 해를 본 적이 없이 다른 사람에게서 들었기 때문이다.

【以(이)】: 因(인). …로 말미암다, … 때문이다.

【未嘗(미상)】: …한 적이 없다.

【求之人(구지인)】: 다른 사람에게서 구하다. 여기서는 「다른 사람에게서 듣다.」의 뜻.

095 오적어설(烏賊魚說)

《蘇植文集 · 卷六十四 · 雜著 · 二魚說》

작자

094 구반문촉(扣盤捫燭) 참조

원문 및 주석

烏賊魚說[1]

海之魚, 有烏賊其名者, 呴水而水烏。戱於岸間, 懼物之窺己也, 則呴水以自蔽。[2] 海鳥視之而疑, 知其魚也而攫之。[3] 嗚呼! 徒知自蔽以求全,

---

1 烏賊魚說 → 오징어 이야기
【烏賊魚(오적어)】: 오징어.

2 海之魚, 有烏賊其名者, 呴水而水烏。戱於岸間, 懼物之窺己也, 則呴水以自蔽。→ 바다의 물고기로, 이름을 오징어라고 하는 놈이 있는데, 먹물을 토해내면 물이 까맣게 변한다. (어느 날) 해변에서 노닐며, 다른 동물이 자기를 엿볼까 두려워, 먹물을 토해 자기 몸을 가렸다.
【呴水(구수)】: 물을 토하다. 여기서는 「먹물을 토해내다.」의 뜻.
【水烏(수오)】: 물이 검게 변하다. 〖烏〗: 검게 물들이다.
【戱於岸間(희어안간)】: 해안가에서 장난치며 노닐다. 〖戱〗: 놀다, 장난치다. 〖於〗: [개사] …에서. 〖岸間〗: 해안가.
【懼(구)】: 두려워하다.
【窺(규)】: 엿보다.
【自蔽(자폐)】: 스스로 가리다, 자신을 가리다. 〖蔽〗: 덮다, 가리다, 막다. ※ 판본에 따라서는 「自蔽」를 「蔽物(폐물)」이라 했다.

3 海鳥視之而疑, 知其魚也而攫之。→ 바닷새가 그것을 보고 의아하게 생각하다가, 곧 물고기라는 것을 알고 그것을 낚아채 버렸다.

不知滅迹以杜疑, 爲窺者之所窺, 哀哉![4]

해설

오징어는 다른 동물이 자기를 엿볼까봐 먹물을 토해 자기 몸을 가렸지만, 먹물로 흔적을 남기는 바람에 결국 바닷새에게 잡혀먹고 말았다.

이 우언은 소식(蘇軾)이 당(唐) 유종원(柳宗元)의 「삼계(三戒)」를 읽고 나서 쓴 「이어설(二魚說)」중의 하나로, 일을 처리하는 과정에서 사물의 양면성을 고려하지 않으면, 진실을 감추려다 오히려 마각이 들어나 만회할 수 없는 위험을 초래할 수 있다는 교훈을 제시한 것이다.

【海鳥(해조)】: 바닷새. ※ 판본에 따라서는 「海鳥」를 「海烏(해오)」라 했다.
【視之而疑(시지이의)】: 그것을 보고 의아하게 생각하다. ※ 판본에 따라서는 「視之而疑」를 「疑而視之(의이시지)」라 했다.
【攫(확)】: 낚아채다, 움켜잡다.

4 嗚呼! 徒知自蔽以求全, 不知滅迹以杜疑, 爲窺者之所窺, 哀哉! → 아! 겨우 자기 몸을 가려 안전을 추구할 줄만 알고, 흔적을 없애 남의 의심을 차단할 줄 몰라, (결국) 엿보고 있던 바닷새에게 발견되었으니, 슬픈 일이로다!
【嗚呼(오호)!】: [감탄사] 아!
【徒(도)】: 다만, 겨우.
【自蔽(자폐)】: 자기 몸을 가리다.
【求全(구전)】: 안전을 추구하다.
【滅迹(멸적)】: 흔적을 없애다.
【杜疑(두의)】: 남의 의심을 막다. 【杜】: 막다, 근절하다, 차단하다.
【爲窺者之所窺(위규자지소규)】: 엿보던 바닷새에게 발견되다. 【爲…所…】: [피동형] …에 의해 …되다, …에게 …되다. 【窺者】: 엿보던 자. 여기서는 「바닷새」를 가리킨다. ※ 판본에 따라서는 「窺」를 「識(식)」이라 했다.

096 도부여애인(桃符與艾人)

《東坡志林·卷十二》

작자

소식(蘇軾) : 094 구반문촉(扣盤捫燭) 참조

《동파지림(東坡志林)》은 소식(蘇軾)이 생활상의 견문(見聞)과 독서에서 심득(心得)한 바를 기록한 수필집으로, 현재 1권본(一卷本)·5권본·12권본 등 3종의 판본이 전한다. 1권본은 사론(史論)만 있고 잡설(雜說)이 없어 《지림(志林)》의 전모(全貌)가 아니라고 하며, 12권본은 잡설만 있고 사론이 없는데다 수록한 자료는 많으나 매우 난잡하고 오류가 많아 세간의 중시를 받지 못하고 있다. 현재 가장 많이 인용되고 있는 5권본은 잡설과 사론을 포함하고 있을 뿐만 아니라 자료의 취사선택(取捨選擇) 또한 비교적 정밀하다.

원문 및 주석

桃符與艾人[1]

桃符仰視艾人而罵曰 : 「汝何等草芥, 輒居我上?」[2] 艾人俯而應曰 : 「汝

1 桃符與艾人 → 도부(桃符)와 애용(艾俑)
【桃符(도부)】: 옛날 풍습으로, 복숭아나무를 켜서 만든 두 장의 판자에 「신도(神荼)」와 「울루(鬱壘)」 두 문신(門神)을 각각 그려 가지고 대문의 양쪽 문짝에 붙여 악귀를 쫓는 부적. 한 해 동안 붙여 두었다가, 이듬해 정월 초하루 날 다시 새것으로 바꿔 붙인다.
【艾人(애인)】: 애용(艾俑). 쑥으로 만든 인형. ※ 단오절에 쑥으로 엮어 만든 인형을 문짝에 걸어 두어 액을 쫓았다.

2 桃符仰視艾人而罵曰 : 「汝何等草芥, 輒居我上?」 → 도부(桃符)가 위를 향해 애용(艾俑)을 바라보고 욕을 하며 말했다 : 「너 어떤 하찮은 놈이, 항상 내 위에 있는 거야?」

已半截入土, 猶爭高下乎?」桃符怒, 往復紛然不已。[3] 門神解之曰 :「吾輩不肖, 方傍人門戶, 何暇爭閒氣耶?」[4]

【仰視(앙시)】: 올려보다, 위를 향해 바라보다.
【罵(매)】: 욕하다.
【汝(여)】: 너, 당신.
【何等(하등)】: 어떤, 무슨.
【草芥(초개)】: 지푸라기. 즉「하찮은 것」을 비유적으로 이르는 말.
【輒(첩)】: 항상, 늘, 언제나.
【居(거)】: …에 있다.

3 艾人俯而應曰 :「汝已半截入土, 猶爭高下乎?」桃符怒, 往復紛然不已。→ 애용이 아래를 향해 몸을 구부리고 대답했다 :「너는 이미 나이가 많아 수명이 얼마 남지 않았는데, 아직도 나와 위아래를 다투겠다는 거야?」도부가 화가 나서, (애용과) 욕설을 주고받으며 다툼이 멈추지 않았다.
【俯(부)】: 구부리다, 숙이다.
【應(응)】: 응답하다, 대답하다.
【半截入土(반절입토)】: 몸의 절반이 땅속에 묻히다. 즉「나이가 많아 죽을 날이 멀지 않다, 수명이 얼마 남지 않다.」의 뜻. ※ 애용은 오월의 단오절 날 문짝에 걸고 도부는 정월 초하룻날 붙이기 때문에, 시간적으로 볼 때 도부는 이미 한 해의 절반이 지나, 수명이 얼마 남지 않았음을 비유한 것이다.
【猶(유)】: 아직, 여전히.
【往復(왕복)】: 오고가다, 주고받다.
【紛然(분연)】: 다투는 모양, 분쟁을 벌이는 모양.
【已(불이)】: 멈추다, 그치다.

4 門神解之曰 :「吾輩不肖, 方傍人門戶, 何暇爭閒氣耶?」→ 문신(門神)이 그들에게 화해를 중재하며 말했다 :「우리 모두 변변치 못해서, 지금 남의 집 대문에 의지하고 사는데, 어디 쓸데없는 논쟁을 벌일 겨를이 있는가?」
【門神(문신)】: 수문신(守門神). 문을 지켜서 불행이 들어오지 못하게 막아 주는 귀신.
【解(해)】: 화해를 중재하다.
【之(지)】: [대명사] 그들, 즉「도부와 애용」.
【吾輩(오배)】: 우리들. 〖輩〗: [복수형] …들.
【不肖(불초)】: 변변치 못하다, 못나고 어리석다, 현명하지 못하다.
【方(방)】: 지금, 현재.
【傍人門戶(방인문호)】: (자립하지 못하고) 남의 집 대문에 의지하여 살다. 〖傍〗: 의지하다, 기대다. 〖門戶〗: 문, 대문.
【何暇(하가)…耶(야)?】: 어디 …할 겨를이 있겠는가? 〖何〗: 어디, 무슨. 〖暇〗: 틈, 겨를, 여유, 시간. 〖耶〗: [어조사].
【爭閒氣(쟁한기)】: 쓸데없는 논쟁을 벌이다.

해설

도부(桃符)는 복숭아나무를 켜서 두 장의 판자에 「신도(神荼)」와 「울루(鬱壘)」 두 문신(門神)을 각각 그려 가지고 대문의 양쪽 문짝에 붙여 악귀를 쫓는 부적이고, 애용(艾俑)은 단오절에 액운을 쫓기 위해 쑥으로 엮어 만들어 문짝에 걸어 두는 인형이다. 그런데 이들이 서로 위아래 자리를 다투며 계속 논쟁을 벌였다. 이에 문신(門神)이 중재에 나서, 우리 모두 변변치 못해 남의 집 대문에 의지하고 살면서 쓸데없이 논쟁을 벌이고 있다며 도부와 애용을 싸잡아 힐난했다.

이 우언은 작자가 도부와 애용에 대한 문신의 관점을 통해, 당시 사회에서 무학무재(無學無才)한 사람들이 원칙도 없이 분쟁을 일으키며 명리(名利)를 다투는 볼꼴 사나운 현상을 풍자한 것이다.

097 이부위골(以鳧爲鶻)

《艾子雜說》

작자

소식(蘇軾) : 094 구반문촉(扣盤捫燭) 참조

《애자잡설(艾子雜說)》은 명(明) 도종의(陶宗儀)의 《설부(說郛)》에 집록한 한위(漢魏) 이하 송원(宋元)에 이르는 작품 600여 종 가운데 《동파거사애자잡설(東坡居士艾子雜說)》이란 명칭으로 40편이 수록되어 있다. 모두가 잡기(雜記)·우언(寓言)·소화(笑話) 등의 짤막한 고사로 엮어져 있으며, 내용은 전국(戰國)시대 제(齊)나라 선왕(宣王)의 측근 신하를 가탁한 애자(艾子)라는 인물을 전편(全篇)에 등장시켜, 당시 사회의 잔혹하고 어리석은 통치자의 황당한 현상을 신랄하게 풍자했다. 일설에는 《애자잡설》을 위작으로 의심하기도 하나, 여기서는 우언(寓言)의 관점에서 다루고 진위(眞僞) 문제를 논하지 않는다.

원문 및 주석

以鳧爲鶻[1]

昔人將獵而不識鶻, 買一鳧而去。原上兔起, 颺之使擊, 鳧不能飛, 投於地, 又颺之, 投於地, 至三四。[2] 鳧忽蹣跚而人語曰:「我鴨也, 殺而食

1 以鳧爲鶻 → 오리를 사냥매로 여기다
【以(이)…爲(위)…】: …을 …으로 여기다, …으로 …을 삼다.
【鳧(부)】: 오리.
【鶻(골)】: 매, 송골매.

2 昔人將獵而不識鶻, 買一鳧而去。原上兔起, 颺之使擊, 鳧不能飛, 投於地, 又颺之, 投於地, 至三四。→

之, 乃其分, 奈何加我以提擲之苦乎?」[3] 其人曰:「我謂爾爲鶻, 可以獵兎耳, 乃鴨耶?」[4] 鳧擧掌而示, 笑以言曰:「看我這脚手, 可以搦得他兎否?」[5]

옛날에 어떤 사람이 사냥을 나가려는데 매를 알지 못해, 오리 한 마리를 사가지고 갔다. 들판에서 토끼가 놀라 일어나자, 오리를 날려 보내 토끼를 잡게 했다. 그러나 오리는 날지를 못하고, 땅에 나동그라졌다. 또다시 날려 보냈으나, 또 땅에 나동그라졌다. 이렇게 서너 번을 반복했다.

【將(장)】: 장차 …하려 하다.

【獵(렵)】: 사냥하다.

【識(식)】: 알다, 알아보다.

【颺(양)】: 날려 보내다. ※ 판본에 따라서는 「颺」을 모두 「擲(척)」이라 했다.

【使擊(사격)】: 공격하게 하다. 즉 「잡게 하다, 잡도록 하다.」의 뜻.

【投於(투어)…】: …에 던지다. 여기서는 「…에 나동그라지다.」의 뜻. 〖於〗: [개사] …에.

【颺之(양지)】: ※ 판본에 따라서는 「颺之」를 「再擲(재척)」이라 했다.

3 鳧忽蹣跚而人語曰:「我鴨也, 殺而食之, 乃其分, 奈何加我以提擲之苦乎?」→ 오리가 갑자기 비틀거리며 사람의 언어로 말했다:「나는 오리입니다. 잡혀 먹히는 것이, 바로 나의 본분인데, 왜 나에게 내던져지는 고통을 줍니까?」

【忽(홀)】: 돌연, 갑자기.

【蹣跚(반산)】: 비틀거리며 걷는 모양.

【食(식)】: [동사] 먹다.

【乃(내)】: 바로 …이다.

【分(분)】: 본분, 직분.

【奈何(내하)】: 왜, 어째서, 어찌.

【加(가)】: 가하다, 주다.

【提擲之苦(제척지고)】: 내던져지는 고통. ※ 판본에 따라서는 「提擲之苦」를 「擲之苦(척지고)」라 했다.

4 其人曰:「我謂爾爲鶻, 可以獵兎耳, 乃鴨耶?」→ 그가 말했다:「나는 너를 매로 여겨, 토끼를 사냥할 수 있다고 생각했는데, 뜻밖에도 오리라니?」

【謂(위)】: …라고 생각하다.

【爾(이)】: 너, 당신.

【爲鶻(위골)】: 매로 여기다.

【可以(가이)】: …할 수 있다.

【乃(내)】: 竟(경). 의외로, 뜻밖에도.

5 鳧擧掌而示, 笑以言曰:「看我這脚手, 可以搦得他兎否?」→ 오리는 발바닥을 들어 보여주고, 웃으며 말했다:「나의 이 손과 발을 보십시오, 토끼를 잡을 수 있는지 없는지?」

【擧(거)】: 들다.

【掌(장)】: 손바닥, 발바닥.

【這(저)】: [지시대명사] 이, 이것.

【可以(가이)…否(부)?】: …할 수 있는지 없는지? 즉 「…할 수 있겠는가?」의 뜻.

【搦(닉)】: 捉(착). 잡다.

해설

사냥을 나간다는 사람이 매를 몰라 오리를 사가지고 사냥을 나갔다는 것은 사냥에 대한 기본도 모르는 어처구니없는 일이다.

무슨 일에 착수하려면 무엇보다도 먼저 사물의 본질을 깊이 이해해야 하고, 일부 겉으로 드러난 현상에 미혹되지 말아야 한다. 그런데 우리 현실 생활에서 보면 오리를 매라고 하는 엉뚱한 사람이 분명히 있다. 그들은 객관적인 규칙을 위반하고, 다만 상상에 의지해 일을 처리하기 때문에 왕왕 실패를 자초한다.

이 우언은 단순히 자기의 주관적인 생각만 가지고 일을 처리하는 융통성 없는 사람을 풍자한 것이다.

098 합마야곡(蛤蟆夜哭)
《艾子雜說》

작자

097 이부위골(以鳧爲鶻) 참조

원문 및 주석

蛤蟆夜哭[1]

艾子浮於海, 夜泊島嶼, 中夜, 聞水下有人哭聲, 復若人言, 遂聽之。[2] 其言曰:「昨日龍王有令, 應水族有尾者斬。吾鼉也, 故懼誅而哭, 汝蝦蟆無尾, 何哭?」[3] 復聞有言曰:「吾今幸無尾, 但恐更理會科斗時事也。」[4]

---

1 蛤蟆夜哭 → 두꺼비가 밤중에 울다
【蛤蟆(합마)】: 두꺼비.

2 艾子浮於海, 夜泊島嶼, 中夜, 聞水下有人哭聲, 復若人言, 遂聽之。→ 애자(艾子)가 (배를 타고) 바다에서 떠다니다가, 밤이 되어 섬에 정박했는데, 한밤중에, 물밑에서 사람 우는 소리가 들리고, 또 마치 사람이 말을 하고 있는 것 같아, 귀를 기울여 들었다.
【浮於海(부어해)】: 바다에서 항행(航行)하다. 〖浮〗: (물에) 뜨다, 떠다니다. 〖於〗: [개사] …에, …에서.
【泊(박)】: 정박하다.
【島嶼(도서)】: 섬. ※ 판본에 따라서는「島嶼」를「島峙(도치)」라 했다.
【復(부)】: 又(우). 또, 또한.
【若(약)】: 마치 …같다.
【遂(수)】: 그리하여.

3 其言曰:「昨日龍王有令, 應水族有尾者斬。吾鼉也, 故懼誅而哭, 汝蝦蟆無尾, 何哭?」→ 그중 하나가

해설

악어는 수족(水族) 중에 꼬리가 달린 자들을 참수하라고 한 용왕(龍王)의 명령을 듣고 죽을까 두려워 울었고, 두꺼비는 현재 꼬리가 없지만 올챙이 시절에 꼬리가 있었다는 것을 추궁하여 화를 당할까 걱정하여 울었다.

이 우언은 작자가 악어와 두꺼비의 대화를 빌려, 당시 봉건사회의 권력자들이 자신들과 정치 주장을 달리하는 정적(政敵)에 대해 과거의 일을 소급 적용하여 박해를 가한 잔혹한 상황을 풍자한 것이다.

말했다 :「어제 용왕(龍王)이 명을 내려, 수족(水族) 중에 꼬리가 달린 자는 마땅히 참수(斬首)해야 한다고 했어. 나는 악어이니까, 죽는 것이 두려워서 울지만, 너는 두꺼비이고 꼬리가 없는데, 왜 우는 거야?」

【斬(참)】: 베다, 참수(斬首)하다.

【鼉(타)】: 악어.

【懼誅而哭(구주이곡)】: 죽는 것을 두려워하여 울다, 죽는 것이 두려워서 울다. 〖懼〗: 두려워하다. 〖誅〗: 죽이다.

【故(고)】: 그래서.

【汝(여)】: 너, 당신.

【蝦蟆(하마)】: 두꺼비. ※ 판본에 따라서는「蝦蟆」를「蝦蟆(하마)」라 했다.

4 復聞有言曰 :「吾今幸無尾, 但恐更理會科斗時事也。」→ 또 다른 하나의 말소리가 들렸다 :「내가 지금은 다행히 꼬리가 없지만, 그러나 다시 올챙이 시절의 일을 추궁할까 두려워서 그래.」

【復(부)】: 또, 다시.

【但(단)】: 그러나, 다만.

【恐(공)】: 두려워하다, 겁내다.

【更(갱)】: 다시, 재차.

【理會(이회)】: 추궁하다, 추적하여 조사하다.

【科斗(과두)】: 蝌蚪(과두). 올챙이.

099 총재기화(冢宰奇畫)

《艾子雜說》

작자

097 이부위골(以梟爲鶻) 참조

원문 및 주석

冢宰奇畫[1]

齊有二老臣, 皆累朝宿儒大老, 社稷倚重。[2] 一曰冢相, 一曰亞相, 凡國之重事乃關預焉。[3] 一日, 齊王下令遷都, 有一寶鐘, 重五千斤, 計人力須

1 冢宰奇畫 → 재상(宰相)의 기묘한 계책
【冢宰(총재)】: 재상(宰相).
【奇畫(기화)】: 기묘한 계책. 〖畫〗: 劃(획). 계획. 여기서는 「계책」을 가리킨다.

2 齊有二老臣, 皆累朝宿儒大老, 社稷倚重。→ 제(齊)나라에 두 사람의 연로한 신하가 있다. 이들은 모두 여러 대의 임금을 섬긴 학식과 덕망이 높은 원로 선비로, 국가가 믿고 의지하며 중히 여기는 사람들이다.
【齊(제)】: [국명] 지금의 산동성 북부와 하북성 남부에 걸쳐 있던 주대(周代)의 제후국.
【累朝(누조)】: 여러 조정(朝廷). 여기서는 「여러 대의 임금」을 가리킨다.
【宿儒大老(숙유대로)】: 학식과 덕망이 높은 원로 선비. 〖宿儒〗: 경험이 많고 학문이 뛰어난 선비. 〖大老〗: 원로.
【社稷(사직)】: 국가, 조정. ※ 본래 천자나 제후가 나라를 세운 후 제사를 지내던 지신(地神)과 곡신(穀神)을 가리키나, 후에는 국가를 상징하는 말로 사용했다. 〖社〗: 지신(地神). 〖稷〗: 곡신.
【倚重(의중)】: 믿고 의지하며 중히 여기다.

3 一曰冢相, 一曰亞相, 凡國之重事乃關預焉。→ 한 사람은 재상(宰相)이고, 또 한 사람은 아상(亞相)인데, 무릇 국가의 중대한 일이 있으면 그들이 곧 관심을 가지고 참여한다.

五百人可扛。[4] 時齊無人，有司計無所出，乃白亞相，久亦無語。[5] 徐曰：「嘻，此事亞相何不能了也?」[6] 於是令有司曰：「一鐘之重，五百人可扛。今總均鑿作五百段，用一人五百日扛之。」有司欣然承命。[7] 艾子適見之，

【亞相(아상)】: 한(漢)나라의 제도에서 재상(宰相)의 궐위 시에 어사대부(御史大夫)가 권한을 대행했는데, 재상에 버금간다는 뜻으로 어사대부를 아상(亞相)이라 했다.
【凡(범)】: 무릇.
【重事(중사)】: 중대한 일.
【乃(내)】: 곧, 바로.
【關預(관예)】: 관심을 가지고 참여하다.
【焉(언)】: [어조사].

4 一日，齊王下令遷都，有一寶鐘，重五千斤，計人力須五百人可扛。→ 하루는, 제왕(齊王)이 도읍을 옮기라는 명령을 내렸다. 무게가 오천 근이 나가는 진귀한 종(鐘)이 있어, 인력을 헤아려 보니 반드시 오백 명이 있어야 들어 옮길 수 있었다.
【寶鐘(보종)】: 진귀한 종, 보물로 여기는 종.
【計(계)】: 헤아리다.
【須(수)】: 반드시 …하여야 한다.
【扛(강)】: 들다.

5 時齊無人，有司計無所出，乃白亞相，久亦無語。→ 당시 제나라에는 그만한 인력이 없어, 전담 부서의 관리가 대책을 내놓지 못하고, 곧 아상에게 보고했다. 그러나 아상 역시 한참 동안 말이 없었다.
【時(시)】: 당시, 그때.
【有司(유사)】: 전담 부서의 관리, 담당관.
【計無所出(계무소출)】: 손쓸 길이 없다, 대책을 내놓지 못하다.
【乃(내)】: 곧, 바로.
【白(백)】: 알리다, 보고하다.

6 徐曰：「嘻，此事亞相何不能了也?」→ (재상이) 천천히 말했다 : 「어허, 이런 일을 아상이 어찌 해결하지 못합니까?」
【嘻(희)】: [감탄사] 아하, 어허.
【何不能(하불능)】: 어찌 …할 수 없는가?, 어찌 …하지 못하는가?
【了(료)】: 해결하다, 처리하다.

7 於是令有司曰：「一鐘之重，五百人可扛。今總均鑿作五百段，用一人五百日扛之。」有司欣然承命。→ 그리하여 (재상이) 전담 부서 관리에게 명했다 : 「이 종의 무게는, 오백 사람이 있어야 들어 옮길 수 있네. 지금 (그 종) 전체를 오백 조각으로 갈라 균등하게 나눈 다음, 한 사람을 고용하여 오백 일 동안 들어 옮기면 되네.」 전담 부서 관리가 흔쾌히 명을 받들었다.
【於是(어시)】: 그리하여.
【總(총)】: 모두, 전체.
【均(균)】: 고르게 하다, 균등하게 하다.

乃曰 :「冢宰奇畫, 人固不及。只是般到彼, 莫却費錮鏴也無。」[8]

해설

제(齊)나라에는 학식과 덕망이 높은 원로 선비로 재상(宰相)과 아상(亞相)이 있어, 모든 국가 대사를 이들에게 의존했다. 어느 날 제나라 왕이 천도(遷都) 명령을 내려, 나라의 보물인 무게 오천 근의 종을 옮겨야 하는데, 무려 오백 명의 인력이 필요했다. 제나라에 그만큼 남는 인력이 없어, 전담 부서 관리가 대책을 내놓지 못하고 이를 아상에게 보고했다. 그러나 아상 역시 아무런 방법을 내놓지 못했다. 이에 재상이 아상을 힐난하며 「종을 오백 조각으로 나눈 다음, 한 사람을 고용하여 그것을 오백 일 동안 들어 옮기면 된다.」라는 묘책을 내놓았다. 만일 재상의 말대로 실행한다면 운송 문제는 일단 해결이 되겠지만, 나라의 귀중한 보물이 무용지물(無用之物)로 변하는 것은 어찌할 것인가?

이 우언은 높은 직책을 절취(竊取)하여 헛된 명성만 있을 뿐, 전혀 실속을 갖추지 못한 무능한 관리를 풍자한 것이다.

【鑿作五百段(착작오백단)】: 오백 조각으로 갈라 만들다. 〖鑿作〗: 갈라 만들다. 〖段〗: 조각, 토막.
【欣然(흔연)】: 기꺼이, 흔쾌히.
【承命(승명)】: 명령을 받들다.

8 艾子適見之, 乃曰 :「冢宰奇畫, 人固不及。只是般到彼, 莫却費錮鏴也無。」→ 애자(艾子)가 마침 그것을 보고, 곧 말했다 :「재상의 기묘한 계책은, 당연히 보통 사람들이 미치지 못한다. 다만 그곳까지 옮기고 난 뒤에는, 오히려 (조각난 종을) 용접하는 일에 많은 시간을 소비하지 않을 수 없을 것이다.」
【適(적)】: 마침.
【乃(내)】: 곧, 바로.
【固(고)】: 물론, 당연히.
【不及(불급)】: 미치지 못하다, 따르지 못하다.
【只是(지시)】: 다만.
【般到(반도)…】: …까지 옮기다. 〖般〗: 搬(반). 옮기다.
【彼(피)】: 그, 저. 여기서는 「그곳」을 말한다.
【莫(막)…無(무)】: …하지 않을 수 없다.
【却(각)】: 오히려.
【費(비)】: 소비하다, 들이다, 쓰다.
【錮鏴(고로)】: 용접하다.

100 치인설몽(癡人說夢)

《冷齋夜話 · 卷九 · 癡人說夢夢中說夢》

작자

혜홍(惠洪 : 1071-1128)은 균주(筠州)[지금의 강서성 고안(高安)] 사람으로, 본래 성은 팽(彭), 이름은 덕홍(德洪)이나 후에 출가하여 승려가 된 후 법명을 혜홍이라 했다. 그는 휘종(徽宗) 때 승상(丞相)을 지낸 장상영(張商英)과 무정절도사(武定節度使) 곽천신(郭天信) 등 권세가들과 오래 교유했으나, 정화(政和) 원년(1111) 장·곽 두 사람이 죄를 얻어 폄적되자, 혜홍도 이에 연루되어 주애(朱崖)[지금의 해남도(海南島) 경산현(瓊山縣)]로 유배되었다.

혜홍은 시(詩) 문장(文章)에 능하여 《석문문자선(石文文字禪)》·《승보전(僧寶傳)》·《냉재야화(冷齋夜話)》·《임제종지(臨濟宗旨)》 등 많은 저술을 남겼는데, 《냉재야화》는 모두 10권으로 작자 자신의 견문(見聞)과 시화(詩話)를 기술한 것이다.

원문 및 주석

癡人說夢[1]

僧伽, 龍朔中遊江淮間, 其迹甚異。有問之曰 :「汝何姓?」答曰 :「姓何。」[2] 又問 :「何國人?」答曰 :「何國人。」[3] 唐李邕作碑, 不曉其言, 乃書

1 癡人說夢 → 천치(天癡)가 꿈 이야기를 하다
【癡人(치인)】: 바보, 천치.

2 僧伽, 龍朔中遊江淮間, 其迹甚異。有問之曰 :「汝何姓?」答曰 :「姓何。」→ 당(唐) 고종(高宗) 용삭(龍朔) 연간에 어느 승려가 장강(長江)과 회하(淮河) 일대에서 유람을 하는데, 그 행적이 매우 특이했다.

傳曰 :「大師姓何, 何國人。」此正所謂對癡人說夢耳。[4]

해설

치인설몽(痴人說夢)이란 「천치(天癡)가 꿈 이야기를 하다.」라는 뜻으로, 황당무계하게 말하는 것을 가리킨다. 그러나 본문 내용에서 볼 때, 이 말의 어원(語源)은 「천치가 꿈 이야기를 하다.」라는 뜻이 아니라 「천치에게 꿈 이야기를 하다.」라는 뜻이다. 그것은 천치에게 꿈 이야기를 해주면, 천치는 그 이야기를 새겨듣지 못하고 사실로 여겨 엉뚱하게 전한다는 것이다.

이 우언은 본래 사실을 살피지 않고 깊이 생각하지 않는 경망한 사람을 풍자한 것이

어떤 사람이 그에게 물었다 :「당신은 성씨가 무엇[何(하)]이오?」 승려가 대답했다 :「나의 성은 무엇[何]이요.」

【僧伽(승가)】: 승가(僧家). 중, 승려.

【龍朔(용삭)】: 당(唐) 고종(高宗)의 연호(661-663).

【遊(유)】: 유람하다.

【江淮(강회)】: 장강(長江)과 회하(淮河).

【迹(적)】: 행적.

【甚異(심이)】: 매우 특이하다.

【汝(여)】: 너, 당신.

3 又問 :「何國人?」 答曰 :「何國人。」→ (그가) 또 물었다 :「어느 나라[何國] 사람이오?」 (승려가) 대답했다 :「어느 나라[何國] 사람이요.」

4 唐李邕作碑, 不曉其言, 乃書傳曰 :「大師姓何, 何國人。」此正所謂對癡人說夢耳。→ (훗날) 당(唐) 이옹(李邕)이 승려를 위해 비문(碑文)을 쓰는데, 승려의 말뜻을 이해하지 못했다. 그리하여 약전(略傳)에 「대사(大師)의 성은 무엇[何]이고, 어느 나라[何國] 사람이다.」라고 썼다. 이것이 바로 이른바 천치에게 꿈 이야기를 한다는 것이다.

【李邕(이옹)】: [인명] 당대(唐代)의 서예가로, 문장에 뛰어나고 특히 비문(碑文)에 능하여 당시의 관부(官府)나 불사(佛寺)로부터 자주 청탁을 받았다.

【作碑(작비)】: 비문을 쓰다, 비문을 짓다.

【曉(효)】: 알다, 이해하다.

【乃(내)】: 그리하여.

【書(서)】: 쓰다.

【正(정)】: 바로 …이다.

【所謂(소위)】: 이른바.

나, 후세 사람들은 「치인설몽(痴人說夢)」을 「사상과 언어가 황당무계하다.」라는 뜻의 성어(成語)로 사용했다.

101 원소방화(元宵放火)

《老學庵筆記 · 卷五》

작자

육유(陸游 : 1125-1209)는 자가 무관(務觀), 호는 방옹(放翁)이며, 월주(越州) 산음(山陰)[지금의 절강성 소흥시(紹興市)] 사람으로, 남송(南宋)의 저명한 시인이다. 그는 금(金)나라 군사가 대거 남침하여 북송(北宋)이 멸망하는 시기에 태어나, 어려서부터 가족을 따라 유랑 생활을 하면서 강렬한 애국정신을 길렀다. 그는 일찍부터 문학적 재능이 있어 고종(高宗) 소흥(紹興) 연간 예부(禮部)에 응시하여 우수한 성적을 거두었으나, 간신(奸臣) 진회(秦檜)의 손자 진훈(秦塤)보다 성적이 앞섰다 하여 진회가 그를 명단에서 제외시켰다. 그 후 효종(孝宗) 때 진사(進士)를 하사받고 벼슬길에 나아가 추밀원편수(樞密院編修) · 기주통판(夔州通判) · 보장각대제(寶章閣待制) 등을 지냈다. 그는 평생 항금(抗金)을 주장하여 여러 차례 배척을 받았으며, 65세에 산음(山陰)에 돌아와 20년 동안 은둔 생활을 하다가 85세를 일기로 세상을 떠났다.

저서로 시집 《검남시고(劍南詩藁)》 외에 《방옹사(放翁詞)》·《위남문집(渭南文集)》·《남당서(南唐書)》·《입촉기(入蜀記)》·《노학암필기(老學庵筆記)》 등이 있는데, 《노학암필기》는 주로 일문(逸文)과 당대(當代)의 사실(史實) 및 전장제도(典章制度)를 기술한 것이 대부분이고, 간혹 민간 고사와 우언이 수록되어 있다.

원문 및 주석

元宵放火[1]

田登作郡, 自諱其名, 觸者必怒, 吏卒多被榜笞。於是擧州皆謂燈爲火。[2] 上元放燈, 許人入州治遊觀。[3] 吏人遂書榜揭於市曰 :「本州依例放火三日。」[4]

---

1 元宵放火 → 원소절(元宵節)의 방등(放燈)
【元宵(원소)】: 음력 정월 대보름날 밤.
【放火(방화)】: 본래「불을 지르다.」의 뜻이나, 여기서는「방등(放燈)」을 말한다.
※ 방등(放燈) : 원소절(元宵節), 즉 음력 정월 대보름날 밤 꽃등에 불을 켜서 걸어 놓고 사람들에게 구경거리를 제공하는 풍속.

2 田登作郡, 自諱其名, 觸者必怒, 吏卒多被榜笞。於是擧州皆謂燈爲火。→ 전등(田登)은 군수(郡守)를 지내면서, 다른 사람이 직접 자기 이름을 부르는 것을 꺼려하여, 이를 거스르는 자가 있으면 반드시 화를 냈고, (이로 인해) 많은 하급 관리들이 매를 맞았다. 그리하여 온 주(州) 사람들 모두「등(燈)」을「화(火)」라고 했다.
【田登(전등)】: [인명] 송(宋)나라 사람.
【作郡(작군)】: 군(郡)의 태수(太守)를 지내다.
【諱(휘)】: 꺼리다, 기휘(忌諱)하다.
【觸(촉)】: 저촉하다, 범하다, 위반하다, 거스르다.
【吏卒(이졸)】: 하급 관리.
【被榜笞(피방태)】: 매질을 당하다, 매를 맞다. 〖被〗: [피동형] …을 당하다. 〖榜〗: 매질하다. 〖笞〗: (채찍 · 곤장 따위로) 때리다, 매질하다.
【於是(어시)】: 이에, 그리하여.
【擧州(거주)】: 온 주(州). 주(州) 전체.
【謂燈爲火(위등위화)】: 등(燈)을 화(火)라고 하다. ※「燈」은 전등(田登)의「登」과 발음이 같기 때문에 기휘(忌諱)한 것이다.

3 上元放燈, 許人入州治遊觀。→ 원소절(元宵節)의 방등(放燈) 행사 때는, 사람들이 성내(城內)에 들어와 관람하는 것을 허락했다.
【上元(상원)】: 음력 정월 보름날을「상원(上元)」이라 하고, 이날 밤을「원소절(元宵節)」이라 한다.
【州治(주치)】: 주정부 소재지. 성내(城內)를 가리킨다. 〖治〗: 지방정부 소재지.
【遊觀(유관)】: 관람하다.

4 吏人遂書榜揭於市曰 :「本州依例放火三日。」→ (그리하여) 관리들이 방문(榜文)을 써서 저자에 내걸었는데, 방문에 이르길 :「본주(本州)는 관례에 따라 사흘 동안 방화(放火)함.」이라 했다.
【遂(수)】: 그리하여.
【書榜(서방)】: 방문(榜文)을 쓰다. 〖書〗: [동사] (글씨를) 쓰다. 〖榜〗: 방문(榜文).
【揭於(게어)…】: …에 걸다. 〖於〗: [개사] …에.
【依例(의례)】: 관례에 따르다.

해설

전등(田登)은 주군(州郡)의 태수(太守)를 지내면서 다른 사람이 자기 이름을 기휘(忌諱)하도록 요구하고, 이를 거스르는 하급 관리들에게까지 벌을 가했다. 그리하여 사람들은 모두 「등(燈)」 발음이 나는 글자를 「화(火)」자로 바꾸어, 정월 보름날 원소절(元宵節) 밤의 방등(放燈) 행사를 알리는 방문(榜文) 내용조차 「방등(放燈)」을 「방화(放火)」로 고쳐 「본주의례방화삼일(本州依例放火三日)」이라고 게시했다. 만일 그러한 사정을 모르는 외지(外地) 사람들이 이 말을 보면, 어찌 큰 재앙으로 여기지 않겠는가?

이 우언은 백성들을 자기들 마음대로 좌지우지(左之右之)하며 약간의 자유도 허락하지 않는 통치자들의 만행을 풍자한 것이다.

102 철저마침(鐵杵磨針)
《方輿勝覽 · 卷五十三 · 眉州 · 磨鍼溪》

작자

축목(祝穆 : ?-?)은 자가 화보(和甫)이며, 흡주(歙州)[지금의 안휘성 흡현(歙縣)] 사람이다. 북송(北宋) 말기에 부친이 건녕(建寧) 숭안(崇安)[지금의 복건성 무인산시(武夷山市)]으로 이주하여, 동생 계(癸)와 함께 고모부인 주희(朱熹)에게 학문을 배우고, 후에 흥화군함강서원산장(興化軍涵江書院山長)을 지냈다. 저서로 《방여승람(方輿勝覽)》이 있다.

《방여승람》은 남도(南渡) 이후 남송(南宋) 각 지방의 명승고적을 소개한 책으로, 내용이 비교적 풍부하고 문장의 꾸밈이 화려하여 송원(宋元) 이래의 문인들에 의해 많이 인용되었다.

원문 및 주석

鐵杵磨針[1]

磨針溪, 在象耳山下。世傳李太白讀書山中, 未成, 棄去。過是溪, 逢老媼, 方磨鐵杵。[2] 問之, 曰 :「欲作針。」太白感其意, 還卒業。[3]

---

1 鐵杵磨針 → 쇠공이를 갈아 바늘을 만들다
【鐵杵(철저)】: 쇠공이, 쇠 절굿공이.
【磨(마)】: 갈다.
【針(침)】: 바늘.

2 磨針溪, 在象耳山下。世傳李太白讀書山中, 未成, 棄去。過是溪, 逢老媼, 方磨鐵杵。→ 마침계(磨針溪)는, 상이산(象耳山) 아래에 있다. 세상에 전하는 바에 의하면, 이태백(李太白)이 산중에 들어가 공부를 하다가, 학업을 마치기도 전에, 포기하고 밖으로 나갔다. 이 개천을 지나다가, 한 노파를 만났는

해설

이태백(李太白)은 산중에 들어가 공부를 하다가 실증을 느껴 학업을 포기하고 하산하여 개천을 지나다가, 쇠공이를 갈아 바늘을 만드는 노파를 보고 크게 감동하여 산으로 되돌아가 학업을 마쳤다.

이 우언은 무슨 일을 하던 간에 항심(恒心)을 가지고 부단히 노력하면 어떤 힘든 일이라도 결국 성공할 수 있다는 이치를 밝힌 것이다.

데, (노파가) 마침 쇠공이를 갈고 있었다.

【磨針溪(마침계)】: [개천 이름].

【象耳山(상이산)】: [산 이름] 지금의 사천성 팽산현(彭山縣)] 동북쪽에 있는 산.

【李太白(이태백)】: 이백(李白). 당(唐)나라 때의 대시인. 자는 태백(太白), 호는 청련거사(青蓮居士). 중국에서는 이백을 시선(詩仙), 두보(杜甫)를 시성(詩聖)이라 칭한다.

【未成(미성)】: 아직 이루지 못하다. 즉「학업을 마치기 전에」의 뜻.

【棄去(기거)】: 포기하고 나가다.

【過(과)】: 지나가다.

【逢(봉)】: 만나다.

【老媼(노오)】: 노파.

【方(방)】: 마침.

3 問之, 曰:「欲作針。」太白感其意, 還卒業。→ (이태백이) 노파에게 물으니, (노파가) 대답했다:「바늘을 만들려고 그래.」태백이 그 뜻에 감동되어, 되돌아가 (마침내) 학업을 마쳤다.

【欲(욕)】: …하려고 하다, …하고자 하다.

【還(환)】: 돌아가다, 되돌아가다.

【卒業(졸업)】: 학업을 마치다. 【卒】: 마치다, 끝내다.

103 갱도일조(更渡一遭)

《桯史 · 卷九 · 鱉渡橋》

작자

악가(岳珂 : 1183-1234)는 자가 숙지(肅之), 호는 권옹(倦翁)이며, 남송(南宋)의 상주(相州) 탕음(湯陰)[지금의 하남성 탕음현(湯陰縣)] 사람으로, 민족 영웅 악비(岳飛)의 손자이다. 영종(寧宗)과 이종(理宗) 양대에 걸쳐 가흥지부(嘉興知府) · 조봉랑(朝奉郎) · 수군기감(守軍器監) · 호부시랑(戶部侍郎) · 회동총령겸제치사(淮東總領兼制置使) 등의 벼슬을 지냈다.

저서로 《금타수편(金佗粹編)》 · 《구경삼전연혁례(九經三傳沿革例)》 · 《괴담록(愧郯錄)》 · 《보진재법서찬(寶眞齋法書贊)》 · 《옥저집(玉楮集)》 · 《당호시고(棠湖詩稿)》 · 《정사(桯史)》 등이 있다.

《정사》는 역사필기소설(歷史筆記小說)로 북송과 남송 사대부에 관한 일사(軼事)와 조정(朝廷)의 득실을 기술하고 논평한 것이다.

원문 및 주석

更渡一遭[1]

昔有人得一鼈, 欲烹而食之, 不忍當殺生之名。[2] 乃熾火使釜水百沸, 横

1 更渡一遭 → 다시 한 번 건너가다
【更(갱)】: 다시.
【渡(도)】: 건너다, 건너가다.
【一遭(일조)】: 한 번.

2 昔有人得一鼈, 欲烹而食之, 不忍當殺生之名。→ 예전에 어떤 사람이 자라 한 마리를 얻어와, 그것을 삶아 먹고 싶었지만, 차마 살생(殺生)의 오명(汚名)을 감당할 수가 없었다.

篠爲橋, 與鼈約曰:「能渡此則活汝。」[3] 鼈知主人以計取之, 勉力爬沙, 僅能一渡。[4] 主人曰:「汝能渡橋, 甚善! 更爲我渡一遭, 我欲觀之。」[5]

해설

자라 주인은 자라를 삶아 먹고 싶지만 한편 동물을 살생했다는 오명(汚名)을 남기기 싫어 나름대로 묘책을 생각해 냈다. 즉, 물이 펄펄 끓는 가마솥에 조릿대를 걸쳐 다리

【鼈(별)】: 자라.
【欲(욕)】: …하고자 하다, …하려고 생각하다, …을 하고 싶어 하다.
【烹(팽)】: 삶다.
【不忍(불인)】: 차마 …하지 못하다.
【當(당)】: 감당하다.
【殺生之名(살생지명)】: 살생의 오명(汚名).

3 乃熾火使釜水百沸, 橫篠爲橋, 與鼈約曰:「能渡此則活汝。」→ 그리하여 불을 세게 때서 가마솥의 물을 펄펄 끓게 하고, 가느다란 대나무를 가로 질러 다리를 만들어 놓은 다음, 자라와 약속했다:「(네가) 능히 이 다리를 건널 수 있다면 너를 살려주마.」
【乃(내)】: 이에, 그리하여, 그래서.
【熾火(치화)】: 불을 세게 때다.
【使(사)】: …로 하여금 …하게 하다, …을 …하게 하다.
【釜(부)】: 가마솥.
【百沸(백비)】: 펄펄 끓다.
【橫篠爲橋(횡소위교)】: 가느다란 대나무를 가로 질러 놓아 다리를 만들다. 〖篠〗: 筱(소). 조릿대, 가느다란 대나무. ※ 판본에 따라서는「篠」를「筱(소)」라 했다.
【活(활)】: [사동 용법] 살려주다.
【汝(여)】: 너, 당신.

4 鼈知主人以計取之, 勉力爬沙, 僅能一渡。→ 자라는 주인이 계략을 써서 자기 목숨을 빼앗으려 한다는 것을 알고, 사력을 다해 옆으로 기어서, 겨우 한 번을 건널 수 있었다.
【以計取之(이계취지)】: 계략을 써서 자기의 목숨을 빼앗다.
【勉力(면력)】: 힘쓰다, 애쓰다. 여기서는「사력을 다하다.」의 뜻.
【爬沙(파사)】: (게처럼) 옆으로 기다.
【僅(근)】: 겨우, 다만.

5 主人曰:「汝能渡橋, 甚善! 更爲我渡一遭, 我欲觀之。」→ (그러자) 주인이 또 말했다:「네가 능히 이 다리를 건널 수 있으니, 너무 좋구나! 내가 그것을 보고 싶으니, 나를 위해 다시 한 번 건너가 다오.」
【甚善(심선)】: 너무 좋다. 〖甚〗: 매우, 몹시, 너무.
【之(지)】: [대명사] 그것, 즉「대나무 다리를 건너는 것」.

를 만들어 놓고, 게가 그 다리를 건너면 살려주겠다는 것이었다. 주인의 속셈은 게가 다리를 건너다가 빠지게 하여 잘못을 자라의 몫으로 돌리고 자기는 살생의 오명을 면하려는 것이었다. 그러면 자신은 살생의 오명을 남기지 않고 본래의 의도대로 자라를 삶아 먹을 수 있다고 여긴 것이다.

이 우언은 자라 주인의 악랄한 행위를 통해, 사람을 사지에 몰아넣는 간악한 일을 자행하면서 악명을 남기기 싫어하는 사이비 군자의 위선(僞善)을 풍자한 것이다.

104 부화충(赴火蟲)

《田間書》

작자

임방(林昉 : ?-?)은 자가 단옹(旦翁) 또는 경초(景初)이며, 호는 석전(石田), 만년의 호를 막막옹(莫莫翁)이라 했다. 저서로 《전간서(田間書)》가 있는데 원서는 전하지 않고, 현재 명(明) 도종의(陶宗儀)가 편찬한 《설부(說郛)》와 청(淸) 마준량(馬俊良)이 편찬한 《용위비서(龍威祕書)》에 일문(佚文) 일부가 수록되어 있다.

원문 및 주석

赴火蟲[1]

林子夜對客, 有物粉羽, 飛繞燭上。以扇驅之, 旣去復來。[2] 如是者七八,

---

1 赴火蟲 → 불나방

【赴火蟲(부화충)】: 불을 향해 달려드는 벌레, 즉 「불나방」을 가리킨다. 〖赴〗: (…로) 가다, 향하다.

2 林子夜對客, 有物粉羽, 飛繞燭上。以扇驅之, 旣去復來。→ 임자(林子)가 밤에 손님과 대화를 하고 있는데, 하얀 날개의 불나방이, 촛불 위를 빙빙 돌며 날아다니고 있었다. 부채를 가지고 그것을 쫓아버리면, 날아갔다가 다시 날아왔다.

【林子(임자)】: 작자 임방(林昉)의 자칭.

【對客(대객)】: 손님과 대화하다.

【有物粉羽(유물분우)】: 어떤 하얀 날개가 달린 생물. 여기서는 「하얀 날개의 불나방」을 가리킨다. 〖粉〗: 흰색의.

【飛繞(비요)】: 빙빙 돌며 날아다니다.

【以扇驅之(이선구지)】: 부채로 그것을 쫓아버리다. 〖以〗: …로, …를 가지고. 〖扇〗: 부채. 〖驅〗: 쫓아내다, 쫓아버리다.

終於焦首爛額, 猶撲撲, 必期以死。人莫不笑其愚也。[3] 予謂聲色利欲, 何啻膏火?[4] 今有蹈之而不疑, 滅其身而不悔者, 亦寧免爲此蟲笑哉? 噫![5]

【旣(기)…復(부)…】: (이미) …했다가 다시…하다.

3 如是者七八, 終於焦首爛額, 猶撲撲, 必期以死。人莫不笑其愚也。→ 이와 같이 일고여덟 번을 반복하다 보면, 마침내 심한 화상을 입고 매우 곤궁한 처지에 빠지지만, 그래도 여전히 치고 달려들다가, 반드시 죽음에 이른다. (그래서) 사람들은 모두 그 벌레의 어리석음을 비웃는다.

【如是(여시)】: 이와 같이. ※ 판본에 따라서는 「如是」를 「於是(어시)」라 했다.

【終於(종어)】: 마침내.

【焦首爛額(초수란액)】: 머리를 그을리고 이마를 데다. 즉 「심한 화상을 입고 매우 곤궁한 처지에 빠지다.」의 뜻. 〖焦〗: 그을리다. 〖首〗: 머리. ※ 판본에 따라서는 「首」를 「頭(두)」라 했다. 〖爛〗: 데다. 〖額〗: 이마.

【猶(유)】: 그래도 여전히.

【撲撲(박박)】: 치고 달려들다.

【必期以死(필기이사)】: 반드시 죽음을 기약하다. 즉 「반드시 죽음에 이르다.」의 뜻.

【莫不(막불)】: …하지 않음이 없다, 모두 …하다.

【愚(우)】: 어리석다, 우매하다.

4 予謂聲色利欲, 何啻膏火? → 나는 사람들의 가무(歌舞) · 여색(女色)과 재리(財利)에 대한 욕심이, 어찌 다만 촛불에 비할 뿐이겠느냐고 말한다.

【予(여)】: 나.

【聲色利欲(성색이욕)】: 가무(歌舞) · 여색(女色)과 재리(財利)에 대한 욕심.

【何啻(하시)】: 어찌 다만 …뿐이겠는가? 〖啻〗: 다만, 겨우.

【膏火(고화)】: 등불. 여기서는 불나방이 달려드는 「촛불」을 가리킨다. ※ 판본에 따라서는 「膏火」를 「膏火鑠金(고화삭금)」이라 했다.

5 今有蹈之而不疑, 滅其身而不悔者, 亦寧免爲此蟲笑哉? 噫! → 지금 그러한 길을 가면서도 의심을 하지 않고, 자기 몸을 망치면서도 후회하지 않는 사람들이 있다. 이들 또한 어찌 불나방에게 비웃음을 당하지 않겠는가? 아!

【蹈之(도지)】: 그러한 길을 가다. 〖蹈〗: 밟다. 여기서는 「걷다, 가다.」의 뜻. 〖之〗: [대명사] 그것, 즉 「聲色利欲」의 길.

【滅(멸)】: 멸하다. 즉 「망치다.」의 뜻.

【悔(회)】: 후회하다.

【寧免(영면)…哉(재)?】: 어찌 면하겠는가?, 어찌 당하지 않겠는가? 〖寧〗: 어찌.

【爲(위)…笑(소)】: [피동형] …에게 조소당하다. 〖笑〗: 조소하다, 비웃다. ※ 판본에 따라서는 「笑」를 「嘆(탄)」이라 했다.

【蟲(충)】: 벌레, 곤충. 여기서는 「불나방」을 가리킨다.

【噫(희)】: [감탄사] 아!

해설

불나방은 촛불에 달려들어 심한 화상을 입으면서도 여전히 포기할 줄 모르고 집착다가 결국 죽음에 이른다. 그래서 사람들은 모두 불나방을 비웃는다. 그러나 사람들이 가무(歌舞)·여색(女色)과 재리(財利)를 추구하는 욕심은 불나방이 촛불을 쫓는 것보다 더욱 심하다.

이 우언은 불나방이 막무가내(莫無可奈)로 촛불을 쫓다가 죽음에 이르는 사례를 통해, 사람이 가무(歌舞)·여색(女色)과 재리(財利)에 대해 지나치게 욕심을 부리면 반드시 멸망한다는 교훈을 제시한 것이다.

「비아부화(飛蛾赴火 : 나방이 불에 달려들다)」라는 성어(成語)는 스스로 위험한 곳에 덤벼드는 것을 비유하는 말로, 어원이 바로 이 고사에서 유래되었다.

105 진사호고(秦士好古)

《事林廣記 · 滑稽笑談 · 秦士好古》

작자

진원정(陳元靚 : ?-?)은 자호(自號)가 광한선예(廣寒仙裔)이며, 남송(南宋) 이종(理宗) 때 사람으로, 주희(朱熹)의 손자인 주감(朱鑑)과 친교가 있었다. 저서로 《세시광기(歲時廣記)》와 《사림광기(事林廣記)》가 있다.

《사림광기》의 원명은 《찬도증신군서류요사림광기(纂圖增新群書類要事林廣記)》로 원서는 이미 실전되었고, 현재 원(元) 정씨적성당간본(鄭氏積誠堂刊本)이 통행되고 있다. 전서(全書)는 10집(集)으로 나누고, 다시 매집을 2권(卷) 53문(門)으로 세분하였는데, 이 책의 신집(辛集) 하권(下卷) 「풍월소림(風月笑林)」에 《골계소담(滑稽笑談)》·《조희기담(嘲戲綺談)》 등의 소화(笑話) 작품이 많이 실려 있다.

원문 및 주석

秦士好古[1]

秦朝有一士人, 酷好古物, 價雖貴必求之。[2] 一日, 有人攜敗席, 踵門告

1 秦士好古 → 진(秦)나라 선비가 옛 물건을 좋아하다
【秦士(진사)】: 진(秦)나라 선비. 【秦】: [국명] 지금의 섬서성과 감숙성 일대에 있던 주대(周代)의 제후국이었으나, B.C. 221년 진시황(秦始皇) 때 전국을 통일하여 진왕조를 건설했다.
【好(호)】: [동사] 좋아하다.
【古(고)】: 옛것, 옛 물건, 고물(古物).

2 秦朝有一士人, 酷好古物, 價雖貴必求之。→ 진(秦)나라의 어느 선비는, 옛 물건을 매우 좋아하여, 비

曰：「昔魯哀公命席以問孔子, 此孔子所坐之席。」[3] 秦士大愜意, 以爲古, 遂以附郭之田易之。[4] 逾時, 又一人持古杖以售之, 曰：「此乃太王避狄, 杖策去豳時所操之箠也。[5] 蓋先孔子之席數百年, 子何以償我?」 秦士傾

록 값이 비싸다 해도 반드시 그것을 구해 소유했다.

【酷好(혹호)】: 대단히 좋아하다. 〖酷〗: 매우, 대단히.

【雖(수)】: 비록.

【貴(귀)】: 값이 비싸다.

【之(지)】: [대명사] 그것, 즉 「옛 물건」.

3 一日, 有人攜敗席, 踵門告曰：「昔魯哀公命席以問孔子, 此孔子所坐之席。」→ 하루는, 어떤 사람이 낡은 자리 하나를 가지고, 직접 그의 집으로 찾아가 말했다：「옛날에 노(魯)나라 애공(哀公)이 공자(孔子)에게 자리에 앉도록 청하고 나라 일을 물었는데, 이것이 바로 공자가 앉았던 그 자리입니다.」

【攜(휴)】: 가지다, 휴대하다.

【敗席(패석)】: 낡은 자리.

【踵門(종문)】: 직접 그 집에 가다. 〖踵〗: 친히 가다, 직접 찾아가다.

【魯哀公(노애공)】: 춘추전국시대 노(魯)나라의 군주. 27년간(B.C. 494-B.C. 468) 재위했다. 〖魯〗: 지금의 산동성 일대에 있던 주대(周代)의 제후국.

【命席(명석)】: 자리에 앉도록 청하다. 〖命〗: 명하다. 여기서는 「청하다.」의 뜻. 〖席〗: [동사] 자리에 앉다.

【孔子(공자)】: [인명] (B.C. 551-B.C. 479) 성은 공(孔), 이름은 구(丘), 자는 중니(仲尼). 유가(儒家) 학파의 창시자.

【所坐之席(소좌지석)】: 앉았던 자리. 〖席〗: [명사] 자리.

4 秦士大愜意, 以爲古, 遂以附郭之田易之。→ 진나라 선비는 매우 흡족해 하며, 오래된 물건이라 여겨, 곧 외성(外城) 근처에 있는 자기의 밭을 주고 그 낡은 자리와 바꾸었다.

【愜意(협의)】: 만족하다, 마음에 들다, 흡족해 하다.

【以爲(이위)】: …라고 여기다, …라고 생각하다.

【遂(수)】: 곧, 바로.

【附郭之田(부곽지전)】: 외성(外城) 근처에 있는 밭. 〖附〗: 접근하다, 다가가다. 〖郭〗: 외성(外城).

※「성곽(城郭)」이란 내성(內城)과 외성(外城)을 통틀어 하는 말로, 「성(城)」은 내성, 「郭」은 외성을 말한다.

【易之(역지)】: 그것과 바꾸다. 〖之〗: [대명사] 그것, 즉 「낡은 자리」.

5 逾時, 又一人持古杖以售之, 曰：「此乃太王避狄, 杖策去豳時所操之箠也。→ 얼마 후, 또 한 사람이 오래된 지팡이를 가지고 와서 선비에게 팔려고 하며, 말했다：「이것은 바로 태왕(太王)이 북적(北狄) 오랑캐를 피해, 지팡이를 짚고 빈(豳)을 떠날 때 손에 잡고 있던 지팡이입니다.

【逾時(유시)】: 얼마 지나서, 얼마 후.

【持(지)】: 잡다, 가지다.

家資與之。[6] 旣而又有人持朽椀一隻, 曰:「席與杖皆未爲古, 此椀乃桀造, 蓋又遠於周。」[7] 秦士愈以爲遠, 遂虛所居之宅而予之。[8] 三器旣得, 而

【古杖(고장)】: 오래된 지팡이.
【售(수)】: 팔다.
【乃(내)】: 곧, 바로.
【太王避狄(태왕피적)】: 태왕(太王)이 북적(北狄) 오랑캐를 피하다. ※ 태왕이 처음에는 빈(豳)에 거주하다가 북적 오랑캐가 침입하자 백성들을 이끌고 기산(岐山)[지금의 섬서성 기산현(岐山縣) 동쪽]으로 이주하여 주(周)나라를 세웠다. 〖太王〗: 주(周)나라 문왕(文王)의 증조부 고공단보(古公亶父). 〖狄〗: 북적(北狄). 중국 북쪽 지방의 오랑캐.
【杖策(장책)】: 지팡이를 짚다. 〖杖〗: [동사] 짚다. 〖策〗: 지팡이.
【去豳(거빈)】: 빈(豳)나라를 떠나다. 〖去〗: 떠나다. 〖豳〗: [지명] 지금의 섬서성 빈현(彬縣)·순읍현(旬邑縣) 일대. ※ 주족(周族) 후직(后稷)의 증손인 공류(公劉)가 처음 빈(豳)으로 이주하고, 문왕(文王)의 조부인 태왕(太王)이 또 기(岐)로 이주했다. ※ 판본에 따라서는 「豳」을 「邠(빈)」이라 했다.
【操(조)】: 잡다, 쥐다. 여기서는 「사용하다.」의 뜻.
【箠(추)】: 지팡이.

6 蓋先孔子之席數百年, 子何以償我?」秦士傾家資與之。→ 대략 공자의 자리보다 수백 년은 앞서는데, 당신은 무엇을 가지고 나에게 보상하겠습니까?」 진나라 선비는 가산(家産)을 기울여 그에게 주었다.
【蓋(개)】: 대략, 대체로.
【先(선)】: …보다 앞서다, …에 비해 이전이다.
【子何以償我(자하이상아)?】: 당신은 무엇을 가지고 나에게 보상하겠소? 〖子〗: 너, 당신, 그대. 〖何以〗: 어떻게, 무엇을 가지고, 무엇으로. 〖償〗: 보상하다.
【傾家資與之(경가자여지)】: 가산(家産)을 기울여 그에게 주다. 〖傾〗: 기울이다. 〖家資〗: 가산(家産). 〖與〗: 주다. 〖之〗: [대명사] 그, 즉 「지팡이 장사」.

7 旣而又有人持朽椀一隻, 曰:「席與杖皆未爲古, 此椀乃桀造, 蓋又遠於周。」→ 얼마 후 또 어떤 사람이 부식(腐蝕)된 나무 그릇 하나를 가지고 와서, 말했다:「자리와 지팡이는 모두 (별로) 오래되지 않았습니다. 이 나무 그릇은 바로 하(夏)나라 걸왕(桀王)이 제조한 것으로, 또 주(周)나라보다도 훨씬 이전입니다.」
【旣而(기이)】: 얼마 후, 그 뒤.
【朽椀(후완)】: 부식(腐蝕)한 나무 그릇.
【隻(척)】: [양사] 개.
【未爲古(미위고)】: 오래되지 않다.
【乃(내)】: 바로 …이다.
【桀造(걸조)】: 하(夏)나라 걸왕(桀王)이 제조하다. 〖桀〗: 걸왕(桀王). 하(夏)나라의 마지막 임금. 포악한 군주로 이름이 났다. 〖造〗: 만들다, 제조하다.
【遠於周(원어주)】: 주(周)나라보다 훨씬 이전이다. 〖遠〗: 멀다. 여기서는 「훨씬 이전이다, 훨씬 앞서다.」의 뜻. 〖於〗: [개사] …보다, …에 비해. 〖周〗: [국명] 기원전 11세기에 은(殷)나라를 이어 무왕

田資罄盡, 無以衣食。然好古之心, 終未忍舍三器。[9] 於是披哀公之席, 把太王之杖, 執桀所作之椀, 行丐於市, 曰 :「衣食父母, 有太公九府錢, 乞一文!」[10]

(武王) 희발(姬發)이 세운 나라.

8 秦士愈以爲遠, 遂虛所居之宅而予之。→ 진나라 선비는 갈수록 더욱 오래되었다고 여겨, 곧 집안의 물건을 통통 털어다가 그에게 주었다.
【愈(유)】: 갈수록 더욱.
【以爲(이위)】: …라고 여기다, …라고 생각하다.
【遂(수)】: 곧, 바로.
【虛所居之宅(허소거지택)】: 살고 있는 집을 비우다. 즉「집안의 물건을 통통 털다.」의 뜻. 〖虛〗: 비우다. 즉「통통 털다.」의 뜻.
【予(여)】: 주다.

9 三器既得, 而田資罄盡, 無以衣食。然好古之心, 終未忍舍三器。→ (진나라 선비는) 세 가지 기물(器物)을 얻은 후, 밭과 자산을 모두 탕진하여, 의식(衣食)을 해결할 도리가 없었다. 그러나 옛것을 좋아하는 마음은 (여전히) 변하지 않아, 끝내 세 가지 기물을 포기하지 못했다.
【既(기)】: …한 후, …하고 나서.
【田資(전자)】: 밭과 자산.
【罄盡(경진)】: 탕진하다, 다 써버리다.
【無以(무이)】: …할 방법이 없다, …할 도리가 없다.
【衣食(의식)】: [동사] 입고 먹다.
【然(연)】: 그러나.
【終(종)】: 끝내, 끝까지.
【未忍(미인)】: 차마 …하지 못하다.
【舍(사)】: 捨(사). 버리다, 포기하다.

10 於是披哀公之席, 把太王之杖, 執桀所作之椀, 行丐於市, 曰 :「衣食父母, 有太公九府錢, 乞一文!」→ 그리하여 그는 애공의 자리를 몸에 걸치고, 태왕의 지팡이를 짚고, 걸왕이 제조한 나무 그릇을 들고, 저자에서 걸식을 하며, 말했다 :「시주(施主)님들이여, 주(周)나라 태공(太公) 시절 구부(九府)에서 주조한 (옛날) 돈이 있으면, 한 푼만 보태주십시오!」
【於是(어시)】: 이에, 그리하여.
【披(피)】: (옷을) 걸치다.
【把(파)】: 잡다, 쥐다. 여기서는「짚다.」의 뜻.
【執(집)】: 잡다, 쥐다, 들다.
【行丐於市(행개어시)】: 저자에서 걸식하다. 〖行丐〗: 구걸하다, 걸식하다. 〖於〗: [개사] …에서.
【衣食父母(의식부모)】: 생계(生計)를 의존할 수 있는 사람, 의식(衣食)을 제공해 주는 사람. ※ 본래 옛날에 머슴이 주인을 일컫던 말이나, 여기서는 불교 용어의「시주(施主)」와 같은 뜻.
【太公(태공)】: 여상(呂尙). 본성은 강(姜)씨이나, 그의 선조가 여(呂)지방에 봉해져 여상(呂尙)이라 했

해설

진(秦)나라 선비는 옛것을 좋아하여 그것을 사느라 모든 가산(家産)을 탕진해버렸다. 옛 물건을 좋아하는 마음을 비난할 수는 없다. 그러나 진나라 선비는 고풍스러운 옛 물건의 예술적 가치를 즐긴다거나, 또는 이를 근거로 옛사람들의 생활사를 연구하려는 것도 아니고, 다만 맹목적으로 옛것을 숭상할 뿐이다. 그리하여 오래된 물건일수록 좋다고 여기며 값을 따지지 않고 사들이다가 마침내 가산을 탕진하고, 남루한 몰골로 저자에서 걸식하는 신세가 되었다. 그럼에도 그는 여전히 호고지심(好古之心)을 버리지 못하고, 저자 사람들에게 주(周)나라 태공(太公) 시절 구부(九府)에서 주조한 옛날 돈이 있으면 한 푼 보태달라고 애걸하는 추태를 보였다.

이 우언은 겉으로 자신의 고상함을 자랑하며 옛것을 좋아한다는 명분을 내세우지만, 실제로는 옛것에 대해 아무것도 알지 못하는 문외한(門外漢)의 변태적인 심리를 풍자한 것이다.

다. 강태공(姜太公), 또는 강자아(姜子牙)라고도 부른다. 주문왕(周文王)의 스승으로 아들 무왕(武王)을 도와 은(殷)의 주왕(紂王)을 멸하고 주(周)나라를 세운 공으로 제(齊)에 봉해져, 제나라의 시조가 되었다.

【九府(구부)】: 주(周)나라 때 화폐를 관리하던 관부(官府)로 대부(大府)·옥부(玉府)·내부(內府)·외부(外府)·천부(泉府)·천부(天府)·직내(職內)·직금(職金)·직폐(職幣) 등 모두 9부(府)가 있었다.

【乞一文(걸일문)】: 한 푼만 보태주십시오. 〖乞〗: 구걸하다, 동냥하다. 〖文〗: 문. ※ 옛날 동전을 헤아리던 화폐 단위.

106 오아여촉계(烏鴉與蜀鷄)
《宋濂全集·潛溪後集卷二·燕書》

작자

송렴(宋濂：1310-1381)은 금화(金華)[지금의 절강성 금화(金華)] 사람으로, 자는 경렴(景濂), 호는 잠계(潛溪)이며 원말명초(元末明初)의 저명한 산문가(散文家)이다. 원말(元末) 주원장(朱元璋)이 군사를 일으켰을 때 유기(劉基)와 함께 초빙되어 한림학사승지(翰林學士承旨)를 지냈으며, 일찍이 칙명을 받아 《원사(元史)》를 편찬하기도 했다. 명태조는 그의 산문을 높이 평가하여 「개국문신지수(開國文臣之首)」라 칭했다. 그 후 태조 홍무(洪武) 13년(1381) 장손(長孫)이 호유용(胡惟庸) 사건에 연루됨으로 인해 무주(茂州)로 폄적되어 가다가 도중에 기주(夔州)에서 병사했다.

그의 저술로는 명(明) 정덕(正德) 연간에 편찬한 《송학사전집(宋學士全集)》과 청초(清初) 양여곡(楊汝穀)이 수집 정리한 《송문헌공집유편(宋文憲公集遺編)》 및 《용문자응도기(龍門子凝道記)》가 있다. 《송문헌공집유편》에는 잡저(雜著)와 우언집인 《연서(燕書)》가 수록되어 있는데, 《연서》는 작자가 원말(元末) 은거하던 시절에 지은 것으로, 주로 원말(元末)의 정치와 사회 현상을 풍자한 것이 많고, 《용문자응도기》는 송렴이 소용문산(小龍門山)에 은거하면서 지은 것으로 우언 성격의 철학적인 내용을 담은 작품이 많다. 「용문자」라는 명칭은 송렴이 소용문산에 은거한 데서 비롯된 것이다.

《송학사전집》을 비롯하여 《송문헌공집유편》 《용문자응도기》 등 송렴의 전체 작품은 현재 절강고적출판사(浙江古籍出版社, 1999)에서 출간한 《송렴전집(宋濂全集)》에 모두 수록되어 있다.

원문 및 주석

烏鴉與蜀鷄[1]

豚澤之人養蜀鷄, 有文而赤翁, 有羣鵨周周鳴。[2] 忽晨風過其上, 鷄遽翼諸鵨, 晨風不得捕, 去。[3] 已而有烏來, 與鵨同啄。鷄視之兄弟也, 與之下上甚馴。[4] 烏忽銜其鵨飛去。鷄仰視悵然, 似悔爲其所賣也。[5]

---

1 烏鴉與蜀鷄 → 까마귀와 촉계(蜀鷄)
【烏鴉(오아)】: 까마귀.
【蜀鷄(촉계)】: 촉(蜀) 지방[지금의 사천성]에서 나는 닭.

2 豚澤之人養蜀鷄, 有文而赤翁, 有羣鵨周周鳴。→ 돈택(豚澤) 사람이 촉계(蜀鷄) 한 마리를 기르는데, 몸에는 아름다운 무늬가 있고 목 부위는 붉은색 깃털이 나있다. 촉계는 여러 마리의 삐악거리는 병아리들을 데리고 있었다.
【豚澤(돈택)】: [지명].
【養(양)】: 기르다.
【有文而赤翁(유문이적옹)】: 몸에 아름다운 무늬가 있고 목에 붉은색 깃털이 나있다. 〖文〗: 紋(문). 무늬. 즉 「깃털의 무늬」를 가리킨다. 〖翁〗: 조류의 목 부위에 나는 털.
【鵨(도)】: 병아리.
【周周鳴(주주명)】: 삐악거리다, 삐악삐악 울다. 〖周周〗: [의성어] 삐악거리다, 삐악삐악하다.

3 忽晨風過其上, 鷄遽翼諸鵨, 晨風不得捕, 去。→ (이때) 갑자기 새매 한 마리가 그 위를 스쳐 지나가자, 촉계가 급히 병아리들을 날개로 감싸 보호했다. 새매는 병아리를 잡을 수가 없어, 곧 날아가 버렸다.
【忽(홀)】: 갑자기, 돌연.
【晨風(신풍)】: 새매. ※ 판본에 따라서는 「晨風」을 「鷐風(신풍)」이라 했다.
【過(과)】: 스쳐 지나가다.
【遽(거)】: 급히, 황급히, 서둘러.
【翼(익)】: [동사 용법] 날개로 감싸다.
【不得(부득)】: …할 수가 없다.
【捕(포)】: 잡다.
【去(거)】: 떠나다, 즉 「날아가 버리다.」의 뜻.

4 已而有烏來, 與鵨同啄。鷄視之兄弟也, 與之下上甚馴。→ 잠시 후 까마귀 한 마리가 날아와, 병아리들과 함께 모이를 쪼아 먹었다. 촉계는 까마귀를 형제로 간주하여, 까마귀와 함께 오르락내리락하며 매우 사이좋게 지냈다.
【已而(이이)】: 잠시 후, 조금 있다가.
【同啄(동탁)】: 함께 먹이를 쪼아 먹다.

해설

촉계(蜀鷄)가 맹금류인 새매에 대해 당연히 경계해야 할 대상이라는 것을 분명히 알아 철저한 대비를 했지만, 보통의 조류인 까마귀에 대해서는 대수롭지 않게 여겨 경계를 소홀히 하다가 새끼를 잃었다.

이 우언은 「믿는 도끼에 발등 찍힌다.」는 격언처럼, 매사에 너무 믿고 방심하다가는 오히려 속임을 당해 해를 입을 수 있음을 경계한 것이다.

【視之兄弟(시지형제)】: 까마귀를 형제로 간주하다. 〖視〗: 보다, 간주하다. 〖之〗: [대명사] 그것, 즉 「까마귀」.

【與之下上甚馴(여지하상심순)】: 까마귀들과 함께 오르락내리락하며 매우 사이좋게 지내다. 〖之〗: [대명사] 그것, 즉 「까마귀」. 〖甚〗: 매우. 〖馴〗: 순종하다. 여기서는 「사이좋게 지내다, 화목하게 잘 어울리다.」의 뜻.

5 烏忽銜其鶵飛去。鷄仰視悵然, 似悔爲其所賣也。→ (순간) 까마귀가 갑자기 병아리를 물고 날아가 버렸다. 촉계가 허공을 쳐다보며 낙담하는 모습이, 마치 까마귀에게 속은 것을 몹시 후회하는 듯했다.

【銜(함)】: (입에) 물다.

【仰視(앙시)】: 위를 올려보다, 하늘을 쳐다보다.

【悵然(창연)】: 실의한 모양, 낙담한 모양.

【似(사)】: 마치 …듯하다.

【悔(회)】: 후회하다.

【爲其所賣(위기소매)】: 까마귀에게 속임을 당하다. 〖爲…所…〗: …에게 …당하다. 〖其〗: [대명사] 그, 즉 「까마귀」. 〖賣〗: 팔리다. 즉 「속다.」의 뜻.

107 차제구화(借梯救火)

《宋濂全集 · 潛溪後集卷二 · 燕書》

작자

106 오아여촉계(烏鴉與蜀鷄) 참조

원문 및 주석

借梯救火[1]

趙成陽堪, 其宮火, 欲滅之, 無階可升, 使其子朒假於奔水氏。[2] 朒盛冠

1 借梯救火 → 사다리를 빌려와 불을 끄려 하다
【借(차)】: 빌리다.
【梯(제)】: 사다리.
【救火(구화)】: 불을 끄다, 화재를 진압하다.

2 趙成陽堪, 其宮火, 欲滅之, 無階可升, 使其子朒假於奔水氏。→ 조(趙)나라 사람 성양감(成陽堪)은, 집에 불이 나서, 불을 끄려는데, 올라갈 사다리가 없어, 자기 아들 육(朒)에게 분수씨(奔水氏)한테 가서 빌려 오라고 시켰다.
【趙(조)】: [국명] 지금의 산서성 북부와 중부 및 하북성 서부와 남부 지역에 있던 주대(周代)의 제후국. 본래 진(晉)나라에 속했으나 B.C. 375년 조씨(趙氏) · 한씨(韓氏) · 위씨(魏氏)가 진(晉)의 영토를 삼분하여 각기 조(趙) · 한(韓) · 위(魏) 세 나라로 독립했다.
【成陽堪(성양감)】: [인명] 성은 성양(成陽), 이름은 감(堪).
【宮(궁)】: 집. ※ 진(秦) 이후에는 「황제의 궁궐」을 가리키는 말로 사용했다.
【火(화)】: [동사] 불이 나다.
【欲滅之(욕멸지)】: 불을 끄려고 하다. 〖欲〗: …하고자 하다, …하려고 하다. 〖滅〗: 끄다. 〖之〗: [대명사] 그것, 즉 「불」.
【無階可升(무계가승)】: 올라갈 수 있는 사다리가 없다. 〖階〗: 사다리, 사닥다리. 〖升〗: 오르다, 올라가다.

服, 委蛇而往。既見奔水氏, 三揖而後升堂, 默坐西楹間。[3] 奔水氏命儐者設筵, 薦脯醢觴朒。朒起執爵, 啐酒, 且酢主人。[4] 觴已, 奔水氏曰 :「夫子辱臨敝廬, 必有命我者, 敢問。」[5] 朒方白曰 :「天降禍於我家, 鬱攸是祟,

【使(사)】: …로 하여금 …하게 하다, …에게 …하라고 시키다.
【朒(육)】: [인명] 성양육.
【假於(가어)…】: …로부터 빌리다, …에게 빌리다. 【於】: [개사] …에게, …로부터.
【奔水氏(분수씨)】: [인명].

3 朒盛冠服, 委蛇而往。既見奔水氏, 三揖而後升堂, 默坐西楹間。→ 육은 성장(盛裝)을 하고, 태연한 모습으로 (분수씨 집에) 갔다. 분수씨를 만나고 나서, 세 번 읍(揖)을 한 후 대청으로 올라가, 아무 말 없이 서쪽 기둥 사이에 앉았다.
【盛冠服(성관복)】: 성장(盛裝)을 하다, 화려한 옷차림을 하다.
【委蛇(위이)】: 태연하다, 태연자약하다.
【既(기)】: …한 후, …하고 나서.
【揖(읍)】: 읍(揖)하다. ※ 두 손을 맞잡아 얼굴 앞으로 들어 올리고 허리를 앞으로 공손히 구부렸다가 펴면서 손을 내리는 중국인의 인사 방법.
【而後(이후)】: 이후, …한 후.
【堂(당)】: 대청.
【默坐(묵좌)】: 아무 말 없이 앉다, 묵묵히 앉다.
【楹(영)】: 기둥.

4 奔水氏命儐者設筵, 薦脯醢觴朒。朒起執爵, 啐酒, 且酢主人。→ 분수씨가 손님 영접을 담당하는 사람에게 명하여 주연(酒宴)을 베풀고, 육에게 육포(肉脯)와 육장(肉醬)을 내놓으며 술을 권했다. 육이 일어나 술잔을 들고, 마신 다음, 또 주인에게 답례로 술을 권했다.
【儐者(빈자)】: 손님 영접을 담당하는 사람.
【設筵(설연)】: 주연(酒宴)을 베풀다.
【薦(천)】: 바치다, 올리다, 진상하다.
【脯(포)】: 육포(肉脯).
【醢(해)】: 육장(肉醬).
【觴(상)】: 술을 권하다.
【起執爵(기집작)】: 일어나서 술잔을 들다.
【啐(쵀)】: 飮(음). 마시다.
【且(차)】: 또.
【酢(초)】: (손님이 술잔을 받고 나서 주인에게) 답례로 술을 권하다.

5 觴已, 奔水氏曰 :「夫子辱臨敝廬, 必有命我者, 敢問。」→ 주연이 끝난 후, 분수씨가 말했다 :「선생께서 황송하게도 저의 집에 왕림하신 것은, 틀림없이 저에게 분부하실 일이 있을 터이니, 감히 여쭙니다.」
【觴已(상이)】: 주연이 끝난 후, 주연을 끝내고 나서. 【已】: 그치다, 끝나다.

虐焰方熾, 欲緣高沃之, 肘弗加翼, 徒望宮而號。聞子有階可登, 盍乞我?」[6] 奔水氏頓足曰 :「子何其迂也! 子何其迂也! 飯山逢彪, 必吐哺而逃;[7] 濯谿見鱷, 必棄履而走。宮火已焰, 乃子揖讓時耶?」急舁階從之, 至

【夫子(부자)】: [남자에 대한 존칭] 선생.
【辱臨(욕림)】: 황송하게도 …에 왕림하시다.
【敝廬(폐려)】: 저의 집. 〖敝〗: 저의. ※ 상대방에게 자기를 낮추어 하는 말.
【命(명)】: 명하다. 여기서는「분부하다.」의 뜻.
【敢問(감문)】: 감히 여쭈다.

6 朒方白曰 :「天降禍於我家, 鬱攸是祟, 虐焰方熾, 欲緣高沃之, 肘弗加翼, 徒望宮而號。聞子有階可登, 盍乞我?」→ 육이 비로소 말했다 :「하늘이 저의 집에 재앙을 내려, 화재가 났는데, 지금 한창 불길이 세차게 타오르고 있습니다. 높이 올라가 물을 뿌리고자 해도, 팔에 날개를 달지 못해, 다만 집을 쳐다보며 울부짖고 있을 뿐입니다. 당신이 오를 수 있는 사다리를 갖고 있다는 말을 들었는데, 어째서 저에게 빌려주지 않습니까?」
【方(방)】: 비로소.
【白(백)】: 진술하다, 설명하다.
【降禍(강화)】: 재앙을 내리다.
【鬱攸是祟(울유시수)】: 화재(火災)가 나다. 〖鬱攸〗: 실화(失火)하다. 〖祟〗: 재앙.
【虐焰方熾(학염방치)】: 사나운 불길이 한창 치열하다. 〖虐焰〗: 사나운 불길. 〖方〗: 지금 한창, 바야흐로. 〖熾〗: 불길이 세차다, 왕성하다.
【欲(욕)】: …하고자 하다, …하려고 생각하다.
【緣高(연고)】: 높이 올라가다.
【沃(옥)】: 물을 뿌리다.
【肘弗加翼(주불가익)】: 팔에 날개를 달지 않다. 〖肘〗: 팔. 〖弗〗: 不(불). 〖加翼〗: 날개를 달다.
【徒(도)】: 다만.
【望(망)】: 쳐다보다.
【號(호)】: 소리를 지르다, 외치다. 여기서는「울부짖다.」의 뜻.
【子(자)】: 너, 당신, 그대.
【盍(합)】: 어찌 …하지 않는가?
【乞(걸)】: 빌려주다.

7 奔水氏頓足曰 :「子何其迂也! 子何其迂也! 飯山逢彪, 必吐哺而逃; → 분수씨가 발을 구르며 말했다 :「당신은 어찌 그렇게 세상물정에 어둡소! 당신은 어찌 그렇게 세상물정에 어둡소! 산에서 밥을 먹다가 호랑이를 만나면, 반드시 먹던 음식을 뱉고 달아나야 하고;
【頓足(돈족)】: 발을 구르다.
【何其(하기)】: 어찌 그렇게, 얼마나.
【迂(우)】: 세상물정에 어둡다.
【飯山逢彪(반산봉표)】: 산에서 밥을 먹다가 호랑이를 만나다. 〖飯山〗: 산에서 밥을 먹다. 〖逢〗: 만

則宮已燼矣。[8]

해설

조(趙)나라 사람 성양감(成陽堪)의 아들 성양육(成陽朒)은 집에 화재가 나서 아버지의 지시에 따라 분수씨(奔水氏)에게 사다리를 빌리러 가는데, 예의를 갖추어 성장(盛裝)을 하고 가서 성찬(盛饌)을 대접 받고 느긋하게 술까지 마시며 일언반구(一言半句) 용건을 말하지 않고 있다가, 성찬이 끝난 후 분수씨가 방문한 까닭을 묻자, 그제야 비로소 차분하게 자초지종(自初至終)을 설명했다. 분수씨가 사다리를 들고 허겁지겁 달려갔을 때는 집이 이미 잿더미로 변한 뒤였다.

화재가 나면 모든 방법을 강구하여 최대한 빨리 불을 끄는 것이 가장 요긴한 일이라는 것은 삼척동자도 아는 기본 상식이다. 그러나 세상물정에 어두운 선비들은 오로지 봉건예교(封建禮敎)의 속박을 받아, 글을 읽으면 읽을수록 우둔해져 생활에서 필요한 최소한의 상식조차 깨닫지 못한다.

이 우언은 실용성이 없이 덮어놓고 글만 읽어 세상물정에 어두운 당시 사회의 고지식한 유가(儒家) 선비들을 풍자한 것이다.

나다. 〖彪〗: 작은 호랑이.

【吐哺(토포)】: 먹던 음식물을 내뱉다, 입안에 있는 음식을 뱉어버리다.

【逃(도)】: 달아나다.

8 濯谿見鰐, 必棄履而走。宮火已焰, 乃子揖讓時耶?」急舁階從之, 至則宮已燼矣。→ 개천에서 발을 씻다가 악어를 보면, 반드시 신발을 버리고 달아나야 합니다. 집에 불이 나서 이미 불꽃이 타오르는데, 당신이 지금 읍(揖)하며 겸양(謙讓)할 때입니까?」(분수씨가) 황급히 사다리를 들고 육을 따라갔는데, 도착해 보니 집은 이미 잿더미로 변했다.

【濯谿(탁계)】: 개천에서 발을 씻다.

【鰐(악)】: 악어.

【棄履(기리)】: 신발을 버리다. 〖履〗: 신발.

【乃(내)】: …이다.

【揖讓(읍양)】: 읍(揖)하며 사양하다.

【舁(여)】: 들다.

【燼(신)】: 재, 잿더미. 여기서는 동사 용법으로 「잿더미로 변하다.」의 뜻.

108 분려멸서(焚廬滅鼠)

《宋濂全集·龍門子凝道記·卷之中·蔚遲樞》

작자

106 오아여촉계(烏鴉與蜀鷄) 참조

원문 및 주석

焚廬滅鼠[1]

越西有獨居男子, 結生茨以爲廬, 力耕以爲食, 久之, 菽粟鹽酪, 具無仰於人。[2] 嘗患鼠, 晝則纍纍然行, 夜則鳴嚙至旦。[3] 男子積憾之。一旦, 被

---

1 焚廬滅鼠 → 집을 태워 쥐를 박멸하다
【焚(분)】: 태우다, 불사르다.
【廬(려)】: 집.
【滅(멸)】: 없애다, 제거하다, 박멸하다.

2 越西有獨居男子, 結生茨以爲廬, 力耕以爲食, 久之, 菽粟鹽酪, 具無仰於人。→ 월(越) 지방 서쪽에 사는 어느 독거남자(獨居男子)는, 띠풀을 엮어 집을 짓고, 자력으로 경작하여 생계를 꾸려나가며, 오래도록, 콩·조와 같은 식량이나 소금·식초와 같은 조미료를, 모두 남에게 의존하지 않고 살았다.
【越(월)】: [지명] 옛 월(越)나라가 있던 지역. 지금의 절강성 동북부.
【獨居男子(독거남자)】: 홀로 사는 남자.
【結(결)】: 엮다, 짜다.
【生茨(생자)】: 마르지 않은 띠풀.
【爲廬(위려)】: 집을 짓다. 〖廬〗: 갈대나 띠풀 등으로 엮어 지은 집.
【力耕(역경)】: 힘써 경작하다.
【爲食(위식)】: 생계를 꾸려나가다.
【久之(구지)】: 오래도록, 매우 오랫동안.

酒歸, 始就枕, 鼠百故惱之, 目不得瞑。[4] 男子怒, 持火四焚之, 鼠死, 廬亦毁。次日酒解, 倀倀無所歸。[5]

【菽(숙)】: 콩.
【粟(속)】: 조.
【鹽(염)】: 소금.
【酪(낙)】: ① 식초(食醋). ② 유제품(乳製品). ③ 주류(酒類).
【具(구)】: 모두.
【無仰於人(무앙어인)】: 남에게 의존하지 않다. 〖於〗: [개사] …에게.

3 嘗患鼠, 晝則纍纍然行, 夜則鳴嚙至旦。→ 그러나 항상 쥐를 걱정했는데, (쥐들이) 낮에는 (집안에서) 떼를 지어 뛰어다니고, 밤에는 찍찍대고 물건을 갉으며 날이 밝을 때까지 멈추지 않았다.
【嘗(상)】: 常(상). 항상.
【患(환)】: 고민하다, 걱정하다.
【纍纍然(유류연)】: 거듭 쌓인 모양. 여기서는 「떼를 짓다, 무리를 이루다.」의 뜻.
【鳴嚙(명교)】: 찍찍거리며 물건을 갉다.
【至旦(지단)】: 아침에 이르기까지, 날이 밝을 때까지.

4 男子積憾之。一旦, 被酒歸, 始就枕, 鼠百故惱之, 目不得瞑。→ 독거남자는 쥐에 대한 불만이 갈수록 점점 더 쌓였다. 어느 날 아침, 술에 취해 돌아와, 막 잠자리에 들었는데, 쥐들이 백방으로 그를 괴롭혀, 도무지 잠을 잘 수가 없었다.
【積憾之(적감지)】: 쥐에 대한 불만이 쌓이다. 〖積〗: 쌓이다. 〖憾〗: 불만, 증오, 유감. 〖之〗: [대명사] 그것, 즉 「쥐」.
【一旦(일단)】: 어느 날 아침.
【被酒(피주)】: 술에 취하다.
【始(시)】: 비로소, 겨우, 막.
【就枕(취침)】: 취침하다, 잠자리에 들다.
【百故(백고)】: 백방으로, 여러 가지로.
【惱之(뇌지)】: 그를 화나게 하다. 〖惱〗: 괴롭히다, 괴롭게 하다. 〖之〗: [대명사] 그, 즉 「독거남자」.
【目不得瞑(목부득명)】: 눈을 감지 못하다. 즉 「잠을 자지 못하다.」의 뜻. 〖瞑〗: 눈을 감다.

5 男子怒, 持火四焚之, 鼠死, 廬亦毁。次日酒解, 倀倀無所歸。→ 독거남자가 분노하여, 횃불을 들고 사방에서 불을 질렀다. 쥐들이 모두 죽고, 집도 타버렸다. 다음날 술이 깨자, 돌아갈 곳이 없어 어찌할 바를 몰랐다.
【持火四焚之(지화사분지)】: 불을 가지고 사방에서 불을 놓아 태우다.
【毁(훼)】: 훼손되다, 망가지다.
【次日(차일)】: 다음날, 이튿날.
【酒解(주해)】: 술이 깨다.
【倀倀(창창)】: 어찌할 바를 모르는 모양.
【無所歸(무소귀)】: 돌아갈 곳이 없다.

해설

독거남자(獨居男子)는 의식주를 자급자족하며 생활에 아무런 불편이 없었지만, 집안의 쥐들로 인해 밤낮없이 시달림을 받자 집에 불을 질러 쥐들을 죽이고 집을 잃었다.

본래 쥐를 박멸하는 방법은 여러 가지가 있고 또 크게 어려운 일도 아니다. 그런데 그가 쥐를 박멸하기 위해 집을 태운 까닭은, 술로 인해 이성(理性)을 잃어 냉정한 판단을 하지 못했기 때문이다.

이 우언은 「빈대 잡으려고 초가삼간 태운다.」라는 말처럼, 작은 것을 해결하기 위해 크게 손해를 보는 어리석은 행위를 풍자하는 동시에, 어떠한 문제에 봉착했을 때 절대로 조급하게 서두르지 말고, 이성을 가지고 이해득실을 저울질하여 정확한 대책을 강구해야 불필요한 손실을 막을 수 있다는 이치를 설명한 것이다.

109 매감자언(賣柑者言)

《誠意伯文集 · 卷八 · 覆瓿集八 · 言語對問 · 賣柑者言》

작자

유기(劉基 : 1311-1375)는 청전(青田)[지금의 절강성 청전현(青田縣)] 사람으로, 자가 백온(伯溫)이며 원말명초(元末明初)의 이름난 작가이다. 그는 원말(元末) 강서고안현승(江西高安縣丞) · 강절유학부제거(江浙儒學副提擧) · 절동원수부도사(浙東元帥副都事) 등의 벼슬을 지내다가 관직을 그만두고 고향으로 돌아와 청전(青田)의 산중에 은거하며 저술에 전념했다. 그 후 유기는 원말(元末) 주원장(朱元璋)이 군사를 일으켰을 때 송렴(宋濂)과 함께 책사(策士)로 초빙되어 주원장의 천하통일 대업을 도왔고, 명(明)이 건립된 후에는 전장제도(典章制度)를 정비하여 통치 기반을 확고히 하는 등 많은 공을 세웠다. 그리하여 어사중승(御史中丞) 겸 태사령(太史令)을 배수 받고 성의백(誠意伯)에 봉해졌다. 그러나 태조 홍무(洪武) 4년(1371) 관직에서 물러나 집에 칩거하던 중 홍무 8년 재상 호유용(胡惟庸)의 모함을 받아 억울하게 죽음을 당했다. 저서로 《성의백문집(誠意伯文集)》이 있다.

유기의 우언 작품은 《성의백문집》 중 「매감자언(賣柑者言)」 1편을 제외하면 거의 대부분이 《욱리자(郁離子)》에 집중되어 있다. 《욱리자》는 모두 181편으로 《성의백문집》 권십칠(卷十七)에 수록되어 있는데, 유기가 청전산(青田山)에 은거할 때 마음을 집중하여 창작한 산문집(散文集)이다. 《성의백문집》 중 문학적 성취가 가장 돋보이는 작품으로, 내용은 주로 옛 고사를 빌려 원말명초(元末明初) 사회의 동란과 민생의 질고 등 어두운 사회 상황을 폭로했는데, 문필이 날카롭고 강한 비판력을 지니고 있다.

원문 및 주석

賣柑者言[1]

杭有賣果者, 善藏柑, 涉寒暑不潰, 出之燁然, 玉質而金色。[2] 置於市, 賈十倍, 人爭鬻之。予貿得其一, 剖之, 如有烟撲口鼻, 視其中, 則乾若敗絮。[3] 予怪而問之曰 :「若所市於人者, 將以實籩豆, 奉祭祀, 供賓客乎? 將衒外以惑愚瞽也? 甚矣哉! 爲欺也。」[4] 賣者笑曰 :「吾業是有年矣, 吾

---

1 賣柑者言 → 감귤 파는 사람의 말
【賣柑者(매감자)】: 감귤 파는 사람. 귤 장사. 【柑】: 감귤.

2 杭有賣果者, 善藏柑, 涉寒暑不潰, 出之燁然, 玉質而金色。→ 항주(杭州)에 과일을 파는 사람이 있었는데, 감귤을 잘 저장하여, 추위와 더위가 지나도 상하지 않아, 꺼내보면 여전히 광택이 나고, 마치 옥(玉)과 같은 바탕에 금빛을 띠었다.
【杭(항)】: 항주(杭州). 지금의 절강성 항주시(杭州市).
【善藏(선장)】: 저장을 잘하다.
【涉(섭)】: 거치다, 지나다.
【潰(궤)】: 문드러지다, 상하다.
【燁然(엽연)】: 광택이 나는 모양.
【玉質(옥질)】: 옥 같은 바탕.

3 置於市, 賈十倍, 人爭鬻之。予貿得其一, 剖之, 如有烟撲口鼻, 視其中, 則乾若敗絮。→ 시장에 내놓으면, 값이 (다른 사람의) 열 배인데도, 사람들이 다투어 그것을 샀다. 나도 한 개를 사서, 갈라보니, 마치 연기가 나듯이 입과 코를 진동했고, 그 속을 보니, 말라서 쓸모없는 솜과 같았다.
【賈(가)】: 價(가). 값, 가격.
【鬻(육)】: 賣(매). 팔다. 여기서는 「買(매). 사다.」의 뜻.
【貿(무)】: 사다.
【剖(부)】: 쪼개다, 가르다.
【撲(박)】: (향기나 냄새 따위가 입 · 코를) 찌르다, 자극하다, 진동하다.
【中(중)】: 속.
【敗絮(패서)】: 쓸모없는 솜.

4 予怪而問之曰 :「若所市於人者, 將以實籩豆, 奉祭祀, 供賓客乎? 將衒外以惑愚瞽也? 甚矣哉! 爲欺也。」→ 나는 이상하게 여겨 그에게 물었다 :「당신이 사람들에게 판 감귤은, 제기(祭器)에 담아, 제사를 받들고, 손님을 접대하게 하려는 것이요? 아니면 겉모양을 과시하여 어리석고 눈먼 사람을 현혹시키려는 것이오? 속임수가 지나치군요!」
【怪(괴)】: 이상하게 여기다.
【若(약)】: 너, 당신.

賴是以食吾軀。吾售之, 人取之, 未嘗有言, 而獨不足於子乎![5] 世之爲欺者不寡矣, 而獨我也乎? 吾子未之思也。[6] 今夫佩虎符、坐皐比者, 洸洸乎干城之具也, 果能授<u>孫</u>、<u>吳</u>之略耶?[7] 峨大冠、拖長紳者, 昂昂乎廟堂之器

【市(시)】: [동사] 팔다.
【將(장)】: (장차) …하려 하다.
【以(이)】: 以(之). 이것을.
【實(실)】: 채우다, 담다.
【籩豆(변두)】: 제기(祭器). 〖籩〗: 대나무로 만들어 제사 때 과일이나 말린 고기를 담는 그릇. 〖豆〗: 나무로 만든 제기의 하나.
【將(장)】: 아니면, 그렇지 않으면.
【衒(현)】: 炫(현). 자랑하다, 과시하다.
【惑(혹)】: 현혹시키다.
【愚瞽(우고)】: 어리석고 눈이 멀다. 여기서는 「어리석고 눈이 먼 사람」을 가리킨다.

5 賣者笑曰: 「吾業是有年矣, 吾賴是以食吾軀。吾售之, 人取之, 未嘗有言, 而獨不足於子乎! → 장사가 웃으며 말했다: 「나는 이 장사를 한 지 여러 해가 되었는데, 나는 이를 의지하여 내 몸을 부양하고 있습니다. 내가 이것을 팔면, 사람들이 사가지만, 아직 어떤 말을 들어본 적이 없습니다. 그런데 유독 당신에게만 불만스럽게 해드렸군요!
【業是(업시)】: 이 장사를 하다. 〖業〗: 장사하다. 〖是〗: 此(차). 이, 이것.
【有年(유년)】: 여러 해가 되다.
【賴是(뇌시)】: 이에 의지하다. 〖是〗: [대명사] 이것, 즉 「감귤 파는 일」.
【食(사)】: [동사] 부양하다, 먹여 살리다.
【吾軀(오구)】: 나의 몸, 즉 「자신」.
【售(수)】: 팔다.
【取(취)】: 취하다. 여기서는 「사다.」의 뜻.
【未嘗(미상)】: …한 적이 없다.
【有言(유언)】: 말을 듣다.
【獨(독)】: 유독, 유달리.
【不足於子(부족어자)】: 당신에게 만족스럽게 해주지 못하다. ※ 판본에 따라서는 「於子」를 「子所(자소)」라 했다.

6 世之爲欺者不寡矣, 而獨我也乎? 吾子未之思也。→ 세상에 속임수를 쓰는 사람들이 많은데, 유독 나 하나뿐이겠습니까? 당신이 미처 생각하지 못한 것이지요.
【爲欺者(위기자)】: 속임수를 쓰는 사람.
【寡(과)】: 적다.
【獨(독)】: 다만, 유독.
【吾子(오자)】: 그대, 당신.
【未之思(미지사)】: 미처 생각하지 못하다.

也, 果能建伊、皐之業耶?[8] 盜起而不知禦, 民困而不知救, 吏奸而不知禁, 法斁而不知理, 坐糜廩粟而不知恥。[9] 觀其坐高堂、騎大馬、醉醇醴而

7 今夫佩虎符、坐皐比者, 洸洸乎干城之具也, 果能授孫、吳之略耶? → 오늘날 호부(虎符)를 차고 호랑이 가죽 의자에 앉아 있는 자들이, 위풍당당하게 마치 나라를 지키는 믿음직한 인재 같지만, (그들이) 과연 손무(孫武) · 오기(吳起)의 책략을 내놓을 수 있겠습니까?
【佩(패)】: 차다, 달다.
【虎符(호부)】: 병부(兵符). ※ 옛날 군대를 동원하는 표지로 쓰던 범 모양의 패로, 반쪽은 황제가 지니고 반쪽은 군대의 통수가 지녔다.
【皐比(고비)】: 호피, 호랑이 가죽.
【洸洸(광광)】: 위풍당당한 모양.
【干城(간성)】: 방패와 성. 즉「나라를 지키는 믿음직한 군대나 인물」.
【具(구)】: 재능. 여기서는「재능을 갖춘 사람, 인재」를 가리킨다.
【果(과)】: 과연.
【授(수)】: 주다. 여기서는「내놓다.」의 뜻.
【孫(손)】: 손무(孫武). 춘추시대 제(齊)나라 사람으로 탁월한 군사전략가. 저서로《손자병법(孫子兵法)》이 있다.
【吳(오)】: 오기(吳起). 전국시대 위(衛)나라 사람으로 유명한 정치가이자 군사전략가. 저서로《오자(吳子)》가 있다.
【略(략)】: 책략, 전략.

8 峨大冠、拖長紳者, 昂昂乎廟堂之器也, 果能建伊、皐之業耶? → 큰 관모를 높이 쓰고 긴 띠를 끌고 다니는 문관들이, 기세가 드높게 마치 조정의 동량(棟梁) 같지만, (그들이) 과연 이윤(伊尹) · 고요(皐陶)와 같은 공을 세울 수 있겠습니까?
【峨(아)】: 높다. 여기서는「높이 쓰다.」의 뜻.
【拖(타)】: 끌다.
【長紳(장신)】: 옛날 사대부들이 허리에 매던 긴 띠.
【昂昂(앙앙)】: 높은 모양.
【廟堂(묘당)】: 천자의 종묘(宗廟). 즉「조정(朝廷)」을 말한다.
【器(기)】: 인재, 동량(棟樑).
【伊(이)】: 이윤(伊尹). 이름은 지(摯). 상(商)나라 탕왕(湯王)의 대신으로 탕왕을 도와 걸왕(桀王)을 몰아냈다.
【皐(고)】: 고요(皐陶). 우(虞)나라 순(舜)임금의 신하로 법을 세우고 형벌을 제정하고, 감옥을 만들었다고 전한다.

9 盜起而不知禦, 民困而不知救, 吏奸而不知禁, 法斁而不知理, 坐糜廩粟而不知恥。→ 도적들이 일어나도 막을 줄 모르고, 백성들이 곤궁해도 구제할 줄 모르고, 관리들이 간악해도 제재할 줄 모르고, 법령이 망가져도 정리할 줄 모르고, 앉아서 나라의 양식을 낭비해도 부끄러워할 줄을 모릅니다.
【禦(어)】: 막다, 저지하다. ※ 판본에 따라서는「禦」를「御(어)」라 했다.
【奸(간)】: 간악하다.

飫肥鮮者, 孰不巍巍乎可畏, 赫赫乎可象也![10] 又何往而不金玉其外、敗絮其中也哉? 今子是之不察, 而以察吾柑。」[11] 予默然無以應。退而思其言, 類東方生滑稽之流。豈其憤世疾邪者耶? 而託于柑以諷耶?[12]

【斁(두)】: 망가지다, 못쓰게 되다.
【理(리)】: 정리하다, 정돈하다.
【糜(미)】: 낭비하다, 마구 쓰다.
【廩粟(늠속)】: 나라 창고의 양식.
【恥(치)】: 부끄러워하다.

10 觀其坐高堂、騎大馬、醉醇醴而飫肥鮮者, 孰不巍巍乎可畏, 赫赫乎可象也! → 그들이 높은 당상에 앉아 있고, 큰 말을 타고, 좋은 술을 취하도록 마시며 살찌고 신선한 고기를 배불리 먹는 것을 보면, (그들 중) 어느 누가 위풍당당하여 경외할 만하고, 기세등등하여 본받을 만한 사람이 아니겠습니까?
【高堂(고당)】: 높은 당상.
【騎(기)】: (말, 자전거 등을) 타다.
【醉(취)】: 취하다.
【醇醴(순례)】: 맛이 좋은 술.
【飫(어)】: 실컷 먹다, 배불리 먹다.
【肥鮮(비선)】: 기름지고 신선한 고기나 생선. 「맛있는 음식」을 비유한 말.
【巍巍(외외)】: 높고 큰 모양. 즉 「위풍당당한 모양」.
【可畏(가외)】: 경외할 만하다.
【赫赫(혁혁)】: 혁혁한 모양, 즉 「기세등등한 모양」.
【可象(가상)】: 모방할만하다, 본받을만하다.

11 又何往而不金玉其外、敗絮其中也哉? 今子是之不察, 而以察吾柑。」→ 그런데 그들이 또 언제 겉은 금옥(金玉)처럼 화려한 모습을 하고, 속은 쓸모없는 솜으로 채워지지 않은 적이 있었습니까? 지금 당신은 이런 것들을 살펴보지 않고, 오히려 나의 감귤만 살펴 트집을 잡고 있습니다.」
【何往(하왕)】: 언제 …한 적이 있었는가?
【金玉其外(금옥기외)】: 겉이 금옥처럼 화려하다.
【敗絮其中(패서기중)】: 속이 쓸모없는 솜과 같다.
【子(자)】: 너, 그대, 당신.
【是之不察(시지불찰)】: 이에 대해 살피지 않다.

12 予默然無以應。退而思其言, 類東方生滑稽之流。豈其憤世疾邪者耶? 而託于柑以諷耶? → 나는 묵묵히 응대할 수가 없었다. 물러나와 그가 한 말을 생각해보니, 마치 동방삭(東方朔)과 비슷한 익살스런 사람이다. 어찌 그가 세상에 대해 분개하고 사악한 것을 증오하는 사람이 아니겠는가? 혹시 감귤에 의탁하여 세상사를 풍자한 것이 아닌가?
【默然(묵연)】: 묵묵히 말이 없는 모양.
【無以(무이)】: …할 수가 없다, …할 방법이 없다.

해설

항주(杭州)의 과일 장사가 파는 감귤은 광택이 나고 마치 옥과 같은 바탕에 금빛을 띠었으나, 작자가 막상 그것을 사서 갈라보니 연기가 나듯 입과 코를 진동하고 속이 말라 쓸모없는 솜과 같았다. 이에 감귤 장사에게 항의하자, 장사는 세상에 속임수를 쓰는 사람들이 나 하나뿐이 아니라며 「오늘날 호부(虎符)를 차고 호랑이 가죽 의자에 앉아 있는 자들과 큰 관모를 높이 쓰고 긴 띠를 끌고 다니는 문관들」을 들어, 그들이야말로 「겉은 금옥(金玉)처럼 화려한 모습을 하고 있지만 속은 쓸모없는 솜으로 채워진 사람들」이라며, 오히려 작자에게 「지금 당신은 이런 것들을 살펴보지 않고 오히려 나의 감귤만 살펴 트집을 잡고 있다.」고 항의했다.

이 우언은 작자가 감귤 장사의 비유를 통해, 속은 완전히 부패했으면서도 겉으로는 여전히 화려한 의관을 갖추고 높은 당상에 앉아 있는 통치자들의 표리부동(表裏不同)한 형상을 풍자한 것이다.

【類(류)】: 비슷하다, 흡사하다.

【東方生(동방생)】: [인명] 동방삭(東方朔). ※《사기(史記)·골계열전(滑稽列傳)》의 기록에 의하면, 한 무제(漢武帝) 때 사람으로 자는 만천(曼倩)이며, 항상 익살스러운 말로 황제를 풍자했다.

【憤世(분세)】: 세상에 대해 분개하다.

【疾邪(질사)】: 사악한 것을 증오하다. 【疾】: 미워하다, 증오하다.

【託(탁)】: 기탁하다, 의탁하다.

110 촉고삼인(蜀賈三人)

《誠意伯文集 · 郁離子 · 蜀賈》

작자

109 매감자언(賣柑者言) 참조

원문 및 주석

蜀賈三人[1]

蜀賈三人, 皆賣藥於市。其一人專取良, 計入以爲出, 不虛價, 亦不過取贏。[2] 一人良不良皆取焉, 其價之賤貴, 惟買者之欲, 而隨以其良不良應之。[3] 一人不取良, 惟其多賣, 則賤其價, 請益則益之, 不較。[4] 於是爭趨

---

1 蜀賈三人 → 세 사람의 촉(蜀) 지방 상인
【蜀(촉)】: [지명] 지금의 사천성 일대. 옛날 파촉(巴蜀)과 촉(蜀)나라가 있던 지역.
【賈(고)】: 상인, 장사.

2 蜀賈三人, 皆賣藥於市。其一人專取良, 計入以爲出, 不虛價, 亦不過取贏。→ 촉(蜀) 지방 상인 세 사람이, 모두 시장에서 약을 팔았다. 그중 한 사람은 전문적으로 좋은 약재를 사들인 다음, 매입한 값을 헤아려 매출할 값을 결정하는데, 값을 허황되게 매기지도 않고, 또한 지나치게 이윤을 취하지도 않았다.
【專取良(전취량)】: 전문적으로 좋은 약재를 사들이다.
【計入以爲出(계입이위출)】: 사들인 값을 헤아려 팔 값을 매기다. 〖計〗: 헤아리다, 계산하다. 〖入〗: 사들인 값, 매입한 값. 〖爲〗: 매기다, 결정하다. 〖出〗: 팔 값, 매출할 값.
【不虛價(불허가)】: 값을 허황되게 매기지 않다.
【不過取贏(불과취영)】: 지나치게 영리를 취하지 않다. 〖贏〗: 영리, 이윤. ※ 판본에 따라서는 「贏」을 「羸(영)」이라 했다.

3 一人良不良皆取焉, 其價之賤貴, 惟買者之欲, 而隨以其良不良應之。→ 다른 한 사람은 좋은 약재든

之, 其門之限月一易, 歲餘而大富。[5] 其兼取者趨稍緩, 再期亦富。其專取良者, 肆日中如宵, 旦食而昏不足。[6] 郁離子見而嘆曰 :「今之爲士者亦若

안 좋은 약재든 모두 사들인 다음, 파는 값의 고하(高下)는, 오직 사는 사람의 요구를 근거로, 원하는 바에 따라 각기 좋은 약재와 안 좋은 약재로 응대했다.
【賤(천)】 : 값이 싸다.
【貴(귀)】 : 값이 비싸다.
【惟(유)】 : 오직.
【欲(욕)】 : 요구, 필요.
【隨(수)】 : 따르다.
【應(응)】 : 응대하다.

4 一人不取良, 惟其多賣, 則賤其價, 請益則益之, 不較。→ 또 다른 한 사람은 좋은 약재를 사들이지 않고, 오직 많이 파는 것만 생각하여, 그 값을 싸게 매기고, (고객이) 더 달라고 요구하면 더 주며, 이러쿵저러쿵 따지지 않았다.
【賤(천)】 : [동사] 값을 싸게 매기다.
【請(청)】 : 요청하다, 요구하다.
【益(익)】 : 더하다, 보태다.
【不較(불교)】 : 이러쿵저러쿵 따지지 않다.

5 於是爭趨之, 其門之限月一易, 歲餘而大富。→ 그리하여 (고객들이) 다투어 그에게 몰려가는 바람에, 그 집의 문지방이 망가져 한 달에 한 번씩 (문지방을) 새로 교체했고, 일 년여 만에 큰 부자가 되었다.
【於是(어시)】 : 그리하여.
【趨(추)】 : 어떤 방향을 향해 가다, 쏠리다, 향하다.
【門之限(문지한)】 : 문지방.
【月一易(월일역)】 : 한 달에 한 번씩 교체하다. 〖易〗 : 바꾸다, 교체하다.
【歲餘(세여)】 : 일 년여.
【大富(대부)】 : [동사 용법] 큰 부자가 되다.

6 其兼取者趨稍緩, 再期亦富。其專取良者, 肆日中如宵, 旦食而昏不足。→ 좋은 약재와 안 좋은 약재를 모두 사들인 그 사람은 약을 사러 가는 사람이 다소 적어, 두 해가 지난 후 역시 부자가 되었다. 그런데 오직 좋은 약재만 사들인 그 사람은, 점포가 대낮이 마치 밤중 같아, 아침에 밥을 먹으면 저녁에 먹을 밥이 없었다.
【兼取者(겸취자)】 : 좋은 약재와 안 좋은 약재를 모두 사들인 사람.
【趨稍緩(추초완)】 : 가서 약을 사는 사람이 다소 적다. 〖稍〗 : 약간, 다소. 〖緩〗 : 완만하다, 느슨하다. 여기서는 「적다.」의 뜻.
【再期(재기)】 : 두 해가 지나서. ※ 판본에 따라서는 「期」를 「朞(기)」라 했다.
【肆(사)】 : 가게, 점포.
【日中如宵(일중여소)】 : 한낮이 마치 한밤중 같다. 〖日中〗 : 한낮, 정오. 〖如〗 : 마치 …같다. 〖宵〗 :

是夫![7] 昔楚鄙三縣之尹三：其一廉而不獲于上官，其去也無以僦舟，人皆笑以爲癡。[8] 其一擇可而取之，人不尤其取而稱其能賢。[9] 其一無所不取，以交于上官，子吏卒而賓富民，則不待三年，擧而任諸綱紀之司，雖百姓亦稱其善。不亦怪哉!」[10]

밤, 밤중.

【旦食而昏不足(단식이혼부족)】: 아침에 밥을 먹으면 저녁에 먹을 밥이 없다. 〖旦〗: 아침. 〖昏〗: 저녁. 〖不足〗: 부족하다, 모자라다. 여기서는 「없다.」의 뜻.

7 郁離子見而嘆曰：「今之爲士者亦若是夫! → 욱리자(郁離子)가 그 상황을 보고 탄식하며 말했다: 「오늘날 벼슬살이를 하는 사람도 이와 같다.

【爲士者(위사자)】: 벼슬살이를 하는 사람.

【若是(약시)】: 이와 같다.

8 昔楚鄙三縣之尹三：其一廉而不獲于上官，其去也無以僦舟，人皆笑以爲癡。→ 옛날 초(楚)나라 변방에 세 사람의 현령(縣令)이 있었다. 그 중 한 사람은 청렴하여 상관으로부터 환심을 얻지 못해, 임기를 마치고 떠나면서 배를 세낼 수가 없어, 사람들이 모두 그를 비웃으며 어리석다고 여겼다.

【楚(초)】: [국명] 지금의 호남성 · 호북성과 강서성 · 절강성 및 하남성 남부에 걸쳐 있던 주대(周代)의 제후국.

【鄙(비)】: 변두리, 변방 지역.

【尹(윤)】: 현령(縣令).

【廉(렴)】: 청렴하다.

【不獲于上官(불획우상관)】: 상관으로부터 환심을 얻지 못하다.

【去(거)】: 떠나다. 여기서는 「임기를 마치고 떠나다.」의 뜻.

【無以僦舟(무이추주)】: 배를 빌릴 수가 없다. 〖無以〗: …할 수가 없다, …할 도리가 없다. 〖僦〗: 임차하다, 세내다.

【笑(소)】: 비웃다.

【以爲(이위)】: …라고 여기다, …라고 간주하다.

【癡(치)】: 어리석다.

9 其一擇可而取之，人不尤其取而稱其能賢。→ 다른 한 사람은 적절한 시기를 택하여 재물을 갈취했는데, 사람들은 그가 갈취하는 것을 비난하지 않고 오히려 현능(賢能)하다고 칭찬했다.

【擇可(택가)】: 적절한 시기를 택하다.

【取之(취지)】: 재물을 갈취하다. 〖之〗: [대명사] 그것, 즉 「재물」.

【尤(우)】: 탓하다, 비난하다.

【稱(칭)】: 칭찬하다.

【能賢(능현)】: 현능(賢能)하다.

10 其一無所不取，以交于上官，子吏卒而賓富民，則不待三年，擧而任諸綱紀之司，雖百姓亦稱其善。不亦怪哉!」→ 또 다른 한 사람은 무엇이든 다 갈취하여, 이를 가지고 윗사람과 교제하며, 하급 관리

해설

전문적으로 좋은 약재를 사들여 허황되게 값을 매기지도 않고 또한 지나치게 이윤을 취하지도 않는 가장 충직한 사람의 점포에는 장사가 잘 안 되어 아침에 밥을 먹으면 저녁에 먹을 밥이 없는 반면, 좋은 약재를 사들이지 않고 오직 많이 파는 것만 생각하여 값을 싸게 매기고 고객이 더 달라면 더 주며 이러쿵저러쿵 따지지 않는 사람의 점포에는 몰려드는 고객으로 인해 문지방이 망가져 한 달에 한 번씩 문지방을 새로 교체할 정도로 장사가 잘 되어 일 년여 만에 큰 부자가 되었다.

또 초(楚)나라 변방의 현령(縣令) 중에 청렴하여 상관으로부터 환심을 얻지 못해 임기를 마치고 떠나면서 배조차 세낼 수가 없었던 선량한 현령은 백성들에게 어리석다고 비웃음을 당한 반면, 무엇이든 다 갈취하여 윗사람과 교제하며 하급 관리들을 자식처럼 대하고 부자들을 빈객처럼 대한 현령은 삼 년이 채 되기도 전에 추천을 받아 사법(司法)을 관장하는 요직에 임명되고 백성들로부터 좋은 사람이라고 칭찬을 받았다.

이 우언은 선량하고 양심적인 사람이 손해를 보고 충실하지 못하고 비양심적인 사람이 득을 보는 불공정한 현상을 통해, 흑백이 전도되는 봉건 관리사회의 암흑상과 관리들의 비행을 꼬집어 풍자한 것이다.

들을 자식처럼 대하고 부자들을 빈객처럼 대했다. 그리하여 삼 년이 채 되기도 전에, 추천을 받아 사법(司法)을 관장하는 요직에 임명되니, 설사 백성들일지라도 그를 좋은 사람이라고 칭찬했다. 이는 매우 괴이한 일이 아닌가!」

【無所不取(무소불취)】: 갈취하지 않는 것이 없다, 모두 다 갈취하다.
【以(이)】: 以之(이지). 이로써, 이를 가지고.
【交于(교우)…】: …과 교제하다. 〖于〗: [개사] …과(와).
【子(자)】: [동사 용법] 자식처럼 대하다.
【吏卒(이졸)】: 낮은 벼슬아치, 하급 관리.
【賓(빈)】: [동사 용법] 빈객처럼 대하다, 손님처럼 대하다.
【富民(부민)】: 부자.
【不待三年(부대삼년)】: 삼 년을 기다리지 않다. 즉 「삼 년이 되기 전에」의 뜻.
【擧(거)】: 천거되다.
【諸(제)】: 之於(지어)의 합음.
【綱紀之司(강기지사)】: 사법행정(司法行政)을 관장하는 요직.
【不亦(불역)…哉(재)!】: 매우 …한 일이 아닌가! 너무 …하지 않는가!

111 구욕조호(鴝鵒噪虎)

《誠意伯文集·郁離子·噪虎》

작자

109 매감자언(賣柑者言) 참조

원문 및 주석

鴝鵒噪虎[1]

女几之山, 乾鵲所巢, 有虎出于樸簌, 鵲集而噪之。鴝鵒聞之, 亦集而噪。[2] 鵯鶋見而問之曰:「虎, 行地者也, 其如子何哉, 而噪之也?」[3] 鵲曰:

1 鴝鵒噪虎 → 구관조가 호랑이를 향해 우짖어대다
【鴝鵒(구욕)】: 구관조(九官鳥).
【噪(조)】: 우짖다.

2 女几之山, 乾鵲所巢, 有虎出于樸簌, 鵲集而噪之。鴝鵒聞之, 亦集而噪。→ 여궤산(女几山)은, 까치가 둥지를 트는 곳인데, 호랑이 한 마리가 잡목 숲에서 나타나자, 까치들이 모여들어 호랑이를 향해 우짖어댔다. 구관조가 이 소리를 듣고, 역시 모여들어 우짖어댔다.
【女几之山(여궤지산)】: [산 이름] 여궤산(女几山). 하남성 의양(宜陽) 서쪽에 있으며, 속칭 석계산(石雞山)이라고도 부른다.
【乾鵲(건작)】: 까치. ※ 까치는 습한 것을 싫어하고 맑게 갠 것을 좋아하기 때문에 붙여진 이름이다.
【所巢(소소)】: 둥지를 트는 곳. 【巢】: [동사 용법] 둥지를 틀다, 보금자리를 만들다.
【樸簌(박속)】: 무성한 잡목 숲.
【集而噪之(집이조지)】: 떼 지어 모여서 호랑이를 향해 우짖다.

3 鵯鶋見而問之曰:「虎, 行地者也, 其如子何哉, 而噪之也?」→ 갈까마귀가 이를 보고 까치에게 물었다:「호랑이는, 땅에서 걸어 다니는 짐승인데, 호랑이가 너희들을 어쩐다고, 너희들이 호랑이에게 우짖어대니?」
【鵯鶋(필거)】: 갈까마귀.

「是嘯而生風, 吾畏其顚吾巢, 故噪而去之。」問於鴝鵒, 鴝鵒無以對。[4] 鶻鷗笑曰 :「鵲之巢木末也, 畏風, 故忌虎; 爾穴居者也, 何以噪爲?」[5]

해설

까치는 나뭇가지 끝에 둥지를 틀기 때문에 호랑이가 포효하여 바람을 일으키면 둥지가 뒤집힐까봐 두려워 호랑이를 꺼려 하지만, 구관조는 동굴 속에 살기 때문에 호랑이의 포효를 꺼려할 하등의 이유가 없는데도 까치를 따라 우짖어댔다.

이 우언은 어떤 일에 직면했을 때, 자신과의 연관성을 구체적으로 살피지 않고 남이 하는 대로 무턱대고 따라하며 부화뇌동(附和雷同)하는 자들을 꼬집어 풍자한 것이다.

【行地者(행지자)】: 땅에서 걸어 다니는 짐승.

【其如子何(기여자하)】: 너를 어찌하다. 〖子〗: 너, 그대, 당신.

4 鵲曰 :「是嘯而生風, 吾畏其顚吾巢, 故噪而去之。」問於鴝鵒, 鴝鵒無以對。→ 까치가 대답했다 :「호랑이가 길게 포효하면 바람을 일으켜, 우리는 바람이 둥지를 뒤엎어버릴까 두렵기 때문에, 그래서 우짖어대어 호랑이를 쫓아버리려는 것이야.」(갈까마귀가) 또 구관조에게 물으니, 구관조는 대답할 말이 없었다.

【是(시)】: [대명사] 이, 이것, 즉 「호랑이」.

【嘯而生風(소이생풍)】: 길게 포효하여 바람을 일으키다. ※ 옛날에 「虎嘯生風(호랑이가 포효하자 바람이 일다)」라는 말이 있다.

【畏(외)】: 두려워하다.

【顚(전)】: 뒤엎다, 뒤집히다.

【去之(거지)】: 호랑이를 쫓아버리다. 〖去〗: 떠나다. 여기서는 「쫓아버리다.」의 뜻. 〖之〗: [대명사] 그것, 즉 「호랑이」.

【問於(문어)…】: …에게 묻다. 〖於〗: [개사] …에게.

【無以對(무이대)】: 대답할 말이 없다.

5 鶻鷗笑曰 :「鵲之巢木末也, 畏風, 故忌虎; 爾穴居者也, 何以噪爲?」→ 갈까마귀가 웃으며 말했다 :「까치의 둥지는 나뭇가지 끝에 있어, 바람을 두려워하기 때문에, 그래서 호랑이를 꺼려 하지만; 너희 구관조들은 동굴 속에 사는 동물인데, 왜 (덩달아) 우짖어대니?」

【木末(목말)】: 나뭇가지 끝.

【忌(기)】: 꺼리다, 싫어하다.

【爾(이)】: 너, 당신, 너희들.

【穴居者(혈거자)】: 동굴 속에 사는 동물.

【何以(하이)】: 왜, 어째서.

【爲(위)】: [어조사].

112 호사철비(虎死撤備)
《誠意伯文集·郁離子·虎貙》

작자

109 매감자언(賣柑者言) 참조

원문 및 주석

虎死撤備[1]

若石隱于冥山之陰，有虎恆蹲以窺其藩。[2] 若石帥其人晝夜警，日出而殷鉦，日入而燎煇，宵則振鐸以望。[3] 植棘樹墉，坎山谷以守。卒歲，虎不

1 虎死撤備 → 호랑이가 죽자 방비하던 시설을 철거하다
【撤備(철비)】: (호랑이를 방비하던) 시설을 철거하다. 〖撤〗: 거두다, 철거하다. 〖備〗: 설비, 시설.

2 若石隱于冥山之陰，有虎恆蹲以窺其藩。→ 약석(若石)이 명산(冥山)의 북쪽에 은거(隱居)하는데, 호랑이가 항상 산에 쪼그리고 앉아 그의 울타리를 엿보았다.
【若石(약석)】: [허구인물].
【隱于(은우)…】: …에 은거(隱居)하다. 〖于〗: [개사] …에.
【冥山之陰(명산지음)】: 명산의 북쪽. 〖冥山〗: 지금의 하남성 신양(信陽) 동남쪽. 〖陰〗: 산의 북쪽.
※ 산의 북쪽과 강의 남쪽을 「음(陰)」이라 하고, 산의 남쪽과 강의 북쪽을 「양(陽)」이라 한다.
【恆(항)】: 늘, 항상.
【蹲以窺其藩(준이규기번)】: 쪼그리고 앉아서 그의 울타리를 엿보다. 〖蹲〗: 쪼그리고 앉다. 〖以〗: 而(이). 〖窺〗: 엿보다. 〖其〗: [대명사] 그, 즉 「若石」. 〖藩〗: 울타리.

3 若石帥其人晝夜警，日出而殷鉦，日入而燎煇，宵則振鐸以望。→ 약석은 집안사람들을 인솔하고 밤낮으로 경계하길, 해가 뜨면 징을 울리고, 해가 지면 횃불을 밝히고, 밤중이 되면 큰 방울을 흔들며 파수를 보았다.
【帥(솔)】: 통솔하다, 인솔하다, 거느리다.

能有獲。[4] 一日而虎死, 若石大喜, 自以爲虎死無毒己者矣。[5] 於是弛其機, 撤其備, 垣壞而不修, 藩決而不理。[6] 無何, 有貙逐麋來, 止其室之隈, 聞其牛、羊、豕之聲而入食焉。[7] 若石不知其爲貙也, 叱之不走, 投之以塊,

---

【其人(기인)】: 자기 집안사람들.
【警(경)】: 경계하다, 방비하다.
【日出(일출)】: 해가 뜨다, 날이 밝다.
【殷鉦(은정)】: 징을 울리다, 징을 쳐서 소리를 내다. 〖殷〗: 진동하다. 여기서는 「치다, 쳐서 소리를 내다.」의 뜻. 〖鉦〗: [타악기] 징.
【日入(일입)】: 해가 지다.
【燎煇(요휘)】: 불을 붙여 밝히다. 〖燎〗: 점화하다, 불을 붙이다. 〖煇〗: 輝(휘). 불빛. ※ 판본에 따라서는 「煇」를 「輝」라 했다.
【宵(소)】: 야밤, 밤중.
【振鐸以望(진탁이망)】: 큰 방울을 흔들며 파수를 보다. 〖振〗: 흔들다. 〖鐸〗: 큰 방울. 〖望〗: 망보다, 파수보다.

4 植棘樹墉, 坎山谷以守。卒歲, 虎不能有獲。→ 또 가시나무를 심고 담장을 쌓는가 하면, 산골짜기에 함정을 파서 지켰다. 일 년이 지나도록, 호랑이는 아무것도 얻을 수가 없었다.
【植棘(식극)】: 가시나무를 심다. 〖植〗: 심다. 〖棘〗: 가시나무.
【樹墉(수용)】: 담장을 쌓다. 〖樹〗: 세우다, 건립하다. 여기서는 「쌓다, 축조하다.」의 뜻. 〖墉〗: 담, 담장.
【坎山谷以守(감산곡이수)】: 산골짜기에 구덩이를 파고 지키다. 〖坎〗: [동사 용법] 구덩이를 파다.
【卒歲(졸세)】: 일 년이 되다, 일 년이 지나다.
【獲(획)】: 얻다, 획득하다.

5 一日而虎死, 若石大喜, 自以爲虎死無毒己者矣。→ 어느 날 호랑이가 죽자, 약석은 매우 기뻐하며, 호랑이가 죽어 이제는 자기를 해칠 것이 없다고 여겼다.
【以爲(이위)】: …라고 여기다, …라고 생각하다.
【毒(독)】: 해치다, 해독을 끼치다, 상해(傷害)하다.

6 於是弛其機, 撤其備, 垣壞而不修, 藩決而不理。→ 그리하여 (호랑이를 방비하던) 기구를 제거하고, 시설을 철거하는가 하면, 담장이 무너져도 수리를 하지 않고, 울타리가 망가져도 보수를 하지 않았다.
【於是(어시)】: 그리하여, 그래서.
【弛其機(이기기)】: (호랑이를 방비하던) 기구(機具)를 제거하다. 〖弛〗: 없애다, 제거하다, 해제(解除)하다. 〖機〗: 기구(機具).
【垣壞(원괴)】: 담장이 무너지다. 〖垣〗: 담, 담장. 〖壞〗: 무너지다, 허물어지다.
【修(수)】: 수리하다, 보수하다.
【決(결)】: 터지다. 여기서는 「망가지다, 부서지다.」의 뜻.
【理(리)】: 보수하다, 보완하다.

7 無何, 有貙逐麋來, 止其室之隈, 聞其牛、羊、豕之聲而入食焉。→ 얼마 되지 않아, 스라소니가 고라니

貙人立而爪之, 斃。[8]

君子謂 : 「若石知一而不知二, 宜其及也。」[9]

해설

약석(若石)은 산에 은거하면서 호랑이가 항상 자기 집 울타리를 엿보아 온갖 방법을 동원하여 밤낮으로 철저히 경계했으나, 호랑이가 죽자 이제는 자기를 해칠 것이 없다고 여겨 호랑이를 방비하던 기구와 설비를 제거하고 방심하다가 스라소니에게 변을

를 쫓아와, 그의 집 모퉁이에서 멈추었다가, 소·양·돼지의 소리를 듣고 안으로 들어와 (가축을) 잡아먹었다.

【無何(무하)】: 얼마 되지 않아, 오래지 않아.

【貙(추)】: [맹수 이름] 스라소니.

【逐(축)】: 뒤쫓다, 쫓아가다.

【麋(미)】: 고라니.

【止(지)】: 멈추다, 멈춰서다.

【隈(외)】: 모퉁이.

【豕(시)】: 돼지.

【食(식)】: [동사] 먹다. 여기서는 「잡아먹다.」의 뜻.

【焉(언)】: [어조사].

8 若石不知其爲貙也, 叱之不走, 投之以塊, 貙人立而爪之, 斃。→ 약석은 그것이 스라소니라는 것을 모르고, 달아나지 않는다고 꾸짖으며, 스라소니에게 흙덩이를 던졌다. 그러자 스라소니는 사람처럼 일어서더니 약석을 발톱으로 붙잡아, 물어 죽였다.

【爲(위)】: …이다.

【叱之不走(질지부주)】: 스라소니를 달아나지 않는다고 꾸짖다. 【之】: [대명사] 그것, 즉 「스라소니」. 【走】: 달아나다, 도망치다.

【投(투)】: 던지다.

【塊(괴)】: 흙덩이.

【人立(인립)】: 사람처럼 일어서다.

【爪之(조지)】: 약석을 붙잡다. 【爪】: [동사 용법] 抓(조). 발톱으로 붙잡다.

【斃(폐)】: 죽이다.

9 君子謂 : 「若石知一而不知二, 宜其及也。」→ 군자가 말했다 : 「약석은 하나만 알고 둘은 모르니, 당연히 이러한 상황에 이른 것이다.」

【宜其及(의기급)】: 당연히 이러한 상황에 이르다. 【宜】: 당연히, 마땅히.

당해 목숨을 잃었다.

이 우언은 자신의 주변에 항상 적이 있을 수 있다는 것을 명심하고 매사에 경계를 소홀히 하지 말아야 의외의 위험에 빠지지 않는다는 유비무환(有備無患)의 이치를 설명한 것이다.

113 농양지원(籠養之猿)

《誠意伯文集·郁離子·世農易業》

작자

109 매감자언(賣柑者言) 참조

원문 및 주석

籠養之猿[1]

吳人有養猿于籠十年, 憐而放之, 信宿而輒歸。[2] 曰:「未遠乎?」 舁而舍諸大谷。猿久籠而忘其習, 遂無所得食, 嗚而死。[3]

---

1 籠養之猿 → 장에 가두어 기른 원숭이
【籠養(농양)】: 장에 가두어 기르다. 〖籠〗: 장, 새장.
【猿(원)】: 원숭이.

2 吳人有養猿于籠十年, 憐而放之, 信宿而輒歸。→ 오(吳)나라 사람이 원숭이를 장에 가두어 십 년 동안 기르다가, 이를 불쌍히 여겨 놓아 주니, 이틀 밤이 지나 바로 되돌아왔다.
【吳(오)】: [국명] 지금의 강소성 일대에 있던 주대(周代)의 제후국.
【憐(련)】: 불쌍히 여기다.
【放(방)】: 놓아주다.
【之(지)】: [대명사] 그것, 즉 「원숭이」.
【信宿(신숙)】: 이틀 밤(을 머물다).
【輒(첩)】: 곧, 바로, 즉시.

3 曰:「未遠乎?」 舁而舍諸大谷。猿久籠而忘其習, 遂無所得食, 嗚而死。→ 그가 말했다:「좀 더 멀리 놓아주지 않았는가?」 그리하여 원숭이를 들어다가 깊은 산 큰 골짜기에 풀어 놓았다. 원숭이는 오랫동안 장 속에 갇혀 생활했기 때문에 자기의 습성을 잊어버려, 끝내 스스로 먹이를 찾지 못하고, 울부짖다가 굶어죽었다.

해설

오(吳)나라 사람이 기르던 원숭이는 오랫동안 장 속에 갇혀 사람이 주는 음식을 먹으며 생활하다가 산골짜기에 풀어 놓자, 야생하던 자기 본래의 습성을 완전히 잊어버리고 스스로 먹이를 찾지 못해 울부짖다가 끝내 굶어죽고 말았다.

이 우언은 오나라 사람이 기르던 원숭이가 야생의 습성을 잊어버리고 굶어 죽은 고사를 통해, 생물이 장기간 외부 환경에 지배될 경우 내부 환경에 변화를 가져와 본래의 습성을 상실하고 외부 환경에 완전히 종속될 수 있다는 자연법칙의 도리를 설명한 것이다.

【舁(여)】: 들다.
【舍(사)】: 버리다. 여기서는 「두다, 놓다.」의 뜻.
【諸(제)】: 「之於(지어)」의 합음.
【久籠(구롱)】: 오랫동안 장 속에 갇혀 생활하다.
【忘其習(망기습)】: 자기의 습성을 잊어버리다.
【遂(수)】: 결국, 끝내.
【無所得食(무소득식)】: 먹이를 찾지 못하다.
【鳴而死(명이사)】: 울부짖다가 굶어죽다.

114 해령계령(解鈴繫鈴)

《指月錄·卷二十三·金陵清涼泰欽禪師》

작자

구여직(瞿汝稷 : ?-?)은 자가 원립(元立)이며, 상숙(常熟)[지금의 강소성 상숙(常熟)] 사람으로, 독실한 불교 신자이다. 명(明) 신종(神宗) 만력(萬曆 : 1573-1620) 연간에 부친의 음덕(蔭德)으로 벼슬길에 나아가 형부주사(刑部主事)를 거쳐 진주지부(辰州知府)·장로염운사(長蘆鹽運使)·태복소경(太僕少卿) 등을 지냈다. 저서로 《지월록(指月錄)》《병략찬요(兵略纂要)》《석경대학질의(石經大學質疑)》 등이 있다.

《지월록》은 원명이 《수월재지월록(水月齋指月錄)》이며, 불교 선종(禪宗)의 사적을 기술한 책이다. 「지월(指月)」은 손으로 달을 가리킨다는 말인데, 손으로 가리킨다는 것은 「인도(引導)」, 달은 「불교의 이론」을 비유한 것으로, 즉 사람들로 하여금 선종(禪宗)의 이론을 깨닫도록 인도한다는 뜻이다.

원문 및 주석

解鈴繫鈴[1]

金陵清涼泰欽法燈禪師在衆日, 性豪逸, 不事事。[2] 衆易之, 法眼獨器

1 解鈴繫鈴 → 방울을 맨 사람이 방울을 풀어야 한다
【解(해)】: 풀다.
【鈴(령)】: 방울.
【繫(계)】: 매다, 매달다.

2 金陵清涼泰欽法燈禪師在衆日, 性豪逸, 不事事。→ 금릉(金陵) 청량사(清涼寺)의 법등선사(法燈禪師)

重。<u>眼</u>一日問衆：「虎項金鈴，是誰解得?」衆無對。[3] 師適至，<u>眼</u>擧前語問，師曰：「繫者解得。」<u>眼</u>曰：「汝輩輕渠不得。」[4]

태흠(泰欽)은 평범한 승려일 때, 성격이 호방하여, 불가(佛家)의 계율에 얽매이지 않았다.

【金陵(금릉)】: [지명] 지금의 강소성 남경시(南京市).

【淸涼(청량)】: [산 이름] 남경의 서쪽에 있는 산으로, 일명 「석두산(石頭山)」이라고도 한다. 산허리에 청량사(淸凉寺)라는 사찰이 있다.

【泰欽(태흠)】: [인명] 오대(五代)-송대(宋代) 초기 사람으로, 선종(禪宗)의 일파인 법안종(法眼宗) 승려. 시호는 법등선사(法燈禪師). 전후에 걸쳐 홍주(洪州) 쌍림원(雙林院)·상람(上藍) 호국원(護國院)·금릉(金陵) 청량대도장(淸凉大道場)의 주지(主持)를 지냈다.

【衆日(중일)】: 평범한 승려 시절.

【豪逸(호일)】: (성품이) 호방하다.

【不事事(불사사)】: 일을 일로 생각하지 않다, 성실하지 않다. 여기서는 「불가의 계율에 얽매이지 않다.」의 뜻.

3 衆易之, 法眼獨器重。眼一日問衆：「虎項金鈴, 是誰解得?」衆無對。→ (그리하여) 여러 승려들이 그를 경시했는데, 법안선사(法眼禪師) 혼자서 그를 중히 여겼다. 어느 날 법안선사가 여러 승려들에게 물었다：「호랑이 목의 방울은, 누가 풀 수 있는가?」 모두가 대답을 하지 못했다.

【衆易之(중이지)】: 여러 승려들이 그를 경시하다. 〖易〗: 경시하다, 얕보다, 깔보다. 〖之〗: [대명사] 그, 즉 「법등선사」.

【法眼(법안)】: [인명] 오대(五代)의 저명한 승려이자, 법안종(法眼宗)의 시조인 금릉 법안원(法眼院)의 문익선사(文益禪師).

【獨(독)】: 홀로, 혼자서.

【器重(기중)】: 중시하다, 중히 여기다, 신임하다. ※ 판본에 따라서는 「器」를 「契(계)」라 했다.

【虎項金鈴(호항금령)】: 호랑이 목의 방울. 〖項〗: 목.

【是誰解得(시수해득)】: 이것을 누가 풀겠는가? 〖是〗: [대명사] 이것, 즉 「호랑이 목의 방울」.

【無對(무대)】: 대답을 못하다.

4 師適至, 眼擧前語問, 師曰：「繫者解得。」眼曰：「汝輩輕渠不得。」→ 이때 마침 법등선사 태흠이 왔다. 법안선사가 앞서 한 말을 들어 (태흠에게) 물으니, 태흠이 대답했다：「방울을 맨 사람이 풀어야 합니다.」 법안선사가 말했다：「너희들은 이 사람을 경시할 수가 없다.」

【師(사)】: 법등선사 태흠.

【適(적)】: 마침.

【至(지)】: 이르다, 도착하다, 오다.

【眼(안)】: 법안선사.

【擧前語問(거전어문)】: 앞서 한 말을 들어 묻다. 〖擧〗: 들다, 제시하다.

【繫者解得(계자해득)】: 방울을 맨 사람이 풀다.

【汝輩(여배)】: 너희들. 〖輩〗: [복수형] …들.

【輕渠不得(경거부득)】: 경시하지 못하다, 경시할 수 없다.

해설

법등선사(法燈禪師) 태흠(泰欽)이 평범한 승려 시절에 불가(佛家)의 계율을 지키지 않아 여러 승려들이 그를 멸시했으나, 법안선사(法眼禪師)가 「호랑이 목의 방울은 누가 풀 수 있는가?」라는 문제를 제시했을 때, 아무도 대답을 못하고 오직 태흠 한 사람만이 「방울을 맨 사람이 풀어야 한다.」는 정답을 말했다.

이 우언은 오직 결정적인 순간에 능력의 우열이 드러나 재능을 지닌 인재가 비로소 두각을 나타낸다는 이치를 설명한 것이나, 후세 사람들은 이 고사로부터 「해령계령(解鈴繫鈴)」이란 성어(成語)를 만들어냈다. 이는 「결자해지(結者解之)」, 즉 「일을 저지른 사람이 그 일을 해결해야 한다.」라는 뜻이다.

115 착벽이통(鑿壁移痛)
《雪濤閣集 · 雪濤小說 · 任事》

작자

강영과(江盈科 : 1553-1605)는 자가 진지(進之), 호는 설도(雪濤) 또는 녹라산인(綠羅山人)이라고도 하며, 상덕(常德) 도원(桃源)[지금의 호남성 경내] 사람이다. 명(明) 신종(神宗) 만력(萬曆) 연간에 진사에 급제한 후 호부원외랑(戶部員外郎) · 사천제학부사(四川提學副使)를 지냈다. 그는 공안현(公安縣)의 원굉도(袁宏道) 형제와 함께 반복고주의시문운동(反復古主義詩文運動)을 일으켜 문학사상 공안파(公安派)로 불린다. 주요 저서로 당시의 정치 폐단을 풍자한 소화집(笑話集)인 《설도소설(雪濤小說)》과 회해고사(詼諧故事)를 수집 정리한 《설도해사(雪濤諧史)》 외에 《황명십육종소전(皇明十六種小傳)》 《설도담총(雪濤談叢)》 《담언(談言)》 《문기(聞紀)》 《설도시평(雪濤詩評)》 등이 있는데, 모두 《설도각집(雪濤閣集)》에 수록되어 있다.

원문 및 주석

鑿壁移痛[1]

里中有病脚瘡者, 痛不可忍, 謂家人曰:「爾爲我鑿壁爲穴。」[2] 穴成, 伸

---

1 鑿壁移痛 → 벽을 뚫어 아픈 통증을 이웃으로 옮기다
【鑿(착)】: 파다, 뚫다.

2 里中有病脚瘡者, 痛不可忍, 謂家人曰:「爾爲我鑿壁爲穴。」→ 마을에 다리 부스럼을 앓는 사람이 있었는데, 아픔을 참을 수 없자, 집안사람들에게 말했다:「너희가 나를 위해 벽을 뚫어 구멍을 내다오.」
【里(리)】: [행정 단위] 마을. ※ 선진(先秦) 시대는 가옥 25호(戶)를 1리(里)라 했다.

脚穴中, 入鄰家尺許。[3] 家人曰 :「此何意?」 答曰 :「凭他去鄰家痛, 無與我事!」[4]

해설

어떤 사람이 다리에 부스럼이 나서 아픔을 참을 수 없자, 집안사람들로 하여금 벽에 구멍을 뚫게 하여 아픈 다리를 구멍 속으로 뻗어 이웃집으로 들여보내더니, 이제 자기의 통증을 이웃으로 보냈기 때문에 자기와 상관없는 일이라 했다.

이 우언은 아픈 사람이 의사에게 치료를 받아 해결할 생각을 하지 않고, 아픔을 남에게 떠넘길 수 있다고 여기는 어리석고 부도덕한 사람을 풍자한 것이다.

【病(병)】: [동사] 병을 앓다.
【脚瘡(각창)】: 다리의 부스럼. 〖瘡〗: 부스럼, 종기.
【爾(이)】: 너, 당신.
【鑿壁爲穴(착벽위혈)】: 벽을 뚫어 구멍을 내다. 〖爲〗: 내다, 만들다.

3 穴成, 伸脚穴中, 入鄰家尺許。→ 구멍이 뚫리자, 다리를 구멍 속으로 뻗어, 이웃집으로 한 자 남짓 들여보냈다.
【伸(신)】: 뻗다, 펴다.
【尺許(척허)】: 한 자 남짓. 〖許〗: 가량, 정도, 쯤, 남짓.

4 家人曰 :「此何意?」 答曰 :「凭他去鄰家痛, 無與我事!」→ 집안사람들이 물었다 :「이게 무슨 뜻입니까?」 그가 대답했다 :「다리를 이웃집에 가서 아프도록 맡겨버리면, (이제) 나의 일은 없다.」
【凭(빙)】: 맡기다.
【他(타)】: 그것, 즉 「다리」.
【無與我事(무여아사)】: 나와 관련된 일이 없다. 즉 「나의 일이 없다.」의 뜻.

116 망상(妄想)

《雪濤閣集 · 雪濤小說 · 妄心》

작자

115 착벽이통(鑿壁移痛) 참조

원문 및 주석

妄想[1]

一市人貧甚, 朝不謀夕。偶一日拾得一雞卵, 喜而告其妻曰 :「我有家當矣!」[2] 妻問 :「安在?」持卵示之, 曰 :「此是。然須十年, 家當乃就。」[3] 因

---

1 妄想 → 망상(妄想)
【妄想(망상)】: 이치에 맞지 않는 허황된 생각.

2 一市人貧甚, 朝不謀夕。偶一日拾得一雞卵, 喜而告其妻曰 :「我有家當矣!」→ 어느 한 시민(市民)이 몹시 가난하여, 아침에 저녁을 헤아리지 못했다. 어느 날 우연히 계란 하나를 습득하더니, 기뻐하며 자기 아내에게 말했다 :「내가 재산이 생겼소!」
【貧甚(빈심)】: 매우 가난하다.
【朝不謀夕(조불모석)】: 아침에 저녁 일을 헤아리지 못하다. 즉 「당장을 걱정할 뿐이고, 앞일을 생각하지 못하다.」의 뜻.
【偶(우)】: 우연히.
【喜(희)】: 즐거워하다, 기뻐하다.
【家當(가당)】: 재산, 가산(家産).

3 妻問 :「安在?」持卵示之, 曰 :「此是。然須十年, 家當乃就。」→ 아내가 물었다 :「어디 있어요?」(그가) 계란을 가지고 아내에게 보여주며, 말했다 :「바로 이것이요. 그러나 반드시 십 년은 기다려야, 비로소 재산이 완성될 것이오.」
【持(지)】: 가지다, 잡다, 쥐다.

與妻計曰 :「我持此卵, 借鄰人伏雞乳之, 待彼雛成, 就中取一雌者, 歸而生卵, 一月可得十五雞;[4] 兩年之內, 雞又生雞, 可得雞三百, 堪易十金。[5] 我以十金易五牸, 牸復生牸, 三年可得二十五牛。[6] 牸所生者, 又復生牸, 三年可得百五十牛, 堪易三百金矣。[7] 吾持此金舉責, 三年間, 半千金可

【此是(차시)】: 이것이 바로 그것이다, 바로 이것이다.
【然(연)】: 그러나.
【須(수)】: 반드시 …해야 한다, 마땅히 …해야 한다.
【乃(내)】: 비로소.
【就(취)】: 성취하다, 이루다, 완성되다.

4 因與妻計曰 :「我持此卵, 借鄰人伏雞乳之, 待彼雛成, 就中取一雌者, 歸而生卵, 一月可得十五雞; → 그리하여 아내와 함께 계산을 하며 말했다 :「내가 이 계란을 가지고, 이웃집의 알 품는 암탉을 빌려 그것을 부화(孵化)시킨 다음, 그 병아리가 자라기를 기다려, 그중에서 암컷 한 마리를 취해, 돌아와 알을 낳으면, 한 달에 열다섯 개의 알을 얻을 수 있고;
【因(인)】: 그래서, 그리하여, 이로 인해.
【計(계)】: 계산하다, 헤아리다.
【伏雞(복계)】: 알 품는 닭.
【乳(유)】: 부화(孵化)하다.
【之(지)】: [대명사] 그것, 즉「계란」.
【待(대)】: 기다리다.
【彼(피)】: 그, 이.
【雛(추)】: 병아리.
【成(성)】: 자라다, 성장하다.
【就中(취중)】: 그중에서.
【雌者(자자)】: 암놈, 암컷.

5 兩年之內, 雞又生雞, 可得雞三百, 堪易十金。→ 이 년 안에, 닭이 또 닭을 낳아, 삼백 마리의 닭을 얻을 수 있어, (이것으로) 금 열 냥을 바꿀 수 있소.
【堪(감)】: …할 수 있다.

6 我以十金易五牸, 牸復生牸, 三年可得二十五牛。→ 내가 열 냥의 금으로 다섯 마리의 암소를 바꾸면, 암소가 다시 암소를 낳아, 삼 년 후에는 스물다섯 마리의 소를 얻을 수 있소.
【以(이)】: …으로, …을 가지고.
【牸(자)】: 암소.
【復(부)】: 또, 다시.

7 牸所生者, 又復生牸, 三年可得百五十牛, 堪易三百金矣。→ 암소가 낳은 소가, 또 다시 암소를 낳으면, 삼 년 안에 백오십 마리의 소를 얻을 수 있고, 금 삼백 냥을 바꿀 수 있소.

得也。[8] 就中以三之二市田宅, 以三之一市僮僕, 買小妻, 我乃與爾優游以終餘年, 不亦快乎?」[9] 妻聞欲買小妻, 怫然大怒, 以手擊雞卵碎之, 曰:「毋留禍種!」[10] 夫怒, 撻其妻, 仍質於官曰:「立敗我家者, 此惡婦也, 請誅之。」[11] 官司問:「家何在? 敗何狀?」其人歷數自雞卵起, 至小妻止。[12]

---

8 吾持此金擧責, 三年間, 半千金可得也。→ 나는 이 금을 가지고 빚을 놓아, 삼 년 동안에, 오백 냥의 금을 얻을 수 있소.

【擧責(거채)】: 빚을 놓다. 〖責〗: 債(채). 빚.

【半千金(반천금)】: 오백 냥의 금.

9 就中以三之二市田宅, 以三之一市僮僕, 買小妻, 我乃與爾優游以終餘年, 不亦快乎?」→ 그중 삼분의 이를 가지고 전답과 집을 사고, 삼분의 일로 동복(僮僕)을 사고, 작은 마누라를 사면, 나는 곧 당신과 함께 유유자적(悠悠自適)하며 만년(晩年)을 보낼 수 있으니, 매우 즐겁지 않겠소?」

【市(시)】: 買(매). 사다.

【僮僕(동복)】: 사내 종.

【小妻(소처)】: 소실, 작은 마누라.

【乃(내)】: 곧.

【與爾(여이)】: 당신과 함께. 〖與〗: …와(과). 〖爾〗: 너, 당신.

【優游以終餘年(우유이종여년)】: 유유자적(悠悠自適)하며 만년(晩年)을 보내다.

【不亦(불역)…乎(호)?】: 매우 …하지 않은가?, 또한 …하지 않은가?

【快(쾌)】: 즐겁다, 유쾌하다.

10 妻聞欲買小妻, 怫然大怒, 以手擊雞卵碎之, 曰:「毋留禍種!」→ 아내가 작은 마누라를 사려 한다는 말을 듣자, 버럭 화를 내며, 손으로 계란을 쳐서 깨버리고, 말했다:「화근(禍根)을 남기지 말아야 해!」

【欲(욕)】: …하고자 하다, …하려고 하다.

【怫然(불연)】: 버럭 화내는 모양.

【擊(격)】: 치다, 때리다.

【碎(쇄)】: 깨뜨리다, 깨버리다.

【毋(무)】: …하지 말라, …해서는 안 된다.

【留(류)】: 남기다.

【禍種(화종)】: 화근(禍根).

11 夫怒, 撻其妻, 仍質於官曰:「立敗我家者, 此惡婦也, 請誅之。」→ 남편이 화가 나서, 아내를 마구 때리고, 또 관아(官衙)에 고발하며 말했다:「단번에 나의 가산(家産)을 망친 자가, 바로 이 악처(惡妻)이니, 청컨대 이 여자를 처형해 주십시오.」

【夫(부)】: 남편.

【撻(달)】: (채찍이나 몽둥이로) 때리다.

【仍(잉)】: [연사] 그리고, 또.

官司曰：「如許大家當，壞於惡婦一拳，眞可誅!」命烹之。[13] 妻號曰：「夫所言皆未然事，奈何見烹?」官司曰：「你夫言買妾，亦未然事，奈何見妒?」[14] 婦曰：「固然，第除禍欲蚤耳!」官笑而釋之。[15]

【質於官(질어관)】: 관아(官衙)에 고발하다. 〖質〗: 고발하다. 〖於〗: [개사] …에.
【立(립)】: 곧, 즉시. 여기서는 「단번에, 일순간에」의 뜻.
【敗(패)】: 망치다, 망가뜨리다.
【惡婦(악부)】: 악처(惡妻).
【誅(주)】: 죽이다, 처형하다.
【之(지)】: [대명사] 그, 즉 「아내」.

12 官司問：「家何在? 敗何狀?」其人歷數自雞卵起，至小妻止。→ 관리가 물었다 : 「당신의 가산은 어디 있소? 또 어떻게 망쳤소?」 그는 계란을 습득한 것으로부터 작은 마누라를 사들이는 것까지 낱낱이 열거했다.
【官司(관사)】: 관리(官吏).
【家(가)】: 가산(家産).
【歷數(역수)】: 낱낱이 열거하다, 하나하나 나열하다.
【自(자)…起(기)】: …로부터.
【至(지)…止(지)】: …에 이르기까지.

13 官司曰：「如許大家當，壞於惡婦一拳，眞可誅!」命烹之。→ 관리가 말했다 : 「이처럼 큰 가산이, 악처의 한 주먹에 박살났으니, 정말 마땅히 죽여야겠군!」 그리하여 그의 아내를 삶아 죽이라고 명했다.
【如許(여허)】: 이처럼. 〖如〗: …같이, …처럼. 〖許〗: 此(차). 이.
【壞於惡婦一拳(괴어악부일권)】: 악처의 한 주먹에 망가지다. 〖壞〗: 망가지다, 박살나다. 〖於〗: [개사] …에, …에서.
【可(가)】: 마땅히.
【烹(팽)】: 삶아 죽이다.
【之(지)】: [대명사] 그, 즉 「그의 아내」.

14 妻號曰：「夫所言皆未然事，奈何見烹?」官司曰：「你夫言買妾，亦未然事，奈何見妒?」→ 그의 아내가 울부짖으며 말했다 : 「남편이 말한 것은 모두 아직 실현되지 않은 일인데, 어째서 삶아 죽이는 형벌을 당해야 합니까?」 관리가 말했다 : 「당신 남편이 첩을 사들이겠다고 말한 것도, 역시 아직 실현되지 않은 일인데, 어째서 질투를 받아야 하는가?」
【未然事(미연사)】: 아직 실현되지 않은 일.
【奈何(내하)】: 어째서, 어찌.
【見烹(견팽)】: [피동형] 삶아지다. 즉 「삶아 죽이는 형벌을 당하다.」의 뜻. ※ 見+동사=피동형.
【言買妾(언매첩)】: 첩을 사들이겠다고 말하다. ※ 판본에 따라서는 「言買妾」를 「所言小妻(소언소처)」라 했다.

해설

어느 가난한 사람이 계란 한 개를 습득한 후, 이를 기반으로 재산을 불려나가 십 년 후에 천금의 부자가 되면 전답·동복과 아울러 첩까지 들이겠다는 망상을 하다가, 첩을 들인다는 말에 화가 난 아내가 계란을 깨버리자 급기야 아내를 때리고 관아에 고발하는 법석을 떨었다.

의외의 수확이나 터무니없는 생각에 의존하여 자기의 생활환경을 바꾸고자 의도하는 것은 실제에 부합하지 않는 망상일 뿐이며, 행복한 생활의 창조는 근면하고 성실한 사람이 오랫동안 각고 노력하여 얻는 보상이 점차 축적되어야 비로소 얻어지는 것이다.

이 우언은 자신의 엉뚱한 망상을 마치 실현 가능한 현실처럼 인식하는 무지몽매(無知蒙昧)한 사람의 어리석은 행위를 풍자한 것이다.

【見妒(견투)】: [피동형] 질투를 받다. ※ 見+동사=피동형.

15 婦曰:「固然, 第除禍欲蚤耳!」官笑而釋之。→ 그의 아내가 말했다:「본래 그렇기는 하지만, 그러나 화근은 일찌감치 제거해야 합니다.」관리가 웃으며 그녀를 풀어주었다.

【固然(고연)】: 본래 그렇다. 〖固〗: 본래, 본디, 원래.

【第(제)】: 그러나, 다만.

【除(제)】: 제거하다, 없애다.

【欲(욕)】: …해야 한다.

【蚤(조)】: 早(조). 일찌감치, 조기에. ※ 판본에 따라서는「蚤」를「早」라 했다.

【釋(석)】: 풀어주다, 석방하다.

117 회상여진부(繪像與眞父)

《賢奕編·卷三·警喩》

작자

유원경(劉元卿 : 1544-1609)은 자가 조보(調父)이며, 안복(安福)[지금의 강서성] 사람으로, 명대(明代)의 문학가이다. 목종(穆宗) 융경(隆慶) 연간에 향시(鄕試)에 급제한 후 회시(會試)에 참가했을 때, 답안지에 시폐(時弊)를 역설하여 시험관이 감히 그를 합격시키지 못했다. 후에 여러 사람들의 추천으로 국자박사(國子博士)·예부주사(禮部主事) 등을 지냈으나, 얼마 후 병을 핑계로 사직하고 돌아와 저술에만 전념했다. 저서로 《유빙군전집(劉聘君全集)》이 있다.

《현혁편(賢奕編)》은 역대의 고사를 수집하여 개편한 것으로 모두 333편의 고사를 16류로 나누었는데, 그중 「경유(警喩)」와 「응해(應該)」에 우언이 많이 실려 있다. 「현혁(賢奕)」이란 말은 《논어(論語)·양화(陽貨)》에서 취한 것이다.

원문 및 주석

繪像與眞父[1]

歙俗多賈, 有士人, 父壯時賈秦、隴間, 去三十餘載矣, 獨影堂畫像存焉。[2] 一日父歸。其子疑之, 潛以畫像比擬, 無一肖。[3] 拒曰:「吾父像肥皙,

1 繪像與眞父 → 초상화와 진짜 아버지
【繪像(회상)】: 초상화(肖像畫).

2 歙俗多賈, 有士人, 父壯時賈秦、隴間, 去三十餘載矣, 獨影堂畫像存焉。→ 흡(歙) 지방의 풍속은 장사하는 사람이 많았다. 어느 선비는, 아버지가 장년(壯年) 시절에 진(秦)·농(隴) 일대에서 장사를 하느라, 삼십여 년 동안 집을 떠나 있었고, (집에는) 다만 대청에 초상화를 보존하고 있을 뿐이었다.

今瘠黧；像寡鬚，今髯多鬢皤。乃至冠裳履綦，一何殊也!」[4] 母出，亦曰：

【歙(흡)】: [지명] 지금의 안휘성 흡현(歙縣).
【俗(속)】: 풍속, 풍조.
【賈(고)】: 상인, 장사꾼.
【士人(사인)】: 선비.
【壯時(장시)】: 장년(壯年) 시절.
【秦(진)】: [지명] 섬서성의 별칭.
【隴(농)】: [지명] 감숙성의 별칭.
【去(거)】: 떠나다.
【載(재)】: 해, 년.
【獨(독)】: 다만.
【影堂(영당)】: 서화(書畫)·화상(畫像) 등을 걸어두는 대청.
【畫像(화상)】: 초상화.
【存(존)】: 보존하다.

3 一日父歸。其子疑之，潛以畫像比擬，無一肖。→ 어느 날 아버지가 돌아왔다. 그 아들이 아버지를 의심하여, 몰래 초상화를 가지고 대조해 보니, 전혀 닮지 않았다.
【之(지)】: [대명사] 그, 즉 「부친」.
【潛(잠)】: 비밀히, 몰래, 살그머니.
【比擬(비의)】: 대조하다, 비교하다.
【無一肖(무일초)】: 전혀 닮지 않다, 조금도 비슷하지 않다. 〖肖〗: 닮다, 비슷하다.

4 拒曰：「吾父像肥皙，今瘠黧；像寡鬚，今髯多鬢皤。乃至冠裳履綦，一何殊也!」→ (그리하여) 거절하며 말했다: 「우리 아버지의 초상화는 살이 찌고 피부가 하얀데, 지금 당신은 수척하고 피부도 검으며; 또 초상화는 수염이 적은데, 지금 당신은 구레나룻이 많고 빈모(鬢毛)가 하얗습니다. 심지어 모자와 의복과 신발까지도, 완전히 다릅니다!」
【拒(거)】: 거절하다, 거부하다.
【肥(비)】: 살찌다, 뚱뚱하다.
【皙(석)】: (피부가) 희다.
【瘠(척)】: 마르다, 수척하다.
【黧(려)】: (피부가) 검다.
【寡鬚(과수)】: 수염이 적다.
【髯(염)】: 구레나룻.
【鬢(빈)】: 살쩍, 빈모(鬢毛).
【皤(파)】: 희끗희끗하다.
【乃至(내지)】: 심지어.
【冠裳(관상)】: 모자와 의복.
【履綦(이기)】: 신발과 신발 끈. 여기서는 「신발」을 가리킨다.
【一何殊(일하수)】: 얼마나 다른가! 즉 「완전히 다르다.」의 뜻. 〖一何〗: 얼마나. 〖殊〗: 다르다.

「嘻! 果遠矣!」已而, 其父與其母亟話疇昔, 及當時畫史姓名, 繪像顚末。[5] 乃愜然阿曰 : 「是吾夫也。」子於是乎禮而父焉。[6] 夫、父, 天下莫戚者也, 乃一泥於繪像, 致有妻、子之疑。[7] 彼儒者獨不知經史亦帝王聖賢之繪像也, 專泥經史而忘求聖人之心, 是卽所謂泥繪像而拒眞父者也。[8]

---

5 母出, 亦曰 : 「嘻! 果遠矣!」已而, 其父與其母亟話疇昔, 及當時畫史姓名, 繪像顚末。→ (선비의) 어머니가 나와 보고, 역시 말했다 : 「아! 정말 많이 달라!」잠시 후, 아버지와 어머니가 급히 과거의 일과, 당시 (초상화를 그린) 화가의 이름, 초상화를 그린 전말 등에 관해 대화를 나누었다.

【嘻(희)】: [감탄사] 아!

【果(과)】: 과연, 정말.

【遠(원)】: 차이가 많다, 많이 다르다.

【已而(이이)】: 그 뒤, 이윽고.

【亟話(극화)】: 급히 대화를 나누다. 〖亟〗: 급히.

【疇昔(주석)】: 과거의 일.

【及(급)】: …와(과), 및.

【畫史(화사)】: 화가. 그림을 그린 사람.

【繪像顚末(회상전말)】: 초상화를 그린 전말(顚末). 〖繪〗: 그리다. 〖像〗: 형상. 여기서는 「초상화」를 가리킨다.

6 乃愜然阿曰 : 「是吾夫也。」子於是乎禮而父焉。→ 어머니가 그제야 비로소 기뻐하며 친근하게 말했다 : 「이 사람은 내 남편이 맞다.」그리하여 아들은 예를 갖추고 아버지로 대했다.

【乃(내)】: 비로소.

【愜然(협연)】: 흡족한 모양, 흐뭇한 모양.

【阿(아)】: 친근하다.

【是(시)】: 此(차). 이.

【於是乎(어시호)】: 이에, 그리하여.

【禮而父(예이부)】: 예를 갖추고 아버지로 대하다. 〖禮〗: [동사 용법] 예를 갖추다. 〖父〗: [동사 용법] 아버지로 대하다.

7 夫、父, 天下莫戚者也, 乃一泥於繪像, 致有妻、子之疑。→ 남편과 아버지는, 세상에서 가장 가까운 사람인데, 의외로 초상화에 얽매이다 보니, 아내와 아들의 의심을 초래했다.

【莫戚者(막척자)】: 이보다 더 가까운 사람이 없다. 즉 「가장 가까운 사람」의 뜻.

【乃(내)】: 의외로, 뜻밖에.

【泥(니)】: 구애되다, 얽매이다.

【於(어)】: [개사] …에.

【致(치)】: 초래하다, 빚다, 야기하다, 불러오다.

8 彼儒者獨不知經史亦帝王聖賢之繪像也, 專泥經史而忘求聖人之心, 是卽所謂泥繪像而拒眞父者也。→ 저 유생(儒生)들은 유독 경서(經書)와 사서(史書) 역시 옛 제왕(帝王)과 성현(聖賢)의 초상화라는 것

해설

집에 초상화 하나만 남겨두고 삼십 년 동안 외지에 나가 장사를 하던 아버지가 어느 날 갑자기 돌아오자, 아들이 아버지의 모습을 몰래 초상화와 대조한 후 너무 다르다는 이유로 아버지를 받아들이지 않았고, 어머니 역시 자기 남편을 선뜻 알아보지 못했다. 그리하여 아버지와 어머니가 과거에 함께 겪은 여러 일들에 관해 대화를 나눈 후 비로소 진실이 규명되는 해프닝(happening)이 벌어졌다.

이 우언은 작자가 초상화에 얽매여 아버지를 거절한 아들의 사례를 들어, 당시 정주학파(程朱學派) 유생(儒生)들이 경서(經書)의 자구(字句)에 얽매여 경서의 진정한 내용을 탐구하지 못함으로써 시비(是非)가 전도된 학문의 그릇된 풍조를 풍자한 것이다.

을 모르고, 오로지 경서와 사서의 자구(字句)에 얽매여 성인의 사상을 탐구하는 것을 잊고 있는데, 이것이 바로 이른바 초상화에 얽매어 진짜 아버지를 거절한 것이다.

【彼(피)】: 저, 그.

【儒者(유자)】: 유생(儒生).

【獨(독)】: 유달리, 유독.

【經史(경사)】: 경서(經書)와 사서(史書).

【專(전)】: 전적으로, 오로지. ※ 판본에 따라서는 「專」을 「顓(전)」이라 했다.

118 형제쟁안(兄弟爭雁)

《賢奕編 · 卷三 · 應諧》

작자

117 회상여진부(繪像與眞父) 참조

원문 및 주석

兄弟爭雁[1]

昔人有睹雁翔者, 將援弓射之, 曰 :「獲則烹。」[2] 其弟爭曰 :「舒雁烹宜, 翔雁燔宜。」競鬬而訟于社伯。[3] 社伯請剖雁, 烹燔半焉。已而索雁, 則

---

1 兄弟爭雁 → 형제가 기러기를 다투다
【爭(쟁)】: 다투다.
【雁(안)】: 기러기.

2 昔人有睹雁翔者, 將援弓射之, 曰 :「獲則烹。」→ 예전에 어떤 사람이 하늘을 나는 기러기를 보자, 활을 당겨 쏘려고 하며, 말했다 :「잡으면 삶아먹어야지.」
【睹(도)】: 보다.
【翔(상)】: 빙빙 돌며 날다.
【將(장)】: (장차) …하려 하다.
【援弓射之(원궁사지)】: 활을 당겨 그것을 쏘다. 〖援〗: 당기다. 〖射〗: 쏘다. 〖之〗: [대명사] 그것, 즉 「기러기」.
【獲(획)】: 잡다, 포획하다.
【烹(팽)】: 삶다.

3 其弟爭曰 :「舒雁烹宜, 翔雁燔宜。」競鬬而訟于社伯。→ 그의 아우가 양보하지 않고 말했다 :「거위는 삶아먹는 것이 좋고, 기러기는 구워먹는 것이 좋아.」(형제가) 다투고 싸우다가 사백(社伯)에게 소송을 제기했다.

淩空遠矣。今世儒爭異同，何以異是?[4]

해설

두 형제가 공중을 선회하는 기러기를 보고, 잡아서 삶아먹느냐 구워먹느냐의 문제를 가지고 논쟁을 벌이며 싸우다가, 사백(社伯)의 중재에 따라 절반은 삶아먹고 절반은 구워먹기로 정하고, 다시 기러기를 잡으러 가보니 기러기는 이미 멀리 날아가고 없었다.

이 우언은 두 형제가 아직 기러기를 잡지도 못한 상황에서 요리 방법을 놓고 다툰 사례를 빌려, 유가(儒家) 학설의 정수(精髓)에 대한 탐구를 제쳐 두고 오히려 누가 유가의 정통이냐를 놓고 격렬한 논쟁을 벌이는 학자들의 볼썽사나운 행태를 풍자하는 동시에, 모든 일의 처리는 관건(關鍵)과 시기(時機)를 포착하지 못하고 다만 공담(空談)과 의미 없는 논쟁으로 일관할 경우 어느 한 가지도 이룰 수 없다는 이치를 설명한 것이다.

【爭曰(쟁왈)】: 양보하지 않고 말하다.
【舒雁(서안)】: 거위.
【宜(의)】: 적합하다, 알맞다. 즉 「좋다.」의 뜻.
【翔雁(상안)】: 기러기.
【燔(번)】: 굽다.
【競鬭(경투)】: 다투고 싸우다.
【訟于(송우)…】: …에게 소송을 제기하다. 〖訟〗: 소송을 제기하다. 〖于〗: [개사] …에, …에게.
【社伯(사백)】: [관직] 사(社)의 우두머리. 〖社〗: [행정 단위] 25가구(家口). 〖伯〗: 장관, 우두머리.

4 社伯請剖雁，烹燔半焉。已而索雁，則淩空遠矣。今世儒爭異同，何以異是? → 사백은 이들에게 기러기를 갈라, 절반은 삶고 절반은 구우라고 청했다. 잠시 후 그들이 기러기를 찾아보니, 기러기는 이미 하늘 높이 올라 멀리 날아가 버렸다. 오늘날 세상의 유가(儒家)들이 서로 이동(異同)을 다투는 것이, 어찌 이들 형제와 다르겠는가?
【剖(부)】: 가르다, 쪼개다.
【已而(이이)】: 그 뒤, 잠시 후.
【索(색)】: 찾다.
【淩空(능공)】: 하늘 높이 오르다.
【儒爭異同(유쟁이동)】: 유가(儒家)들이 서로 이동(異同)을 다투다.
【何以異是(하이이시)】: 어찌 이들 형제와 다르겠는가? 〖何以〗: 어찌. 〖是〗: [대명사] 이, 이들. 즉 「형제」.

119 위묘취호(爲貓取號)

《賢奕編·卷三·應諧》

작자

117 회상여진부(繪像與眞父) 참조

원문 및 주석

爲貓取號[1]

齊奄家畜一猫, 自奇之, 號于人曰 :「虎猫」。[2] 客說之曰 :「虎誠猛, 不如龍之神也, 請更名曰龍猫。」[3] 又客說之曰 :「龍固神於虎也, 龍升天須浮

1 爲貓取號 → 고양이에게 호(號)를 지어주다
【取號(취호)】: 호를 짓다.

2 齊奄家畜一猫, 自奇之, 號於人曰 :「虎猫」。→ 제엄(齊奄)이란 사람은 집에 고양이 한 마리를 길렀는데, 스스로 그것을 기이하게 여겨, 사람들 앞에서 호칭하길 :「호묘(虎猫)」라 했다.
【齊奄(제엄)】: [허구 인물].
【畜(휵)】: 기르다.
【自奇之(자기지)】: 스스로 그것을 기이하게 여기다. 〖奇〗: 기이하게 여기다. 〖之〗: [대명사] 그것, 즉「고양이」.
【號(호)】: 호칭하다.

3 客說之曰 :「虎誠猛, 不如龍之神也, 請更名曰龍猫。」→ 어떤 손님이 제엄에게 권했다 :「호랑이는 실로 용맹하지만, 용의 신기(神奇)함만 못하니, 이름을 용묘(龍猫)라고 바꾸십시오.」
【說(설)】: 권하다.
【之(지)】: [대명사] 그, 즉「제엄」.
【誠(성)】: 실로, 확실히, 정말.
【猛(맹)】: 사납다.
【不如(불여)…】: …하는 것이 낫다, …만 못하다.

雲, 雲其尙于龍乎? 不如名曰雲。」[4] 又客說之曰 :「雲靄蔽天, 風倏散之, 雲故不敵風也, 請更名曰風。」[5] 又客說之曰 :「大風飆起, 維屛以墻, 斯足蔽矣, 風其如墻何? 名之曰墻猫可。」[6] 又客說之曰 :「維墻雖固, 維鼠穴之, 墻斯圮矣, 墻又如鼠何? 卽名曰鼠猫可也。」[7] 東里丈人嗤之曰 :「噫

【更名(경명)】: 이름을 바꾸다.

4 又客說之曰 :「龍固神於虎也, 龍升天須浮雲, 雲其尙於龍乎? 不如名曰雲。」→ 또 다른 손님이 제엄에게 권했다 :「용이 물론 호랑이보다 신기하지만, 용이 하늘로 올라가려면 반드시 뜬구름에 의존해야 하니, 구름이 용보다 상급(上級)이 아닙니까? 이름을 운묘(雲猫)라 하는 것이 낫습니다.」

【固(고)】: 물론.

【神於虎(신어호)】: 호랑이보다 신기하다. 【於】: [개사] …보다, …에 비해.

【升天(승천)】: 하늘에 오르다.

【須(수)】: 반드시 …해야 한다.

【浮雲(부운)】: 뜬구름.

【其(기)】: [추측을 표시하는 어조사].

【尙於龍(상어룡)】: 용보다 위에 있다. 【尙】: 上(상). 상위(上位), 상급(上級). 【於】: [개사] …보다, …에 비해.

5 又客說之曰 :「雲靄蔽天, 風倏散之, 雲故不敵風也, 請更名曰風。」→ 또 다른 손님이 제엄에게 권했다 :「운무(雲霧)가 하늘을 가리면, 바람이 재빨리 구름을 흐트러뜨립니다. 그래서 구름은 바람의 적수(敵手)가 되지 못하니, 이름을 풍묘(風猫)라고 바꾸십시오.」

【雲靄(운애)】: 운무(雲霧), 운기(雲氣).

【蔽(폐)】: 덮다, 가리다.

【倏(숙)】: 갑자기, 재빨리, 별안간.

【散之(산지)】: 구름을 흩뜨리다. 【之】: [대명사] 그것, 즉 「구름」.

【故(고)】: 그래서, 그러므로. ※ 판본에 따라서는 「故」를 「固(고)」라 했다.

【不敵(부적)】: 적수(敵手)가 되지 못하다, 상대가 되지 못하다.

6 又客說之曰 :「大風飆起, 維屛以墻, 斯足蔽矣, 風其如墻何? 名之曰墻猫可。」→ 또 다른 손님이 제엄에게 권했다 :「큰 바람이 불 때, 담장으로 막으면, 곧 충분히 막을 수 있으니, 바람이 담장보다 못하지 않습니까? 이름을 장묘(墻猫)라고 부르는 것이 좋습니다.」

【飆起(표기)】: 폭풍이 일다. 【飆】: 폭풍. 여기서는 동사 용법으로 「폭풍이 일다.」의 뜻.

【維(유)】: [어조사].

【屛以墻(병이장)】: 담장으로 막다. 【屛】: 막다, 차단하다. 【墻】: 벽, 담, 담장.

【斯(사)】: 곧, 바로.

【足蔽(족폐)】: 충분히 막다. 【蔽】: 막다.

【風其如墻何(풍기여장하)】: 바람과 담장을 비교하면 어떠합니까? 즉 「바람이 담장보다 못하지 않습니까?」의 뜻.

7 又客說之曰 :「維墻雖固, 維鼠穴之, 墻斯圮矣, 墻又如鼠何? 卽名曰鼠猫可也。」→ 또 다른 손님이 제

嘻! 捕鼠者故猫也, 猫卽猫耳, 胡爲自失本眞哉!」[8]

해설

제엄(齊奄)이란 사람이 자기가 기르는 고양이를 기이하게 여겨 「호묘(虎猫)」라고 호칭하자, 그의 손님들이 각자 자기의 의견을 제시했다. 어떤 사람은 호랑이가 용보다 못하니 「용묘(龍猫)」가 좋다 했고, 어떤 사람은 용이 구름보다 못하니 「운묘(雲猫)」가 좋다 했고, 어떤 사람은 구름이 바람보다 못하니 「풍묘(風猫)」가 좋다 했고, 어떤 사람은 바람이 담장보다 못하니 「장묘(墻猫)」가 좋다 했고, 담장은 쥐보다 못하니 「서묘(鼠猫)」가 좋다고 했다. 그리하여 동쪽 마을의 노인이 이 말을 듣고, 고양이 본래의 면모를 잃게 하려는 그들의 부질없는 사고방식을 한탄하며 비웃었다.

이 우언은 사물의 본래 면모를 이탈하여 실제와 동떨어진 허황된 논리를 가지고 불필요한 논쟁을 벌이는 무료한 행위를 조소하고 비난한 것이다.

엄에게 권했다: 「담장이 비록 견고하다 해도, 쥐가 그곳에 구멍을 뚫으면, 담장은 곧 무너질 것이니, 담장은 또 쥐보다 못하지 않습니까? 곧 이름을 서묘(鼠猫)라고 부르는 것이 좋습니다.」
【雖(수)】: 비록.
【固(고)】: 견고하다.
【穴(혈)】: [동사 용법] 구멍을 뚫다.
【圮(비)】: 무너지다.

8 東里丈人嗤之曰: 「噫嘻! 捕鼠者故猫也, 猫卽猫耳, 胡爲自失本眞哉!」 → 동쪽 마을의 노인이 이를 듣고 그들을 비웃으며 말했다: 「아! 쥐를 잡는 것은 본래 고양이요, 고양이는 바로 고양이일 뿐인데, 어째서 고양이로 하여금 본래의 면모를 잃게 하려 하는가!」
【丈人(장인)】: 노인.
【嗤(치)】: 비웃다.
【之(지)】: [대명사] 그들, 즉 「고양이의 호칭을 바꾸도록 권한 사람들」.
【噫嘻(희희)】: [감탄사] 아!
【捕(포)】: 잡다.
【故(고)】: 본래.
【耳(이)】: …일 뿐이다.
【胡爲(호위)】: 왜, 어째서.
【本眞(본진)】: 본래의 면모.

120 삼성소상(三聖塑像)
《笑贊 · 三教》

작자

조남성(趙南星 : 1550-1627)은 자가 몽백(夢白), 호는 제학(儕鶴), 별호는 청도산객(淸都散客)이며, 고읍(高邑)[지금의 하북성 원씨(元氏)] 사람으로, 명대(明代)의 정치가이자 산곡(散曲) 작가이다. 신종(神宗) 만력(萬曆) 5년(1577)에 진사에 급제한 후, 여녕추관(汝寧推官) · 호부주사(戶部主事) · 이부고공낭중(吏部考功郎中) · 이부문선원외랑(吏部文選員外郎) 등을 지냈다. 그는 추원표(鄒元標) · 고헌성(顧憲成)과 더불어 동림당(東林黨)의 주요 인물로, 환관 위충현(魏忠賢)의 전횡을 반대했다가 희종(熹宗) 천계(天啓) 4년(1624) 대주(代州)로 폄적되어 삼 년 후 그곳에서 세상을 떠났다.

저서로 《조충의공집(趙忠毅公集)》《미벽재문집(味檗齋文集)》《사운(史韻)》《학용정설(學庸正說)》《방여원락부(芳茹園樂府)》 등이 있으며, 《소찬(笑贊)》은 조남성이 집록(輯錄)한 일종의 소화집(笑話集)이다.

원문 및 주석

三聖塑像[1]

一人尊奉三教, 塑像先孔子, 次老君, 次釋迦。[2] 道士見之, 卽移老君於

1 三聖塑像 → 세 성인(聖人)의 소상(塑像)
【塑像(소상)】: 찰흙으로 빚어 만든 사람의 형상.

2 一人尊奉三教, 塑像先孔子, 次老君, 次釋迦。→ 어떤 사람이 유교(儒教) · 불교(佛教) · 도교(道教)를 동

中。僧來, 又移釋迦於中。士來, 仍移孔子於中。[3] 三聖自相謂曰 :「我們自好好的, 卻被人搬來搬去, 搬得我們壞了!」[4]

해설

유(儒)·불(佛)·도(道) 삼교(三教)는 본래 서로 평화롭게 지냈으나 후세 자손들이 명

시에 신봉하는데, 소상(塑像)의 자리를 배치하면서 공자(孔子)를 먼저 (중앙에) 배치하고, 그 다음에 노자를, 또 그 다음에 석가를 배치했다.

【尊奉(존봉)】: 존경하여 받들다.

【三教(삼교)】: 유교(儒教)·불교(佛教)·도교(道教).

【先(선)】: [동사 용법] 먼저 배치하다.

【次(차)】: [동사 용법] 다음에 배치하다.

【孔子(공자)】: [인명] 춘추시대 노(魯)나라 추읍(陬邑)[지금의 산동성 곡부(曲阜)] 사람으로, 성은 공(孔), 이름은 구(丘). 자는 중니(仲尼)이며, 유가(儒家) 학파의 시조.

【老君(노군)】: [인명] 노자(老子). 춘추시대 초(楚)나라 고현(苦縣)[지금의 하남성 녹읍(鹿邑)] 사람으로, 성은 이(李), 이름은 이(耳), 자는 담(聃)이며, 도가(道家) 학파의 시조.

【釋迦(석가)】: [인명] 석가모니. 인도(印度) 북부 가비라위국(迦毗羅衛國)[지금의 네팔(Nepal) 경내] 사람으로 불교의 시조.

3 道士見之, 卽移老君於中。僧來, 又移釋迦於中。士來, 仍移孔子於中。→ 도사(道士)가 그것을 보더니, 즉시 노자를 가운데로 옮겨 놓았다. 승려가 오더니, 또 석가를 가운데로 옮겨 놓았다. 선비가 오더니, 전과 같이 공자를 가운데로 옮겨 놓았다.

【道士(도사)】: 도교도, 즉 도교를 믿고 수행하는 사람.

【之(지)】: [대명사] 그것, 즉 「세 성인을 배치한 것」.

【卽(즉)】: 곧, 바로.

【移老君於中(이노군어중)】: 노자를 옮겨 가운데에 놓다.

【士(사)】: 유생(儒生), 유학자.

【仍(잉)】: 여전히, 전과 같이.

4 三聖自相謂曰 :「我們自好好的, 卻被人搬來搬去, 搬得我們壞了!」→ 세 성인의 소상이 자기들끼리 서로 말했다 :「우리는 본래 잘 있는데, 오히려 사람들에게 이리저리 옮겨 다니다가, 우리를 망가뜨렸소!」

【自相(자상)】: 자기들끼리 서로.

【自好好(자호호)】: 본래 잘 지내다.

【卻(각)】: 오히려.

【被(피)】: [피동형] …에게 …당하다. …에 의해 …되다.

【搬來搬去(반래반거)】: 이리저리 옮기다.

성과 지위를 다투면서 분란이 그치지 않았다. 그들은 자기의 우상(偶像)을 받든다는 미명하에 오히려 자기 우상에 대한 존경심을 망각했다.

이 우언은 각 학파의 제자들이 분란을 조성하여 평지풍파(平地風波)를 일으킴으로써 좋았던 관계가 오히려 악화된 상황을 풍자한 것이다.

121 고문백리(鼓聞百里)
《笑府·刺俗》

작자

풍몽룡(馮夢龍 : 1574-1646)은 자가 유룡(猶龍) 또는 이유(耳猶), 호는 묵감재주인(墨憨齋主人), 별호는 용자유(龍子猶)이며, 장주(長洲)[지금의 강소성 오현(吳縣)] 사람으로, 명대(明代)의 저명한 통속문학가이자 소설·희곡작가이다. 숭정(崇禎) 3년(1631) 공생(貢生)에 급제한 후 단도훈도(丹徒訓導)·수녕지현(壽寧知縣) 등을 지냈고, 청(淸)나라 군사가 침입했을 때 항청(抗淸) 활동에 참가했다. 명(明)이 망할 즈음 《갑신기사(甲申紀事)》와 《중흥위략(中興偉略)》을 편찬했으나 청(淸) 순치(順治) 3년(1646) 고향에서 갑자기 세상을 떠났다.

풍몽룡은 사상적으로 이지(李贄)의 영향을 깊이 받아 특히 소설·희곡과 같은 민간 문학을 중시하여 세칭 「삼언(三言)」이라 불리는 《유세명언(喩世明言)》《경세통언(警世通言)》《성세항언(醒世恒言)》을 편찬했고, 민가집(民歌集)으로 《계지아(桂枝兒)》, 산곡집(散曲集)으로 《태하신주(太霞新奏)》, 희곡 작품으로 《쌍웅기(雙雄記)》 및 탕현조(湯顯祖)·이옥(李玉)·원우령(袁于令) 등의 작품을 개편하여 엮은 《흑감재정본전기(黑憨齋定本傳奇)》를 펴냈으며, 타인의 기존 소설을 개작하여 《신열국지전(新列國志傳)》과 《평요전(平妖傳)》을 펴내기도 했다. 이밖에 소화(笑話)를 모은 고사집(故事集)으로 《소부(笑府)》《광소부(廣笑府)》《고금담개(古今譚概)》 등이 있다.

《소부》는 상·하 2권(卷) 8류(類) 100칙(則)으로 구성되어 있으며, 내용은 소화(笑話)를 통해 사회의 각종 현상을 폭로하고 풍자한 것이다.

원문 및 주석

鼓聞百里[1]

甲曰 :「家下有鼓一面, 每擊之, 聲聞百里。」乙曰 :「家下有牛一隻, 江南吃水, 頭直靠江北。」[2] 甲搖頭曰 :「那有此牛?」乙曰 :「不是這一隻牛, 怎謾得這一面鼓?」[3]

해설

갑과 을이 서로 대화하면서 갑이 자기의 북을 치면 소리가 백 리에 이른다고 허풍을 떨자, 을은 자기의 소가 강남에서 물을 마시면 머리가 강북에 닿는다는 허풍으로 대응했다. 갑이 어디 이러한 소가 있느냐고 반문하며 믿지 않자, 을은 이러한 소가 없으면 어떻게 그 북을 씌울 수 있겠느냐고 했다. 즉 큰 북을 만들기 위해서는 그만큼 큰 소의

---

1 鼓聞百里 → 북소리가 백 리까지 들리다
【鼓(고)】: 북. 여기서는「북소리」를 가리킨다.

2 甲曰 :「家下有鼓一面, 每擊之, 聲聞百里。」乙曰 :「家下有牛一隻, 江南吃水, 頭直靠江北。」→ 갑이 말했다 :「저의 집에 북 하나가 있는데, 매번 그것을 칠 때마다, 소리가 백 리까지 들립니다.」을이 말했다 :「저의 집에는 소 한 마리가 있는데, 강남에서 물을 마시면, 머리가 곧장 강북에 닿습니다.」
【家下(가하)】: 집. ※ 자기 집을 겸손하게 이르는 말.
【面(면)】: [양사] 면. ※ 거울·북 등과 같은 평평한 물건을 세는 데 쓰인다.
【擊(격)】: 치다, 두드리다.
【隻(척)】: [양사] 마리.
【吃(흘)】: 먹다, 마시다.
【直(직)】: 곧장, 바로, 곧바로.
【靠(고)】: 닿다, 접근하다.

3 甲搖頭曰 :「那有此牛?」乙曰 :「不是這一隻牛, 怎謾得這一面鼓?」→ 갑이 고개를 내저으며 말했다 :「어디 이러한 소가 있습니까?」을이 말했다 :「이 소가 아니면, 어떻게 이 북을 씌울 수 있겠습니까?」
【搖頭(요두)】: 고개를 내젓다, 머리를 가로 젓다.
【那(나)】: 어디.
【怎(즘)】: 어찌, 어떻게.
【謾(만)】: 씌우다.

가죽이 있어야 가능하다는 것을 빗대어 한 말이다.

이 우언은 갑의 허풍에 대해 을이 상대방의 논리를 역이용하는 방법으로 상대방을 반박하는 이른바 「장계취계(將計就計)」의 이치를 설명한 것이다.

122 불금불수(不禽不獸)

《笑府 · 雜語》

작자

121 고문백리(鼓聞百里) 참조

원문 및 주석

不禽不獸[1]

鳳凰壽, 百鳥朝賀, 惟蝙蝠不至。[2] 鳳責之曰 :「汝居吾下, 何踞傲乎?」 蝠曰 :「吾有足, 屬於獸, 賀汝何用?」[3] 一日, 麒麟生誕, 蝠亦不至, 麟亦

1 不禽不獸 → 날짐승도 아니고 길짐승도 아니다
【禽(금)】: 날짐승.
【獸(수)】: 길짐승.

2 鳳凰壽, 百鳥朝賀, 惟蝙蝠不至。→ 봉황의 생일날, 모든 새들이 찾아와 축하했으나, 유독 박쥐만 오지 않았다.
【鳳凰(봉황)】: 중국의 전설에 등장하는 길상(吉祥)의 새. 수컷을 봉, 암컷을 황이라고 하며, 기린 · 거북 · 용과 더불어 사령(四靈)으로 불린다.
【壽(수)】: 생신, 생일, 생일 축하.
【百鳥(백조)】: 뭇 새, 모든 새.
【朝賀(조하)】: 신하들이 조정에 나아가 임금에게 하례(賀禮)하다. ※ 본래 봉황을 「백조(百鳥)의 왕」으로 여겨 존경하는 뜻으로 사용한 말이나, 여기서는 「찾아와 축하하다.」의 뜻이다.
【惟(유)】: 다만, 유독.
【蝙蝠(편복)】: 박쥐.
【至(지)】: 이르다. 여기서는 「오다, 가다.」의 뜻.

3 鳳責之曰 :「汝居吾下, 何踞傲乎?」 蝠曰 :「吾有足, 屬於獸, 賀汝何用?」→ 봉황이 박쥐를 꾸짖어 말

責之。蝠曰 :「吾有翼, 屬於禽, 何以賀與?」[4] 麟鳳相會, 語及蝙蝠之事, 互相慨歎曰 :「如今世上惡薄, 偏生此等不禽不獸之徒, 眞個無奈他何!」[5]

했다 :「너는 나의 예하(隸下)에 속해 있거늘, 어째서 이렇게 오만한가?」 박쥐가 대답했다 :「나는 다리를 가지고 있어, 길짐승에 속하는데, 당신을 축하해 무엇 하겠습니까?」

【責之(책지)】: 박쥐를 꾸짖다. 〖責〗: 꾸짖다, 나무라다. 〖之〗: [대명사] 그것, 즉 「박쥐」.

【汝(여)】: 너, 당신.

【居吾下(거오하)】: 나의 예하(隸下)에 속해 있다.

【何(하)】: 왜, 어째서.

【踞傲(거오)】: 거만하다, 오만하다, 건방지다.

【屬於獸(속어수)】: 길짐승에 속하다. 〖於〗: [개사] …에.

【何用(하용)】: 무엇 하는가?, 어디에 쓰는가?

4 一日, 麒麟生誕, 蝠亦不至, 麟亦責之。蝠曰 :「吾有翼, 屬於禽, 何以賀與?」→ 어느 날, 기린이 생일을 맞았으나, 박쥐가 역시 오지 않아, 기린 또한 박쥐를 꾸짖었다. 박쥐가 말했다 :「나는 날개를 가지고 있어, 날짐승에 속하는데, 무엇 때문에 축하를 합니까?」

【麒麟(기린)】: 중국의 전설에 등장하는 길상(吉祥)의 동물로, 성인이 세상에 출현할 징조가 보이면 기린이 나타난다고 한다. 봉황·거북·용과 더불어 사령(四靈)으로 불린다. 오늘날 동물원에서 볼 수 있는 기린과 다르다.

【生誕(생탄)】: 생일.

【翼(익)】: 날개.

【何以(하이)】: 왜, 어째서, 무엇 때문에.

【與(여)】: [문미어조사] 歟(여). 문미에 쓰여 의문·반문·감탄 등을 나타낸다.

5 麟鳳相會, 語及蝙蝠之事, 互相慨歎曰 :「如今世上惡薄, 偏生此等不禽不獸之徒, 眞個無奈他何!」→ 기린과 봉황이 만나, 박쥐의 일을 언급하며, 서로 개탄하여 말했다 :「오늘날 세상이 문란하여, 유달리 이런 날짐승도 길짐승도 아닌 무리가 생겨나니, 정말 그들을 어찌할 방법이 없군요!」

【相會(상회)】: 만나다.

【語及(어급)】: 언급하다, …에 대해 이야기 하다.

【互相(호상)】: 서로.

【慨歎(개탄)】: 개탄하다, 분개하여 한탄하다.

【如今(여금)】: 오늘날, 지금.

【惡薄(악박)】: 각박하다, 열악하다, 문란하다.

【偏(편)】: 유달리, 유독.

【此等(차등)】: 이러한.

【不禽不獸之徒(불금불수지도)】: 날짐승도 길짐승도 아닌 무리.

【眞個(진개)】: 정말로, 실로.

【無奈他何(무내타하)】: 그들을 어찌할 방법이 없다.

해설

박쥐는 봉황의 생일에 축하하러 오지 않은 이유를 자신이 다리를 가지고 있어 길짐승에 속하기 때문이라 했고, 기린의 생일에 축하하러 오지 않은 이유를 자신이 날개를 가지고 있어 날짐승에 속하기 때문이라 했다.

이 우언은 매사에 명확한 입장을 취하지 않고 돌아가는 상황에 따라 자기 이익만을 위해 간에 붙었다 쓸개에 붙었다 하는 기회주의자의 박쥐구실 행위를 풍자한 것이다.

123 묘처난학(妙處難學)
《廣笑府 · 卷一 · 儒箴 · 妙處難學》

작자

풍몽룡(馮夢龍) : 121 고문백리(鼓聞百里) 참조

《광소부(廣笑府)》는 《소부(笑府)》의 속편으로 13권(卷)이며, 내용은 대부분 사회의 인정세태(人情世態)를 비판하고 풍자한 것이다.

원문 및 주석

妙處難學[1]

或人命其子曰 :「爾一言一動, 皆當效師所爲。」[2] 領命, 侍食於師, 師食亦食, 師飮亦飮, 師側身亦側身。[3] 師暗視不覺失笑, 擱箸而噴嚏。[4] 生不

1 妙處難學 → 절묘한 동작은 배우기 어렵다
【妙處(묘처)】: 절묘한 동작.
【難學(난학)】: 배우기 어렵다.

2 或人命其子曰 :「爾一言一動, 皆當效師所爲。」→ 어떤 사람이 자기 아들에게 분부하여 말했다 :「너의 말 한마디 행동 하나하나는, 모두 마땅히 스승의 일거일동(一擧一動)을 따라야 한다.」
【或人(혹인)】: 어떤 사람.
【命(명)】: 명하다. 여기서는 「분부하다, 당부하다.」의 뜻.
【爾(이)】: 너, 당신.
【一言一動(일언일동)】: 말 한마디와 행동 하나 하나.
【當(당)】: 마땅히.
【效師所爲(효사소위)】: 스승이 하는 대로 따라하다. 〖效〗: 모방하다, 본받다. 〖所爲〗: 하는 바, 일거일동(一擧一動).

3 領命, 侍食於師, 師食亦食, 師飮亦飮, 師側身亦側身。→ (아들이) 분부를 받고 나서, 스승을 모시고

能强爲, 乃揖而謝曰 : 「吾師此等妙處, 其實難學也!」[5]

해설

학습은 일종의 창작 활동이다. 따라서 스승의 일거일동(一擧一動)은 액면 그대로 모방하는 것이 아니라, 이를 근거로 자신의 창의성을 계발하는 것이다. 무작정 남이 하는 대로 따르기만 하면 참다운 지식을 얻을 수가 없다.

이 우언은 스승으로부터의 학습을 창의성으로 유도하지 못하고 막연히 기계적으로 모방하는 융통성 없는 행위를 풍자한 것이다.

식사를 하는데, 스승이 먹으면 (자기도) 역시 먹고, 스승이 마시면 (자기도) 역시 마시고, 스승이 몸을 기울이면 (자기도) 역시 몸을 기울였다.

【領命(영명)】: 분부를 받다.

【侍食於師(시식어사)】: 스승을 모시고 식사를 하다. 〖侍〗: 모시다, 시중을 들다.

【側身(측신)】: 몸을 기울이다.

4 師暗視不覺失笑, 擱箸而噴嚏。→ 스승이 이를 몰래 지켜보다가 자기도 모르게 실소(失笑)하여, 젓가락을 놓고 재채기를 했다.

【暗視(암시)】: 몰래 보다.

【不覺(불각)】: 자기도 모르게.

【失笑(실소)】: (어처구니가 없어) 자기도 모르게 웃음이 터져 나오다.

【擱箸(각저)】: 젓가락을 놓다. 〖擱〗: 놓다.

【噴嚏(분체)】: 재채기 하다.

5 生不能强爲, 乃揖而謝曰 : 「吾師此等妙處, 其實難學也!」→ 학생은 억지로 따라할 수가 없었다. 그리하여 (스승에게) 읍(揖)을 하고 사죄하며 말했다 : 「스승님의 이런 절묘한 동작은, 정말 배우기가 어렵습니다!」

【生(생)】: 학생.

【强爲(강위)】: 억지로 하다.

【乃(내)】: 그리하여.

【揖(읍)】: 읍(揖) 하다. ※ 두 손을 맞잡아 얼굴 앞으로 들어 올리고 허리를 공손히 구부렸다가 펴면서 손을 내리는 중국인의 인사 방법.

【謝(사)】: 사죄하다.

【此等(차등)】: 이런, 이러한.

【其實(기실)】: 실로, 정말.

124 하공문(下公文)

《廣笑府 · 卷二 · 官箴 · 下公文》

작자

123 묘처난학(妙處難學) 참조

원문 및 주석

下公文[1]

有急足下緊急公文, 官恐其遲也, 撥一馬與之。[2] 其人逐馬而行。人問 : 「如此急事, 何不乘馬?」 曰 : 「六隻脚走, 豈不快於四隻!」[3]

---

1 下公文 → 공문(公文)을 배달하다
【下(하)】 : (우편물을) 배달하다.

2 有急足下緊急公文, 官恐其遲也, 撥一馬與之。→ 지급(至急) 문서를 배달하는 관청의 심부름꾼이 화급한 공문을 배달하는데, 관청의 관리가 배달이 지연될 것을 염려하여, 그에게 말 한 필을 내주었다.
【急足(급족)】 : 지급(至急) 문서를 배달하는 관청의 심부름꾼.
【恐(공)】 : 두려워하다, 염려하다.
【遲(지)】 : 늦다, 지연되다.
【撥(발)】 : 내다, 차출하다.
【與(여)】 : 주다.
【之(지)】 : [대명사] 그, 즉 「심부름꾼」.

3 其人逐馬而行。人問 : 「如此急事, 何不乘馬?」 曰 : 「六隻脚走, 豈不快於四隻!」 → 그러나 그는 (말을 타지 않고) 말을 좇아 달렸다. 어떤 사람이 물었다 : 「이렇게 급한 일인데, 어째서 말을 타지 않소?」 (그가) 대답했다 : 「여섯 개의 다리로 달리면, 어찌 네 개의 다리로 달리는 것보다 빠르지 않겠소!」
【逐馬而行(축마이행)】 : 말을 좇아 달리다. 〖逐〗 : 좇다, 따르다. 〖行〗 : 달리다.
【如此(여차)】 : 이렇게, 이처럼, 이와 같이.

해설

말이 사람보다 빠르다는 것은 의심의 여지가 없다. 그러나 심부름꾼은 다리의 수가 걷는 속도와 비례한다는 황당한 논리로 대응했다.

이 우언은 숫자만 중시하고 실제 상황을 무시한 심부름꾼의 행위를 통해, 이론은 마땅히 실제 상황과 연계해야 하며, 실제와 괴리된 논리는 왕왕 자기가 바라는 바와 정반대의 역효과를 초래한다는 부작용을 경계한 것이다.

【何(하)】: 왜, 어째서.
【六隻脚(육척각)】: 여섯 개의 다리. 〖隻〗: [양사].
【豈(기)】: 어찌.
【快於四隻(쾌어사척)】: 네 개의 다리보다 빠르다. 〖快〗: 빠르다. 〖於〗: [개사] …보다, …에 비해.

125 취조이소(翠鳥移巢)

《古今譚概·專愚部·物性之愚》

작자

풍몽룡(馮夢龍) : 121 고문백리(鼓聞百里) 참조

《고금담개(古今譚概)》는 일명 《고금소(古今笑)》라고도 하며, 모두 36권(卷)으로 구성되어 있다. 작자는 또 매 권을 매 부(部)로 하여 36부(部) 모두 각기 풍자 대상을 설정하고 매 부의 첫머리에 풍자 대상에 대한 개괄적인 평론을 붙였으며, 고사에 따라서는 간단한 평어(評語)과 함께 요지(要旨)를 밝히기도 했다.

원문 및 주석

翠鳥移巢[1]

翠鳥先高作巢以避患。及生子, 愛之, 恐墜, 稍下作巢。[2] 子長羽毛, 復

---

1 翠鳥移巢 → 물총새가 둥지를 옮기다
【翠鳥(취조)】: 물총새.
【移(이)】: 옮기다.
【巢(소)】: 둥지.

2 翠鳥先高作巢以避患。及生子, 愛之, 恐墜, 稍下作巢。→ 물총새는 처음에 둥지를 높이 지어 재난을 피하고, 새끼를 부화하기에 이르면, 새끼를 사랑하여, 새끼가 떨어질까 두려워하며, 약간 아래로 내려와 둥지를 짓는다.
【先(선)】: 먼저, 우선, 처음.
【高作(고작)】: 높이 짓다, 높은 곳에 짓다. ※ 판본에 따라서는 「高作」을 「作高」라 했다.
【避患(피환)】: 재난을 피하다. 〖患〗: 재앙, 재난.
【及(급)】: …에 이르다.

益愛之, 又更下巢, 而人遂得而取之矣。[3]

해설

물총새는 처음에 둥지를 높은 곳에 지었다가, 알을 낳아 새끼를 부화하면 새끼가 떨어질까 염려하여 둥지를 아래로 옮겨 짓고, 새끼의 깃털이 자라면 더욱 새끼를 사랑하여 다시 둥지를 더 아래로 옮긴다. 그리하여 사람들의 손길이 닿아 마침내 사람들에게 쉽게 잡히고 만다.

이 우언은 어떤 문제를 접할 때, 전체를 고려하지 않고 지나치게 부분만을 돌보다가 실패를 자초하는 우(愚)를 범하지 않도록 경계한 것이다.

【生子(생자)】: 새끼를 낳다. 즉 「새끼를 부화하다.」의 뜻.
【之(지)】: [대명사] 그것, 즉 「새끼」.
【恐墜(공추)】: 추락할까 두려워하다. 〖恐〗: 두려워하다, 염려하다. 〖墜〗: 추락하다, 떨어지다.
【稍下作巢(초하작소)】: 약간 아래로 내려와서 둥지를 짓다.

3 子長羽毛, 復益愛之, 又更下巢, 而人遂得而取之矣。→ 새끼가 깃털이 자라면, 더욱더 새끼를 사랑하여, 또다시 둥지를 아래로 옮긴다. 그리하여 사람들이 그것을 쉽게 잡아간다.
【長(장)】: 자라다.
【復益(부익)】: 더욱더.
【之(지)】: [대명사] 그것, 즉 「새끼」.
【又更(우갱)】: 또다시.
【遂(수)】: 그리하여.
【得而取之(득이취지)】: 그것을 쉽게 잡아가다.

126 호호선생(好好先生)

《古今譚概 · 癖嗜部 · 好好先生》

작자

125 취조이소(翠鳥移巢) 참조

원문 및 주석

好好先生[1]

後漢司馬徽不談人短, 與人語, 美惡皆言好。有人問徽安否, 答曰:「好。」[2] 有人自陳子死, 答曰:「大好!」妻責之曰:「人以君有德, 故此相告, 何聞人子死, 反亦言好?」[3] 徽曰:「如卿之言, 亦大好。」今人稱「好好

1 好好先生 → 무골호인(無骨好人)

2 後漢司馬徽不談人短, 與人語, 美惡皆言好。有人問徽安否, 答曰:「好。」→ 후한(後漢) 사람 사마휘(司馬徽)는 남의 단점을 이야기하지 않아, 다른 사람과 말을 할 때, 좋든 나쁘든 모두 좋다고 말한다. 어떤 사람이 사마휘에게 안부를 묻자, 사마휘가 대답했다:「좋습니다.」

【後漢(후한)】: [국명] 동한(東漢 : A.D. 25-220) 왕망(王莽)에게 빼앗긴 한(漢) 왕조를 광무제(光武帝) 유수(劉秀)가 다시 찾아 낙양(洛陽)에 도읍하였다.

【司馬徽(사마휘)】: [인명] 한(漢)나라 말기 영천(穎川) 사람으로, 자는 덕조(德操)이며, 시호는 수경선생(水鏡先生)이다. 사람을 보는 눈이 예리하여 일찍이 유비(劉備)에게 제갈량(諸葛亮)과 방통(龐統)을 추천했는데, 후에 조조(曹操)가 그를 얻어 중용하려 했으나 얼마 후 병사하고 말았다.

【不談人短(불담인단)】: 사람의 단점을 이야기하지 않다.

【與人語(여인어)】: 다른 사람과 말하다. 〖語〗: [동사] 말하다.

【美惡(미악)】: 좋고 나쁨.

【言好(언호)】: 좋다고 말하다.

3 有人自陳子死, 答曰:「大好!」妻責之曰:「人以君有德, 故此相告, 何聞人子死, 反亦言好?」→ 또 어

先生」, 本此。[4]

해설

사마휘(司馬徽)는 역사적으로 실존한 인물이다. 그러나 여기서 말하는 「무골호인」이라는 근거는 고증할 만한 기록이 없다. 따라서 이는 아마도 작자가 임의로 그의 이름을 도용한 것이라 여겨진다.

우리의 일상생활에서 남의 단점보다 장점을 많이 말하는 것은 서로의 관계를 돈독히 하는 데 많은 도움이 된다. 그러나 시비곡직(是非曲直)을 구분하지 않고 무턱대고 좋다고 말하는 것은 결코 유익하거나 바람직한 것이 아니다.

이 우언은 좋고 나쁨이나 시비곡직을 구분하지 않는 무골호인(無骨好人)의 무원칙한 태도를 풍자한 것이다.

떤 사람이 스스로 자기 아들이 죽었다고 말하니, 사마휘가 대답했다 : 「대단히 좋습니다.」 그의 아내가 남편을 꾸짖어 말했다 : 「사람들은 당신을 덕망 있는 사람이라 여기기 때문에, 그래서 이런 일을 알린 것인데, 당신은 어째서 남의 아들이 죽었다는 말을 듣고, 오히려 좋다고 말합니까?」

【陳(진)】: 진술하다, 말하다, 밝히다.

【大好(대호)】: 매우 좋다, 대단히 좋다.

【責之(책지)】: 남편을 나무라다. 〖責〗: 꾸짖다, 나무라다, 책망하다. 〖之〗: [대명사] 그, 즉 「남편」.

【以(이)】: …라고 여기다, …라고 생각하다.

【君(군)】: [아내의 자기 남편에 대한 호칭] 당신.

【有德(유덕)】: 덕망이 있다.

【故(고)】: 그래서.

【相告(상고)】: 알리다, 말하다.

【何(하)】: 왜, 어째서, 무엇 때문에.

【反(반)】: 오히려, 거꾸로, 도리어, 반대로.

4 徽曰 : 「如卿之言, 亦大好。」 今人稱 「好好先生」, 本此。→ 사마휘가 말했다 : 「그대와 같은 그런 말도, 역시 매우 좋소.」 지금 사람들이 (사마휘를) 「무골호인」이라고 호칭하는 것은, 바로 이를 근거로 한 것이다.

【如(여)】: …같이, …처럼.

【卿(경)】: 그대. ※ 임금이 신하를 부르거나 부부 또는 친구 간에 서로 친근하게 부르는 호칭.

【本此(본차)】: 이를 근거로 하다. 〖本〗: …에 의거하다, …을 근거로 하다.

127 도입빈실(盜入貧室)
《笑禪錄》

작자

반유룡(潘游龍 : ?-?)은 명(明) 송자(松滋)[지금의 호북성] 사람으로, 생애사적(生涯事蹟)을 알 수 없고, 다만 《소선록(笑禪錄)》의 저자라는 것이 알려져 있을 뿐이다.

《소선록》은 1권(卷) 18칙(則)으로 구성되어 있고, 내용은 불경(佛經) 형식을 모방한 소화(笑話)가 대부분이다.

원문 및 주석

盜入貧室[1]

一盜夜挖入貧家, 無物可取, 因開門徑出, 貧人從床上呼曰 : 「那漢子爲我關上門去!」[2] 盜曰 : 「你怎麽這等懶? 難怪你家一毫也沒有!」[3] 貧人

1 盜入貧室 → 도둑이 가난한 집에 들어가다
【盜(도)】: 도둑.
【貧室(빈실)】: 가난한 집.

2 一盜夜挖入貧家, 無物可取, 因開門徑出, 貧人從床上呼曰 : 「那漢子爲我關上門去!」 → 어느 도둑이 가난한 집의 벽을 뚫고 안으로 들어갔으나, 가져갈 만한 물건이 아무것도 없었다. 그리하여 문을 열고 곧장 밖으로 나가는데, 가난한 사람이 침상에서 큰 소리로 외쳤다 : 「사나이, 나를 위해 문을 좀 닫고 가시오!」
【挖入(알입)】: 뚫고 들어가다.
【無物可取(무물가취)】: 가져갈 만한 물건이 없다.
【因(인)】: 그리하여.
【徑(경)】: 곧, 바로, 곧장.

曰 :「且不得我勤快只做, 倒與你偸?」[4]

해설

도둑이 물건을 훔치러 들어갔다가 빈손으로 나오며 가난한 사람을 게으르다고 매도하자, 가난한 사람은 자신이 열심히 일을 하여 재산을 모으면 오히려 도둑에게 불로소득(不勞所得)의 기회를 제공했을 것이라는 의미심장(意味深長)한 말을 했다.

이 우언은 가난한 사람을 백성에 비유하고 도둑을 통치 계층에 비유하여, 통치 계층이 교묘한 수단 방법으로 백성들을 착취함으로써, 백성들이 가산(家産)을 모으기 위해 열심히 일하는 것보다 차라리 게을리 빈털터리로 사는 것이 낫다고 할 정도로 백성들을 억압하고 착취하는 통치 계층의 부도덕한 작태를 풍자한 것이다.

【從(종)】: …에서, …으로부터.
【呼(호)】: 큰 소리로 외치다.
【那(나)】: 그, 저.
【漢子(한자)】: 사나이.
【關上門去(관상문거)】: 문을 닫고 가다. 〖關上〗: 닫다.

3 盜曰 :「你怎麽這等懶? 難怪你家一毫也沒有!」→ 도둑이 말했다 :「당신은 어찌 이렇게 게으르시오? 어쩐지 당신 집안에 가져갈만한 작은 물건 하나도 없더라니!」
【怎麽(즘마)】: 왜, 어째서, 어찌.
【這等(저등)】: 이렇게.
【懶(라)】: 게으르다, 나태하다.
【難怪(난괴)】: 어쩐지.
【一毫也沒有(일호야몰유)】: 작은 물건 하나도 없다. 〖一毫〗: 지극히 작은 물건. 〖也〗: …도, …조차. 〖沒有〗: 없다.

4 貧人曰 :「且不得我勤快只做, 倒與你偸?」→ 가난한 사람이 말했다 :「내가 부지런히 일을 해서, 거꾸로 당신이 훔쳐가게 할 수는 없지 않소?」
【且(차)】: [어조사] 구의 첫머리에 놓여 의론(議論)을 발표하고 제시하는 작용을 한다. 번역할 필요가 없다.
【不得(부득)】: …할 수가 없다.
【勤快只做(근쾌지주)】: 부지런히 일하다.
【倒(도)】: 거꾸로, 역으로.
【與(여)】: …에게.
【偸(투)】: 훔치다, 도둑질하다.

128 농부망서(農夫亡鋤)

《精選雅笑 · 亡鋤》

작자

취월자(醉月子 : ?-?)는 명대(明代) 예장(豫章)[지금의 강서성 남창시(南昌市)] 사람으로, 본명(本名)과 생애사적(生涯事蹟)을 알 수 없고, 별호(別號)가 취월자(醉月子)라는 것을 알 뿐이다.

《정선아소(精選雅笑)》는 일종의 우언소화집(寓言笑話集)으로, 내용은 민간으로부터 채집한 시정(市井)의 여러 가지 웃음거리를 모아 수록한 것이다.

원문 및 주석

農夫亡鋤[1]

夫田中歸, 妻問鋤放何處。夫大聲曰 :「田裏。」[2] 妻曰 :「輕說些, 莫被人聽見, 却不取去?」因促之。[3] 往看, 無矣。忙歸附妻耳云 :「不見了。」[4]

---

1 農夫亡鋤 → 농부가 호미를 잃어버리다
【亡(망)】: 잃다.
【鋤(서)】: 호미.

2 夫田中歸, 妻問鋤放何處。夫大聲曰 :「田裏。」→ 남편이 밭에서 돌아오자, 아내가 호미를 어디에 두었느냐고 물었다. 남편이 큰 소리로 말했다 :「밭에 두었소.」
【夫(부)】: 남편.
【放(방)】: 놓다, 두다.
【何處(하처)】: 어디, 어느 곳.

3 妻曰 :「輕說些, 莫被人聽見, 却不取去?」因促之。→ 아내가 말했다 :「다른 사람이 듣지 않게, 좀 작은 소리로 말해요. (다른 사람이 들으면) 어찌 가져가지 않겠어요?」그리하여 남편을 재촉하여 찾

해설

아내가 남편에게 호미를 어디에 두었느냐고 물어 남편이 큰 소리로 밭에 두었다고 말했을 때, 아내가 작은 소리로 말하도록 요구한 것은 남이 듣고 호미를 훔쳐갈 것을 염려했기 때문이다. 그런데 남편은 호미가 없어진 것을 확인하고 나서, 집에 돌아와 아내의 귀에 대고 작은 소리로 호미가 없어졌다고 말했다. 아내가 호미를 잃기 전에 당부한 것은 사리에 부합하지만, 호미를 잃고 나서 아내의 귀에 대고 작은 소리로 말한 것은 너무 사리를 분별할 줄 모르는 매우 어리석은 행동이다.

이 우언은 근본(根本)을 버리고 말초(末梢)를 좇으며 사상이 고루하여 전혀 융통성이 없는 고지식한 사람을 풍자한 것이다.

아오도록 했다.
【輕說(경설)】: 작은 소리로 말하다.
【些(사)】: 좀, 조금.
【莫(막)】: …않다, …못하다.
【被人聽見(피인청견)】: 다른 사람에게 청취(聽取)당하다. 〖被〗: [피동형] …에게 …당하다.
【却(각)】: 어찌.
【因(인)】: 그리하여, 그래서.
【促(촉)】: 재촉하다.
【之(지)】: [대명사] 그, 즉「남편」.

4 往看, 無矣。忙歸附妻耳云:「不見了。」→ (남편이) 가서 보니, (호미가) 없었다. 급히 집에 돌아와 아내의 귀에 대고 말했다:「호미가 보이지 않소.」
【忙歸(망귀)】: 급히 집에 돌아오다.
【附妻耳云(부처이운)】: 아내의 귀에 대고 말하다. 〖附〗: 대다, 접근하다, 다가가다.

129 명독서(名讀書)

《笑林 · 名讀書》

작자

부백재주인(浮白齋主人 : ?-?)은 명말(明末) 사람으로, 본명(本名)과 생애사적(生涯事蹟)이 알려져 있지 않다. 혹은 극작가인 소주(蘇州) 사람 허자창(許自昌)이라 하고, 혹은 소주 사람 서윤보(徐潤甫)라고도 하며, 혹은 풍몽룡(馮夢龍)이라고도 하나 모두 확실한 증거가 없다.

《소림(笑林)》은 그가 편찬한 일종의 소화집(笑話集)으로, 내용은 사회의 밑바닥에서 소재를 취하여 토착 지주·낙방한 수재·구두쇠·시정잡배 등을 풍자한 것이다.

원문 및 주석

名讀書[1]

車胤囊螢讀書, 孫康映雪讀書。一日, 康往拜胤, 不遇, 問 : 「何往?」[2] 門

---

1 名讀書 → 독서(讀書)의 명분을 내세우다
【名(명)】: [동사] 명분을 내세우다.

2 車胤囊螢讀書, 孫康映雪讀書。一日, 康往拜胤, 不遇, 問 : 「何往?」 → 차윤(車胤)은 반딧불을 잡아다가 주머니에 담아 그 불빛으로 책을 읽었고, 손강(孫康)은 눈에서 발하는 빛을 이용하여 책을 읽었다. 어느 날, 손강이 차윤을 방문하러 가서, 만나지 못하자, 물었다 : 「어디 갔습니까?」
【車胤(차윤)】: [인명] 진(晉)나라 남평군(南平郡)[지금의 호북성 공안(公安)] 사람으로, 자는 무자(武子)이다. 어려서 독서에 열중했으나 집안이 가난하여 등불이 없자, 여름에 반딧불을 잡아다가 비추어 책을 읽었다. 후에 벼슬이 이부상서(吏部尙書)에 올랐다.
【囊螢(낭형)】: 반딧불을 주머니에 담다. 【囊】: [동사] 주머니에 담다. 【螢】: 반딧불.
【孫康(손강)】: [인명] 진(晉)나라 경조(京兆)[지금의 하남성 낙양(洛陽)] 사람으로, 어려서 독서를 좋아했으나 집안이 가난하여 등불이 없자, 겨울에는 눈에 비추어 책을 읽었다. 후에 벼슬이 어사대부

者曰 :「出外捉螢火蟲去了。」已而胤答拜康, 見康閑立庭中, 問 :「何不讀書?」[3] 康曰 :「我看今日這天不像個下雪的。」[4]

해설

역사적으로 진(晉)나라 차윤(車胤)과 손강(孫康)은 형설지공(螢雪之功)의 대표적 인물이다. 그들은 집이 가난하여 등불이 없자, 차윤은 반딧불로 글을 읽고 손강은 눈빛으로 글을 읽으며 학문을 닦아 부지런히 학습하는 본보기로서 세인들의 칭찬을 받아왔다. 따라서 이 고사는 결코 작자가 차윤과 손강을 비난하려는 것이 아니고, 역사적인 사실에 해학적인 요소를 가미하여 사회의 모종 현상을 지적한 것으로 보인다.

형설지공이란 본래 모든 시간과 조건을 충분히 이용하여 각고 노력하는 정신을 가리키는데, 만일 그러한 정신을 벗어나 활용할 수 있는 좋은 시간을 접어두고 오히려 반

(御史大夫)에 올랐다.
【映雪(영설)】: 눈에 비추다.
【往拜(왕배)】: 방문하러 가다.
【遇(우)】: 만나다.
【何往(하왕)?】: 어디 갔는가?

3 門者曰 :「出外捉螢火蟲去了。」已而胤答拜康, 見康閑立庭中, 問 :「何不讀書?」→ 문지기가 대답했다 :「밖에 반딧불을 잡으러 나갔습니다.」 얼마 후 차윤이 손강을 답방하여, 손강이 한가로이 정원에 서있는 것을 보고, 물었다 :「왜 독서를 하지 않습니까?」
【門者(문자)】: 문지기.
【捉(착)】: 잡다.
【螢火蟲(형화충)】: 반딧불.
【已而(이이)】: 그 뒤, 얼마 후.
【答拜(답배)】: 답방(答訪)하다.
【閑立(한립)】: 한가로이 서 있다.
【何(하)】: 왜, 어째서.

4 康曰 :「我看今日這天不像個下雪的。」→ 손강이 대답했다 :「내가 오늘 이 날씨를 보니 눈이 내릴 것 같지 않습니다.」
【這天(저천)】: 이날.
【不像個下雪(불상개하설)】: 눈이 내릴 것 같지 않다. 〖像〗: 마치 …같다.

덧불을 잡으러 가거나 정원에 서서 한가로이 눈이 내리기를 기다린다면, 이야말로 본말이 전도된 것이다.

이 우언은 실질을 버리고 맹목적으로 타인을 모방하는 사람을 풍자하는 동시에, 학습이란 어떤 형식을 추구하거나 여건에 구애되지 말고 오로지 전심전력(全心全力)으로 몰두해야 된다는 학습의 중요성을 강조한 것이다.

130 문공자(問孔子)

《笑林 · 問孔子》

작자

129 명독서(名讀書) 참조

원문 및 주석

問孔子[1]

兩道學先生議論不合, 各自詫眞道學, 而互詆爲假。久之不決, 乃共請正於孔子。[2] 孔子下階, 鞠躬致敬而言曰 : 「吾道甚大, 何必相同?[3] 二位老

1 問孔子 → 공자(孔子)에게 묻다
【孔子(공자)】: [인명] 성은 공(孔), 이름은 구(丘), 자는 중니(仲尼). 춘추시대의 사상가로 유가(儒家)학파의 창시자. 〖子〗: 학문과 도덕 또는 지위가 있는 남자에 대한 존칭.

2 兩道學先生議論不合, 各自詫眞道學, 而互詆爲假。久之不決, 乃共請正於孔子。→ 도학선생(道學先生) 두 사람이 서로 의론이 합치하지 않자, 각기 자기가 진짜 도학(道學)이라고 자랑하며, 서로 상대방을 가짜라고 비난했다. 오래도록 해결이 나지 않자, 결국 함께 공자(孔子)에게 가서 바로잡아줄 것을 청했다.
【道學先生(도학선생)】: 유학(儒學)의 학설을 신봉하는 사람.
【議論不合(의론불합)】: 의론이 맞지 않다, 의견이 일치하지 않다.
【詫(타)】: 자랑하다.
【互詆爲假(호저위가)】: 서로 가짜라고 비방하다. 〖詆〗: 헐뜯다, 욕하다, 비난하다.
【久之不決(구지불결)】: 오래도록 해결이 나지 않다.
【乃(내)】: 마침내, 결국.

3 孔子下階, 鞠躬致敬而言曰 : 「吾道甚大, 何必相同? → 공자가 계단을 내려와, 허리를 굽혀 경의를 표하고 말했다 : 「우리 유가(儒家)의 도리는 매우 넓습니다. 그러니 어찌 서로 같을 필요가 있겠습니

先生皆眞正道學, 丘素所欽仰, 豈有僞哉!」 兩人各大喜而退。[4] 弟子曰 :「夫子何諛之甚也!」 孔子曰 :「此輩人哄得他去勾了, 惹他什麽?」[5]

해설

도학자(道學者)라 자처하는 두 사람이 서로 자기가 진짜 도학이라며 논쟁을 벌이다가 의론이 합치하지 않자, 직접 공자(孔子)를 찾아가 물었다. 공자는 뜻밖에도 그들 모두 진짜 도학이며 자신이 평소에 공경하고 사모했다고 말했다. 이에 제자들이 공자에게 어째서 그들에게 이처럼 심하게 아첨을 하느냐고 묻자, 공자는 「그들을 구슬려 보

까?」
【下階(하계)】: 계단을 내려오다.
【鞠躬(국궁)】: 허리를 굽히다.
【致敬(치경)】: 경의를 표하다.
【甚大(심대)】: 광대하다, 매우 크다.
【何必(하필)】: 어찌 …할 필요가 있는가?, 굳이 …할 필요가 있겠는가?

4 二位老先生皆眞正道學, 丘素所欽仰, 豈有僞哉!」 兩人各大喜而退。→ 두 분 선생 모두 진정한 도학으로, 제가 평소에 공경하여 우러러 사모했는데, 어찌 가짜가 있겠습니까!」 두 사람이 각자 매우 기뻐하며 물러갔다.
【丘(구)】: 공자(孔子)의 이름. ※ 공자가 「나, 저」라는 의미로 자신의 이름을 사용한 것.
【素(소)】: 평소.
【欽仰(흠앙)】: 공경하여 우러러 사모하다.
【豈(기)】: 어찌.
【僞(위)】: 가짜, 거짓.

5 弟子曰 :「夫子何諛之甚也!」 孔子曰 :「此輩人哄得他去勾了, 惹他什麽?」→ (공자의) 제자가 물었다 :「선생님은 어째서 그들에게 이처럼 심하게 아첨하십니까?」 공자가 말했다 :「이런 사람들은 구슬려 보내면 족하지, 그들의 심기를 건드려 무엇 하겠는가?」
【夫子(부자)】: [제자의 스승에 대한 호칭] 선생님.
【何(하)】: 왜, 어째서.
【諛(유)】: 아첨하다.
【之(지)】: [대명사] 그들, 즉 「도학선생」.
【輩(배)】: [복수형] …들, 무리.
【哄得他去(홍득타거)】: 그들을 얼러서 보내다. 구슬리다, 어르다, 달래다.
【勾(구)】: 夠(구). 충분하다, 족하다.
【惹(야)】: (상대방의 심기를) 건드리다.

내면 족하지 그들의 심기를 건드려 무엇 하겠는가?」라고 했다. 이 말은 공자가 가짜 도학에 대해 가장 경시(輕視)한 표현이다.

이 우언은 작자가 당시 사회에서 가짜 도학자들이 모든 것을 자기가 옳다고 여기며 주장을 굽히지 않음으로써, 어떤 이치를 가지고도 깨우칠 수 없는 그들의 그릇된 면모를 풍자한 것이다.

131 득장인력(得丈人力)

《雅謔·得丈人力》

작자

부백재주인(浮白齋主人) : 129 명독서(名讀書) 참조

《아학(雅謔)》은 《소림(笑林)》과 유사한 일종의 소화집(笑話集)이다.

원문 및 주석

得丈人力[1]

有以岳丈之力, 得中魁選者, 或作語嘲之曰 :「孔門弟子入試, 臨揭曉, 先報子張第十九, 人曰 :『他一貌堂堂, 果有好處。』[2] 又報子路第十三, 人

---

1 得丈人力 → 장인(丈人)의 세력에 의존하다
【得(득)】: 얻다, 획득하다. 여기서는「의존하다, 의지하다.」의 뜻.

2 有以岳丈之力, 得中魁選者, 或作語嘲之曰 :「孔門弟子入試, 臨揭曉, 先報子張第十九, 人曰 :『他一貌堂堂, 果有好處。』→ 장인(丈人)의 세력에 의존하여, 과거 시험에 수석으로 합격한 자가 있었다. 어떤 사람이 말을 만들어 그를 비웃었다 :「공자(孔子)의 제자가 시험에 참가했는데, 합격자를 발표하기에 이르러, 먼저 자장(子張)을 19등이라고 알리자, 사람들이 말하길 :『자장은 풍채가 당당하더니, 과연 유리한 점이 있다.』라고 했고,
【以岳丈之力(이악장지력)】: 장인의 세력에 의존하다. 〖以〗: …의하다, …의지하다, …에 의존하다.
【得中(득중)】: (과거 등 시험에) 합격하다.
【魁選(괴선)】: 수석, 일등.
【或(혹)】: 어떤 사람.
【作語嘲之(작어조지)】: 말을 만들어 그를 비웃다. 〖嘲〗: 비웃다, 조소하다. 〖之〗: [대명사] 그, 즉「과거 시험에 수석으로 합격한 사람」.

曰:『他粗人也, 中得高, 全凭那一陣氣魄。』[3] 又報顔淵第十二, 人曰:『此聖門高足, 屈了他些。』[4] 又報公冶長第五, 人駭曰:『此子平日不見怎的, 如何倒中正魁?』[5] 或曰:『全得他丈人之力耳。』」[6]

【孔門弟子(공문제자)】: 공자(孔子)의 제자.

【入試(입시)】: 시험에 참가하다.

【臨(임)】: …에 이르다.

【揭曉(개효)】: 결과를 발표하다. 즉「합격자를 발표하다.」의 뜻.

【報(보)】: 알리다, 통보하다.

【子張(자장)】: [인명] 공자(孔子)의 제자로 성은 전손(顓孫), 이름은 사(師), 자는 자장(子張)이다.《논어(論語)》의 목차에서 자장은 제십구편(第十九篇)이다.

【一貌堂堂(일모당당)】: 풍채가 당당하다. 【一貌】: 용모, 풍채.

【果(과)】: 과연.

【好處(호처)】: 이익, 이로운 점.

3 又報子路第十三, 人曰:『他粗人也, 中得高, 全凭那一陣氣魄。』→ 또 자로(子路)를 13등이라고 알리자, 사람들이 말하길:『자로는 거친 사람인데, 좋은 성적으로 합격한 것은, 완전히 그의 기백에 의지한 것이다.』라고 했고,

【子路(자로)】: [인명] 공자(孔子)의 제자로 성은 중(仲), 자는 자로(子路), 또는 계로(季路).《논어(論語)》의 목차에서 자로는 제십삼편(第十三篇)이다.

【粗人(조인)】: 거친 사람, 조야(粗野)한 사람.

【中得高(중득고)】: 좋은 성적으로 합격하다, 높은 점수로 합격하다.

【全凭(전빙)】: 모두 …에 의지하다, 완전히 …에 의존하다. 【全】: 모두, 완전히, 전적으로. 【凭】: 의지하다, 의존하다, 기대다.

【那(나)】: [지시대명사] 그, 저.

【一陣(일진)】: [양사] 일종의, 하나의.

4 又報顔淵第十二, 人曰:『此聖門高足, 屈了他些。』→ 또 안연(顔淵)을 12등이라고 알리자, 사람들이 말하길:『안연은 공자(孔子)의 뛰어난 제자인데, 그를 좀 푸대접했다.』라고 했고,

【顔淵(안연)】: [인명] 공자(孔子)의 제자로 성은 안(顔), 이름은 회(回), 자는 안연(顔淵), 또는 자연(子淵)이다.《논어(論語)》의 목차에서 안연은 제십이편(第十二篇)이다.

【聖門高足(성문고족)】: 성인 문하의 뛰어난 제자. 즉「공자(孔子)의 뛰어난 제자」를 가리킨다. 【聖門】: 성인 문하(門下). 【高足】: 학식과 품행이 뛰어난 제자.

【屈了他些(굴료타사)】: 그를 좀 푸대접하다. 【屈】: 푸대접하다, 부당하게 대하다. 【些】: 좀, 다소, 약간.

5 又報公冶長第五, 人駭曰:『此子平日不見怎的, 如何倒中正魁?』→ 또 공야장(公冶長)을 5등이라고 알리자, 사람들이 놀라 말하길:『이 사람은 평소에 별로 비범한 사람이 아닌데, 어떻게 오히려 가장 으뜸으로 합격을 했는가?』라고 했다.

해설

장인(丈人)의 힘에 의존하여 과거(科擧) 시험에 수석으로 합격한 사람에 대해, 어떤 사람이 《논어(論語)》의 목차(目次)를 인용하여 공자(孔子)와 제자 사이, 특히 공자와 사위 공야장(公冶長)의 관계를 비유하는 고사를 만들어 비난했다. 즉, 공야장은 평소에 별로 비범한 사람이 아니었는데 공자의 사위이기 때문에 제자 중에서 가장 높은 성적인 5등으로 합격했고, 안연(顔淵)은 공자의 문하에서 가장 뛰어난 제자였는데도 오히려 12등으로 합격했다는 것이다.

이 우언은 작자가 《논어》의 목차(目次)를 빌려 공자와 공야장의 옹서(翁婿 : 장인과 사위) 관계를 묘사하는 교묘한 방법을 통해, 당시 사회에서 종법(宗法)과 규벌(閨閥) 세력이 영향력을 행사하던 과거제도(科擧制度)의 부패 현상을 규탄하고 풍자한 것이다.

【公冶長(공야장)】: [인명] 공자(孔子)의 제자로 성은 공야(公冶), 이름은 장(長)이며, 공자의 사위이다. 《논어(論語)》의 목차에서 공야장은 제오편(第五篇)이다.
【此子(차자)】: 이 사람.
【不見怎的(불견즘적)】: 별로 비범하지 않다.
【如何(여하)】: 어떻게.
【倒(도)】: 오히려, 반대로, 거꾸로.
【中正魁(중정괴)】: 가장 으뜸으로 합격하다. 〖中〗: 합격하다.

6 或曰 :『全得他丈人之力耳。』」→ (이에 대해) 어떤 사람이 말하길 :『완전히 자기 장인의 세력에 의존했을 뿐이오.』라고 했다.」
【耳(이)】: …뿐이다.

132 후면피(厚面皮)

《時尙笑談·厚面皮》

작자

《시상소담(時尙笑談)》은 작자가 명대(明代) 사람이라는 것 외에 일체 알려진 것이 없다. 작품 원문은 《추야월(秋夜月)》 상권(上卷) 중층(中層) 부록에 47칙(則)의 고사가 수록되어 있는 외에, 현재 진유찰(陳維札)·곽준봉(郭俊峰)이 편찬한 《중국역대소화집성(中國歷代笑話集成)》과 왕리기(王利器)·왕정민(王貞珉)이 편찬한 《중국소화대관(中國笑話大觀)》에 수록되어 있다.

원문 및 주석

厚面皮[1]

兩人相與語曰:「天下何物最硬?」曰:「鐵硬。」「見火就洋了, 焉得爲硬?」[2] 曰:「然則何物?」曰:「莫如髭鬚。」曰:「髭鬚安得爲硬?」[3] 曰:「若

---

1 厚面皮 → 두꺼운 낯가죽

【厚面皮(후면피)】: 두꺼운 낯가죽. 즉 「철면피, 파렴치한」을 비유하는 말.

2 兩人相與語曰:「天下何物最硬?」曰:「鐵硬。」「見火就洋了, 焉得爲硬?」→ 두 사람이 서로 「세상에서 어떤 물건이 가장 단단할까?」에 관해 이야기했다. (한 사람이) 말했다:「쇠가 가장 단단합니다.」 (다른 한 사람이) 말했다:「쇠는 불을 만나면 곧 녹아버리는데, 어찌 가장 단단하다고 할 수 있습니까?」

【相與語(상여어)】: 서로 대화를 나누다.

【硬(경)】: 단단하다, 딱딱하다, 견고하다.

【見火就洋了(견화취양료)】: 불을 만나면 곧 녹아버린다. 【就】: 곧, 바로, 즉시. 【洋】: 烊(양). 녹다, 녹아 풀어지다.

干的厚面皮都能被他鑽了出來!」[4]

해설

수염을 쇠보다 단단하다고 하는 것은 얼핏 보기에 얼토당토않은 말이다. 그러나 자세히 음미해보면 우스꽝스러우면서도 다분히 일리가 있다. 작자는 대비(對比) 수법을 통해 먼저 수염이 쇠보다 단단하다고 강조한 후, 그 이유를 수염이 두꺼운 낯가죽을 뚫고 나오기 때문이라 했다. 두꺼운 낯가죽은 바로 「철면피, 파렴치한」을 비유하는 말로, 도덕적인 면에서 세상이 극히 혐오하는 대상인 동시에 가장 강한 물건으로 뚫어야 하는 대상이기도 하다.

이 우언은 해학적인 기법을 통해, 세상의 후안무치(厚顏無恥)한 사람을 꼬집어 풍자한 것이다.

【焉得(언득)】: 어찌 …할 수 있는가?

3 曰:「然則何物?」 曰:「莫如髭鬚。」 曰:「髭鬚安得爲硬?」→ (한 사람이) 말했다:「그렇다면 어떤 물건이 가장 단단합니까?」 (다른 한 사람이) 말했다:「수염만한 것이 없습니다.」 (한 사람이) 말했다:「수염을 어찌 가장 단단하다고 할 수 있습니까?」

【然則(연즉)】: 그렇다면, 그러면.

【莫如(막여)…】: …만한 것이 없다.

【髭鬚(자수)】: 수염.

【安得(안득)】: 어찌 …할 수 있는가?

4 曰:「若干的厚面皮都能被他鑽了出來!」→ (다른 한 사람이) 말했다:「아무리 두꺼운 낯가죽이라도 뚫고 나오니까요!」

【若干(약간)】: 얼마. 여기서는 「아무리, 매우」의 뜻.

【都(도)】: …조차도, …까지도.

【被他鑽了出來(피타찬료출래)】: 수염에 의해 뚫리다. 즉 「수염이 뚫고 나오다.」의 뜻. 〖被〗: [피동형] …에 의해 …되다. …에게 …당하다. 〖他〗: [대명사] 그것, 즉 「수염」. 〖鑽〗: 뚫다.

133 장리선인(蔣里善人)

《潛書 · 辨儒》

작자

당견(唐甄 : 1630-1704)은 사천(四川) 달주(達州) 사람으로, 본명이 대도(大陶), 자가 주만(鑄萬)이었으나, 후에 이름을 견(甄)이라 고치고 별호를 포정(圃亭)이라 했다. 그는 명말청초(明末淸初)에 왕부지(王夫之)·황종희(黃宗羲)·고염무(顧炎武)·안원(顔元) 등과 더불어 저명한 사상가로 불리었다. 그 후 청(淸) 세조(世祖) 순치(順治) 연간에 향시(鄕試)에 급제하여 산서(山西) 장자현(長子縣)의 현령을 지내다가 사직하고 돌아와 강소(江蘇) 오중(吳中)에서 객거(客居) 생활을 했다.

저서로 《포정집(圃亭集)》《춘추술전(春秋述傳)》《모시전전합의(毛詩傳箋合義)》《잠서(潛書)》 등이 있는데, 《잠서》는 그의 일생에서 가장 중요한 저술로, 내용 중에는 군주제도(君主制度)를 대담하게 규탄하며 여러 가지 개혁 주장을 제기했다.

원문 및 주석

蔣里善人[1]

昔者蜀之蔣里有善人焉, 善善而惡惡, 誠信而不欺人, 鄕人皆服之。[2] 有

1 蔣里善人 → 장리(蔣里) 마을의 선인(善人)
【蔣里(장리)】: [지명] 지금의 사천성 경내.

2 昔者蜀之蔣里有善人焉, 善善而惡惡, 誠信而不欺人, 鄕人皆服之。→ 옛날 촉(蜀) 지방의 장리(蔣里)라는 마을에 선량한 사람이 있었다. 선(善)을 좋아하고 악(惡)을 싫어하며, 성실하고 사람을 속이지 않아, 마을 사람들이 모두 그를 믿고 복종했다.

富者不取券而與之千金，賈於陝洛，以其處鄕里者處人，人皆不悅。[3] 三年，盡亡其貲而反。[4]

해설

장리(蔣里) 마을의 선량한 사람은 부자가 차용증도 받지 않고 빌려 준 천금(千金)의 돈을 가지고 섬서(陝西) 낙양(洛陽) 일대에 가서 장사를 하면서, 시장의 고객들에 대해 마치 자기 마을 사람들을 대하듯 선행을 베풀다가 자본을 몽땅 까먹고 집으로 돌아왔

【蜀(촉)】: [지명] 지금의 사천성 일대.
【善善(선선)】: 선(善)을 좋아하다. ※ 앞의 『善』: [동사] 좋아하다. 뒤의 『善』: 선(善), 선행(善行).
【惡惡(오악)】: 악(惡)을 싫어하다. 『惡(오)』: 미워하다, 싫어하다, 증오하다.
【誠信(성신)】: 성실하다, 진실하다.
【欺(기)】: 속이다, 기만하다.
【服之(복지)】: 그를 믿고 복종하다. 『之』: [대명사] 그, 즉 「선량한 사람」.

3 有富者不取券而與之千金，賈於陝洛，以其處鄕里者處人，人皆不悅。→ 어느 부자(富者)가 그에게 차용증을 받지 않고 천금(千金)을 빌려주었다. 그는 (그 돈을 가지고) 섬서(陝西)·낙양(洛陽) 일대에 가서 장사를 했는데, 자기 동향(同鄕) 사람들에게 베푸는 (너그러운) 태도로 일반 고객들에게 베풀어, 다른 장사꾼들이 모두 그를 좋아하지 않았다.
【有富者(유부자)】: 어느 부자. ※ 판본에 따라서는 「有富者」를 「有富」라 했다.
【不取券(불취권)】: 계약서를 받지 않다. 『卷』: 계약서, 차용증.
【與(여)】: 주다.
【之(지)】: [대명사] 그, 즉 「선량한 사람」.
【賈於(고어)…】: …에서 장사를 하다. 『賈』: 장사하다. 『於』: [개사] …에서.
【陝(섬)】: [지명] 섬서(陝西). 지금의 섬서성 일대.
【洛(낙)】: [지명] 낙양(洛陽). 지금의 하남성 낙양시(洛陽市).
【以(이)】: …로, …로써.
【處鄕里者處人(처향리자처인)】: 동향(同鄕)사람을 대하는 태도로 고객들을 대하다. 『處』: 대하다, 대우하다. 여기서는 「베풀다.」의 뜻.
【悅(열)】: 좋아하다.

4 三年，盡亡其貲而反。→ 삼년 후, 그는 자본을 모두 잃고 집으로 돌아왔다.
【盡(진)】: 모두.
【亡(망)】: 잃다.
【貲(자)】: 재물. 여기서는 「자본, 본전」을 가리킨다.
【反(반)】: 返(반). 돌아오다.

다. 농촌 마을의 도덕·풍조와 시장의 그것이 전혀 다르다는 것을 인식하지 못했기 때문이다.

이 우언은 서로 다른 환경에서 일을 처리할 경우, 마땅히 시간과 장소와 대상에 따라 알맞게 대처해야 하며, 낡은 틀에 얽매여 변통할 줄 모르는 사람은 반드시 실패한다는 이치를 설명한 것이다.

134 마석망보(磨石亡寶)
《香祖筆記 · 卷七》

작자

왕사정(王士楨 : 1634-1711)은 산동(山東) 신성(新城)[지금의 산동성 환태현(桓台縣)] 사람으로, 자는 자진(子眞) 또는 이상(貽上), 호는 완정(阮亭), 별호는 어양산인(漁洋山人)이며 청대(淸代)의 저명한 시인이다. 그는 본명이 왕사진(王士禛) 이었으나 청(淸) 세종(世宗)의 이름 윤진(胤禛)을 피휘(避諱)하여 사후(死後)에 사정(士正)으로 고쳤다가, 후에 고종(高宗)의 어명으로 사정(士禎)이라 고쳤다. 세조(世祖) 순치(順治) 15년(1658) 진사에 급제한 후 양주추관(揚州推官) · 예부주사(禮部主事) · 소첨사(少詹事) 등을 거쳐 형부상서(刑部尙書)까지 올랐다가 얼마 후 사직하고 고향으로 돌아왔다. 성조(聖祖) 강희(康熙) 50년 78세의 나이로 세상을 떠나 시호를 문간(文簡)이라 했다.

왕사정은 강희 연간에 전겸익(錢謙益)의 뒤를 이어 시단(詩壇)의 맹주로 활약하며 신운설(神韻說)을 주장했는데, 저서로 《완정시초(阮亭詩抄)》《대경당집(帶經堂集)》《연파사(衍波詞)》《어양시화(漁洋詩話)》《지북우담(池北偶談)》《거이록(居易錄)》《향조필기(香祖筆記)》 등 많은 업적을 남겨 청대의 문단에 지대한 공헌을 했다.

원문 및 주석

磨石亡寶[1]

江寧有西域賈胡, 見人家几上一石, 欲買之。[2] 凡數至, 主人故高其直,

1 磨石亡寶 → 돌을 갈아 보석의 가치를 상실하다

未售也。一日, 重磨洗, 冀增其價。[3] 明日賈胡來, 驚歎曰 :「此至寶, 惜無所用矣![4] 石列十二孔, 按十二時辰, 每交一時, 輒有紅蟢子布網其上, 後網成, 前網卽消, 乃天然日晷也。[5] 今蟢子磨損, 何所用之!」不顧而去。[6]

【磨(마)】: 갈다.
【亡(망)】: 잃다, 상실하다.

2 江寧有西域賈胡, 見人家几上一石, 欲買之。→ 강녕(江寧)에 서역(西域)에서 온 호족(胡族) 상인이 있었는데, 어느 집 탁자 위에 돌 하나가 놓여 있는 것을 보고, 그것을 사고자 했다.
【江寧(강녕)】: [지명] 지금의 강소성 강녕현(江寧縣).
【西域(서역)】: 옛날 중국의 서쪽 관문인 옥문관(玉門關) 서쪽 지역을 이르는 말. ※ 지금의 감숙성 안서주(安西州)에 그 유적이 남아있다.
【賈胡(고호)】: 호족(胡族) 상인. ※ 옛날에는 서북 지방의 소수민족을 호족(胡族)이라 불렀다.
【几(궤)】: 작은 탁자.
【欲(욕)】: …하고자 하다, …하려고 하다.
【之(지)】: [대명사] 그것, 즉 「돌」.

3 凡數至, 主人故高其直, 未售也。一日, 重磨洗, 冀增其價。→ 여러 번을 찾아갔으나, 주인은 일부러 그 값을 올리려고, 팔지 않았다. 어느 날, (주인은) 그것을 다시 갈고 세척하여, 그 값이 오르기를 기대했다.
【凡(범)】: [발어사].
【故高其直(고고기치)】: 일부러 그 값을 높이다. 【故】: 일부러, 고의로, 의도적으로. 【高】: 높이다. 여기서는 「올리다.」의 뜻. 【直】: 値(치), 값, 가격. ※ 판본에 따라서는 「直」를 「値(치)」라 했다.
【未售(미수)】: 팔지 않다. 【售】: 팔다.
【重(중)】: 다시, 새로.
【磨洗(마세)】: 갈고 세척하다.
【冀(기)】: 바라다, 기대하다.
【增(증)】: 늘다, 증가하다. 여기서는 「오르다.」의 뜻.
【價(가)】: 값, 가격. ※ 판본에 따라서는 「價」를 「値(치)」라 했다.

4 明日賈胡來, 驚歎曰 :「此至寶, 惜無所用矣! → 다음날 호족 상인이 찾아오더니, 몹시 놀라 탄식하며 말했다 :「이 진귀한 보석은, 애석하게도 이제 쓸모가 없습니다!
【驚歎(경탄)】: 놀라 탄식하다.
【至寶(지보)】: 진귀한 보물.
【無所用(무소용)】: 쓸모가 없다.

5 石列十二孔, 按十二時辰, 每交一時, 輒有紅蟢子布網其上, 後網成, 前網卽消, 乃天然日晷也。→ 이 보석에는 본래 열두 개의 작은 구멍이 열두 시진(時辰)에 따라 배열되어 있어, 매 시진이 되면, 곧 붉은 갈거미가 작은 구멍 위에 그물을 치는데, 다음 그물이 완성되면, 이전 그물이 즉시 없어집니다. 이것은 바로 천연의 일귀(日晷)입니다.

해설

호족(胡族) 상인이 적극적으로 돌에 관심을 보이며 사겠다는 뜻을 표하자, 돌 주인은 돌에 숨겨진 내막을 알지 못하고, 다만 값을 올려 돈을 더 벌겠다는 욕심에 돌을 갈고 닦아 보기 좋게 만들었다. 그 결과 돌은 보석의 가치를 상실하고 쓸모없는 돌멩이로 변했다.

이 우언은 돌 주인의 사례를 통해, 자기 이익만을 생각하고 한없이 탐욕을 부리다가 오히려 이미 손에 넣은 이익마저 잃는 어리석은 행위를 풍자한 것이다.

【列(열)】: 배열되다.
【孔(공)】: 구멍.
【按(안)】: …에 따라서.
【時辰(시진)】: [시간 단위] 예전에는 하루를 자시(子時) · 축시(丑時) · 인시(寅時) · 묘시(卯時) · 진시(辰時) · 사시(巳時) · 오시(午時) · 미시(未時) · 신시(申時) · 유시(酉時) · 술시(戌時) · 해시(亥時)의 12시진으로 나누었으며, 1시진은 오늘날의 2시간에 해당한다.
【交(교)】: (시간이) 되다.
【輒(첩)】: 곧, 바로.
【紅蟢子(홍희자)】: 붉은 갈거미.
【布網(포망)】: 그물을 치다.
【消(소)】: 사라지다, 소멸되다, 없어지다.
【乃(내)】: 바로 …이다.
【日晷(일귀)】: 일귀. 해시계.

6 今蟢子磨損, 何所用之!」 不顧而去。→ 이제 갈거미의 구멍이 마모(磨耗)되었으니, 그것을 무엇에 쓰겠습니까!」 (말을 마치자) 돌아보지도 않고 가버렸다.
【磨損(마손)】: 마손되다, 갈려 손상되다, 마모되다.
【何所用之(하소용지)】: 그것을 무엇에 쓰겠는가!
【不顧而去(불고이거)】: 돌아보지도 않고 가버리다. 〖顧〗: 돌아보다.

135 조(蔦)

《雜著十種 · 寓言》

작자

왕탁(王晫 : 1636-?)은 절강(浙江) 인화(仁和)[지금의 절강성 항주(杭州)] 사람으로, 초명(初名)은 비(棐), 호는 목암(木庵) 또는 단록(丹麓)이며 자호를 송계자(松溪子)라 했다. 성격이 분방(奔放)하고 빈객을 좋아했으며 배우기를 좋아하여 많은 책을 읽고 시문(詩文)에도 능했다.

저서로 《수생집(遂生集)》《금세설(今世說)》《하거당집(霞擧堂集)》《잡저십종(雜著十種)》 등이 있다.

원문 및 주석

蔦[1]

蔦依樹蔓生, 一名寄生, 葉似當盧, 其子赤黑色, 味甘美。[2] 過者見, 愛其葱鬱, 若忘其在樹也。一日, 工師入山伐樹, 蔦與俱盡, 雖有愛者, 不能

1 蔦 → 담쟁이덩굴

2 蔦依樹蔓生, 一名寄生, 葉似當盧, 其子赤黑色, 味甘美。→ 담쟁이덩굴은 나무에 의탁하여 생장하기 때문에, 일명 기생(寄生)이라고도 부른다. 잎은 말 머리의 장식을 닮고, 그 열매는 붉고 검은색을 띠고 있으며, 맛은 달콤하다.
【依(의)】: 의탁하다, 의지하다, 기대다.
【蔓生(만생)】: 덩굴로 생장하다.
【似(사)】: 닮다, 흡사하다, 비슷하다.
【當盧(당로)】: 당로(當顱). 말 머리의 장식물. ※ 판본에 따라서는 「當盧」를 「蘆(로)」라 했다.
【子(자)】: 열매.

爲之計。[3] 因嘆蔦能自植, 何不可永其天年! 卽不然, 憑於山崖石壁, 亦得以長享雨澤。[4] 乃委身樹木, 以致橫罹斧斤。然則天下亦何者可不愼所憑依耶?[5]

【甘美(감미)】: 달콤하다, 감미롭다.

3 過者見, 愛其葱鬱, 若忘其在樹也。一日, 工師入山伐樹, 蔦與俱盡, 雖有愛者, 不能爲之計。→ 지나가는 사람들이 담쟁이덩굴을 보면, 그 짙푸르고 무성한 모습을 좋아하여, 그것이 나무에 기생한다는 것을 잊는 듯하다. 어느 날, 장인(匠人)이 산에 들어가 나무를 베었는데, 담쟁이덩굴도 나무와 함께 베어졌다. 비록 담쟁이덩굴을 좋아하는 사람이 있다 해도, 그것을 다시 살려낼 방법은 없다.

【過者(과자)】: 지나가는 사람, 왕래하는 사람.

【葱鬱(총울)】: 짙푸르게 무성하다.

【若(약)】: 마치 …같다, 마치 …듯하다.

【工師(공사)】: 장인(匠人).

【俱盡(구진)】: 함께 다하다. 여기서는 「담쟁이덩굴과 나무를 함께 베어버리다.」의 뜻. 〖俱〗: 함께.

【不能爲之計(불능위지계)】: 그것을 계책을 낼 수 없다. 즉 「그것을 살려낼 방법이 없다.」의 뜻.

4 因嘆蔦能自植, 何不可永其天年! 卽不然, 憑於山崖石壁, 亦得以長享雨澤。→ 그리하여 나는 담쟁이덩굴이 스스로 자립할 수 있다면, 어찌 영원히 자기의 타고난 수명을 누릴 수 없겠는가 하고 탄식했다. 설사 스스로 자립하지 못한다 해도, 낭떠러지나 석벽(石壁)에 의지하면, 또한 빗물을 오래도록 누릴 수 있다.

【因(인)】: 그리하여, 이로 인해.

【自植(자식)】: 스스로 자립하다.

【何(하)】: 어찌.

【永其天年(영기천년)】: 영원히 자기의 타고난 수명을 누리다. 〖永〗: 영원히 누리다. 〖天年〗: 타고난 수명.

【卽不然(즉불연)】: 설사 그렇지 않다 해도. 즉 「스스로 자립하지 못한다 해도」의 뜻. 〖卽〗: 설사 …라 해도. 〖不然〗: 그렇지 않다.

【憑於(빙어)…】: …에 의지하다, …에 의존하다. 〖於〗: [개사] …에.

【山崖(산애)】: 낭떠러지, 벼랑, 절벽.

【得以(득이)】: …할 수 있다.

【長享(장향)】: 오래 누리다.

【雨澤(우택)】: 비, 빗물.

5 乃委身樹木, 以致橫罹斧斤。然則天下亦何者可不愼所憑依耶? → 그런데 오히려 나무에 몸을 맡김으로써, 부당하게 도끼로 잘리는 재앙을 초래했다. 그런 즉, 세상에는 또한 어떤 사람을 자기가 의지할 대상으로 신중히 선택하지 않을 수 있겠는가?

【乃(내)】: 오히려.

【委身樹木(위신수목)】: 나무에 몸을 맡기다.

【致(치)】: 초래하다.

해설

담쟁이덩굴은 나무에 의탁하여 스스로 자립할 수 없음으로 인해 나무가 잘리자 이에 연루되어 재앙을 만났다.

이 우언은 일부 사람들이 사회생활을 하면서 스스로 독립을 추구하지 않고 항상 남에게 복종하길 좋아하며 남의 의지대로 좌지우지(左之右之) 되다가 마침내 담쟁이덩굴과 같은 운명을 초래하는 불행한 상황을 풍자한 것이다.

【橫罹(횡리)】: 부당하게 …을 당하다. ※ 판본에 따라서는 「橫罹」를 「橫遭(횡조)」라 했다.
【斧斤(부근)】: 도끼.
【然則(연즉)】: 그런 즉, 그렇다면.
【可不(가불)…】: …하지 않을 수 있는가?
【愼所憑依(신소빙의)】: 의지할 대상으로 삼기에 신중하다.

136 도부여랑(屠夫與狼)

《聊齋志異 · 第六卷 · 狼三則》

작자

포송령(蒲松齡 : 1640-1715)은 산동(山東) 치천(淄川)[지금의 산동성 치박현(淄博縣)] 사람으로, 자는 유선(留仙), 호는 유천거사(柳泉居士)이며 청대(淸代)의 유명한 소설가이다. 그의 서재 이름이 요재(聊齋)이기 때문에 세간에서는 그를 요재선생(聊齋先生)이라 불렀다.

그는 몰락한 지주 가문에서 태어나 생활고에 시달렸으나 천부적으로 총명하고 학문에 전념하여 19세 때 현(縣) · 부(府) · 도(道)의 동자시(童子試)에 응시해 세 번 모두 수석을 차지했다. 그러나 이후 성시(省試)에서는 여러 차례 응시했음에도 끝내 급제하지 못하고 나이 71세에 이르러 비로소 세공생(歲貢生)에 선발되었다. 그는 세공생이 되기까지 약 50년 동안 생활고로 인해 보응현(寶應縣)에서 1년 동안 막료 생활을 한 것 외에는 줄곧 고향에서 서당의 훈장을 지냈다. 그는 20세 전후부터 글쓰기를 시작하여 대표작이라 할 수 있는 《요재지이(聊齋志异)》 외에 《성신어록(省身語錄)》《회형편(懷刑篇)》《부고곡(婦姑曲)》《번염앙(翻魘殃)》《양투주(禳妒咒)》《장두기(墻頭記)》 등 많은 저서를 남겼다.

《요재지이》는 작자가 약 20년에 걸쳐 쓴 문언단편소설집(文言短篇小說集)으로 모두 491편의 고사를 수록하고 있는데, 제재(題材)의 대부분을 민간 고사에서 채취하여 작자의 풍부한 상상을 바탕으로 봉건사회의 추악한 면을 폭로하는 동시에, 작자 자신이 겪은 고통과 울분을 작품 속에 용해시킴으로서 높은 예술적 성취를 보여주고 있다. 현재 10여 종의 언어로 번역되어 세상에 소개되고 있다.

원문 및 주석

屠夫與狼[1]

有屠人貨肉歸，日已暮。欻一狼來，瞰擔中肉，似甚涎垂；步，亦步，尾行數里。[2] 屠懼，示之以刃，則稍卻；既走，又從之。屠無計，默念狼所欲者肉，不如姑懸諸樹，而蚤取之。[3] 遂鉤肉，翹足挂樹間，示以空空，狼乃止。

---

1 屠夫與狼 → 백정과 이리
【屠夫(도부)】: 백정. 도축업자.
【狼(랑)】: 이리.

2 有屠人貨肉歸，日已暮。欻一狼來，瞰擔中肉，似甚涎垂；步，亦步，尾行數里。→ 어느 백정이 고기를 팔고 집으로 돌아오는데, 날이 이미 저물었다. 갑자기 이리 한 마리가 쫓아오며, 멀리서 짐 속의 고기를 보고, 몹시 군침을 흘리는 것 같았다. 백정이 걸어가는 동안, 이리 역시 백정을 따라 걸으며, 몇 리를 미행했다.
【屠人(도인)】: 백정.
【貨(화)】: 賣(매). 팔다.
【暮(모)】: 저물다.
【欻(훌)】: 돌연, 갑자기, 문득.
【瞰(감)】: 멀리서 바라보다.
【擔(담)】: 짐.
【似(사)】: 마치 …같다.
【涎垂(연수)】: 군침이 흐르다.
【尾行(미행)】: 미행하다, 뒤를 따르다.

3 屠懼，示之以刃，則稍卻；既走，又從之。屠無計，默念狼所欲者肉，不如姑懸諸樹，而蚤取之。→ 백정이 두려워서, 이리에게 칼을 꺼내 보이자, (이리가) 약간 물러서더니, 백정이 걸음을 떼자, 다시 또 따라왔다. 백정은 어찌할 방법이 없어, 마음속으로 「이리가 원하는 것이 고기이니, 잠시 그것을 나무에 매달아 놓았다가, 내일 아침 일찍 가져가는 것이 낫다.」고 생각했다.
【懼(구)】: 두려워하다.
【示之以刃(시지이인)】: 이리에게 칼을 보여주다. 〖之〗: [대명사] 그, 즉 「이리」. 〖刃〗: 칼.
【稍(초)】: 약간, 다소.
【卻(각)】: 물러나다, 물러서다.
【從之(종지)】: 그를 따라오다. 〖從〗: 따르다, 따라오다. 〖之〗: [대명사] 그, 즉 「백정」.
【無計(무계)】: 계책이 없다, 어찌할 방법이 없다.
【默念(묵념)】: 마음속으로 생각하다.
【所欲者(소욕자)】: 요구하는 것, 원하는 것.
【不如(불여)…】: …하는 게 낫다, …만 못하다.

屠卽逕歸。[4] 昧爽, 往取肉, 遙望樹上懸巨物, 似人縊死狀, 大駭, 逡巡近之, 則死狼也。[5] 仰首審視, 見口中含肉, 肉鉤刺狼腭, 如魚呑餌。[6] 時狼革

【姑(고)】: 잠시, 잠깐.
【懸(현)】: 걸다, 매달다.
【諸(제)】: 之於(지어)의 합음.
【蚤(조)】: 早(조). 아침.

4 遂鉤肉, 翹足挂樹間, 示以空空, 狼乃止。屠卽逕歸。→ 그리하여 고기를 갈고리에 꿰어 가지고, 발돋움을 하여 나무 사이에 걸어놓고, 텅 빈 짐 속을 (이리에게) 보여주자, 이리가 비로소 걸음을 멈추고 따라오지 않았다. 백정은 곧장 집으로 돌아왔다.
【遂(수)】: 그리하여.
【鉤(구)】: 갈고리로 꿰다.
【翹足(교족)】: 발돋움하다.
【挂(괘)】: 걸다.
【示以空空(시이공공)】: 빈 것을 보여주다. 즉「텅 빈 짐 속을 보여주다.」의 뜻.
【乃(내)】: 비로소.
【卽逕(즉경)】: 곧장, 바로, 즉시.

5 昧爽, 往取肉, 遙望樹上懸巨物, 似人縊死狀, 大駭, 逡巡近之, 則死狼也。→ 이튿날 이른 새벽, 고기를 가지러 가는 길에, 멀리서 바라보니 (고기를 매달아 놓은) 나무 위에 큰 물건이 걸려 있었다. 마치 사람이 목을 매달아 죽은 모습과 같았다. 너무 놀라, 머뭇거리며 가까이 다가가 보니, 바로 죽은 이리였다.
【昧爽(매상)】: 이른 새벽, 동틀 무렵.
【遙望(요망)】: 멀리서 바라보다.
【縊死(액사)】: 목매달아 죽다.
【狀(상)】: 모양, 모습.
【大駭(대해)】: 매우 놀라다.
【逡巡(준순)】: 머뭇거리다, 머뭇머뭇하다, 주저주저하다.

6 仰首審視, 見口中含肉, 肉鉤刺狼腭, 如魚呑餌。→ 고개를 들고 자세히 살펴보니, 입에 고기를 물고 있는데, 고기를 꿰어 놓은 갈고리가 이리의 입천장을 찔러, 마치 물고기가 미끼를 삼킨 것 같았다.
【仰首(앙수)】: 머리를 들다, 고개를 들다.
【審視(심시)】: 자세히 살펴보다.
【肉鉤(육구)】: 고기를 꿰어 놓은 갈고리.
【刺(자)】: 찌르다.
【腭(악)】: 위턱, 상악(上顎), 입천장.
【如(여)】: 마치 …같다.
【呑(탄)】: 삼키다.
【餌(이)】: 미끼.

價昂, 直十餘金, 屠小裕焉。[7]

해설

백정은 어둠 속에서 이리가 짐 속의 고기를 탐해 따라오는 것이 두려워, 고기를 갈고리에 꿰어 나무에 걸어 두는 방법으로 이리를 따돌리고 집에 돌아온 후, 이튿날 아침 고기를 찾으러 갔다가 뜻밖에도 갈고리에 입이 걸려 죽은 이리를 얻어 돈을 버는 행운을 만났다.

이 우언은 작자가 탐관오리(貪官汚吏)를 이리에 빗대어, 위험을 돌보지 않고 탐욕을 부리다가 스스로 올가미에 걸려든 탐관오리의 추악한 행태를 풍자한 것이다.

7 時狼革價昂, 直十餘金, 屠小裕焉。→그 당시 이리의 가죽은 값이 올라, 가치가 은(銀) 십여 냥에 상당하여, 백정은 주머니 사정이 다소 여유로워졌다.
【價昂(가앙)】: 값이 오르다.
【直(치)】: 値(치). 가치가 …에 상당하다.
【小裕(소유)】: 다소 여유로워지다.

137 맹자설(盲者說)

《南山集·卷一·論說》

작자

대명세(戴名世 : 1653-1713)는 안휘(安徽) 동성(桐城)[지금의 안휘성 동성현(桐城縣)] 사람으로, 자는 전유(田有) 또는 갈부(褐夫)이며, 호는 남산(南山), 별호는 우암(憂庵)이다. 성조(聖祖) 강희(康熙) 48년(1709) 진사에 급제한 후 한림원편수(翰林院編修)를 지냈다. 그는 청초(淸初)의 산문가(散文家)로서 사전(史傳)에 능하고 특히 명대(明代)의 역사에 관심이 많아, 수시로 명대의 유로(遺老)들을 찾아다니며 명조(明朝)에 관한 고사(故事)를 수집 연구하는 데 힘을 쏟기도 했다.

그의 저서 《남산집(南山集)》은 강희 41년에 처음 간행되었는데, 좌도어사(左都御史) 조신교(趙申喬)가 《남산집》에 명(明) 신종(神宗)의 손자인 계왕(桂王)의 연호를 사용했다 하여 불경죄(不敬罪)로 탄핵함으로써, 대명세는 사형을 당하고 수십 명이 이에 연루되어 견책을 당했다.

대명세의 문학적 성취는 동성파(桐城派) 산문의 주류에 속하는데, 현재 그의 작품 대부분이 《남산집》에 수록되어 있다.

원문 및 주석

盲者說[1]

里中有盲童, 操日者術, 善鼓琴。[2] 鄰有某生, 召而弔之曰:「子年幾何

1 盲者說 → 맹인(盲人) 이야기
【盲者(맹자)】: 맹인, 소경, 장님.

2 里中有盲童, 操日者術, 善鼓琴。→ 마을에 눈이 먼 아이가 있었다. 점치는 일에 종사하는데, 북도 잘

矣?」曰:「年十五矣。」[3]「以何時而眇?」曰:「三歲耳。」[4]「然則子之盲也且十二年矣! 昏昏然而行, 冥冥焉而趨, 不知天地之大, 日月之光, 山川之流峙, 容貌之姸醜, 宮室之宏麗, 無乃甚可悲矣乎? 吾方以爲弔也!」[5]

치고 거문고도 잘 탔다.
【盲童(맹동)】: 눈이 먼 아이, 실명(失明)한 소년.
【操日者術(조일자술)】: 점치는 일에 종사하다. 〖操〗: 종사하다. 〖日者〗: 점쟁이. 〖術〗: 일, 직업,
【善鼓琴(선고금)】: 북을 잘 치고 거문고를 잘 타다. 〖善〗: 잘하다, 능하다. 〖鼓〗: [동사 용법] 북을 치다. 〖琴〗: [동사 용법] 거문고를 타다.

3 鄰有某生, 召而弔之曰:「子年幾何矣?」曰:「年十五矣。」→ 이웃에 사는 모 서생이, 그 아이를 불러 위로하며 말했다:「너 나이가 몇 살이냐?」 아이가 대답했다:「열다섯 살이요.」
【召(소)】: 부르다.
【弔(조)】: 위로하다.
【子(자)】: 너, 당신, 그대.
【年(년)】: 나이, 연령.
【幾何(기하)】: 몇, 얼마.

4 「以何時而眇?」曰:「三歲耳。」→ 서생이 물었다:「언제 실명(失明)했느냐?」 아이가 대답했다:「세 살 때요.」
【以何時(이하시)】: 언제, 어느 때에. 〖以〗: [개사] …때에. ※ 시간이나 장소를 나타낸다.
【眇(묘)】: 눈이 멀다, 실명하다.

5 「然則子之盲也且十二年矣! 昏昏然而行, 冥冥焉而趨, 不知天地之大, 日月之光, 山川之流峙, 容貌之姸醜, 宮室之宏麗, 無乃甚可悲矣乎? 吾方以爲弔也!」→ (서생이 말했다):「그렇다면 네가 실명한 것이 바야흐로 십이 년이 되었구나! (온종일) 캄캄한 상태에서 걷고 달리자면, 하늘과 땅이 광대한 것도 모르고, 햇빛과 달빛도 모르고, 산이 우뚝 솟고 개천이 흐르는 것도 모르고, 얼굴이 예쁘고 미운 것도 모르고, 궁실이 웅장하고 화려한 것도 모를 터이니, 어찌 매우 슬프지 않겠느냐? 내가 바로 이 때문에 너를 위로하려는 것이다.」
【然則(연즉)】: 그렇다면, 그러면.
【且(차)】: 바야흐로, 이제 막.
【昏昏然(혼혼연)】: 어두운 모양, 캄캄한 모양.
【冥冥焉(명명언)】: 어두운 모양, 캄캄한 모양.
【趨(추)】: 빨리 가다, 달리다.
【峙(치)】: 우뚝 솟다.
【姸(연)】: 곱다, 아름답다, 예쁘다.
【醜(추)】: 추하다, 못생기다, 밉다.
【宮室(궁실)】: ① 가옥, 집. ② 궁전.
【宏麗(굉려)】: 웅장하고 화려하다.
【無乃(무내)】: 어찌 …하지 않은가?

盲者笑曰:「若子所言, 是第知盲者之爲盲, 而不知不盲者之盡爲盲也。[6] 夫盲者曷嘗盲哉? 吾目雖不見, 而四肢百體均自若也, 以目無妄動焉。[7] 其於人也, 聞其音而知其姓氏; 審其語而知其是非。[8] 其行也, 度其平陂以爲步之疾徐, 而亦無顚危之患。[9] 入其所精業, 而不疲其神於不急之務,

---

6 盲者笑曰:「若子所言, 是第知盲者之爲盲, 而不知不盲者之盡爲盲也。→ 눈먼 아이가 웃으며 말했다:「당신의 말대로라면, 이는 다만 맹인의 눈이 멀었다는 것만 알고, 맹인이 아닌 사람들도 모두 눈이 멀었다는 것을 모르는 것입니다.
【若(약)】: …과 같다.
【是(시)】: 此(차). 이, 이것.
【第(제)】: 다만.
【盲者之爲盲(맹자지위맹)】: 맹인이 눈이 먼 것.
【盡(진)】: 모두, 다.

7 夫盲者曷嘗盲哉? 吾目雖不見, 而四肢百體均自若也, 以目無妄動焉。→ 대저 맹인이 언제 눈이 먼 적이 있습니까? 나의 눈은 비록 보이지 않지만, 몸 전체는 모두 아무런 제약이 없습니다. 이는 눈이 분별없이 행동하지 않기 때문입니다.
【夫(부)】: [발어사] 대저, 무릇.
【曷嘗(갈상)】: 何嘗(하상). 언제 …한 적이 있는가?
【雖(수)】: 비록.
【四肢百體(사지백체)】: 온몸, 전신(全身).
【均(균)】: 모두, 다.
【自若(자약)】: 태연자약하다, 자유자재다, 아무런 제약이 없다.
【以(이)】: … 때문이다.
【妄動(망동)】: 아무 분별없이 행동하다, 경솔하게 행동하다.

8 其於人也, 聞其音而知其姓氏; 審其語而知其是非。→ 사람에 대해서는, 그 사람의 소리를 들으면 그 사람의 성씨를 알고; 그 사람의 말을 분석하면 곧 그 사람의 옳고 그름을 압니다.
【於(어)】: [개사] …에 대해.
【審(심)】: 분석하다.

9 其行也, 度其平陂以爲步之疾徐, 而亦無顚危之患。→ 길을 걸을 때는, (길의) 평탄 여부를 헤아려 걸음의 완급을 조절하기 때문에, 또한 넘어져 위태로울 염려도 없습니다.
【行(행)】: 걷다, 길을 가다.
【度(탁)】: 헤아리다.
【平陂(평피)】: 평탄함과 평탄하지 않음. 즉「평탄 여부」.
【以爲(이위)…】: 以(之)爲. 이로써 …를 삼다.
【疾徐(질서)】: 빠름과 느림. 완급(緩急).
【顚危之患(전위지환)】: 넘어져 위태로울 염려. 〖顚危〗: 넘어져 위태롭다. 〖患〗: 걱정, 염려, 우려.

不用其力於無益之爲, 出則售其術以飽其腹。[10] 如是者久而習之, 吾無病於目之不見也。[11] 今夫世之人, 喜爲非禮之貌, 好爲無用之觀。[12] 事至而不能見, 見而不能遠; 賢愚之品不能辨; 邪正在前不能釋;[13] 利害之來不

---

10 入其所精業, 而不疲其神於不急之務, 不用其力於無益之爲, 出則售其術以飽其腹。→ 자기의 정통(精通)한 일에 몰입하여, 불요불급(不要不急)한 일에 심신(心神)을 피로하지 않게 하고, 무익(無益)한 일에 힘을 쓰지 않으며, 밖에 나가서는 자기의 기술을 팔아 생활을 영위합니다.
【入(입)】: 몰입하다.
【精業(정업)】: 정통(精通)한 일, 능숙한 일.
【不疲其神於(불피기신어)…】: …에 자기의 심신(心神)을 피로하게 하지 않다. 〖疲〗: 피곤하다, 피로하다. 〖神〗: 심신(心神), 정신. 〖於〗: [개사] …에, …에다.
【不急之務(불급지무)】: 급하지 않은 일, 불요불급(不要不急)한 일.
【不用其力於(불용기력어)…】: …에 자기의 힘을 쓰지 않다. 〖於〗: [개사] …에, …에 대해.
【無益之爲(무익지위)】: 무익(無益)한 일, 도움이 되지 않는 일.
【售(수)】: 賣(매). 팔다.
【飽其腹(포기복)】: 자기의 배를 불리다. 즉 「먹고 살다, 생활을 영위하다.」의 뜻.

11 如是者久而習之, 吾無病於目之不見也。→ 이와 같은 생활을 오래하여 습관이 되다 보니, 나는 눈이 안 보이는 것에 대해 전혀 고통을 느끼지 않습니다.
【如是(여시)】: 이와 같다.
【習(습)】: 익숙해지다, 습관이 되다.
【無病於(무병어)…】: …에 대해 고통을 느끼지 않다. 〖於〗: [개사] …에 대해.
【目之不見(목지불견)】: 눈이 안 보이는 것.

12 今夫世之人, 喜爲非禮之貌, 好爲無用之觀。→ 오늘날 세상 사람들은, 예의(禮儀)에 어긋나는 모습을 드러내기 좋아하고, 전혀 쓸모가 없는 경관(景觀)을 꾸며내기 좋아합니다.
【喜爲(희위)…】: …을 만들기 좋아하다.
【非禮之貌(비례지모)】: 예의(禮儀)가 아닌 모습.
【好爲(호위)…】: …을 만들기 좋아하다, …을 조성하기 좋아하다.
【無用之觀(무용지관)】: 전혀 쓸모가 없는 경관(景觀).

13 事至而不能見, 見而不能遠; 賢愚之品不能辨; 邪正在前不能釋; → 일이 발생해도 보지 못하고, 보아도 피할 줄 모르며; 현명한 성품과 어리석은 성품을 구별하지 못하고; 사악(邪惡)과 정의(正義)가 눈앞에 있어도 해석할 줄 모릅니다.
【事至(사지)】: 일이 닥치다, 일이 발생하다.
【遠(원)】: 멀리하다, 멀리 피하다.
【賢愚之品(현우지품)】: 현명한 성품과 어리석은 성품.
【辨(변)】: 구별하다, 변별하다.
【邪正在前(사정재전)】: 사악과 정의가 앞에 있다.
【釋(석)】: 해석하다, 설명하다.

能審; 治亂之故不能識;[14] 詩書之陳於前, 事物之接於後, 終日睹之而不得其義, 倒行逆施, 倀倀焉躓且蹶而不之悟 :[15] 卒蹈於網羅、入於陷阱者往往而是。[16] …吾將謂昏昏然而行, 冥冥然而趨, 天下其誰非盲也? 盲者獨余耶?[17] 余方且睥睨顧盼, 謂彼等者不足辱吾之一瞬也。[18] 乃子不自悲

---

14 利害之來不能審; 治亂之故不能識; → 또 이해득실(利害得失)이 닥쳐도 분석할 줄 모르고, 치란(治亂)의 원인을 알지 못할 뿐 아니라;

【審(심)】: 분석하다.

【故(고)】: 원인, 까닭, 연고.

【識(식)】: 알다, 인식하다.

15 詩書之陳於前, 事物之接於後, 終日睹之而不得其義, 倒行逆施, 倀倀焉躓且蹶而不之悟 : → 시서(詩書)가 앞에 놓이고, (이와 관련된) 사물이 뒤에 잇따라도, 온종일 그것을 보며 그 뜻을 터득하지 못하는가 하면, 도리에 맞지 않는 짓을 하고, 어쩔 줄 몰라 넘어지고 또 엎어지면서도 여전히 그것을 깨닫지 못합니다.

【陳於(진어)…】: …에 놓이다, …에 진열되다. 〖於〗: [개사] …에.

【接(접)】: 잇다, 이어지다.

【睹(도)】: 보다.

【不得其義(부득기의)】: 그 뜻을 터득하지 못하다.

【倒行逆施(도행역시)】: 도리에 맞지 않는 짓을 하다.

【倀倀焉(창창언)】: 어쩔 줄 모르는 모양.

【躓且蹶(지차궐)】: 걸려 넘어지고 또 넘어지다. 〖躓〗: 걸려 넘어지다. 〖且〗: …하고 또 …. 〖蹶〗: 넘어지다, 쓰러지다.

【不之悟(부지오)】: [不悟之의 도치 형태] 그것을 깨닫지 못하다.

16 卒蹈於網羅、入於陷阱者往往而是。→ 최후에 그물로 떨어지고, 함정으로 빠져드는 사람들이 흔히 그렇습니다.

【卒(졸)】: 마침내, 결국, 끝내, 최후에.

【蹈於網羅(도어망라)】: 그물로 떨어지다. 〖蹈〗: 밟다. 여기서는 「떨어지다.」의 뜻. 〖於〗 [개사] …에, …로(으로).

【入於陷阱(입어함정)】: 함정으로 들어가다.

【往往而是(왕왕이시)】: 흔히 그렇다. 〖往往〗: 왕왕, 늘, 항상, 흔히, 때때로.

17 吾將謂昏昏然而行, 冥冥然而趨, 天下其誰非盲也? 盲者獨余耶? → 나는 (그들처럼) 캄캄한 상태에서 걷고 달리는 사람은, 누구나 다 눈이 먼 사람이라고 생각합니다. 눈 먼 사람이 어찌 다만 나 하나뿐이겠습니까?

【謂(위)】: …라고 여기다, …라고 생각하다.

【其(기)】: 대명사 앞이나 뒤에 놓여 「其誰 · 其孰 · 誰其 · 此其 · 彼其 · 夫其 · 是其 · 何其 · 曷其 · 胡其」 등을 구성한다. 번역할 필요가 없다.

而悲我, 不自弔而弔我! 吾方轉而爲子悲爲子弔也。」某生無以答。[19]

해설

눈먼 아이는 서생이 자기를 불쌍히 여겨 위로하려 하자, 자신은 비록 눈이 보이지 않지만 오래 익숙하여 생활에 전혀 불편이나 고통을 느끼지 않기 때문에 자신은 결코 눈이 멀었다고 생각하지 않는다며, 오히려 일이 발생해도 보지 못하고 보아도 피할 줄 모르며, 현명한 성품과 어리석은 성품을 구별하지 못하고, 사악(邪惡)과 정의(正義)가 눈앞에 있어도 해석할 줄 모르는 오늘날 사람들이 도리에 맞지 않는 짓을 하고, 어쩔 줄 몰라 넘어지고 또 엎어지면서도 여전히 그것을 깨닫지 못한다고 반박하며, 자신을 불쌍히 여기고 위로하려는 서생의 말문을 막아버렸다.

이 우언은 진짜 맹인(盲人)은 눈이 먼 사람이 아니라 마음이 먼 사람이라는 눈먼 아

【獨(독)】: 어찌.
【余(여)】: 我(아). 나.

18 余方且睥睨顧盼, 謂彼等者不足辱吾之一瞬也。→ 나는 장차 그들을 멸시하고, 그들에 대해서는 나의 일순간조차도 모욕할 가치가 없다고 여길 것입니다.
【方且(방차)】: 장차 …할 것이다, 장차 …하려고 하다.
【睥睨顧盼(비예고반)】: 업신여기며 바라보다. 즉 「멸시하다.」의 뜻. 〖睥睨〗: 업신여기다, 깔보다, 멸시하다. 〖顧盼〗: 바라보다, 관망하다.
【謂(위)】: …라고 여기다, …라고 생각하다.
【彼等者(피등자)】: 그들.
【不足辱(부족욕)】: 모욕할 가치가 없다. 〖不足〗: …할 가치가 없다.

19 乃子不自悲而悲我, 不自弔而弔我! 吾方轉而爲子悲爲子弔也。」某生無以答。→ 그런데 당신은 오히려 자신을 불쌍히 여기지 않고 나를 불쌍히 여기며, 자신을 위로하지 않고 나를 위로하는군요! 나는 이제 거꾸로 당신을 불쌍히 여기고 당신을 위로할 것입니다.」 서생은 대답을 할 수가 없었다.
【乃(내)】: 오히려.
【子(자)】: 너, 그대, 당신.
【自悲(자비)】: 자신을 불쌍히 여기다.
【自弔(자조)】: 자신을 위로하다.
【方(방)】: 이제, 지금.
【轉(전)】: 오히려, 거꾸로.
【無以(무이)】: …할 수가 없다, …할 도리가 없다.

이의 놀리를 통해, 무지몽매(無知蒙昧)하여 사리를 판단할 줄 모르는 당시 봉건통치자들의 무능한 작태를 꼬집어 풍자한 것이다.

138 간사연부(看寫緣簿)
《笑得好·初集》

작자

석성금(石成金 : 1660-1747 이후)은 자가 천기(天基), 호는 성재(惺齋)이며, 청(淸) 양주(揚州)[지금의 강소성 양주(揚州)] 사람이다. 그는 명문 귀족 출신으로 경사(經史)에 정통하고, 평생을 가르치는 일과 저술에 종사하다가 고종(高宗) 건륭(乾隆) 초년에 80여 세의 나이로 세상을 떠났다. 저서로 《전가보(傳家寶)》 사집(四集)이 있다.

《소득호(笑得好)》는 《전가보》 이집(二集)의 《인사통(人事通)》에 수록되어 있는데, 117편의 소화(笑話)를 수록하고 있으며, 내용은 사회의 현실로부터 제재를 취해 사회와 정치의 각종 행태를 풍자한 것이다.

원문 및 주석

看寫緣簿[1]

有一軍人, 穿布衣布靴游寺。僧以爲常人, 不加禮貌。[2] 軍問僧曰 :「我

---

1 看寫緣簿 → 시주(施主) 기록부에 쓰는 것을 보다
【緣簿(연부)】: 시주(施主) 기록부, 시주 장부.

2 有一軍人, 穿布衣布靴游寺。僧以爲常人, 不加禮貌。→ 베옷을 입고 베신을 신은 어느 군인이 절에서 한가롭게 거닐고 있었다. 승려는 그를 평범한 사람이라 여겨, 예의를 갖추지 않았다.
【穿(천)】: 입다, 신다.
【布衣(포의)】: 베옷.
【布靴(포화)】: 베신.
【游寺(유사)】: 절간을 유람하다.

見你寺中, 也甚淡薄, 若少甚的修造, 可取緣簿來, 我好寫布施。」[3] 僧人大喜, 隨卽獻茶, 意極恭敬。[4] 及寫緣簿, 頭一行才寫了「總督部院」四個大字, 僧以爲大官私行, 驚懼跪下。[5] 其人於「總督部院」下邊又添寫「標下左營官兵」, 僧以爲兵丁, 臉卽一惱, 立起不跪。[6] 又見添寫「喜施三

【以爲(이위)】: …라고 여기다, …라고 생각하다.
【常人(상인)】: 평범한 사람, 보통 사람.
【不加禮貌(불가예모)】: 예의를 갖추지 않다.

3 軍問僧日:「我見你寺中, 也甚淡薄, 若少甚的修造, 可取緣簿來, 我好寫布施。」→ 군인이 승려에게 말했다:「내가 당신네 절을 보니, 매우 초라한데, 만일 약간 수리를 할 생각이면, 시주(施主) 장부를 가져 오시오. 내가 보시할 금액을 좀 쓰겠소.」
【甚(심)】: 매우, 몹시.
【淡薄(담박)】: 엷다, 희박하다. 여기서는「빈약하다, 초라하다.」의 뜻.
【若(약)】: 만일, 만약.
【少甚的(소심적)】: 약간.
【修造(수조)】: 수리하다, 보수하다.
【布施(포시)】: 보시하다, 시주하다.

4 僧人大喜, 隨卽獻茶, 意極恭敬。→ 승려는 매우 기뻐하며, 즉시 차를 대접하고, 태도가 매우 공손했다.
【大喜(대희)】: 매우 기뻐하다, 매우 좋아하다.
【隨卽(수즉)】: 바로, 즉시.
【獻茶(헌다)】: 차를 올리다, 차를 대접하다.
【意極恭敬(의극공경)】: 태도가 극히 공손하다.

5 及寫緣簿, 頭一行才寫了「總督部院」四個大字, 僧以爲大官私行, 驚懼跪下。→ 시주 장부를 쓰기에 이르러, 첫 줄에 막「총독부원(總督部院)」이라는 네 개의 큰 글자를 쓰자, 승려는 높은 관리가 사사로운 일로 행차한 것이라 여겨, 놀라 두려워하며 무릎을 꿇었다.
【及(급)】: …에 이르다.
【頭一行(두일행)】: 첫 줄.
【總督部院(총독부원)】: [관청 이름] 명청(明淸) 시대에 총독(總督)이 병부상서(兵部尙書)와 도찰원우도어사(都察院右都御史)를 겸했다.
【私行(사행)】: 관리가 개인적인 일로 외출하다.
【驚懼(경구)】: 놀라 두려워하다.
【跪下(궤하)】: 무릎을 꿇다.

6 其人於「總督部院」下邊又添寫「標下左營官兵」, 僧以爲兵丁, 臉卽一惱, 立起不跪。→ (이어서) 군인이「총독부원」이라는 글자 밑에 또「표하좌영관병(標下左營官兵)」이라고 첨서(添書) 하자, 승려는 그

十」, 僧以爲三十兩銀子, 臉又一喜, 重新跪下。[7] 及添寫「文錢」二字, 僧見布施甚少, 隨又立起不跪, 將身一揲, 臉又變惱。[8]

해설

승려와 군인이 절에서 만나 군인이 시주(施主) 장부에 보시할 금액을 쓰기까지 일련의 과정에서, 승려의 감정과 태도는 여러 번 변화를 일으켰다.

첫 번째는, 베옷을 입고 베신을 신은 군인이 절에서 한가롭게 거니는 것을 보고 평범한 사람이라 여겨 예의를 갖추지 않다가, 보시를 한다는 말에 매우 기뻐하며 즉시 차를 대접하고 태도가 매우 공손하게 변했고,

두 번째는, 군인이 시주 장부에 자기의 직함을 써나가는 동안, 처음 높은 관청 명칭을 쓰자 놀라 두려워하며 무릎을 꿇더니, 이어서 낮은 직급을 쓰자 화내는 표정을 지으며 벌떡 일어났고,

---

를 병졸이라 여겨, 낯빛이 즉시 화나는 표정으로 변하더니, 벌떡 일어나서 무릎을 꿇지 않았다.
【標下左營(표하좌영)】: 청대(淸代) 독무(督撫) 예하의 병영(兵營).
【官兵(관병)】: 관군.
【兵丁(병정)】: 병졸, 병사.
【惱(뇌)】: 화내다, 성내다.

7 又見添寫「喜施三十」, 僧以爲三十兩銀子, 臉又一喜, 重新跪下。→ 또 「희시삼십(喜施三十)」이라 첨서하는 것을 보자, 승려는 이를 은 삼십 냥이라 여겨, 얼굴이 또 기쁜 표정으로 변하며, 다시 무릎을 꿇었다.
【喜施(희시)】: 희사(喜捨)하다.
【重新(중신)】: 다시, 새로.

8 及添寫「文錢」二字, 僧見布施甚少, 隨又立起不跪, 將身一揲, 臉又變惱。→ (마지막으로) 「문전(文錢)」 두 글자를 첨서하기에 이르자, 승려는 보시가 매우 적은 것을 보고, 즉시 또 일어나며 무릎을 꿇지 않고, 몸을 한번 굽히더니, 낯빛이 또 화나는 표정으로 변했다.
【文(문)】: [화폐 단위].
【見(견)】: 보다. ※ 판본에 따라서는 「見」을 「聽(청)」이라 했다.
【隨(수)】: 바로, 즉시.
【將身一揲(장신일설)】: 몸을 한번 굽히다. 〖將〗: …을. 〖揲〗: 접다. 여기서는 「굽히다.」의 뜻.

세 번째는, 군인이 보시할 금액을 쓰는 과정에서 「희시삼십(喜施三十)」을 「은 삼십 냥」이라 여겨 기뻐하며 무릎을 꿇더니, 뒤이어 「문전(文錢)」이란 말이 나오자 또 안색이 변하며 일어나 무릎을 꿇지 않았다.

이 우언은 당시 사회에서 권세와 재물에 빌붙는 소인배의 비열한 행위와 사회의 타락한 풍조를 꼬집어 풍자한 것이다.

139 아자설화(啞子說話)

《笑得好 · 初集》

작자

138 간사연부(看寫緣簿) 참조

원문 및 주석

啞子說話[1]

有一叫化子，假裝啞子，在街市上化錢。常以手指木碗，又指自嘴曰：「啞啞。」[2] 一日拿錢二文買酒吃盡曰：「再添些酒與我。」[3] 酒家問曰：「你

1 啞子說話 → 벙어리가 말을 하다
【啞子(아자)】: 벙어리.

2 有一叫化子，假裝啞子，在街市上化錢。常以手指木碗，又指自嘴曰：「啞啞。」→ 어느 거지가, 벙어리로 가장하여, 저잣거리에서 돈을 구걸했다. 그는 항상 손으로 나무 그릇을 가리키고, 또 자기의 입을 가리키며 :「아 아」 하고 말했다.
【叫化子(규화자)】: 거지.
【假裝(가장)】: 가장하다, 거짓으로 꾸미다.
【街市(가시)】: 저잣거리.
【化錢(화전)】: 돈을 구걸하다.
【常(상)】: 늘, 항상.
【以手指木碗(이수지목완)】: 손으로 나무 그릇을 가리키다. 〖以〗: …으로, …을 가지고. 〖指〗: 가리키다. 〖碗〗: 그릇, 주발.
【嘴(취)】: 입.
【啞啞(아아)】: [의성어] 아 아.

3 一日拿錢二文買酒吃盡曰：「再添些酒與我。」→ 어느 날 그가 돈 이문(二文)을 가지고 술을 사서 다

每常來, 不會說話, 今日因何說起話來了麼?」[4] 叫化子曰:「向日無錢, 叫我如何說得話? 今日有了兩個錢, 自然會說了。」[5]

해설

거지가 평상시 돈이 없을 때는 벙어리로 가장하여 저자에서 구걸하며 감히 말을 못하다가, 두 푼의 돈이 생기자 술을 사서 마시며 떳떳하게 말을 했다. 술집 주인이 그 까닭을 묻자, 전에는 돈이 없어 말을 못했지만 지금은 이문(二文)의 돈이 생겼기 때문이라 했다.

거지의 대답처럼, 당시 사회에서 사람들이 말을 할 자격을 가지고 있는가의 여부는, 곧 돈의 유무와 밀접한 관계를 지니고 있다.

이 우언은 배금사상(拜金思想)이 성행하여 돈이 있어야 비로소 행세하며 사람 노릇을 할 수 있는 당시 사회의 모순과 그릇된 풍조를 꼬집어 풍자한 것이다.

마신 후 주인에게 말했다:「다시 술을 조금만 더 주시오.」
【拿(나)】: 가지다.
【文(문)】: [화폐 단위].
【吃盡(흘진)】: 다 먹다. 〖吃〗: 먹다.
【添些(첨사)】: 좀 더 추가하다. 〖些〗: 조금, 약간.
【與(여)】: 주다.

4 酒家問曰:「你每常來, 不會說話, 今日因何說起話來了麼?」→ 술집 주인이 물었다:「당신은 매번 올 때마다, 말을 할 줄 몰랐는데, 오늘은 어째서 말을 하고 있소?」
【酒家(주가)】: 술집 주인.
【每常(매상)】: 매번, 항상, 늘, 언제나.
【不會說話(불회설화)】: 말을 할 줄 모르다. 〖不會〗: …할 줄 모르다.
【因何(인하)】: 무엇 때문에, 무슨 까닭으로 인해, 어째서.

5 叫化子曰:「向日無錢, 叫我如何說得話? 今日有了兩個錢, 自然會說了。」→ 거지가 말했다:「전에는 돈이 없었으니, 어떻게 나로 하여금 말을 하도록 할 수 있겠소? 오늘은 두 푼의 돈이 생겼으니, 자연히 말을 할 줄 아는 것이오.」
【向日(향일)】: 전, 이전, 그전, 지난 날.
【叫(규)】: …로 하여금 …하도록 하다.
【如何(여하)】: 어떻게.

140 박지피(剝地皮)
《笑得好 · 二集》

작자

138 간사연부(看寫緣簿) 참조

원문 및 주석

剝地皮[1]

一官甚貪, 任滿歸家, 見家屬中多一老叟。[2] 問 :「此是何人?」叟曰 :「某縣土地也。」[3] 問 :「因何到此?」叟曰 :「那地方上地皮都被你剝將來, 教我如何不隨來?」[4]

---

1 剝地皮 → 토지를 빼앗다
【剝(박)】: 박탈하다, 빼앗다.
【地皮(지피)】: 땅, 토지.

2 一官甚貪, 任滿歸家, 見家屬中多一老叟。→ 어느 탐욕이 심한 관리가, 임기를 마치고 집으로 돌아와, 식솔 중에 노인 하나가 더 있는 것을 발견했다.
【甚貪(심탐)】: 탐욕이 매우 많다.
【任滿(임만)】: 임기가 만료되다, 임기를 마치다.
【家屬(가속)】: 식솔, 식구, 가족.
【老叟(노수)】: 노인, 늙은이.

3 問 :「此是何人?」叟曰 :「某縣土地也。」→ 관리가 물었다 :「이 사람은 누구인가?」노인이 대답했다 :「나는 모 현(縣)의 토지신이요.」
【土地(토지)】: 여기서는「토지신」을 가리킨다.

4 問 :「因何到此?」叟曰 :「那地方上地皮都被你剝將來, 教我如何不隨來?」→ 관리가 물었다 :「무슨

해설

임기(任期)를 마치고 귀가(歸家)한 어느 탐관오리(貪官汚吏)의 식솔 중에 노인 한 명이 늘어난 것은, 그가 재임 중에 임지(任地)의 모든 토지를 자기 소유로 만들어 갈 곳을 잃은 토지신이 어쩔 수 없이 토지의 주인을 따라왔기 때문이었다.

이 우언은 봉건사회(封建社會) 관리들의 보편적인 탐욕 행위와 백성을 수탈하는 탐관오리(貪官汚吏)의 잔혹하고 흉악한 면모를 통해, 봉건사회의 가장 근본적이고 가장 첨예한 사회 경제 문제를 반영함과 동시에, 봉건 지주(地主)들이 대량의 토지를 겸병함으로써 농민들이 농사를 지을 한 치의 땅도 없는 참담한 현상을 풍자한 것이다.

까닭으로 여기에 왔소?」 노인이 대답했다 : 「그곳의 토지는 모두 당신에게 빼앗겼는데, 내가 어찌 당신을 따라오지 않을 수 있겠소?」
【因何(인하)】: 무엇 때문에, 무슨 까닭으로.
【都(도)】: 모두.
【被(피)】: [피동형] …에 의해 …되다, …에게 …당하다.
【剝將來(박장래)】: 빼앗아가다.
【教(교)】: [사역형] …로 하여금 …하게 하다.
【如何(여하)】: 어찌, 어떻게.
【隨來(수래)】: 따라오다.

141 착사료인(錯死了人)

《廣談助·諧謔》

작자

방비홍(方飛鴻 : ?-?)은 절강(浙江) 온주(溫州)[지금의 절강성 온주시(溫州市)] 사람으로, 자는 빈래(賓來)이며, 건륭(乾隆)-가경(嘉慶) 연간에 활동했던 청대(淸代)의 문학가이다.

저서로 《광담조(廣談助)》 50권이 있는데, 잡문 형식의 필기소설(筆記小說)로 시대적 병폐를 지적한 내용이 많다.

원문 및 주석

錯死了人[1]

東家喪妻母, 往祭, 托館師撰文, 乃按古本誤抄祭妻父者與之。識者看出。[2] 主人大怪館師, 館師曰 :「古本上是刊定的, 如何會錯? 只怕是他家

---

1 錯死了人 → 사람이 잘못 죽다
【錯死(착사)】: 잘못 죽다.

2 東家喪妻母, 往祭, 托館師撰文, 乃按古本誤抄祭妻父者與之。識者看出。→ 주인이 장모상을 당해, 제사를 지내러 가려고, 학관(學館)의 선생에게 제문(祭文)을 지어달라고 부탁했다. (학관 선생은) 곧 고서(古書)의 제문을 찾아 근거로 삼으면서 잘못하여 장인을 제사하는 제문을 베껴가지고 그에게 주었다. 제문을 잘 아는 사람이 (잘못된 내용을) 간파하고 이를 주인에게 알려주었다.
【東家(동가)】: 주인.
【妻母(처모)】: 장모.
【往祭(왕제)】: 제사 지내러 가다.
【托(탁)】: 부탁하다.

錯死了人。」3

해설

글방 선생은 장모상에 필요한 제문(祭文)을 써달라는 주인의 부탁을 받고, 고서(古書)의 제문을 찾아 베끼다가 잘못하여 장인상에 사용하는 제문을 베껴다 주었다. 제문을 잘 아는 사람으로부터 제문이 잘못되었다는 말을 들은 주인이 글방 선생을 꾸짖자, 글방 선생의 말은 고서가 상세한 교정을 거친 정본(定本)이라 틀릴 리가 없다면서 오히려 그 집에서 사람이 잘못 죽었을 것이라고 했다.

이 우언은 글방 선생의 고지식한 행위를 통해, 눈앞의 사실을 고려하지 않고 오로지 원리 원칙에만 얽매어 전혀 융통성이 없는 교조주의적(教條主義的) 사고방식을 풍자한 것이다.

【館師(관사)】: 학관(學館)의 선생.
【撰文(찬문)】: 제문(祭文)을 짓다.
【乃(내)】: 곧, 바로.
【按(안)】: 의거하다, 근거로 삼다.
【古本(고본)】: 고서(古書).
【誤抄(오초)】: 잘못 베끼다.
【妻父(처부)】: 장인.
【與之(여지)】: 그에게 주다. 〖與〗: 주다. 〖之〗: [대명사] 그, 즉 「제문을 부탁한 사람」.
【識者看出(식자간출)】: 제문을 잘 아는 사람이 (잘못된 내용을) 간파하다. 〖識者〗: 식견이 있는 사람. 여기서는 「제문을 잘 아는 사람」을 가리킨다.

3 主人大怪館師, 館師曰: 「古本上是刊定的, 如何會錯? 只怕是他家錯死了人。」→ 주인이 학관 선생을 크게 꾸짖자, 학관 선생이 말했다: 「고서의 제문은 상세한 교정을 거친 정본(定本)인데, 어찌 틀릴 리가 있겠습니까? 아마도 그 집에서 사람이 잘못 죽었을 것입니다.」
【大怪(대괴)】: 크게 꾸짖다.
【刊定(간정)】: 상세한 교정을 거친 정본(定本).
【如何(여하)】: 어찌.
【會(회)】: …할 가능성이 있다.
【只怕(지파)】: 아마, 아마도, 짐작컨대.

142 사금구지(捨金求指)

《廣談助 · 諧謔》

작자

141 착사료인(錯死了人) 참조

원문 및 주석

捨金求指[1]

一人貧苦特甚, 生平虔奉呂祖。祖感其誠, 忽降其家, 見其赤貧, 不勝憫之。[2] 因伸一指指其庭中磐石, 粲然化爲黃金, 曰 :「汝欲之乎?」[3] 其人

---

1 捨金求指 → 황금을 포기하고 손가락을 요구하다
【捨(사)】: 포기하다, 버리다.
【求(구)】: 요구하다.
【指(지)】: 손가락.

2 一人貧苦特甚, 生平虔奉呂祖。祖感其誠, 忽降其家, 見其赤貧, 不勝憫之。→ 어느 매우 가난한 사람이, 평생토록 여동빈(呂洞賓)을 정성으로 받들었다. 여동빈이 그의 성의에 감동되어, 돌연 그의 집에 내려왔는데, 그가 몹시 가난한 것을 보고, 그를 매우 불쌍히 여겼다.
【貧苦特甚(빈고특심)】: 매우 가난하다. 〖貧苦〗: 빈곤하다, 가난하다. 〖特甚〗: 특히, 매우, 몹시.
【生平(생평)】: 평생.
【虔奉(건봉)】: 정성으로 받들다.
【呂祖(여조)】: 여동빈(呂洞賓). 전설에 나오는 팔선(八仙)의 하나.
【忽(홀)】: 돌연, 갑자기.
【降(강)】: 강림하다, 내려오다.
【赤貧(적빈)】: 몹시 가난하다.
【不勝(불승)】: 매우, 몹시.

再拜曰:「不欲也。」呂祖大喜, 謂:「子誠如此, 便可授子大道。」[4] 其人曰:「不然, 我心欲汝此指頭耳。」[5]

해설

가난한 사람이 평생토록 정성을 다해 여동빈(呂洞賓)의 신주(神主)를 모신 목적은 여동빈의 황금을 얻기 위해서가 아니라 여동빈의 신선술을 터득하여 일약 부자가 되려

【憫(민)】: 불쌍히 여기다.
【之(지)】: [대명사] 그, 즉 「가난한 사람」.

3 因伸一指指其庭中磐石, 粲然化爲黃金, 曰:「汝欲之乎?」→ 그리하여 (여동빈이) 손가락 하나를 뻗어 정원에 있는 반석(盤石)을 가리키자, 빛이 번쩍이며 황금으로 변했다. 여동빈이 물었다:「당신은 그것을 원합니까?」
【因(인)】: 그래서, 그리하여.
【伸一指指(신일지지)】: 손가락 하나를 뻗어 …을 가리키다. 〖伸〗: 뻗다. 〖指〗: 앞의 「指」는 명사로 「손가락」, 뒤의 「指」는 동사로 「가리키다.」의 뜻
【磐石(반석)】: 평평하고 큰 돌.
【粲然(찬연)】: 빛이 번쩍이는 모양.
【化爲(화위)】: …으로 변하다.
【汝(여)】: 너, 당신.
【欲(욕)】: 원하다.
【之(지)】: [대명사] 그것, 즉 「황금」.

4 其人再拜曰:「不欲也。」呂祖大喜, 謂:「子誠如此, 便可授子大道。」→ 그 사람이 두 번 절을 하고 대답했다:「원하지 않습니다.」 여동빈이 매우 기뻐하며, 말했다:「그대가 이처럼 성실하니, 내가 곧 그대에게 신선이 되는 방법을 가르쳐 줄 수 있습니다.」
【子(자)】: 너, 당신, 그대.
【如此(여차)】: 이처럼, 이와 같이.
【便(편)】: 곧, 바로.
【授(수)】: 전수(傳授)하다.
【大道(대도)】: 신선이 되는 방법.

5 其人曰:「不然, 我心欲汝此指頭耳。」→ 그 사람이 말했다:「그런 게 아니라, 저의 마음은 당신의 그 손가락을 원할 뿐입니다.」
【不然(불연)】: 그렇지 않다, 그런 게 아니다.
【指頭(지두)】: 손가락.
【耳(이)】: …뿐이다.

는 것이었다. 사람이 빈곤에서 탈출하려면 마땅히 자기의 각고 노력에 의존해야지 환상은 절대로 금물이다. 속담에 「하나를 얻으면 열을 바라고, 열을 얻으면 백을 바란다.」는 말처럼, 불로소득을 바라는 탐심이 그지없다.

이 우언은 작자가 인물의 대화를 통해, 당시 사회에서 자신의 노력으로 부자가 되려는 생각보다는, 술수를 부려 일확천금(一攫千金)을 노리려는 엉뚱한 사람들의 그릇된 풍조를 풍자한 것이다.

143 근시간편(近視看匾)

《崔東壁遺書·考信录提要》

작자

최술(崔述 : 1740-1816)은 대명(大名)[지금의 하북성] 사람으로, 자는 무승(武承), 호는 동벽(東壁)이다. 고종(高宗) 건륭(乾隆) 연간에 거인(擧人)에 급제한 후, 복건(福建) 나원(羅源)·상항(上杭) 등의 지현(知縣)을 지냈으나, 그 후 탄핵을 당하고 나서는 상주(相州)의 거처에서 두문불출(杜門不出)하고 저술에만 전념했다. 그는 특히 고적(古籍)의 주소(注疏)에 대한 변위(辨僞)·고증(考證)에 정통하여 근대 역사학계에 많은 영향을 주었다. 저서로 《고신록(考信錄)》《무문집(無聞集)》《유경루문고(遺經樓文稿)》 등이 있는데, 후에 고힐강(顧頡剛)이 모두 한데 모아 《최종벽유서(崔東壁遺書)》를 간행했다.

원문 및 주석

近視看匾[1]

有二人皆患近視, 而各矜其目力不相下。[2] 適村中富人將以明日懸扁於

1 近視看匾 → 근시(近視)인 사람이 편액(扁額)을 보다
【匾(편)】: 편액(扁額).

2 有二人皆患近視, 而各矜其目力不相下。→ 어떤 두 사람이 모두 근시안을 앓고 있었으나, 각자 자기의 시력을 자랑하며 서로 양보하지 않았다.
【皆(개)】: 모두, 다.
【患近視(환근시)】: 근시를 앓다.
【矜(긍)】: 자랑하다, 뽐내다.
【目力(목력)】: 시력.

門, 乃約於次日同至其門, 讀扁上字以驗之。[3] 然皆自恐弗見, 甲先於暮夜使人刺得其字, 乙幷刺得其旁小字。[4] 暨至門, 甲先以手指門上曰 :「大字某某。」 乙亦用手指門上曰 :「小字某某。」[5] 甲不信乙之能見小字也, 延主人出, 指而問之曰 :「所言字誤否?」[6] 主人曰 :「誤則不誤, 但扁尙未懸,

---

【不相下(불상하)】: 서로 양보하지 않다.

3 適村中富人將以明日懸扁於門, 乃約於次日同至其門, 讀扁上字以驗之。→ 마침 마을의 부자가 이튿날 자기 집 대문에 편액을 걸려고 했다. 그리하여 두 사람은 다음날 함께 그 집 문 앞에 가서, 편액의 글씨를 읽어 각자의 시력을 검증하기로 약속했다.
【適(적)】: 마침.
【將(장)】: (장차) …하려고 하다.
【以(이)】: …때(에).
【懸扁於門(현편어문)】: 문에 편액(扁額)을 걸다. 〖懸〗: 걸다, 매달다. 〖扁〗: 편액(扁額). 〖於〗: [개사] …에.
【乃(내)】: 그리하여.
【於次日(어차일)】: 다음날에. 〖於〗: [개사] …에. ※ 장소·시간을 나타낸다.
【同至(동지)…】: 함께 …에 가다.
【驗之(험지)】: 시력을 검증하다. 〖驗〗: 검증하다, 시험하다. 〖之〗: [대명사] 그것, 즉 「시력」.

4 然皆自恐弗見, 甲先於暮夜使人刺得其字, 乙幷刺得其旁小字。→ 그러나 그들은 모두 (혹시) 자기가 안 보일까 두려웠다. 그리하여 갑(甲)이 먼저 밤중에 (몰래) 사람을 보내 편액의 글자를 정탐하게 했고, 을(乙)은 그 옆에 있는 작은 글자까지도 모두 함께 정탐하게 했다.
【然(연)】: 그러나.
【恐(공)】: 두려워하다.
【弗(불)】: 不(불).
【暮夜(모야)】: 저녁.
【使(사)】: 보내다, 파견하다.
【刺(자)】: 정탐하다, 몰래 살피다.
【幷(병)】: 함께, 같이.
【其旁小字(기방소자)】: 편액의 큰 글자 옆에 있는 작은 글자.

5 暨至門, 甲先以手指門上曰 :「大字某某。」 乙亦用手指門上曰 :「小字某某。」→ (다음날 두 사람이) 함께 부자의 문 앞에 도착하자, 갑이 먼저 손가락으로 문 위를 가리키며 말했다 :「큰 글자는 무슨 무슨 자이다.」을 역시 손가락으로 문 위를 가리키며 말했다 :「작은 글자는 무슨 무슨 자이다.」
【暨(기)】: 과(와), 함께.
【以(이)】: …으로, …을 가지고.
【用(용)】: …으로, …을 가지고.

6 甲不信乙之能見小字也, 延主人出, 指而問之曰 :「所言字誤否?」→ 갑은 을이 능히 작은 글자를 볼

門上虛無物, 不知兩君所指者何也?」[7] 嗟乎! 數尺之扁, 有無不能知也, 況於數分之字, 安能知之?[8] 聞人言云云而遂云云, 乃其所以爲大誤也。[9]

해설

근시안을 지닌 두 사람이 서로 자기의 시력이 좋다고 자랑하며 편액의 글자를 읽어 우열을 가리기로 약속하고, 사람을 보내 미리 글자를 알아보는 속임수까지 썼지만, 막상 검증 과정에서 아직 내걸지도 않은 편액의 글자를 말했다가 일순간에 거짓이 탄로

수 있다는 것을 믿지 못해, 주인을 나오도록 청해, 문 위를 가리키며 물었다:「(을이) 말한 글자가 맞습니까?」
【延(연)】: 청하다, 초빙하다.
【誤否(오부)】: 맞는가? 틀리는가?

7 主人曰:「誤則不誤, 但扁尙未懸, 門上虛無物, 不知兩君所指者何也?」→ 주인이 말했다:「틀리지는 않았지만, 그러나 편액을 아직 걸지 않아, 문 위에 아무것도 없는데, 두 분이 무엇을 가리키는 것인지 모르겠소.」
【但(단)】: 그러나.
【尙未(상미)】: 아직 …하지 않다.
【虛無物(허무물)】: 텅 비어 물건이 없다. 즉「아무것도 없다.」의 뜻.
【兩君(양군)】: 두 분. 〖君〗: [타인에 대한 존칭].

8 嗟乎! 數尺之扁, 有無不能知也, 況於數分之字, 安能知之? → 아! 몇 척(尺 : 자)이나 되는 큰 편액이, 걸려 있는지 없는지도 알지 못하는데, 하물며 몇 분(分 : 푼)에 불과한 작은 글자를, 어찌 알 수 있겠는가?
【嗟乎(차호)】: [감탄사] 아!
【況(황)】: 하물며.
【於(어)】: [개사] …에 대해.
【分(분)】: [길이 단위] 푼. 1자의 100분의 1, 1치의 10분의 1.
【安能(안능)…】: 어찌 …할 수 있겠는가?

9 聞人言云云而遂云云, 乃其所以爲大誤也。→ 남이 이러니저러니 하는 말을 듣고 덩달아 이러니저러니 말을 하면, 그것이 바로 크게 잘못을 범하는 까닭이다.
【云云(운운)】: 이러니저러니 하다.
【遂(수)】: 덩달아, 순종하여.
【乃(내)】: 바로 …이다.
【所以(소이)】: 까닭, 원인.
【爲大誤(위대오)】: 큰 잘못을 범하다.

나고 말았다. 근시안이 결코 피차의 이해득실에 영향을 주어 굳이 자존심을 걸고 우열을 다툴 일은 아니다.

이 우언은 쓸데없는 일로 불필요한 경쟁을 벌리며 재주를 피우려다 일을 망쳐 남들의 웃음거리가 되는 어리석은 행위를 풍자한 것이다.

144 일전주관(一錢丢官)

《諧鐸 · 卷三 · 一錢落職》

작자

심기봉(沈起鳳 : 1741-1794)은 오현(吳縣)[지금의 강소성 소주(蘇州)] 사람으로, 자는 동위(桐威), 호는 빈어(薲漁) 또는 홍심사객(紅心詞客)이며, 청대의 저명한 문학가이자 희곡(戲曲) 작가이다. 고종(高宗) 건륭(乾隆) 연간에 거인(擧人)에 합격한 후 기문(祁門)·전초훈도(全椒訓導) 등을 지냈으며, 저서로 《보은록(報恩錄)》《재인복(才人福)》《인곡(人鵠)》《빈어초고(薲漁初稿)》《홍심사(紅心詞)》《해탁(諧鐸)》 등이 있다.

《해탁》은 명(明) 풍몽룡(馮夢龍)의 《요재지이(聊齋志异)》를 모방한 필기소설집(筆記小說集)으로, 내용은 주로 기문일사(奇聞軼事)를 기록했다.

원문 및 주석

一錢丢官[1]

南昌某, 父爲國子助教, 隨任在京。[2] 偶過延壽寺街, 見書肆中一少年數

1 一錢丢官 → 일전(一錢)으로 인해 관직을 잃다
【丢(주)】: 잃다, 잃어버리다.

2 南昌某, 父爲國子助教, 隨任在京。→ 남창(南昌)의 아무개는, 부친이 국자감(國子監)의 조교(助教)를 지내, 부친의 임지(任地)를 따라가 경성(京城)에 살았다.
【南昌(남창)】: [지명] 지금의 강서성 남창시(南昌市).
【某(모)】: 아무개.
【爲(위)】: …을 하다, …을 지내다.
【國子(국자)】: 국자감.

錢買《呂氏春秋》, 適墮一錢於地。[3] 某暗以足踐之, 俟其去而俯拾焉。旁坐一翁, 凝視良久, 忽起叩某姓氏, 冷笑而去。[4] 後某以上舍生入謄錄館, 謁選, 得江蘇常熟縣尉。[5] 束裝赴任, 投刺謁上臺。時潛庵湯公, 巡撫江

【助教(조교)】: [학관(學官)의 직책]. ※ 명청(明淸)시대 국자감에 두었던 직책으로, 국자박사(國子博士)가 유학(儒學)을 전수하는 일을 도왔다.

【隨任在京(수임재경)】: 임지(任地)를 따라가 경성(京城)에 살다.

3 偶過延壽寺街, 見書肆中一少年數錢買《呂氏春秋》, 適墮一錢於地。→ 어느 날 우연히 연수사(延壽寺) 거리를 지나다가, 책방에서 한 소년이 돈을 세어 《여씨춘추(呂氏春秋)》를 사는 것을 보고 있는데, 마침 동전 하나가 땅에 떨어졌다.

【偶(우)】: 우연히.

【過(과)】: 지나가다.

【延壽寺(연수사)】: [사찰 이름].

【書肆(서사)】: 서점, 책방.

【數錢(수전)】: 돈을 세다.

【呂氏春秋(여씨춘추)】: [서명] 전국(戰國)시대 말기 진(秦)나라의 재상 여불위(呂不韋)가 자기 문객들을 시켜 지은 책으로, 선진제자(先秦諸子) 가운데 잡가(雜家)의 대표작이다.

【適(적)】: 마침.

【墮(타)】: 떨어지다.

【於(어)】: [개사] …에.

4 某暗以足踐之, 俟其去而俯拾焉。旁坐一翁, 凝視良久, 忽起叩某姓氏, 冷笑而去。→ 아무개는 몰래 발로 그것을 밟고 있다가, 소년이 떠나기를 기다려 몸을 굽혀 그것을 주웠다. 옆에 한 노인이 앉아서, 한참 동안 응시하더니, 갑자기 일어나 아무개의 성씨를 묻고, 쌀쌀하게 비웃으며 가버렸다.

【暗(암)】: 몰래, 남모르게.

【以足踐之(이족천지)】: 발로 그것을 밟다. 『踐』: 밟다. 『之』: [대명사] 그것, 즉 「동전」.

【俟(사)】: 기다리다.

【俯拾(부습)】: 몸을 구부려 줍다. 『俯』: 굽히다, 구부리다.

【旁(방)】: 옆.

【翁(옹)】: 노인, 늙은이.

【良久(양구)】: 오랫동안, 한참 동안.

【忽(홀)】: 갑자기, 돌연.

【叩(고)】: 묻다, 물어보다.

5 後某以上舍生入謄錄館, 謁選, 得江蘇常熟縣尉。→ 후에 아무개는 국자감 학생의 신분으로 등록관(謄錄館)에 들어가, 인사를 담당하는 관리를 알현하고, 강소(江蘇) 상숙현(常熟縣)의 현위(縣尉) 자리를 얻었다.

【上舍生(상사생)】: 국자감 학생의 별칭. ※ 송대(宋代)의 제도 하에서는 태학(太學 : 국자감)을 외사(外

蘇, 十謁不得一見。[6] 巡捕傳湯公命, 令某不必赴任, 名已掛彈章矣。問所劾何事? 曰 :「貪。」[7] 某自念尙未履任, 何得有贓款? 必有舛錯。急欲面陳。[8] 巡捕入稟, 復傳湯公命曰 :「汝不記昔年書肆中事耶? 爲秀才時, 尙

舍)・내사(內舍)・상사(上舍)로 구분하고, 학생이 일정한 연한과 조건 하에 단계별로 승급했다. 청대(淸代)에 이르러서는 상사(上舍)를 감생(監生) 즉, 국자감 학생의 별칭으로 불렀다.

【謄錄館(등록관)】: 등록관(謄錄官)이 근무하는 기구. ※ 청대에는 향시(鄕試)와 회시(會試)를 거행할 때 여러 명의 서리(書吏)를 선발하여 등록관(謄錄官)의 감독 하에 붉은 색의 붓으로 시험 답안지를 다시 베낀 다음, 그것을 시험관에게 보내 평가했다. 등록(謄錄)은 곧 시험 답안지를 베끼는 작업을 말한다.

【謁選(알선)】: 인사를 담당하는 관리를 알현하다. 〖謁〗: 알현하다.

【江蘇常熟(강소상숙)】: [지명] 강소성 상숙현(常熟縣).

【縣尉(현위)】: [관직] 현령(縣令)을 보좌하여 치안(治安) 사무를 담당하던 직책.

6 束裝赴任, 投剌謁上臺。時潛庵湯公, 巡撫江蘇, 十謁不得一見。→ 여장을 꾸리고 부임하러 가서, 명함을 건네고 상급 관리를 알현하고자 청했다. 그때 잠암(潛庵) 탕공(湯公)이, 강소(江蘇)의 순무(巡撫)를 지내고 있었는데, 아무개가 열 번을 알현하고자 청했으나 한 번도 알현하지 못했다.

【束裝(속장)】: 여장을 꾸리다, 채비를 하다.

【投剌(투자)】: 명함을 건네다, 명함을 내놓다. 〖剌〗: 명함.

【上臺(상대)】: 상사(上司), 상급 관리.

【潛庵湯公(잠암탕공)】: [인명] 탕빈(湯斌). 휴주(睢州)[지금의 하남성 휴현(睢縣)] 사람으로, 자는 공백(孔伯) 또는 형연(荊硯)이며, 호는 잠암(潛庵)이다. 세종(世宗) 순치(順治) 연간에 진사에 급제한 후 공부상서(工部尙書)를 지냈으며, 청렴하고 정직하기로 이름이 났다.

【巡撫(순무)】: [관직] 명청(明淸)시대의 최고 지방 장관. 여기서는 동사 용법으로 「순무를 지내다.」의 뜻.

7 巡捕傳湯公命, 令某不必赴任, 名已掛彈章矣。問所劾何事? 曰 :「貪。」→ 관아의 순포(巡捕)가 탕공의 명령을 전달하며, 아무개에게 부임할 필요가 없다고 했다. 그 까닭은 아무개의 이름이 이미 관리를 탄핵하는 공문에 들어 있기 때문이었다. (아무개가) 무슨 일로 탄핵되었는가를 묻자, 순포가 말했다 :「횡령이오.」

【巡捕(순포)】: [관직] 총독과 순무(巡撫) 휘하에 설치한 관직으로, 문관직과 무관직으로 나뉘어 각기 명령의 전달과 경호를 담당했다.

【令(령)】: …하게 하다, …을 시키다.

【不必(불필)】: …하지 말라, …할 필요가 없다.

【掛(괘)】: 등록되다, 실리다.

【彈章(탄장)】: 관리를 탄핵하는 공문.

【劾(핵)】: 탄핵하다.

【貪(탐)】: 횡령.

8 某自念尙未履任, 何得有贓款? 必有舛錯, 急欲面陳。→ 아무개는 스스로 자기가 아직 부임을 하지

且一錢如命;[9] 今僥倖作地方官, 能不探囊胠篋, 爲紗帽下之劫賊乎? 請卽解組去, 毋使一路哭也!」[10] 某始悟日前叩姓氏者, 卽潛庵湯公, 遂慙愧

않았는데, 무슨 부정한 돈이 있겠느냐며, 반드시 착오가 있을 것이라 생각하고, 급히 직접 대면하여 진술하고자 했다.

【自念(자념)】: 스스로 생각하다.

【尙未(상미)】: 아직 …하지 않다.

【履任(이임)】: 부임하다, 취임하다.

【何得(하득)】: 어찌 …할 수 있는가?

【贓款(장관)】: 뇌물로 받은 돈, 부정한 돈.

【舛錯(천착)】: 착오.

【欲(욕)】: …하고자 하다, …을 원하다.

【面陳(면진)】: 직접 대면하여 진술하다, 직접 만나서 말하다.

9 巡捕入稟, 復傳湯公命曰 : 「汝不記昔年書肆中事耶? 爲秀才時, 尙且一錢如命; → 순포가 들어가 품신하고 나서, 다시 탕공의 명령을 전달하며 말했다 : 「당신은 과거에 책방에서 있었던 일을 기억하지 못하는가? 수재(秀才)의 신분일 때조차, 일전(一錢)을 생명처럼 여기는데;

【稟(품)】: 품신(稟申)하다.

【復(부)】: 다시.

【汝(여)】: 너, 당신.

【記(기)】: 기억하다.

【秀才(수재)】: 부(府) 주(州) 현(縣)의 학교에 입학한 학생.

【尙且(상차)】: …조차도 …한데.

【一錢如命(일전여명)】: 일전(一錢)을 생명처럼 여기다.

10 今僥倖作地方官, 能不探囊胠篋, 爲紗帽下之劫賊乎? 請卽解組去, 毋使一路哭也!」→ 지금 요행이 지방의 관리가 되면, 어찌 남의 주머니를 뒤지고 남의 상자를 열어 물건을 훔쳐, 사모(紗帽)를 쓴 도적이 되지 않을 수 있겠는가? 청컨대 즉시 사직하고 떠나, 당신이 다스리는 지역의 백성들이 피해를 당하게 하지 말라!」

【能不(능불)】: 어찌 …하지 않을 수 있겠는가?

【探囊胠篋(탐낭거협)】: 남의 주머니를 뒤지고 남의 상자를 열어 물건을 훔치다. 〖探〗: 찾다, 뒤지다. 〖囊〗: 주머니. 〖胠〗: 열다. 〖篋〗: 상자. ※《장자(莊子) · 거협(胠篋)》: 「將爲胠篋探囊發匱之盜而爲守備, 則必攝緘縢, 固扃鐍(상자를 열고 주머니를 뒤지며 궤짝을 여는 도둑에 대비하기 위해서는, 반드시 끈으로 꼭 묶고 자물쇠를 단단히 채워야 한다.)」

【爲紗帽下之劫賊(위사모하지겁적)】: 사모(紗帽) 밑의 강도가 되다. 즉 「사모를 쓴 도적이 되다.」의 뜻. 〖爲〗: 되다. 〖紗帽〗: 사모, 오사모(烏紗帽). ※ 벼슬아치들이 관복을 입을 때에 쓰던 모자. 〖劫賊〗: 강도.

【解組(해조)】: 인수(印綬)를 풀다. 즉 「관직에서 물러나다, 사직하다.」의 뜻.

【去(거)】: 떠나다.

罷官而去。[11] 夫未履任而被劾, 亦事之出於意外者。記此爲不謹細行者勖。[12] 鐸曰 :「錢神化百千億萬身, 種種誘人失著。勿謂一錢甚微也。[13] 涓涓不塞成江河, 熸火不滅成燎原。吾願飭簠簋者, 自一錢始。」[14]

【毋使(무사)…】: …하게 하지 말라. 〖毋〗: …하지 말라, …해서는 안 된다. 〖使〗: …하게 하다.
【一路哭(일로곡)】: (어느) 한 지역의 백성들이 피해를 당하다.

11 某始悟日前叩姓氏者, 卽潛庵湯公, 遂慙愧罷官而去。→ 아무개는 비로소 이전에 성씨를 물은 사람이, 바로 잠암 탕공이라는 것을 깨달았다. 그리하여 매우 부끄러워하며 관직을 그만두고 떠났다.
【始(시)】: 비로소.
【悟(오)】: 깨닫다.
【日前(일전)】: 종전, 이전.
【遂(수)】: 그래서, 그리하여.
【慙愧(참괴)】: 부끄러워하다. ※ 판본에 따라서는 「慙」을 「慚(참)」이라 했다.
【罷官(파관)】: 관직을 그만두다.

12 夫未履任而被劾, 亦事之出於意外者。記此爲不謹細行者勖。→ 대저 아직 부임하기도 전에 탄핵을 당하는 것은, 또한 사람들이 예상하지 못하는 일이다. (그래서) 이를 기록으로 남겨 사소한 행동에 신중하지 못한 사람들에 대해 경각심을 갖게 하고자 한다.
【夫(부)】: [발어사] 무릇, 대저.
【出於意外(출어의외)】: 의외이다, 뜻밖이다, 예상하지 못하다, 예상을 벗어나다.
【爲(위)】: …에게, …에 대해.
【不謹細行者(불근세행자)】: 사소한 행위에 신중하지 않는 사람.
【勖(욱)】: 권계하다, 면려하다. 여기서는 「경각심을 갖게 하다.」의 뜻.

13 鐸曰 :「錢神化百千億萬身, 種種誘人失著。勿謂一錢甚微也。→ 해탁(諧鐸)이 말했다 :「돈 귀신은 항상 억만 가지 모습으로 변신하여, 여러 방법을 통해 사람을 실족(失足)하도록 유인한다. 일전(一錢)의 돈을 매우 작다고 여기지 말라.
【化百千億萬身(화백천억만신)】: 억만 가지 모습으로 변신하다.
【種種(종종)】: 여러 가지.
【誘(유)】: 유인하다, 유혹하다.
【失著(실저)】: 실족(失足)하다.
【勿(물)】: …하지 말라.
【謂(위)】: …라고 여기다.
【甚微(심미)】: 매우 작다.

14 涓涓不塞成江河, 熸火不滅成燎原。吾願飭簠簋者, 自一錢始。」→ 졸졸 흐르는 물은 막히지 않으면 강을 이루고, 횃불은 꺼지지 않으면 들판을 태운다. 나는 벼슬자리의 행동을 삼가고자 하는 사람들은, 일전(一錢)을 신중히 대하는 것부터 시작하기 바란다.」
【涓涓(연연)】: 물이 졸졸 흐르는 모양.

해설

남창(南昌)의 아무개는 수재(秀才) 시절에 책방에서 어느 소년이 떨어뜨린 일전(一錢)을 몰래 주워 가졌다가, 이 일이 빌미가 되어 훗날 어렵사리 얻은 강소(江蘇) 상숙현(常熟縣)의 현위(縣尉)의 자리를 포기해야 했다.

이 우언은 동전 하나를 탐했다가 벼슬길에 나가지 못한 수재의 사례를 통해, 눈앞의 작은 이익을 탐하는 사람은 반드시 앞날의 큰 이익을 잃게 되고, 벼슬하는 사람이 재물을 탐하면 반드시 파직의 나락으로 떨어진다는 소탐대실(小貪大失)의 이치를 밝힌 것이다.

【塞(새)】: 막다.
【爝火(작화)】: 횃불.
【滅(멸)】: 소멸하다, 꺼지다.
【燎原(요원)】: (불이 번져) 들판을 태우다. 〖燎〗: 태우다, 번지다. 〖原〗: 평원, 들판.
【飭簠簋(칙보궤)】: 벼슬자리의 행동을 삼가다. 〖飭〗: 근신하다, 삼가다, 조심하다. 〖簠〗: 제사 때 곡식을 담는 제기. 네모난 것을 보(簠), 둥근 것을 궤(簋)라 한다.
【自(자)…始(시)】: …로부터 시작하다.

145 애려부안(愛驢負鞍)

《耳食錄 · 卷四 · 愛驢》

작자

악균(樂鈞 : ?-?)은 강서(江西) 임천(臨川) 사람으로, 자는 원숙(元淑), 호는 연상(蓮裳)이며, 인종(仁宗) 가경(嘉慶) 6년(1801) 향시(鄕試)에 합격하여 거인(擧人)이 되었다. 저서로 《청지산관시집(靑芝山館詩集)》《이식록(耳食錄)》 등이 있다.

《이식록》은 일종의 필기소설(筆記小說)로, 「이식(耳食)」이란 말은 자세히 살피지 않고 떠도는 소문을 가볍게 믿는다는 뜻이다.

원문 및 주석

愛驢負鞍[1]

某翁富而吝, 善權子母, 責負無虛日。後以年且老, 艱於途, 遂買一驢代步。[2] 顧愛惜甚至, 非甚困憊, 未嘗肯據鞍, 驢出翁胯下者, 歲不過數

---

1 愛驢負鞍 → 당나귀를 아껴 주인이 안장을 메다
【驢(려)】: 당나귀.
【負(부)】: 메다, 지다.
【鞍(안)】: 안장.

2 某翁富而吝, 善權子母, 責負無虛日。後以年且老, 艱於途, 遂買一驢代步。→ 어느 노인은 부유하지만 매우 인색했다. 그는 돈놀이에 능하여, 하루도 빚을 독촉하러 나가지 않는 날이 없었다. 후에 나이가 점점 노년으로 접어들면서, 길을 걷기가 어려워지자, 마침내 걸음을 대신할 당나귀 한 마리를 샀다.
【吝(린)】: 인색하다.
【善權子母(선권자모)】: 이자와 원금을 저울질하는 데 능하다. 즉 「돈놀이에 능하다.」의 뜻. 【善】: 능

四。[3] 値天暑, 有所索於遠道, 不得已與驢倶。中道翁喘, 乃跨驢。[4] 馳二三里, 驢不習騎, 亦喘。翁驚亟下, 解其鞍。驢以爲息己也, 望故道逸歸。[5] 翁

하다, 잘하다. 〖權〗: 저울질하다. 〖子母〗: 이자와 원금. ※ 돈놀이를 하는데 원금을 「母」라 하고, 이자를 「子」라 한다.

【責負(책부)】: 빚을 독촉하다.

【無虛日(무허일)】: 하루도 빈 날이 없다. 즉 「하루도 나가지 않는 날이 없다.」의 뜻.

【以(이)】: 因(인). …로 인해.

【年且老(연차로)】: 나이가 점차 노년으로 접어들다. 〖且〗: 곧 …하려 하다.

【艱於途(간어도)】: 길을 걷기가 어렵다.

【遂(수)】: 마침내, 드디어, 결국.

【代步(대보)】: 걸음을 대신하다.

3 顧愛惜甚至, 非甚困憊, 未嘗肯據鞍, 驢出翁胯下者, 歲不過數四。→ 그러나 당나귀를 극진히 아껴, 몹시 피곤한 경우가 아니면, 당나귀의 안장 위에 앉으려 한 적이 없었다. 그리하여 당나귀가 노인을 태우고 나가는 일은, 일 년에 서너 차례에 불과했다.

【顧(고)】: 그러나.

【愛惜(애석)】: 아끼다, 소중히 여기다.

【甚至(심지)】: 몹시, 극진히.

【困憊(곤비)】: 지치다, 피곤하다.

【未嘗(미상)】: …한 적이 없다.

【肯(긍)】: (기꺼이) …하려 하다,

【據鞍(거안)】: 안장을 점거하다. 여기서는 「안장에 앉다.」의 뜻.

【出翁胯下(출옹과하)】: 노인을 태우고 나가다.

【歲(세)】: 일 년, 한 해.

【數四(수사)】: 서너 차례, 몇 번.

4 値天暑, 有所索於遠道, 不得已與驢倶。中道翁喘, 乃跨驢。→ 한 번은 혹서의 날씨를 만나, 먼 길을 걸어 빚을 독촉할 일이 있었다. 그리하여 부득이 당나귀와 함께 나섰다. 노인은 길을 가다가 도중에 너무 숨이 차서 헐떡거리자, 비로소 당나귀에 올라탔다.

【値天暑(치천서)】: 혹서의 날씨를 만나다. 〖値〗: …을 만나다. 〖天暑〗: 혹서의 날씨, 무더운 날씨.

【倶(구)】: 동행하다, 함께 가다.

【中道(중도)】: 도중(途中). 길을 가다가.

【喘(천)】: 숨이 차다, 숨이 차서 헐떡거리다.

【乃(내)】: 비로소.

【跨(과)】: 올라타다.

5 馳二三里, 驢不習騎, 亦喘。翁驚亟下, 解其鞍。驢以爲息己也, 望故道逸歸。→ 이 삼 리쯤 달려가다가, 당나귀가 사람을 태우는 것에 익숙하지 않아, 역시 숨을 헐떡거렸다. 노인은 깜짝 놀라 급히 내려, 당나귀의 안장을 풀어주었다. 당나귀는 자기를 쉬게 해주는 것이라 여겨, 원래 왔던 길을 따라

急遽呼驢, 驢走不顧, 追之弗及也。大懼驢亡, 又悋於棄鞍, 因負鞍趨。[6] 歸家, 亟問 :「驢在否?」 其子曰 :「驢在。」[7] 翁乃復喜, 徐釋鞍, 始覺足頓而背裂也, 又傷於暑, 病逾月乃瘥。[8]

달려 돌아갔다.
【馳(치)】: 달리다.
【不習騎(불습기)】: 태우는 것에 익숙하지 않다.
【驚亟下(경극하)】: 놀라서 급히 내리다. 〖亟〗: 급히, 속히.
【解(해)】: 풀다.
【以爲(이위)】: …라고 여기다, …라고 생각하다.
【息(식)】: [사동 용법] 쉬게 하다.
【望故道逸歸(망고도일귀)】: 원래 왔던 길을 따라 달려 돌아가다. 〖望〗: …을 향해, …을 따라, …쪽으로. 〖故道〗: 원래의 길, 왔던 길. 〖逸〗: 달리다, 달아나다.

6 翁急遽呼驢, 驢走不顧, 追之弗及也。大懼驢亡, 又悋於棄鞍, 因負鞍趨。→ 노인이 황급히 당나귀를 불렀으나, 당나귀가 뒤를 돌아보지도 않고 달아나, 따라잡을 수가 없었다. (노인은) 당나귀가 실종될까 매우 두렵고, 또 안장을 버리기가 아까워서, 곧 안장을 메고 달렸다.
【急遽(급거)】: 황급히.
【呼(호)】: 부르다.
【不顧(불고)】: 뒤를 돌아보지 않다.
【追之弗及(추지불급)】: 좇아가 미치지 못하다. 즉「따라잡지 못하다.」의 뜻. 〖弗〗: 불(不).
【大懼(대구)】: 매우 두려워하다.
【亡(망)】: 실종되다.
【悋於(인어)…】: …에 인색하다. 여기서는「아까워하다.」의 뜻. 〖悋〗: 吝(린). 인색하다. ※ 판본에 따라서는「悋」을「吝」이라 했다.
【棄(기)】: 버리다, 포기하다.
【因(인)】: 곧, 그리하여.
【趨(추)】: 달리다.

7 歸家, 亟問 :「驢在否?」 其子曰 :「驢在。」→ 집에 돌아오자마자, 급히 물었다 :「당나귀 있느냐?」 그의 아들이 대답했다 :「예, 있어요.」
【在否(재부)?】: 있느냐 없느냐?, 즉「있느냐?」의 뜻.

8 翁乃復喜, 徐釋鞍, 始覺足頓而背裂也, 又傷於暑, 病逾月乃瘥。→ 그리하여 노인은 다시 기뻐하며, 천천히 안장을 내려놓고, 그제야 비로소 다리가 견딜 수 없이 피로하고 등이 찢어지듯 아픔을 느꼈다. 게다가 더위까지 먹어, 한 달이 넘도록 병을 앓고 나서 겨우 완쾌했다.
【乃(내)】: 이에, 그리하여, 그래서.
【復(부)】: 또, 다시.
【徐(서)】: 서서히, 천천히.
【釋(석)】: 내려놓다.

해설

당나귀를 사는 것은 타기 위한 것이다. 그러나 노인은 그것을 애지중지(愛之重之)하며 돌보는 바람에, 당나귀가 사람을 태우는 것에 익숙하지 않아 노인을 태우고 겨우 몇 리를 가지 못하고 숨이 차서 헐떡거렸다. 이를 불쌍히 여긴 노인은 또 얼른 당나귀에서 내려 안장을 풀어준 후, 자기가 그것을 메고 집에 돌아왔다. 그 결과 노인은 다리가 견딜 수 없이 피로하고 등이 찢어지듯 아팠으며, 심지어 더위까지 먹어 무려 한 달 동안을 병석에 누워 고생을 했다.

무릇 도구란 사람의 편의를 위해 존재하는 것인데, 도구가 사람을 위해 쓰이지 못하고 오히려 사람의 지나친 보호를 받는다면 이미 도구로써의 가치를 상실한 것이다.

이 우언은 노인이 당나귀를 아껴 자신을 혹사하다가 병이 나서 고생한 사례를 통해, 물건을 중시하고 사람을 경시하여 피해를 입은 사람의 어리석은 행위를 풍자한 것이다.

【始(시)】: 비로소.
【覺(각)】: 느끼다.
【足頓而背裂(족돈이배렬)】: 다리가 견딜 수 없이 피곤하고 등이 찢어지듯 아프다. 〖頓〗: 견딜 수 없이 피로하다. 〖背〗: 등. 〖裂〗: 찢어지다. 여기서는 「찢어지듯 아프다.」의 뜻.
【傷於暑(상어서)】: 더위에 다치다. 즉 「더위를 먹다.」의 뜻. 〖於〗: [개사] …에.
【逾月(유월)】: 달을 넘기다.
【乃(내)】: 비로소, 겨우.
【瘥(채)】: 낫다, 완쾌되다.

146 제불과상(帝不果觴)
《龔自珍全集·涼燠》

작자

공자진(龔自珍 : 1792-1841)은 인화(仁和)[지금의 절강성 항주(杭州)] 사람으로, 자는 슬인(璱人), 호는 정암(定盦)이며, 청(淸) 인종(仁宗) 때의 저명한 문인이다. 그는 증조부·조부·부친·숙부 등이 모두 진사 출신일 정도로 관료지주(官僚地主)이자 학문하는 집안에서 태어났다. 청대(淸代) 문자학의 대가인 단옥재(段玉裁)의 외손이기도한 그는 12살 때 단옥재로부터 《설문(說文)》을 배우고 경학(經學)의 기초를 닦았다. 그는 나이 38세 때인 도광(道光) 9년(1829)에 비로소 진사에 급제한 후 국사관교대(國史館校對)·내각중서(內閣中書)·예부주사(禮部主事)·종인부주사(宗人府主事) 등을 지내다가 48세에 관직을 그만두고 강소(江蘇) 곤산(昆山)에 돌아와 절강(浙江) 항주(杭州)의 자양서원(紫陽書院)과 강소(江蘇) 단양(丹陽)의 운양서원(雲陽書院)에서 강학에 힘썼다.

공자진은 평생 동안 많은 창작을 했다. 그중 산문(散文)이 3백여 편이고 시사(詩詞)가 8백여 편에 이르는데, 그의 산문은 주로 자신의 정치 주장과 사회사상을 표현했고, 시사는 암담한 현실에 대한 불만과 개혁에 대한 강렬한 욕구를 표현했다.

저서로 《정암문집(定盦文集)》 8권·《시집(詩集)》 3권·《사선(詞選)》 2권·《문집보(文集補)》 4권 등이 있는데, 현재 모두 《공정암전집(龔定盦全集)》에 수록되어 있으며, 현대 판본으로 대만(臺灣) 하락도서출판사(河洛圖書出版社)가 간행한 《공자진전집(龔自珍全集)》이 있다.

원문 및 주석

帝不果觴[1]

群神朝於天。帝曰：「觴之!」帝之司觴執簡記而簿之，三千秋而簿不成。[2] 帝問焉，曰：「皆有舁之輿者。」帝曰：「舁者亦簿之。」七千秋而簿不成。[3] 帝又問焉，乃反於帝曰：「舁之輿者又皆有其舁之者。」帝默然而息，不果觴。[4]

---

1 帝不果觴 → 천제(天帝)가 끝내 주연(酒宴)을 베풀지 못하다
【帝(제)】: 천제(天帝).
【不果(불과)】: 끝내 실행하지 못하다.
【觴(상)】: 술을 접대하다. 여기서는 「주연(酒宴)을 베풀다.」의 뜻.

2 群神朝於天。帝曰：「觴之!」帝之司觴執簡記而簿之，三千秋而簿不成。→ 여러 신(神)들이 천제(天帝)를 알현했다. 천제가 말했다：「이들에게 주연(酒宴)을 베풀어라!」 천제의 주연을 담당하는 관리가 간책(簡冊)을 들고 그들의 이름을 등록(登錄)하는데, 삼천 년이 걸려도 등록을 끝내지 못했다.
【朝於天(조어천)】: 천제(天帝)를 알현하다. 〖朝〗: 알현하다, 배알하다. 〖天〗: 천제(天帝).
【觴之(상지)】: 이들에게 주연을 베풀다. 〖觴〗: 술을 대접하다. 즉 「주연을 베풀다.」의 뜻. 〖之〗: [대명사] 그들, 즉 「여러 신들」.
【司觴(사상)】: 주연을 담당하는 관리. 〖司〗: 담당하다, 관장하다.
【執(집)】: 들다, 잡다, 쥐다.
【簡記(간기)】: 간책(簡冊).
【簿(부)】: [동사 용법] 등록하다, 등기하다.
【秋(추)】: 해, 년.

3 帝問焉，曰：「皆有舁之輿者。」帝曰：「舁者亦簿之。」七千秋而簿不成。→ 천제가 그 까닭을 묻자, 관리가 대답했다：「(신들이) 모두 자기의 가마를 메는 가마꾼들을 거느리고 있습니다.」 천제가 말했다：「가마를 메는 사람들도 이름을 등록하고 베풀어라.」 그러나 칠천 년이 걸려도 등록을 끝내지 못했다.
【焉(언)】: 어찌. 즉 「원인, 이유, 까닭」.
【舁(여)】: 들다, 메다.
【輿者(여자)】: 가마를 메는 사람, 가마꾼, 교자꾼. 〖輿〗: 가마, 교자.

4 帝又問焉，乃反於帝曰：「舁之輿者又皆有其舁之者。」帝默然而息，不果觴。→ 천제가 또 그 까닭을 묻자, (관리가) 곧 천제에게 보고했다：「가마를 메는 사람들도 모두 각자의 가마꾼을 거느리고 있습니다.」 천제가 말없이 탄식하며, 끝내 주연을 베풀지 못했다.
【乃(내)】: 곧, 바로.

해설

천제(天帝)가 여러 신(神)들에게 주연(酒宴)을 베풀고자 했으나, 의외로 칠천 년의 세월이 지나서도 끝내 실행하지 못했다. 그 까닭은 천제의 주연을 담당하는 관리가 접대할 대상의 명단을 작성하는데, 신들의 수가 많은데다 신들마다 자기의 가마꾼을 많이 거느렸고, 또 가마꾼들마다 제각기 자기들의 가마꾼을 거느림으로써, 무려 칠천 년의 세월이 지나도록 명단 작성을 끝내지 못했기 때문이었다. 신들이 너무 많아 일을 처리하는데 있어서 능률이 오르기는커녕 오히려 역기능을 한 것이다.

이 우언은 작자가 천상(天上)의 일을 빌려, 정부의 기구와 관료의 수는 방대하지만, 일반 백성들에 대해 전혀 관심을 두지 않아 있으나마나한 만청(晩晴) 정부 조직의 말세적 현상을 풍자한 것이다.

【反於帝(반어제)】: 천제에게 보고하다. 『反』: 보고하다. 『於』: [개사] …에게.
【默然(묵연)】: 말이 없는 모양, 묵묵히 있는 모양.

147 고모(高帽)

《一笑》

작자

유월(俞樾 : 1821-1907)은 절강(浙江) 덕청(德淸)[지금의 절강성 덕청현(德淸縣)] 사람으로, 자는 음보(蔭甫), 호는 곡원(曲園)이며, 청(淸)나라 말기의 저명한 언어학자이다. 선종(宣宗) 도광(道光) 연간에 진사에 급제한 후 한림원서길사(翰林院庶吉士)를 거쳐 국사관편수(國史館編修)과 하남학정(河南學政)을 지냈다. 후에 관직을 그만두고 경학(經學) 연구에 전념하며 소주(蘇州)의 자양서원(紫陽)·상해(上海)의 구지서원(求志書院)·덕청(德淸)의 청계서원(淸溪書院) 등에서 강학하는 한편, 만년에는 항주(杭州)의 고경정사(詁經精舍)를 주관하기도 했다. 그는 유가(儒家)의 경전(經典)과 제자백가(諸子百家) 및 문자학에 해박할 뿐만 아니라 시가나 소설·희곡에도 매우 조예가 깊었다. 저서로 《군경평의(群經平議)》《유루잡찬(俞樓雜纂)》《제자평의(諸子平議)》를 비롯하여 무려 40여 종에 이르는데, 덕종(德宗) 광서(光緖) 28년 이들을 모두 모아 《춘재당전서(春在堂全書)》를 간행했다.

《일소(一笑)》는 일종의 소화집(笑話集)으로 《유루잡찬(俞樓雜纂)·권사십팔(卷四十八)》에 13칙(則)이 수록되어 있으며, 문자가 간결하고 유머 감각이 뛰어나다.

원문 및 주석

高帽[1]

俗以喜人面諛者曰「喜戴高帽」。有京朝官出仕於外者, 往別其師, 師

1 高帽 → 높은 모자

曰 :「外官不易爲, 宜愼之。」[2] 其人曰 :「某備有高帽一百, 逢人則送其一, 當不至有所齟齬也。」[3] 師怒曰 :「吾輩直道事人, 何須如此?」[4] 其人曰 :「天下不喜戴高帽如吾師者, 能有幾人歟?」[5] 師頷其首曰 :「汝言亦不爲

【高帽(고모)】: 높은 모자. 즉 「아첨, 알랑거림」을 비유하는 말.

2 俗以喜人面諛者曰「喜戴高帽」。有京朝官出仕於外者, 往別其師, 師曰 :「外官不易爲, 宜愼之。」→ 민간의 속담에 다른 사람이 면전에서 아첨하는 것을 좋아하는 사람을 가리켜 「높은 모자를 쓰기 좋아한다.」라고 한다. 경성(京城)에서 지방으로 부임하는 어느 관리가, 스승에게 작별 인사를 하러 가자, 스승이 말했다 :「외관직(外官職)은 잘하기가 쉽지 않으니, 마땅히 삼가고 조심해야 하네.」

【俗(속)】: 속어, 속담.

【面諛(면유)】: 면전에서 아첨하다.

【戴高帽(대고모)】: 높은 모자를 쓰다. ※ 함부로 잘난 체 하며 다른 사람이 칭찬해주길 바라는 것을 「높은 모자를 쓰기 좋아한다.」라 하고, 다른 사람을 치켜세우며 아첨하는 것을 「높은 모자를 씌운다.」라고 한다. 〖戴〗: 쓰다, 씌우다.

【京朝官(경조관)】: 경성(京城) 또는 조정(朝廷)의 관리.

【出仕於外(출사어외)】: (경성에서) 외지(外地)로 부임하다.

【往別(왕별)】: 작별 인사를 하러 가다.

【外官(외관)】: 외직(外職), 외관직(外官職).

【不易爲(불이위)】: 잘하기가 쉽지 않다.

【宜(의)】: 마땅히.

【愼(신)】: 신중히 하다, 조심하다, 삼가다.

3 其人曰 :「某備有高帽一百, 逢人則送其一, 當不至有所齟齬也。」→ 그가 말했다 :「제가 높은 모자 백 개를 준비하여, 사람을 만날 때마다 하나씩 주면, 당연히 의견이 엇갈려 충돌하는 상황에 이르지는 않을 것입니다.」

【逢(봉)】: 만나다.

【則(즉)】: 곧. ※ 판본에 따라서는 「則」을 「輒(첩)」이라 했다.

【送(송)】: 주다, 선물하다.

【不至(부지)】: …에 이르지 않다.

【齟齬(저어)】: 의견이 엇갈리다, 의견 충돌이 일어나다.

4 師怒曰 :「吾輩直道事人, 何須如此?」→ 스승이 화를 내며 말했다 :「우리는 정직하고 사사로움 없이 사람을 대하는데, 어찌 반드시 이렇게 해야 하는가?」

【吾輩(오배)】: 우리들. 〖輩〗: [복수형] …들.

【直道(직도)】: 정직하고 사사로움이 없다.

【事人(사인)】: 사람을 섬기다. 여기서는 「사람을 대하다.」의 뜻.

【何須如此(하수여차)】: 어찌 반드시 이렇게 해야 하는가? 〖何〗: 어찌. 〖須〗: 반드시 …해야 한다. 〖如此〗: 이와 같이, 이처럼, 이렇게.

5 其人曰 :「天下不喜戴高帽如吾師者, 能有幾人歟?」→ 그가 말했다 :「세상에 우리 스승님처럼 높은

無見。」其人出，語人曰：「吾高帽一百，今止存九十九矣！」[6]

해설

경성(京城)에서 지방으로 부임하는 어느 관리가 자기 스승에게 작별 인사를 하러 갔을 때, 그 스승은 자기 학생이 다른 사람에게 높은 모자 씌우는 것을 반대했으나, 오히려 학생이 씌워주는 높은 모자를 가장 먼저 받아들였다. 어떤 사람은 언행이 일치하지 않아 입으로는 아첨하는 것을 반대하지만 실제 행동은 다르며, 또 어떤 사람은 무의식 중에 다른 사람이 씌워주는 높은 모자를 받아들인다.

이 우언은 스스로 정직하고 사사로움이 없어 아첨을 반대한다고 자부하던 스승이 은연중 아첨을 받아들인 사례를 통해, 사회 전반에 깊이 뿌리를 내린 아첨을 좋아하는 풍조를 꼬집어 풍자한 것이다.

모자 쓰기를 좋아하지 않는 분이, 몇이나 되겠습니까?」
【如(여)】: …같이, …처럼.
【幾人(기인)】: 몇 사람.

6 師頷其首曰：「汝言亦不爲無見。」其人出，語人曰：「吾高帽一百，今止存九十九矣！」→ 스승이 머리를 끄덕이며 말했다：「자네 말도 일리가 없는 것은 아니네.」 그가 (작별 인사를 하고) 나와, 다른 사람에게 말했다：「나의 높은 모자 백 개 중에, 지금은 다만 아흔아홉 개가 남았습니다.」
【頷其首(함기수)】: 머리를 끄덕이다. ※ 상대방의 말에 동의를 표시하는 뜻.
【汝(여)】: 너, 당신, 자네.
【不爲無見(불위무견)】: 일리가 없는 것은 아니다. 〖爲〗: …이다. 〖見〗: 식견, 일리.
【止(지)】: 다만.

148 할자흘어(瞎子吃魚)

《笑林廣記》

작자

정세작(程世爵 : ?-?)은 호남(湖南) 평강(平江)[지금의 강소성 소주(蘇州)] 사람으로, 청말(淸末)의 문학가라는 것 외에는 생애사적(生涯事蹟)에 관해 알려진 바가 없다. 저서로 《소림광기(笑林廣記)》가 있는데, 현재 전하는 판본은 덕종(德宗) 광서(光緖) 25년(1899)에 간행된 것이다.

원문 및 주석

瞎子吃魚[1]

衆瞎子打平伙吃魚, 錢少魚小, 魚少人多, 只好用大鍋熬湯, 大家嘗嘗鮮味而已。[2] 瞎子沒吃過魚, 活的就往鍋裏扔, 小魚蹦在鍋外, 而衆瞎不

1 瞎子吃魚 → 맹인(盲人)이 생선을 먹다
【瞎子(할자)】: 장님, 소경, 맹인, 봉사.
【吃(흘)】: 먹다.

2 衆瞎子打平伙吃魚, 錢少魚小, 魚少人多, 只好用大鍋熬湯, 大家嘗嘗鮮味而已。→ 맹인(盲人)들이 한 사람당 얼마씩 공평하게 돈을 거두어 생선을 사다 먹는데, 돈이 적어 작은 생선을 사왔다. 생선은 적고 사람은 많다 보니, 부득이 큰 솥으로 탕을 끓여, 모두가 신선한 맛만 볼 뿐이었다.
【打平伙(타평화)】: 한 사람당 얼마씩 공평하게 돈을 거두어 함께 회식(會食)을 하다.
【只好(지호)】: 부득이, 부득불, 할 수 없이.
【鍋(과)】: 솥.
【熬湯(오탕)】: 탕을 끓이다.
【嘗嘗(상상)】: 맛보다.
【鮮味(선미)】: 신선한 맛.

知也。[3] 大家圍在鍋前, 齊聲贊曰 :「好鮮湯! 好鮮湯!」[4] 誰知那魚在地下蹦, 蹦在瞎子脚上, 呼曰 :「魚沒在鍋內。」[5] 衆瞎嘆曰 :「阿彌陀佛! 虧得魚在鍋外, 若在鍋內, 大家都要鮮死了!」[6]

【而已(이이)】: …뿐이다.

3 瞎子沒吃過魚, 活的就往鍋裏扔, 小魚蹦在鍋外, 而衆瞎不知也。→ 맹인들은 생선을 먹어본 경험이 없어, 살아 있는 생선을 그냥 솥 안으로 던져 넣고 끓이려 했다. (그런데 그것을 잘못 던져) 작은 생선이 솥 밖에서 팔딱팔딱 뛰었다. 그러나 맹인들은 그것을 알지 못했다.

【沒吃過(몰흘과)】: 먹어본 적이 없다.

【就(취)】: 곧, 바로, 즉시.

【往鍋裏扔(왕과리잉)】: 솥 안으로 던져 넣다. 〖往〗: …쪽으로, …을 향해. 〖扔〗: 던지다.

【蹦在鍋外(붕재과외)】: 솥 밖에서 팔딱팔딱 뛰다. 〖蹦〗: 뛰다, 뛰어오르다.

4 大家圍在鍋前, 齊聲贊曰 :「好鮮湯! 好鮮湯!」→ 맹인들이 모두 솥 앞에 둘러서, 이구동성(異口同聲)으로 칭찬하며 말했다 :「정말 신선한 생선탕이야! 정말 신선한 생선탕이야!」

【圍在鍋前(위재과전)】: 솥 앞에 빙 둘러 있다.

【齊聲(제성)】: 일제히 같은 목소리로, 이구동성(異口同聲)으로.

【贊(찬)】: 칭찬하다.

5 誰知那魚在地下蹦, 蹦在瞎子脚上, 呼曰 :「魚沒在鍋內。」→ (그러나) 그 생선이 땅바닥에서 팔딱팔딱 뛰고 있을 줄을 누가 알았으랴! 생선이 맹인의 다리 위로 뛰어 오르자, 이 맹인이 큰소리로 외쳤다 :「생선은 솥 안에 없소.」

【誰知(수지)…】: …을 누가 알았으랴.

【呼曰(호왈)】: 큰소리로 외쳐 말하다.

6 衆瞎嘆曰 :「阿彌陀佛! 虧得魚在鍋外, 若在鍋內, 大家都要鮮死了!」→ 맹인들이 탄식하며 말했다 :「아미타불! 생선이 솥 밖에 있어서 다행이지, 만일 솥 안에 있었더라면, 모두 다 생선의 신선한 맛에 기절초풍했을 거야.」

【阿彌陀佛(아미타불)】: 불교에서 서방정토(西方淨土)의 극락세계에 있다는 부처로, 무량수불(無量壽佛) 또는 무량광불(無量光佛)이라고도 한다. 모든 중생을 구제한다는 대원(大願)을 세워, 이 부처를 믿고 염불하면 사후 극락정토(極樂淨土)에 태어나게 된다고 한다. 불교를 믿는 사람들은 기원(祈願)이나 감사의 뜻을 표할 때 흔히 이 부처의 이름을 소리 내어 왼다.

【虧得(휴득)】: 다행이다.

【若(약)】: 만일, 만약.

【要(요)】: …해야 한다.

【鮮死(선사)】: (생선의) 신선한 맛에 놀라 기절초풍하다.

해설

고사 속의 맹인들은 생선을 먹어본 적이 없기 때문에 생선이 무슨 맛인지도 모르고, 다만 주관적인 상상을 근거로 생선이 들어가지 않은 맹탕을 진미라 여기며 찬탄해 마지않았다.

이 우언은 경험이 전혀 없는 사람이 오직 주관적인 상상에 따라 함부로 판단할 경우, 현실을 벗어난 탁상공론(卓上空論)에 그쳐 절대로 성공할 수 없다는 이치를 설명한 것이다.

149 병전(餠錢)

《笑笑錄 · 餠錢》

작자

독일와퇴사(獨逸窩退士 : ?-?)는 오지(吳地)[지금의 강소성 소주(蘇州)일대] 사람으로, 생애사적(生涯事蹟)을 알 수 없고, 다만 덕종(德宗) 광서(光緖) 5년(1879)에 쓴 《소소록(笑笑錄) · 자서(自序)》에 의하면, 다재다능(多才多能)했으나 몸이 약하고 병이 많아 우울해하며 뜻을 얻지 못했다고 한다. 《소소록》은 일문잡사(逸文雜事)를 모아 수록한 일종의 소화집(笑話集)이다.

원문 및 주석

餠錢[1]

一人入餠肆, 問餠值幾何, 館人曰 :「一餠一錢。」食數餠, 如數與之。[2]

---

1 餠錢 → 전병(煎餠) 값
【餠(병)】: 전병(煎餠). 밀가루나 옥수수가루 등에 양념을 넣어 지지거나 구워 납작하게 만든 음식.
【錢(전)】: 값, 대금.

2 一人入餠肆, 問餠值幾何, 館人曰 :「一餠一錢。」食數餠, 如數與之。→ 어떤 사람이 전병(煎餠) 가게에 들어와, 전병 값이 얼마냐고 묻자, 가게 주인이 말했다 :「한 개에 일 전(錢)이요.」 전병 몇 개를 먹고 나서, 숫자대로 주인에게 돈을 지불했다.
【餠肆(병사)】: 전병(煎餠) 가게. 〖肆〗: 가게, 상점.
【值(치)】: 값, 가격.
【幾何(기하)】: 얼마.
【館人(관인)】: 가게 주인. ※ 판본에 따라서는 「館人」을 「人」이라 했다.
【食(식)】: [동사] 먹다.
【數餠(수병)】: 전병 몇 개, 몇 개의 전병.

館人曰：「餅不用麵乎? 應麵錢若干。」 食者曰：「是也。」 與之。[3] 又曰：「不用薪水乎? 應薪水錢若干。」 食者曰：「是也。」 與之。[4] 又曰：「不用人工爲之乎? 應工錢若干。」 食者曰：「是也。」 與之。[5] 歸而思於路曰：「我愚也哉! 出此三色錢, 不應又有餅錢矣。」[6]

해설

어떤 어리석은 사람이 전병(煎餅) 가게에서 한 개에 일 전(錢)하는 전병을 사먹고 먹

【如數與之(여수여지)】: 먹은 수대로 주인에게 돈을 지불하다. 【如數】: 수대로, 숫자대로. 【與】: 주다, 지불하다. 【之】: [대명사] 그, 즉 「가게 주인」.

3 館人曰：「餅不用麵乎? 應麵錢若干。」 食者曰：「是也。」 與之。→ 주인이 말했다：「전병은 밀가루로 만들지 않소? 마땅히 밀가루 값 얼마를 내야 하오.」 먹은 사람이 말했다：「그렇군요.」 그는 주인에게 밀가루 값을 주었다.
【應(응)】: 응당, 마땅히.
【若干(약간)】: 얼마.
【是(시)】: 맞다, 옳다, 그렇다.

4 又曰：「不用薪水乎? 應薪水錢若干。」 食者曰：「是也。」 與之。→ 주인이 또 말했다：「(전병은) 땔감과 물을 쓰지 않소? 마땅히 땔감과 물값 얼마를 내야 하오.」 먹은 사람이 말했다：「그렇군요.」 그는 주인에게 땔감과 물값을 주었다.
【薪(신)】: 땔감, 땔나무.

5 又曰：「不用人工爲之乎? 應工錢若干。」 食者曰：「是也。」 與之。→ 주인이 또 말했다：「인품을 들이지 않고 그것을 만들 수 있소? 마땅히 얼마의 품삯을 내야 하오.」 먹은 사람이 말했다：「그렇군요.」 그는 주인에게 품삯을 주었다.
【人工(인공)】: 인품.
【爲之(위지)】: 그것을 만들다. 【爲】: 만들다. 【之】: [대명사] 그것, 즉 「전병」.
【工錢(공전)】: 임금, 노임, 품삯.

6 歸而思於路曰：「我愚也哉! 出此三色錢, 不應又有餅錢矣。」→ 집에 돌아오면서 길에서 곰곰이 생각하고 말했다：「내가 어리석구나! 이 세 가지 돈을 냈으니, 또 전병 값을 내서는 안 되는데.」
【於(어)】: [개사] …에서.
【愚(우)】: 어리석다, 우둔하다.
【色(색)】: 종류, 가지.
【不應(불응)】: …해서는 안 된다, …하지 말아야 한다.

은 개수대로 값을 지불했는데, 주인이 전병 값 외에 전병을 만드는 데 들어가는 밀가루와 땔감과 물값 및 품삯을 따로 요구하자, 깊이 생각하지도 않고 주인이 요구하는 대로 다 주었다. 잠시 후 집에 돌아오는 길에 곰곰이 생각하고 비로소 그것이 잘못되었다는 것을 깨달았다.

이 우언은 악덕 상인의 부도덕한 상술과 착취 행위를 비난하는 동시에, 매사를 처리함에 있어서 사전에 신중히 생각하지 못하고, 일을 덥석 저지른 후에 비로소 잘못을 깨달아 후회하는 어리석은 사람의 행위를 질책한 것이다.

150 착천화자(錯穿靴子)

《嘻談錄·嘻談續錄卷上·恍惚》

작자

소석도인(小石道人 : ?-?)은 청대(淸代)의 문학가로, 생애사적(生涯事蹟)은 물론 본명이 무엇인지 조차 알 수 없다. 그가 편찬한 《희담록(嘻談錄)》은 일종의 소화집(笑話集)으로, 덕종(德宗) 광서(光緖) 연간(1884)에 간행한 초록(初錄)과 속록(續錄)이 있는데, 찬연수(粲然叟)가 쓴 《희담속록(嘻談續錄)·서(序)》에 의하면, 소석도인은 벼슬길에 뜻을 이루지 못해 항상 울적한 마음을 품고, 이러한 심정을 문자에 기탁하여 세상을 깨우치고자 함으로써 여러 작품 속에 관료를 조소하고 풍자한 내용이 매우 많다고 했다.

원문 및 주석

錯穿靴子[1]

一人錯穿靴子, 一隻底兒厚, 一隻底兒薄; 走路一脚高, 一脚低, 甚不合式。[2] 其人詫異曰 :「今日我的腿, 因何一長一短? 想是道路不平之故。」[3]

---

1 錯穿靴子 → 신발을 잘못 신다
【錯穿(착천)】: 잘못 신다. 〖穿〗: (신발을) 신다.
【靴子(화자)】: 신발.

2 一人錯穿靴子, 一隻底兒厚, 一隻底兒薄; 走路一脚高, 一脚低, 甚不合式。→ 어떤 사람이 신발을 잘못 신어, 한 짝은 바닥이 두껍고, 한 짝은 바닥이 얇았다. 그래서 길을 걷는데 한 쪽 다리는 높고, 한 쪽 다리는 낮아, 매우 불편했다.
【一隻(일척)】: 한 짝. 〖隻〗: [양사] 짝.
【底兒(저아)】: 밑바닥.
【薄(박)】: 얇다.

或告之曰：「足下想是錯穿了靴子!」忙令人回家去取。家人去了良久，空手而回。[4] 謂主人曰：「不必換了，家裏那兩隻，也是一厚一薄。」[5]

해설

바닥의 두께가 서로 다른 두 켤레의 신발 가운데 한 켤레를 잘못 골라 신어 걸음걸이가 이상하자, 신발 바닥을 살피지 않고 오히려 길바닥이 고르지 못하다고 의심하는가 하면, 또 집에 남아 있는 신발을 가지러 심부름을 간 사람은 한참 있다가 빈손으로 돌아와 하는 말이, 집에 있는 신발도 역시 하나는 두껍고 하나는 얇아 바꿀 필요가 없다고 했다.

이 우언은 융통성을 발휘하지 못해 실제 능력이 없는 교조주의적(教條主義的) 사고방식을 꼬집어 풍자한 것이다.

【甚(심)】: 매우, 몹시.
【不合式(불합식)】: 편안하지 않다, 불편하다.

3 其人詫異曰：「今日我的腿，因何一長一短? 想是道路不平之故。」→ 그가 이를 이상히 여기며 말했다：「오늘 내 다리가, 어째서 하나는 길고 하나는 짧지? 아마도 길이 고르지 못하기 때문일 거야.」
【詫異(타이)】: 이상히 여기다.
【因何(인하)】: 왜, 어째서, 무엇 때문에.
【想(상)】: 생각건대, 추측건대. 즉 「아마도 …일 것이다.」의 뜻.
【故(고)】: 연고, 때문, 까닭.

4 或告之曰：「足下想是錯穿了靴子!」忙令人回家去取。家人去了良久，空手而回。→ 어떤 사람이 그에게 일러주었다：「아마도 당신이 신발을 잘못 신었을 거요.」 그는 급히 사람을 시켜 집에 가서 신발을 가져오게 했다. (그런데) 신발을 가지러 간 사람이 가서 한참 있다가, 빈손으로 돌아왔다.
【或(혹)】: 어떤 사람.
【足下(족하)】: [아랫사람이 윗사람을 부르거나 또는 동년배 상호 간에 부르는 존칭] 귀하.
【忙(망)】: 급히.
【令(령)】: …을 시켜 …하게 하다, …에게 …하도록 시키다.
【家人(가인)】: 집안사람. 여기서는 「신발을 가지러 간 사람」을 가리킨다.
【良久(양구)】: 오래되다, 한참 지나다.

5 謂主人曰：「不必換了，家裏那兩隻，也是一厚一薄。」→ 그리고 주인에게 말했다：「바꿀 필요 없어요. 집에 있는 그 신발 두 짝도, 역시 하나는 두껍고 하나는 얇아요.」
【換(환)】: 바꾸다, 교환하다.
【也是(야시)】: 역시, 또한.

[부록]

우언의 정의

중국의 문헌에서 우언(寓言)이란 말은《장자(莊子) · 우언(寓言)》에 최초로 보인다.

「우언(寓言)이 십 분의 구를 차지하고, 중언(重言)이 십 분의 칠을 차지하며, 치언(卮言)은 날마다 새롭게 출현하여 무궁무진한데, 모두 자연의 분계(分界)에 부합한다. 십 분의 구를 차지하는 우언은 외부 사람에게 기탁하여 논한 것이다. 친아버지는 자기의 자식을 위해 중매를 서지 않는다. 친아버지가 자기 아들을 칭찬하면 친아버지가 아닌 사람이 칭찬하는 것만 못하다.(寓言十九，重言十七，卮言日出，和以天倪。寓言十九，藉外論之。親父不爲其子媒。親父譽之，不若非其父者也。)」[1]

진(晉) 곽상(郭象)은《장자》의 이 말에 대해 「다른 사람에게 기탁하면 열 마디 중 아홉 마디는 신뢰를 받는다.」「말이 자기로부터 나오면 세상 사람들 대부분이 받아들이지 않기 때문에, 그래서 외부 사람에게 기탁(寄託)하는 것이다.」[2] 라고 하여 우언을 「기탁하는 말」로 보았다.

이와는 달리 오늘날 학자들의 견해는 우언의 조건을 비교적 구체적으로 제시하고 있다. 몇몇 학자들의 설을 예로 들겠다.

① 진포청(陳蒲淸)의 설:

「우언은 반드시 두 가지의 기본 요소를 갖추어야 한다. 첫째는 고사의 줄거리이

1 《莊子》, 景印 文淵閣四庫全書, 臺北, 臺灣商務印書館, 1985.

2 (晉)郭象注《莊子 · 寓言》:「寄之他人, 則十言而九見信。」,「言出於己, 俗多不受, 故借外耳。」(景印 文淵閣四庫全書, 臺北, 臺灣商務印書館, 1985)

고, 둘째는 비유·기탁으로 말은 여기에 있고 뜻은 저기에 있다. 이 두 가지 표준을 근거로 하면 우언에 대해 비교적 명확한 범주를 설정할 수 있다. 오직 두 가지를 완전히 구비해야 비로소 우언으로 간주하여 지나치게 넓은 감을 피할 수 있고, 동시에 오직 두 가지를 구비해야 우언으로 간주하여 지나치게 좁은 감을 피할 수 있다. 이 두 가지를 근거로 하면 우언과 기타 문체를 기본적으로 구분할 수 있다. 첫 번째를 근거로 하면 우언을 일반적인 비유와 구분할 수 있고, 사물에 기탁하여 뜻을 말하는 영물시(詠物詩)·금언시(禽言詩) 및 기타 이상을 기탁한 시문(詩文)과 구분할 수 있으며, 두 번째를 근거로 하면 우언을 보통의 고사와 구분할 수 있는데, 보통의 고사는 그 의미가 스토리 자체에서 드러나는 것으로 비유의 의미가 없다. …… 우언과 일반 고사의 차이는 바로 비유·기탁의 유무에 달려있다.(寓言必須具備兩條基本要素：第一是有故事情節；第二是有比喩寄託，言在此而意在彼。根據這兩條標準便可以給寓言劃出一個比較明確的範疇。只有完全具備這兩個條件，才能算作寓言，以避免過寬；同時，只要具備了這兩個條件，就可以算作寓言，以避免過窄。根據這兩條可以把寓言和其他文體基本上區分開：根據第一條，可以使寓言和一般比喩相區別，跟托物言志的詠物詩、禽言詩以及其他寄托理想的詩文相區別；根據第二條可以使寓言跟一般故事相區別，一般的故事其意義是從情節本身中顯示出來的，沒有比喩意義。…… 寓言和一般故事的差別，就在于有沒有比喩寄託。)」[3]

진포청은 우언의 범위에 대해 고사의 줄거리와 비유·기탁이라는 두 가지 조건을 들어 비유·기탁의 유무를 가지고 우언과 일반 고사를 구분했다.

② 이부헌(李富軒)·이연(李燕)의 설:

「우언은 일반적으로 고사와 우의로 조성되어 주로 권계와 풍자에 쓰이고, 찬송(讚頌)·서정(抒情)이나 이상(理想)의 전개 등에 쓰이는 경우가 적다. 우언의 정의에 대

3 陳蒲清《中國古代寓言史》, 長沙, 湖南教育出版社, 1983, p 2.

해서도 다만 몇 개 방면에서 종합적으로 이해할 수 있는데, 마땅히 어느 정도의 모호성을 허용해야 하고, 마땅히 광의와 협의의 구분도 허용해야 하며, 또한 마땅히 일부 작품에 실제로 존재하는 양서성(兩棲性)을 인정하여 기계적으로 한두 가지의 표준을 가지고 모든 작품에 억지로 적용해서는 안 된다.(寓言一般有寓體[故事]和寓意造成，主要用於勸誡諷諭，而較少用於讚頌抒情和展現理想。對寓言的界說，也只能從幾個方面綜合理解，而且應該容許一定程度的摸糊性，也應該允許有廣義和狹義之分，應該承認一部分作品事實上存在的兩棲性而不宜機械地用一兩條標準硬套一切作品。)」[4]

이부헌·이연은 우언의 우의(寓意)와 범위에 대해 어떤 작품들이 비록 전형적인 우언처럼 풍유(諷諭)·권계(勸誡)의 작용을 갖추지 못하였다 해도 우의와 기탁이 충분하다면 넓은 의미에서 우언으로 볼 수 있다고 보았다.

③ 임숙정(林淑貞)의 설:

「우언은 문구상 우의가 있을 수 있는 것 외에도 기탁하여 비유하거나 서로 유사한 것을 비교하는 우의가 있을 수 있고, 또 모든 것을 다 포괄하여 그 안에 두 가지 우의를 동시에 함유하는 경우도 있을 수 있다.(寓言，除了可以有字面寓意之外，也可以有託喻或類比的寓意，更可以兼容並蓄，同時含攝二種寓意於其中。)」[5]

임숙정은 문구에 나타난 우의 외에도 기탁하여 비유하거나 서로 유사한 것을 비교하여 논하는 우의에 이르기까지 모든 것을 포함할 수 있다고 여겼다.

④《중국대백과전서·중국문학(中國大百科全書·中國文學)》의 정의:

「문학 체제의 일종으로 풍유(諷喻)를 함유하거나 혹은 교훈의 의미를 분명히 드러

4 李富軒·李燕《中國古代寓言史》, 대북, 지일출판사, 1998, p 4.
5 林淑貞《表意·示意·釋義--中國寓言詩析論》, 臺北, 里仁出版社, 2007, p 40.

낸 고사이다. 그 구조는 대부분 짤막하며 고사 줄거리를 갖추고 있다. 주인공은 사람일 수도 있고 동물일 수도 있고 무생물일 수도 있다. 대체로 차유법(借喩法)을 사용하여 고사를 통해 이것을 빌려 저것을 비유하고, 작은 것을 빌려 큰 것을 비유하여 교육적 의미가 강한 주제나 심각한 도리로 하여금 간단한 고사에서 구현되도록 한다. 우언의 취지는 허구적인 고사를 통해 모종의 생활 현상·심리와 행위에 관한 작가 또는 사람들의 비평이나 교훈을 표현하는데 있다.」

(文學體裁的一種。是含有諷喻或明顯教訓意義的故事。它的結構大多簡短, 具有故事情節。主人公可以是人, 可以是動物, 也可以是無生物。多用借喻手法, 通過故事借此喻彼, 借小喻大, 使富有教育意義的主題或深刻的道理, 在簡單的故事中體現出來。寓言的主旨在於通過虛構的故事, 表現作家或人民關於某種生活現象´心理和行爲的批評或教訓。)[6]

《중국대백과전서》는 짤막한 구조와 허구적인 고사로 풍유(諷喩)와 교훈의 기능을 지녀야 한다는 것 외에도 주인공의 대상을 사람·동물·무생물로 규정하는 등 구체적인 조건을 제시함으로써 우언의 범주를 보다 좁은 의미로 해석했다. 이는「체제가 짧고 허구인 고사로서 대부분 동물이나 무생물을 주인공으로 하고, 고사 내용이 도덕 교훈의 기능을 지닌다.」[7] 라고 정의한 서양인들의 견해와 일맥상통한다.

이상 여러 견해들을 근거로 볼 때, 중국인들의 관점에서 우언의 의미는 줄거리를 갖춘 간략한 고사에 우의를 기탁하는 방법으로 모종의 도리를 표현하여 권계(勸誡)·풍유(諷喩)·교훈(教訓) 작용을 하는 일종의 문학 형식이라고 정의할 수 있다.

---

6 《中國大百科全書·中國文學》, 北京, 中國大百科全書出版社, 1995.

7 The fable, in keeping with its simple form, is easily defined. It is a short fictitious work, either in prose or in verse, frequently (but not necessarily) using animals or even inanimate objects as actors, and having the exposition of a moral principle as a primary function.(《AESOP'S FABLES》, Introduction and Notes by D.L. Ashliman; Translated by V.S. Vernon Jones, New York : Fine Creative Media, Inc, 2003, Introduction xxiii)

참고문헌

- 중국선진우언(中國先秦寓言) (上, 下), 최봉원 역주, 명문당, 2016년 7월
- 중국양한우언(中國兩漢寓言), 최봉원 역주, 명문당, 2016년 12월
- 중국위진남북조우언(中國魏晉南北朝寓言), 최봉원 역주, 명문당, 2017년 7월
- 중국당송우언(中國唐宋寓言), 최봉원 역주, 명문당, 2017년 12월
- 중국명청우언(中國明淸寓言) (上, 下), 최봉원 역주, 명문당, 2019년 8월

중국역대우언선독
中國歷代寓言選讀

초판 인쇄 2020년 4월 13일
초판 발행 2020년 4월 20일

역 주 | 최봉원
발행자 | 김동구
디자인 | 이명숙 · 양철민
발행처 | 명문당(1923. 10. 1 창립)
주 소 | 서울시 종로구 윤보선길 61(안국동)
우체국 010579-01-000682
전 화 | 02)733-3039, 734-4798, 733-4748(영)
팩 스 | 02)734-9209
Homepage | www.myungmundang.net
E-mail | mmdbook1@hanmail.net
등 록 | 1977. 11. 19. 제1~148호

ISBN 979-11-90155-40-3 (03820)
25,000원

* 낙장 및 파본은 교환해 드립니다.